Der Herr sagt: „Der Weise soll sich nicht wegen seiner Weisheit rühmen, der Starke nicht wegen seiner Stärke und der Reiche nicht wegen seines Reichtums. Grund sich zu rühmen hat nur, wer mich erkennt und begreift, was ich will. Denn ich bin der Herr, der Liebe, Recht und Treue auf der Erde schafft! An Menschen, die sich danach richten, habe ich Freude."

Jeremia 9,22-23 (GNB)

Teil I

Paul Falcon

1

„Ich bin gerade vor Ort eingetroffen. Es gibt vier Tote, aber Jackie wurde nicht verletzt. Sobald ich mehr weiß, melde ich mich wieder, Dad." FBI Special Agent Paul Falcon parkte hinter einem Streifenwagen der Chicagoer Polizei. Während er sein Handy zurück in seine Tasche schob, richtete sich sein Blick bereits auf die blauweiße Restaurantmarkise, über deren Stoff sich der Name *Falcons* zog. Es war kurz nach dreiundzwanzig Uhr und die sonst dunkle Straße wurde von den flackernden Blinklichtern auf den Einsatzwagen beinah taghell erleuchtet. FBI Agent Sam Truebone kam Paul entgegen, als er zwischen dem Notarztwagen und dem Wagen der Spurensicherung hindurchging.

„Ich habe Jackie gesehen und mit ihr gesprochen", sagte Sam sofort. „Deine Schwester ist wütend, aber wohlauf."

Paul spürte, wie sich seine Anspannung legte. Als die Schießerei stattgefunden hatte, war er am anderen Ende der Stadt gewesen, und die Fahrt hierher hatte sich angefühlt wie ein Albtraum. „Wer leitet die Ermittlungen?"

„Lieutenant Sinclair."

Die Polizei von Chicago hatte einen der führenden Beamten ihrer Mordkommission geschickt. Die Frau war nicht schwer auszumachen, da sie die Führung am Tatort übernommen hatte und permanent Leute auf sie zugingen und sich wieder von ihr entfernten. Paul lief zielstrebig auf sie zu.

„Hallo, Kate."

„Deiner Schwester geht es gut."

„Das habe ich schon gehört."

„Einer der Läden deines Vaters", fügte sie hinzu.

„Wie immer." Das Imperium seines Vaters war so groß, dass die Familiengeschäfte überall auftauchten, wo er hinsah. „Brauchst du Hilfe?"

Sie warf ihm ein Lächeln zu. Nicht so eins, wie er es sonst von ihr gewohnt war – herzlich, einladend, oft belustigt –, sondern ein Polizistinnenlächeln, kühl und abschätzend, jedoch nicht auf Konfrontation aus. „Es macht mir nichts aus, mit dem FBI zusammenzuarbeiten, wenn es mir passt, und in diesem Fall passt es mir. Dieser Schütze ist einer von eurer Liste."

„Das passt dazu, wie dieser Abend sich entwickelt. Wer ist es?"

„Andrew Waters. Wir haben ihn auf Band. Rick Ulaw, verdeckter Ermittler der Drogeneinheit im sechzehnten Bezirk, hat mit seiner Frau hier zu Abend gegessen. Waters ging an seinen Tisch und schoss ihm zweimal in den Rücken und einmal in den Kopf. Dann hat er drei Zivilisten getötet, die ihm im Weg waren. Er hat den Tatort in einer dunkelblauen Limousine verlassen. Sein Foto wurde an jeden Polizisten im Bundesstaat geschickt und in den Nachrichten ist es auch gerade veröffentlicht worden. Wenn er in Chicago ist, gehört er uns. Wenn er entwischt ist, kannst du mir helfen, indem du ihn zurückholst, damit ich ihn einbuchten kann."

„Du bekommst alles, was wir über ihn haben, innerhalb der nächsten Stunde. Und ich übernehme persönlich jeden Job, den du mir geben willst. Wenn du möchtest, dass Plakate an die Telefonmasten in Mexiko geklebt werden, dann bin ich dein Mann."

„Ich habe schon Marcus angerufen und ihm gesagt, dass Quinn heute Nacht die Verfolgung koordinieren soll. Überlass mir Sam und gib mir Christopher Zun dazu. Ich mag ihn."

„Du bekommst sie."

Kate war mit einem FBI-Agenten verheiratet, gut mit dem Leiter der US Marshals befreundet und in der Chicagoer Polizei zu Hause. Sie würde bekommen, was immer sie brauchte, um den Fall aufzuklären. Und er war klug genug, ihr freie Hand zu lassen. Wenn die Möglichkeit bestand, Waters noch in dieser Nacht dingfest zu machen, würde Kate dafür sorgen, dass es geschah. Die Arbeit konnte Paul delegieren, die Familienangelegenheiten jedoch nicht. Und im Moment musste er sich um seine Familie kümmern.

Kate hatte offenbar den gleichen Gedanken wie er. Sie deutete mit dem Kinn in Richtung Restaurant. „Geh und rede mit deiner Schwester. Sie sollte nach Hause gehen. Wir haben die Sache hier unter Kontrolle. So hässlich dieser Fall auch ist, er ist wenigstens klar. Ich werde den Spuren nachgehen, um herauszufinden, wer

Waters angeheuert hat, um einen Polizisten umzulegen, und dann jage ich ihn irgendwo in ein Rattenloch."

„Waters hat keine Familie oder Freunde in Chicago, soweit wir wissen, aber er hat Beziehungen zum Lacomb-Verbrechersyndikat, und die arbeiten so weit im Norden."

„Danke."

Paul nickte und ging ins Restaurant. Er wusste, wem er trauen konnte, und Sam und Kate konnte er trauen. Der Fall und die Verfolgung des Täters waren in guten Händen.

Waters. Der Name war ihm tatsächlich gleich in den Sinn gekommen, als er die Nachricht von der Schießerei erhalten hatte. Paul wusste, wie der Mann arbeitete, und der ursprüngliche Bericht hatte nach seiner Vorgehensweise geklungen. Waters war für neun Morde angeheuert worden und die Anzahl der zusätzlich von ihm zu verantwortenden Leichen lag inzwischen bei sechzehn. Jetzt waren es zehn bzw. neunzehn. In Virginia hatte die Polizei Waters' Wagen gerammt, in Boston hatte man ihn in die Ecke getrieben und in Philadelphia war er einmal angeschossen worden, aber noch nie war jemand nah genug an ihn herangekommen, um ihm Handschellen anzulegen. Vor drei Jahren war er in Mexiko untergetaucht und sie hatten seitdem erfolglos versucht, ihn ausfindig zu machen. Diesmal hatte er nicht einmal eine Stunde Vorsprung. Vielleicht erwischten sie ihn heute Nacht.

Der Essbereich des Restaurants zeugte von dem Chaos der Ereignisse – umgefallene Stühle, zurückgebliebene Mahlzeiten, die Gewalt an Tisch zweiundzwanzig. Die Leiche von Officer Ulaw war bereits abtransportiert worden, ebenso wie die von zwei der Zivilisten. Leiche Nummer vier wurde gerade noch vom Gerichtsmediziner untersucht. Es handelte sich um die der Bedienung, die ebenfalls erschossen worden war. In der Luft hing der Geruch von Blut und Schießpulver, überlagert allerdings von dem Gestank angebrannten Essens.

Dieses Ausmaß an Gewalt war völlig unnötig gewesen. Waters hätte den Detective auf dem Parkplatz erschießen können oder auf einer menschenleeren Straße oder in seinem Auto an einer Ampel. Stattdessen hatte er sich jedoch dafür entschieden, sein Opfer in einem vollen Restaurant zu töten. Er genoss es, wenn andere seine

Gewalttaten sahen; es machte ihm Spaß, unbeteiligte Personen zu erschießen, die ihm im Weg waren. Sie würden ihn fangen müssen, um das Ganze zu beenden. Waters liebte das Töten zu sehr, um jemals damit aufzuhören. Wenn Kate ihn heute nicht schnappte, würde Paul es irgendwann in der Zukunft tun. Ein Falcon hörte nicht auf zu jagen – das war eine Art Familienmotto.

Während Paul den Tatort betrachtete, ertappte er sich dabei, wie er sich wünschte, seine Ladykillerin wäre hierfür angeheuert worden anstatt Waters – wenigstens wäre dann niemand umgekommen, nur weil er zufällig in der Nähe gewesen war. Sie hatte nie auf jemand anderen geschossen als auf ihr Ziel und hatte ihr Opfer nie dort getötet, wo seine Familie den Tod mit ansehen konnte oder ein Kind zugegen gewesen war. Sie hatte dreißig Leute in den Kopf geschossen, aber für sie war es eine Arbeit, die sorgfältig und präzise zu erledigen war. Und sie hatte seit neun Jahren nichts mehr von sich hören lassen. Er war nie nah dran gewesen, sie zu fangen, aber sie war ihm im Gedächtnis geblieben. Und insgeheim jagte er sie noch immer.

Er war der beste FBI-Beamte, was die Aufklärung von Morden betraf, und Auftragskiller standen auf seiner Prioritätenliste weiterhin ganz oben. Heute Abend bedauerte er mehr denn je, dass er Waters nicht rechtzeitig geschnappt hatte. Vorsichtig durchquerte Paul den Raum und folgte dem Klang der Stimmen, die aus der Küche zu ihm herüberdrangen.

Sein Vater würde bei Tagesanbruch hier sein und tun, was er konnte, um den Familien der Opfer zu helfen und denen, die Zeuge der Gewalt geworden waren. Das *Falcons* würde seine Türen erst wieder öffnen, nachdem es entkernt und die Bilder der Tragödie ausgelöscht worden waren.

Und wenn es wieder öffnete, würde sein Vater an der Tür stehen und die ersten Gäste persönlich begrüßen. Paul kannte seinen Dad.

Und er kannte seine Schwester. „Nicht werfen, Jackie."

Er duckte sich, als eine weiße Rührschüssel auf ihn zugeflogen kam. Sie traf die Tür und schlug dann auf dem Boden auf, wo sie in Stücke zerbarst.

„Du jagst den Kerl seit Jahren und hast ihn immer noch nicht geschnappt? Du lässt zu, dass er da draußen herumläuft und meinen Gästen, meinem Restaurant so etwas antut?"

Paul wich einer zweiten Schüssel aus. Er hatte ihr das Werfen beigebracht, als sie noch klein gewesen war, und offensichtlich hatte er ganze Arbeit geleistet. Rasch hob er eine Hand und zeigte mit dem Finger auf seine Schwester. Sie zögerte, die dritte Schüssel in der Hand, und stellte sie dann auf die Arbeitspatte.

„Der Abend war nicht gut. Tut mir leid."

Er war jetzt nah genug, sodass er einfach den Arm um ihre Schultern legen und sie umarmen konnte.

„Vier Menschen sind tot, Paul. Vier." Ihre Stimme klang gedämpft durch sein Hemd.

Er fuhr mit der Hand über ihr Haar und atmete aus. „Ich bin froh, dass du nicht einer von den vieren bist."

„Trish hat seit einem Jahr für mich gearbeitet. Sie war so ein liebes Mädchen."

„Niemand wird ruhen, bis dieser Kerl geschnappt ist. Das ist alles, was wir tun können, und wir werden es tun."

„Er hat einen Polizisten ermordet." Ihre Stimme zitterte. „Das ist dein Tisch, wenn du hier isst. Er hätte genauso gut dich abknallen können."

„Hat er aber nicht."

Er konnte die Kraft und Leidenschaft fühlen, die Jackie ausströmte. Ein Absperrband markierte den Tatort und damit den Bereich, den seine Schwester nicht betreten durfte, aber was sie hatte erreichen können, war geschrubbt und aufgeräumt worden. Die Grills und Herde blitzten, die Lebensmittel waren verpackt und verstaut. Wenigstens lief sie nicht davon, sondern machte ihren Anspruch auf diesen Ort deutlich. Die Familie würde ihr helfen.

„Komm, lass uns gehen, Jackie. Ich bringe dich nach Hause und morgen kümmern wir uns um den Rest hier."

Sie griff nach einem Beutel, in dem sich ihre Rezepte und ihre persönlichen Kochmesser befanden sowie die Kladde, die sie als ihren Geschäftsplan betrachtete. „Kannst du mit Sirene fahren, damit wir nicht eine Stunde brauchen?"

„Blaulicht ja, Sirene nein. Du wolltest doch in einem Vorort wohnen."

„Du lebst im vierten Stock eines Gebäudes ohne jegliches Grün. Ich wollte etwas Besseres aus meinem Leben machen."

Paul lächelte erleichtert, als er die übliche Spitze hörte. Sie gingen durch den Hintereingang hinaus, durch die Gasse und hinten herum zu seinem Wagen, um den Medien aus dem Weg zu gehen, die auf der Jagd nach einem Foto und einer Story waren. Dann brachte er seine Schwester nach Hause.

■

Paul betrat das Hauptquartier der Chicagoer Polizei um 4 Uhr 17 in der Früh, passierte den Sicherheitscheck und ging zielstrebig zu Lieutenant Kate Sinclair in die Kommandozentrale im dritten Stock. In dem verdunkelten Raum drängte sich ein ganzer Haufen Leute, die eine Live-Übertragung an der Wand verfolgten, die von einem Polizeihubschrauber eingespielt wurde.

Sam kam auf ihn zu und reichte ihm einen Kaffee. „Er ist auf der Interstate 74 in Richtung Westen unterwegs. Zwei Polizisten haben Waters und das Fahrzeug an einer Ampel am Stadtrand von Peoria identifiziert und verfolgt. Er hat ein paar Schüsse abgefeuert, dann hat er versucht, eine Böschung hinunterzufahren, um dem Streifenwagen zu entkommen, und dabei seinen Wagen demoliert. Er fährt jetzt vor ihnen und verliert Öl. Weitere Wagen sind angefordert, um ihn einzukesseln. Die Staatspolizei wird ihn bei Sanders Point aufhalten."

Ein grelles Licht flammte auf und machte den Raum auf einen Schlag taghell.

Die Kamera des Helikopters stellte scharf und ein brennendes Wrack erschien auf der Leinwand – unbeweglich, zerschmettert, Flammen werfend.

Die Streifenwagen, die das fliehende Fahrzeug verfolgt hatten, kamen ins Blickfeld der Kamera und hielten in gebührendem Abstand. Der Pilot des Hubschraubers hatte bei der Explosion das Steuer herumgerissen und schwenkte jetzt über eine merkwürdig dunkle Stelle, um dann ein Stück von der Unfallstelle entfernt in der Luft stehen zu bleiben.

„Was ist passiert? Macht eine Kopie und spielt sie auf dem zweiten Monitor ab", befahl Kate.

Der Unfall wurde noch einmal gezeigt.

„Sieht nicht so aus, als hätte er die Kontrolle verloren. Er ist mit hundertfünfzig Sachen in einen Strommast gerast“, sagte ein Polizist neben ihr.

Die Aufnahme wurde zurückgespult und noch einmal gezeigt. Der Beamte nickte und benutzte seinen Zeigestock, um über einen Teil des Bildes vor und nach dem Crash zu fahren. „Der Transformator ist in die Luft geflogen und hat einen Stromausfall in den umliegenden Häusern verursacht. Seht mal, dort, wo die Lichter nicht mehr an sind.“

Sam trat einen Schritt zur Seite, damit er das Video besser sehen konnte. „Dieses Ende hätte ich nicht erwartet.“

„Mir ist diese Lösung eindeutig lieber als eine Schießerei mit der Polizei“, sagte Paul. Es war vorbei. Waters war gestorben, ohne noch mehr Polizisten mit in den Tod zu reißen, und das war eine Erleichterung.

Kate, die vor der Leinwand stand, die Hände in den Hosentaschen vergraben, beobachtete, wie die Polizisten vor Ort jetzt mit Feuerlöschern versuchten, den Brand einzudämmen. Paul trat vor und gesellte sich zu ihr. „Tut mir leid, Kate. Du wirst ihn nicht mehr fragen können, wer ihn angeheuert hat.“

„Ich kriege es trotzdem heraus.“ Sie drehte sich um und sah ihn an. „Dieser Teil des Falls ist abgeschlossen, abgesehen vom Papierkram. Hast du was dagegen, wenn ich deine Jungs noch ein paar Stunden damit beschäftige, nach dem Warum zu fragen?“

„Kein Problem. Danke, dass du meine Arbeit gemacht hast.“

Sie lächelte kurz. „Du hättest zu Recht darauf bestehen können, den Fall zu übernehmen. Aber das hast du nicht, also würde ich sagen, dass wir quitt sind. Tut mir leid, dass es in einem Lokal deiner Familie passiert ist.“

„Komm vorbei, wenn nächsten Monat die Neueröffnung ist, und sei mein Gast. Und falls du Hilfe brauchen kannst, um herauszufinden, wer einen Auftragskiller angeheuert hat, um deinen Polizisten umzulegen, lass es mich wissen.“

„Mach ich.“

Er nickte und ging in Richtung Tür.

„Paul?“

Er drehte sich um.

„Wenn sie dir den Topjob anbieten, nimm ihn."

Er lächelte. „Warum bedrängst du mich so, schöne Kate?"

„Solange ich zurückdenken kann, ist dies das erste Mal, dass die örtliche Polizei und das FBI nicht versucht haben, sich gegenseitig in den Chicago River zu schubsen. Ich gewöhne mich allmählich an dich."

„Ich muss gestehen, dass es mir ähnlich geht." Sie hatte einen guten Freund von ihm geheiratet und mit jedem Jahr, das verging, mochte er diese Chicagoer Polizistin ein wenig mehr. „Ach, und Kate?" Er hob seinen Becher hoch. „Das FBI hat immer noch den besseren Kaffee."

Ihr Lachen folgte ihm, als er ging. Den Tag, der vor ihm lag, würde Paul mit nur zwei Stunden Schlaf überstehen müssen, denn er hatte um sieben Uhr die erste Besprechung, aber es würde trotzdem ein guter Tag werden.

■

Das FBI-Büro in Chicago verfügte über Explosionssperren am Straßenrand und mehrere andere Sicherheitsvorkehrungen, die es zu bewältigen galt, bis man zu den Aufzügen kam. Da sie diesen Prozess in der Vergangenheit schon einige Male durchlaufen hatte, ließ Ann ihren wissenden Blick durch den Eingangsbereich schweifen und ging zielstrebig auf einen der erfahreneren Beamten an der Rezeption zu. Sie zeigte ihm ihre Marke. „Officer Ann Silver. Ich möchte gerne mit Special Agent Paul Falcon sprechen."

„Haben Sie einen Termin, Ma'am?"

„Nein."

Er erkannte den Polizeibezirk auf ihrem Ausweis nicht, war aber so höflich, das nicht zu sagen. „Ich müsste nur Ihre Daten überprüfen, Ma'am. Haben Sie eine Visitenkarte mit der Telefonnummer Ihrer Abteilung?"

Sie zog eine aus ihrer Tasche. „Fragen Sie nach dem kommissarischen Sheriff."

Er nahm den Hörer vom Telefon und tätigte den Anruf.

Ihr Büro stellte den Anruf durch. Das Telefon in ihrer Tasche klingelte.

„Hallo." Sie klappte das Handy mit einem Lächeln zu. „Tut mir leid, ich konnte nicht widerstehen."

Er lehnte sich gegen den Tresen und erwiderte ihr Lächeln. „Kleine Abteilung?"

„Sie haben gerade mit dem gesamten Personal gesprochen."

„Jetzt stecken wir in einer Zwickmühle."

„Wie wäre es hiermit: Ich bin nach Chicago gekommen, um heute Abend das Spiel der Cubs gegen die Cardinals zu sehen – und ich habe Karten in der dritten Reihe hinter der ersten Base ergattert. Rufen Sie Agent Falcon an und bitten Sie ihn, in die Lobby zu kommen. Ich will ihm zwei Fotos zeigen. Wenn sich herausstellt, dass ich seine Zeit verschwendet habe, können Sie die Karten für das Spiel behalten."

„So sicher sind Sie sich Ihrer Sache?"

„Das bin ich."

„Um welchen Fall geht es denn?"

„Ich habe keine Ahnung, welche Aktennummer es ist. Sagen Sie ihm, es geht um die Killerin, die er seit mehreren Jahren jagt."

Der Beamte am Empfang tätigte den Anruf. „Er kommt runter", sagte er zu ihr, „aber es kann ein paar Minuten dauern. Sie werden feststellen, dass die Bank bequemer ist als die Stühle."

„Danke." Sie ließ sich darauf nieder, um zu warten, und zog aus reiner Gewohnheit ein Buch aus ihrer Tasche. Es machte ihr nichts aus zu warten. Der heutige Tag war einem Urlaubstag ähnlicher als alles, was sie in diesem Jahr gehabt hatte, und wenn sie noch einen Fall von ihrem Schreibtisch bekommen konnte, umso besser. Nach dem Spiel wollte sie nach Hause fahren, heiser und mit Hotdogs und Popcorn vollgestopft. Wenn ihre Zeitplanung aufging, würde sie früh genug im Stadion sein, um den Spielern beim Training zusehen zu können und das eine oder andere Autogramm zu ergattern.

„Officer Silver?" Der Beamte am Empfang deutete mit einem Nicken auf den Mann, der aus einem der Aufzüge stieg. „Da ist er."

Sie erhob sich von der Bank und wartete, während Special Agent Falcon durch die Sicherheitsschleuse kam. Er war ein groß gewachsener Mann, dessen Gang Autorität ausstrahlte, und sein Anzug kam nicht von der Stange. Sie hatte genügend Nachforschungen angestellt, um mit seinem Ruf und seiner Arbeit vertraut zu sein.

Trotz seines Rangs und Dienstalters arbeitete er lieber an Fällen, als ein Amt zu leiten. Er hielt sich so weit von der FBI-Politik fern, wie ein Beamter der Mordkommission es nur tun konnte, und deshalb war er der Mann, der etwas mit dem anfangen würde, was sie hatte. Im Moment funktionierte er mit zu viel Kaffee und zu wenig Schlaf, dachte sie, als sie den Kaffeebecher in seiner Hand sah und die düsteren Schatten um seine Augen. Sie hätte sich fragen können, woran das lag, aber sie hatte selbst zu viele Tage ohne Schlaf verbracht, um daran irgendetwas ungewöhnlich zu finden.

„Agent Falcon, das ist Officer Ann Silver."

Sie entfernte sich einige Schritte von den anderen im Eingangsbereich, öffnete ihren kleinen Koffer und holte zwei Fotos heraus. Sie machte sich keine Mühe, etwas zu erklären, sondern hielt sie ihm einfach hin. Er nahm die Bilder. Seine Armbanduhr sah teuer aus und der Ring war von der FBI-Akademie. Sie hatte angenommen, dass er verheiratet war, aber an seiner Linken trug er keinen Ring.

Sie sah Wut in seinen Augen aufblitzen, als er die Morde erkannte. Da die Fotos Kopien von denen in seiner eigenen Akte waren, hatte sie vermutet, dass er so reagieren würde. Er hob den Kopf und warf ihr einen Blick zu. Sie akzeptierte die Verärgerung, die darin lag, weil sie sie verdient und weil sie genau darauf spekuliert hatte. Aus gutem Grund hatte sie diese beiden Morde aus den dreißig ausgesucht, die diese Frau begangen hatte. Aber im Grunde genommen waren die Fotos nur ein Vorwand für ihren Besuch. Das, was sie ihm mitteilen wollte, würde sie nirgends aufschreiben. „Ich habe den Kerl, der ihre Dienste vermittelt hat, in meiner Leichenhalle", sagte sie leise, ohne Umschweife, und ließ die Worte in der Stille zwischen ihnen hängen. Sie wusste, was sie bedeuteten.

Und er wusste es auch. Er betrachtete ihr Gesicht, wägte das, was sie gesagt hatte, ab, dann wanderte sein Blick zu dem Ausweis an ihrem Gürtel und er nickte in Richtung Aufzug. „Kommen Sie mit mir nach oben."

Der Beamte am Empfang lächelte, als er ihr einen Besucherpass reichte. Sie befestigte ihn an ihrer Jacke und folgte Agent Falcon zum Sicherheitsscanner, wo sie ihre Taschen in einen Korb ausleerte.

„Ihre Waffe müssen Sie abgeben, Ma'am. Sie können sie wieder abholen, wenn Sie fertig sind", sagte der Sicherheitsbeamte.

„Nein. Sie können mir einen Passierschein für meine Waffe geben. Bitte tun Sie das."

„Ich kann einen solchen Passierschein nicht ausstellen ohne –"

„Ich bürge für sie." Der Leiter der Antiterror-Abteilung für den Mittleren Westen war unbemerkt hinter sie getreten und unterbrach den Beamten jetzt. „Geben Sie ihr den Schein. Wie geht es dir, Ann?"

„Ich will heute Abend zum Spiel."

Er war jetzt am Aufzug, hielt ihr aber die Tür auf, bevor er selbst eintrat. „Ach ja? Brauchst du eine Begleitung?"

„Lisa war schneller."

„Schade. Ruf mich an, bevor du gehst. Der Antrag auf Abhörung ist genehmigt."

„Hättest du diese Neuigkeit nicht bis nach dem Spiel aufheben können?"

Er grinste. „Passen Sie gut auf sie auf, Falcon. Ich schulde ihr noch zwei Bußgelder wegen überhöhter Geschwindigkeit."

Ann steckte ihren Passierschein an und stopfte ihr Hab und Gut wieder in ihre Taschen. Sie wartete, bis sie im Aufzug allein waren. „Seine Mutter ist meine Nachbarin", sagte sie, obwohl sie nichts erklären musste. Aber sie hatte sich überlegt, dass es nicht schaden konnte, gar nicht erst irgendwelche Spekulationen aufkommen zu lassen.

Der Agent lächelte. „Ich habe nicht gefragt."

„Das brauchten Sie auch nicht."

Im sechsten Stock folgte sie ihm einen langen Flur entlang. Paul Falcon arbeitete in einem Büro, das eine ordentliche Größe hatte, aber die beiden Stühle vor seinem Schreibtisch sahen unbequem aus. Ann wählte den an der Wand und ließ ihren Koffer auf den anderen fallen. Dann stellte sie ihr Diktiergerät auf den Tisch und schaltete es ein.

„Vor vier Wochen gab es auf der Interstate 72 einen Unfall. Der Fahrer starb. Irgendetwas war merkwürdig an der Sache, also hat die Polizei mich zu Rate gezogen. Stellen Sie sich heftigen Regen vor, einen wolkenverhangenen Mond und Lastwagenfahrer, die in einem

Konvoi Getreide abtransportierten, weil die Schiffe auf dem Fluss sich an einer defekten Schleuse stauten. Keine ideale Situation für die Untersuchung eines Autounfalls. Der Wagen hatte sich gedreht, überschlagen und war auf dem Dach in einem Bohnenfeld gelandet. Dabei hatte er einen kleinen Metallcontainer, sechs Zaunpfähle und ein paar Meter Elektrozaun und Stacheldraht mitgenommen. Der Angus-Bulle auf dem Feld mit dem Stacheldraht war nicht glücklich über das Blaulicht und den ständigen LKW-Verkehr, und da er eine sechsstellige Summe wert war, bekam er zeitweilig genauso viel Aufmerksamkeit wie der Unfallwagen, nachdem sicher war, dass der Fahrer tot war und die Feuerwehr gebraucht wurde, um ihn herauszuschneiden."

Ann sah Falcon an, während sie sprach, und lächelte ein wenig, als sie die Pause-Taste des Tonbandgeräts drückte. „Holen Sie sich was zu trinken, gehen Sie auf und ab, schneiden Sie vor dem Fenster Grimassen, was auch immer … ich erzähle lange Geschichten, genieße das Erzählen und habe nicht vor, alles später noch einmal zu wiederholen, wenn Sie wissen, wem Sie diesen Fall übergeben wollen. Also erzähle ich so, wie es mir passt, und nehme alles auf, dann wissen Sie anschließend, was ich weiß. Ich werde nicht noch einmal in den Norden fliegen, nur weil ich eine Einzelheit vergessen habe, die Sie irgendwann vielleicht brauchen."

Die ganze Angelegenheit machte ihr Spaß, stellte Paul fest, und ihre Geschichte würde offensichtlich eine interessante Wendung nehmen. Sie hatte ihre Äußerung in der Lobby mit hervorragendem Timing vorgebracht. Allem Anschein nach hatte sie das Zeug zu einer guten Geschichtenerzählerin und erzählte gerne Geschichten. Und er hatte das Gefühl, dass sie ihre anfänglichen Worte mit knallharten Fakten untermauern würde. „Was kann ich Ihnen zu trinken anbieten?"

Ann beschloss, dass sie Pauls Lächeln mochte, und erwiderte es. „Koffeinfreie Cola light, wenn Sie welche haben, heißen Kakao, wenn Sie wollen, dass ich eine Weile den Mund halte, oder Limonade, wenn Sie auf Streit aus sind."

Er öffnete den kleinen Kühlschrank unter seinem Schreibtisch und reichte ihr eine Cola light ohne Koffein, zog ein Malzbier für sich selbst heraus und lehnte sich auf seinem Schreibtischstuhl zurück.

„Dafür, dass die Cola so schön kalt ist, gibt es Bonuspunkte.“ Ann drehte den Verschluss auf und stellte das Diktiergerät wieder an. „Da der Beamte vor Ort ein argwöhnischer Kerl ist und ich ihm darin selbst an guten Tagen in nichts nachstehe, haben wir uns die Zeit genommen, eine Plane über das Auto zu legen, bevor wir uns um den sechsstelligen und sehr wütenden Bullen kümmerten. Die Plane konnte die Sturzflut, die vom Himmel herunterkam, nicht ganz abhalten, aber so lief nur wenig Wasser in das Fahrzeug.

Die Feuerwehr von Caldwell County kam, um das Wrack aufzuschneiden, der Gerichtsmediziner holte die Leiche heraus, und alles, was nicht Dreck, Bohnen oder Gras war, wurde auf eine Pritsche geladen, wieder mit der Plane bedeckt und zur Untersuchung in ein gesichertes und zum Glück trockenes Lagerhaus gebracht.

Es gibt so viele Videoaufnahmen und Fotos vom Unfallort, dass man das Gefühl hat, selbst dabei gewesen zu sein. Allerdings sind durch die vielen Blitze einige ansonsten völlig scharfe Fotos überbelichtet. In der Nacht hat der Blitz drei Bäume gespalten und einer davon hat nachts um kurz nach drei eine Spur der Autobahn blockiert. Meiner Meinung nach haben wir uns den Überstundenausgleich redlich verdient. Ich bezweifle, dass ein Rockkonzert in der ersten Reihe lauter gewesen wäre als dieses Gewitter.“ Sie unterbrach ihren Bericht, um einen Schluck zu trinken, dann fuhr sie fort.

„Dem Streifenpolizisten gefiel der Unfall nicht. Er ergab in seinen Augen keinen Sinn. Ich hatte ein ähnlich unbehagliches Gefühl. Warum raste der Typ trotz des schlechten Wetters so? Sein Verhalten war unsinnig, es sei denn, er hatte Selbstmordgedanken. Der Fahrer war kein junger Kerl. Sonst hätte man annehmen können, dass er auf den Kick aus war, auf einer nassen Autobahn Schleuderübungen zu machen. Er hatte auch keinen Herzinfarkt. Er hat einfach beschlossen, auf der Interstate mit 140 km/h zu fahren, hat sich zwischen den LKWs durchgeschlängelt und ist schneller gefahren, als er bei dem Regen mit seinen Scheinwerfern sehen konnte. Da war ein Unfall vorprogrammiert und das muss er gewusst haben. Warum also diese Geschwindigkeit?“

Sie ließ die Frage in der Luft hängen, während sie die Beine ausstreckte und die Füße übereinanderschlug, um ihren Körper an den Stuhl anzupassen, der nicht sehr bequem war.

„Die Brummifahrer auf der Strecke dort sind mitten in der Nacht freundliche Leute. Wir haben eine ganze Reihe Augenzeugen für den Unfall und seine Folgen. Die meisten Befragungen wurden per Funk vorgenommen, aber sie sind ausreichend zuverlässig und geben genügend Einzelheiten wieder, um das Mosaik zusammenzusetzen.

Zwei LKW-Fahrern zufolge ist die Limousine bei Meilenstein 35 auf die Interstate aufgefahren. Bis zur Markierung 52 ist der Wagen ganz normal mit dem Verkehr gefahren, dann hat der Fahrer beschleunigt. Bei Meilenstein 65 beschwerten die Brummifahrer sich untereinander per Funk über den Idioten, der um sie herumraste. Ein Streifenwagen fing die Gespräche auf, drehte um und fuhr wieder auf die Autobahn auf.

Dann hat der Fahrer die Kontrolle verloren und bei Meilenstein 82 den Unfall gebaut. Um 10.19 Uhr gingen mehrere Funkmeldungen bei der Notrufzentrale ein und meldeten den Unfall.

Aussagen von vier Lastwagenfahrern bestätigen, dass ein zweiter Wagen anhielt, um zu helfen. Eine weiße Limousine mit einem Nummernschild des Staates Missouri, zwei Männer in Jacken und Schirmmützen. Alle sagten, es habe so ausgesehen, als wollten die beiden Männer dem Fahrer helfen. Wir haben die Bestätigung, dass das zweite Fahrzeug etwa drei Kilometer entfernt war, als der Unfallwagen sich überschlug.

Das zweite Fahrzeug war nicht an der Unfallstelle, als der Polizist dort eintraf.

Ich habe inzwischen das Material der Überwachungskameras an jedem Rasthof, Lagerhaus oder Geschäft, die in der fraglichen Nacht zwischen Meilenstein 20 und 100 auf die Interstate gerichtet waren. Der zweite Wagen fuhr auch zu schnell, aber nicht so extrem. Die beiden Autos waren nie weniger als anderthalb Kilometer auseinander. Es war kein Auffahrunfall oder eine Verfolgungsjagd. Nachdem die weiße Limousine gehalten hatte, um zu helfen, ist sie weitergefahren und hat die Autobahn zwischen Meilenstein 85 und 90 verlassen. Von dieser Ausfahrt aus gelangt man nur auf ein Netz kleiner Landstraßen, was vermuten lässt, dass die Männer aus der Gegend stammten und sich auskannten. Nach vier Wochen Herumstochern hätten wir den Wagen eigentlich ausfindig machen müssen, wenn er einem Ortsansässigen gehörte, aber er ist nicht mehr gesehen worden. Das bleibt also ein Rätsel."

Ann mochte keine Rätsel, auch wenn sie ihre Arbeitstage damit zubrachte, sie zu lösen, und runzelte ein wenig die Stirn, als sie an die Suche nach dem zweiten Fahrzeug zurückdachte. Es war ihr gelungen, die meisten losen Enden dieses Falles zusammenzufügen, aber ein paar unbekannte Faktoren blieben. Sie blickte auf und sah, dass Paul Falcon sie beobachtete. Sie wusste einen Mann zu schätzen, der zuhören konnte, ohne sie zu unterbrechen. „Weil ich nicht nur argwöhnisch, sondern auch neugierig bin, habe ich nachgeforscht, was der Fahrer am selben Tag vor dem Unfall getan hat.

Der Tote betrat an dem Tag, an dem er starb, um 11.17 Uhr die First National Bank in Dorado Springs, Missouri, und löste ein Schließfach auf. Der Bankangestellte, der ihm dabei behilflich war, sagte, es sei ein Schließfach der Größe vierzig mal zwanzig mal fünf Zentimeter gewesen und ziemlich schwer, als er es zu der Kabine brachte. Der Fahrer hatte das Schließfach achtunddreißig Jahre lang. Die Überwachungskamera hat eine ordentliche Aufnahme gemacht, die ihn dabei zeigt, wie er einen schwarzen Aktenkoffer in die Bank hinein- und wieder hinausträgt.

Unser Toter hat in Jefferson City zu Mittag gegessen und den Koffer mit ins Lokal genommen, wo er ihn auf der Bank neben sich abstellte, aber nicht öffnete. Er bestellte ein Rindersteak, aß allein und die Bedienung erinnert sich an einen stillen Typen, der bar bezahlt und ein großzügiges Trinkgeld gegeben hat. In Farber hat er bei der Shell-Tankstelle gehalten und vollgetankt. Wieder zeigen die Überwachungskameras ihn allein. Bei Meile 35 ist er auf die Interstate 72 aufgefahren und bei Meile 82 war er tot." Ann zögerte, weil ihr wieder einmal die Traurigkeit seines letzten Lebenstages bewusst wurde. Sie konnte Antworten finden, aber die Tragödie konnte sie nicht ändern.

„Zurück zu dem Unfall. In der Morgendämmerung gingen der Streifenpolizist und ich über das Bohnenfeld und den Straßenrand entlang, verglichen unsere Notizen und machten uns dann auf den Weg zu dem Lagerhaus, in dem das Beweismaterial untergebracht und das Wrack inzwischen einigermaßen trockengelegt war.

Das Erste, was wir aus dem Wagen holten, war eine hübsche

Glock, zwei volle Magazine, keine Schüsse abgefeuert. Sie war unter dem Beifahrersitz festgeklebt.

Im Handschuhfach befanden sich das Serviceheft, die Fahrzeugpapiere, eine Versicherungskarte, eine halbe Rolle Fünfundzwanzig-Cent-Münzen und Karten von Ohio, Illinois, Missouri und Iowa.

Der Kofferraum war zerdrückt, und als er aufgehebelt wurde, war er leer, abgesehen von einem Ersatzreifen, dem Wagenheber und einem Kanister Scheibenwischflüssigkeit, der kaputt und ausgelaufen war.

Ein Kleidersack auf dem Rücksitz enthielt eine Wechselgarnitur Kleidung, Hygieneartikel und ein Paar Anzugschuhe. Schöne Sachen, aber nicht neu.

Verschiedene Gegenstände, die unter dem Wrack im Dreck gefunden wurden, nachdem der Wagen aus dem Bohnenfeld abtransportiert worden war, waren eine Tüte von McDonald's, eine Windjacke und zwei alte Taschenkalender mit braunem bzw. blauem Einband, von vor zehn bzw. dreizehn Jahren.

Der kaputte Griff eines Aktenkoffers wurde aus der zerquetschten Beifahrertür gezogen. Der Schnappverschluss war abgerissen. Den beschädigten Aktenkoffer selbst haben wir noch nicht gefunden. Er war nicht im Unfallwagen und er war auch nicht ins Bohnenfeld oder irgendwo an den Straßenrand geschleudert worden.

Persönliche Gegenstände, die am Unfallort gesichert wurden, waren eine Brille, eine schöne Uhr, ein einfacher Ehering und ein aktueller Kalender aus seiner Hemdtasche. Seine Brieftasche enthielt achtundvierzig Dollar in bar, zwei Kreditkarten, eine Tankkarte, einen Führerschein und eine Quittung von einer Buchhandlung in Missouri, ausgestellt über zwei Zeitungen. Keine Fotos. Keine Krankenversicherungskarte. Kein Scheckbuch.

Er hatte kein Telefon bei sich. Wir haben das Wrack gründlich nach einem Handy durchsucht oder nach irgendeinem Hinweis darauf, dass es eins gegeben hat – ein Ladegerät, eine Hülle – und haben nichts gefunden. Die Bänder der Überwachungskameras zeigen ihn nie mit einem Telefon in der Hand." Ann fand es immer noch erstaunlich, dass sie kein Mobiltelefon gefunden hatten.

„Von dem Unfallwagen sind wir zur Gerichtsmedizin gefahren.

Der Verstorbene ist weiß, männlich, Anfang bis Mitte siebzig, zweiundsiebzig Kilogramm, eins neunundsiebzig, braune Augen, guter Gesundheitszustand, keine verschreibungspflichtigen Medikamente. Die Todesursache sind Aufprallverletzungen.

Seine Fingerabdrücke sind nicht in der Datenbank. Seine DNA ergab keine Übereinstimmung. Nirgendwo in den Vereinigten Staaten wird jemand vermisst, auf den seine Beschreibung passt.

Sein Führerschein ist eine gute Fälschung. Seine Kreditkarten sind Kopien von Karten, die einem Mann gehören, der in Oregon im Hospiz liegt. Das KFZ-Kennzeichen am Auto passt nicht zur Fahrzeugregistrierung. Die Registrierung und die Nummernschilder gehören zu einem verschrotteten Fahrzeug derselben Marke und gleichen Bautyps in Indiana. Die Spur der Waffe verliert sich in einem Polizeibericht über gestohlene Gegenstände von einem Überfall auf ein Waffengeschäft in Nevada vor sechs Jahren.

Der Kalender in seiner Tasche ergibt keinen Sinn, genau wie die beiden Kalender, die unter dem Wagen lagen. Einer von vor zehn Jahren, der andere dreizehn Jahre alt, ein aktueller Kalender in seiner Hemdtasche. Wo sind die anderen? Ich vermute, der aufgerissene und jetzt vermisste Aktenkoffer enthielt einen Stapel davon.

Im Moment gehen wir von folgendem Szenario aus: Er hat ein Schließfach ausgeleert, jemand wusste davon, hat ihn verfolgt und wollte an den Inhalt des Schließfachs gelangen. Er hat seine Verfolger entdeckt und versucht, ihnen zu entkommen, ist dabei aber gescheitert und verunglückt. Sie haben angehalten, sich davon überzeugt, dass er tot ist, den Koffer und wahrscheinlich ein Handy an sich genommen und sich so weit vom Unfallort entfernt, wie sie konnten, bevor die Polizei eintraf." Sie hielt inne und neigte ihre Getränkeflasche in seine Richtung. „Eine hübsche Geschichte, wie ich sie gerne erzähle, und reine Vermutung, aber es ist eine nette Theorie."

Sie konnte nicht sagen, ob Paul ihre nette Theorie gefiel oder nicht, aber sie war so oder so gut. Er drehte seinen Stift zwischen den Fingern um hundertachtzig Grad, Spitze über Spitze, in einem gleichmäßigen Zwanzig-Sekunden-Rhythmus, und er hörte immer noch aufmerksam zu. Sie mochte Männer, die einer Geschichte zuhören konnten, die den Fluss der Erzählung zu schätzen wussten und sie nicht unterbrachen. Sie wusste, dass sie seine volle Aufmerksamkeit haben würde, wenn dieser Stift in seiner anmutigen Bewegung innehielt, und was nützte eine gute Geschichte, wenn sie nicht ein Überraschungsmoment in ihre Erzählung einbauen konnte? Sie stellte ihr Getränk auf den Untersetzer zurück und kam zu dem Grund, warum sie an einem ihrer seltenen freien Tage in seinem Büro saß.

„Die Kalender waren in einer Art Code geschrieben und das fesselte mich trotz des furchtbaren Regens in jener Gewitternacht und auch in den nächsten paar Tagen, als verschiedene Hinweise auftauchten, denen wir nachgehen mussten, ließ es mir keine Ruhe. Mein Fahrer blieb ein Rätsel und ich kam im Hinblick auf seine Identität keinen Schritt weiter. Da der Kalender in seiner Tasche meine beste Chance zu sein schien, ihn zu identifizieren, begann ich damit, an dem Code zu arbeiten. Und da ich nicht nur argwöhnisch bin, sondern auch hartnäckig, gelang es mir vor vier Tagen endlich, ihn zu knacken.

In allen drei Kalendern kam der gleiche Code zum Einsatz. Offenbar war mein Toter ein Gewohnheitstier.

Die Kalender sind alles in allem eine langweilige Lektüre.

Er schrieb den Dieselpreis auf, Spielergebnisse, die Schlussnotierung des Dow-Jones-Indexes und gelegentliche Spesen für Mittagessen. Nichts sieht aus wie eine Telefonnummer. Es gibt einige Termine – Ort, Zeit und Initialen –, darunter mehrere Verabredungen für die nächsten paar Monate. Als ich die drei Kalender endlich transkribiert und gelesen hatte, stachen ein paar der Notizen hervor. Wenn man alles Triviale weglässt, fallen sie auf.

Da ich mir merkwürdige und unbedeutende Fakten noch lieber merke, als ich Geschichten erzähle, müssen Sie mir im Augenblick einfach glauben, dass die folgende Auflistung korrekt ist.

22. Mai 1999
Anruf von DM
Miss LS angerufen
7. Juli 1999
Nachrichten gesehen YM tot
20. Juli 1999

DM $250.000 Anzahlung abgerechnet
Miss LS $220.000 gezahlt

Und noch folgende Einträge:

14. August 2002
Anruf von GN
Miss LS angerufen
7. Oktober 2002
Nachrichten gesehen VR tot
25. Oktober 2002
GN $300.000 Anzahlung abgerechnet
Miss LS $270.000 gezahlt

7. Juli 1999 und *Nachrichten gesehen YM tot* ist übrigens eine recht einzigartige Kombination. Meine Suche hat den Namen Yolanda Meeks ergeben. Und damit bin ich mitten in Ihren Mordermittlungen gelandet."

Der Stift hielt in seiner Bewegung inne.

„*VR* und *7. Oktober 2002* ergaben Victor Ryckoff. Und da war ich wieder – in Ihrem Mordfall."

Ann wartete einen Herzschlag lang. Sie hatte seine volle Aufmerksamkeit.

„Also – ich weiß, dass es nicht viel ist, aber ist es genug, um diesen Kerl und diesen Unfall von meinem auf Ihren Schreibtisch zu schieben?"

„Ich übernehme die ganze Sache."

Sie grinste. „Wusste ich doch, dass ich Sie mögen würde."

Paul Falcon war jetzt hoch konzentriert und sie konnte sehen, während er gedanklich in rasender Geschwindigkeit frühere Fälle durchging und auf Initialen überprüfte. Er hatte wahrscheinlich eine der Personen befragt, die der Killerin den Auftrag gegeben hatten, jemanden umzubringen. Sie wollte nicht in Falcons Fadenkreuz sein, wenn er sich mit dieser neuen Information auf die Jagd machte.

„Ich habe das Autowrack, seinen Inhalt, die persönlichen Dinge, die Leiche, einen Stapel Fotos, Überwachungsaufnahmen und jede

Menge Befragungsprotokolle. Sie müssen jemanden schicken, der die Sachen abholt."

„Wird erledigt. Ich muss so bald wie möglich die Kalender sehen."

Ann öffnete ihr Bordcase und hielt eine Aktenmappe hoch, die sich in einer Asservatentüte befand. „Drei Kalender und meine Anleitung zum Codeknacken, der Führerschein, die Fahrzeugpapiere und die Versicherungsunterlagen, Kreditkarten und Tankkarte, ein Foto von dem Mann, bevor er starb, aus einer Überwachungskamera der Bank, und als Bonus habe ich die Fingerabdrücke und Fotos von den beiden Jungs dazugetan, die den Aktenkoffer haben könnten. Ich brauche nur eine Unterschrift, dass ich die Beweise übergeben habe."

Er hob den Stift. „Haben Sie die Formulare?"

Ann reichte sie ihm.

Paul Falcon unterzeichnete mit einer schwungvollen, leserlichen Unterschrift, schrieb darunter seinen Namen noch einmal in Druckbuchstaben und fügte eine Fallnummer des FBI hinzu.

Sie reichte ihm die Asservatentüte.

„Wir hatten ihre Initialen nicht", sagte er. „Und der Typ in Ihrer Leichenhalle könnte Charles Ash sein."

„Sehen Sie? Sie machen schon jetzt größere Fortschritte, als ich es getan habe. Sie können sich mit dem Fall vergnügen und ich vergnüge mich beim Spiel heute Abend."

„Sie wollen nichts mehr mit dem Fall zu tun haben?"

„Warum sollte ich? Angenommen, meine Vermutung mit der Verfolgung stimmt und der Aktenkoffer und die restlichen Kalender wurden gezielt entwendet, dann wissen diejenigen, die dahinterstecken, inzwischen, dass drei der Kalender fehlen. Sie werden sie wiederhaben wollen. Mir ist es lieber, sie versuchen, die Dinger bei Ihnen zu holen als bei mir."

„Der Unfall ist vier Wochen her. Sie hätten es höchstwahrscheinlich schon versucht."

„Ich bin mir ziemlich sicher, dass sie das haben, wenn auch ohne Erfolg. Sie waren bei dem Wrack und haben festgestellt, dass es von einem sehr unfreundlichen Polizeihund bewacht wurde, der in demselben Lagerhaus auf eine restaurierte Corvette aufpasst. Sie haben es bei der Asservatenkammer versucht, aber sie ist im ehemaligen Tresorraum einer Bank untergebracht. Jesse James hat 1871 versucht, die Bank auszurauben, dazu ein Loch in das Gebäude gesprengt und den Raum trotzdem nicht aufgekriegt. Vielleicht haben sie auch versucht, sich in unser Computersystem einzuhacken, wenn man zwei miteinander verbundene PCs als System bezeichnen kann. Ich hoffe, dass sie bis zu den Fallberichten vorgedrungen sind, denn wenn sie eine Kopie von der Inventarliste haben, stehen darauf drei Kalender mit der Bemerkung: *Vom Wasser zerstört, unleserlich.*"

„Netter Einfall."

„Ich war mir nicht sicher, aber ich hatte schon damals ein komisches Gefühl. Die Bilder vom Einbruch im Lagerhaus haben mir nicht viel gebracht – zwei weiße Männer mittleren Alters mit Jacke, Hut und Handschuhen –, aber dadurch hatte ich wenigstens eine Bestätigung. In den ersten beiden Wochen haben sie mich hin und wieder beschattet, aber es ist nicht so einfach, mich in meinem eigenen Hinterhof zu beschatten. Ich habe den Spieß ein paarmal umgedreht und ihnen ausgesprochen langweilige Landschaften und einige Sackgassen gezeigt. Bedienungen in Restaurants sagten mir, dass die beiden einen Südstaatenakzent hätten, was in meiner Region eher auf Georgia als auf Texas hinweist. In den letzten beiden Wochen habe ich sie nicht gesehen. Ich dachte, sie würden jemanden schicken, der sich als Angehöriger des Opfers ausgibt und versucht, an das Eigentum des Fahrers zu kommen, aber es hat keine Anfragen gegeben. Ich wundere mich immer noch, dass sie diesen Ansatz nicht probiert haben.

Vielleicht haben sie geschlossen, dass für sie keine Gefahr mehr besteht, warum also unnötig unsere Aufmerksamkeit auf sich ziehen? Dem äußeren Anschein nach habe ich drei Tage lang an dem Fall gearbeitet, bin in Woche eins und zwei noch mal kurz darauf zurückgekommen und habe danach nichts mehr unternommen. Die Gerichtsmedizin ist durch und die Leiche wird in drei Monaten vom Bezirk eingeäschert, wenn sich bis dahin kein Angehöriger findet. Der Unfallwagen kommt auf den Schrott, wenn der Papierkram die Bürokratie durchlaufen hat. Die persönlichen Gegenstände werden etwa ein Jahr lang aufgehoben, je nachdem, wie viel Platz gebraucht wird. Der Fall ist abgeschlossen."

„Wer weiß von dem Kalendercode und dem, was Sie herausgefunden haben?“

„Ich. Sie.“

„Sie haben niemandem erzählt, dass die Kalendereinträge in einem Code verfasst sind, und niemandem, dass Sie ein Rätsel lösen mussten?“

Ihr gefiel die Tatsache, dass er skeptisch war, und sie lächelte. „Ich habe die Kalender am Unfallort persönlich sichergestellt, darunter auch den aus seiner Hemdtasche, und sie selbst als Beweismaterial registriert. Niemand sonst hat sie aufgeschlagen. Und ich bin gut darin, meinen Mund zu halten, wenn ich will.

Ich verbrenne meinen Müll – auf dem Land geht das. Meine ersten Versuche, den Code zu entziffern, existieren nicht mehr. Ich bin ungefähr sechs Monate im Verzug mit meinen Berichten. Ich lasse sie vom Band abtippen, damit die Rechtsanwaltsgehilfin genügend Arbeit hat und ihren Job behält. Die Bänder von diesem Fall und von mehreren anderen sind noch immer in der Asservatenkammer in einer Schachtel, die ich vor einem Jahrzehnt falsch beschriftet habe und in der ich alle möglichen privaten Dinge aufbewahre, darunter auch ein paar handsignierte Baseballkarten. Wenn ich sage, dass Sie alles abholen können und dann in Ihrem Besitz haben, was es zu diesem Fall gibt, dann meine ich das wörtlich.“

Ann erhob sich. „Sie wollen sich mit diesen Unterlagen beschäftigen und ich will zu meinem Spiel, also verschwinde ich jetzt. Sagen wir, Sie rufen mich morgen an, wenn Sie die Abholung des Wracks und der anderen Sachen organisiert haben?“ Sie stellte das Aufnahmegerät aus, holte das Band und das digitale Duplikat heraus und reichte ihm beides.

Paul Falcon stand auf. „Wissen Sie was, ich komme gleich mit Ihnen nach unten. Im dritten Stock machen wir halt und vereinbaren mit jemandem von der Beweisaufnahme einen Termin für die Abholung der Sachen und dann sprechen wir mit der Gerichtsmedizin über die Überführung der Leiche. Ich kann Sie schon noch zum Ausgang bringen, bevor ich mich in den Fall stürze.“ Er schloss die Asservatentüte und die Aufnahmen in seinen Bürosafe ein. „Können Sie veranlassen, dass der Rest, die Bänder der Überwachungskameras und die Verhöre, zusammengepackt und versiegelt wird, damit er morgen abgeholt werden kann?“

„Das kann ich.“ Ann nahm ihre Tasche und folgte Paul Falcon zu den Aufzügen. Gerade als er auf die Taste gedrückt hatte, um den Aufzug zu rufen, ging die Tür zum Treppenhaus auf und ein Agent, der einen Bericht in seiner Hand überflog, trat in den Flur.

„Dave“, sagte Ann.

Kates Mann, Dave Sinclair, blickte auf und ein Lächeln erhellte seine Miene.

„Ann ist im Haus.“ Dave schlang einen Arm um ihre Schultern und umarmte sie. „Ich muss dafür sorgen, dass du was zu essen bekommst, Mädchen, und dich mit Bildern von Kleinkindern langweilen.“

„Hast du welche dabei?“

Er zog seine Brieftasche heraus und holte eine Handvoll Fotos heraus.

„Holly hat wirklich das Lächeln ihrer Mutter.“ Ann drehte ein Bild zu ihm um. „Ich habe dir doch gesagt, dass sie das Geschenkpapier lieben wird.“

„Sie hat deiner Plüschkatze das Ohr abgekaut.“

„Das dachte ich mir.“

„Kommst du zum Essen?“

„Lisa und ich gehen zum Spiel.“

„Habt ihr's gut. Dann komm zum Frühstück. Kate wird sich freuen, dich zu sehen. Sie will dich mit ihrem neuesten Mitarbeiter verkuppeln, einem Typen von Scotland Yard.“

„Diesmal nicht, aber es wird mir bestimmt Spaß machen, ihrem Versuch auszuweichen.“

„Führt dich irgendetwas Interessantes her?“

„Ich versuche nur vom Schreibtisch zu bekommen, was als Bundesangelegenheit betrachtet werden kann.“ Die Aufzugtür öffnete sich. Ann hielt die Tür fest, trat aber nicht ein. „Bleibt es dabei, dass ich am Samstag das Flugzeug nach Wichita bringen soll?“

„Das wäre prima“, antwortete Dave. „Sie haben mir einen Termin um achtzehn Uhr gegeben und mir versprochen, dass ich zweiundsiebzig Stunden Zeit habe. Sie unterbrechen den Zusammenbau des Steuerruders, um einen fehlerhaften Aktuator zu ersetzen.“

„Ich muss am Montag sowieso in Salina sein. Henry Stanton hat einen neuen Prozess bekommen."

„Wie hat er das denn geschafft?"

„Mit einem sehr guten Anwalt. Ich regle die Sache mit der staatlichen Flugbehörde für dich und mache auf dem Heimweg vielleicht einen Testflug in Richtung Süden."

„Das ist ein schöner Ausflug."

Sie lächelte. „Das ist es. Sag Kate, dass ich mich bei ihr melde, wenn ich mit Lisa gesprochen habe." Dann trat sie in den Aufzug. Die Türen schlossen sich. Sie warf Falcon einen Blick zu. „Sorry."

„Kein Problem." Paul drückte die Taste für den dritten Stock. *Die beiden scheint etwas Besonderes miteinander zu verbinden*, dachte er. Er kannte Dave lange genug, um zu erkennen, wie sehr es ihn gefreut hatte, Ann zu sehen. Sie musste für ihn so gut wie zur Familie gehören, wenn er bei ihrem Anblick so entspannt und freudig reagierte. Aber es würde einfacher sein, Dave danach zu fragen anstatt Ann. „Wie lange fliegen Sie schon?"

„Ich habe mein Studium damit finanziert, Flieger von einem Ort an den anderen zu bringen. Jetzt reduziert es einfach die Reisezeiten."

„Das klingt gut. Womit sind Sie heute geflogen?"

„Ich habe eine Cessna mit einem unzuverlässigen Autopiloten zur Reparatur nach Milwaukee gebracht und bin mit der Autobahnpolizei hier runter in den Süden gekommen. Am Lake Michigan gibt es ein gestrandetes Wasserflugzeug, das jemand nach Hause bringen muss. Wenn das Wasser morgen früh ruhig genug ist, fliege ich das vielleicht zurück."

„Sie genießen die Zeit in der Luft, richtig?"

„So wie manche Männer schnelle Autos genießen."

Die Tür öffnete sich. Sie waren im dritten Stock angekommen. Paul gab einem Mitarbeiter der Beweissicherung den Auftrag, Anns Unterlagen abzuholen, und den Gerichtsmediziner brachte er dazu, der Überführung der Leiche noch am selben Abend zuzustimmen. Dann begaben sie sich hinunter in die Lobby. Ann gab ihre Passierscheine zurück.

„Viel Spaß beim Spiel, Officer Silver."

„Den werde ich haben. Es war mir ein Vergnügen, Mr Falcon."

Paul blickte ihr nach, bis sie durch die Eingangstür gegangen und in ein Taxi gestiegen war. Er hatte nicht erwartet, heute jemanden zu treffen, und schon gar nicht jemanden, den er gerne auf der privaten Seite verbuchen würde und der einen zweiten Blick verdient hatte. Ann Silver. Er würde noch einmal zu diesem Namen zurückkommen, bevor der Tag vorüber war. Paul zog sein Handy heraus und ging zu den Aufzügen zurück. „Sam, verschieb das Schlafen noch ein paar Stunden. Ich brauche alle im Konferenzsaal. Wir haben einen Durchbruch in Sachen Ladykillerin."

2

Paul schob seine Ausweiskarte durch den Sicherheitsscanner, gab seinen Code ein und betrat den gesicherten Konferenzsaal im achten Stock, den er als sein zweites Büro betrachtete. Die Wände des Raumes waren mit weißen Tafeln versehen, an denen Fotos und Berichte und Zeitpläne befestigt waren, sodass die Fortschritte der Ermittlungen für alle im Team sichtbar wurden. Und sein Team war inzwischen ziemlich groß.

Es erstaunte ihn, wie viele Mitarbeiter er angesammelt hatte. Am Anfang waren es nur Sam und er gewesen und Rita, die Paul bei jedem Fall mit ins Boot geholt hatte. Die Agentin konnte ungeheuer schnell denken und, was noch wichtiger war, sie kam mit Sam aus. Paul wusste, was er an ihr hatte. Zu dritt hatten sie an unzähligen Fällen gearbeitet und sich gerne aus der allgemeinen Behördenpolitik herausgehalten.

Jetzt trat er mitten in ein Meer von Menschen. Fünfzehn Agenten waren ihm unterstellt. Vier waren erfahrene Mordermittler, acht waren hier auf Antrag seines Chefs, dem daran gelegen war, dass Paul die Neuen ein bisschen auf Linie brachte, und drei waren hier, weil er sich von erfahrenen Kollegen hatte breitschlagen lassen, die sonst bei der letzten Personalumschichtung irgendeinen Job im Ausland bekommen hätten.

Wenn man den Ausweis einer Bundesbehörde trug, Geheimnisträger war und dann ermordet wurde, konnte man sicher sein, dass Paul die Ermittlungen leitete oder seine Leute daran arbeiteten. Er wies sie am Anfang in die richtige Richtung und ließ sie dann die Fälle allein bearbeiten, wobei er ihnen beisprang, wenn sie Schwierigkeiten hatten. Er brauchte sie nicht anzuleiten, das übernahm Rita für ihn. Sie war entweder ihre Mutter, ihre Freundin oder ihre Chefin, je nachdem, was nötig war.

Paul suchte den Raum nach Sam ab und ihm wurde bewusst, dass es noch mehr Personen geworden waren, seit er in die Lobby hinuntergegangen war. Der Rechtsexperte, der für die Mitarbeiter

Haftbefehle ausstellte, hatte einen Tisch in Beschlag genommen, und um seinen IT-Kollegen scharten sich drei Praktikanten. Jedes Mal, wenn er den Konferenzraum betrat, vermisste Paul schmerzlich die Tage, als er noch allein mit Sam und Rita zusammengearbeitet hatte. Aber jetzt, heute, konnte er all diese Leute gebrauchen. Vielleicht musste er sich sogar noch ein paar mehr ausleihen.

„Rita, Fall fünf."

„Wirklich?" Ihre Miene erhellte sich und eine Welle der Erregung ging durch die Menge im Saal. „Fall fünf, kommt sofort, Boss." Wenige Augenblicke später waren die Wände so arrangiert, dass sich der ganze Raum um einen einzigen Fall drehte. Dreißig Morde, in chronologischer Reihenfolge ausgestellt. Der Versuch, die Killerin und ihre Auftraggeber zu fassen, hatte mehr Arbeitsstunden erfordert als jeder andere Fall, in dem sie jemals ermittelt hatten, und Paul hatte ihn von seinem Vorgänger geerbt. Er wollte derjenige sein, der diese Akte schloss.

„Arnett, auf dem Untersetzer in meinem Büro steht eine Colaflasche. Bring sie ins Labor, ich brauche Fingerabdrücke zu Eliminierungszwecken. Ich warte mit dem Start der Besprechung auf dich, also lass dich nicht von irgendwelchen Leuten aufhalten."

„Zwei Minuten, Chef." Arnett ging schnurstracks zur Tür.

„Bitte alle Mann zuhören. Alles, woran ihr im Moment arbeitet, muss auf Eis gelegt werden. Wenn ihr in den nächsten drei Tagen Besuche oder Befragungen geplant habt, delegiert sie oder sagt sie ab. An der ersten Runde sind alle beteiligt. Wenn wir nicht weiterkommen, schicke ich euch an eure jetzige Arbeit zurück."

Überall im Raum nahmen seine Mitarbeiter ihre Telefone in die Hand, um ihre Kalender freizuschaufeln.

Paul legte die Asservatentüte, die SD-Karte und das Band auf den Tisch, den er als Schreibtisch benutzte. Dann nahm er sich etwas zu essen von dem Tablett, das auf dem halbhohen Kühlschrank stand. Er spürte sie schon, die innere Ruhe und die zugleich hellwache Konzentration, die ihn überkamen, wenn sich etwas in einem Fall tat und es eine interessante Spur zu verfolgen galt. Deshalb war er Polizist geworden. Er hatte im Laufe der Jahre in Hunderten von Fällen ermittelt und genoss immer wieder aufs Neue die Detailarbeit und die Verbrecherjagd, die den Kern seiner Arbeit ausmachten.

Arnett kam zurück und die letzten Telefonate wurden beendet. Paul trat vor die anderen.

„Ich werde euch jetzt ein Band vorspielen – ein langes Band –, und ich will, dass alle still sind, während es läuft. Ihr sollt nichts tun außer zuhören. Die Kollegin, die spricht, ist Ann Silver. Sie ist Polizistin im Bundesstaat New York und heute Morgen hier aufgetaucht, um uns die beste Spur zu bringen, die wir seit zehn Jahren in Sachen Ladykillerin haben. Sie weiß genau, worauf sie da gestoßen ist, sie gibt es uns und sie will nicht an dem Fall beteiligt sein. Ihr werdet in eurer Karriere nicht viele Beamte wie sie kennenlernen, also hört gut zu." Er setzte sich auf einen Stuhl und stellte das Tonbandgerät an.

Ann war beim zweiten Mal sogar eine noch bessere Geschichtenerzählerin – jetzt, wo er wusste, was kam, sah er genau, wie perfekt sie ihr Gespür fürs Timing einsetzte.

Während das Band lief, beobachtete er seine Leute.

Er konnte sehen, dass sie nicht wussten, was sie von Ann halten sollten. Die Jüngeren im Raum dachten: *Kleinstadtpolizistin*, und fingen an auf ihren Stühlen herumzurutschen, aber die älteren, erfahreneren Kollegen lehnten sich vor und erkannten etwas in Anns Stimme, an dem Wortlaut ihres Berichts, und fingen an zu spüren, dass sie es hier nicht nur mit einer guten Polizistin zu tun hatten. Sam lehnte sich zurück, die Hände über der Brust gefaltet, ein kleines Lächeln um die Lippen. Er hatte sofort durchschaut, was sie war, nämlich eine Meisterermittlerin, und er genoss die Geschichte und wie sie erzählt wurde.

Als Ann die Sache mit den Kalendern zu erklären begann, ließ Paul seinen Blick durch den Raum wandern, denn er wusste, was jetzt kam.

„*7. Juli 1999* und *Nachrichten gesehen YM tot* ist übrigens eine recht einzigartige Kombination. Meine Suche hat den Namen Yolanda Meeks ergeben. Und damit bin ich mitten in Ihren Mordermittlungen gelandet."

Er hörte, wie Rita scharf die Luft einsog.

„*VR* und *7. Oktober 2002* ergaben Victor Ryckoff. Und da war ich wieder – in Ihrem Mordfall."

Christopher konnte der Versuchung nicht widerstehen, zu den Tafeln zu gehen und die Geschichte des Falls zu überfliegen.

„Also – ich weiß, dass es nicht viel ist, aber ist es genug, um diesen Kerl und diesen Unfall von meinem auf Ihren Schreibtisch zu schieben?“

Und dann Pauls eigene Stimme auf Band.

„Ich übernehme die ganze Sache.“

Jason versuchte, unbemerkt ein paar Tasten zu drücken, um einen Ordner auf seinem Rechner aufzurufen. Paul hob eine Hand, um das Flüstern zu unterbinden, das weiter hinten im Raum zu hören war. Jetzt rutschte niemand mehr ungeduldig auf seinem Stuhl herum. Sam sah zufrieden aus und Paul begegnete seinem Blick lange genug, um sein Lächeln zu erwidern. Es gab Grund zur Zufriedenheit. Er ließ das Band bis zum Ende laufen und schaltete es dann aus. Ein Stimmengewirr brach los.

Paul lächelte, als er sich erhob. Er nahm die Asservatentüte und hielt sie hoch. „Beruhigt euch, Leute. Wie ihr seht, gibt es Arbeit für uns. Erst verteilen wir die, dann will ich wissen, was ihr denkt.

William, die Initialen L.S., D.M., G.N. – überprüf du jeden Namen, der irgendwo in den Akten vorkommt, Leute, die wir befragt haben, Freunde der Opfer, alle Adressbücher, Briefe und Zettel, die wir haben. Alles.

Kelly, häng dich an den Gerichtsmediziner und finde alles heraus, was er uns über diesen Mann sagen kann. Vergleiche Fingerabdrücke, DNA und Foto mit allem, wozu wir Zugang haben. Dieser Kerl könnte Charles Ash sein.

Peter, die beiden Männer, die Ann Silver beschattet haben, versuchen, an die drei Kalender zu kommen. Wer sind sie, wo sind sie und sind sie immer noch eine Gefahr für meine Beamten? Auf diese Fragen will ich noch heute eine Antwort haben, also sprich mit den anderen, damit sie das auch zu ihrer Priorität machen. Wer hat die beiden geschickt? Für wen haben sie gearbeitet? Jemand kannte den Mittelsmann gut genug, um zu wissen, dass er das Schließfach auflösen würde, und kann uns seinen Namen sagen.

Arnett, gefälschte Papiere. Wer, was, wo, wann – alles, was sie uns sagen können. Haben wir solche Fälschungen schon mal gesehen, wer hat sie hergestellt, wohin führen sie uns als Nächstes?

Daniel, diese drei Kalender. Gibt es irgendwelche Fingerabdrücke darauf außer denen von Ann Silver? Dann die Seiten scannen, zuerst die sechs Daten, die sie uns gegeben hat. Nimm ihre Anleitung zum Entziffern des Codes und häng die dekodierten Seiten so schnell wie möglich hier auf.

Christopher, die anderen Einträge in den Kalendern. Was sagen sie uns, wohin können sie uns führen?

Jason, die Bank. Hatte er neben dem Schließfach auch ein Konto dort? Wohin haben sie die Rechnung für die Schließfachgebühr geschickt? Und ich will alle Vorgänge in Bezug auf dieses Schließfach haben, jedes Datum, wann er sich in den letzten achtunddreißig Jahren registriert hat. Unterschriftenkarten, alles, was er jemals ausgefüllt oder unterzeichnet hat. Ich will, dass du dich heute noch in einen Flieger setzt und der Präsident der Bank dein neuer bester Freund wird.

Franklin, sprich mit den anderen Leuten intern – Finanzministerium, CIA, DEA, andere Stellen vor Ort – wir haben es hier mit einem wichtigen Mittelsmann zu tun, der Beziehungen für andere herstellt. Wen jagen sie? Unser Mann wird nicht nur mit unserer Killerin Deals gemacht haben, wenn er so lange im Geschäft war. Wir geben preis, was wir haben, wenn sie uns im Gegenzug einen Ansprechpartner in ihren eigenen Reihen nennen. Aber ich will keine Rivalitäten. Nur eine Behörde wird durch die Tür gehen, wenn wir seinen Wohnsitz gefunden haben, und ich will, dass wir das sind. Informiere Montgomery; er ist der Mann, der für uns die Fäden zieht, damit das klappt.

Sullivan, das Auto, der Inhalt und die anderen Gegenstände kommen morgen rein. Ich will wissen, was sie übersehen haben.

Rita, ich brauche ein Transkript dieses Bandes und neue Tafeln. Eine Zeitschiene für den Mittelsmann und eine für die Kalender.

Sam, du und ich, wir konzentrieren uns auf die Morde an Yolanda Meeks und Victor Ryckoff. Ich bin überzeugt davon, dass wir jetzt genügend Informationen haben, um den Auftraggebern für die beiden Morde einen Namen zu geben.

Ich will, dass ihr in achtundvierzig Stunden da draußen seid und an der Sache arbeitet, also ändert eure privaten Pläne und sorgt dafür, dass ihr reisen könnt. Diejenigen von euch, die verheiratet sind, gehen zum Abendessen nach Hause und bringen ihre Kinder zu Bett. Ihr könnt später wiederkommen, wenn es sein muss. Fahrtkosten sind für alles, was ihr braucht, genehmigt, während die Spur heiß ist, also fahrt auf Kosten der Behörde, um Zeit zu sparen. Noch irgendwelche Fragen?" Paul ließ den Blick durch den Raum schweifen und reichte Daniel die Asservatentüte. „Also gut, die Aufgaben sind klar. Jetzt will ich hören, was ihr denkt. Erste Eindrücke, Ideen?" Damit alles seine Ordnung hatte, gab er Franklin mit einem Nicken das Zeichen, die Diskussion zu beginnen.

■

Ann war es gelungen, Autogramme von zwei Werfern zu ergattern und einem Fänger ein Lächeln sowie einen Händedruck zu entlocken. Als sie endlich zu ihren Plätzen zurückkam, war sie bester Stimmung. „Das wird ein klasse Spiel." Sie legte ihren Handschuh auf ihren Sitz am Gang und hoffte, sie würde das Stadion mit einem gefangenen Ball verlassen, der versehentlich ins Aus geflogen war.

Lisa reichte ihr einen Hotdog. „Ich habe schon mal angefangen."

„Prima. Wie geht es dir? Was macht Quinn?"

„Mir geht es prima. Er ist wunderbar. Und dein Leben?"

„Läuft gut." Keine von ihnen erwähnte die Tatsache, dass sie beide an Mordfällen arbeiteten. Sie ignorierten sie bewusst, weil sie den freien Tag genießen wollten. Lisa, die als forensische Pathologin für mehrere Kleinstädte im Westen arbeitete, war oft die einzige ausgebildete Tatortermittlerin, wenn sich eine Tragödie ereignete. Da sie in Chicago gearbeitet hatte, bevor sie den Bund der Ehe eingegangen und nach Westen gezogen war, war das heute für sie eine Art Nachhausekommen.

Ann grinste Lisa an und berührte die neue Baseballmütze, die ihre Freundin trug. „Steht dir gut."

„Teamgeist und so."

Ann winkte einem Verkäufer, der Getränke anpries. „Ich hatte kein Mittagessen, daher weiß ich den Hotdog zu schätzen. Oh, Kate ruft an. Zieh das Handy mal aus meiner Tasche. Sie will dich wegen des Bildes fragen, das du ihr gemailt hast – irgendein haariges Tier?"

Lisa grinste und zog das Telefon heraus. „Hi, Kate. Warum hast du Ann angerufen? Oh, okay. Warte." Sie sah Ann an. „Daves Geburtstag – ist es in Ordnung, wenn Kate ihm ein Haustier schenkt, auch wenn es am Ende wahrscheinlich ihr Haustier sein wird? Ich habe diese süße Katze für sie gefunden, die so weich ist wie Kaschmir."

„Auf jeden Fall." Kates alter Kater war vor zwei Monaten gestorben und alle wussten, dass sie insgeheim an dem Tier gehangen hatte, vor allem, weil Dave es ihr geschenkt hatte. Sie brauchte eine neue Katze. Sich selbst würde sie keine kaufen, aber sie als Geschenk für Dave zu deklarieren, würde funktionieren.

„Ann sagt Ja, Kate."

„Sag ihr, sie soll außerdem ein schönes Negligé kaufen oder das vom letzten Jahr noch mal als Geschenk einpacken."

Lisa lachte und gab den Rat weiter. „Kate sagt, sie hätten schon eine wundervolle Tochter", wiederholte Lisa für Ann, „und unsere Vorschläge würden dafür sorgen, dass sie noch eine bekämen."

„Holly hat eine Schwester verdient." Ann holte ihr Portemonnaie heraus, um die Getränke zu bezahlen.

Die Tribüne war beinahe voll, das Wetter war herrlich und sobald das Spiel begann, würden sie sich nur noch schreiend unterhalten können. Ann lehnte sich auf ihrem Platz zurück und stützte die Füße auf den noch freien Sitz vor sich, während sie aß und Lisas Teil des Telefonats mit Kate lauschte. Dies schien ein perfekter Tag zu werden.

Lisa schob das Telefon wieder in Anns Tasche. „Sie hat die Entscheidung in diesem Jahr aber lange hinausgeschoben – er hat am Sonntag Geburtstag."

„Sie war sich nicht sicher, was sie ihm schenken sollte, und konnte sich nicht entscheiden. Aber sie wusste, dass eine von uns ihr helfen würde. Ich wollte einen Urlaub ohne Holly vorschlagen, damit ich Babysitter spielen kann."

„Ich hätte sie gerne für eine Woche. Quinn redet auch von Kindern. Aber ich will erst noch ein bisschen üben."

Ann lächelte bei dem Gedanken. „Er wird dich schon überreden."

„Das kann er gerne versuchen." Lisa schwenkte ihre Getränkedose in Richtung Stadion. „Ich bin ja so froh über deinen Vorschlag, uns hier zum Spiel zu treffen. Ich bin meilenweit von zu Hause entfernt und vierundzwanzig Stunden lang nicht erreichbar. Diese Pause konnte ich gebrauchen."

„Ich auch. Ich sitze hier und denke an den letzten perfekten Tag zurück, den wir zusammen verbracht haben. Strand. Zwei tolle Typen. Du hattest Quinn und ich hatte Ted mitgebracht. Diese Eisgetränke mit den Kirschen – und ich hatte einen Sonnenbrand auf der Nase." Ann lächelte bei der Erinnerung.

Lisa griff in ihre Tasche und zog eine kleine Flasche Sonnenmilch heraus. „Quinn hat sie mir mitgegeben, als ich das Hotelzimmer verlassen habe."

„Genießt du das Eheleben so sehr, wie es den Anschein hat?" Ann nahm das Fläschchen entgegen, rieb sich etwas von der Lotion ins Gesicht und gab sie zurück.

„Mehr. Aber trotzdem brauche ich ab und zu ein Mädelstreffen."

„Ich wollte dich übrigens noch was fragen. Es geht um einen Typen, den ich kennengelernt habe", sagte Ann und war zufrieden, dass es ihr gelungen war, die Worte so beiläufig auszusprechen, obwohl das, was ihr während der Taxifahrt zum Stadion durch den Kopf gegangen war, nichts Beiläufiges an sich hatte.

Lisa warf ihr einen erstaunten Blick zu. „Ach ja?"

„Ich glaube, du bist ihm schon mal begegnet. Paul Falcon."

Lisa drehte sich ganz zu ihr um und grinste. „Ich wittere eine Story. Komm schon, erzähl."

„Ich frage mich nur, was du über ihn weißt. Single? Geschieden? Schlechte Tischmanieren?" Ann stellte die Fragen ironisch. Einige der Antworten kannte sie schon.

Lisa lachte. „Ich bin Paul Falcon tatsächlich schon mal begegnet. Er war einer der Ersten, der nach unserer Hochzeit zu einem Abendessen vorbeikam, bei dem ich meine Fähigkeiten als frischgebackene Ehefrau, Gastgeberin und Köchin unter Beweis zu stellen versuchte. Quinn hatte ihn eingeladen – sie arbeiteten damals gemeinsam an einem Fall. Paul hat das Essen überlebt. Ich muss zugeben, dass ich ihn ziemlich ausgefragt habe, weil ich extrem nervös war. Da er in meiner Blickrichtung saß, habe ich ihm keine Ruhe gelassen. Er ist alleinstehend, hat an der Ostküste studiert, ist nach dem Studium gleich zum FBI und hat bei mir Bonuspunkte gesammelt, weil er sich nach den Katzen erkundigt hat, die im Esszimmer auftauchten, ohne dabei anzudeuten, dass sie woanders sein sollten. Noch mehr Punkte hat er allerdings von Quinn bekommen, weil er sich ernsthaft für die Kunstsammlung in unserem Haus interessiert hat. Ich weiß noch, wie ich dachte: fein, entspannt, gebildet, ernsthaft und unter den guten Manieren und dem teuren Anzug etwas ganz Solides und Freundliches. Quinn hat ihn mir als Paul Falcon vorgestellt, einen guten Ermittler. Das sagte mir eine Menge, bevor der Mann überhaupt den Mund aufmachen konnte."

Ann ging Lisas Beschreibung im Geiste noch einmal durch. „Ich dachte: Autorität, teurer Anzug, nettes Lächeln und guter Zuhörer. Das Letzte ist mir besonders aufgefallen. Ich habe heute eine richtig gute Geschichte erzählt und er hat mich nicht ein einziges Mal unterbrochen."

Lisa strahlte. „Den solltest du dir warmhalten."

Das Stadion erwachte zum Leben, als das Spiel über die Lautsprecher angekündigt wurde, die Mannschaften vorgestellt wurden und die Nationalhymne erklang. Ann fügte dem zustimmenden Johlen der Menge einen geübten Pfiff hinzu, als ihre Lieblingsspieler namentlich genannt wurden.

„Wirst du ihn wiedersehen?", fragte Lisa, wobei sie sich zu ihr herüberbeugte, damit Ann sie hören konnte.

„Ich bezweifle es. Ich habe den Fall abgegeben. Aber ich wollte gerne wissen, woran ich bin, falls ich ihm doch noch einmal über den Weg laufe."

Ann klatschte und pfiff wieder, als der Werfer der Cubs ein paar Probewürfe machte und der Schiedsrichter sich auf seinem Platz hinter der Home Plate aufstellte. Dann setzte sie sich, um einen denkwürdigen Nachmittag zu erleben.

Der erste Schlag ging ins Aus, woraufhin Ann aufsprang und zusammen mit zweihundert anderen Begeisterten auf die Treppe rannte, weil sie hoffte, den ersten verfügbaren Ball zu erwischen. Als sie sah, wie ihn ein junger Mann fünfzehn Reihen weiter hinten fing, setzte sie sich wieder auf ihren Platz und legte den Handschuh ab. Dann griff sie nach ihrem Getränk. „Das wird ein super Spiel, Lisa!"

Lisa lachte und dachte bei sich, dass es nichts Unterhaltsameres gab als Ann bei einem Baseballspiel. Nach dem nächsten Wurf musste Lisa Anns Drink retten, weil ihre Freundin ihn beinahe verschüttet hätte, als sie dem Schiedsrichter ihr Missfallen kundtat. Ihre Plätze hinter der First-Base-Linie hatten Quinn ein hübsches Sümmchen gekostet und Lisa wünschte, sie könnte diese unbezahlbaren Augenblicke festhalten, um sie später mit ihrem Mann zu teilen. Wenn sie ihm an diesem Abend ihren Dank zuflüstern und einen Kuss folgen lassen würde, würde Quinn lächeln, wie ein Ehemann es tat, und sich darüber freuen, dass ihr Nachmittag ein Erfolg gewesen war. Er würde glücklich sein, weil sie es war. Und er würde es wirklich verstehen. Das hier war Ann. Sie war Lisas Freundin. Und mit dem Besuch dieses Spiels schufen sie eine weitere Erinnerung an einen perfekten gemeinsamen Tag.

Lisa entdeckte einen Verkäufer mit Popcorn und winkte ihm zu, dann kramte sie etwas Geld aus ihrer Tasche. Sie würde dafür sorgen, dass Ann am Ende dieses Spiels satt, müde, glücklich und heiser war. Das taten Freundinnen füreinander. Sie grinste, als sie Ann die Popcorntüte in die Hand drückte. „Ich könnte Paul Falcon zum Essen einladen und dich ganz zufällig auch", bot sie ihr an. Das war noch etwas, das Freundinnen taten. Sie mischten sich ein.

Ann lächelte, schüttelte aber den Kopf. „Frag mich in etwa sechs Monaten noch mal, dann nehme ich dein Angebot vielleicht an. Im Moment habe ich zu viel auf dem Schreibtisch liegen." Der erste Treffer des Spiels flog die Linie zur First Base entlang und sofort sprinteten mehrere Spieler dem Ball hinterher beziehungsweise rannten los, um die Base zu erreichen. Safe. Ann sprudelte über vor Freude, lehnte sich zu Lisa hinüber und umarmte ihre Freundin mit einem Arm. „Sag Quinn Danke von mir."

■

Während er die Jagd nach dem Mittelsmann angestoßen hatte, war Paul die andere, persönlichere Frage, die der heutige Tag aufgeworfen hatte, nicht entfallen. Als er sah, dass in Daves Büro abends um sieben noch Licht brannte, ging Paul zu ihm. Dave hatte seine Füße auf einen Stuhl gelegt und auf seinem Schoß lag ein aufgeschlagener Bericht. Paul lehnte sich an den Türrahmen. „Erzähl mir von Ann Silver."

Dave blickte überrascht auf und blinzelte zweimal, während er im Geiste umschaltete. „Eine gute Freundin. Sie hat im letzten Jahr dreiundachtzig Mordfälle bearbeitet und braucht dringend Urlaub. Wenn sie uns etwas angeboten hat, hoffe ich, dass du es genommen hast."

„Habe ich. Ich hatte sie nicht als Mordermittlerin eingeschätzt."

„Sie ist die Ermittlungsbeauftragte für Mordfälle im Mittleren Westen."

„Ann?"

Dave lächelte. „Eine Beamtin der Spitzenklasse. Sehr angenehme Gesellschaft. Weiß mehr über Mord als jeder andere, mit dem ich bisher zusammengearbeitet habe, abgesehen von dir. Und sie hat keinen Funken Ehrgeiz am Leibe, weshalb die anderen sie immer wieder in diese Position wählen."

Falcon war sich nicht sicher, was er mit dieser Information anfangen sollte.

Der Ermittlungsbeauftragte wurde von den zweihundertvierzehn aktiven Mordermittlern in den acht Bundesstaaten des Mittleren Westens gewählt. Jeder Polizist konnte diesen Ermittlungsbeauftragten anrufen und bitten, sich in einen Fall einzuschalten. Was die Position einzigartig machte, war die Tatsache, dass die oder der Beauftragte für den Beamten arbeitete, der um Hilfe gebeten hatte – und selbst nie einen Bericht zu dem Fall schreiben musste. Der Beauftragte half nur, wenn er darum gebeten wurde. Jemandem in dieser Position wurde besonders viel Vertrauen entgegengebracht und er konnte vieles auf inoffiziellem Wege bewirken.

Und dieser Jemand war Ann Silver. Sie hatte mit Sicherheit Zeugnisse von mindestens acht Polizeipräsidien vorzuweisen und eine höhere Sicherheitsfreigabe als die meisten FBI-Agenten. Und trotzdem hatte sie sich als Provinzpolizistin vorgestellt und weder am Empfang noch im Laufe ihres Gesprächs ihren Titel erwähnt.

Dave blätterte in seinem Bericht und ließ ihn auf seinen Schreibtisch fallen. „Überrascht?"

„Ziemlich."

„Sie posaunt es nicht gerne herum. Die Beamten, die sie wählen, wissen, wer sie ist, und wenn es nach ihr ginge, würde ansonsten niemand erfahren, dass es diese Position überhaupt gibt", erklärte Dave. „Ann ist in diesem Jahr außerdem kommissarischer Sheriff in der Heimatstadt ihrer Großeltern. Der Magistrat der Stadt wird aufgelöst und die Polizeiarbeit auf Bezirksebene überführt. Die Geschichten, die sie dir über Süßigkeitendiebstähle, betrunkene Fahrer, Schule schwänzende Teenager und entlaufene Haustiere erzählen kann … sie genießt das. Ich war echt überrascht, dass sie sich die Zeit genommen hat, in den Norden zu kommen, aber ich bin froh, dass sie es getan hat. Sie hat ziemlich viel zu tun."

„Sie fliegt, um sich zu entspannen."

„Ich habe sie einmal gefragt, wie viele Flugstunden sie schon für sich verbuchen kann und es waren über sechzehntausend."

„Ist sie mit jemandem liiert?", fragte Paul beiläufig. Er war mit seinem Tonfall zufrieden, aber die Frage, die ihn schon den halben Tag beschäftigte, hatte nichts Beiläufiges an sich.

Dave musterte ihn. „Warum fragst du?"

„Ann Silver hat sich heute auf den Stuhl in meinem Büro fallen lassen, mir eine gute Story präsentiert und einen Durchbruch in einem Fall errungen, der mir fünftausend Stunden Kopfschmerzen bereitet hat. Sie wusste, was sie da hatte, und hat es abgegeben. Wie vielen solcher Frauen begegnet ein Mann im Zuge seiner beruflichen Laufbahn? Ich wusste gleich, dass sie etwas Besonderes ist, aber du hast dem gerade noch eine tiefere Schicht hinzugefügt. Deshalb hätte ich wirklich gerne eine Antwort auf meine Frage."

„Ehrlich gesagt weiß ich nicht, ob ich sie beantworten will. Ich weiß es einfach nicht. Ann ist eine gute Freundin und gehört für Kate und mich sozusagen zur Familie."

Paul spürte, dass Dave einen Schutzwall hochzog. Das hatte er noch nie erlebt. „Komm schon, Dave. Ann Silver hat mein Interesse geweckt und sie ist deine Freundin. Also kannst du mir doch einen kleinen Tipp geben."

„Du hast gesagt, dass du nicht mit einer Polizistin ausgehen willst. Da warst du dir sicher."

„Du weißt doch, dass ich nicht nur auf eine Verabredung aus bin. Ich will mehr, und das schon seit einer Weile."

„Du bist mit den meisten Freundinnen ausgegangen, die Kate und ich haben, und bist immer noch auf der Suche. Ich bin nicht geneigt, Ann dieser Liste hinzuzufügen."

„Was erwartest du von mir?"

„Sind wir Freunde?"

Paul verschränkte die Arme. „Du weißt, dass wir Freunde sind. Aber warum lässt du mich dann über glühende Kohlen laufen?"

„Hör mich bitte an. Dein Vater ist eine Legende. Du bist der älteste Sohn, der Kronprinz, der darauf wartet, dass der König stirbt. Das Falcon-Imperium und die Familienverpflichtungen können jederzeit auf deinen Schultern landen. Und das bringt dich durcheinander. Du glaubst, du müsstest verheiratet sein, bevor du zum Familienoberhaupt wirst. Und du bist Polizist. Diese beiden Rollen kannst du schon nur mit Mühe unter einen Hut bringen. Und jetzt suchst du nach einer Frau, die ebenfalls in diesen beiden Welten zurechtkommen kann. Aber ich habe keine Lust zuzusehen, wie Ann in dieses Tauziehen mit hineingerät."

„Ich will nicht wegen meiner Familie heiraten."

„Das glaube ich dir nicht."

„Glaub, was du willst. Aber ich will heiraten, weil ich es leid bin, alleine zu sein, wenn ich nach Hause komme. Ich hätte gerne eine Frau, mit der ich mein Leben teilen kann. Ich möchte Kinder, die herumrennen, und es wird langsam Zeit dafür. Ich habe nicht vor, mit fünfzig noch der Single zu sein, der von seinen verheirateten Freunden zum Essen eingeladen wird. Außerdem bin ich intelligent genug, um zu wissen, was es für die Frau, für die ich mich entscheide, bedeuten wird, meine Frau zu sein. Ich will, dass meine Ehe es überlebt, wenn ich Familienoberhaupt der Falcons werde, und meiner Frau bewusst wird, worauf sie sich eingelassen hat." Eine Ehe, die überleben konnte, hatte für ihn die oberste Priorität. „Willst du allen Ernstes behaupten, dass Ann Silver nicht mit den Falcons fertigwürde?"

Dave dachte darüber nach, dann lachte er. „Da mache ich mir eher Sorgen um die Falcons. Du hast keine Ahnung, über wen du da Nachforschungen anstellst, Paul."

„Also vertrau mir und gib mir eine Antwort. Ist sie mit jemandem zusammen?"

„Du hast gesagt, du willst nicht mit einer Polizistin ausgehen", wiederholte Dave genervt. Er griff nach seinen Büroschlüsseln und seinem Handy. „Komm, wir gehen spazieren."

Paul kannte Dave lange genug, um ihn nicht anzusprechen, während sein Freund überlegte, was er sagen wollte. Es wurde allmählich dunkel und der Berufsverkehr war vorüber, sodass die Bürgersteige halb leer waren. Dave wartete, bis sie die Spring Avenue hinuntergingen, bevor er sein Schweigen brach.

„Ann ist die beste Freundin meiner Frau. Ann würde sagen, Kates beste Freundin sei Lisa oder Rachel, aber es ist Ann. Wann immer du eine Liste erstellst, auf der ihr Name ganz oben steht, wird sie jemand anderen dorthin setzen. Das macht sie instinktiv. Sie fühlt sich im Hintergrund wohl und mag es lieber so", begann Dave, dann hielt er inne.

„Ihr wärt ein gutes Paar", sagte er dann plötzlich. „Ich kenne euch beide. Ihr würdet gut zusammenpassen. Also werde ich deine Frage beantworten und nicht versuchen, dich von deinem Interesse abzubringen, aber ich werde hundertprozentig darauf achten, dass du die Sache nicht in den Sand setzt. Ann vertraut mir, sie vertraut Kate, und ich überschreite eine Menge Grenzen, indem ich diese Unterhaltung mit dir führe. Hier geht es nicht um irgendeinen meiner anderen Freunde. Hier geht es um Ann."

Paul hörte die Warnung klar und deutlich. Wenn er nicht vorsichtig war, würde ihn dies eine Freundschaft kosten. Offenbar hatte Ann hier eine starke Interessensvertretung. Er war merkwürdig erleichtert darüber, stellte er fest. Und er bekam allmählich einen ersten Eindruck davon, wie außergewöhnlich die Frau war, die er heute kennengelernt hatte. „Ich werde ihr nicht wehtun, Dave."

„Du wirst versuchen, es nicht zu tun", gestand Dave ihm zu. „Damit du die Sache nicht verpatzt, musst du eine Menge wissen. Ann Silver kann man nicht mit ein paar Sätzen beschreiben. Sie ist

… wo soll ich anfangen? Es gibt einen Grund, warum ich das nicht will, Paul. Nicht bei Ann."

„Erzähl mir einfach von ihr", sagte Paul, bevor Dave es sich anders überlegen konnte. „Sie wohnt nicht hier. Sei ein Freund und hilf mir aus. Es würde Monate dauern, bis ich herausgefunden habe, was du mir einfach erzählen kannst. Sei *ihr* ein guter Freund und erzähl mir, was ich wissen muss."

„Du wirst die Hilfe brauchen", bestätigte Dave, „weil Ann der zurückhaltendste Mensch ist, den ich kenne. Sie ist wie ein Bergwerksschacht, der so viele Gänge hat, dass man nicht merkt, was da ist, bis man in den nächsten gefallen ist. Ich kenne sie gut und trotzdem möchte ich wetten, dass ich längst nicht alle ihre Windungen kenne. Ich werde dir so viel über ihren Hintergrund erzählen, dass du nicht herumstochern musst, aber ich kann dir nicht sagen, wie du ein paar der Stromschnellen vermeiden kannst. Bei Ann gibt es immer wieder eine plötzliche Wendung, die du nicht erwartet hast.

Sie ist nicht liiert. Um ehrlich zu sein: Ann ist mit vielen Männern ausgegangen, aber nie wirklich länger als einen oder zwei Monate. Mit vielen ist sie hinterher befreundet geblieben. Ein paar Jahre lang war sie mit dem persönlichen Sicherheitsbeauftragten des ehemaligen Vizepräsidenten zusammen, und ich dachte, das wäre die Beziehung, die hält. Er ist ein guter Kerl, so einer, wie man ihn sich als Mann für eine Freundin wünscht. Sie vertraut ihm – das sieht man, wenn sie zusammen sind. Aber obwohl sie ihn an den Feiertagen immer noch ins Schlepptau nimmt, wenn er nicht weiß, was er machen soll, ist das eine dieser Beziehungen, die sie beendet hat und bei denen eine Freundschaft geblieben ist. Sie lässt keinen Mann dauerhaft in ihr Leben. Ich weiß nicht, warum."

Paul blieb stehen. Er wollte sich vergewissern, dass er verstanden hatte, was Dave da sagte. „Du meinst, sie interessiert sich für jemanden, behält ihn als Freund, aber es wird nie etwas Ernstes daraus?"

„Ganz so ist es nicht, aber ja, das ist grob gesagt das Muster." Dave dachte darüber nach und schüttelte dann den Kopf. „Wahrscheinlich verstehe ich es nicht richtig." Er setzte sich wieder in Bewegung. „Das Problem ist, dass sie nett ist. Alle wollen mit Ann ausgehen. Es macht Spaß, mit ihr zusammen zu sein, Paul. Sie ist die Art Frau, bei der man froh ist, dass man den Kalender freigeschaufelt hat, um den Abend mit ihr zu verbringen. Sie bekommt viel Aufmerksamkeit. Und sie ist zu höflich, um eine Verabredung abzulehnen."

Das erklärte nicht, warum sie keine feste Beziehung hatte. Es bedeutete, dass sie jede Menge Gelegenheiten hatte, mit einer Beziehung Ernst zu machen, wenn sie wollte, diesen Schritt aber nie getan hatte. Paul fragte sich, was wohl der Grund dafür war oder die Gründe, und er fragte sich auch, ob er einer der vielen sein würde, die sie nach einem oder zwei Monaten freundlich in die Wüste schickte. „Wie sieht ihr Hintergrund aus?"

„Sie wird im Juni vierzig, ist in armen Verhältnissen in Chicago aufgewachsen, hat ihre Sommerferien bei ihren Großeltern auf einem Bauernhof im ländlichen Illinois verbracht. Keine Geschwister. Sie war nie verlobt. Ihre Eltern und Großeltern leben nicht mehr. Sie ist bei der Polizei, seit sie sechsundzwanzig war. Angefangen hat sie in Chicago beim Betrugsdezernat, dann ist sie zu Schwerverbrechen gewechselt, dann zur Mordkommission. Sie hat acht Jahre lang direkt unter Howard Benson gearbeitet. Er hat Ann vorausgeschickt in einen Fall oder eine Einsatztruppe, damit sie guckt, was tatsächlich vor sich geht. So hat sie eine Menge Erfahrung sammeln können und als er in den Ruhestand ging, haben die Beamten angefangen, sie direkt anzurufen. Ob Stadt, Land, Bundesstaat oder in nationalen Angelegenheiten – sie fügt sich ein, wo auch immer sie erscheint, und liefert einen Beitrag, ohne anderen auf die Füße zu treten. Alle arbeiten gerne mit ihr zusammen. Vor fünf Jahren wurde sie zur Ermittlungsbeauftragten im Mittleren Westen gewählt, und seither fiel die Wahl jedes Mal wieder einstimmig auf sie. Ich habe noch keinen Polizisten im Mittleren Westen getroffen, der nichts Gutes über sie zu sagen gehabt hätte. Sie ist wie geschaffen für den Job.

Inzwischen hat sie gelernt, die Polizistin auch mal abzustreifen und abzuschalten – von der Arbeit und der damit verbundenen Verantwortung – und eine oder zwei Stunden lang woanders zu sein. Als sie in den Zwanzigern war, dachte ich, sie würde das nicht können, und mit Anfang dreißig sah es nicht gut aus, aber jetzt schafft sie es und wird mit den Bildern fertig, die sie mit nach Hause nimmt. Sie sind da, hinter ihren Augen, aber der Schmerz strömt nicht mehr aus ihr heraus, so wie es früher war. Als Ermittlungsbeauftragte in Mordangelegenheiten wird sie angerufen, wenn ein Fall einem anderen Beamten über den Kopf wächst, also lebt sie jetzt mit den schlimmsten Fällen von allen. Aber das nimmt sie bereitwillig und opferbereit auf sich. Sie hat in ihrem Leben bereits so viel gesehen, dass sie bereit ist, noch mehr zu schultern, nur damit es kein anderer tun muss. Sie kommt damit klar und das ist ihr auch wichtig."

Daves ernste Stimmung verflog und er lachte. „Sie ist eine grauenhafte Köchin. Ann hat keinen Sinn für Haushalt, Gartenarbeit, Aufräumen, Kochen, Inspektionstermine für den Wagen oder Einkaufen, deshalb hat sie Leute, denen sie vertraut und die das meiste von dem übernehmen, was sie das Lebenszeug nennt.

Ich kaufe ihr jedes Jahr zum Geburtstag ein Paar Tennisschuhe, weil sie die braucht. Ann geht spazieren – die Hände in den Jackentaschen vergraben, einen Block in der Gesäßtasche ihrer Jeans und ohne spezielles Ziel. Sie geht einfach irgendwohin, aber immer mit ihrem Hund. Sie mag keine Menschenmengen, Konzerte oder ausgefallenen Orte und sie sammelt auch nichts. Sie will einen Sonnenuntergang und einen Hund, ein kaltes Getränk und ein Buch."

Paul hatte aufmerksam zugehört. „Klingt so, als wüsste sie, was sie im Leben will."

„Sie weiß, was sie mag. Sie hat viel zu tun und sie sorgt dafür, dass es so bleibt. Sie ist eine erfahrene Pilotin, hat einen Abschluss in Informatik, ein großartiges Geschäft mit seltenen Münzen aufgebaut, beim letzten Fall der Aktienkurse klug gehandelt und ihr jetziges Haus mit Bargeld modernisiert, und etwa alle sieben Jahre sucht sie sich eine neue Richtung und irgendetwas anderes taucht in ihrem Leben auf. In letzter Zeit schleppt sie Kunstbücher mit sich herum. Ihr Verständnis von Entspannung ist es, etwas zu tun, das nichts mit einem Mordfall zu tun hat."

Paul verstand diese Suche nach Ablenkung nur zu gut. Man musste sich ganz bewusst auf andere Dinge konzentrieren, wenn man nicht im Dienst war, um wirklich abschalten zu können. „Diese Art der Entspannung kann ich nachvollziehen."

„Ann hat sie perfektioniert. Sie schreibt. Das wird sie dir nicht erzählen. Jedenfalls erzählt sie es nicht vielen Leuten. Sie hat bis jetzt fünfzehn Bücher veröffentlicht. Während sie fliegt, denkt sie über das nächste Buch nach. Sie hat ihr ganzes Buch auf stundenlangen Flügen durchdacht und stichpunktartig in ihren Notizblöcken festgehalten, bevor sie sich hinsetzt, um die Geschichte in Form zu bringen. Sie hat Kates und meine Geschichte geschrieben und die von Lisa und Quinn, wobei sie genug fiktive Elemente eingefügt hat, dass unsere Freunde es nicht merken, aber im Kern ist es unsere Geschichte. Alle fünfzehn Bücher sind so – es sind Romane, aber über Leute, die Ann gut kennt, die Geschichten haben, die sie gehört und gesehen und verstanden hat. Es sind gute, solide Bücher und optimistische, was für eine Mordkommissarin eine ganz schöne Leistung ist. Durch das Fliegen, das Schreiben, die Hobbys, die zu Geschäftsideen werden, erholt sie sich von der Arbeit. Dadurch kann sie eine gute Ermittlerin bleiben."

Paul erinnerte sich daran, wie sie in seinem Büro gesessen und ihm die Geschichte von dem Autounfall erzählt hatte. Sie war wirklich eine gute Erzählerin. „Hast du ihre Bücher?"

„Ich kann dir ein paar leihen", bot Dave an.

„Erzähl mir mehr", sagte Paul. „Was kannst du mir noch über sie sagen?"

„Stress ist für sie ein Fremdwort, Paul. Erinnerungen an Blut und Mord gibt es zuhauf, aber keinen Stress. Wenn man ein paar Tage mit ihr zusammen ist, hat man gar nicht den Eindruck, dass sie so viel arbeitet. Sie legt die Füße hoch und erzählt Geschichten, löst Rätsel, kauft Dinge, die sie für billig hält, und verkauft Sachen, die teuer aussehen. Sie beobachtet ganz automatisch das Wetter, um zu wissen, wann sie fliegen kann, und wenn sie eine Idee hat, macht sie sich Notizen. Sie liest, was gerade zur Verfügung steht, und arbeitet an ihren Mordfällen, indem sie sie knackt wie Erdnussschalen, um zu sehen, was sich im Innern befindet. Sie hält alle diese Bälle einfach in der Luft, und da hat sich im Laufe der Jahre eine Menge Zeug angesammelt. Aber das Merkwürdige ist: Sie ist der einzige Mensch, den ich kenne, der keine Liste mit Zielen und Zeitvorgaben hat und keinen Plan für sein Leben."

„Aber sie vergeudet ihr Leben nicht. Sie lebt es einfach."

„Genau."

Paul gefiel, was er über Ann erfuhr, und sah seinen Freund an.

Er war durchaus in der Lage, zwischen den Zeilen zu lesen. Dave hatte vielleicht nicht über Ann sprechen wollen, aber nachdem er sich doch dazu durchgerungen hatte, wollte er rüberbringen, dass es sich für einen Mann lohnte, Ann näher kennenzulernen. Dave hatte noch nie seine Meinung dazu zum Ausdruck gebracht, mit welcher von seinen und Kates Bekannten Paul ausging. Bei Ann lag die Sache anders. Paul fand, dass Dave sich so benahm wie der ältere Bruder, den Ann nicht hatte.

Dave blieb stehen. „Es kommt mir immer merkwürdig vor, dass Ann nicht verheiratet ist. Sie ist gut, was Beziehungen angeht, weil sie sich nicht mit dem Unwesentlichen aufhält und sich mit dem Kern befasst. Sie hat die Dinge, die dir wichtig sind, im Blick. Nachdem man mit ihr zusammen war, geht es einem besser als vorher. Und es funktioniert in beide Richtungen. Sie bringt ihr Leben ein und nicht irgendeine in Glanzpapier verpackte Version dessen, was sie dir zeigen will. Sie ist ruhig, sie ist zurückgezogen, aber sie ist authentisch.

Ann hat mir einmal erzählt, dass niemand mehr als eine Handvoll gute, lebenslange Freundschaften pflegen kann. Sie überlegt sich genau, welche das sind. Sie hat mir nie eine Zahl genannt, aber ich glaube, sie hält dreißig bis vierzig für ihr persönliches Limit. Sie beobachtet Menschen, um herauszufinden, wer gut zu ihr passt, weil sie versuchen wird, sie ein Leben lang als Freunde zu behalten.

Ich weiß nicht, ob es die Arbeit ist, wegen der sie sich nicht binden will, oder ob es an ihrem ausgefüllten Leben liegt. Sie ist eine gute Polizistin, sie schreibt gerne, sie investiert Zeit in ihre Freunde und ihre Interessen. Irgendetwas müsste sie aufgeben, um Platz für eine ernsthafte Beziehung zu schaffen, und wahrscheinlich hat sie beschlossen, dass es den Preis nicht wert ist. Vielleicht ist es so einfach. Ann kann sehr pragmatisch sein. Man muss ihr einen Grund geben, um mehr zu wollen", sagte Dave. „Niemand hat das bei ihr je geschafft. Du bist der einzige Mann, bei dem ich es mir vorstellen könnte, aber ich weiß wirklich nicht, was dabei herauskommen wird."

„Okay. Ich werde die Frage jetzt einfach stellen: Hat sie jemals mit einem Mann geschlafen?"

Dave blieb stehen.

Paul blieb stehen.

„Nein." Dave schob die Hände in die Taschen und atmete aus. „Und frag mich nicht, wann oder warum sie mir das erzählt hat. Es war ihr immer wichtig, in dieser Hinsicht keine Dummheiten zu begehen. Aber dafür hat sie erstens zu viel Selbstachtung und zweitens ist sie gut darin, Grenzen zu setzen, die niemand überschreiten darf."

„Also verfügt sie über gesunden Menschenverstand und hat hohe Maßstäbe. Aber sie ist eine Einzelgängerin und die Ehe ist ein Leben zu zweit. Sie ist gut darin, Single zu sein. Warum sollte sie etwas Gutes aufs Spiel setzen für etwas, das vielleicht nicht so gut ist?"

„Als verheirateter Mann muss ich sagen, dass ich mit meinem Singleleben auch ganz zufrieden war, bis Kate in mein Leben getreten ist. Es gibt mehr im Leben als das, womit Ann sich zufriedengibt. Das bereitet mir Sorgen und da gebe ich meiner Frau recht. Es wäre ungerecht, wenn Ann ihr ganzes Leben allein bliebe. Ich will nicht, dass das passiert. Deshalb mische ich mich immer mal wieder ein, so wie ich es auch heute Abend mache, und riskiere die Folgen."

„Hast du Ann das auch gesagt?"

„Mehr als einmal. Ann lächelt dann immer, bedankt sich und willigt sogar ein, den Typen zu treffen, den Kate ihr vorstellen will, sich gut zu benehmen und das Date zu genießen, aber letztendlich kann niemand sie umstimmen."

„Sie hat eine Entscheidung getroffen und die Tür verschlossen."

„Dann sollte jemand den Schlüssel finden."

Sie dachten beide über das Gesagte nach, während sie zum Büro zurückgingen.

„Ich weiß es zu schätzen, dass du bereit bist, dich einzumischen", bedankte sich Paul. „Du hast sie mir bisher als nahezu vollkommen verkauft. Würdest du mir auch von ihren Schwächen erzählen?"

Dave lachte. „Sie hat welche. Es gibt ein paar ganz offensichtliche. Sie hasst Multitasking. Sie fährt nicht gerne nachts Auto. Sie kann so hartnäckig sein, dass es an Sturheit grenzt. Es ist schwer, sie von ihrem Kurs abzubringen, wenn sie sich einmal dafür entschieden hat. Oh, und meine Lieblingsmacke – sie hat die Geduld einer Meeresschildkröte. Sie kann so ziemlich alles aussitzen. Das macht mich wahnsinnig. Ich glaube, sie wartet, weil sie weiß, dass irgendjemand anderes sich irgendwann um die Sache kümmern wird, sodass sie es nicht tun muss. Sie verbrennt keine Energie für etwas, wenn es nicht nötig ist."

Paul dachte über Daves Beschreibung nach, lächelte und fragte dann: „Ist sie ein Morgenmensch oder eine Nachteule?"

„Nachteule. Sie kann einen Abend mit Freunden verbringen und anschließend gut noch arbeiten. Ann hat von zehn Uhr abends bis zwei Uhr morgens gearbeitet, seit ich sie kenne. Manchmal ist es Polizeiarbeit, manchmal sind es private Dinge oder auch nur ein Buch, das sie lesen will. Das sind ihre vier ungestörten Stunden. Sie nennt das ihr Stück geistige Gesundheit. Ich hätte sie nicht als introvertiert bezeichnet, wenn ich nicht von diesen vier Stunden wüsste. Aber so ist die echte Ann. Sie braucht es, auch mal allein zu sein und Zeit zum Nachdenken zu haben."

„Die Geschichten hätten dir ein Indiz sein können", erwiderte Paul. „Sie lebt in ihren Gedanken, löst Rätsel, schreibt Bücher, denkt über Menschen nach und beobachtet, was sie tun. Sie ist höchstwahrscheinlich sehr introvertiert und Menschen ermüden sie. Deshalb ist sie auch so darauf bedacht, keinen Fehler zu machen, indem sie sich die falschen Freunde sucht. Der Preis dafür ist einfach zu hoch."

„Du glaubst also, du könntest sie durchschauen?"

„Niemand durchschaut eine Frau wie Ann. Ich kann nur hoffen, dass ich das Wesentliche begreife, bevor ich einen völligen Narren aus mir mache. Sie ist interessant. Und interessant gefällt mir."

„Du wirst sie also anrufen."

„Sie hat einen Fall auf meinen Schreibtisch fallen lassen, der mir in den nächsten paar Wochen mehr Arbeit bescheren wird, als sie sie hat. Im Moment nehme ich erst einmal mit den Büchern vorlieb, die sie geschrieben hat. Du hast meine Schuhsohlen heute Abend ganz schön strapaziert, um mir einzutrichtern, dass sie kompliziert, aber die Mühe wert ist. Also lass mich eine Weile darüber nachdenken. Aber was auch immer ich entscheide, ich werde vorsichtig sein, Dave. Das verspreche ich dir."

„Ihre Romane werden dir gefallen."

„Wahrscheinlich. Sie hat mich heute Nachmittag davon überzeugt, dass sie im Geschichtenerzählen sehr gut ist. Sie hat mir eine Bombe von Fall in den Schoß fallen lassen. Der Kerl in ihrem Leichenschauhaus war der Mittelsmann für meine Ladykillerin. Und das Finanzministerium überschlägt sich förmlich, weil er vielleicht auch der Mittelsmann für ihren Währungsdiebstahl ist. Der Dieb hat Währungslieferungen der Federal Reserve abgefangen und im Laufe der letzten zehn Jahre mehr als fünfzig Millionen Dollar gestohlen. Ich weiß nicht, wer heute Abend mehr zu tun hat, mein Team oder die Jungs beim Geheimdienst. Vielleicht finden sie im aktuellen Kalender des Mannes genügend Informationen, um ihren Dieb zu fassen. Jedenfalls bin ich davon überzeugt, dass in den alten Kalendern genug steht, um meiner Killerin einen Namen zu geben – und mindestens zwei Leuten, die sie beauftragt haben."

Dave blieb stehen. „Das ist der ‚Ich versuche nur vom Schreibtisch zu bekommen, was als Bundesangelegenheit betrachtet werden kann'-Fall, den sie so beiläufig erwähnt hat?"

„Dein Mädchen mag Untertreibungen."

Dave wollte etwas sagen, überlegte es sich jedoch anders und lachte nur. „So ist Ann. Wenn du wissen willst, wie Ann ist, dann hast du es gerade erlebt, Falcon. Das ist typisch für sie."

3

Es kam nicht oft vor, dass Pauls Tag mit Familienangelegenheiten begann und endete, aber als er um kurz nach elf wieder durch die Tür des *Falcons* trat, fand er, dass der Tag seine Prioritäten widerspiegelte. Er hatte mit der Familie begonnen, seine Arbeit gemacht, sich eine Stunde für private Interessen genommen und war am Ende des Tages wieder zur Familie zurückgekehrt. Bevor er durch den Hauptspeisesaal ging, schaltete er das Licht an. Der Tatort war inzwischen freigegeben und so waren im Laufe des Tages alle Möbel aus dem Saal geräumt worden, damit so schnell wie möglich mit der Renovierung begonnen werden konnte. Paul tätigte einen Anruf. „Ich bin jetzt hier, Dad. Der Teppich ist weg und der Bauunternehmer hat markiert, welche drei Wände gemacht werden sollen."

„Kevin hat das, was geschehen ist, sehr persönlich genommen. Er hat im Morgengrauen angerufen und angeboten, mit einer ganzen Mannschaft anzurücken, und ich war so klug, dankend anzunehmen. Jackie will morgen früh kommen, sobald es hell ist, und die Arbeiten überwachen."

„Sie wird die Handwerker wahnsinnig machen, aber das ist in Ordnung. Sie muss in dem Lokal herumlaufen können, ohne zusammenzuzucken, wenn ein Tablett runterfällt. Es sieht nicht mehr wie ein Tatort aus."

„Mach Fotos für die Pinnwand und zeig sie der Familie. Die anderen sollen mit eigenen Augen sehen, dass die Renovierung begonnen hat."

„Mach ich. Wie sieht es mit der Hilfe für die Familien der Opfer aus?"

„Ich habe mich mit Freunden der Angehörigen in Verbindung gesetzt, um mich zu vergewissern, dass ein Besuch in Ordnung ist, und werde sie morgen kurz besuchen, um ihnen unser Beileid auszusprechen. Dann hängt es davon ab, wie wir den einzelnen Familien am besten helfen können. Ihre Angehörigen sind in unserem Restaurant gestorben. Wir werden tun, was nötig ist."

„Das werden wir." Dies war eine persönliche Angelegenheit. Das Restaurant trug den Namen Falcon. Sie würden die Familien der Opfer nicht vergessen. „Ich habe einen Fall, um den ich mich kümmern muss, aber ich werde mir Zeit freischaufeln, wenn du mich brauchst. Sag mir Bescheid, wenn ich dir noch irgendwie helfen kann."

„Du hast Jackie nach Hause gebracht, ihr ein Lächeln entlockt und es ihr ermöglicht, ohne Albtraum zu schlafen. Du hast getan, was am wichtigsten war, mein Sohn. Jetzt müssen wir nur noch die Puzzleteile zusammenfügen."

„Hast du meine Nachricht in Bezug auf Kate bekommen?"

„Ich habe heute Nachmittag mit dem Bürgermeister gesprochen und ihm dafür gedankt, wie die Chicagoer Polizei mit der Schießerei und den Folgen umgegangen ist. Kate ermittelt sorgfältig und schnell und der Dank unserer Familie ist ihr gewiss. Das wird auch zu ihrem Chef durchdringen."

„Danke." Paul löschte das Licht auf dem Weg nach draußen. „Wie geht es Mom?"

„Sie war darauf eingestellt, dass du derjenige sein würdest, der in Schwierigkeiten gerät, nicht Jackie. Deshalb bemuttert sie Jackie jetzt ein bisschen, und die lässt sie. Die ganze Angelegenheit wird noch ein paar Tage lang Wellen schlagen, aber das wird wieder. Geh nach Hause, Paul. Ich weiß, dass du einen langen Tag hinter dir hast. Die Familie hat überlebt. Und ich bin froh, dass du in der Nähe warst."

„Ich wünschte, ich wäre noch näher gewesen. Wir sprechen morgen wieder miteinander, Dad."

■

„Der Kronprinz, der darauf wartet, dass der König stirbt" – Daves Worte nagten noch immer an Paul, als er sich zum Frühstück ein Schinkensandwich zubereitete. Die Tatsache, dass er eines Tages Oberhaupt der Falcon-Familie sein würde, war eine gewichtige Verantwortung, die sich oft wie eine Last anfühlte, auch wenn es zugleich eine große Ehre war. Obwohl er adoptiert war, sah ihn sein Vater als seinen ältesten Sohn und rechtmäßigen Nachfolger an. Er

ging in sein Arbeitszimmer, den Teller mit dem belegten Brot in der einen und den Kaffee in der anderen Hand. Es war sechs Uhr morgens und die zusätzliche Stunde Schlaf hatte gegen die Müdigkeit geholfen, aber irgendwie hatte er das Gefühl, spät dran zu sein.

Sein Handy piepste und er sah, dass Kate ihm von ihrem Büro aus eine Nachricht hinterlassen hatte. Er hörte sie sich an, während er seinen Computer hochfuhr, und nahm sich vor, sie auf dem Weg zur Arbeit anzurufen. Nachdem er noch einen Blick auf seine Uhr geworfen hatte, griff er nach dem Telefon. Kate war bei der Arbeit, also war Dave zu Hause – und er hatte eine Frage.

Nach dem fünften Klingeln ging Dave dran. „Sag mir, dass du mich nicht wirklich um diese Uhrzeit anrufst."

„Kate hat mir gerade von ihrem Büro aus eine Nachricht geschickt, also weiß ich, dass du heute Morgen auf Holly aufpasst. Und deine Tochter ist um fünf Uhr morgens wach, ob es dir passt oder nicht."

Dave schwieg. Als ihm keine passende Erwiderung einfiel, seufzte er. „Mir gefällt die Tatsache, dass du ein Ermittler bist, überhaupt nicht. Was willst du, Falcon?"

„Was ist der größte Fehler, den die Leute bei Ann machen können?"

„Im Ernst? Deshalb rufst du um diese Uhrzeit an?"

„Du bist derjenige, der mir zuerst gar nichts über sie erzählen wollte und sich dann als Kuppler versucht hat. Wenn ich eine Frage habe, stelle ich sie", antwortete Paul grinsend. „Also, was ist der größte Fehler, den man bei Ann machen kann?"

„Sie um fünf Uhr morgens anzurufen. Sie ist eine Nachteule."

„Das hast du mir schon gesagt."

„Und sie ist nicht so nachsichtig wie ich", erwiderte Dave. „Aber ich gebe zu, dass das eine gute Frage ist." Er überlegte eine Weile und sagte dann: „Die Leute glauben, sie hätten Zeit, sie auf ihre Seite zu bringen, ihr Vertrauen zu erlangen. In Wirklichkeit ist Ann aber effizient und kurz entschlossen, und sie merkt sich alles von der ersten Minute, wenn sie dir begegnet, bis sie eine Entscheidung trifft, was dich betrifft. Sie will wissen, ob du dein Wort hältst. Sie will wissen, wie du deine jetzigen Freunde behandelst. Die Leute glauben, sie wäre ihnen gegenüber unvoreingenommen. Das ist sie aber nicht.

Wenn sie erst einmal gesehen hat, wer du bist, und eine Entscheidung gefällt hat, geht die Tür zu. Sie wird genauso freundlich, herzlich, höflich und hilfsbereit sein wie vorher, aber wenn sie in Bezug auf deine Person eine Entscheidung getroffen hat, ist sie endgültig. Entweder bist du auf der Liste ihrer potenziellen Freunde oder du bist es nicht. Die Kleinigkeiten verraten ihr am meisten. Wenn du zu jemandem sagst, dass du etwas tun wirst, erinnerst du dich dann daran und tust es auch? Weißt du, wer deine Freunde sind, und gibst du ihnen in deinem Leben Raum? Wenn du für deine jetzigen Freunde keine Zeit hast, brauchst du nicht noch einen. Wenn du dich nicht an deine Versprechen erinnerst und sie nicht einhältst, dann kann man dir nicht vertrauen. Es ist ein harter Maßstab, aber wenn du eine Chance bei ihr haben willst, musst du diese Charakterprüfung bestehen."

„Danke. Das ist hilfreich."

„Ich hoffe nur, dass ich keinen Fehler mache, indem ich dich ermutige. Ich bringe Holly auf dem Weg zur Arbeit bei meiner Schwester vorbei. Bis sieben kannst du mich anrufen, wenn du noch eine Frage hast."

„Ich habe mich noch nicht entschieden, ob ich Ann anrufen soll."

„Du bist kein Dummkopf. Ich lege jetzt auf. Holly will ihr Frühstück."

Paul legte das Telefon auf den Schreibtisch zurück und dachte über Daves Antwort nach. Ann war eine sehr vorsichtige Frau, wenn dies ihre persönlichen Kriterien waren. Das hatte er nicht erwartet.

Er schob die Unterhaltung mit Dave gedanklich beiseite, um später darauf zurückzukommen, und wandte sich seinen Familienangelegenheiten zu. Er loggte sich in das private E-Mail-System der Falcons ein und rief die verschlüsselte Familienwebsite auf. Sein Vater fand, dass alle, die alt genug waren, um den Auslöser einer Kamera zu betätigen, den Rest der Familie über das auf dem Laufenden halten konnten, was in ihrem Leben geschah. Das Fotoalbum war voll mit Bildern von Mahlzeiten im Kreis der Familie, Schulausflügen und Haustieren, die lustige Dinge taten. Paul lud Fotos vom Restaurant hoch, die bestätigten, dass die Renovierungsarbeiten begonnen hatten, und las Jackies Post über die gestrigen

Ereignisse, wobei er ihr Geschick bewunderte, die Ernsthaftigkeit der Situation mit der Versicherung zu verbinden, dass es ihr gut ging. Dann las er einen Teil des Chatgesprächs, das seine Mutter vor zwei Tagen mit seiner Nichte Celia geführt hatte, die offenbar gerade einen neuen Freund hatte.

Trotz der Tragödie ging das Leben weiter und Paul überlegte sich ganz bewusst normale Dinge, die er posten konnte. Er schickte kurze persönliche Nachrichten an seine Brüder, neckte Joseph wegen seiner neuen Frisur, fragte Harper, wie sein gebrochener Finger heilte, bat Boone eindringlich, ihm noch eines von Scott Hickorys Seegemälden zu besorgen, und schrieb dann etwas länger an seine Schwestern. Marie bat er um Rat, was die Geburtstagsgeschenke für seine Nichten betraf, und Jackie schickte er das gewünschte Rezept für Erdnusskrokant von seinem Großvater mit der Bemerkung, sie solle ihm und seinen Kollegen als Gegenleistung eine Dose davon zukommen lassen. Er fragte seine Mutter nach ihrer Freundin Linda und leitete an seinen Vater einen Cartoon-Link weiter, der ihm gefallen würde.

Es bedeutete etwas, ein Falcon zu sein, und sei es nur, eine Gruppe von Menschen zu haben, die dein wahres Ich kannte und über deine Witze lachte und dich auf den Boden zurückholte, wenn dein Ego zu aufgeblasen war. Sein Dad war drei oder mehr Stunden pro Tag mit Anrufen und E-Mails beschäftigt, diskutierte Geschäftliches, besprach Ideen und hielt den Kontakt zu seinen Enkeln. Die Welt der Falcons drehte sich um ihn.

Es war eine gute Familie mit vielfältigen Interessen. Zum Konzern gehörten Unternehmungen mit Tieren, mit Kunst, Elektronik, Bootsbau oder Zeitschriften, es gab aber auch Restaurants, mehrere Bäckereien und Lebensmittelgeschäfte. Sein Vater kaufte Geschäfte, wenn sie in Schwierigkeiten waren, brachte sie wieder auf die Beine und verkaufte sie – dann widmete er sich der nächsten Gelegenheit. Paul dachte manchmal, dass man die Welt automatisch mit einem Unternehmerblick betrachtete, wenn man ein Falcon war. Nur wenige von ihnen hatten sich vom Unternehmerdasein entfernt, indem sie zu den Gesetzeshütern oder zum Militär gegangen waren, so wie er es getan hatte.

Sein Dad hatte drei Nachrichten gepostet, bevor die Schießerei alles andere überschattet hatte, und Paul nahm sich die Zeit, sich Antworten zu überlegen, während er sein Sandwich aß. Seit der High School widmete er sich zwischen fünf und sieben Uhr morgens in erster Linie der Familie. Nachdem Paul geantwortet hatte, stellte er selbst noch ein paar Fragen. Inzwischen kümmerten sich seine Brüder um das Tagesgeschäft, aber alle suchten den Rat ihres Vaters.

Wenn die Zeit kam und sein Vater starb, würde die Verantwortung für all das auf ihn als den ältesten Sohn übergehen. Paul staunte noch immer darüber, dass seine Brüder das gut fanden – dass die letztendliche Kontrolle bei ihm liegen würde. Es war ihr Ernst. Sie liebten ihn, wussten ihn zu schätzen und wollten die Leitung gar nicht. Das Geschäftsimperium und die Falcon-Familie würden auf seinen Schultern ruhen. Es läge in seiner Verantwortung, dafür zu sorgen, dass alles stabil war und sicher in die Hände der nächsten Generation überging.

Er liebte sie alle. Und er würde sie nicht enttäuschen.

Nachdem er sich davon überzeugt hatte, dass es in der Familie alles in allem ruhig zuging, loggte Paul sich aus.

Er wollte nicht wegen seiner Familie heiraten, aber er dachte auf jeden Fall auch an sie, während er nach einer Frau Ausschau hielt. In seiner Familie gab es bislang keine Scheidungen, und er hatte nicht vor, an der ersten beteiligt zu sein. Sein gesunder Menschenverstand sagte ihm, dass er eine kluge Entscheidung darüber treffen sollte, mit wem er ausging, wenn er eine gute Ehe wollte. Er wollte jemanden, der mittragen konnte, wer er war und was seine Zukunft unweigerlich bringen würde. Er wollte eine Partnerin in jeder Hinsicht.

Bisher hatte er es immer vermieden, mit einer Kollegin auszugehen. Zwei Menschen mit Arbeitszeiten wie seinen und Problemen wie seinen konnten selbst eine gute Ehe zermürben. Aber vielleicht sollte er noch einmal darüber nachdenken. Ann Silver interessierte ihn.

Eine Polizistin, die bei der Mordkommission arbeitete – eigentlich gefiel ihm dieser Gedanke sogar. Mit ihr würde er über die Arbeit reden können. Sie würde genau wissen, welche Fragen sie stellen musste und welchen Anteil sie an den Fällen nehmen konnte. Für ihn wäre es bestimmt schön, sein Leben mit einer Mordermittlerin zu teilen. Aber was seine Familie betraf, hatte er sich etwas anderes als eine Polizeibeamtin gewünscht, eine Frau, die weicher war, als Polizisten es oft sein mussten.

Dave hatte ein Bild von Ann Silver als einer lebhaften und klugen Frau gezeichnet, die einen schweren Job mit Anmut meisterte. Sie war keine Provinzpolizistin, so viel stand fest.

Paul drehte den Gedanken um und betrachtete ihn aus einer anderen Perspektive. Der Ehemann einer Polizeibeamtin. Sie würden in der permanenten Gefahr leben, dass einer von ihnen am Abend nicht von der Arbeit nach Hause kommen würde. Bei Anns ausgedehnten Reisen und den vielen Fällen, an denen sie arbeitete, war die Chance, dass sie bei der Arbeit oder auf dem Weg dahin umkam, statistisch gesehen ein bisschen höher als die Wahrscheinlichkeit, dass es ihn traf.

Paul ging wieder in die Küche, um sich noch ein Brot zu machen und sich einen zweiten Becher Kaffee zu holen. Wenn sie Kinder hätten, würden die Risiken ihrer Arbeit für sie beide zum Problem werden. Er trank einen Schluck von seinem Kaffee und dachte über diese Tatsache nach. Wieder überlegte er, ob er das Risiko, mit einer Kollegin auszugehen, tatsächlich eingehen sollte. Diese Entscheidung war alles andere als einfach. Er hatte nicht vor, mit ihrem Herzen zu spielen – oder mit seinem eigenen –, indem er etwas anfing, das keine Zukunft hatte. Er hatte keine Zeit für einen Fehltritt, der ihn Monate kosten würde.

Ann war eine Nachteule, er war ein Morgenmensch. Bei all seinen Überlegungen hatte er noch nie wirklich darüber nachgedacht, was für Auswirkungen ein solch grundlegender Unterschied auf eine Beziehung haben würde. Er neigte nicht dazu, eine Pro-und-Kontra-Liste anzufertigen, wenn er in Erwägung zog, eine Frau näher kennenzulernen, aber normalerweise hatte er eine Meinung zu den Dingen, die wichtig waren. Für sie beide wäre die Zeitplanung eine Herausforderung. Sie eine Nachteule und aktuelle Ermittlungsbeauftragte in Mordangelegenheiten für den Mittleren Westen, er ein Morgenmensch und FBI-Agent – er konnte sich keinen Zeitplan vorstellen, der schwieriger auszuklügeln wäre.

„Gott, ich hab da mal ein paar Fragen.“ Paul leckte Mayonnaise von seinem Daumen und legte auf sein Roastbeef-Sandwich mit Tomate noch ein Salatblatt. „Du weißt, dass mich der Gedanke zu heiraten schon seit einigen Jahren beschäftigt. Selbst gestern bei dem Durcheinander hat mich diese Überlegung eine Stunde lang gefesselt, also muss ich dir nicht sagen, wie wichtig die Sache allmählich für mich wird. Ich bin nicht schrecklich einsam und ich habe eher zu viel zu tun als zu wenig, aber ich will noch etwas anderes. Ich möchte dieses Leben, das du mir geschenkt hast, mit jemandem teilen und eine Frau haben, für die ich sorgen kann. Ich wünsche mir einen besonderen Menschen in meinem Leben und will das Durcheinander, das ein Leben zu zweit bedeutet. Aber ich weiß nicht, wie ich die richtige Frau dafür finden soll.

Was hältst du von Ann Silver? Werde ich es bereuen, wenn ich Schritte in diese Richtung unternehme? Und soll ich sie überhaupt in Erwägung ziehen, obwohl sie mehr als hundert Kilometer von hier entfernt lebt? Ich weiß nicht, wo sie wohnt, aber es ist so weit im Süden, dass sie lieber nach Chicago fliegt, als zu fahren." Als Paul darüber nachdachte, musste er über sich selbst lachen. Er lebte mitten in einer Großstadt und interessierte sich für jemanden, der noch nicht einmal hier wohnte. „Meine Eltern werden immer älter und ich will, dass sie meine Frau kennen- und lieben lernen. Ich will heiraten."

Er war es seit Langem leid, zu warten und zu hoffen, dass die richtige Frau eines Tages schon auftauchen würde. In den letzten paar Jahren hatte er ganz bewusst gesucht und systematisch die alleinstehenden Freundinnen von Freunden unter die Lupe genommen. Hätte er nicht kategorisch ausgeschlossen, mit einer Kollegin auszugehen, hätte Dave Ann wahrscheinlich schon vor Jahren erwähnt. Paul schenkte sich noch einen Kaffee ein. Ann und er waren der beste Beweis dafür, dass zwei Menschen sich verpassen konnten, selbst mit guten gemeinsamen Freunden. Paul nahm sein Sandwich mit ins Wohnzimmer, wo er am Abend zuvor seine Bibel hatte liegen lassen, und setzte sich, um darin zu lesen. Wenn seine Zukunft eine gute Ehe für ihn bereithielt, würde Gott daran beteiligt sein, sie zustande zu bringen.

Er wünschte sich eine Frau, die seine Beziehung zu Gott verstand und die Liebe, die er ihm entgegenbrachte. Während er noch ein

Pflegekind gewesen war, lange bevor er George und Karen Falcon kennengelernt hatte, war er Jesus begegnet und diese Begegnung hatte sein Leben verändert. Seitdem hatte er die Erfahrung gemacht: Je mehr Zeit er mit Gott verbrachte, desto mehr wollte er mit ihm verbringen, denn bei ihm fühlte er sich so zu Hause wie nirgendwo sonst. Deshalb wollte er nicht nur seine Familie und seine Arbeit, sondern auch seinen Glauben mit seiner Frau teilen. Er musste also eine Frau finden, die Gott mit der gleichen Leidenschaft liebte wie er. Paul rieb sich kurz die Augen. Die Liste mit den Dingen, die er sich wünschte, wurde immer länger.

■

Paul machte auf dem Weg zur Arbeit einen Umweg, um bei Kate Sinclair vorbeizuschauen. Es war acht Uhr, als er das Hauptquartier der Chicagoer Polizei betrat, die Sicherheitsschranke passierte und in ihr Büro im fünften Stock ging. Er hätte auf ihre telefonische Nachricht mit einem Rückruf reagieren können, aber die persönliche Begegnung war ihm lieber.

Kates Bürowände waren mit Auszeichnungen und Urkunden, vergrößerten Fotos der Chicagoer Skyline und Fingerfarbenbildern ihrer Tochter Holly bedeckt. Der Schreibtisch und die Regale waren aus glänzendem Mahagoni, das jedoch größtenteils unter Aktenstapeln vergraben war, die auf Kate warteten.

Sie war nicht in ihrem Büro, aber dafür saß Ann Silver auf Kates Sofa. Paul freute sich riesig über dieses unverhoffte Wiedertreffen. So ähnlich musste es Dave gestern gegangen sein, als er ihr plötzlich gegenübergestanden hatte. Paul blieb in der Tür stehen, um Ann einen Moment lang zu betrachten, bevor sie ihn bemerkte. Sie las.

Die Beine hatte sie auf der Couch ausgestreckt und die Tennisschuhe an den Knöcheln übereinandergeschlagen. Auf dem Boden rings um sie herum stapelten sich aufgeschlagene Ordner und Ausdrucke. Als sein Blick auf die leeren Getränkedosen vor ihr fiel, kam ihm der Gedanke, dass sie den Schlafmangel, den der Job unweigerlich mit sich brachte, wohl mit riesigen Mengen Koffein kompensierte. Eine Mordfallermittlung erforderte vollen Einsatz. Wenigstens hatte sie daran gedacht, dass sie etwas zu sich nehmen musste, da sie in der gleichen Hand, mit der sie ihren Stift hielt, auch eine Gabel hatte. Sie machte eine Notiz am Rand ihrer Lektüre.

Paul überlegte, was er sagen sollte, ob er sie nach dem Spiel fragen oder eine Bemerkung über den Fall machen sollte, den sie an ihn abgegeben hatte. Dann schob er all diese Gedanken beiseite und lächelte einfach nur. „Guten Morgen, Officer Silver."

Sie blickte auf. Die Überraschung wich einer schnellen, herzlichen Begrüßung. „Morgen, Paul – nenn mich doch bitte Ann. Wie sich herausgestellt hat, haben wir gute gemeinsame Bekannte." Sie sah auf ihre Uhr, um zu sehen, wie spät es war. „Kate kommt gleich wieder."

„Sie hat dich angerufen", vermutete er.

Ann schüttelte den Kopf. „Quinn hat mir erzählt, dass ein Polizist ermordet wurde, aber erst nachdem das Spiel zu Ende war. Ich habe ihm schon die Leviten dafür gelesen und Kate auch, weil sie mich nicht angerufen hat. Ich habe mich freiwillig gemeldet." Sie zeigte auf die Fotos an der Wand, auf denen das *Falcons* nach der Schießerei zu sehen war. „Tut mir leid, ich wusste nicht, was du gestern schon alles erlebt hattest. Wie geht es deiner Schwester?"

„Sie kommt klar."

Ann zog ihren Koffer näher und nahm ein Buch heraus. Sie betrachtete es kurz und hielt es ihm dann hin. „Für Jackie. Sie wird Zeit haben, während das Restaurant renoviert wird. Das wird ihr gefallen."

„Danke."

Kate kam mit einer Kaffeetasse in der Hand zurück.

Ann legte den Kopf schief und warf Kate einen herausfordernden Blick zu. „Ich hoffe, der ist koffeinfrei."

Kate lächelte belustigt. „Mecker, mecker, mecker." Sie schob einen Stapel Papier beiseite und setzte sich neben Ann auf das Sofa. Dann zog sie den Deckel von der zweiten Imbiss-Schachtel, die allem Anschein nach Ann mitgebracht hatte, und griff schnell nach den Servietten, weil die Schachtel heiß war. „Pfeffersteak zum Frühstück?"

„Wir haben beide das Abendessen verpasst und der Koch war nett." Ann riss die Plastikverpackung einer zweiten Gabel auf und hielt sie Kate hin. „Iss."

Kate nahm die Gabel und aß vorsichtig ein paar Bissen. „Das ist gut. Aber der gebratene Reis könnte noch mehr Sojasauce vertragen."

Ann holte ein Tütchen unter dem Stapel Papier hervor und reichte es ihr.

„Danke. Was kann ich für dich tun, Paul?"

Er grinste. „Mich zum Essen einladen."

Ann blickte in die Tüten und hielt ihm eine hin. Er nahm dankend die offerierte Frühlingsrolle und zwei Servietten entgegen, dann kam er auf Kates Frage zurück. „Du hast mich angerufen, Kate." Die Frühlingsrolle war wundervoll, gefüllt mit Schweinefleisch und Shrimps.

Kate versuchte sich zu erinnern, weswegen sie angerufen hatte.

„Kelser", soufflierte Ann.

„Ach ja. Wir sind auf einen Typen gestoßen, der erwähnt hat, er wisse von einem Mord in New Jersey. Die Notiz liegt da auf dem Schreibtisch – ein A5-Blatt, blau. Er ist gerade nach Chicago gezogen und hat versucht, uns behilflich zu sein. Vielleicht ist was dran, vielleicht auch nicht."

Paul nahm den Zettel. „Ich überprüfe das. Wie geht es hier voran?"

Kate schüttelte den Kopf und sah zu Ann hinüber. „Sag, dass du etwas hast."

„Ich habe etwas."

Kate lehnte den Kopf an Anns Schulter. „Versuch nicht, mich zum Lachen zu bringen, Annabelle. Ich bin seit dreißig Stunden wach."

Ann schnitt bei dem Namen eine Grimasse und schob Kates Kaffee außer Reichweite. „Es ist nur so eine Idee … Ihr sucht jemanden, den Officer Ulaw festgenommen hat, gegen den er ausgesagt hat, den er in den Knast gebracht hat, und zwar innerhalb der letzten fünf Jahre, verurteilt zu mindestens zehn Jahren, und der einen Zellengenossen mit familiären Verbindungen zur Verbrecherszene an der Ostküste hat."

Kate setzte sich auf. „Ja?"

„Wenn es das nicht ist, habe ich nichts."

„Wie bist du darauf gekommen?"

Ann zeigte auf ihren Notizblock. „Ulaw hat niemanden am oberen Ende der Nahrungskette verhaftet", sagte sie und deutete auf die Liste mit Namen, die sie angefertigt hatte. „Er hat gegen mittlere Ganoven und die Händler ermittelt. Es ist jemand, der in Chicago arbeitet, hier lebt, von hier stammt und Ulaw tot sehen wollte.

Der Auftraggeber hat einen Killer von der Ostküste angeheuert. Warum? Wir haben genügend Auftragskiller in Chicago, da muss man nicht woanders hingehen. Und warum hat er überhaupt jemanden engagiert? Warum hat er den Beamten nicht selbst umgelegt? Es ist billiger, es selbst zu machen. Und befriedigender. Wenn er schon bereit ist, die Grenze zu überschreiten und einen Polizisten umzubringen, warum dann jemanden anheuern? Die einzige Antwort, die ich darauf habe, ist, dass er es nicht selbst tun *konnte* und keinen Zugang zu jemandem aus Chicago hatte."

„Interessant", sagte Kate, während sie über diese logische Schlussfolgerung nachdachte.

„Also ich kann nicht mehr denken, das ist alles, was ich habe. Die anderen Ideen sind alle Müll." Ann hob ihren Becher. „Dieser Kaffee ist scheußlich."

„Du magst keinen Kaffee."

„Und jetzt weiß ich auch wieder, warum. Sag jemandem, er soll nach einem Namen suchen, und dann streck dich ein paar Stunden auf dem Sofa aus. Ich fliege nach Hause. Morgen komme ich wieder, wenn das hier zu nichts führt."

„Du solltest nicht fliegen, wenn du so müde bist."

„Es gibt da einen Schatz, der mich gefragt hat, ob er mich nach Hause bringen kann. Virgil Hale."

„Der alte Kauz lebt noch?"

„Er ist sechzig und du magst ihn."

„Es ist nicht leicht, jemanden, der als Broterwerb Dinge in die Luft jagt, nicht zu mögen. Ich sage dir Bescheid, ob wir weiterkommen."

Anstelle einer Umarmung drückte Ann Kate einen flüchtigen Kuss auf den Kopf und griff nach ihrem Koffer. „Ruf Holly an, wenn du aufwachst. Sie macht dich munterer als der Kaffee."

„Das tut sie immer. Paul, kannst du Ann rausbringen, damit niemand sie abfängt? Sonst ist sie in vier Stunden immer noch hier."

Er wischte sich die Finger an den Servietten ab und stand auf. „Klar."

Paul ging mit Ann zum Aufzug. Sie blieb mehrmals kurz stehen, um einige Leute zu begrüßen, nach ihren Familien zu fragen, sich an Geburtstage zu erinnern und mit ihnen gemeinsam zu lachen.

„Du hast früher hier gearbeitet, nicht wahr?"

„Mein Büro war neben dem von Kate."

Die Tür zum Aufzug öffnete sich und er war leer. Als sie eingetreten waren, lehnte Ann sich an die Rückwand des Aufzugs und seufzte. Sie schloss die Augen. „Entschuldige, ich muss ein kurzes Nickerchen machen." Widerwillig öffnete sie die Augen, als der Aufzug im Erdgeschoss stehen blieb und die Tür aufging. Dann stieß sie sich von der Wand ab.

„Ich bringe dich zum Flughafen."

„Nicht nötig. Virgil ist drüben im Amt für Alkohol, Tabak und Waffen. Er wartet dort, bis ich fertig bin."

„Du hast viel gearbeitet."

„Das tue ich meistens."

„Man hat mir erzählt, dass du die Ermittlungsbeauftragte für Mordfälle im Mittleren Westen bist."

Sie lächelte. „Das hätte ich wahrscheinlich erwähnen sollen."

„Ich habe nichts gegen die Überraschung – das macht dich interessanter."

Nachdem sie ihm einen prüfenden Blick zugeworfen hatte, wurde ihr Lächeln breiter. „Tu mir einen Gefallen und sag Dave, dass er in ein paar Stunden herkommen und Kate entführen soll." Ein Beamter, der am Bordstein wartete, hob eine Hand zum Gruß, und Ann ging auf ihn zu. „Wir sehen uns, Paul."

„Darauf kannst du dich verlassen."

■

Als er im Hauptquartier des FBIs ankam, machte Paul einen Bogen um sein eigenes Büro, um nicht sofort von all den Dingen in Beschlag genommen zu werden, die über Nacht auf seinem Schreibtisch gelandet waren. Stattdessen ging er nach oben. Sein Boss hatte den besten Kaffee im ganzen Gebäude und benutzte ihn als subtile Motivationshilfe, damit seine Mitarbeiter morgens vorbeikamen und ihn kurz auf den neuesten Stand brachten. Paul tat das gerne.

Sein Boss leitete das Büro für Chicago und den Mittleren Westen. Der Boss seines Bosses war der Leiter des FBIs. Dadurch war eine kurze Informationskette gewährleistet.

Paul betrat Suite 906 und die Ruhe dort überraschte ihn nicht. Sein Vorgesetzter arbeitete gerne still und effizient. „Guten Morgen, Margaret. Ich brauche fünf Minuten mit Arthur."

Sie blickte in ihren Kalender. „Er beendet gerade ein Telefonat, dann gehört er Ihnen."

„Danke." Paul schenkte sich Kaffee ein und nahm sich eine Zeitung. Er hatte gerade die Sportnachrichten überflogen, als Margaret ihm signalisierte, dass das Telefonat beendet war.

Paul ging in das Büro seines Chefs. „Morgen, Arthur." Sein Vorgesetzter war ein pragmatischer Polizeibeamter mit gesundem Menschenverstand und Familiensinn. Paul mochte den Mann sowohl menschlich als auch als Boss. Wenn er bei der Behörde einen Mentor hatte, dann war es Arthur.

„Du lächelst. Das heißt, du hast gute Nachrichten."

„Wir haben eine neue Spur in Sachen Ladykiller." Paul ließ sich auf einem Stuhl nieder und brachte Arthur auf den aktuellen Stand, was den Autounfall und die Kalender anging. „Ann Silver ist gestern in meinem Büro aufgetaucht und hat mir den Fall übergeben, das Ganze ist also ein Geschenk."

„Ann war hier? Schade, dass ich sie verpasst habe."

„Du kennst sie?"

„Sie hat die Delford-Sache für mich geregelt. Nette Frau."

„Das stelle ich auch allmählich fest."

„Und was hast du jetzt vor? Muss ich irgendwelche Steine für dich aus dem Weg räumen?"

„Wenn wir seinen Namen und Wohnort herausfinden, wird es interessant. Er wusste nicht, dass er tot sein würde, und hat sicher ein paar interessante Unterlagen zurückgelassen. Ich könnte Hilfe brauchen, was die Zuständigkeiten in diesem Fall angeht. Das Finanzministerium will ihn auch."

Sein Chef lächelte. „Es wird mir ein Vergnügen sein. Halt mich auf dem Laufenden. Und viel Erfolg bei der Jagd."

„Danke, Boss."

4

Das, was Paul an der Suche nach Auftragskillern am meisten gefiel, war die Geldspur, die sie hinterließen. Finanzielle Fußspuren zu verfolgen gehörte zum Kerngeschäft des FBIs und war etwas Greifbares, dem man nachgehen konnte. Dass sie die genauen Beträge hatten, die für zwei der dreißig Morde bezahlt worden waren, war ein nützlicher neuer Hinweis.

In der Kommandozentrale waren seine Leute an der Arbeit. Sie brauchten ihn nicht. Das Autowrack war angekommen, der Gerichtsmediziner hatte die Leiche, Computer ließen Gesichtsvergleiche durch Datenbanken laufen und sie suchten nach Informationen, um interessante Fragen zu beantworten. Es war Montag, sie hatten den Fall seit Donnerstag, und es würde höchstens noch einen oder zwei Tage dauern, bis sie den Namen des Mittelsmanns hatten und den Ort, an dem er gewohnt hatte. Also setzte Paul sich hin, dachte über die Killerin nach und richtete seine Aufmerksamkeit damit fest auf das letztendliche Ziel.

Paul kannte die Frau durch ihre Arbeit. Sie hatte dreißig Menschen ermordet, jeweils mit einem einzigen Schuss aus der Ferne, alle in den Kopf. An der Stelle, von wo aus sie schoss, ließ sie immer eine Art Visitenkarte zurück. Sie wollte den Mord für sich verbuchen. Vielleicht war es eine Art Empfehlung für weitere Aufträge oder eine Warnung an andere, dass sie da draußen war.

Durch eine Teilansicht aus der Ferne von einer Überwachungskamera bei Mord Nummer neunzehn hatten sie das Bild einer Frau, die ungefähr eins siebzig groß und schlank war und schulterlanges Haare hatte. Bis zu diesem Mord waren sie davon ausgegangen, dass es sich bei ihrem Schützen um einen Mann handelte, auch wenn sie die Möglichkeit, dass der Killer eine Frau war, nicht völlig ausgeschlossen hatten.

Die Visitenkarte war ein kleiner Glaswürfel, glatt auf allen Seiten und weiß wie ein Zuckerwürfel. Diese Glaswürfel stammten aus dem Ende des 19. Jahrhunderts und waren damals das Werbeprodukt einer Glücksspielgesellschaft gewesen. Sie waren in Kisten mit je fünfzig Würfeln verschickt worden. Nichts, was sie zurückverfolgen konnten.

Jetzt hatte seine Killerin zumindest Initialen, Miss L.S. Wenn es sich dabei nicht um einen Decknamen mit falscher Anrede handelte, war seine Mörderin alleinstehend, und auch wenn Paul das schon angenommen hatte, war es gut, eine Bestätigung zu erhalten. Der erste Buchstabe, das L, gehörte nicht zu den häufigsten bei Frauennamen: Laura, Linda, Lisa, Lois, Louise. Sie waren dabei, eine Liste mit möglichen Namen aus den Volkszählungsdaten zu generieren. Die Suche in den Fallakten hatte bislang nichts ergeben, aber die Initialen würden hilfreich sein, wenn sie das Haus des Mittelsmannes gefunden hatten und seine Unterlagen durchgehen konnten.

Die Kalender nannten einen Preis für die Morde Nummer fünfundzwanzig und neunundzwanzig. Seine Killerin hatte im Laufe ihrer Karriere deutlich mehr Geld gemacht, als Paul noch vor einem Monat geglaubt hatte. Der Gedanke, dass sie sich nach dem dreißigsten Mord zur Ruhe gesetzt haben könnte, erschien zunehmend realistischer. Sie hatten spekuliert, ob sie entweder tot oder im Gefängnis war, denn sie musste bei dem letzten Mord, der ihr mit Sicherheit angelastet werden konnte, bereits über vierzig gewesen sein. Sie hatten Ausschau nach Hinrichtungen gehalten, bei denen keine Visitenkarte hinterlassen worden war, aber im Laufe der Jahre hatten sie keinen Fall gefunden, der noch ungeklärt war. Es sah ganz danach aus, als hätte sie nach dreißig Auftragsmorden aufgehört.

Sam setzte sich auf den Stuhl neben ihm.

„Glaubst du, Flint Meeks hätte es sich leisten können, zweihundertfünfzigtausend zu bezahlen, damit seine Frau umgelegt wird?", fragte Paul und sprach damit die Frage aus, die ihn schon eine Weile beschäftigte.

Sam dachte darüber nach. „Nein. Vielleicht einhundertfünfzigtausend, aber nicht ganze hundert mehr."

„Dann können wir ihn von der Liste der Hauptverdächtigen streichen. Wer auf der Liste könnte sich einen solchen Mord finanziell leisten?"

„Nicht viele. Drei, vielleicht vier."

„Das denke ich auch. Der Preis macht mir zu schaffen. Warum so viel? Wenn man jemanden beiläufig hasst, nach dem Motto: ‚Ich wünschte, die Frau wäre tot', dann gibt man vielleicht eine fünfstellige Summe aus, um sie aus dem Weg schaffen zu lassen. Aber zweihundertfünfzigtausend? Das war vor dreizehn Jahren eine hohe Summe. Das ist nicht nur ein Abschuss, das war eine hochpreisige Hinrichtung. Es muss etwas über die ermordete Ehefrau geben, das wir nicht wissen."

Paul sah zu der Tafel hinüber, auf der Mord Nummer neunundzwanzig ausgehängt war. „Das gleiche Problem haben wir bei dem Mord an Victor Ryckoff. Der Preis für die Tat ergibt keinen Sinn, wenn man bedenkt, was wir über das Opfer wissen. Irgendetwas müssen wir übersehen haben. Ich habe die beiden Lebensläufe noch einmal gelesen, aber ich sehe nicht, was uns entgangen ist."

„Ich schnappe mir Peter und dann machen wir ein Zeitdiagramm von ihrem Leben. Wenn es Jahre gibt, über die wir keine Informationen haben, können wir uns vielleicht darauf konzentrieren."

„Gut. Irgendetwas muss es da geben, Sam."

„Wir haben was, Boss!", rief Rita aufgeregt. Sie rollte mit ihrem Stuhl zwischen zwei Tischen hin und her und damit zwischen zwei verschiedenen Datenbanken, die sie durchsuchte, während Paul und Sam sich zu ihr gesellten.

„Zwei gute Ideen überschneiden sich", sagte Rita. „Dieser Kerl ist jetzt seit fast fünf Wochen tot. Niemand hat ihn als vermisst gemeldet, aber viele Leute spüren allmählich die Auswirkungen seines Todes. Er hat keine Rechnungen bezahlt. Weder die Rechnung für Strom noch für Gas, Wasser, Telefon oder Kabelfernsehen. Seine Zahlungen hören überall zum gleichen Zeitpunkt auf. Er muss irgendwo wohnen.

Die Gesichtserkennungsprogramme haben über Nacht Übereinstimmungen ausgespuckt. Ich habe sechzehn Führerscheine mit unterschiedlichen Namen, unterschiedlichen Anschriften aus verschiedenen Bundesstaaten, alle mit seinem Bild. Begraben unter all diesen Pseudonymen sind sein echter Name und seine Anschrift. Nur bei einer dieser Adressen sind seit fünf Wochen die Rechnungen nicht mehr bezahlt worden. Unser Mittelsmann hat einen vorläufigen Namen: Gordon Whitcliff, wohnhaft in Reston, West Virginia."

„Gute Arbeit, Rita." Paul wandte sich um und blickte in die Runde. „Hört mal alle zu. Rita hat einen Namen und eine Adresse." Bei dieser Neuigkeit flammte kollektiver Jubel auf. Paul lächelte. „Sehen wir, ob sie sich bestätigen. Arnett, Daniel, Sullivan – irgendwelche Aktivitäten auf Whitcliffs Kreditkarten, Telefonen oder Bankkonten seit dem Tag des Unfalls?

Christopher, wir brauchen einen Polizisten vor Ort, der das Haus in Augenschein nimmt. Schick ihm das Bild von unserem Mann, das soll er den Nachbarn zeigen. Zeigt das Foto den Mann, den sie als ihren Nachbarn kennen?

Kelly, besorg mir eine Kurzvita. Verheiratet? Geschieden? Kinder?"

Kurze Zeit später marschierte Paul am oberen Ende des Konferenzsaals auf und ab, während die ersten Antworten von verschiedenen Stellen im Raum eintrudelten.

„Zwei Telefonnummern auf seinen Namen. Keine ausgehenden Anrufe bei beiden seit dem Unfall."

„Boss, bei seinen Finanzen tut sich absolut gar nichts. Ein paar Schecks sind eingelöst worden, aber die wurden alle vor dem Tag des Unfalls ausgestellt."

„Er bezieht Sozialhilfe. Keine Frau oder andere Unterhaltsempfänger aufgeführt. Hat nie eine gemeinsame Steuererklärung abgegeben. Niemand außer ihm hat einen Führerschein mit derselben Anschrift. Er ist vierundsiebzig Jahre alt. Ich kann keine Heiratsurkunde oder Scheidungspapiere für diesen Namen finden, aber das heißt nicht unbedingt etwas, weil Berichte, die so weit zurückgehen, auf Papier sind."

„Ich kann keine Kreditkarten auf seinen Namen finden. Es gibt eine Tankkarte, bei der sich seit über einem Monat nichts gerührt hat."

„Paul, ich habe den Polizeibeamten in der Leitung, der sich bei dem Haus umgehört hat. Die Nachbarn auf beiden Seiten bestätigen, dass der Mann auf dem Foto Gordon Whitcliff ist. Einer der Nachbarn sagt, dass Gordon seit mindestens fünfunddreißig Jahren in dem Haus gelebt habe. Sie dachten, er wäre auf Geschäftsreise. Er hat einen Nachbarn gebeten, Zeitungen und Post für ihn aufzuheben, hat aber nicht gesagt, wie lange er weg sein würde."

„In Ordnung, Leute. Das reicht mir“, sagte Paul. „Wir haben unseren Mittelsmann.

Christopher, sorg dafür, dass das Haus gesichert wird, bis wir kommen. Wir werden noch vor Einbruch der Dunkelheit eintreffen.

William, finde Whitcliffs Zahnarzt und besorge für die Gerichtsmedizin Röntgenbilder zum Vergleich. Wir bringen außerdem Zahnbürste und Haarbürste für einen DNA-Abgleich mit.

Ich brauche Freiwillige für eine Reise nach West Virginia.“ Es fuhren so viele Hände in die Höhe, dass er lächeln musste. „Wenn ihr mitwollt, könnt ihr mitkommen – ihr dürft nur nicht davon ausgehen, dass ihr viel Schlaf bekommt, wenn ihr dort seid. Schließt eure aktuellen Arbeiten ab, geht nach Hause, packt eure Sachen und seid um drei Uhr wieder hier. Ich will, dass wir um vier in der Luft sind.

Sullivan, ich vermute, er hat mindestens ein Schließfach unter seinem richtigen Namen. Sieh zu, ob du es findest.

Kelly, nimm seine Telefondaten auseinander und identifiziere jeden, den er jemals angerufen hat. Wenn irgendwelche Namen mit den Initialen L.S., D.M. oder G.N. dabei sind, ruf mich an und fangt an zu graben, wer das ist.

Peter, seine Finanzen. Steuererklärungen, Bankkonten. Bei allen größeren Ein- oder Auszahlungen will ich wissen, woher sie kommen und wohin sie gegangen sind.

Arnett, ich muss wissen, ob er noch andere Immobilien besitzt und wenn ja wo.

Sam, setz dich mit dem Finanzministerium in Verbindung und gib den Ermittlern dort Kopien von den Verbindungsnachweisen der Telefone und von den Kontoauszügen. Es könnte sein, dass jüngere Anrufe oder Überweisungen mit ihrem Fall zusammenpassen. Ich überlasse dir hier die Leitung.

Noch Fragen?“ Paul blickte erneut in die Runde. „Schön. Wir machen gute Fortschritte. Ihr seid kurz davor, euren Chef glücklich zu machen. Jetzt brauche ich nur noch einen Namen für Miss L.S.“

Paul rief schnell noch Arthur an, dann lief er die zwei Stockwerke hinunter zu seinem Büro, um die nötigen Unterlagen abzuzeichnen und die Reiseabteilung an die Arbeit zu schicken. Auf seinem Besucherstuhl stand eine Kiste, die offensichtlich von Dave war. Anns Bücher. Paul nahm den Karton mit und fuhr nach Hause, um zu packen.

■

„Das ist das Haus, Sir. Der Backsteinbau mit dem Fahnenmast und den Petunien am Bürgersteig."

Paul hatte etwas anderes erwartete. Sein Mittelsmann hatte sich die ganze Zeit über mitten in einer gut bürgerlichen Wohnsiedlung versteckt. Trotz der Dämmerung waren noch immer Leute unterwegs, die ihren Hund ausführten, und ein paar Kinder fuhren Fahrrad. Der Beamte aus dem Streifenwagen, der am Straßenrand parkte, kam ihnen entgegen.

„Danke, dass Sie auf uns gewartet haben, Officer Marson. Niemand war im Haus?"

„Nein, Sir. Nicht, seit wir Ihren Anruf erhalten und das Grundstück abgesperrt haben. Der Nachbar auf der westlichen Seite, Mr Olson, hatte einen Schlüssel zum Haus, weil er nachmittags immer die Post hineingebracht hat. Ich war so frei." Er hielt Paul den Schlüssel hin.

Paul ging zum Haus und schloss die Eingangstür auf.

Es war ein aufgeräumtes, sauberes Haus – das war Pauls erster Eindruck, als er eintrat. Die Vorhänge an den Fenstern waren aus einem schweren Stoff und ziemlich elegant, der Boden aus Hartholz. Die Räume, die er vom Eingang aus sehen konnte, waren spärlich möbliert und auf keiner der Oberflächen herrschte Unordnung. Im Innern des Hauses war es warm. Es roch ein wenig muffig. Die Klimaanlage musste ausgeschaltet oder auf eine hohe Temperatur eingestellt sein.

„Jason, ich will Fotos von allem, bevor wir anfangen. Geh mit der Videokamera durchs Haus und mach Fotos von seinem Schreibtisch und jedem Ort, an dem er möglicherweise seine Post erledigt hat.

Rick, bring die Kisten rein und bestell noch mehr davon.

Christopher, nimm dir den Dachboden und die Garage vor. Franklin und Rita das Arbeitszimmer. Larry und Kim die Schlafzimmer. Sidney die Küche und Wohnräume. Ich will eine sorgfältige und gründliche Durchsuchung dieses Hauses. Er hatte Gründe, Wertgegenstände zu verstecken, wo sie nur schwer zu finden sein würden. Bis wir irgendwo belastende Dokumente und einen sehr großen Geldvorrat gefunden haben, gehe ich also davon aus, dass wir nicht gründlich genug gesucht haben.

Seht euch jedes Blatt Papier an und legt es dann in eine Kiste im Esszimmer. Wir nehmen alles mit. Haltet Ausschau nach Hinweisen, die nahelegen, dass er weitere Immobilien besitzt – Fotos, Versicherungsunterlagen zu einer anderen Adresse, Kontaktdaten von Handwerkern in anderen Städten – alles, was vermuten lässt, dass dies nicht sein einziger Wohnsitz war und dass wir auch noch woanders suchen müssen."

Seine Leute schwärmten aus. Paul ging durchs Haus, um sich die Aufteilung der Räume einzuprägen, dann ging er hinaus in den Garten hinter dem Haus, von wo aus er durch die Garage wieder zum Haupteingang kam. Der Mann hatte hier sehr lange gewohnt und er hatte nicht vorgehabt, nicht zurückzukehren. Mit Sicherheit hatte er für die Zeit seiner Abwesenheit Vorkehrungen getroffen, aber bestimmt hatte er nichts entfernt. Das Haus war nicht so groß, wie Paul befürchtet hatte, und sein Mittelsmann hatte ein bescheidenes Leben geführt, jedenfalls nach dem zu urteilen, was sie sahen. Sie würden finden, was hier zu finden war. Es konnte nur sein, dass es einen oder zwei Tage dauerte.

Um seinem Team Zeit zum Arbeiten zu geben, ging Paul hinaus und besprach mit dem Polizeibeamten die Sicherheitsmaßnahmen für die nächsten Tage. Zwanzig Minuten später kehrte Paul ins Haus zurück und ging wieder in das Zimmer, das als Büro eingerichtet war.

Franklin saß am Schreibtisch mit den Rollladenschränken und sah die Schubladen durch. Er blickte auf und hielt einige Blatt Papier hoch. „Er war ein Mensch, der Buch führte, und zwar sehr ordentlich. Ich habe gerade die Telefonrechnungen der letzten vier Monate aus einer Mappe mit der Aufschrift *Telefonrechnung* gezogen. Wir haben zwei Adressbücher voller Namen und Nummern. Rita überprüft sie. Und wir haben Aufnahmegeräte an den Telefonen gefunden. Es gibt bestimmt irgendwo Aufzeichnungen seiner

Anrufe – seine eigene Form der Versicherung. Wahrscheinlich in einem Safe, denn bis jetzt habe ich im Arbeitszimmer nichts gefunden außer leeren Bändern. Die Papiere in diesen Ordnern sind von diesem Jahr und auf aktuellem Stand, aber von den Jahren davor ist nichts dabei. Irgendwo müssen noch mehr Unterlagen sein. Er hatte keinen Computer, wie es aussieht, und es gibt keine Kabel, aus denen man schließen könnte, dass hier ein Laptop benutzt wurde, keinen Drucker, keine externe Festplatte, nichts, was auf eine Internetverbindung hinweist. Er war vielleicht von der alten Schule und hat einfach keinen Computer benutzt."

„Der Mann gefällt mir immer mehr. Rita?"

„Im Esszimmer."

Paul fand sie am Tisch, wo sie Listen mit Namen aus den Adressbüchern anfertigte.

„Bis jetzt habe ich eine Linda Surette, eine Lisa Simkins und eine Laura Saranoff als mögliche Miss L.S. Arnett überprüft sie. Als Nächstes gehe ich die Bücher nach D.M. und G.N. durch."

Kim betrat das Esszimmer mit einer großen Tüte mit Zipverschluss voller Streichholzheftchen aus verschiedenen Restaurants. „Es gibt einen Safe im begehbaren Kleiderschrank des Schlafzimmers, nicht versteckt, aber er muss aufgebohrt werden. Soll ich das veranlassen?"

„Ist es ein sehr großer Safe?"

„Fünfzehn mal zwanzig Zentimeter. So einer, in dem man Schmuck vor Gelegenheitsdieben schützt."

„Wir warten damit, bis ein Handwerker seine Arbeit machen kann, ohne uns im Weg zu sein."

„Ich habe eine Goldmine gefunden, Boss."

Paul folgte der Stimme ins zweite Schlafzimmer. Ein Aktenschrank mit vier Schubladen stand im Wandschrank, und daneben befanden sich sechs weiße Bankkartons. Larry hatte den Inhalt einer Kiste auf den Boden geleert, bei einer zweiten den Deckel abgenommen.

„Alte Bankunterlagen. Er hat alles ordentlich aufgehoben, bis ins Jahr 1982 zurück. Ich habe kurz nachgesehen, die Einzahlung von zweihundertfünfzigtausend im Juli 1999 steht in den Auszügen und die von dreihunderttausend im August 2002 ebenfalls. Wenn wir davon ausgehen, dass alle durch denselben Mittelsmann gegangen sind, kann ich dir demnächst die Beträge sagen, die unsere Killerin für jeden ihrer dreißig Morde kassiert hat."

Paul gab ihm den Notizblock aus seiner Tasche. „Das sind gute Neuigkeiten. Was ist mit dem Aktenschrank?"

„Alte Steuererklärungen. Mindestens von dreißig Jahren. Versicherungen und Garantieunterlagen. Eine Schublade sieht nach privaten Dingen aus; das Programm von einer Broadwayshow von vor zwanzig Jahren, alte Fotos in einem Schuhkarton, solche Sachen. Das sollten wir alles mitnehmen."

„Ich besorge dir zusätzliche Kisten, damit du den Aktenschrank leer machen kannst."

Christopher kam den Gang hinunter und gesellte sich zu ihnen. „Der Dachboden ist leer. Keine Anzeichen dafür, dass jemand in den letzten fünf Jahren da oben war. Aber ich habe im Hauswirtschaftsraum einen Safe gefunden. Er ist hinter dem Durchlauferhitzer und dem Klemmbrett an der Wand, auf dem steht, welche Sicherungen wohin gehören. Reiner Zufall, dass ich ihn gefunden habe. Das Licht auf dem Dachboden ging nicht an und da habe ich im Sicherungskasten nachgesehen. Ich glaube nicht, dass wir den Safe öffnen können, ohne die Kombination zu kennen. Wir müssten den Durchlauferhitzer entfernen, damit wir genug Platz zum Aufbohren haben."

„Boss! Kann mir mal jemand helfen? Im Schlafzimmer."

Paul folgte Christopher auf den Gang hinaus, um zu sehen, was Kim gefunden hatte.

Sie hatte das Bett verrückt und den Teppich darunter hochgeschlagen. „Hier könnte ein Versteck sein. Der Boden gibt nach, mitten im Zimmer, und die Dielen fühlen sich so an, als wären sie nicht mit dem Rest des Bodens verbunden. Ungefähr zwei Bretter breit und einen guten Meter lang." Sie trat auf eins der Dielenbretter und das eine Ende erhob sich ein wenig über den Rest des Bodens.

Nach fünf Minuten sorgfältiger Arbeit hatten sie das erste Brett in der Hand. Das zweite folgte ohne Mühe.

„Was meint ihr? Dreißigtausend, vielleicht vierzig? Ich weiß nicht, wie viele Hundertdollarscheine das sind."

„Sind die echt?" Kim nahm eines der Päckchen in die Hand. „Es sieht nicht so aus, als wären sie in Gebrauch gewesen. Meint ihr, das stammt aus dem Bargeldraub?"

„Gibt es eine bessere Methode, Rechnungen zu bezahlen, als mit gestohlenem Geld? Zählt ihr beide es, zeichnet den Betrag ab und sorgt dann dafür, dass es versiegelt zum Finanzministerium geschickt wird, damit sie die Seriennummern überprüfen", sagte Paul.

„Das ist mal eine Aufgabe, gegen die ich nichts einzuwenden habe."

Paul überließ ihnen die Angelegenheit und kehrte ins Esszimmer zurück, um zu sehen, wie Rita mit den Namen vorankam. Sie hatten die Art Aktenlager und Geldversteck gefunden, die einen Fall knacken konnten.

■

Paul holte Pizza und versammelte seine Leute um den Esszimmertisch. Bevor er sich setzte, nahm er sich selbst zwei Stücke aus der ersten Schachtel. „Esst, solange sie warm ist, und hört zu. Ich gehe meine Liste durch, dann könnt ihr mir sagen, was ich vergessen habe." Er überflog seine Notizen.

„Er hat es uns leicht gemacht. Es gibt Unterlagen und zwar jede Menge davon, alle fein säuberlich geordnet.

Wir müssen zwei Safes aufbohren, wobei wir den Durchlauferhitzer abmontieren müssen, um an einen von beiden zu gelangen. Darin könnte etwas Interessantes sein. Jason, häng dich ans Telefon und veranlasse das.

Wir wissen noch nicht, wo die Mitschnitte von den Telefonaten sind. Rick, ich will, dass du zur Bank gehst, sobald sie aufmacht. Sullivan hat ein Schließfach ausfindig gemacht, das auf den Namen des Mannes läuft. Sehen wir nach, ob er die Bänder dort aufbewahrt hat.

Daniel, Larry, die alten Kontoauszüge und Verbindungsnachweise müssen heute Nacht eingescannt und an das Finanzministerium und andere Interne verteilt werden. Ihr werdet ein paar Stunden brauchen, also besorgt euch eine Kanne Kaffee. Wenn ihr alles rumgeschickt habt, könnt ihr morgen ausschlafen.

Kim, du sorgst dafür, dass die Sachen sicher transportiert werden. Alle Papiere, die wir gefunden haben, müssen nach Chicago gebracht werden. Dort können wir die Sachen systematischer durcharbeiten.

Die Polizei hier sichert das Haus heute Nacht." Die Pizza machte ihn durstig und er blickte zur Küche hinüber. „Haben wir nicht vor etwa drei Stunden eine Palette Dosen in den Gefrierschrank geschoben, damit die Getränke schneller abkühlen?"

Kim ließ ihre Pizza fallen, schob ihren Stuhl zurück und lief in die Küche. „Stimmt." Sie kam mit den Getränkedosen zurück. „Das Zeug ist noch nicht gefroren, aber lange hätte es nicht mehr gedauert." Sie reichte die Getränke herum.

„Danke." Paul trank seine Dose halb leer und genoss die eisige Kälte, bevor er sich wieder seiner Liste widmete. „Wir sind gleich fertig. Rita, ich will, dass du morgen die Nachbarn befragst. Wo hat er eingekauft, zu Mittag gegessen, Kaffee geholt? Wie war sein Tagesablauf? Dann finde heraus, wo in der Gegend Überwachungskameras sind, dann können wir sehen, ob es Aufzeichnungen gibt, die mehr als fünf Wochen alt sind. Ich hätte gerne einen Zeitraum von sechs Monaten, damit wir sehen können, wer ihn besucht hat.

Franklin, Christopher, Sidney, nehmt euch das Adressbuch vor, lasst euch von Peter ein schnelles Profil von denen erstellen, die in der Nähe wohnen, und befragt diejenigen, die nicht vorbestraft sind. Wie lange waren sie befreundet, sind sie jemals gemeinsam verreist, was hat er beruflich gemacht, hatte er Verwandte in der Gegend? Alles, wodurch wir uns ein Bild von dem Mann machen können. Die mit kriminellen Verbindungen müssen wir uns genauer ansehen, bevor wir zu einer Befragung auftauchen."

Paul war am Ende seiner Liste angelangt und aß den Rest seiner Pizza auf. „Wir haben Zimmer im Hyatt drüben auf der Juniper Street und Wilson hat sich bereit erklärt, uns zu fahren. Wenn wir uns beeilen, können wir die Sache in zwei Tagen erledigen. Noch etwas?"

Er blickte in die Runde um den Esstisch und lächelte. „Wenn euch nichts einfällt, was ich vergessen habe, seid ihr eindeutig zu müde zum Denken. Packt alles für morgen zusammen und dann fahren wir ins Hotel."

■

Paul zog seine Liste aus der Tasche, faltete sie auseinander und überflog die Posten, die nicht erledigt waren. Es waren drei gute Tage gewesen. „Uns fehlen immer noch die Mitschnitte der Telefongespräche. Ich will eine letzte Durchsuchung des Hauses nach noch einem Safe – Böden, Wände und Treppen."

„Wird gemacht, Boss." Diejenigen, die auf weitere Anweisungen gewartet hatten, verteilten sich im Haus.

Franklin schob einen Karton mit Akten in den Van. „Das ist der Letzte."

„Tu mir einen Gefallen und sieh noch einmal in allen Schubladen und Schränken nach, um sicherzugehen, dass wir nichts übersehen haben."

„Mach ich."

Pauls Telefon klingelte. Er warf einen Blick auf die Anruferkennung. „Hallo, Kate."

„Ann hatte recht."

„Ja?" Paul musste unwillkürlich lächeln. *Gut gemacht.*

„Eric Lorell, der wegen Mordes zu fünfundzwanzig Jahren verurteilt wurde, hat Andrew Waters dafür bezahlt, dass er Officer Ulaw umbringt. Wir haben den Geldtransfer zurückverfolgt. Der Anwalt von Lorells Zellengenossen hat ihm bei der Abwicklung geholfen. Eric hat nur gelächelt, als wir ihm sagten, wir wüssten Bescheid, und sich nicht die Mühe gemacht, es zu leugnen. Er hat ein schriftliches Geständnis abgelegt. Jetzt wird er zum Tode verurteilt, aber ich fürchte, das ist auch keine Gerechtigkeit."

„Was anderes, als den Fall aufzuklären, können wir nicht machen."

„Stimmt. Ich bin froh, dass wir den Fall gelöst haben, aber ich wünschte, das Ergebnis wäre besser", sagte Kate. „Anns Einschätzung hat uns in diesem Fall zum Durchbruch verholfen. Und wie ich gehört habe, machst du dank dem, was sie dir gegeben hat, ebenfalls Fortschritte."

„Allerdings. Wo ist Ann heute?"

„In Missouri, glaube ich."

„Sie bleibt nicht lange an einem Ort, oder?"

„Manchmal ein oder zwei Tage. Ich habe gehört, du und Dave habt euch neulich über sie unterhalten?"

„Du brauchst dich nicht als Kupplerin zu betätigen."

„*Moi*?" Kate lachte. „Hast du sie schon angerufen?"

„Ich überlege noch."

„Du solltest es tun. Du wirst sie mögen."

„Das werde ich bestimmt." Paul lächelte. „Vielen Dank für das Update. Gibt es sonst noch was?"

„Das war mein Vorwand, um dich anzurufen. Gute Heimreise, Paul."

„Danke, Kate."

Paul schob das Handy zurück in seine Tasche.

Ann war in Missouri. Wenn man bedachte, dass er sich in West Virginia befand, war die Entfernung relativ überschaubar. Ann machte ihre Arbeit gut. Paul registrierte diese Tatsache und blickte zum Haus zurück. Er auch. Er musste eine Killerin fassen. Die beiden Safes und das Schließfach hatten gefälschte Ausweise, wertvolle Gold- und Silbermünzen sowie mehrere Tausend Dollar in fremder Währung zum Vorschein gebracht. Sie hatten zwar noch nicht den Namen der Killerin, aber sie hatten Unterlagen, mit denen sie arbeiten konnten. Es war Zeit, nach Chicago zurückzukehren.

■

Der Flug zurück zum Hauptquartier war ruhiger als die Hinreise. Seine Leute hörten Musik, schliefen oder unterhielten sich leise. Die unmittelbare Arbeit war erledigt und sie hatten sich eine Auszeit verdient.

Paul schaltete das Licht über seinem Sitz an und zog sein Bordcase näher.

Daves Karton hatte einen Stapel Bücher enthalten und eine Notiz: *Anns veröffentlichte Werke. Lies die O'Malleys in der richtigen Reihenfolge.*

Bevor er gepackt hatte, hatte er die Bücher auf dem Tisch ausgebreitet und die Titel überflogen. Die Covergestaltung traf nicht seinen Geschmack und es waren Thriller mit einem guten Schuss Romantik, was nicht gerade sein Lieblingsgenre war. Drei Militärromane waren auch dabei. Sie schrieb unter einem Pseudonym, aber das hatte er erwartet.

Nachdem er die Titel der O'Malley-Serie durchgesehen hatte, waren drei Bücher in seiner Tasche gelandet. Jetzt nahm er eines davon in die Hand und blätterte zum ersten Kapitel vor.

Kate O'Malley war schon seit dem frühen Morgen im „Kerker".

Wenn er nicht völlig danebenlag, hatte er Daves und Kates Geschichte gefunden.

Paul blickte aus dem Fenster und überlegte, ob er sich die Lektüre für einen anderen Zeitpunkt aufheben sollte. Ihm war nicht nach einer Enttäuschung zumute und er rechnete fest damit. Ann war eine Freundin von Dave, und Freundschaft machte viele Zugeständnisse, wenn es darum ging, was gute Literatur war.

Was hattest du im Sinn, als du dich hingesetzt hast, um Daves und Kates Geschichte zu erzählen, Ann?

Er machte sich an die Lektüre. Zunächst hörte er Anns Stimme beim Lesen, doch dann zog ihn die Geschichte in ihren Bann.

Drei Stunden später verkündete die Flugbegleiterin, dass sie bald landen würden. Paul ließ die Schultern kreisen, um die Anspannung darin zu lockern. Ann hatte in ihrer Geschichte gerade ein Flugzeug abstürzen lassen. Damit hatte er nicht gerechnet. Sie musste mindestens einen Flugzeugabsturz erlebt haben, um die Einzelheiten so schildern zu können, wie sie es getan hatte. Und genau in diesem Augenblick sollte er landen. Paul grinste unwillkürlich bei seinem ernsthaften Wunsch, dass aus der Fiktion keine Realität werden möge.

Ann hatte sein Interesse geweckt und das ließ nicht nach. Er musste alle ihre Bücher lesen. Je mehr er in den vergangenen Stunden gelesen hatte, desto stärker war seine Überzeugung geworden, dass es klug wäre, sich die Zeit dafür zu nehmen.

Wer bist du, Ann? Und woher kommt dieses Erzähltalent?

5

Ann Silver landete am frühen Mittwochmorgen auf dem Flughafen in Alton, Kentucky, und betrat um neun Uhr die dortige Polizeidirektion. Es war nicht das erste Mal, dass sie von einem Job als Ermittlungsbeauftragte direkt zum nächsten reiste, und es würde auch nicht das letzte Mal sein. Missouri war regnerisch und kühl gewesen, während es in Kentucky sonnig und warm war. Sie hatte sich am Flughafen einen Bagel mit Frischkäse zum Frühstück gekauft, ihre Sonnenbrille herausgekramt und sich einen Wagen gemietet. Wenn das Wetter nicht so anders gewesen wäre, hätte der Tag eine Wiederholung des gestrigen sein können.

„Danke, dass Sie gekommen sind, Ann."

„Ich helfe gerne, Ben."

Sie stellte ihm einen heißen Kakao hin, hockte sich auf die Kante des Schreibtischs und blies in ihren eigenen Becher, um das Getränk abzukühlen. Die Pinnwand hinter dem Schreibtisch war mit Fotos und Zetteln bedeckt und sie ließ aus Gewohnheit ihren Blick darüber wandern.

„Ihr Name ist Elizabeth Verone", erklärte Ben ihr. „Zweiundfünfzig, seit zehn Jahren geschieden, keine Kinder, seit dreißig Jahren Friseurin. Sie wurde am 21. Mai in ihrem Haus erschossen. Weitere Schlussfolgerungen überlasse ich lieber Ihnen. Die Unterlagen sind auf dem Stand von gestern Abend und ich habe Ihnen eine Kopie anfertigen lassen."

„Dann lese ich mir durch, was Sie haben, damit ich Bescheid weiß. Es tut mir leid um sie, und auch für Sie. Es ist immer schlimm, wenn es jemand ist, den man kennt."

„Sie ist allen hier im Kommissariat auf die Nerven gegangen mit ihrem ständigen Gerede über irgendwelche angeblichen Informationen in Bezug auf Verbrechen, die sie beim Haareschneiden aufgeschnappt hat. Aber sie war *unsere* Nervensäge, jemand hat sie umgebracht und die Tage vergehen. Wir müssen diesen Fall aufklären und von der Wand kriegen." Er sah ein letztes Mal auf die Fotos und schüttelte den Kopf, dann drehte er sich um und schob die Unterlagen zusammen, die sie brauchen würde. Er reichte ihr eine dicke Mappe und einen Stapel Fotografien. „Soll ich Ihnen einen Schreibtisch organisieren?“

„Das ist nicht nötig. Ich suche mir ein stilles Plätzchen, dann komme ich wieder und wir können darüber sprechen.“

Da sie schon früher einmal für diese Polizeidirektion gearbeitet hatte, ging sie dorthin, wo die meisten Beamten sich aufhielten, wenn sie eine Pause hatten: aufs Dach. Wenn sie schon über einen Mord nachdenken musste, würde sie es dort tun, wo sie etwas Sonne tanken konnte.

■

Es dauerte vier Stunden, die Akte durchzuarbeiten. Ann rieb sich die Augen, während sie ihre Gedanken auf Wanderschaft gehen ließ. In der Familie des Opfers gab es keine besonderen Konflikte. Die Verwandtschaft lebte mehrere Bundesstaaten entfernt und hatte solide Alibis, und damit war die einfachste Lösung hinfällig. Ihr Opfer hatte der Polizei etwas über so viele Verbrechen – reale oder eingebildete – erzählt, dass Ann einen beliebigen Fall aus der Geschichte dieser Stadt hätte herausgreifen und einen Hinweis auf die Frau finden können, die jetzt gestorben war. Kein Wunder, dass die Polizei bei ihrem Versuch, diesen Fall zu knacken, gegen eine Wand lief. Bestimmt hegten viele Leute dieser Frau gegenüber starke Gefühle und mit Sicherheit war eine ganze Reihe nicht unglücklich über ihren Tod. Wer also hatte gehandelt?

Sie hatten den Schützen nicht gefunden.

Diese Tatsache behielt Ann im Hinterkopf, während sie in ihren Gedanken die Fakten ordnete, die sie hatte. Die Beamten kannten ihre Stadt, sie wussten, wen sie befragen mussten, wer als möglicher Schütze in Betracht kam und sie hatten ihre Arbeit gründlich gemacht. Die Verhöre waren ausführlich gewesen, die Angaben überprüft worden und die Alibis hatten sich bestätigt.

Die Polizei hatte keinen brauchbaren Verdächtigen gefunden.

Wieder verharrte Ann bei diesem Gedanken und ließ ihn einige Minuten in der Luft hängen, während sie erneut durch den Strom an Informationen watete, den die Ermittlungen aufgedeckt hatten. Wenn sie der Entwicklung des Falls folgte, wurde eines ganz klar: Die Polizei hätte den Täter finden müssen.

Und das erklärte einiges.

Ann betrachtete ein letztes Mal die Fotos vom Tatort, dann schloss sie die Mordfallakte und ging wieder hinunter.

Ann brachte den Beamten, die im Dienst waren, Roastbeef-Sandwiches mit, was zu ihren Gewohnheiten gehörte, wenn sie im Haus war, setzte sich an Bens Schreibtisch und verzehrte selbst eines der leckeren belegten Brote.

„Haben Sie alles durchgesehen?"

Sie nickte kauend. „Eine dicke Akte, gute Ermittlungen und Sie haben recht. Der Fall wird kalt."

Bens Partner Greg Ornell deutete mit seinem Sandwich auf die Pinnwand. „Es ist wie das perfekte Verbrechen. Jemand erschießt sie, niemand sieht den Täter, alle, mit denen wir gesprochen haben, hatten möglicherweise einen Grund, sie aus dem Weg zu schaffen – das sind zu viele Nadeln. Wir finden die Nadeln im Heuhaufen, aber es sind einfach zu viele."

Ben nickte. „Sie hat in den letzten dreißig Jahren ihres Lebens zu viele Leute verärgert. Ein Schuss ist eine kalte Methode, dem Ganzen ein Ende zu bereiten. Jemand hat lange darüber nachgedacht, hat dann irgendwann zu viel bekommen und sich gesagt: Heute tue ich es. Sie hat ihr ganzes Leben hier gelebt, Ann. Es gibt jede Menge Informationen, aber nicht die richtigen. Wir haben einfach nicht die Hinweise, die uns in die richtige Richtung führen könnten."

„Dann gehen wir alles durch und schauen, was die Suche eingrenzen könnte. Haben Sie eine Vorliebe, wie wir das tun sollen?"

„Ich fände es gut, wenn Sie uns die Geschichte erzählen könnten, Ann", schlug Greg vor. „Dann sehe ich sie neu und kann vielleicht eine Stelle entdecken, an der ich ansetzen kann."

Ben stimmte zu.

Ann aß ihr Sandwich auf und holte sich ein neues Getränk. Da sie besser denken konnte, wenn sie in Bewegung war, ging sie zu der Pinnwand mit den Fotos und Notizen. „Also gut, zuerst die Geschichte."

Ann wusste, dass die Geschichte nicht ausgeklügelt und glatt klingen würde, während sie sie erzählte, aber die Nacherzählung würde dennoch hilfreich sein, wie jede Rekapitulation. Sie würde helfen, die Geschichte und das Rätsel, das es zu lösen galt, neu zu betrachten.

„Ich heiße Elizabeth Verone. Ich bin eine ordnungsliebende Frau mit einem warmherzigen Lachen. Ich tratsche für mein Leben gern, erzähle weiter, was ich höre, und frage andere, was sie wissen. Ich bin eine Frau mit festen Gewohnheiten, esse jeden Morgen das gleiche Frühstück und nehme denselben Weg zur Arbeit. Seit zweiunddreißig Jahren schneide ich in demselben Salon den Bewohnern von Alton die Haare. Ich habe Karten mit den Telefonnummern von wichtigen Leuten an meinem Spiegel stecken, verschaffe anderen Aufträge und bin stolz auf die Vernetzungsarbeit, die ich leiste. Wenn du einen guten Klempner brauchst, habe ich die richtige Nummer. Ich handle mit Informationen, so sehe ich mich selbst, nicht als Tratschtante. Ich will anderen helfen. Du kommst und setzt dich in meinen Stuhl, um deine Haare geschnitten und frisiert zu bekommen, und damit gehörst du für mich zu mir. Ich will von deinen Sorgen und deinen Neuigkeiten hören und ich will auch wissen, was im Leben deiner Freunde los ist.

Wenn ich erst einmal etwas weiß, bleibt es nicht lange vertraulich. Mir macht es Spaß, Dinge über dich zu wissen und dir Dinge zu erzählen.

Am Montagmorgen ist es kalt und ich suche mir einen Pullover, bevor ich zur Arbeit gehe. Ich habe kaum noch Benzin im Wagen, also fahre ich bei der Tankstelle vorbei und tanke für fünf Dollar. Dann halte ich noch bei Parkers Bäckerei, hole mir einen Kaffee und einen Donut und erzähle dem Bäcker, dass Janets Tochter ein Stipendium für die Kunsthochschule bekommen hat. Ist das nicht fantastisch?

Ich mache den Laden ein paar Minuten früher auf. Amy will die Haare geschnitten bekommen und darüber reden, dass ihr Junge am letzten Wochenende mit Henrys Sohn Lou Ärger gehabt hat. Als Nächstes ist Paula dran, die eine Tönung möchte, und ich bringe sie dazu, mir zu erzählen, welche Immobilien sich in letzter Zeit verkauft haben und ob neue Häuser zum Verkauf stehen.

Ich mache zwei Dauerwellen, dann folgt eine Pause, also setze ich mich zu Jenny und Karen, die unter der Trockenhaube sitzen, und wir lesen gemeinsam die neuen Zeitschriften. Das Gespräch wendet sich Männern zu. Nathan ist wieder in der Stadt und wir tauschen zehn Minuten lang Erinnerungen aus. Jeffery hat bei Melinda übernachtet, zumindest stand sein Wagen am nächsten Morgen noch am Straßenrand. Ich beklage mich, dass ich seit einer Ewigkeit keine Verabredung mehr hatte und gerne mal wieder richtig schön ausgehen würde, mit Abendessen und Kino, einfach zur Abwechslung.

Um fünf Uhr nachmittags schließe ich den Laden zu. Ich war den Großteil des Tages auf den Beinen und bin müde, also fahre ich direkt nach Hause. Dort wusle ich in der Küche herum und mache mir einen Cheeseburger mit Salat. Ich esse allein, während ich die Post des Tages durchsehe. Ich wechsle mich wochenweise mit meiner Nachbarin mit dem Lebensmitteleinkauf ab, und da sie diese Woche dran ist, werfe ich den Supermarktflyer mit den anderen Werbeblättern in den Müll.

Ich stelle eine Maschine Wäsche an, Handtücher und andere Kochwäsche. Während die Maschine läuft, gehe ich in den Garten und gieße die sechs neuen Rosen, die ich in diesem Jahr um meine Terrasse herum gepflanzt habe.

Ich beschließe, dass ich wenigstens den Rasen an der Garage mähen sollte, damit ich nicht alles am Samstag erledigen muss. Also hole ich den Rasenmäher heraus und mähe den Streifen neben der Garage und vor den Blumenbeeten. Eigentlich müsste ich den Rasenschnitt in Säcke füllen, aber diese Arbeit mag ich nicht, also reche ich das Gras nur ein bisschen zusammen und lasse es in einem Haufen bei dem toten Baumstumpf liegen. Dann räume ich den Rasenmäher und den Rechen fort und schließe die Garagentür. Ich gehe ins Haus zurück und lasse meinen Kopfhörer und den iPod auf den Tisch im Esszimmer fallen.

Jemand ist in meiner Küche gewesen. Auf der Küchenzeile stehen Lebensmittel und Eiscreme, die in den Gefrierschrank muss. Ich rufe nach meiner Nachbarin, Susan DeMarko, weil ich annehme, dass sie herübergekommen ist, während ich den Rasen gemäht habe. Dann höre ich, wie jemand im Gästebad die Toilettenspülung betätigt. Also gehe ich zurück in die Küche und öffne den Kühlschrank, um die Lebensmittel wegzuräumen.

Das Fenster zerspringt und ich werde erschossen.

Die Kopfwunde tötet mich auf der Stelle und ich falle dort, wo ich gestanden habe, zu Boden. Die Kühlschranktür schwingt zurück und bleibt an meiner Schulter hängen. Das Gurkenglas, das ich in der Hand gehalten hatte, zerbricht und Essig spritzt über die Türen der Unterschränke.

Meine Freundin hört den Schuss, hört mich fallen, kommt in die Küche, sieht das Blut und fängt an zu schreien. Sie rennt zur Haustür hinaus und ruft ihren Mann, der angelaufen kommt. Er ruft die Polizei, während seine Frau hysterisch kreischt, dass Elizabeth tot sei, dass jemand Elizabeth erschossen habe. Niemand betritt das Haus, bis die Polizei eintrifft."

Ann ließ den Blick über die Fotos an der Wand schweifen und staunte erneut über diese grauenvolle Tat. Eine nette Gegend, nicht reich, aber auch nicht arm, wenig Kriminalität, und dann wird einer Frau ohne Vorwarnung in den Kopf geschossen. Inzwischen hatten sich noch ein paar Beamte zu ihnen gesellt und sie blickte in die Runde, um sich zu vergewissern, dass sie die Fakten richtig wiedergab. „Es gibt keine anderen Schießereien in Scharfschützenmanier irgendwo in den benachbarten Bundesstaaten und auch hier in der Gegend wurde seither niemand mehr erschossen. Es war keine willkürliche Sache, bei der sie das erste Opfer von vielen war." Das Nicken ringsum bestätigte dies.

Ann nahm den Faden ihrer Geschichte wieder auf, um dem Warum der Tat auf die Spur zu kommen. „Also gut, ich bin das Ziel, Elizabeth Verone. Jemand will, dass ich sterbe. Will jemand, dass ich aufhöre zu tratschen? Ich weiß über Immobiliengeschäfte Bescheid, darüber, wer mit wem schläft und wer in die Stadt gekommen oder wieder abgereist ist. Und das sind nur die Informationen von diesem einen Tag. Alles in allem weiß ich eine Menge Dinge und Neuigkeiten, die irgendetwas bedeuten könnten, wenn ich die Einzelheiten zusammenfüge.

Ich weiß etwas, von dem irgendjemand nicht will, dass ich es sage. Ich rede über alles, was ich weiß, also musst du mich umbringen, um mich zum Schweigen zu bringen. Vielleicht habe ich schon geredet und du musstest es ausbaden. Vielleicht habe ich deine Welt mit meinem Tratsch zerstört und du hasst mich von ganzem Herzen. Ich weiß etwas, von dem du nicht willst, dass ich es sage, oder ich habe schon etwas gesagt und dich sehr verletzt und du hast beschlossen, derjenige zu sein, der mich für immer zum Schweigen bringt." Sie hielt inne, um einen Schluck zu trinken, bevor sie in die Rolle wechselte und in die Haut des Täters schlüpfte.

„Ich habe mich mit einem Gewehr auf die Rückseite deines Hauses begeben und habe vor, dich zu töten. Ich bin während des Tages gekommen und nicht nachts, also bleibe ich im Wald, damit ich von den Nachbarn nicht gesehen werde. Ich will nicht, dass du mich siehst, für den Fall, dass ich danebenschieße.

Du bist draußen in deinem Garten. Warum also erschieße ich dich nicht, während du den Rasen mähst und mir immer wieder den Rücken zukehrst, während du hin und her läufst und auf den Boden vor dir blickst?

Ich erschieße dich nicht im Garten, weil ich auf einem guten Aussichtsposten sitze und bereits dein Küchenfenster im Visier habe. Ich weiß, dass ich nicht danebenschießen werde, also warte ich nur darauf, dass du in dem Fenster an der Spüle erscheinst. Mein hübsches kleines Ziel, genau in meinem Fadenkreuz."

Ann versetzte sich wieder in das Opfer hinein.

„Warum hast du mich nicht erschossen, als ich mir etwas zu essen gemacht habe? Ich war eine ganze Weile in der Küche. Warst du noch nicht hinter meinem Haus in Stellung? Warst du noch nicht dort, als ich von der Arbeit nach Hause kam? Bist du später gekommen? Du hast mir seitlich in den Kopf geschossen, als ich in den geöffneten Kühlschrank gesehen habe. Wolltest du mein Gesicht nicht sehen, als du mich getötet hast?"

Ann schloss die Augen und nahm wieder die Rolle des Schützen ein. „Ich habe auf die perfekte Gelegenheit gewartet, um dich zu töten. Ich habe dich nicht im Garten umgebracht. Ich habe gewartet, bis du hineingegangen bist. Ich habe dich durch das Küchenfester erschossen, als du die Kühlschranktür aufgemacht hast, um die Lebensmittel einzuräumen. Wollte ich in Wirklichkeit die Nachbarin erschießen, die mit den Lebensmitteln hereingekommen war, und habe versehentlich dich erwischt?"

Greg zeigte mit dem Finger auf sie und unterbrach ihren Erzählfluss: „Das ist interessant, Ann. Das ist sehr interessant. Vielleicht war die Nachbarin das eigentliche Ziel, nicht Elizabeth." Er drehte sich zu Ben um und sein Partner nickte bereits.

„Warum sollte man seine Frau im eigenen Haus erschießen? Eine ziemliche Sauerei, die man saubermachen muss, und alles wird als Tatort abgesperrt. Erschießt er Susan doch lieber nebenan. Ein schönes Alibi. Ich will meine Frau loswerden und weiß genau, wo sie in fünf Minuten sein wird. Der Mann war vor Ort, als die Polizei eintraf.

Seine Frau geht aus dem Haus, um die Lebensmittel zu Elizabeth zu bringen. Er muss sein Gewehr holen, in den Wald hinter dem Haus gehen, sich für den Schuss durch das Küchenfenster in Position bringen und schießen, während Susan noch mit den Einkäufen in der Küche ist. Ein Gewehr mit großer Reichweite, dabei sieht man nur jede Menge brauner Haare. Sie sind beide brünett. Der Schuss hätte also jeder der Brünetten im Haus gelten können. Spielen Sie es so durch, Ann, dann sehen wir ja, ob es funktioniert."

Ann sortierte das, was sie über das Verbrechen wusste, im Geiste neu und nickte. „Ich heiße Kevin DeMarko und bin wütend. Ich bin mit einer Frau verheiratet, die ich inzwischen hasse, und will sie loswerden. Scheidung bedeutet Unterhalt und vielleicht kommt dabei heraus, dass ich mit einer anderen schlafe. Da bringe ich meine Frau doch lieber um und werde nicht erwischt – Problem gelöst.

Meine Frau geht aus dem Haus und bringt die Einkäufe zur Nachbarin. Ich habe Mordgedanken und sehe sofort meine Chance – und das Potenzial dieser Gelegenheit. Die eine Person im Bezirk, die von den wenigstens Menschen vermisst werden würde, ist die Tratschtante nebenan, die sich in alles einmischt. Wenn ich meine Frau da drüben umbringe, werden alle denken, dass der Schütze einen Fehler gemacht hat und das eigentliche Ziel die Friseurin war.

Sobald Susan das Haus mit den Lebensmitteln verlässt, springe ich vom Tisch auf und laufe los, um die Gelegenheit beim Schopf zu ergreifen. Ich packe mein Gewehr und laufe durch den Garten. Ich sehe durch das Fenster, wie meine Frau die Einkäufe auf dem Küchentresen ablädt. Ich finde eine Stelle, wo ich mich abstützen und das Gewehr ruhig halten kann. Mein Atem geht keuchend und ich bin aufgeregt und will es hinter mich bringen. Ich muss warten, während Elizabeth den Rasenmäher um die Garage schiebt, damit sie sich nicht in meine Richtung dreht und mich sieht, wenn sie den Schuss hört. Ich höre, wie sich die Garagentür schließt, ich sehe braune Haare in meinem Fadenkreuz und peng, meine Frau ist in den Kopf getroffen und geht zu Boden. Ich renne nach Hause zurück und lasse das Gewehr schnell irgendwo verschwinden, vielleicht schiebe ich es in die Dachrinne oder vergrabe es unter dem Stapel Bretter in der Garage. Ich betrete das Haus. Und ich höre Schreie."

Ann hielt inne und betrachtete das Foto von dem Mann der Nachbarin am Tatort. „Du hörst Schreie. Nur dass es deine Frau ist, die da schreit, dass deine Nachbarin tot ist, anstatt dass die Nachbarin schreit, dass deine Frau tot ist. Und damit hast du dein Leben so richtig vermasselt.

Du rufst die Polizei, während deine Frau dasteht und schluchzt. Du hast eine Art Alibi, weil du zu Hause warst und hergelaufen bist, als deine Frau geschrien hat – und du hast in der Einfahrt gestanden, als die Polizei kam. Du überstehst die erste Suche und die zweite Suche, ohne dass sie das Gewehr finden. Dann kommt die Nacht, in der du es an einen sichereren Ort bringen kannst, und der nächste Tag, an dem du es entsorgen kannst. Als du so weit gekommen bist, weißt du, dass sie dir nichts anhaben können. Es gibt nichts, was auf dich hinweist. Aber du hast dein Leben vermasselt.

Du hast immer noch deine Frau am Hals. Polizisten wühlen im Haus deiner Nachbarin herum und bekommen mit, was bei dir passiert. Es besteht keine Chance mehr, dass du deine Frau loswerden kannst, ohne dass die Polizei es bemerkt und ohne dass der Verdacht für beide Morde auf dich fällt. Du kannst auch nicht so schnell die Scheidung einreichen, weil die Ermittler sich sonst fragen könnten, ob du deine Frau vor ein paar Tagen auch schon so gehasst hast. Und zu allem Überfluss ist der Wert deines Hauses gerade um mindestens zwanzig Prozent gefallen, weil nebenan ein Mord verübt wurde. Du hast dein Leben so richtig in den Sand gesetzt."

Ann verstummte und sah Ben an. Sie hatte sich selbst beinahe davon überzeugt, dass die Geschichte der Wahrheit entsprach, allein dadurch, dass sie sie erzählt hatte.

Er nickte. „Es funktioniert und es wäre möglich. Es ist sogar merkwürdig plausibel." Ben blickte in die Runde der Kollegen, die sich um sie versammelt hatten, um die Geschichte zu hören. „Hört zu, Leute. Wir brauchen alles über den Ehemann. Wir müssen wissen, ob er ein Gewehr besitzt. Wir müssen wissen, ob es in dem Haus Ärger gegeben hat. Wir müssen herausfinden, ob er unser Täter ist, und zwar schnell. Die Frau ist immer noch bei ihm. Also machen wir uns an die Arbeit."

Die Beamten fingen an, die Aufgaben unter sich zu verteilen.

Ben erhob sich und trat neben Ann. „Danke, Ann. Es ist immer ein Genuss, Ihren Geschichten zuzuhören."

„Wir werden ja sehen, ob die Idee irgendwohin führt." Ann deutete mit einem Nicken auf die Pinnwand. „Sie müssten die Geschworenen davon überzeugen, dass er seine Frau wirklich loswerden wollte, und selbst wenn Sie ihm das Gewehr in die Hand drücken könnten, würden sie sich fragen: Wenn er seine Frau umbringen wollte, hätte er dann nicht wenigstens auf seine Frau geschossen? Ich glaube, Sie brauchen ein Geständnis, wenn Sie den Fall zu den Akten legen wollen. Ein willkürliches Attentat auf eine Nachbarin und er hat in gewisser Hinsicht ein Alibi? Der Staatsanwalt wird nicht wissen, was er davon halten soll."

„Aber wir können ihm wenigstens richtig Angst machen, indem wir ihn beobachten, und seiner Frau damit das Leben retten. Er war am Tatort. Das ist das Schöne daran. Die einzigen Personen, die da waren, sind die Nachbarin, die Ehefrau und der Ehemann. Das Opfer, das eigentliche Ziel und der Mörder. Wir hätten diese Möglichkeit vermutlich eher in Betracht gezogen, wenn unsere Lady nicht so gesprächig gewesen wäre und damit ein so gutes potenzielles Opfer. Wollen Sie bleiben und sehen, wie die Sache ausgeht?"

„Sie haben den Fall im Griff, da fahre ich lieber nach Hause. Wenn sich das Ganze als falsche Fährte entpuppt, rufen Sie mich an, dann komme ich wieder. Es würde mich überraschen, wenn unsere erste Idee die richtige wäre, aber die Geschichte klingt irgendwie plausibel."

„Ich glaube, Sie haben ins Schwarze getroffen. Aber ich sage Ihnen so oder so Bescheid. Guten Heimflug, Ann."

„Danke, Ben."

Ann fuhr zum Flughafen zurück. Sie würde einen Vermerk in ihrem Auftragsbuch machen, aus dem der Ort hervorging, an dem sie gewesen war, und wer sie angefordert hatte. Die beiden Zeilen würden der einzige Bericht über diesen Tag sein. Und das war gut so. Vielleicht hatte sie geholfen, vielleicht war es eine falsche Fährte. Das würde sich zeigen. Aber genau das war es, was sie konnte – lesen, zuhören, den Fall durchspielen und versuchen, neue Ideen zu finden, mit denen die anderen arbeiten konnten.

Wenn ihr Handy noch ein paar Stunden stumm blieb, würde sie einen entspannten Heimflug haben. Danach könnte sie mit ihrem Hund einen langen Spaziergang machen und tatsächlich wieder einmal in ihrem eigenen Bett schlafen. Vielleicht schaffte sie es sogar rechtzeitig nach Hause, um die Abendpatrouille zu machen. Sie rief in der Polizeidirektion von Medora an und hinterließ Marissa eine Nachricht, dass sie auf dem Heimweg war. Wenn sie Glück hatte, blieben ihr vier, vielleicht fünf Tage zu Hause, bevor der nächste Auftrag in einer Mordsache hereinkam. Sie war gerne Sheriff, übernahm die Streife und reagierte auf Anrufe, um Streitigkeiten zwischen Nachbarn zu schlichten, diejenigen zu verhaften, die es verdient hatten, und diejenigen zu verwarnen, die zu hart am Wind segelten. Der Sheriffjob endete automatisch, sobald der Bezirk die Polizeifunktion übernahm, aber bis dahin war das eine Aufgabe, die Ann erledigen konnte und die sie sogar genoss. In Medora war seit dreiundzwanzig Jahren niemand mehr ermordet worden. Es würde ein gutes Gefühl sein, nach Hause zu kommen.

6

Paul war zufrieden mit den Fortschritten, die sie machten. Sein Team wühlte sich durch die Unterlagen, die sie vor fünf Tagen aus dem Haus des Mittelsmannes mitgebracht hatten. Mit der Hilfe anderer Behörden verbanden sie Quittungen, Telefonate und Kontoauszüge miteinander und rekonstruierten seine Geschäfte. Es war gute, solide kriminaltechnische Arbeit, mit der sie Dokumente und andere Unterlagen in ein brauchbares Bild von dem Mann verwandelten. Jetzt umgab den Mittelsmann ein Netz – Namen, Gesichter, Orte.

Gordon Whitcliff hatte seine Finger in vielen Verbrechen gehabt und viele Beziehungen für andere geknüpft. Er war der Mann, zu dem Leute kamen, die mit gestohlenen Waren handelten, die Autodiebstahl im großen Stil betrieben oder auch einige, die im Verdacht standen, auf dem illegalen Kunstmarkt aktiv zu sein. Zwei Verbrecherfamilien an der Ostküste zählten zu seinen Kontakten, ein Banker, der vor fünf Jahren wegen Betrugs verurteilt worden war, und dann gab es noch die großen Verbindungen zu dem Währungsdieb und der Ladykillerin. Die Unterlagen des Mittelsmannes förderten gute Beweise für alle möglichen Gesetzesverstöße zutage. Paul ließ seine Leute die Daten an andere Behörden weitergeben, sobald sie vorlagen. Das Einzige, was sie für sich behalten würden, war die Killerin.

In den letzten fünf Tagen hatte er sich außerdem die Zeit genommen, weitere drei von Anns Büchern zu lesen, indem er sich nach der Arbeit ein paar Stunden lang in sie vertiefte und sich dann morgens mit einem zusätzlichen Kaffee in Schwung brachte.

Auf dem Rückweg vom Mittagessen machte Paul im fünften Stock halt. Dave war am Telefon und drehte ein Blatt Papier aus einem Bericht zu einem dünnen Rohr, während er lauschte. Paul hatte das Gefühl, als würde er ihm mit einer Unterbrechung einen Gefallen tun. Er klopfte an die Tür, woraufhin Dave ihn hereinwinkte und seinem Gesprächspartner am anderen Ende der Leitung umgehend verkündete, dass er Schluss machen müsse – er habe Besuch. Dann legte er auf. „Ich schwöre, diese Person hat nur geredet, um zu reden. Danke, dass du mich gerettet hast."

„Ich helfe gerne." Paul bot ihm Grissinis aus der Tüte an, in der die Reste seines italienischen Mittagessens waren. „Ann schreibt christliche Bücher."

Dave bearbeitete den vor ihm liegenden Bericht, indem er ihn in den Papierkorb beförderte.

„Sie ist Christin."

„Etwas, das du vergessen hast zu erwähnen." Paul ließ sich auf einem der Bürostühle nieder.

„Ich hätte dich nie als gute Partie für sie in Erwägung gezogen, wenn du kein überzeugter Christ wärest. Typen, die ihren Glauben nicht ernst nehmen, haben bei ihr keine Chance."

„In den Büchern hatte ich das nur nicht erwartet." Er hatte nicht gedacht, dass ihn noch etwas überraschen könnte, nach allem, was Dave ihm erzählt hatte. Doch Ann hatte ihn überrascht. Sie flocht Gott ebenso nahtlos in ihre Geschichten ein, wie sie es mit Romantik und Spannung tat. Wenn ein bestimmter Charakter nicht an Gott glaubte, war das für sie genauso interessant, wie wenn eine Figur gläubig war. „Ich habe dich und Kate in *Die Vermittlerin* wiedererkannt. Sie hat eure Geschichte gut erzählt."

„Das finden wir auch."

„Und auch die von Marcus und Shari – ich staune immer noch, dass Ann den Leiter der U.S. Marshals und die Kongressabgeordnete von Virginia gut genug kennt, um ihre Geschichte zu schreiben. Und ich war schon mal bei Quinn und Lisa zum Essen eingeladen – ihre Geschichte war wie ein gemeinsames Foto von den beiden. Sind die anderen O'Malley-Geschichten genauso? Im Kern wahr?"

„Ja. Wir haben Ann gebeten, die O'Malley-Reihe zu schreiben. Wir wollten festhalten, wer Jennifer für uns war. Wie viele hast du gelesen?"

„Vier. Ich glaube, Ann ist als Polizistin fehl am Platze. Sie sollte als Schriftstellerin ihren Lebensunterhalt verdienen."

„Sie will nicht unter einem solchen Druck stehen. Sie schreibt für sich selbst und für ihre Freunde. Es sind einfach zufällig gute Bücher."

„Was ist mit den Militärbüchern?“, fragte Paul.

„Auch das sind echte Menschen, Freunde von Ann, und Auftragsarbeiten. Es sind wie die O’Malley-Bücher Romane, aber um wahre Ereignisse herum geschrieben. Ich habe die Navy-Pilotin Grace getroffen. Ich habe Gerüchte über die Frau gehört, die den Geheimdienstorden des CIA verliehen bekommen hat, und ich weiß, dass Joe und seine Frau sich mit Ann zu einem Winterurlaub in Kanada getroffen haben. Anns Freundeskreis erstreckt sich in viele unterschiedliche Richtungen und ich staune immer wieder, wen sie alles kennt. Aber man gewöhnt sich daran“, sagte Dave. „Ann spricht nicht viel über ihre Freunde. Nicht, dass sie sie nicht mit anderen teilen will oder glaubt, man würde sich nicht für sie interessieren. Sie kann einfach Dinge für sich behalten. Sie lässt den Menschen ihre Privatsphäre. Und sie nutzt die Tatsache, dass sie jemanden kennt, nicht aus. Ann wird ihre Freunde einander vorstellen, wenn sie sich im gleichen Raum befinden, aber es würde ihr nicht einfallen, sie anderweitig zu erwähnen.“

„Ann beschützt ihre Freunde.“

„Ja. Für sie ist das etwas, was eine Freundin tut.“

Paul dachte darüber nach, was das über Ann aussagte. Sie wäre jemand, dem sein Dad vertrauen könnte. Sie behielt ihr Wissen für sich. Aber sie war mit Sicherheit nicht leicht kennenzulernen, wenn sie beschloss, ihr Leben nicht offenzulegen. Es würde nicht viele Hinweise darauf geben, was es überhaupt zu entdecken gab. Er musste sie dazu bringen, ihm zu vertrauen. Irgendwie musste er herausfinden, wie er das bewerkstelligen konnte. „Arbeitet sie gerade an einem neuen Buch?“

„Es gibt Anzeichen dafür“, erwiderte Dave. „Wenn sie ein neues Buch vorbereitet, fliegt sie häufiger in Begleitung. Aber ich habe keine Ahnung, wessen Geschichte sie diesmal schreibt. Kate glaubt, es geht um eine Freundin in der Kunstszene. Es könnte sein, weil Ann seit zwei Jahren oft Kunstbücher mit sich herumschleppt. Außerdem weiß ich, dass Ann vor ein paar Monaten Quinn einen besonderen Besuch abgestattet hat, gefolgt von einem Ausflug nach New York. Dafür hat sie sich von mir eine schusssichere Weste geliehen. Das waren private Reisen und sie hatten nichts mit ihrer täglichen Arbeit oder der Funktion als Ermittlungsbeauftragte zu tun. Wenn Ann an einem Punkt angekommen ist, an dem sie erste Leser braucht, ruft sie an und fragt, ob man Zeit hat, ihr eine Rückmeldung zu geben. Das ist immer eine schöne Bitte."

„Weißt du zufällig, wann sie das nächste Mal in der Stadt ist?"

„Sie hat vor, am nächsten Samstagabend kurz auf dem Flughafen zu landen, rein und raus, wahrscheinlich ohne das Flughafengelände überhaupt zu verlassen. Denkst du darüber nach, dich mit ihr zu treffen?"

„‚Darüber nachdenken' ist der richtige Ausdruck." Paul war sich immer noch nicht sicher, wie er bei ihr vorgehen sollte, und es war das Beste, eine fertige Strategie zu haben, bevor er den ersten Schritt auf das Spielfeld machte.

„Hast du mein Geburtstagsgeschenk von Kate gesehen?" Dave kramte ein Foto hervor. „Sie hat mir eine Katze geschenkt."

Paul sah sich das Foto an und lachte. „Wie heißt sie?"

„Carmine, jedenfalls heute. Das wechselt. Sie ist ein großes, flauschiges Ding, das wie ein Motor schnurrt."

„Du hast schon einen Narren an ihr gefressen."

„Stimmt. Kate hat sie für sich selbst gekauft, aber wir tun beide so, als wäre das nicht der Fall." Dave steckte das Foto wieder in seine Tasche. „Ich habe eine eigenwillige, wunderschöne Frau, eine hinreißende kleine Tochter und jetzt eine wuschelige Katze. Es gibt Schlimmeres im Leben. Aber wenn Kate Geburtstag hat, werde ich einen Hund in die Familie einschmuggeln, als Geschenk für sie. Einen, der groß genug ist, um die Katze einzuschüchtern und auf das Kind aufzupassen."

Paul lachte. „Du bist offenbar gerne verheiratet."

„Das ist das Beste, was einem Mann passieren kann." Daves Telefon klingelte. Er blickte auf die Nummer. „Da muss ich rangehen. Ich besorge dir die Ankunftszeit von Anns Flieger."

„Danke."

Dave griff nach seinem Telefon und Paul ging nach oben.

Er betrat den gesicherten Konferenzsaal, in dem sich an einer Wand die Kisten aus dem Haus des Mittelsmannes stapelten und die meisten der Tische mit Unterlagen bedeckt waren. Stück für Stück setzten sie seine Welt und seine Biografie zusammen. Paul setzte sich und betrachtete die Tafeln an der Wand.

Sie hatten fünf mögliche Namen für Miss L.S. gehabt. Alle waren eliminiert worden. Telefonnummer und Kontonummer waren noch immer nicht zugeordnet.

„Sullivan, wie weit sind wir mit den Telefonnummern?"

„Wir wissen, dass der Mittelsmann sie angerufen hat. Wir haben seine alten Telefonrechnungen, die den Zeitraum der letzten paar Morde abdecken. Jason hat eine Nummer, die sich wiederholt – das könnte die Killerin sein. Er findet aber keinen Namen, der dazu gehört. So weit reichen die Unterlagen einfach nicht zurück. Die Nummer gehört heutzutage einem Unternehmen und ist in den vergangenen Jahren zweimal weitergegeben worden. Ich helfe Jason bei der Suche, aber bald wissen wir nicht mehr, wo wir noch gucken sollen."

„Hattet ihr bei ihrem Bankkonto mehr Glück?" Sie wussten, dass der Mittelsmann die Killerin per Überweisung bezahlt hatte und nicht mit Scheck und dass alle Zahlungen an dasselbe Konto erfolgt waren.

„Die Bank ist während der Finanzkrise pleitegegangen. Wir konnten feststellen, dass das Konto kurz nach dem dreißigsten Mord aufgelöst wurde. Die Adresse, die wir mit dem Konto in Verbindung bringen konnten, ist die der städtischen Mülldeponie."

Paul blickte auf die weißen Tafeln und traf eine Entscheidung. „Leute, hört mal zu." Er stand auf. „Mir gefällt, was ich an den Wänden sehe. Ihr macht gute Fortschritte. Ihr habt euch wirklich ins Zeug gelegt und das weiß ich zu schätzen. Aber wir kommen jetzt in eine Phase, in der es schwierig wird, dieses Energielevel aufrechtzuerhalten. Ich brauche euch in den nächsten paar Tagen, also trete ich auf die Bremse. Macht für heute Schluss und geht spätestens um fünf Uhr nach Hause. Genießt den Abend, indem ihr irgendetwas Privates macht. Wir sehen uns morgen in alter Frische wieder."

Paul beherzigte seinen eigenen Rat und schaltete um kurz nach sechs das Licht in seinem Büro aus. Er ging zu Fuß in den Eingangsbereich hinunter. Es war ein angenehmer Abend und er überlegte, ins Fitnessstudio zu gehen. Normalerweise ging er einmal in der Woche zum Schießtraining und vier- bis fünfmal pro Woche ins Fitnessstudio. Er konnte spüren, dass er seit zu vielen Tagen am Schreibtisch gesessen hatte.

Während er auf sein Auto zuging und den Schlüssel aus seiner Tasche kramte, klingelte sein Handy. „Ja, Sam?"

„Die Jungs vom Finanzministerium haben gerade ihren Währungsdieb gefasst."

„Ich schulde dir einen Fünfer. Ich dachte, sie würden noch eine Woche brauchen."

„Willst du bei der Befragung dabei sein? Man merkt, dass sie guter Laune waren, denn sie haben angeboten, dass wir dazukommen können."

Paul schloss seinen Wagen auf und wägte das Für und Wider des Angebots ab. „Bitte sie um eine Aufnahme. Ich würde mir das Ganze lieber in Ruhe ansehen. Außerdem müssten wir uns irgendwann revanchieren, wenn wir hingehen."

„Stimmt. Soll ich den anderen Bescheid sagen?"

„Klar, erzähl es ruhig weiter. Sie haben einen Grund zum Feiern verdient."

Nachdenklich klappte Paul sein Handy zu. Eventuell sollte er seine Pläne ändern. Durch die Neuigkeit bot sich ihm eine Möglichkeit, die er nutzen könnte. Er dachte während der Fahrt nach Hause darüber nach und als er bei sich ankam, fing er an, einige Anrufe zu tätigen. Das Fitnessstudio würde warten müssen.

■

Ann schloss die Tür zu ihrem Motelzimmer auf und öffnete sie mit dem Fuß. Ihre Hand fand auf Anhieb den Lichtschalter. Es war ein privates Motel mit zwölf Zimmern, das an der Interstate 80 in Chappell, Nebraska, lag. Die hellblauen Wände, der Bettüberwurf im Rosenmuster und die leuchtend weißen Handtücher auf dem Waschtisch waren schlicht und vertraut. Wenn sie unterwegs war, übernachtete sie meistens in Motels wie diesem. Sie warf ihre Tasche aufs Bett, zusammen mit der Mordakte, die sie von Elliott Reeve erhalten hatte, um sie heute Abend durchzugehen. Vier Tage war sie zu Hause gewesen, bevor dieser Anruf eingegangen war, und sie war froh, dass sie genügend Schlaf nachgeholt hatte. Die kommenden Tage versprachen alles andere als erholsam zu werden.

Auf dem runden Tisch am Fenster stand eine Thermoskanne. Sie öffnete sie, schnupperte daran und roch heißen Kakao. Der Zettel daneben stammte von einem normalen Notizblock und war an sie gerichtet.

> Ann, bitte ruf mich an. Gib www und die folgenden Zahlen ein, dann ist es ein sicheres Video. Auch zwei Uhr morgens ist in Ordnung oder wann immer du eintrudelst. Paul (Falcon)

Noch während sie ihren Regenmantel abstreifte, stellte Ann die Verbindung her. Sie hatte vergessen, welche Ausstrahlung der Mann hatte, dachte sie in dem Moment, als sein Bild auf dem Monitor erschien. Er trug ein kurzärmeliges Hemd statt Anzug und Krawatte und er sah müde aus. Aber er sah auch aus wie ein Mann, der selbst dann Autorität ausstrahlte, wenn er nicht im Dienst war. Das hinter ihm war sein Zuhause. In seinem Büro beim FBI hatten schöne Kunstwerke gehangen, aber sie waren nichts im Vergleich zu dem Gemälde, das über seiner Schulter zu sehen war. Da er irgendwo saß, wo er einen Internetanruf entgegennehmen konnte, vermutete sie, dass es sich um sein Arbeitszimmer handelte. Das Bild baute sich zu Ende auf und die Tonsignalanzeige wechselte von rot zu grün.

„Falcon? Gibt es Probleme?“

Er sah zu ihr hinüber, als er ihre Stimme hörte, und lächelte. „Hallo, Ann.“ Er legte die Akte, die er in der Hand hielt, fort und wandte sich ganz dem Bildschirm zu. „Nein, nur Neuigkeiten, von denen du erfahren solltest, finde ich. Der Typ in eurem Leichenschauhaus war tatsächlich der Mittelsmann für meine Ladykillerin. Er war außerdem der Mittelsmann für den Währungsdieb, der die Lieferungen der Federal Reserve abgefangen und in den letzten zehn Jahren mehr als fünfzig Millionen gestohlen hat. Die Kollegen vom Finanzministerium haben den Täter heute gefasst und ungefähr fünfzehn Millionen in bar geborgen. Und für den Rest haben sie ganz gute Hinweise.“

„Schön.“ Sie warf ihre Jacke über die Rückenlehne eines Stuhls und ließ sich in einen Sessel fallen, der vor zehn Jahren vermutlich noch bequem gewesen war, jetzt aber mehr einem stoffbezogenen Holzrahmen glich.

„Das hätten wir nicht geschafft, wenn du nicht an dem Autounfall drangeblieben wärst, bis er seine Geheimnisse preisgegeben hat. Ich dachte, das ist mindestens einen heißen Kakao wert. Das Finanzministerium wird sich sicherlich auf seine Weise bedanken, sobald die Kollegen dort mit ihrem Freudentanz fertig sind, weil sie ihren Kerl geschnappt haben."

Sie lächelte über seine Beschreibung. „Ich weiß den Kakao sehr zu schätzen."

„Wir haben außerdem die beiden Männer identifiziert, die dir wegen der anderen Kalender gefolgt sind. Sie sind Freiberufler, die für den Dieb gearbeitet haben. Die Beschattung hatte nichts mit der Killerin zu tun."

„Damit ist eine noch offene Frage für mich erledigt. Was ist mit den anderen Kalendern?"

„Leider verbrannt. Sie haben den beschädigten Aktenkoffer und die Überreste der Kalender gefunden. Die gute Neuigkeit ist, dass der Mittelsmann Gordon Whitcliff hieß. Wir haben sein Haus gefunden und sind jetzt im Besitz seiner Telefonrechnungen und Kontoauszüge. Den Namen der Killerin haben wir noch nicht, aber wir haben viel Material zum Durcharbeiten. Ich bin zuversichtlich."

„Dann wünsche ich frohes Jagen."

„Ich habe dich in einer Kleinstadt in Nebraska aufgespürt. Arbeitest du an einem Fall?"

Ann spürte, wie ihr Lächeln erstarb. „Ein sechzehnjähriges Mädchen wurde in den Rücken geschossen, wahrscheinlich von einem anderen Teenager. Ich helfe bei der Aufklärung."

„Das tut mir leid, Ann. Für die Familie und für dich."

„Ich konnte die Trauer förmlich spüren, als ich heute Abend durch die Stadt gelaufen bin. Egal, welche Antwort wir am Ende finden, die Tragödie hat diesen kleinen Ort niedergeschmettert. Der Beamte, der um meine Hilfe gebeten hat, hat selbst eine Tochter in dem Alter. Ich bin froh, dass er mich angefordert hat. Er braucht als Resonanzboden jemanden, der nicht hier lebt." Sie nickte in Richtung Thermoskanne. „Das war gutes Timing; ich muss viel lesen."

„Dann will ich dich mal nicht länger aufhalten, schließlich musst du noch arbeiten und brauchst außerdem etwas Schlaf. Danke für den Rückruf, Ann."

„Nacht, Paul."

Sie trennte die Verbindung, erstaunt darüber, dass er das Gespräch so schnell beendet hatte. Dann probierte sie den Kakao und war froh darüber, dass er ihr erlaubte, ihn ungestört zu genießen. „Danke für diese Aufmerksamkeit. Mir war ein bisschen kalt", murmelte sie leise. Sie nahm sich die Mordakte vor. Es war ein gewaltsamer Tod gewesen, unweit vom Haus des Mädchens, und der Vater hatte die Tat gemeldet. Sie trank die restliche heiße Schokolade, während sie las, und überlegte, was sie wohl finden würde.

■

Paul speicherte das Video von dem Gespräch mit Ann in seinem privaten Ordner und spielte es dann noch einmal ab. Als sie sich mit einem Lächeln dem Bildschirm zuwandte, drückte er auf Pause. Dann gab er den Druckbefehl. Kurz darauf kam ein Foto aus dem Fotodrucker. Anscheinend regnete es dort, wo sie war, denn ihr Haar lockte sich und war um ihr Gesicht herum nass. Sie war an diesem Abend genauso gekleidet wie damals, als sie nach Chicago gekommen war, in bequemer Bluse und Jeans, mit einer Jacke, die ihr Waffenhalfter bedeckte. Sie hatte ausdrucksstarke Augen, das hatte er schon an jenem ersten Tag, als sie in seinem Büro gesessen und ihm ihre Geschichte erzählt hatte, bemerkt. Während sie über den Fall sprach, der sie nach Nebraska geführt hatte, hielt er das Video erneut an. Heute Abend waren diese hübschen blauen Augen traurig gewesen. Den Mord an einem jungen Mädchen steckte man nicht so einfach weg, auch wenn der Fall gelöst wurde. Paul hatte den Schmerz in Anns Stimme gehört und ihn in ihrem Gesicht sehen können. Dass sie heute Abend allein mit einer Mordakte in einem Hotelzimmer saß, machte ihm auf eine Weise zu schaffen, die er sich nicht erklären konnte. „Sie könnte Hilfe brauchen, Gott. Um die Wahrheit herauszufinden, die Unschuldigen zu entlasten und den Schuldigen zu benennen, aber noch mehr, um es einfach zu überstehen."

Er spielte das Video noch einmal ab, dann schloss er den Ordner und verließ das Arbeitszimmer, um schlafen zu gehen.

Das Gespräch mit Ann ging ihm immer noch im Kopf herum,

doch dann kam ihm plötzlich ein Gedanke und er blieb stehen. Ann war in dem Hotelzimmer nicht wirklich allein gewesen. Wenn die Bücher, die sie schrieb, etwas über ihre Beziehung zu Gott aussagten, dann kannte sie ihn sehr gut. Sie war nicht allein. Und gleich darauf wurde ihm noch eine andere Wahrheit bewusst: Gott kannte sie. Er kannte das Innenleben von Ann, wo sie über Menschen und Bücher nachdachte und Mordfälle löste. Gott kannte Ann so gut, wie niemand sonst sie kannte. Paul fragte sich, wie es wohl wäre, sie so gut zu kennen. Was er bis jetzt wusste, interessierte ihn, und wie es aussah, hatte er kaum an der Oberfläche gekratzt.

7

Paul konnte spüren, wie die Haken und Schläge, die er auf den schweren Sandsack niederregnen ließ, seinen eigenen Körper durchfuhren, anstatt dass Sam sich gegen den Sack lehnen musste, um ihn an Ort und Stelle zu halten. Vor einigen Jahren war Sam derjenige gewesen, der mit zusammengekniffenen Augen und schweißtriefend versucht hatte, dem Angriff standzuhalten. Jetzt machte Sam auf der anderen Seite des Sandsacks praktisch ein Nickerchen. Paul schlug darauf ein, bis sein Blut hämmerte und er atemlos keuchte. Er wurde alt und der Fall wurde kalt. Er konnte fühlen, wie die Ladykillerin ihm aus den Fingern glitt und wieder in einem Eisblock verschwand, und er hatte keine Ahnung, wie er dieses Eis auftauen sollte. Sie war „Miss L.S." und genauso wenig greifbar wie zuvor.

Die Ladykillerin plante sorgfältig. Sie beschattete ihr Opfer, um zu entscheiden, wann sie zuschlagen würde. Vielleicht gab es irgendwo da draußen einen Zeugen. Vielleicht hatte jemand, der sie angeheuert hatte und wusste, dass sie da draußen war, gesehen, wie sie ihr Opfer verfolgt hatte, während sie den Mord vorbereitete. Vielleicht erinnerte sich jemand daran, sie gesehen zu haben, und konnte sie beschreiben. Vielleicht.

Paul wusste, dass er sich an Strohhalme klammerte.

Er schlug ein letztes Mal auf den Sandsack ein und trat dann zurück. Keuchend beugte er sich vor, die Hände mit den Boxhandschuhen auf die Knie gestützt und den Kopf gesenkt, um wieder zu Atem zu kommen.

Sam ließ den Sandsack los und schüttelte den Kopf. „Willst du jetzt eine Runde laufen?"

Paul warf seinem Freund einen düsteren Blick zu. Typisch Sam, ihm seine schlechte Verfassung auch noch unter die Nase zu reiben. Er bekam kaum genug Luft, um zu antworten. „Die Spur wird kalt, Sam", keuchte er.

Sam schlang die Arme um den Sandsack und dachte über Pauls Äußerung nach. „Unser Problem ist, dass die Spur nie richtig heiß war. Wir haben ein Profil erstellt, nach dem sie allein arbeitet, ihre Reisen selbst organisiert, die Überwachungsarbeit und Planung für den Mord allein erledigt und immer dieselbe Waffe benutzt. Jetzt wissen wir, dass sie bei jedem der Morde mit demselben Mittelsmann zusammengearbeitet hat, der für den Kundenkontakt und den Geldtransfer verantwortlich war. Er ist tot. Und unsere Spur ist kalt. Wir haben keine anderen Hinweise mehr."

Sam trat zurück und schlug mit der flachen Hand ein paarmal auf den Sandsack ein. „Es wird nur dann weitergehen, wenn es von ihr ausgeht. Wenn sie einen Fehler macht oder etwas anderes tut als sonst. Vielleicht findet jemand die Waffe. Vielleicht begeht sie noch einen Mord. Vielleicht versucht sie, eine der Personen, die sie angeheuert hat, zu erpressen. Aber solange sie das nicht tut oder beim FBI auftaucht und ein Geständnis ablegt, sondern abwartet und sich bedeckt hält, gibt es unter Umständen nichts, was sie in Gefahr bringen kann."

Paul wusste, dass Sam mit alldem recht hatte. Es bestand die Möglichkeit, dass sie nie gefunden wurde. Dieser Gedanke machte ihm zu schaffen. Sie arbeiteten jetzt seit zwei Wochen an den Unterlagen, die sie im Haus des Mittelsmannes sichergestellt hatten, und kamen in dem Fall trotzdem keinen Millimeter voran.

„Willst du noch ein paar Schläge machen?", fragte Sam mit verständnisvollem Blick.

Paul winkte ihn näher und schlug noch ein paarmal zu.

■

Paul schirmte die Sonnenstrahlen, die auf den Bildschirm fielen, mit der Hand ab, während er die Nachrichten überflog, die im Laufe der Nacht hereingekommen waren. Im Geiste sortierte er, was er abschieben konnte und was er auf seine To-do-Liste setzen würde. Er hatte in einem frühen Stadium seiner Karriere gelernt, dass die erste halbe Stunde am Schreibtisch realistischerweise die einzige Zeit war, die er selbst unter Kontrolle hatte – ansonsten war seine Arbeit einfach zu sehr eine Frage der Reaktion auf Ereignisse. Neben dem Ladykiller-Fall gab es noch eine Menge anderer Fälle, die seine Aufmerksamkeit erforderten.

Sam klopfte an seine Tür und hielt die Videokassette hoch. „Willst du sie hier ansehen oder oben?“

„Hier. Ich habe gehört, es dauert eine Weile.“

Sam ließ sich auf einem der Besucherstühle nieder. „Über vier Stunden. Lincoln sagte, es würde sich für uns lohnen.“

Paul holte einen Orangensaft aus seinem Kühlschrank und reichte ihn Sam, dann nahm er sich selbst auch einen. Er legte das Videoband in das Gerät ein und drückte auf Play. „Dann sehen wir mal, was der Währungsdieb zu sagen hat.“

Die Kollegen vom Finanzministerium waren gründlich, das wurde innerhalb der ersten halben Stunde deutlich. Paul lauschte der Befragung und zwang seinen müden Geist, sich darauf zu konzentrieren, damit er sich das Verhör nicht noch einmal anhören musste. Nach etwa einer Stunde setzte er sich aufrechter hin. Der Dieb sprach und seine Stimme war tief, aber klar.

> Er hat immer angerufen und gesagt: Ich habe Arbeit, wenn du willst. Wenn du Ja gesagt hast, spielte er dir vom Band vor, was der Käufer wollte. Die Aufnahme war seine Versicherung, damit der Käufer seinen Teil der Abmachung einhielt. Wenn du deine Arbeit gemacht hattest, hat er dich bezahlt und dir das Band gegeben. Jetzt war es deine Versicherung, für den Fall, dass der Käufer jemals versuchen sollte, dir die Tat anzuhängen. Dann hättest du den Beweis gehabt, dass er dafür bezahlt hat. Mir gefiel das. Niemand konnte den anderen über den Tisch ziehen und beide Seiten trugen das gleiche Risiko. So blieb alles ruhig. Er war immer sehr professionell bei seinen Geschäften.
>
> Ich aber auch. Ich habe nie einen Job angenommen, wenn ich nicht schon einen Käufer für die Währung hatte und jemand anderen, der die Ausgaben für eine große Mannschaft und die ganze Planerei übernahm. Ich habe dreißig Prozent als Honorar genommen. Dafür, das Geld zu waschen, war jemand anderes zuständig. Meine Aufgabe war es, die Kohle reibungslos zu stehlen, und zwar in so großen Mengen, dass sich die Mühe lohnte.“

Das Verhör endete nach vier Stunden und zweiundzwanzig Minuten.

„Ich frage mich, ob Miss L.S. ihre Tonbandaufnahmen behalten hat", überlegte Sam.

„Wenn wir sie finden, können wir sie fragen." Paul nahm die Kassette aus dem Videorekorder. „Der Auftraggeber, der mit seiner eigenen Stimme den Namen dessen nennt, der getötet werden soll, und den Preis, den er dafür bezahlen würde. Dreißig Morde, ordentlich dokumentiert. Das ist ein Stapel Kassetten, den ich gerne hätte."

„Wenn ihre Existenz bekannt wird, ist das ein Todesurteil für unsere Ladykillerin. Dreißig Menschen mit einem Motiv, sie zu töten, die bereits bewiesen haben, dass sie über erhebliche finanzielle Mittel und den nötigen Willen verfügen. Wie stehen die Chancen, dass die Befragung dieses Diebes nach außen dringt? Oder die Tatsache, dass der Mittelsmann seine Telefonate aufgezeichnet hat?"

„Irgendwann wird es durchsickern, weil es eine Nachricht wert ist. Die Frage ist, ob wir unsere Ladykillerin vorher finden."

„Nur, wenn sie gefunden werden will. Wir haben nicht viel in der Hand."

Paul hatte in den letzten Tagen seine eigene Theorie entwickelt. „Wir kennen den Preis, den sie für jeden Mord erhalten hat, die Initialen L.S., D.M. und G.N. und den Namen des Mittelsmannes. Das ist mehr, als wir letzten Monat wussten. Wir müssen dafür sorgen, dass es reicht. Entweder werden uns die einzelnen Morde etwas sagen oder uns wird eine andere Idee kommen. So ist es doch immer."

■

Paul wünschte, er könnte irgendwie die Tonbänder auftreiben, die die Ladykillerin für die dreißig Morde erhalten hatte. Das Wissen, dass es irgendwo da draußen handfeste Beweise gab, an die er nicht herankam, ärgerte ihn. Er betrat sein Haus mit dem Plan, sich ein Sportmatch anzusehen und Pizza zu essen, als sein Telefon klingelte. Einen kurzen Augenblick lang war Paul versucht, es zu ignorieren.

Aber dann ging er doch dran und stellte leise seinen Aktenkoffer auf die Küchenzeile, während er den Neuigkeiten lauschte. „Danke für die Info, Lincoln."

Eine Minute lang stand Paul reglos in der Küche. Das Finanzministerium wollte Ann eine Auszeichnung verleihen, weil durch ihren Hinweis der Währungsdieb gefasst worden war. Eine hochdotierte Auszeichnung. Nach allem, was er über Ann wusste, sollte er sie besser vorwarnen. Es war ein verdienter Preis, sie hatte gute Arbeit geleistet, aber sie würde es nicht gut finden, wenn sie davon überrascht wurde.

Er musste sie warnen, wenn möglich persönlich. Sie würden sie finden und ihr die Neuigkeit morgen mitteilen. Also musste er sie heute Abend aufspüren. Wo war sie? Immer noch in Nebraska? Er hoffte, dass sie nicht in der Luft war. Wenn sie flog und telefonisch erst nach der Landung zu erreichen war, würde ihm vielleicht nicht genug Zeit bleiben, sie persönlich zu warnen. Doch dies war eine Unterhaltung, die er nicht übers Telefon führen wollte, auch nicht per Videokonferenz.

Er klemmte sich das Telefon zwischen Ohr und Schulter, während er sein Bargeld zählte und die Zutaten für ein belegtes Brot herausholte, das er während der Fahrt essen konnte. „Dave, kannst du für mich herausfinden, wo Ann ist und wo sie in den nächsten zwölf Stunden sein wird? Und kannst du es tun, ohne ihr zu sagen, dass ich derjenige bin, der das wissen will?"

■

Dave machte sie in Davenport, Iowa, ausfindig. Es war kurz nach zehn Uhr abends, als Paul ins Hyatt-Hotel marschierte, zur Rezeption ging und seinen Ausweis vorzeigte. „Ich brauche die Zimmernummer von Ann Silver."

„Darf ich Ihren Ausweis bitte noch einmal sehen? Ja, man hat uns gesagt, dass wir Sie erwarten sollen, Mr Falcon. Hier ist eine Nachricht für Sie." Er holte sie und reichte sie über den Tresen.

Paul öffnete den Umschlag, las die Notiz und nickte dem Hotelangestellten seinen Dank zu. Dann ging er hinaus.

Er lief über den Hotelparkplatz zu dem leeren Parkplatz eines

Einkaufszentrums und suchte mit den Augen die vom Mond erhellte Dunkelheit ab.

„Hierher, Falcon."

Er sah die Bewegung und gesellte sich zu ihr. Ann Silver saß auf einem Klappstuhl, ein Fernglas, ein Buch und ein Sandwich neben sich auf einem Tablett. Ein zweiter Stuhl stand auch da.

„Nicht der Ort, an dem ich dich gesucht hätte", sagte Paul.

„Ich sehe mir gerne nachts die Sterne an. Das ist meine Art, mich zu entspannen."

Er hatte nichts dagegen einzuwenden. Zumal sie hier draußen auf diesem riesigen leeren Asphaltplatz ohne Unterbrechung reden konnten und ohne die Gefahr, dass jemand sie belauschte.

Er hielt hoch, was er in der Hand hielt. „Ich habe heißen Kakao mitgebracht."

Ann lächelte. „Mir gefällt dieser Besuch schon jetzt."

Er reichte ihr einen von zwei Bechern, öffnete die Thermoskanne und schenkte ihnen beiden ein, bevor er sich setzte.

„Was war so wichtig, dass du mich heute Abend von Dave hast aufspüren lassen? Sag nicht, dass du zufällig in der Gegend warst."

„Eine vierstündige Fahrt hat mich in die Gegend gebracht. Dave sollte eigentlich nicht sagen, dass ich nach dir gefragt hatte."

„Ich habe Kate gefragt. Sie sagte: Paul." Ann zuckte mit den Schultern. „Ein Rätsel, aber ich dachte mir, du erzählst mir bestimmt, warum. Ich dachte, du würdest anrufen, nicht persönlich kommen. Die Nachricht an der Rezeption war nur für den Fall der Fälle. So wie der Stuhl. Gibt es Probleme mit dem Ladykiller-Fall?"

Paul lehnte sich zurück und stellte die Thermoskanne neben sich auf den Bürgersteig. „Nichts außer einem bevorstehenden Budget-Kampf von meiner Seite. Ich habe den Tag damit verbracht, Reiseanträge für einhundertzweiunddreißig Befragungen in vierundsechzig Städten auszufüllen. Wir wissen, wie viel die Killerin für jeden Mord erhalten hat. So können wir die Liste der Verdächtigen bei den einzelnen Morden auf einige wenige Namen eingrenzen. Diese Personen werden wir noch einmal befragen und sehen, ob jemand auf das Foto des Mittelsmannes und auf den jeweiligen Geldbetrag reagiert. Das wird uns zwar nicht direkt zu der Killerin führen, aber es wird einzelne Mordfälle abschließen und uns vielleicht neue Informationen liefern."

„Ein guter Plan."

„Teuer. Sam glaubt, dass ich ungefähr zehn pro Monat genehmigt bekomme, ich schätze ungefähr fünfundzwanzig, und dann wird es schwierig. Es ist ein wichtiger Fall, aber auch ein alter. Ob wir einzelne Mordfälle abschließen und die Killerin fangen und ob wir es diesen Monat tun oder es bis nächstes Jahr dauert, spielt keine große Rolle, nachdem die Sache seit zweiundzwanzig Jahren an unserer Pinnwand hängt. Trotzdem habe ich meinen Tag mit Papierkram zugebracht, in der Hoffnung, die anderen zu überzeugen."

„Da ist mir mein Job echt lieber. Kein Papierkram und die einzige Reiseerlaubnis, die ich brauche, ist ein Blick zum Himmel, um zu sehen, wie das Wetter ist."

Paul lächelte. „Da hast du es echt besser." Er betrachtete sie und spürte, wie ihr Lächeln erstarb. Sie sah erschöpft aus. Die Falten um ihre Augen waren tief und das Lächeln kostete sie Mühe. Sie hatte ihr Brot mit nach draußen gebracht, aber noch nichts gegessen. „Du bist heute Abend nicht in Nebraska", sagte er. „Der Fall mit dem jungen Mädchen, an dem du gearbeitet hast, ist also gelöst?"

Ann blickte zum Horizont, wo die Lichter der Stadt die Sterne am Himmel verbargen. „Ihr Vater hat ihr in den Rücken geschossen, weil sie mit einem Jungen weggehen wollte, mit dem er nicht einverstanden war." Sie sprach die Worte ganz ruhig und gelassen aus, aber er sah die Wahrheit in ihrer Miene. Dieser Fall hatte sie emotional mitgenommen. „Es gab sexuellen Missbrauch in der Familie, der eine ganze Weile andauerte. Der Freund wusste Bescheid und wollte sie von dort wegbringen. Wir haben den Jungen gesucht, seit er in der Tatnacht verschwunden war, aber wenn er nicht irgendwann den Mut aufgebracht hätte, nicht mehr wegzulaufen, sondern stattdessen mit der Polizei zu reden, bin ich mir nicht sicher, ob wir die Lösung gefunden hätten."

Sie erwiderte seinen Blick. „Sie war gut darin, ihre Geheimnisse zu bewahren – kein Tagebuch, keine vertraulichen Unterredungen mit einer Freundin, keine Mutter, die die Anzeichen bemerken konnte. Wir hatten vielleicht den Verdacht, aber wir hätten es nicht beweisen können. Diese Tatsache macht mir ziemlich zu schaffen. Der Vater war kein Mann, den man sich leicht als Kinderschänder oder Mörder vorstellen kann. Ein Großteil der Stadt glaubt es immer noch nicht." Sie schüttelte den Kopf und wandte ihre Aufmerksamkeit dem Becher Kakao zu. „Aber du bist sicherlich nicht vier Stunden gefahren, um mich das zu fragen. Warum bist du hier?"

„Keine gute Überleitung, fürchte ich, Ann. Lass mich noch eine Minute hier sitzen und die Sterne angucken und betrauern, dass sie einen solchen Vater hatte."

„Ich brauche inzwischen einige Tage länger als früher, um einen solchen Fall in einer Schublade abzulegen." Sie nahm den Deckel von der Dose, die neben ihrem Bordcase stand. „Willst du einen Brownie? Ich habe die Erfahrung gemacht, dass viel Schokolade hilft."

Paul betrachtete den Inhalt der Dose mit Bedauern. „Dave sagt, du seist eine lausige Köchin." Trotzdem war er versucht, es zu riskieren. Vielleicht konnte sie Schokolade nicht ruinieren. Er warf ihr einen Blick zu. „Ja, ich habe ihn nach dir gefragt. Er ist dein Freund und kennt dein Innenleben ein bisschen."

Das Geständnis war der richtige Schritt gewesen. Es sah, wie sie blinzelte, doch dann lachte sie. „Ich bin eine *furchtbare* Köchin, deshalb ist es gut, dass ich die hier nicht selbst gebacken habe."

„Dann habe ich gegen Schokolade nichts einzuwenden." Er wählte das größte Stück Kuchen in der Dose und freute sich, als sie sich auch ein Stück nahm. Er biss in seinen Brownie und seufzte. „Die sind hervorragend."

Sie probierte ebenfalls. „Das sind sie wirklich." Sie schloss den Deckel wieder. „Wenn du nicht kochen kannst, musst du wissen, wer es kann."

„Das sollte eine goldene Regel sein." Er leckte den Zuckerguss von seinem Daumen. „Ich habe Eltern, drei Brüder, zwei Schwestern, sechs Cousins und Cousinen und einige angeheiratete Verwandte, Nichten und Neffen – wir sind mindestens vierunddreißig Personen. Wenn du etwas über mich wissen willst, dann wird es dir niemand so gerne erzählen wie meine Verwandtschaft."

„Danke für den Tipp. Wie geht es Jackie?"

„Sie hat das, was passiert ist, besser weggesteckt, als ich es für möglich gehalten hätte. Das *Falcons* wird in ein paar Wochen wieder aufmachen und innen anders aussehen."

„Das freut mich."

Er betrachtete die Sterne und ließ beinahe fünf Minuten verstreichen. Ann brach das Schweigen nicht.

Paul aß seinen Brownie zu Ende und drehte sich dann zu ihr um. „Das Finanzministerium will dir eine Auszeichnung überreichen, weil du den entscheidenden Beitrag zur Festnahme des Währungsdiebes geleistet hast. Es war eine Belohnung ausgeschrieben und du bist diejenige, die den Kalendercode geknackt hat, der unmittelbar zur Verhaftung des Mannes geführt hat. Das Finanzministerium wird dich morgen anrufen. Es geht um einen Scheck über eine halbe Million Dollar mit deinem Namen drauf."

Ann sagte nichts und ihrer Miene konnte Paul nicht viel entnehmen. Er hatte Überraschung erwartet, Schock, Freude – alles, nur nicht diese Reglosigkeit.

„Du hast es verdient", sagte er leise. „Er hat mehr als fünfzig Millionen gestohlen und er war immer noch aktiv. Das Finanzministerium verliert durch dich nicht noch mehr Geld. Sie haben einen Großteil von dem, was gestohlen wurde, wiederbekommen, und sie werden die Leute, die dem Mann geholfen haben, und diejenigen, die die Diebstähle in Auftrag gegeben haben, jetzt schnappen können. Das alles ist ein Preisgeld wert."

„Das sind in der Tat überraschende Neuigkeiten. Und ich weiß es zu schätzen, dass du mich gesucht hast, um mich zu warnen, damit ich morgen nicht aus allen Wolken falle."

Sie schwieg eine ganze Minute, dann seufzte sie. „Ich muss mal telefonieren."

Nachdem sie ihren Becher abgestellt hatte, ging sie davon.

Es dauerte keine fünf Minuten, bis sie zurück war. „Ich habe die Auszeichnung abgelehnt. Ist in der Kanne noch Kakao?"

Er schenkte ihr noch etwas ein. „Du hast abgelehnt? Willst du das Geld nicht?"

„Ich will viele Dinge. Aber ich will kein Preisgeld dafür, dass ich meine Arbeit mache. Würdest du das wollen?"

Er dachte darüber nach und schüttelte dann den Kopf.

„Also abgelehnt."

Sie aß ihren letzten Bissen Brownie und bot ihm dann freundschaftlich das letzte Stück in der Dose an.

Nachdem sie die Dose verstaut hatte, zeigte sie zum Himmel hoch. „Weißt du viel über die Sterne? Ich fliege oft nachts und liebe den Himmel, aber ich weiß nie, was ich da vor mir sehe. Ich versuche gerade, diese Sternenkarte zu verstehen." Sie schaltete eine Taschenlampe ein, um ihm das Buch zu zeigen, das bei seinem Eintreffen aufgeschlagen auf ihrem Schoß gelegen hatte.

Paul betrachtete die Karte, dann den Himmel, dann sie. Sie hatte gerade eine halbe Million Dollar ausgeschlagen und insgesamt weniger als zehn Minuten mit der Angelegenheit zugebracht. Sie sprach nicht einmal davon; sie traf einfach eine Entscheidung und wandte sich dann anderen Dingen zu, als hätte die Nachricht keinerlei Auswirkung auf ihren Abend gehabt.

Sie warf ihm einen Blick zu. „Was ist?"

„Du bist mir ein Rätsel, Ann."

„Manchmal bin ich mir selbst ein Rätsel." Sie zuckte mit den Schultern und zeigte mit dem Finger nach oben. „Glaubst du, das könnte dieser Sternenhaufen sein? Wenn ich blinzele und alles ignoriere, was nicht passt, könnte es hinkommen."

Er lachte. „Das trifft auf die meisten Dinge zu. Wir brauchen einen Astronomen. Kennst du einen?"

„Nein. Im besten Falle kenne ich wahrscheinlich jemanden, der jemanden kennt, der einen kennt."

„Dann klapp das Buch zu und genieß einfach den Anblick. Das ist ein schönerer Abschluss für deinen Abend. Du kannst dich ein anderes Mal weiterbilden."

Sie sah ihn an und schloss das Buch. „Du hast vier Stunden Fahrt vor dir und musst morgen arbeiten. Du solltest dich auf den Heimweg machen."

„Das sollte ich", stimmte er ihr zu. Dann hielt er ihr die Thermoskanne hin. „Ein Becher ist noch drin."

„Danke."

„Es war mir ein Vergnügen, Ann."

Er wandte sich dem Hotelparkplatz zu. „Oh, und Ann?"

„Ja?"

„Wenn du das nächste Mal eine halbe Million ausschlägst, kann ich dann einen Zeugen dabeihaben?"

■

Am nächsten Morgen stand Paul neben Sam im Aufzug und nahm dankbar den Kaffee entgegen, den sein Kollege ihm besorgt hatte.

„Gestern spät geworden, Boss?"

Paul verdrehte die Augen und Sam lachte.

„Wir werden heute später mit der morgendlichen Besprechung anfangen. Warne die anderen bitte für mich vor. Ich gebe dir Bescheid, wenn ich so weit bin."

„Okay."

Paul ging kurz in sein Büro, bevor er zum Konferenzsaal hinaufging. Ein hoher Stapel Reiseanträge lag auf seinem Stuhl. Wenn sie nach einem Tag schon wieder da waren, hatte er einen Fehler gemacht und der ganze Berg war abgelehnt worden. Er nahm den Stapel und überflog den ersten Antrag. Genehmigt. Er blätterte die nächsten Anträge durch. Sie waren allesamt genehmigt. Als er sich das letzte Blatt ansah, stellte er fest, dass auch dieser genehmigt war.

Er ging zur Tür. „Rita?"

„Ja, Boss?"

„Zählst du die bitte mal? Ich habe einhundertdreiundzwanzig davon eingereicht."

Sie nahm den Stapel und fing an, in Zehnergruppen zu zählen. „Einhundertdreiundzwanzig. Alle deine Reiseanträge wurden innerhalb eines Tages genehmigt. Was ist da los?"

„Das frage ich mich auch. Sieh mal, ob du eine Antwort von der Person bekommst, mit der du normalerweise die Finanzen klärst."

Er ordnete die Reiseanträge den verschiedenen Morden zu, während Rita mit Telefon und Computer beschäftigt war und die Haushaltspläne der Abteilungen aufrief.

„Paul", rief sie ihm zu, „Stella sagt, du hast das Budget dazu, deshalb sind die Anträge einfach durchgewinkt worden, ohne dass jemand anderes Geld zuteilen oder abzeichnen musste."

„Unser Team hat nicht so viel Geld."

„Offenbar hat jemand deinen Haushalt geändert, denn jetzt hast du so viel. Ich habe es hier auf dem Bildschirm. Diese Reiseanträge wurden genehmigt und das Geld dafür zurückgestellt. Trotzdem hast du immer noch einen ganz schönen Batzen freie Gelder in deinem Budget."

„Kannst du herausfinden, wer mein Budget geändert hat?"

„Vielleicht. Warte."

Paul hatte plötzlich eine Ahnung, wohin seine Frage führen würde. Wie hatte Ann Silver es bewerkstelligt, über Nacht ihr Preisgeld in sein Budget zu überführen? Er hatte ihr gestern Abend um zehn Uhr von der Auszeichnung erzählt. Sie hatte sie abgelehnt. Und jetzt war sein Konto voller Geld. Er glaubte nicht an Zufälle.

„Boss, das musst du dir ansehen."

Rita wandte sich dem Bildschirm zu und zeigte auf den Namen dessen, der die Überweisung veranlasst hatte.

■

Er schloss die Tür zu seinem Büro, bevor er den Anruf tätigte.

„Hallo, Ann, hier ist Paul."

„Hi, Paul. Du musst dich beeilen, ich hebe gleich ab." Im Hintergrund konnte er die Motoren hören.

„Als ich heute Morgen ins Büro kam, waren alle meine Reiseanträge genehmigt, weil mein Budget plötzlich enorm erhöht worden war. Ich habe mich gefragt, ob ich mich dafür bei dir bedanken kann."

„Ich dachte, das Geld sollte einem guten Zweck dienen."

„Das war sehr nett, Ann."

„Aber ..."

„Ich frage mich nur, ob du weißt, dass der Finanzminister höchstpersönlich das Preisgeld überwiesen hat."

„Gannett hat ihn wahrscheinlich darum gebeten." Die Flugzeugmotoren heulten auf. „Tut mir leid, Paul, ich habe Starterlaubnis und muss jetzt los. Ich bin in etwa zehn Stunden wieder auf dem Boden. Du kannst mich dann anrufen, wenn es nötig ist."

Sie beendete das Gespräch.

Gannett. Das dürfte der ehemalige Vizepräsident Jim Gannett

sein. Ann hatte ihn gestern Abend angerufen, um die Preisverleihung abzubiegen?

Paul fand sich mit einem Mal in einem der langen tiefen Tunnel wieder, von denen Dave gesagt hatte, dass sie Ann ausmachten. Er wusste nicht, ob er beeindruckt war oder sich vor den Kopf gestoßen fühlte, während die Emotionen ihn durchströmten. Er konnte ihren Beweggrund, das Preisgeld auszuschlagen und es ihm zu schicken, beinahe nachvollziehen. Und diese Art Einfluss war für ihn nichts Neues – sein Vater tat so etwas ständig. Aber er hatte es nicht erwartet, hatte nicht damit gerechnet, dass Ann einen solchen Einfluss und solche Beziehungen hatte. *Wer bist du, Ann Silver?*

Paul sah auf die Uhr. Zehn Stunden. Er hatte keine Ahnung, wohin sie unterwegs war. Er versuchte zu entscheiden, ob er die nächste Unterhaltung mit ihr am Telefon oder von Angesicht zu Angesicht führen wollte. Auf jeden Fall wollte er sie irgendwo haben, wo sie eine gesicherte Videokonferenz schalten konnten und er sie sah, während sie miteinander sprachen. Spät heute Abend also, wenn sie die Zeit für ein ungestörtes Gespräch hatten.

Paul schob das Rätsel beiseite, weil es im Moment nichts gab, was er tun konnte, um eine Antwort zu finden. Er rief Sam an, bat ihn, das Team zusammenzutrommeln, und ging mit dem Stapel Reiseanträge nach oben. Diejenigen, die gerne reisten und Flugmeilen sammelten, würden sich in den nächsten zwei Monaten ihre Reiseziele aussuchen können. Zum ersten Mal seit dem Beginn dieser Ermittlungen hatte Paul die Hoffnung, dass wenigstens einige der Morde an der Tafel geklärt werden würden.

8

Als er an diesem Abend nach Hause kam, stellte Paul sich für zehn Uhr einen Wecker, damit er nicht vergaß, Ann anzurufen, und machte sich dann etwas zu essen. Er überlegte kurz, ob er sich eine Mappe mit Unterlagen des Falcon-Konzerns vornehmen sollte, um daran zu arbeiten, aber er war zu rastlos, als dass er sich hätte konzentrieren können. Der Bücherkarton von Dave war inzwischen beinahe leer. Paul nahm den nächsten von Anns Romanen heraus, diesmal einen, der im Militärmilieu spielte. Er nahm ihn mit ins Wohnzimmer und machte es sich in einem Sessel bequem. Im Fernsehen lief immer noch das Spiel der White Sox, das er vorhin eingeschaltet hatte, allerdings ohne Ton. Er schlug Kapitel eins auf.

> Shelton, North Dakota
> Auf Darcy St. James' Leben war ein Kopfgeld ausgesetzt, und in der Welt, in der sie früher gearbeitet hatte, war es immer noch wahrscheinlicher, dass jemand hinter ihr her war, als dass niemand es auf sie abgesehen hatte.

Er las den ersten Satz und lächelte. Ann konnte ihre Leser wirklich fesseln. Diese Geschichte fing gut an. Er las weiter, um zu sehen, wohin sie führte.

Das mulmige Gefühl in seinem Magen setzte nach den ersten fünfzig Seiten ein und verwandelte sich dann in ein Gefühl der Verwirrung, je weiter er las. Als er den Roman zu Ende gelesen hatte, sah er ganz vorne im Buch nach, wann es erschienen war.

Dave hatte gesagt, dass alle Bücher auf Personen beruhten, die Ann kannte, auf Freunden von ihr, und auf deren Wunsch hin entstanden waren.

In den Büchern, die er bis jetzt gelesen hatte, stimmte der Vorname der Hauptperson mit dem Vornamen des lebenden Vorbilds überein. Die Nachnamen waren verändert worden und die Beschreibungen waren etwas anders, aber wenn man wusste, wo die

Verbindung war, konnte man sie sehen. Dave und Kate, die Charaktere in dem einen Buch, basierten auf Dave und Kate im echten Leben. Lisa und Quinn entsprachen Lisa und Quinn im realen Leben. Wenn dieses Muster durchgängig war, beruhte die Darcy St. James in diesem Buch auf einer Frau, deren Vorname Darcy lautete.

Paul glaubte zu wissen, wer die reale Person hinter dem Namen war, aber ihr echter Vorname war nicht Darcy.

Er blätterte zu Kapitel dreißig und überflog die Seiten noch einmal, wobei er die Passagen gründlicher las, die ihn zu seiner Vermutung geführt hatten.

Shelton, North Dakota

Es war gut, zu Hause zu sein. Darcy lehnte sich gegen den Zaun, den sie am Tag zuvor gestrichen hatte, und sah zu, wie Sam und Tom überlegten, was sie mit der Kiefer tun sollten, die auf ihre Garage zu stürzen drohte. Sie war froh, dass die beiden sich darum kümmerten und sie es nicht selbst tun musste. Sie sah den Baum schwanken und hörte das Knacken des Holzes. Der Baum landete auf ihrem Garagendach. Auch zwei Beamte der Navy-Spezialeinheit konnten nur begrenzt Wunder vollbringen. Eine hohe, abgestorbene Kiefer sicher zu entsorgen, gehörte offenbar nicht zu ihrem Spezialgebiet.

„Gabe, ich rufe dich in zehn Minuten zurück, in Ordnung?"

„Ist gut."

„Danke." Sie legte auf und ging zu den beiden Männern hinüber.

Neben Sam blieb sie stehen und nahm genau dieselbe Pose ein wie er. Sie verschränkte die Arme vor der Brust, legte den Kopf schief und begutachtete, wie der Baum gefallen war. Die Männer hatten ganze Arbeit geleistet. Der Firstbalken des Garagendaches war durchgebrochen.

„Wir haben beschlossen, dass du eine neue Garage brauchst", sagte Sam.

„Das ist gut, denn wie es aussieht, brauche ich tatsächlich eine."

Paul ignorierte, wie spät es war, griff zum Telefon und wählte eine Geheimnummer. Sein Bruder Boone ging nach dem dritten Klingeln dran.

„Ich möchte gerne mit deiner Frau telefonieren. Könntest du das veranlassen?"

„Worum geht es?"

„Ann Silver."

Sein Bruder schwieg erst, dann seufzte er leise. „Inwiefern?"

Zum ersten Mal, seit er das Gefühl hatte, auf etwas gestoßen zu sein, spürte Paul, wie seine Anspannung nachließ. Seine Schwägerin war früher bei der CIA gewesen, hatte eine Tapferkeitsmedaille des Geheimdienstes erhalten und war in der Familie sehr beliebt. Das Buch war anders als sie … aber es klang trotzdem nach ihrer wahren Geschichte. Und nicht alles davon war Fiktion. „Ich habe die Geschichte über die Kiefer ein paarmal gehört und jedes Mal, wenn ich bei euch bin, parke ich vor der neuen Garage."

„Ann war zu Besuch, als wir versucht haben, den Baum zu fällen. Sie hat sich halb totgelacht, genau wie meine Frau."

„Es muss ein köstlicher Anblick gewesen sein. In der Nacherzählung im Buch ist es jedenfalls lustig."

„Wie bist du auf den Roman gestoßen?"

„Dave hat mir einen ganzen Stapel von ihren Büchern geliehen. Ann Silver war bei mir im Büro, um mir eine Geschichte zu erzählen und einen Fall zu übergeben."

„Das klingt ganz nach Ann." Paul konnte hören, wie die Stimme seines Bruders weicher wurde, und wusste, dass er lächelte. „Es gibt Gründe, warum wir dir nichts von dem Buch erzählt haben."

„Kein Problem, das ist eure Sache. Ich weiß, dass es Gründe gab. Aber ich muss trotzdem mit deiner Frau sprechen."

„Sie wird dir nicht viel erzählen. Und was immer sie dir erzählt, wird sie Ann sagen."

„Das habe ich erwartet. Ich brauche dennoch eine Stunde ihrer Zeit. Lass mich bitte wissen, wann es ihr passt."

„Ich rufe sie an und melde mich gleich wieder bei dir."

Paul legte auf.

Ann hatte seine Schwägerin auf dem Papier so gut eingefangen, dass er die reale Person in der Erzählung sehen konnte. Er markierte die Seite und klappte das Buch zu. Was sollte er mit einer Frau anfangen, die in ihrer Freizeit solche besonderen Romane schrieb?

Während er darauf wartete, dass sein Bruder zurückrief, ließ ihn diese Frage nicht mehr los. Vicky Falcon, geborene Vicky Bassett, hatte sich nach einer langen CIA-Karriere im Ausland aus dem Geheimdienst zurückgezogen, um Boone zu heiraten. Ihre Vergangenheit war immer noch als so geheim klassifiziert, dass selbst er als FBI-Beamter mit einer recht hohen Sicherheitsfreigabe in ihrer Akte fast nur geschwärzte Stellen sah.

Wie war Ann dazu gekommen, biografische Romane über Polizisten, Soldaten und Spione zu schreiben? Woher kannte sie den ehemaligen Vizepräsidenten? Hinter dem, was er sah, verbarg sich etwas noch viel Größeres.

Das Telefon klingelte.

„Vicky ruft dich in zwanzig Minuten an“, erklärte Boone ihm. „Eine Stunde kann sie zwar gerade nicht erübrigen, aber in zwei Tagen, wenn sie wieder zu Hause ist, hat sie mehr Zeit.“

„Danke, Boone.“

„Kann ich dir eine Frage stellen?“

„Klar.“

„Was für einen Eindruck hattest du von Ann, als sie in deinem Büro aufgetaucht ist, um dir eine Geschichte zu erzählen?“

Paul lächelte. „Ich fand sie reizend.“

„Ann?“

„Du hättest sie sehen sollen. Ich fand sie süß. Ich hatte den Eindruck, dass ihr die Sache Spaß macht. Und dann dachte ich: *Sie hat meine Ladykillerin geschnappt.*“

Boone lachte.

„Dass Ann reizend ist, geriet etwas aus dem Blick, als sich im Ladykiller-Fall heiße Spuren auftaten, aber ich bin gerade dabei, das wieder zu ändern.“

„Na, dann viel Glück. Ich bin mir allerdings nicht sicher, ob Ann eine Beute ist, die gefangen werden kann.“

„Das frage ich mich auch.“

■

Zwanzig Minuten später klingelte das Telefon. Vicky legte großen Wert darauf, pünktlich zu sein. Paul lächelte, als er das Gespräch annahm. „Hallo, Darcy St. James."

„Hi Paul." Auch in ihrer Stimme schwang ein Lächeln mit.

„Wie bist du auf den Namen gekommen?"

„Den Namen hat Ann ausgesucht und mir gefiel er gleich, als ich die erste Seite las."

„Sie hat dein Herz auf dem Papier eingefangen und auch deine Liebe zu meinem Bruder."

„Das hat sie, nicht wahr? Sie kann gut mit Worten umgehen."

Paul überlegte, wo er ansetzen sollte und wie er Vicky davon überzeugen könnte, ihm zu helfen. „Ich gebe mir große Mühe, sie kennenzulernen, und überlege, wie ich ihr helfen kann, mich kennenzulernen."

„Boone hat mich noch mal angerufen und mir gesagt, dass du in sie verknallt bist."

„Ich habe gesagt, dass ich sie süß fand."

Sie lachte. „Das läuft meiner Meinung nach aufs Gleiche hinaus. Sie ist dir aufgefallen und du interessierst dich für sie."

„Das stimmt, Vicky."

„Und du fängst damit an, Informationen zu sammeln, bevor du den ersten Schritt unternimmst, wie es für dich typisch ist."

„Ich weiß gerne von Anfang an, worauf ich mich einlasse. Dafür müsstest du eigentlich Verständnis haben, Vicky. Ich glaube, das hast du mir mal im Hinblick auf Beziehungen geraten."

Sie lachte. „Da hast du recht."

„Also hilf mir doch bitte, bei Ann ein paar Fettnäpfchen auszulassen. Du hast Informationen, die ich brauche, und mir ist danach, um Hilfe zu bitten. Du musst zugeben, dass ich die richtige Quelle aufgetan habe."

Vicky schwieg einen Moment. „Wir sind uns einig, Ann und ich, dass Neugier bei einem Mann gut ist", sagte sie schließlich. „Sie und ich sind gute Freundinnen, Paul, und wir wollen es gerne für den Rest unseres Lebens bleiben. Deshalb bin ich geneigt, dich um der Freundschaft willen weiter im Dunkeln tappen zu lassen. Aber mir gefällt die Vorstellung, dass Ann und du zusammenkommen könntet. Also stell deine Fragen und vielleicht beantworte ich eine oder zwei. Den Rest müssen wir auf später verschieben, wenn ich mehr Zeit habe."

„Du machst es mir nicht leicht."

„Ann ist die Mühe wert."

„Heute ist etwas passiert, wonach ich dich fragen muss, Vicky. Das Finanzministerium hat ein Preisgeld von einer halben Million Dollar ausgelobt für Informationen, die zur Verhaftung eines Währungsdiebs führen. Sie wollten Ann das Geld geben, doch sie hat abgelehnt. Stattdessen hat sie das Geld in mein FBI-Budget transferieren lassen, damit ich in meinem Ladykiller-Fall schneller vorankomme."

„Das war wirklich nett von ihr." Er konnte an ihrer Stimme hören, dass Vicky erfreut war. „Ann hätte das Geld nicht für sich selbst haben wollen, Paul. Und wenn sie es für ihre Dienststelle genommen hätte, hätte die Stadt ihre Pläne, die Polizeiarbeit auf Bezirksebene zu verlagern, wieder revidiert, und das wäre langfristig nachteilig für die Sicherheit der Bevölkerung gewesen. Also hat sie das Geld dahin geschickt, wo es einem guten Zweck dient. Zumindest entspräche das Anns Logik. Du wusstest nicht, dass sie das tun würde?"

„Nein. Sie wollte wahrscheinlich, dass es eine angenehme Überraschung ist, und das war es auch. Dann habe ich erfahren, dass der Finanzminister derjenige war, der die Überweisung veranlasst hat. Ich kann die Gründe verstehen, warum sie mir dieses Geschenk gemacht hat, und ich weiß auch, dass es Menschen mit einem solchen Einfluss gibt, aber das hatte ich nicht erwartet, Vicky. Dass Ann so jemand ist …"

„Sie wirkt ganz anders, als sie eigentlich ist", fügte er nach einer Pause hinzu. „Sie ist die Ermittlungsbeauftragte für Mordfälle und hat das mit keiner Silbe erwähnt. Sie kennt Spione und Soldaten und U.S.-Marshals, hat Bücher über sie geschrieben. Sie ist mit dem Vizepräsidenten befreundet, und zwar so gut, dass der Vizepräsident sich nichts dabei denkt, den Finanzminister spät abends anzurufen und um einen Gefallen zu bitten."

„Paul – sie ist nur Ann. Sie stellt sich als Polizistin vor, weil es das ist, was sie ist. Sie ist außerdem Schriftstellerin, hat ein paar gute Freunde, die von so manchem angestarrt werden, und sie wurde zur Ermittlungsbeauftragten gewählt. Aber warum sollte sie diese Dinge erwähnen? Um dich zu beeindrucken? Sie würde sich ärgern, wenn dir all das wichtig wäre. Sie ändern nichts daran, wer sie ist."

„Du weißt, dass es nicht so einfach ist."

„Ich weiß, dass es nicht so einfach ist. Aber Ann hätte gerne, dass es das wäre."

„Wie hat sie den Vizepräsidenten kennengelernt? Wie ist ihre Welt zu dem geworden, was sie ist? Es gibt da eine große Sache, das spüre ich. Wer ist sie, Vicky?"

Seine Schwägerin zögerte. „Sie ist eine von den sechs Beratern des Vizepräsidenten", antwortete sie schließlich. „Nachdem er die Präsidentschaftswahlen verloren hatte, zog Jim Gannett sich nach Illinois zurück. Sein Lebenslauf ist von geheimdienstlichen Tätigkeiten geprägt – Leiter des FBIs, Justizminister, Vizepräsident, Präsidentschaftskandidat. Er arbeitete an seiner Autobiografie und wollte ein paar der Fälle einbauen, die in seine Amtszeit als Justizminister fielen. Ann bekam die Aufgabe zugeteilt, diese Fälle herauszusuchen und ihn bei Laune zu halten. Da Gannett kein Narr ist, hat er bald gemerkt, dass Ann gut schreiben kann.

Als Nächstes haben sie Anns Hintergrund überprüft. Diese Überprüfung war so gründlich, dass ich mich gefragt habe, was sie verbrochen hat, und plötzlich ist sie eine von den sechs Top-Leuten des Vizepräsidenten – den sechs Leuten, die er in die geheimen Originalunterlagen einführt, die die Grundlage für sein Buch sind. Sie ist Polizistin, Mitte zwanzig und hilft in ihrer Freizeit dabei, die Autobiografie des Vizepräsidenten zu schreiben.

Er veröffentlicht sie in drei Bänden, und nach dem, was ich in den ersten beiden gelesen habe, sind die Bücher gar nicht mal schlecht. Er hat ein interessantes Leben gehabt. Der dritte Band soll dieses oder nächstes Jahr herauskommen. Es gibt insgesamt vielleicht fünfzehn Menschen, die wissen, dass sie an dem Buch mitarbeitet, Paul, also sei vorsichtig mit dieser Information."

„Das bin ich, Vicky."

„Sie ist diejenige, die es geheim hält. Der Vizepräsident wollte Anns Namen mit auf das Cover setzen, als Koautorin, und sie sollte einen Teil des Honorars bekommen, aber sie hat abgelehnt. Sie sagte damals, es würde ihre Chancen zunichtemachen, eine gute

Autorin zu werden, wenn die Leute ihren Namen kennen, bevor sie so viel geschrieben hat, dass sie es gut kann. In der Danksagung der Bücher wird sie ohne Namen erwähnt als die Autorin, die seine Geschichte geschliffen und flüssig in Worte gefasst hat, und er dankt ihr für ihre Hilfe. Das ist typisch Ann, selbst damals war sie schon so. Sie will selbst dann nicht im Rampenlicht stehen, wenn sie es verdient hat."

„Das lerne ich allmählich", sagte Paul. „Sie hat also einige ihrer Freunde durch ihre Arbeit an seiner Autobiografie kennengelernt."

„Ich glaube, es ist eher so, dass der Vizepräsident sie gelegentlich Leuten vorstellt. Er war es auch, der mich mit Ann bekannt gemacht hat. Das habe ich noch nie jemandem erzählt. Dieser Tag hat mein Leben und ihres mehr verändert, als ich in Worte fassen kann. Am Ende hatte ich eine richtig gute Freundin. Es gibt nicht viel, was ich nicht für Ann tun würde oder sie für mich. Mach uns das nicht kaputt, okay? Ann ist mir wichtig."

„Ich werde aufpassen", versprach Paul. Er wusste, dass ihm nicht mehr viel Zeit blieb. „War sie jemals verliebt, Vicky?"

„Zweimal. Beide Male wurde ihr das Herz gebrochen. Und beide Male waren vor ihrer Zeit als Polizistin."

„Kannst du mir etwas über sie sagen, von dem du glaubst, dass ich es wissen sollte?"

Vicky zögerte. „Ich werde dir eine Sache sagen, die du wissen musst. Aber ich mache das nur, weil ich nicht weiß, wie ich sie sonst schützen soll. Sie träumt, Paul – hat furchtbare Albträume davon, dass sie schreibt und Blut aufs Papier tropft. Es ist ein so düsterer Traum, dass ich mich manchmal frage, wie sie überhaupt noch schreiben kann. Sie wacht immer von einem Schuss auf."

Paul schloss die Augen. Jeder hatte Geheimnisse. Das war einer der Gründe, warum er sich zuerst an ihre Freunde wandte. Er wollte wissen, worauf er achten musste.

„Wie lange hat sie diesen Albtraum schon?"

„Ich kenne sie seit neun Jahren."

„Und sie arbeitet von zehn Uhr abends bis nachts um zwei, um dem Traum aus dem Weg zu gehen."

„So ist Ann auch."

„Was ist passiert?“

„Ich weiß nur das, was sie mir erzählt hat, und das ist nicht viel.“

„Ich weiß nicht so recht, was ich mit dieser Information anfangen soll, Vicky.“

„Das wirst du schon noch. Wenn es darauf ankommt, wirst du es wissen. Sie hat ein gutes Herz, Paul. Sie wird dir eine Chance geben, aber sie wird vorsichtig bleiben, bis sie eine Entscheidung getroffen hat. Sie wird deine Geschichte kennen wollen. Wer du bist und woher du kommst. Sie wird deine Familie kennenlernen wollen, denn wenn sie sieht, wie du mit deinen Angehörigen umgehst, sagt ihr das mehr über dich als alles, was du ihr selbst erzählen kannst. Sie ist ein stilles Wasser mit Untiefe, die du nicht siehst. Aber sie ist gerecht und sie wird dich wahrscheinlich mögen. Sie mag Polizisten im Allgemeinen.“

„Danke für die Infos.“

Im Hintergrund konnte er ein Summen und den gedämpften Klang von Stimmen hören. „Als du vorhin angerufen hast, hätte ich dich fragen sollen, wo du gerade bist.“

„Über dem Pazifik in einem riesigen Passagierflugzeug, das gemütlich im Kreis fliegt, während der Nachthimmel sich mit Sternen füllt. Um Mitternacht steigen wir höher hinauf und fangen an, Bilder vom Pella-Kometen zu machen, wenn dessen Trümmer in die Atmosphäre eintauchen. Und während wir den Anblick genießen, können wir vielleicht Tausende Nahaufnahmen von dem Satelliten machen, der vor einem Monat ohne Vorwarnung in der stationären Umlaufbahn aufgetaucht ist.“

„Ich dachte, du wolltest dich zur Ruhe setzen, Vicky.“

„Ich habe nur den Kaffee gebracht“, erwiderte sie lachend. „Im Ernst: Es gibt hier an Bord so viele Satelliten-Experten, die das neue Spielzeug am Himmel entziffern wollen, dass der Boss einen Erwachsenen brauchte, der daran denkt, Bilder von dem Kometen zu machen. Ganz schön peinlich, wenn man eine Reise unternimmt, um Bilder von einem Kometen zu machen, und ohne Bilder vom Kometen zurückkommt.“

„Kannst du mir ein schönes Bild mitbringen? Ann betrachtet gerne die Sterne.“

„Na klar. Der Job heute Abend macht Spaß, Paul, also mach dir keine Sorgen um mich. Ich rufe dich an, wenn ich wieder zu Hause bin, dann unterhalten wir uns länger."

„Danke, Vicky."

■

Während er darauf wartete, dass es zehn Uhr wurde, stand Paul am Fenster seines Arbeitszimmers und beobachtete den Mond, die Sterne und die Flugzeuge, die gelegentlich über den Nachthimmel zogen. Als der Wecker losging, schaltete er ihn aus und ging zu seinem Schreibtisch.

Er wusste die Nummer auswendig, sah aber trotzdem in der Akte nach, bevor er sie wählte. Ann ging beim dritten Klingeln dran.

„Ann, Paul hier."

„Einen Moment, Paul, ich schalte das Video ein."

Er blickte auf seinen Monitor und ihr Bild erschien. Erst ruckelte es, dann wurde es klar. Sie lächelte zur Begrüßung. Ebenfalls lächelnd legte er das Telefon aus der Hand und schaltete auf Video um. „Du hast dir den Code gemerkt."

„Zahlen bleiben mir aus irgendeinem Grund im Gedächtnis."

Er war sich nicht sicher, was hinter ihr an der Wand hing, aber er erkannte mit wachsendem Interesse, dass sie möglicherweise bei sich zu Hause war. „Bist du daheim?"

„Gerade reingekommen." Sie drehte den Bildschirm und die Kamera, um ihm den Raum zu zeigen. Stehlampen erhellten das Zimmer und er sah eine dunkelrote Couch, zwei Ohrensessel, Tische, auf denen sich Bücher stapelten, und am Rand des Bildes etwas, das wie eine Staffelei aussah. Die Wand gegenüber der Couch sah aus wie die Wände in seinem Konferenzraum. Sie war voller Fotos und Zeitplänen und bunt markierten Notizen. Als Ann die Kamera zurückdrehte, kam kurz etwas Lebendiges in Sicht und eine dunkle Masse Haar bedeckte den unteren Rand des Bildschirms. Ein Hund, ein großer, kräftiger Hund.

„Sieht wie ein gemütlicher Ort aus, um an einem Mord zu arbeiten."

Sie blickte über ihre Schulter auf die behängte Wand und wandte sich dann lächelnd wieder ihm zu. „Das ist ein Buch und kein Job."

„Dann gehst du deine Bücher wie deine Fälle an."
„So ungefähr."
„Wo befindet sich dein Zuhause?"
„In einem Ort knapp zehn Kilometer nördlich von Medora."
„Ist das dein Hund, der dich da schubst? Ich kann ein Stück von einem Ohr sehen."
„Ich habe ihm einen Spaziergang versprochen. Deshalb darf ich mich nicht hinsetzen."
Ann neigte die Kamera, woraufhin auf dem Bildschirm das ganze Gesicht des Hundes erschien und ihn anstarrte.
„Das ist Midnight. Ich nenne ihn einfach nur Black."
Paul lachte. „Er ist ein schöner Hund und riesig."
„Seine Pfoten sind so groß wie Essteller."
„Ich wollte immer einen Hund haben. Aber was wäre das für ein Leben in einer Stadtwohnung mit Aufzügen und viel Asphalt vor der Tür?"
„Wohnst du mitten in der Stadt?"
Paul nickte. „In einem der alten Steingebäude, die den großen Brand von Chicago überlebt haben. Der vierte Stock ist schon seit achtzig Jahren im Besitz meiner Familie. Früher hat mein Großvater hier gelebt."
„Mir gefällt das Gemälde hinter dir."
„Ja?"
Er rollte mit seinem Stuhl zur Seite, damit sie die Leinwand besser sehen konnte. „Ich habe einige Bilder von ihr gesammelt. Mir gefällt die Art, wie sie Blautöne einsetzt. Ich könnte dir einen Druck schicken, wenn du magst. Ich kenne jemanden, der Lithografien von ihr besorgen kann."
„Heb dir die Idee für den Fall auf, dass du mal einen Gefallen brauchst."
„Ich würde sagen, den hast du mir schon getan. Es wird mir eine Freude sein, dein Geld auszugeben. Jetzt kann ich meine Mitarbeiter ohne bürokratische Verzögerung in vierundsechzig Städte schicken, also noch mal vielen Dank. Wenn die Rosen ankommen, kannst du sie auf deinen Schreibtisch stellen und genießen."
Sie lächelte. „Ich werde ein Plätzchen für sie finden."
„Das war sehr nett von dir."

„Ich vermute, meine Vorgehensweise hat dich in Schwierigkeiten gebracht."

„Du hast auf jeden Fall viele Menschen neugierig gemacht, die sich jetzt fragen, was genau da geschehen ist und warum. Es kursieren Gerüchte, ich hätte Beziehungen zum Finanzminister. Die Kollegen in der Buchhaltung waren ganz aufgeregt, weil sie seinen Namen noch nie auf einer Überweisung gesehen haben. Und ich konnte ihnen auch keine Antworten geben. Was genau hast du gemacht, Ann?"

„Ich habe eine Freundin angerufen." Sie zuckte mit den Schultern. „Es wäre hässlich geworden, wenn ich nichts unternommen hätte, denn das Preisgeld war da und die Verleihung der Auszeichnung wäre ein guter Grund gewesen, um eine Pressekonferenz abzuhalten und zu verkünden, dass sie den Währungsdieb gefasst haben. Sie hätten von mir erwartet, bei dieser Pressekonferenz dabei zu sein und die Auszeichnung persönlich entgegenzunehmen. Also musste ich das irgendwie abwenden, bevor es zu spät war.

Ich habe eine Freundin im Justizministerium angerufen, ihr gesagt, dass das Preisgeld für mich ein Problem wäre, wohingegen es dein Problem lösen könnte, und sie darum gebeten, dafür zu sorgen, dass es an dich weitergeleitet wird. Sie hat Ja gesagt. Ich habe Danke gesagt. Das war alles. Sie ist Anwältin und macht gerne Papierkram. Ich dachte, sie würde mit dem Leiter des Preisverleihungsausschusses reden, die nötigen Formulare ausfüllen und sie an die richtige Person schicken. Offenbar war etwas mehr als das nötig."

„Kannst du sie fragen, was sie getan hat?"

Ann zögerte und nickte dann. „Da mein Geschenk für so viel Wirbel gesorgt hat ... warte."

Sie griff nach ihrem Telefon, schob ihren Hund weg und verschwand aus Pauls Blickfeld, um den Anruf zu tätigen.

Als sie zurückkam, sah sie erleichtert aus.

„Sie hat mit dem Leiter des Ausschusses geredet, der meinte, das sei prinzipiell kein Problem, aber es werde dadurch kompliziert, dass das Geld von einer Behörde zu einer anderen solle. Also hat meine Freundin ihren Verlobten angerufen und ihm das Problem geschildert. Er hat mit seinem Vorgesetzten gesprochen. Der hat zwei Leute angerufen: den Finanzminister und den Leiter des FBIs.

Beide waren einverstanden und so hat Ersterer das Preisgeld auf dein Budget überwiesen. Das Ganze hat zwanzig Minuten gedauert, war also erledigt, bevor ich den zweiten Becher von deinem Kakao getrunken hatte." Ann lächelte. „Dafür hat man Freunde. Sie helfen einem, Probleme aus der Welt zu schaffen. Eine Pressekonferenz ist für mich ein Problem. Also hat sie Ja gesagt und sich darum gekümmert."

„Wer ist ihr Verlobter?"

„Reece Lion. Er ist beim Secret Service und für den Schutz des ehemaligen Vizepräsidenten verantwortlich. Ich habe die beiden miteinander bekannt gemacht. Es war klar, dass er ihr helfen würde, und der Vizepräsident ist ein netter Kerl. Er war außerdem Leiter des FBIs, als die Ladykillerin noch am Anfang ihrer Karriere stand, also war er sicherlich sofort damit einverstanden, ein paar Anrufe zu tätigen, um etwas Sinnvolles mit dem Geld zu tun. Es vergingen zwanzig Minuten zwischen meinem Anruf bei meiner Freundin und der Überweisung des Geldes. Die Angelegenheit war also keine große Sache."

Paul sah, dass sie es wirklich nicht für eine große Sache hielt. „Ann, sag mir bitte eines: Erstaunt es dich, dass der Finanzminister persönlich daran beteiligt war, deine Bitte zu erfüllen?"

Sie sah verwirrt aus. „Nein. Ich brauchte die Person, die das Geld von einer Behörde zur anderen bewegen konnte, und das war nun mal der Finanzminister. Meine Bitte ging von einem Freund zum nächsten, bis sie jemanden erreichte, der das Problem lösen konnte, und dieser jemand hat sich dann darum gekümmert."

„Hilf mir, das zu verstehen, Ann. Bist du mit dem ehemaligen Vizepräsidenten befreundet?"

Sie zögerte und nickte dann.

„Das heißt, du hättest ihn anrufen können. Du hast seine Nummer."

Sie bestätigte das widerwillig. „Ich habe seine Nummer."

„Aber stattdessen hast du deine Freundin im Justizministerium angerufen."

„Ich dachte, es ginge nur um einen Anruf und ein bisschen Papierkram, Paul. Deshalb habe ich sie angerufen. Ich hasse Papierkram. Natürlich hätte ich den früheren Vizepräsidenten anrufen können, aber warum hätte ich das tun sollen? Wenn man eine höhere Stelle anläuft als nötig, tut man das doch nur, um jemand anderem zu zeigen, dass man es kann. Aber im Grunde genommen ist es unnötig, verschwendet die Zeit von Freunden und ist ein Zeichen für schlechtes Urteilsvermögen. Ehrlich gesagt habe ich nicht damit gerechnet, dass die Intervention des ehemaligen Vizepräsidenten nötig sein würde, um meine Bitte zu erfüllen. Die Tatsache, dass meine Bitte doch bei ihm gelandet ist, beweist, wie bürokratisch unser ganzes System ist. Mein Name stand auf dem Preisgeld, also hätte ich auch in der Lage sein sollen, es dorthin überweisen zu lassen, wo ich will. Ich habe eher mit einem Dankeschön gerechnet als damit, dass jemand sagt, ohne Erlaubnis können wir das Geld nicht annehmen."

Paul lächelte. „Ich verstehe jetzt, warum Dave meinte, du würdest mit den Falcons mühelos fertig."

„Wie bitte?"

„Beim nächsten Mal."

„Tut mir leid, dass ich solche Wellen gemacht habe. Ich dachte, unverhofft zu dem nötigen Geld für deine Ermittlungen zu kommen, wäre eine schöne Überraschung, deshalb habe ich dir nicht erzählt, was ich vorhatte. Es sollte eine freudige Überraschung sein. Aber wahrscheinlich wird es für eine Weile die letzte bleiben, die ich zu machen versucht habe. Kein Wunder, dass ich selbst Überraschungen nicht mag."

„Der Gedanke war sehr nett, das Ergebnis ist überaus willkommen und ich habe eine Menge über dich gelernt, also war es doch gar keine so schlechte Sache. In welcher Farbe magst du Rosen am liebsten?"

„Rosa", erwiderte sie, ohne zu zögern.

„Bleibst du jetzt ein paar Tage zu Hause?"

„Ich bleibe so lange hier, bis das Telefon klingelt und jemand einen Fall für mich hat, dann bin ich wieder weg. Aber der unberechenbare Terminplan macht mir nichts aus. Ich kann viel fliegen und während ich weg bin, sieht eine Nachbarin nach dem Haus."

„Du magst deinen Job."

„Ich liebe ihn, meistens jedenfalls. Ich wünschte nur, es gäbe weniger Mordfälle."

„Mail mir deine Adresse, dann lasse ich morgen einen schönen Strauß liefern."

„Kannst du ihn an das Sheriffbüro hier im Ort schicken? Ende des Monats übernimmt der Bezirk die Polizeiarbeit hier und dann ist meine Arbeit getan, aber bis dahin müssen noch so viele Akten und Asservate für den Transport zur Bezirksdirektion zusammengepackt werden, dass ich die meiste Zeit dort bin."

„Klar, dann schicke ich sie dorthin. Oh, eins noch … eine Information, die ich erwähnen sollte. Mein Bruder Boone ist mit Vicky Bassett verheiratet."

Er sah einen Ausdruck des Erstaunens über ihr Gesicht huschen und entspannte sich, als er das bemerkte. Sie hatte nichts von der Verbindung gewusst. „Als du nach Chicago gekommen bist, wusstest du nicht, wer ich bin?"

„Ich habe natürlich den Namen Falcon wiedererkannt, aber ich dachte, ihr wäret höchstens indirekt miteinander verwandt, Cousins zweiten Grades oder so. Du siehst deinem Bruder nicht ähnlich."

„Ich bin der adoptierte Älteste und Boone ist der Zweitjüngste. Ich habe Vickys Geschichte gelesen. Du schreibst gute Bücher."

„Danke."

Es faszinierte ihn zu sehen, dass sie ein wenig errötete.

„Sie hat mich gebeten, das Buch zu schreiben, weil sie ihrer Familie nicht erzählen konnte, was in den Jahren, in denen sie fort war, geschehen ist. Es erzählt ihre Geschichte, ist aber Fiktion. Sie war in dieser Zeit in Asien, nicht in Europa. Hat sie dir von dem Buch erzählt? Ich dachte, ich hätte ihre Identität ganz gut kaschiert."

„Ich habe die Geschichte von der Kiefer erkannt, die auf die Garage gefallen ist."

„Damals habe ich noch überlegt, ob ich die Episode wirklich in das Buch aufnehmen soll. Aber ich war dabei, als es geschah, und es war so urkomisch, dass ich einfach nicht widerstehen konnte."

„So wie du es beschrieben hast, konnte ich es förmlich vor mir sehen. Du hast in Vicky eine gute Freundin, Ann. Ich bin froh, dass ihr beide euch kennt."

„Ich auch."

„Es wundert mich nur, dass wir uns nie in ihrer Küche bei einem Stück Apfelkuchen über den Weg gelaufen sind."

„Sie macht fantastischen Apfelkuchen."

Paul wollte ihre Unterhaltung mit einem Lächeln beenden und dies schien ein guter Zeitpunkt zu sein. „Ich will dich nicht länger aufhalten. Schlaf gut, Ann."

„Du auch, Paul."

■

Ohne zu erzählen, warum er unterwegs gewesen war, postete Paul am nächsten Morgen Bilder von seiner nächtlichen Fahrt für seine Familie. „Ich habe diese Woche jemandem dabei zugesehen, wie er eine halbe Million Dollar ausgeschlagen hat. Ich wünschte, ich könnte euch die ganze Geschichte erzählen. Es war ein cooler Ausflug."

„Ein Er oder eine Sie?", mailte sein Vater zurück.

Was machte sein Dad so früh am Morgen am Computer? „Sie."

„Schön. Kommst du dieses Wochenende zum Abendessen?"

„Das habe ich vor."

„Bring sie mit."

„Irgendwann vielleicht." Paul lenkte die Unterhaltung wohlweislich in eine andere Richtung. „Wie geht es Mom?"

■

Die Rosen waren herrlich. Ann lächelte, als sie den Strauß auf ihren Schreibtisch stellte, wo er jedem, der ins Sheriffbüro kam, auffallen würde. Sie vermutete, dass die erste Wer-ist-denn-der-Verehrer-Frage noch vor dem Mittagessen kommen würde, aber genau das mochte sie am Kleinstadtleben. Sie berührte eines der Blütenblätter. Sie würde einfach sagen, dass die Rosen ein Dankeschön waren. Das stimmte und war nett von Paul. Sie hatte sich gefragt, wie er das Geldgeschenk auffassen würde, und er hatte sie damit überrascht, dass er es anstandslos angenommen hatte. Die Killerin musste gefasst werden und Ann musste der Pressekonferenz aus dem Weg gehen. Sie war sich sicher, dass ihre Entscheidung, die Auszeichnung abzulehnen, richtig gewesen war.

Paul Falcon war ein interessanter Typ. Sie hätte in der Vergangenheit besser aufpassen sollen, wenn Dave von seinem Freund erzählt hatte. Sie hatten jahrelang einen sich überlappenden Freundeskreis gehabt, aber keine überlappenden Terminkalender, sonst hätte sie ihn schon früher kennengelernt. Sie hatte irgendwie in Erinnerung, dass er mit Gina Lewis ausgegangen war, und keine Erinnerung mehr daran, wann sich das geändert hatte.

Sie wusste, dass Paul im Moment keine Freundin hatte. Kate hatte völlig begeistert reagiert bei dem Gedanken, dass Paul und Ann zusammenkommen könnten – sie hatte sie sofort eingeladen, in den Norden zu fliegen und zum Essen zu kommen.

Ann schnappte sich die nächste Umzugskiste und wandte ihre Aufmerksamkeit den Schubladen ihres Schreibtischs zu. Sie hatte gesagt, sie hätte zu viel Arbeit, und das stimmte auch. Aber sie hatte Kates Einladung vor allem deshalb ausgeschlagen, weil sie sich immer noch nicht sicher war, ob sie die Sache weiterverfolgen wollte. Sie spürte von Pauls Seite zwar ein gewisses Interesse, aber es schien eher beiläufig zu sein. Die Rosen waren eine interessante Wahl als Dankeschön und schwer zu interpretieren. Wenn ein Mann einer Frau Rosen schickte, dann hatte das etwas Persönliches. Und sie empfand auch ein gewisses Interesse. Aber wenn es um Männer und entsprechende Situationen ging, übte sie sich lieber in Geduld, und sie hatte nicht vor, etwas anderes zu tun, als zu warten und die Rosen zu genießen.

Sie mochte ihn. Er war stundenlang gefahren, nur um ihr eine Nachricht zu überbringen, hatte sie mit heißem Kakao im Gepäck in Nebraska aufgespürt, hatte einfühlsame Fragen über ihre Arbeit gestellt. Es gab viel, was ihr an ihm gefiel. Er bemühte sich um andere Menschen und diesen Charakterzug bewunderte sie. Er wäre mit Sicherheit ein guter Freund. Und wenn Paul daran interessiert war, sie näher kennenzulernen, würde er es sie garantiert wissen lassen. Ann ging um ihren Hund herum und griff nach der Rolle Klebeband. Dann blieb sie kurz stehen, um noch einmal an den Rosen zu schnuppern, und lächelte.

■

Paul betrachtete seinen Kalender und wägte seine Optionen ab. Ein Großteil seines Teams würde die nächsten zwei Monate unterwegs sein, um Befragungen durchzuführen. Die übrigen Mitarbeiter würden die anderen aktiven Fälle an der Wand weiterverfolgen. In seinem Team gab es sieben erfahrene Ermittler, die vollkommen in der Lage waren, ihre Fälle eigenständig zu betreuen. Und er war klug genug, sie das auch machen zu lassen. Er musste einiges überwachen, hatte aber nicht zu viel Arbeit auf seinem eigenen Schreibtisch. Sobald eine der Befragungen etwas Neues über die Killerin ergab, würde sich das allerdings augenblicklich ändern.

Wenn er ein paar Tage wegfahren wollte, sollte er das innerhalb der nächsten beiden Monate machen. In den nächsten zwei Wochen hatte er noch etliche private Termine, aber danach sah es in seinem Terminkalender eigentlich ganz gut aus. Paul stand auf, um mit Sam zu reden. Er würde sich Ende des Monats ein paar Tage freinehmen. Ann war es wert, dass er sich Zeit für sie nahm.

Teil 2

Ann Silver

9

Paul fuhr über ein Gewirr an Landstraßen und versuchte sich mithilfe der Nummern, die die Felder und Kreuzungen markierten, zu orientieren. Allmählich ergaben sie einen Sinn. Jetzt tauchte vor ihm ein Haus auf, das ihm bekannt vorkam. Paul blickte auf das Foto in seiner Hand, dann auf das Haus vor ihm, und wusste, dass er sein Ziel erreicht hatte. Er parkte hinter einem blauen Pick-up, griff nach dem Geschenk, das er mitgebracht hatte, und dem Beutel, den Joe ihm geschickt hatte, und stieg aus. Seine persönlichen Dinge ließ er im Auto.

Die Mutter des Leiters der regionalen Antiterroreinheit des FBIs trat auf die Veranda heraus. „Willkommen, Paul. Sie sind früh dran."

„Vielen Dank, dass Sie mich aufnehmen, Mrs Rawlins."

„Bitte nennen Sie mich Neva. Als mein Sohn anrief und sagte, dass er mir einen Gast schicke, war ich zu neugierig, um Nein zu sagen. Dann hörte ich von Ihrem Interesse an Ann Silver und wusste, dass ich Sie kennenlernen muss. Sie bleiben mindestens eine Woche."

„Ein Wochenende, Neva. Mehr kann ich wirklich nicht –"

„Man kann niemandem an nur einem Wochenende den Hof machen", erwiderte sie. Ihre Augen funkelten.

„Ann weiß noch nicht einmal, dass ich hier bin. Ein Wochenende reicht als Überraschung völlig, eine Woche wäre zu aufdringlich." Er folgte ihr ins Haus. „Das Geschenk mit der Schleife ist mein Dankeschön dafür, dass Sie mich aufnehmen, der Beutel ist von Ihrem Sohn. Er hat etwas von Glas und Kristall gesagt und meinte, ich solle beim Transport aufpassen."

„Legen Sie den Beutel auf den Küchentisch, dann kann ich gleich nachsehen, ob sein Fund tatsächlich zur Sammlung meiner Mutter passt. Sie essen doch mit mir zu Mittag?"

„Ich hatte eigentlich vor, zuerst nach Ann zu sehen, wenn Sie mir eine Wegbeschreibung geben. Vielleicht könnten wir dann beide zum Abendessen herkommen?"

Neva lachte und nickte. „Ann ist keine gute Köchin, deshalb ist das eine kluge Entscheidung. Vermutlich finden Sie sie im Sheriffbüro. Sie ruft immer an, wenn sie einen Auftrag bekommt, und sagt mir, dass sie wegmuss, deshalb weiß ich mit Sicherheit, dass sie in der Stadt ist."

Sie trat zusammen mit ihm auf die Veranda hinaus. „Anns Büro befindet sich in der Innenstadt, ungefähr acht Kilometer von hier in westlicher Richtung, und zwar direkt an der Hauptstraße. Sie müssen sich nur an der Gabelung rechts halten." Sie zeigte auf die Bäume in der Ferne. „Hinter den Bäumen da drüben beginnt übrigens direkt ihr Grundstück."

„Ich rufe Sie an, wenn es später als fünf wird." Paul lächelte. „Oder wenn ich aus irgendeinem Grund allein komme."

„Ich freue mich über die Gesellschaft, aber Sie sind schließlich nicht hergekommen, um mich zu sehen. Zum Abendessen gibt es Brote mit Roastbeef, Maiskolben und zum Nachtisch Kuchen, das kann man jederzeit essen. Ich sehe ja, wenn Sie kommen. Und ich schaue mir ohnehin gerne die Spätnachrichten und einen Film an, also macht es mir keine Umstände, falls Sie lange wegbleiben sollten."

„Danke." Paul ging die Verandatreppe hinunter, blieb dann aber noch einmal stehen und lehnte sich gegen den unteren Treppenpfosten. „Wo Sie Ann doch so gut kennen ... haben Sie vielleicht einen Rat für mich?"

Die Frage schien Neva zu überraschen, aber nachdem sie einen Augenblick lang nachgedacht hatte, nickte sie.

„Einen guten Rat kann ich Ihnen in Bezug auf Ann geben. Wenn Sie in die Stille hinein etwas sagen und Ann zusammenzuckt, als hätten Sie sie gestört, wiederholen Sie die Frage oder Bemerkung einfach und nehmen Sie das nicht persönlich. Sie ist oft in Gedanken. Je schweigsamer sie ist, desto wahrscheinlicher ist es, dass sie einen Dialog hört oder sieht, wie eine Szene sich entwickelt, oder dass sie ein inneres Gespräch führt. Sie begibt sich so einfach an einen fiktiven Ort, wie sie atmet. Das irritiert Leute, die sie nicht gut kennen."

Fasziniert dachte Paul darüber nach und konnte es sich fast bildlich vorstellen. „Und woher wissen Sie, wann ihre Gedanken ruhig sind?", fragte er neugierig.

„Oft greift sie nach einem dieser gelben Notizblöcke, die sie immer dabeihat, und schreibt alles auf. Manchmal geben ihre Charaktere danach etwas Ruhe. Es gibt Tage, an denen sie an nichts Bestimmtes denkt, und andere, an denen sie so damit beschäftigt ist, etwas Neues zu erschaffen, dass sie ihre Ideen gar nicht schnell genug aufschreiben kann. Nach einer Weile merken Sie, was für ein Tag es ist. Wenn sie sich etwas zu trinken holt und die Dose dann ein, zwei Minuten in der Hand hält, bevor ihr einfällt, sie zu öffnen, dann können Sie wetten, dass jemand, den Sie nicht sehen können, sie unterbrochen hat."

„Sie mögen Anns Bücher."

„Allerdings. Schon als sie als kleines Mädchen auf meiner Veranda gesessen und Geschichten geschrieben hat, wusste ich, dass sie sich damit eine Zukunft aufbauen könnte. Sie schreibt aus Liebe zum Schreiben und betrachtet es eigentlich nicht als Arbeit."

„Das hilft mir sehr. Danke, Neva."

Paul fuhr in die Stadt und dachte währenddessen über Ann nach.

Ihren Alltag als Polizistin konnte er ohne Weiteres verstehen. Diesen Aspekt ihres Lebens würde er mit ihr teilen, ihr vielleicht sogar ein hilfreiches Gegenüber sein können. Aber darüber, wie sie schrieb, hatte er bisher noch nicht nachgedacht. Er hatte angenommen, dass es wie bei jedem anderen Job war, der auf einen wartete, wenn man sich daran setzte, und einen die restliche Zeit über nicht beschäftigte. Aber bei Anns Schreiben schien es mehr um das Klären von Fragen zu gehen. Anscheinend arbeitete ihr Unterbewusstsein die Einzelheiten aus und verband sie miteinander, und wenn sie dann mit dem Schreiben begann, musste sie das alles nur noch zu Papier bringen. Paul fragte sich, ob sie bereit sein würde, auch diesen Teil ihres Lebens mit ihm zu teilen. Er hoffte es.

Das Willkommen-Schild am Ortseingang informierte ihn, dass zurzeit genau dreitausendsechsundzwanzig Personen in Medora lebten. Er fuhr an einem begrünten Marktplatz vorbei, auf dem er neben Bänken auch einen hübschen Brunnen und zwei Statuen ausmachen konnte. Der Platz war umgeben von Restaurants und Geschäften. Ein Stück die Straße hinunter konnte er freies Feld sehen.

Paul orientierte sich an der Flagge und machte das Büro des

Sheriffs unmittelbar neben dem eines Immobilienmaklers aus. Er parkte in der Nähe des Eingangs, neben einem Fahrzeug der Bezirkspolizei und einem hellbraunen Wagen, der mit Blaulicht und Funkantenne ausgestattet war, aber keine offizielle Beschriftung aufwies.

An der schweren Eingangstür war ein Zettel mit den Öffnungszeiten angebracht. Das Sheriffbüro war von acht Uhr morgens bis sechs Uhr abends geöffnet, für Notfälle war eine Telefonnummer angegeben. Paul trat ein.

Vor sich sah er einen großen Raum, in dem sich drei Schreibtische und ein langer Tresen befanden. Ein Flur führte in den hinteren Teil des Gebäudes. Den Gegenständen auf dem Tresen und der Pinnwand neben der Tür nach zu urteilen, diente diese Polizeiwache auch als örtliches Fundbüro und zentrale Anlaufstelle für Aushänge. Die rosafarbenen Rosen auf dem hinteren Schreibtisch sahen noch immer einigermaßen frisch aus. Das war also Anns Schreibtisch. Auf ihm befanden sich ein Telefon, ein Monitor, ein Tacker, aber kein einziges Blatt Papier und auch kein persönliches Bild. Sie hatte bereits für den Umzug gepackt.

Die Frau am ersten Schreibtisch war eine Beamtin der Stadtpolizei und der Mann, mit dem sie sprach, war von der Bezirkspolizei. Soweit Paul das anhand der aufgeschnappten Gesprächsfetzen beurteilen konnte, sprachen sie über einen Einbruch. Sobald die Frau ihn sah, verstummte sie, und allem Anschein nach wurde er augenblicklich als Fremder identifiziert, denn beide drehten sich wie auf Kommando und sahen ihn an. Er zeigte ihnen seine Dienstmarke, weil er wusste, dass sie sich fragen würden, warum er eine Waffe unter seiner Anzugjacke trug.

„Ich suche Ann Silver."

Der riesige Hund, der neben ihrem Schreibtisch lag, erhob sich. Paul streckte die Hand aus. „Hallo, Midnight."

Die Frau stand neugierig auf. „Darf ich fragen, wer Sie sind?"

„Paul Falcon vom FBI."

„Schlimmer Unfall, Fahrer tot?"

„Genau."

„Sie war froh, die Sache von ihrem Schreibtisch zu haben. Midnight, geh und such Ann."

Der Hund trottete den Flur hinunter.

„Wenn er hier ist, müssen wir nicht schreien."

Sie blickte zu den Rosen auf dem anderen Schreibtisch hinüber und sah dann wieder zu ihm, aber bevor sie etwas sagen konnte, öffnete sich die Eingangstür hinter Paul. Ein junger Mann schob einen flachen Wagen mit einem Stapel Kisten und einem Turm Klebebandrollen herein. „Wo wollen Sie die haben, Marissa?"

„Ganz hinten am Ende des Flurs." Als Erklärung für Paul fügte Marissa hinzu:

„Heute ist Packtag. Die Polizeiarbeit wird ab Montagmorgen vom Bezirk geregelt."

„Was wird aus dem Gebäude? Die Lage ist schließlich super."

„Ein Gemeindezentrum. Wir werden Tische und Stühle hineinstellen, Regale voller Spiele und einen Ort schaffen, an dem Jung und Alt sich begegnen können."

Midnight kam zurück und ließ sich vor dem Tresen auf den Boden fallen. Ann folgte ihm. Über ihr Handgelenk hatte sie mehrere Gummibänder und eine Rolle Klebeband gestreift, als wären es Armbänder. Als sie ihn sah, blieb sie verdutzt stehen. „Falcon." Dann lächelte sie. „Du bist aber weit weg von Chicago."

„Ich habe gehört, du brauchst Hilfe beim Packen."

Ann lehnte sich gegen den Tresen. „Mit dem Packen komme ich gut klar – was ich nicht mag, ist das Tragen." Sie betrachtete ihn einen Moment und zog dann einen Schlüsselbund aus der Tasche. „Den wirst du brauchen. Der Umzugswagen hinter dem Haus fährt zum Bezirksgebäude. Du musst die Ladefläche jedes Mal mit einem Vorhängeschloss verschließen, wenn du wieder reinkommst. Meine Sachen kommen in den roten Pick-up. Was möchtest du trinken?"

„Malzbier, Orangenlimonade, ungesüßten Tee, in der Reihenfolge."

„Marissa, könntest du uns ein paar Flaschen Malzbier und einen Beutel Eis holen? Er ist mein Rosenkavalier. Wenn ich ihn mit den Kisten mürbe gemacht habe, kannst du retten, was noch von ihm übrig ist."

„Die Rosen sind von ihm?"

„Wenn er damit fertig ist, den Tresorraum auszuräumen, wird er sie wiederhaben wollen."

Marissa lachte. „Ich stelle die Telefone auf dich um und bin in zehn Minuten wieder da."

Ann stieß sich vom Tresen ab. „Hier entlang, Falcon."

Sie ging den Flur hinunter. „Hast du ein schlechtes Gewissen wegen des Geldes?", fragte sie leise. „Ich nehme deine Hilfe gerne an, aber du solltest dir wegen des Geschenks keinen Kopf machen. Das Einzige, was ich dafür erwarte, ist ein ‚Danke schön'."

„Es ist nicht wegen des Geldes. Ich habe ein Jahr lang keinen Urlaub gehabt und du ziehst um. Wenn Freunde umziehen, helfe ich. Bei Verwandten auch, aber bei denen bringe ich normalerweise mehrere Jungs mit und gehe davon aus, dass ich nicht nur tragen, sondern auch packen muss."

„In diesem Fall – wie lange kann ich dich hierbehalten?"

„Ich wohne übers Wochenende bei Mrs Rawlins."

„Schön. Du kannst dich auf einen Fünf-Sterne-Aufenthalt freuen. Auf keinen Fall darfst du ihre Zimtschnecken oder ihren Kirschkuchen auslassen."

Sie zeigte auf den verschlossenen Banksafe, der die Größe einer Tür hatte. „Asservatenkammer. Obwohl wir schon seit einer Woche Zeug herausholen, ist sie immer noch vollgestopft. Und mein persönlicher Erzfeind …" – sie trat durch eine geöffnete Tür und zeigte in die Runde – „… die Akten aus unzähligen Jahren. Ich schreddere, was ich kann, zum Beispiel, wenn der Betroffene nicht mehr lebt oder die Verjährungsfrist abgelaufen ist. Der Rest geht zum Bezirk. Ich muss noch fünf Jahrgänge durchgehen."

„Warum ist nicht die halbe Stadt hier, um euch zu helfen?"

„Dafür gibt es drei Gründe. Erstens habe ich dem Stadtrat versprochen, dass ich die Privatsphäre derjenigen schütze, die im Laufe der Jahre mit dem Gesetz in Konflikt gekommen sind, und den Umzug alleine bewerkstelligen würde, wenn er zustimmt, dass die Polizeiarbeit auf die Bezirksebene verlegt wird. Zweitens müssen wir nicht an einem bestimmten Tag ausgezogen sein – die Deadline habe ich mir selbst gesetzt. Ich möchte einfach irgendwann fertig sein. Und drittens zieht Nita Stans auch dieses Wochenende um und sie ist die reizendste Bewohnerin der Stadt. Wer hier auftaucht, wird zum Helfen zu ihr geschickt. Damit versuche ich sie zu unterstützen. Genauso wie mit meinem Versprechen, dass niemand von der Tatsache erfährt, dass ihr verstorbener Mann als Jugendlicher verhaftet wurde, weil er den Wagen des Bürgermeisters in den Stadtbrunnen gefahren hatte."

„Dabei kennt wahrscheinlich jeder die Geschichte."

„Keine Frage. Aber es ist ihr trotzdem peinlich."

Midnight kam hinter ihnen hergetrottet. Ann kraulte seine Ohren, woraufhin der Hund sich an sie lehnte. „Wenn Midnight dir im Weg ist, sag ihm einfach, er soll weggehen. Dann entfernt er sich ein paar Meter."

„Er ist ruhiger, als ich ihn mir vorgestellt habe."

Sie grinste. „Der Eindruck täuscht. Er hebt sich seine Energie für das auf, was wichtig ist."

„Können diese Kisten weg?"

„Die gehen zum Bezirk und die Kiste da drüben mit den Bildern nehme ich mit zu mir."

„Dann mach dich mal wieder ans Schreddern und Sortieren. Ich fange an zu schleppen."

Paul stapelte drei Kisten aufeinander und verschwand.

Als Ann bis auf zwei Jahrgänge alles durchgesehen hatte, war Paul mit den Kisten fertig, die zum Bezirk transportiert werden sollten.

Er kehrte mit zwei Gläsern voll Eis ins Aktenzimmer zurück, setzte sich auf einen Bürostuhl und teilte sich ein Malzbier mit Ann. „Trink aus, dann kannst du die Gruft für mich öffnen und mir einen Überblick geben, was davon rausgetragen werden kann."

„Du versuchst mich zu beeindrucken, indem du alles an einem Tag machst."

„Ich dachte eigentlich an einen Nachmittag."

Ann stieß mit ihrem Glas gegen seines. „Ich weiß das zu schätzen. Marissa und ich haben eine Münze geworfen, wer heute Dienst schieben und wer packen muss, und ich habe dabei geschummelt. Den letzten Tag mit Anrufen hätte ich nicht verkraftet. Ich werde die Arbeit hier vermissen, und zwar so ziemlich alles daran, bis hin zu der Flagge, die gestohlen wird, den Süßigkeiten, die jemand geklaut hat, und den Jugendlichen, die an regnerischen Abenden zu schnell um den Marktplatz fahren. Wir hatten in den letzten paar Monaten vier Einbrüche, sechs Fälle von häuslicher Gewalt, ein Dutzend Fälle von Trunkenheit in der Öffentlichkeit und viermal so viele Fälle von Vandalismus, Lärmbelästigung und Streitereien auf offener Straße. Das Schlimmste davon waren ein tätlicher Angriff mit zwei schuldigen Parteien und ein Brand, der wahrscheinlich Absicht war. Kein einziger Mord. Es fühlt sich so normal an, und normal hatte ich schon lange nicht mehr."

„Wäre vielleicht einfacher gewesen, wenn du Buchhalterin geworden wärst oder dein Informatikdiplom als berufliche Grundlage benutzt hättest."

Sie zog eine Augenbraue hoch.

„Dave", bestätigte er.

„Eine Zeit lang habe ich Chips für eine Telekommunikationsfirma entworfen. Da ging es um logische Probleme und es gab Tests, mit denen man überprüfen konnte, ob man recht hatte oder nicht. Ich war gut darin, habe Lösungen für Probleme gefunden und miterlebt, wie meine Chips in Produktion gingen. Ein, zwei Jahre lang war ich damit zufrieden, aber ich fand den Schreibtisch und die Designsoftware und das quadratische Büro genauso auslaugend wie alles andere, was ich je gemacht habe. Ich konnte die Arbeit machen, aber so sinnvoll sie auch war, hatte sie doch keine längerfristige Bedeutung. Nach zwei Jahren, oder vielleicht auch fünf, würde mein Chip veraltet sein und durch den Entwurf von jemand anderem ersetzt werden oder durch meinen eigenen neuen Entwurf. Da habe ich beschlossen, dass ich lieber Rätsel löse, die interessanter sind und vielleicht auch wichtiger."

Ann trank leer. „Dann zeige ich dir mal die Gruft."

Sie gab eine Kombination ein, drehte das Schloss und zog die fünfzehn Zentimeter dicke Stahltür der Asservatenkammer auf. Die Regale waren so angebracht, dass man sie vor- und zurückschieben konnte, und jeweils nur ein Gang begehbar war. Die Kisten, in denen sich die Asservate befanden, sahen alle gleich aus, aber es gab sie in drei verschiedenen Größen – klein, mittel und groß. „Die Inhalte der Kisten, die mit rotem Klebeband versiegelt sind, sind inventarisiert. Sie können also zur Bezirkspolizei gebracht werden. Die Kisten in der hintersten Ecke muss ich noch durchsehen."

„Deine persönliche Kiste ist irgendwo sicher verstaut, damit ich sie nicht versehentlich auflade?"

„Das ist sie."

„Muss ich diesen Raum jedes Mal abschließen, wenn ich rausgehe?"

„Ich schließe die Eingangstür ab und sag dem Hund, dass er im Flur Wache halten soll. Das reicht. Die meisten der wertvollen Gegenstände wurden bereits letzte Woche von einem Wertsachentransport abgeholt."

■

„Das ist die Letzte." Paul schob die Kiste auf den Umzugswagen.

Ann zog die Tür herunter und verschloss sie mit einem Vorhängeschloss. „Alles klar, Kevin. Unterzeichnen Sie die Formulare, dann gehört das alles dem Bezirk."

Sie nahm das unterschriebene Dokument und übergab ihm die Schlüssel.

„Greg wird fahren", erklärte Kevin ihr, „und Bob und ich werden ihn begleiten, um uns zu vergewissern, dass es keinen Unfall gibt. Soll ich anrufen, wenn alles in der neuen Asservatenkammer ist?"

„Das ist jetzt Ihr Problem, aber ja, rufen Sie ruhig an."

Sie sah zu, wie der Wagen abfuhr. „Danke, Paul. Ich hätte nicht gedacht, dass wir es heute schaffen würden."

„Es war mir ein Vergnügen." Er hielt ihr die Schlüssel zu ihrem Pick-up hin. „Du hast ganz schön viele persönliche Dinge hier gehabt."

„Gelegentlich leide ich unter Sammelwut. Aber ich habe nicht vor, den Wagen heute noch auszuladen. Ich stelle ihn einfach in die Garage."

„In einer Stunde habe ich das Zeug ausgeladen, dann bist du fertig. Du musst mich nur zu dir nach Hause einladen, Ann."

Es belustigte ihn zu sehen, wie sie mit sich rang.

„Meine Einfahrt ist die nächste nach der von Neva. Fahr mir hinterher."

■

Anns Schotterauffahrt war äußerst kurvenreich und schlängelte sich zwischen einer Baumallee hindurch. Paul versuchte sich vorzustellen, wie es sein musste, im Winter auf einer so langen Strecke Schnee zu räumen. Das Haus stand auf einem offenen Stück Land und war ein klassisches, zweigeschossiges Landhaus mit einer neu angebauten Doppelgarage.

Sie öffnete das Garagentor und parkte den Pick-up dicht davor. In einer der beiden Parkbuchten stand bereits ein Auto. Dem Blaulicht und der Funkantenne nach zu urteilen handelte es sich dabei um einen Dienstwagen. Paul hielt weit genug entfernt, um keines der beiden Fahrzeuge einzuparken.

Anns Hund sprang aus dem Pick-up und verschwand hinter dem Haus.

„Die Kisten mit dem roten Klebeband können in die Garage. Wenn wir ein bisschen aufräumen, müsste auf den Regalen genug Platz dafür sein. Die Kisten mit dem gelben Band kommen ins Haus, erste Tür links."

Der Hund kam mit einem Ball zurück und betrachtete Paul. „Wirf ihn, so weit du kannst, ins Feld. Er ist beleidigt, wenn du wirfst wie ein Kleinkind."

Paul wog den Ball in der Hand, schätzte sein Gewicht ein und schleuderte ihn, als ginge es um einen Homerun. Der Hund blickte dem fliegenden Ball nach, warf Paul dann einen Blick zu und rannte mit freudigem Bellen los.

Ann lächelte. „Du hast ihn gerade glücklich gemacht." Sie ging mit dem Karton voller Bilder an ihm vorbei und verschwand im Haus.

Paul schaltete das Licht in der Garage an und fing an, die alten Kisten zu verrücken, um Platz für neue zu machen. Er sah Kisten mit der Beschriftung „Weihnachtsschmuck" und einige mit der Aufschrift „Partysachen". Dann lud er die Kisten mit dem roten Klebeband ab und verstaute sie im Regal.

Als er fertig war, brachte er die mit gelbem Band versehenen Kisten ins Haus. Ann half ihm dabei. Währenddessen kehrte der Hund zurück, lief um sie beide herum und verschwand im Haus. Paul schloss den Pick-up ab und folgte ihm mit Ann.

Die Türen waren breit und die Decken hoch. „Das Haus sieht anders aus, als ich erwartet hatte." Selbst der Flur war hell und freundlich, mit Wänden in warmen Farben und schwerem Kirschholz.

„Den Großteil dieser Etage habe ich rausgerissen und neu gebaut", erklärte Ann. „Die Räume im Obergeschoss sind voll mit Zeug, das inzwischen antik sein dürfte. Da sieht es noch immer fast genauso aus wie damals, als meine Großeltern hier lebten. Komm mit ins Wohnzimmer."

Das war der Raum, den er in dem Video gesehen hatte, mit der Couch, den Ohrensesseln und einem großen Schreibtisch, auf dem drei Bildschirme standen, sodass Ann gleichzeitig arbeiten und recherchieren konnte. Am Nordfenster war eine Staffelei aufgebaut.

„Es ist kein Büro, aber ich benutze es so."

„Es ist ein wohnlicher Raum, Ann."

Die Fotos an ihrer Pinnwand, die die ganze Wand einnahm, bildeten einen scharfen Kontrast zu dem sonst friedlichen Umfeld. Er ging darauf zu, um zu sehen, woran sie arbeitete. Die Zeittafel erstreckte sich über mehr als zwei Jahre. Bei dem Foto eines Flugzeugabsturzes blieb er kurz stehen, dann betrachtete er die nächsten Bilder. Als er den Hausbrand sah, lächelte er. „Das sind die O'Malley-Bücher."

„Ich arbeite an einer Hintergrundgeschichte über Jennifer."

„Ach ja?"

„Es wird kein richtiges Buch. Das, was du hier siehst, sind meine Notizen aus der Zeit, als ich die Serie entworfen habe. Ich schreibe über die Zeit, als Jennifer und Tom sich kennenlernten. Tom wird in diesem Herbst bei unserem Freundestreffen dabei sein, und ich wollte ihm dieses Werk als Geschenk überreichen."

„Ich würde es sehr gerne lesen. Die O'Malley-Reihe ist wirklich gut."

„Danke."

„Wie ist es, wenn man gebeten wird, ein Buch über die eigenen Freunde zu schreiben? Macht es dich nervös und fragst du dich, ob du es richtig machst?"

„Zuerst war das so, doch dann wurde mir klar, dass die Bitte in Wirklichkeit ein Geschenk an mich ist. Wenn Freunde mich bitten, ihre Geschichte zu schreiben, dann sagen sie damit eigentlich: Ich vertraue dir – frag, was du fragen willst. Während ich an einem Buch arbeite, darf ich alle Fragen stellen, mich nach allen Ereignissen im Leben der jeweiligen Personen erkundigen, und sie erzählen mir stundenlang sehr persönliche Dinge – was sie getan, gedacht und sich gewünscht haben. Das ist für beide Seiten eine sehr intensive Erfahrung. Deshalb kommen die realen Personen in den Büchern so deutlich zum Vorschein, obwohl ich alles in eine fiktive Geschichte verpacke. Die Bücher sind in jeder Hinsicht, die ich irgendwie in Worte fassen kann, diese Personen."

Paul hielt beim dritten Buch der Serie auf der Zeittafel inne, bei der Geschichte von Lisa und Quinn, und sah sich die Fotos an der Pinnwand und ihre handgeschriebenen Notizen dazu an. „Dass Lisa das mit der Auferstehung nicht glauben kann und ihr Fall etwas mit begrabenen Opfern zu tun hat – war das auch im wahren Leben so, oder hast du diese Fragen und den Fall ausgewählt, weil es für dich die beste Methode war, deine Freundin darzustellen?"

„Das wahre Leben ist für die beiden noch hektischer und komplizierter als im Roman geschildert. Lisa ist wirklich Gerichtsmedizinerin, wie im Buch. Sie hat als Erwachsene zum Glauben an Gott gefunden und das war die Folge von Gesprächen, die sie mit Jennifer geführt hat. Quinn ist U.S. Marshal. Sie haben geheiratet und leben jetzt auf seiner Ranch im Westen. Wie sie sich ineinander verliebt haben, habe ich beinahe Wort für Wort so aufgeschrieben, wie sie es mir erzählt haben. Das ist also echt. Aber der Fall in dem Buch ist meine Erfindung und ich habe den Fokus auf das Thema der Auferstehung gelegt. Ich bemühe mich immer, den Kern einer Sache zu finden, einen Schlüssel, mit dem man versteht, wer diese Menschen wirklich sind. Das fällt den realen Vorbildern als Erstes auf, wenn sie die Bücher lesen. Die Tatsache, dass sie wirklich wiedergeben, wer sie sind."

„Ich habe mit den beiden zu Abend gegessen", sagte Paul nickend, „und du hast ihre Geschichte sehr gut eingefangen. Die Serie ist wirklich richtig gut."

„Das hatte ich gehofft, als ich die sechs Bücher geschrieben habe. Wir sind eine Gruppe von Leuten, die eng miteinander verbunden sind. Dadurch, dass ich die Personen richtig charakterisiert habe, sind sie lebendig geworden. Also funktioniert die Reihe."

„Die Gruppe funktioniert, weil du dazugehörst. Du bist die achte O'Malley. Du kommst vielleicht nicht namentlich in den Büchern vor, aber deine Stimme zieht sich durch alle Geschichten."

Ann sah ihn nachdenklich an. „So habe ich es noch nicht betrachtet", sagte sie, dann lächelte sie, „aber du hast recht, ich bin die achte O'Malley. Das ist ein wunderbares Kompliment."

Paul blieb noch einen Augenblick an der Wand stehen, dann drehte er sich zu Ann um. „Das tust du also in deiner Freizeit."

„Fernsehen finde ich langweilig."

Er lachte.

Ihr Hund kam mit seinem Fressnapf im Maul herein, ging zu Ann und ließ den Napf vor ihren Füßen auf den Boden fallen. Sie schubste ihn liebevoll fort. „Black, das ist unhöflich." Dann hob sie den Napf auf. „Entschuldige mich, während ich meine Familie füttere. Er glaubt, ich könnte ihn möglicherweise vergessen haben."

Paul und der Hund folgten ihr in die Küche, wo sie die Tür zu einer Speisekammer aufzog und eine Dose Hundefutter auswählte. Sie füllte zwei Becher Trockenfutter und den Inhalt der Dose in den Napf und stellte ihn auf eine knochenförmige Matte in die Nähe der Terrassentür. Der Hund platzierte zwei riesige Pfoten rechts und links neben dem Fressnapf, damit der sich nicht bewegte, und fraß so schnell, dass er das Futter beinahe inhalierte.

Paul lehnte sich an die Küchenzeile und beobachtete ihn. „Wie alt ist er?"

„Wahrscheinlich sechs Jahre", erwiderte sie und sah den Hund liebevoll an. „Jemand hat ihn an einer Tankstelle ausgesetzt und ist einfach weggefahren, als er etwa zwei war."

Sie öffnete den Kühlschrank. „Ich habe Cola und einen Eistee."

„Ich nehme den Eistee."

Sie reichte ihm die Dose und öffnete eine Cola light für sich selbst. „Es ist schon recht spät. Du musst Hunger haben."

„Das dürfte auch für dich gelten. Neva sagte, du seist herzlich eingeladen, uns beim Abendessen Gesellschaft zu leisten. Es gibt Roastbeef-Sandwich, hat sie gesagt, und ich weiß noch, dass von einem Kuchen die Rede war. Ich habe ihr Bescheid gesagt, als ich einschätzen konnte, wie lange wir brauchen würden, und ihr gesagt, dass wir so gegen acht kommen. Das schaffen wir locker."

„Wenn ich mit rüberkomme, dauert es zwei Stunden, bis ich wieder fliehen kann. Ich muss heute Abend noch ein paar Dinge hier erledigen. Und bevor du fragst: Für morgen Mittag habe ich bereits Pläne. Aber ab ein Uhr hätte ich Zeit."

„Dann lass uns doch um eins einen Spaziergang mit dem Hund machen. Ich will gegen vier Uhr abfahren, damit ich zu einer halbwegs anständigen Zeit wieder in Chicago bin."

Ihr Telefon klingelte. Sie ging zu ihrem Apparat und nahm ab. „Ann hier." Sie suchte sich einen Stift und notierte etwas auf einem gelben Block. „Gut, ich bin schon unterwegs." Sie legte auf und stopfte den Zettel in ihre Tasche. „Jemand ist gerade in Larry Jenkins' Teich gefahren. Offenbar kein Herzinfarkt, denn der Kerl zappelt wie wild im Wasser herum und brüllt die Kühe an. Wahrscheinlich ein betrunkener Tourist. Nur jemand, der die Straße nicht kennt, verpasst die Kurve auf so spektakuläre Weise." Sie nahm ihren Schlüssel. „Ich muss los."

„Die letzten Tage als Sheriff."

„Wenn es Alkohol am Steuer ist, überlasse ich ihn dem Bezirk – die Straße gehört ihnen." Der Hund leckte gerade den leeren Napf aus und schob ihn über den Küchenboden. „Black, ich muss los. Geh schlafen."

Der Hund jaulte, verzog sich aber in den Flur. Ann lachte. „Jetzt schmollt er."

Paul ging mit ihr hinaus.

Sie setzte ihren Wagen aus der Garage und wendete schnell in drei Zügen. Das Garagentor schloss sich auf Knopfdruck. Neben Paul blieb sie noch einmal stehen und ließ ihr Fenster hinunter. „Morgen musst du mir den eigentlichen Grund sagen, warum du hergekommen bist."

„Du hast mir die Geschichte mit dem Umzug nicht abgekauft?"

„Nicht ganz. Falls morgen irgendetwas dazwischenkommen sollte, jetzt schon mal Danke für heute. Das war nett."

„Gern geschehen, Ann."

Sie schaltete das Licht ein und fuhr los, um ihre Arbeit zu machen.

Paul sah ihrem Wagen nach, bis er außer Sicht war, dann setzte er sich in seinen eigenen. Wenn man bedachte, wie der Tag hätte verlaufen können, war er mit dem Ergebnis zufrieden. Schon allein ihr Haus zu sehen, wäre die Reise wert gewesen. Sie hatte keinen

Besuch erwartet, also hatte er ihr Zuhause so gesehen, wie sie es an diesem Morgen verlassen hatte.

Coupons am Kühlschrank, ein Stapel Post auf dem Tisch, den sie als Schreibtisch benutzte, der Geschirrspüler durchgelaufen, aber nicht ausgeräumt, stapelweise Notizblöcke und Zettel auf dem Tisch am Sofa, ein altes, zusammengeknülltes Handtuch am Kamin neben einer Hundebürste, eine abgedeckte Staffelei in einer Ecke des Zimmers. Sie malte, aber nicht mit besonderem Ehrgeiz. Was er nicht gesehen hatte, war ebenso interessant: Keine Essensverpackungen, Zeitungen, Gläser auf Untersetzern, herumliegende Socken oder Schuhe, Hinweise auf einen Einkaufsbummel. Das Einzige, was ihn überrascht hatte, waren die beiden Gitarren. Sie lebte so, dass man ihr Hab und Gut sah, aber auf eine eigene Art ordentlich.

10

Auf dem kurzen Weg von Nevas Haus zu Ann am Sonntagmittag nahm Paul sich die Zeit, sich umzusehen. Er verstand, warum Ann gerne spazieren ging. Die Landschaft war traumhaft. Paul parkte dort, wo er auch am Tag zuvor seinen Wagen abgestellt hatte, ging zu Anns Veranda hinauf und klingelte. Töpfe mit blühenden Hängepflanzen und zwei Windspiele bewegten sich in der Brise. Ohne die Geräusche von Autoverkehr oder von Menschen war es das komplette Gegenteil von seinem Zuhause. Es war auch hier nicht still – dafür sangen zu viele Vögel und die Äste der Bäume knarrten im Wind –, aber es waren die Klänge der Natur.

Die Haustür öffnete sich und Ann stieß die Fliegengittertür auf. „Hi Paul. Komm rein." Sie trug Jeans und ein Armeehemd und weiße Socken an den Füßen. Und sie war gerade dabei, sich die Haare mit einem Handtuch trocken zu rubbeln.

„So wie es aussieht, hast du nicht viel Schlaf bekommen."

„Ich muss ein Volltrottel sein, dass ich jemals ein Abzeichen tragen wollte." Sie ging ins Wohnzimmer.

„Keine gute Nacht?"

Sie schnaubte, machte einen riesigen Schritt über den Hund, der noch nicht einmal den Kopf hob, um den Besuch zur Kenntnis zu nehmen, und setzte sich aufs Sofa, auf dem sie, der Pinzette, den Pflastern und der fast leeren Flasche Orangensaft nach zu urteilen, gesessen hatte, als er geklingelt hatte.

Er ließ sich auf einem Sessel nieder und lächelte. „Erzähl. Das wird dir Spaß machen und mir macht das Zuhören Spaß."

Sie trank den Rest Orangensaft und schwenkte die leere Flasche in seine Richtung. „Der Typ im Teich … Ich überzeuge ihn davon, dass die Kühe ihn nicht angreifen werden, und hole ihn aus dem Teich. Er ist ganz offensichtlich betrunken, also enden wir im Krankenhaus, wo sein Handgelenk geröntgt wird. Ich übergebe ihn an den Bezirk wegen Trunkenheit am Steuer, während mein bester Abschleppmann sich überlegt, wie er den Wagen wieder aus dem Wasser bekommt. Kurz darauf ruft Larry mich an. Offenbar schwimmen jetzt Babys in seinem Teich. Er schwört, dass er keine Witze mache. Also ich zurück zum Teich und er hat recht. In seinem Teich treiben Babypuppen herum. Der Typ hat für seine Firma hochwertige, lebensecht gestaltete Babypuppen für Ausstellungszwecke transportiert und behauptet, er habe sie ‚aus dem Wagen geworfen, um sie zu retten'. Ich rette also zweiundzwanzig wie echt aussehende Puppen, die mehrere Tausend Dollar wert sind, aus dem Teich. Seine Firma will ihn jetzt auf Sachbeschädigung verklagen.

Nachdem ich die Formulare über den Teichtypen ausgefüllt habe, verlasse ich das Büro und kümmere mich um die entgangenen Anrufe. Jemand hat die Schlösser an den Türen von Petersons' Hühnerstall durchtrennt, also laufen jetzt einhundertsechsundvierzig Hühner auf den Bahnschienen herum, die an sein Grundstück grenzen. Black und ich sind gut darin, Vögel aufzuscheuchen, aber obwohl wir zu neunt die Gleise entlanggegangen sind, hat die ganze Aktion trotzdem drei Stunden gedauert. Du musst dir ausgesprochen unkooperative Hühner vorstellen, Brombeerhecken, Kletten und Gras, das so scharf ist wie eine Rasierklinge. Es war grauenvoll.

Von da aus bin ich losgezogen, um die Gibson-Zwillinge zu verhaften, die ihren Namen und das Datum an die Tür des Hühnerstalls geschrieben hatten. Die beiden waren ebenfalls betrunken und lachten. Sie haben morgen Geburtstag und da heute der letzte Tag ist, an dem sie noch unter das Jugendstrafgesetz fallen und sie in diesem Jahr noch nichts Aufregendes getan hatten, dachten sie, Hühner und ein Zug wären ein denkwürdiges Geburtstagsgeschenk für sie selbst. Ihr Vater ist zu Peterson gegangen, um sich zu entschuldigen und für den Schaden aufzukommen. Ich glaube, die Jungs werden den Sommer über diesen Hühnerstall sauber machen oder sich freiwillig beim Militär verpflichten, je nachdem, was sie weniger lästig finden." Sie fuhr sich mit der Hand durch das noch feuchte Haar.

„Mein Job als Sheriff", sagte sie, „endet mit Betrunkenen, Puppen und Hühnern. Diese Geschichte wird mir kein Mensch glauben. Von den Gibsons aus bin ich direkt zum Gottesdienst gegangen und habe mich mit zu viel Kaffee wach gehalten, dabei mag ich Kaffee noch nicht einmal besonders. Aus dem Spaziergang wird leider nichts. Vermutlich werde ich eine ziemlich schlechte Gastgeberin sein, deshalb musst du dich selbst versorgen. Auf dem untersten Bord im Kühlschrank ist jetzt Malzbier, bedien dich einfach." Sie schubste den Hund mit dem Fuß beiseite. „Vielleicht bewegt Black sich irgendwann nächsten Monat wieder. Ich habe Salbe und Pflaster auf seine großen Pfoten getan und ihm den Rest eines Cheeseburgers gegeben. Er ist für heute versorgt."

Als Paul sich vorbeugte, um eine der verwundeten Pfoten hochzuheben, öffnete der Hund ein Auge und sah ihn an. „Gute Arbeit in Sachen Erster Hilfe."

„Das macht die Übung. Wenn es nicht mehr wehtut, wird er die Pflaster ablecken."

„Hattest du zu deinem Kaffee auch was zu essen?"

„Krautsalat und Brathähnchen von einer der besten Köchinnen im Bezirk. Sie hat Ärger mit ihrem Enkel."

„Bei Neva gab es Steak, Ofenkartoffeln, frische grüne Bohnen und Kürbiskuchen mit Schlagsahne."

„Jetzt bin ich offiziell neidisch." Sie zog ein Sofakissen näher und ließ sich wieder auf die Couch fallen.

Paul ging in die Küche und holte zwei Getränkedosen. Nachdem Ann ihre entgegengenommen hatte, machte er es sich in einem Sessel bequem. Sie hatte Mühe, nicht zu gähnen, und er lächelte, als er sie ansah. Sie war hinreißend. „Du musst zugeben, dass deine Tage nicht langweilig sind."

„Wie sind deine?"

„Ich arbeite von einem Konferenzsaal aus, der vielleicht zweimal so groß ist wie dieser Raum und dessen Wände deiner Pinnwand hier ziemlich ähnlich sehen. Eine Reihe aktiver Fälle und eine Menge Leute, die beschäftigt werden wollen. Ich musste seit mehr als … vielleicht zehn, aber mindestens fünf Jahren nicht mehr in eine Prügelei eingreifen oder einen Betrunkenen festnehmen oder auch nur eine anständige Verfolgungsjagd absolvieren. Papierkram, Befragungen und noch mehr Papierkram, und irgendwann eine Spur, die wir verfolgen können und die zu etwas führt. Viel zu viel Zeit im Büro."

„Ladykiller, dreißig Morde, das muss doch seinen Reiz haben."

„Einen schwierigen Fall zu knacken, bringt angenehme Adrenalinstöße mit sich. Aber es ist eine langwierige Arbeit – Telefonverbindungen durchsehen, Kontoauszüge, Reisedaten, Befragungen,

Aufzeichnungen von Überwachungskameras, um jemanden aufzuspüren, Telefone abhören. Es bedeutet, die Einzelheiten zu sehen, zu wissen, wo man suchen muss, und vorsichtig einen Fall zusammenzusetzen, mit dem man bei Gericht durchkommt. Was nicht zu meinem Job gehört, ist das Aufnehmen von Anzeigen, bei denen man von mir erwartet, dass ich losziehe und das Problem löse. Ich würde gerne mal für ein paar Tage tauschen. Sheriff in der eigenen Stadt zu sein, davon träumt doch jedes Kind."

„Ich bin als Mädchen auf dem Marktplatz herumgelaufen, habe auf der Bank vor der Post gesessen und Geschichten über Polizisten geschrieben, die in der Polizeiwache ein- und ausgingen, der ich jetzt vorstehe. Es war immer aufregend, Polizistin zu sein, und es gab immer ein großes Unrecht, das man wiedergutmachen musste. Deshalb habe ich Ja gesagt, als sie gefragt haben. Ich habe mich an den Traum aus meiner Kindheit erinnert."

„Ich wollte derjenige sein, der die Typen auf der FBI-Liste der zehn meistgesuchten Verbrecher jagt", gestand Paul ihr seinen Kindheitstraum. „Es war für einen kleinen Jungen eine unglaubliche Vorstellung, einen der meistgesuchten Leute auf der Welt zu fassen. Man würde in den Schlagzeilen genannt werden und dann würden sie einen anderen Namen und ein anderes Foto auf die Liste setzen, damit es wieder zehn Namen waren, und man konnte wieder auf die Jagd gehen. Das erschien mir wie eine endlose Beschäftigungsgarantie. Es gab immer zehn Leute, die man jagen musste, und man würde sogar dafür bezahlt, sie zu jagen."

Ann lachte. „Wir waren Idealisten."

„Wir waren Kinder."

Sie musterte ihn. „Ich glaube nicht, dass mir eine Arbeit wie deine gefallen würde. Du bist mehr hinter Organisationen oder besonders bösen Leuten her. Als Ermittlungsbeauftragte für Mordfälle im Mittleren Westen habe ich eher mit Verbrechen im mittleren Bereich zu tun, mit dem Mann, der seine Frau tötet, dem Angestellten, der seinen Boss erschießt, dem Amoklauf an einer Schule. Das sind schwierige Rätsel, weil ich erst dann gerufen werde, wenn ein erfahrener Ermittler Hilfe braucht, aber man kann die Tat in der Regel nachvollziehen." Sie fuhr mit dem Fuß über Midnights Rücken.

„Ich steige normalerweise erst spät in die Ermittlungen ein", fuhr sie fort, „sodass ich vor allem Denkarbeit zu leisten habe. Mein typischer Arbeitstag ist also dem deinen gar nicht so unähnlich. Es gibt eine Mordakte. Jemanden, der gestorben ist. Jemanden, der hofft, dass er nicht geschnappt wird. Jede Menge Verhöre, Fotos und Laborergebnisse. Viele Alibis und gesammelte Tatsachen. Als Ermittlungsbeauftragte stellt man sich zwei Fragen: Warum kommt die Polizei nicht weiter? Und wer hat die Polizei angelogen? Wenn ich eine dieser Fragen beantworten kann, finde ich meistens eine Möglichkeit, zu helfen. Aber ich gebe gerne zu, dass ich als Sheriff nicht so gut bin wie als Mordermittlerin. Als Sheriff muss man reagieren, aber auch vorausahnen. Mein Vorgänger war bei Letzterem viel besser als ich. Er hätte vorhergesehen, dass die Gibson-Zwillinge so etwas wie die Nummer mit dem Hühnerstall machen würden, und zwar einen Monat, bevor sie selbst überhaupt auf die Idee gekommen sind."

„Die Verlagerung auf die Bezirksebene hat finanzielle Gründe?"

„Wenn man Versicherung, Haftung, Räumlichkeiten und Fahrzeuge bedenkt, kann die Stadt zwei Beamte vom Bezirk zugeteilt bekommen und ungefähr die Hälfte von dem ausgeben, was sie jetzt mit Marissa und mir an Kosten haben. Dieser Wechsel spart Geld und beschert der Stadt ein Gemeindezentrum. Es ist ein guter Handel."

„Wird Marissa dann für die Bezirkspolizei arbeiten?"

„Sie haben es ihr angeboten, aber ich glaube nicht, dass sie sich schon entschieden hat. Sie heiratet in ein paar Monaten."

Ann stellte ihr Getränk ab, rutschte vom Sofa auf den Boden und griff nach der Hundebürste. Midnight grummelte zufrieden, als sie anfing, Knoten aus seinem dicken Fell zu bürsten. „Warum erzählst du mir nicht, warum du wirklich hier bist?"

Paul lächelte. „Du bist interessant, Ann. Du erzählst gute Geschichten, schreibst gute Bücher und hast bei deinen Freunden einen Ruf, den ich bewundere. Dave sagt, dass du momentan mit niemandem ausgehst. Und ich bin auf der Suche."

Sie bürstete Midnight eine Weile weiter und blickte dann zu ihm hinüber. „Du bist den ganzen Weg hierhergekommen, um mich um ein Date zu bitten."

„Nichts so Gewöhnliches wie ein Date. Das hier ist der Beginn einer großartigen Liebesgeschichte."

Jetzt hatte er sie verblüfft. Die Bürste hielt in der Bewegung inne, aber ihr Blick hielt dem seinen stand. „Du bist nicht gerade schüchtern, oder?"

Sie errötete leicht, stellte er fasziniert fest. „Das wäre nur Zeitverschwendung."

„Einmal ganz abgesehen von dieser atemberaubenden Direktheit bewege ich mich nicht so schnell wie du."

„Das hatte ich auch nicht erwartet. Ich schaffe nur die Voraussetzungen. Du bist möglicherweise langsam darin, zu merken, wie der Hase läuft, und ich neige dazu, die Sache etwas zu beschleunigen."

„Ich merke schnell genug, wenn ein Falke über mir kreist, Falcon."

Er lachte.

Sie lächelte ihn an, ein bisschen schüchterner als vorher, und konzentrierte sich dann auf den Hund, der den Kopf gehoben hatte, um zu sehen, was diesen Heiterkeitsausbruch bewirkt hatte. Paul wartete, um zu sehen, ob sie noch etwas sagen wollte, aber sie schwieg. „Also, was meinst du?"

„Ich glaube, zu einem Date würde ich Ja sagen, wenn deine Pläne mich überzeugen."

„Wie sieht denn für dich eine gute Verabredung aus?"

„Ich gehe gerne ins Kino, weil ich mich gerne in den Geschichten anderer verliere. Und ich mag Spaziergänge und Gespräche und einen Hotdogstand lieber als ein schickes Restaurant."

„Mit dir auszugehen, wird mir gefallen. Willst du Tag und Ort vorschlagen, oder sollen wir einfach sagen, das nächste Mal, wenn wir weniger als dreißig Kilometer voneinander entfernt sind, telefonieren wir und gucken, ob wir ein paar Stunden für einen Kinobesuch freischaufeln können?"

„Ich dachte, einer meiner Freunde hätte dich bereits gewarnt." Sie warf ihm ihren Taschenkalender zu. „Guck mal da rein."

Er fand genau einen Eintrag im gesamten restlichen Jahr, und zwar einen bezüglich Midnights dreijährlicher Tollwutimpfung. „Du hältst dir deinen Kalender frei."

„Ich will mein Leben nicht um Termine herum ordnen, die ich abzuarbeiten habe. Ich schaue mir gerne einen Film mit dir an und werde es genießen; frag mich nur nicht, wann oder wo."

„Du planst auch keine Urlaube, Reisen oder Treffen mit Freunden?"

„Ich weiß, es klingt albern, aber nein, das tue ich nicht. Ich tauche auf, wenn das Wetter mir gewogen ist, und schließe einfach die Augen, wenn ich deshalb mehr für mein Hotelzimmer bezahle. Ich nehme, was es gibt, wenn ich irgendwo ankomme. Es lohnt sich. So ist das Leben viel weniger stressig."

Sie fing wieder an, den Hund zu bürsten. „Dieses Baseballspiel mit Lisa zum Beispiel ... Wir hatten uns spontan überlegt, dass es Spaß machen würde, gemeinsam hinzugehen. Quinn hatte Karten für dieses Spiel. Also haben wir uns beide von der Arbeit davongeschlichen und den Abend genossen. Aber ich hatte es nicht geplant. Es war mir ein Wunsch und ein Bedürfnis.

Niemand hat angerufen, weil er mich auf der Stelle brauchte. Der Tag war frei. Aber ich hatte kein Hotelzimmer gebucht. Ich hatte kein Flugzeug für den nächsten Tag organisiert. Ich habe erst am Abend vorher angerufen, herausgefunden, was ich für Möglichkeiten habe, bin bei Tagesanbruch nach Milwaukee gefahren, habe einen Flug nach Chicago bekommen, einen Fall bei dir abgeladen, ein Taxi zum Stadion genommen und die Zeit mit Lisa genossen. Es war nicht geplant. Ich habe es einfach getan."

„Natürlich hast du es geplant, Ann, nur nicht im Voraus. Du wolltest mit Lisa zu dem Spiel gehen. Das hast du gemacht. Wenn es geregnet hätte, wette ich, dass du mit dem Auto gefahren und am Abend vorher in Chicago angekommen wärst. Es war ein schöner Tag zum Fliegen, also bist du früh genug losgeflogen, um einen Abstecher zu machen und mir den Fall zu übergeben. Du weißt genau, was du willst, und gestaltest dein Leben darum herum. Wie wäre es hiermit: Du setzt auf deine Wunschliste den Punkt ‚Film mit Paul', und dann sehen wir, wie bald es dazu kommt."

„Das kann ich machen."

„Ich habe nicht vor, dich zu drängen, weil das weder in meinem noch in deinem Interesse wäre. Aber ich habe ein Ziel vor Augen und bin nicht geneigt, alles dem Zufall zu überlassen. Ich möchte, dass du lernst, mir zu vertrauen, und dafür musst du wissen, wer ich bin. Ich habe mir auf dem Weg hierher überlegt, dass ich damit anfangen könnte, dir Türen zu öffnen, indem ich dir meine Karriere zeige. Wie hoch ist deine Sicherheitsfreigabe?"

Sie blickte unbehaglich drein.

„So hoch?"

„Vicky sagt, meine Sicherheitsstufe sei höher als die von Gott, aber sie übertreibt ein bisschen."

„Dann werden sie nicht viel schwärzen, wenn ich sie bitte, dir meine Personalakte zu zeigen. Du hast jede Menge Polizeiberichte gelesen. Du kannst deine Schlüsse aus den Details ziehen."

„Der Gedanke gefällt mir nicht, Paul."

„Ich weiß. Aber du musst wissen, was da ist. Ich bin zweimal angeschossen worden, Ann, und auch wenn ich gerne mit dir über diese Ereignisse reden würde, wäre es mir lieber, wenn du die Hintergründe bereits aus der offiziellen Akte kennen würdest." Sie hatte das Fell des Hundes gebürstet, anstatt ihn anzusehen, aber sie hielt in der Bewegung inne, als er das sagte. Paul wartete einen Augenblick und wechselte dann das Thema. „Wie viel weißt du über die Falcons?"

„Genug, um zu erahnen, wie weit verzweigt euer Familienunternehmen ist. Ich weiß, dass mir oft Dinge mit deinem Namen drauf begegnen. Ihr habt eine Geschäftssparte, die Flugzeugteile herstellt. Und diese Schlösser, die ich bei meinem Pick-up verwende, sind von euch. Mein Tierarzt hat ein Regal voll mit euren Vitaminen für Haustiere."

„So ist das Falcon-Imperium – wir haben ein bisschen von allem. Es ist eine große Familie mit vielen unterschiedlichen Interessen, und wenn mein Vater stirbt, wird die Verantwortung auf mich übergehen. Ich bin Polizist und ich habe vor, bis zur Rente als Polizist zu arbeiten. Aber irgendwann werde ich das Oberhaupt einer interessanten Familie sein. Ich möchte, dass du sie in kleinen Dosen kennenlernst. Wenn du mal wieder in Chicago bist, werde ich dich zu einem Mittagessen ins *Falcons* mitnehmen und dir meine Schwester Jackie vorstellen. Und wenn du das nächste Mal Vicky besuchst, kannst du meinem Bruder vielleicht ein paar Fragen über mich stellen."

„Du willst mich neugierig machen."

„Ja, das will ich. Du sollst mich kennenlernen, Ann. Dann kannst du entscheiden, was du von mir hältst."

„Hast du meinen Freunden deshalb so viele Fragen gestellt?"

„Ich habe an dem Tag angefangen, Fragen zu stellen, als du in mein Büro gekommen bist, mir eine Geschichte erzählt und einen Fall übergeben hast. Dann habe ich mehrere deiner Bücher gelesen und noch mehr Fragen gestellt. Ich bin ein überlegter Typ. Ich bin nicht hergekommen, um dich um eine Verabredung zu bitten, bevor ich mir sicher war, dass sich das Risiko lohnt."

„Ich habe nicht vor, eine Familie zu gründen."

„Ich weiß. Das ist eines der Risiken. Ich wollte dich nicht ausspionieren, Ann. Sieh das eher als eine Art Absicherung. Ich wollte weder deine noch meine Zeit verschwenden. Deine Freunde kennen dich gut und wenn sie mir abgeraten hätten, hätte ich auf sie gehört. Aber sie haben einstimmig das Gegenteil getan."

„Du hast zwar von meinen Freunden eine Menge über mich gehört, aber mich hast du noch gar nicht kennengelernt. Ich werde dich auf ungeahnte Weise überraschen."

Paul lächelte. „Das weiß ich. Und ich freue mich darauf." Er sah auf die Uhr, bevor sein Blick wieder zu ihr wanderte. „Wenn du mich zur Tür bringst und verabschiedest, lasse ich dir deinen Nachmittag zum Ausruhen und Entspannen."

Ann ergriff seine ausgestreckte Hand, woraufhin er sie auf die Füße zog. Dann begleitete sie ihn zur Tür.

Er betrachtete sie ein letztes Mal und lächelte. „Wir werden die kommenden Wochen genießen."

„Vielleicht."

„Diese Einschränkung wirst du bald revidieren."

„Dein Selbstbewusstsein ist faszinierend."

„Deine Belustigung auch. Leg dich hin, Ann. Ich melde mich."

■

Als Paul nach Chicago zurückfuhr, war er äußerst zufrieden mit seiner Reise. Ann hatte ihn nicht abblitzen lassen. Er hatte sich entschieden, offen zu sein, und sie war ihm auf halber Strecke entgegengekommen, indem sie zurückhaltend freundlich gewesen war. Sie hatte keine Angst vor einer neuen Beziehung.

Also: freundlich. Er wettete, dass es beinahe unmöglich sein würde, sie von freundlich zu etwas Persönlicherem und Vertrauterem zu bewegen. Sie würde nicht weiter gehen, bevor sie beschlossen hatte, ihm zu vertrauen, und um an diesen Punkt zu gelangen, musste sie noch viel mehr über ihn wissen. Seine Arbeit vor ihr offenzulegen, würde recht einfach sein. Das mit der Familie würde ein bisschen Zeit brauchen, wenn Ann sie kennenlernen sollte, ohne dass es sie völlig überwältigte. Aber sie musste ihn kennenlernen und er hatte vor, ein paar Türen zu öffnen, um ihr dabei zu helfen.

Ihm gefiel die Heiterkeit, die immer wieder in ihrem Gesicht und ihren Worten zum Vorschein gekommen war. Sie war keine ernste Frau, jedenfalls nicht, was die Dinge des Alltags betraf. Er mochte ihr Haus und was es über sie aussagte, die Bücher und den Hund und den großen, gemütlichen Raum, in dem sie arbeitete und lebte. Er mochte die Gespräche und die entspannte Art, mit der sie seinem Interesse begegnete.

„Was hätte ich merken sollen, was mir entgangen ist?" Paul ließ die Frage an Gott in der Luft hängen, während er über das Wochenende nachdachte. Es war interessant, dass sie von Samstag auf Sonntag nichts an dem Haus geändert hatte. Sie hatte offenbar nicht das Gefühl gehabt, aufräumen zu müssen. Außerdem war sie genauso leger gekleidet gewesen wie am Vortag. Sie hatte kein Essen für ihren Gast zubereitet – darüber war er froh gewesen, weil er wusste, dass er es hätte probieren müssen, um höflich zu sein –, aber sie hatte im Kühlschrank Malzbier für ihn bereitgehalten. Er hatte die erste Dose aus einer Packung genommen, die am Abend vorher noch nicht da gewesen war.

Mit jemandem auszugehen war immer ein Geben und Nehmen. Er zeigte sich von seiner besten Seite und sie auch, und es dauerte immer eine Weile, bis hinter den Anstrengungen der wahre Mensch sichtbar wurde. Die langfristige Zukunft einer Beziehung hing von der Fähigkeit ab, den anderen deutlich zu sehen und herauszufinden, ob man gut zusammenpasste. Ann hatte sich nicht verändert, weil er Interesse an ihr gezeigt hatte. Sie würde ihm von Anfang an ihr wahres Ich zeigen. Das war die interessanteste Tatsache, die er an diesem Sonntag erfahren hatte.

11

Als Ann am Montagabend gegen sechs Uhr nach Hause kam, klebte eine Tafel Schokolade an ihrer Haustür. Sie öffnete die Fliegengittertür und rettete die Süßigkeit. Sie war in blaues Papier eingeschlagen.

Wie fühlt es sich an, kein Sheriff mehr zu sein? Falls es ein schlechter Tag ist, habe ich gehört, dass Schokolade helfen soll. Paul

Es fühlt sich an, als hätte mir jemand mein besonderes Abzeichen weggenommen, dachte Ann lächelnd. Sie gab ihm Bonuspunkte für die Nachricht und dafür, dass er sich die Zeit genommen hatte, sie zu veranlassen. Einen kurzen Moment fragte sie sich, wer Paul geholfen hatte, und vermutete, dass es Neva gewesen war. Sie trug ihre Post ins Haus und legte sie auf den Schreibtisch. Sie würde sich später damit befassen. Der Abend war unverplant und nichts erforderte ihre unmittelbare Aufmerksamkeit. „Was hältst du davon, wenn wir einen langen Spaziergang machen, Black?"

Der Hund verschwand im Schlafzimmer und kam mit seiner Frisbeescheibe zurück.

„Ach, so einen Spaziergang, ja?" Sie lachte und nahm das Spielzeug. „Wenn du dich bis zur Erschöpfung auspowern willst, kann ich dir behilflich sein."

Ann schob die Schokolade in ihre Hemdtasche und zog für Black ein Stück getrocknetes Fleisch aus der Dose, da sie nicht vorhatte, die Schokolade zu teilen. Aus reiner Gewohnheit steckte sie einen Notizblock und einen Stift in ihre Gesäßtasche und ging dann zur Haustür hinaus. „Komm, wir gehen, mein Junge."

Die Sonne schien immer noch hell, der Himmel war klar und bis zum Sonnenuntergang würde es noch eine Weile dauern. Ann schritt flott aus, während sie auf die Landstraße bog und Black vor ihr herlief.

„Er hat in seiner Nachricht eine interessante Frage gestellt.“ Sie sprach gerne mit Gott, während sie spazieren ging, und sie stellte sich auf ein längeres Gespräch ein, denn es gab viel, das sie besprechen wollte. „Ich bin froh, dass ich nicht mehr Sheriff bin. Ich habe die Bürde dieser Aufgabe mit mir herumgetragen, seit ich die Marke bekommen habe. Die Pflichten haben jetzt andere übernommen und ich kann deshalb freier atmen. So gerne ich auch Sheriff war, ist es doch gut, dass es jetzt vorbei ist.“

Sie entdeckte ein Streifenhörnchen, das bei einem Zaunpfahl den Boden absuchte, und sie blieb stehen, um es zu beobachten, weil sie wusste, dass es im dichten Gras verschwinden würde, sobald Black das Tier entdeckte.

„Was meinst du, Gott? Jetzt kann ich frei über meine Zeit verfügen, abgesehen von den Anrufen, wenn ich als Ermittlungsbeauftragte gebraucht werde, aber diese Anrufe kann ich überall entgegennehmen. Ich könnte reisen und Freunde besuchen oder hierbleiben und an einer Geschichte arbeiten – aber das kann ich eigentlich auch überall. Ich brauche nur Papier und ein ruhiges Eckchen. Gibt es einen Ort, an dem du mich gerne haben willst? Mir ist es eigentlich egal, abgesehen davon, dass ich gerne etwas Schlaf nachholen würde.“

Sie warf die Frisbeescheibe und Black rannte los, um sie aufzufangen. Zu Hause klang gut. Ausschlafen. Jennifers Geschichte zu Ende schreiben. Sie könnte auch zum Pinsel greifen und das Gemälde fertigstellen, das auf der Staffelei stand. Sie nahm Black die Frisbeescheibe ab und kraulte ihm die Ohren.

Heute Abend wollte sie zum Fluss laufen und den Sonnenuntergang beobachten. Gott hatte wahrscheinlich in den nächsten Monaten etwas mit ihr vor, das hatte er in der Regel, aber es machte ihr nichts aus, zu warten und zu sehen, was auf sie zukam. Paul war interessant. Eine Liebesgeschichte. Sie lächelte, als sie darüber nachdachte, wie er es formuliert hatte. Sie mochte diesen Polizisten und seine Art irgendwie. Kate mochte ihn ebenfalls und das sagte eine Menge über ihn aus. Kate besaß eine gute Menschenkenntnis.

Sie kannte Pauls Bruder Boone und einen seiner Cousins, Luke Falcon. Über Vicky und Boone hatte sie ein Buch geschrieben. Über Luke und Caroline auch. Es war nur eine Frage der Zeit, bis

Paul dieses Buch ebenfalls in die Finger bekam und das herausfand. Sie erinnerte sich daran, dass sie bei Vickys Hochzeit seinen Eltern begegnet war.

„Wohin mag das wohl führen? Ich bin gespannt. Ich werde den Kinobesuch mit Paul genießen. Aber er hat klar gesagt, was er will. Es ist das erste Mal, dass ich einem Mann begegne, der ganz bewusst vorhat zu heiraten. Ich habe das nicht vor. Über dieses Thema habe ich seit Jahren nicht mehr ernsthaft nachgedacht und ganz bestimmt hatte ich nicht vor, in diesem Jahr etwas daran zu ändern. Ich freue mich auf die Freundschaft, den Rest kann ich irgendwie nicht einschätzen. Die Sache kam für mich so unerwartet. Ich weiß nicht, wo ich stehe, also musst du mir zeigen, wo es langgeht. Auf keinen Fall will ich das, was ein sehr gutes Jahr sein könnte, mit einer gescheiterten Beziehung ruinieren."

Die Tatsache, dass sie sich darüber schon jetzt Gedanken machte, war deprimierend. Es war ihr erster Tag in Freiheit und den sollte sie genießen. Ann schob das Problem auf Gottes Liste und strich es von ihrer. Männer waren immer ein Dilemma und sie hatte schon vor langer Zeit aufgegeben zu glauben, sie könnte Beziehungen so einfach analysieren wie Mordfälle. Nachdem sie einmal tief durchgeatmet hatte, holte sie die Tafel Schokolade aus der Tasche und gab Black das Trockenfleisch.

Nach dem ersten Bissen sah sie sich die Verpackung der Schokolade genauer an und glättete das Papier. Paul hatte einen guten Geschmack. Sie brach noch ein Stück ab und fragte sich, ob eine der Firmen seiner Familie diese Schokolade hergestellt hatte.

Black lief ihr vor die Füße und sah sie sehnsüchtig an, weil er wollte, dass sie ihm etwas abgab. Ann lachte und kraulte ihm das Fell. „Ich gebe dir etwas Schönes zu essen, wenn wir nach Hause kommen." Um ihn abzulenken, hielt sie die Frisbeescheibe hoch und warf sie ohne große Kraftanstrengung. Während vor ihr der Fluss in Sicht kam, aß sie die komplette Tafel Schokolade auf.

Als sie die Runde beendet hatten und wieder beim Haus angekommen waren, hatten sie beinahe acht Kilometer zurückgelegt. Einen so entspannenden Spaziergang hatte Ann seit Monaten nicht mehr gemacht.

■

Paul rief um kurz nach neun an. Ann unterbrach das, was sie gerade schrieb, um den Videoanruf entgegenzunehmen. Das Bild baute sich auf und die Tonanzeige leuchtete grün. Er war in seiner Küche. Sie konnte die Ecke eines Gewürzregals und den Rand eines Tresens sehen, auf der ein Schneidebrett in Gebrauch war. Etwas Grünes mit Blättern. Sein Lächeln entlockte ihr auch eines.

„Ich hatte gehofft, dass ich dich zu Hause antreffe. Wie hat dir die Schokolade geschmeckt?"

„Die englische Sprache hat kein Wort, das diesen Genuss beschreiben könnte."

„Dachte ich mir doch, dass du sie mögen würdest. Ich hatte Sorgen, sie könnte schmelzen oder Ameisen anlocken."

„War Neva deine Botin?"

„Ja."

„Wahrscheinlich hat sie die Tafel erst kurz, bevor ich nach Hause gekommen bin, an die Tür geklebt. Sie hat mehr Leute, die ihr sagen können, was ich gerade mache, als meine Eltern jemals hatten. Sie hat die Schokolade sicher als angemessene Geste betrachtet."

„Das hat sie mir auch gesagt. Ist dein letzter Tag gut gelaufen?"

„Der Bürgermeister hat Kuchen mitgebracht und im Verlauf des Tages kamen die meisten Bewohner vorbei, weil sie die berühmte Gruft besichtigen wollten, in die Jesse James einzubrechen versucht hat. Ich musste dem Stadtrat versprechen, dass ich die Tür entfernen lasse, damit kein Kind von einem anderen versehentlich darin eingesperrt wird, wenn das Gebäude zum Gemeindezentrum umfunktioniert wurde. Was kochst du?"

Er hielt die Schüssel schräg, um ihr das gewürfelte Gemüse zu zeigen. „Ein Salatrezept meiner Schwester. Sie hatte diesen Monat zu viel Zeit, deshalb hat sie eingekauft und meinen Kühlschrank so vollgestopft, als hätte ich eine ganze Kompanie zu versorgen. Da ich nicht zusehen kann, wie frische Lebensmittel schlecht werden, esse ich momentan viel Gemüse. Aber die Zucchini und die Auberginen kann sie wiederhaben."

„Es ist spät fürs Abendessen. Ein langer Tag im Büro?"

„Das *Falcons* hat heute wiedereröffnet und ein Großteil meiner

Familie ist im Restaurant. Ich war heute Abend zwei Stunden da, um Gäste zu begrüßen und zu demonstrieren, dass alles in Ordnung ist. Irgendwie habe ich es geschafft, nur ein Dessert abzustauben, aber nichts Vernünftiges. Ich habe gerade ein Steak auf den Grill geworfen, das esse ich zum Salat."

„Was gibt es als Nachtisch?"

„Jackies warme Blaubeerspeise. Die ist fantastisch. Sie fand das Buch übrigens toll. Erinnere mich daran, dass ich es dir wiedergebe."

„Gib es jemand anderem. Das mache ich immer mit Büchern, die ich mag."

„Mach ich. Ich wollte dich etwas fragen. Erzähl mir vom Fliegen. Wer hat es dir beigebracht? Und warum liebst du es so?"

Dieses Thema lag Ann sehr am Herzen, also machte sie es sich in ihrem Sessel bequem, um die Unterhaltung zu genießen. „Mein Nachbar hat mir das Fliegen beigebracht. Er besaß eine kleine Cessna für sein Geschäft. Das erste Mal bin ich mit ihm geflogen, als ich vierzehn war, und mit sechzehn habe ich die ersten Flugstunden genommen. Sobald ich alt genug war, um den Flugschein zu machen, habe ich die Prüfung abgelegt, und im Laufe der Jahre habe ich weitere Zulassungen in verschiedenen Flugzeugklassen dazuerworben.

Ich bin gerne in der Luft, über den Wolken, vor allem wenn die Sonne untergeht und die Farben sich verändern. Das ist genau der richtige Ort für mich; keine Menschenmengen, keine Autos und keine Eile, die einen davon abhält, die Aussicht zu genießen. In der Luft gibt es nur freien Raum und eine Landschaft, die sich vor dir erstreckt."

„Das klingt sehr friedvoll, Ann."

„Das ist es auch. Ich liebe die Ebene der Great Plains von der Luft aus, mag den Blick auf sich windende Flüsse, endlose Kilometer Weideland und bestellte Felder. Über Städte fliege ich nicht gerne. Auch nicht über Wüsten oder hohe Berge, es sei denn, es lässt sich gar nicht vermeiden. Und ich hasse es, über große Gewässer zu fliegen. Wenn ich als Pilotin eine Angst habe, dann die, im Wasser landen zu müssen. Wenn ich in Meeresnähe fliegen soll, gib mir ein gutes Wasserflugzeug."

Paul machte Anstalten, sie etwas zu fragen, brach dann aber ab.

„Was ist?“

„Es gibt keine höfliche Art, diese Frage zu formulieren, aber ich werde sie trotzdem stellen: Bist du jemals abgestürzt?“

Sie lachte. „Ich hatte Probleme bei der Landung, mit Vereisung, schlechtem Treibstoff, verschmutzten Ölleitungen, Teilen, die im Motor explodiert sind. Aber verunglückt bin ich nie. Ich musste ein paarmal segeln und habe die eine oder andere unsanfte Landung hinter mir. Es gab auch einige Situationen, bei denen ich nur ein paar Augenblicke Zeit hatte, um herauszufinden, was das Problem ist. Das liegt einfach an der Menge der Flugstunden, die ich schon auf dem Buckel habe. Am unangenehmsten ist die Landung, wenn die Winde unberechenbar sind und aus der Windstille plötzlich eine Hand wird, die dich packt und das Flugzeug herumwirbelt.“

„Du machst mir Angst.“

Sie lächelte nur.

„Fliegst du für bestimmte Firmen oder Personen?“

„Nicht bewusst, aber ich fliege jetzt schon so viele Jahre im Mittleren Westen herum, dass die Leute mich kennen. Jeder Flughafen hat jemanden, der Flugzeuge und Piloten zusammenbringt. Normalerweise ist es derjenige, der fürs Auftanken zuständig ist, weil er weiß, welche Flieger auf dem Platz sind oder ankommen. Wenn ich irgendwohin will, rufe ich bei den Flughäfen an und sehe nach, ob es ein Flugzeug gibt, das in diese Richtung gebracht werden muss. Flugzeuge sind ständig woanders, als ihre Besitzer sie haben wollen. Ich finde leicht ein Flugzeug und kann oft mehrere Transfers kombinieren, um an mein Ziel zu kommen. Wenn ich doch mal festsitze und woanders sein muss, habe ich eine lange Liste mit Namen von Menschen, von denen ich kurzfristig einen Flieger leihen kann. Das durchschnittliche Kleinflugzeug fliegt ein- bis dreimal die Woche. Das heißt, es steht oft im Hangar.“ Sie hielt inne. „Ich kann das Steak beinahe bis hierhin riechen. Wir machen besser Schluss, damit du es essen kannst, solange es noch heiß ist.“

„Ich wünschte, du wärst hier und könntest mitessen. Glaubst du, Black weiß, was ich hier auf dem Teller habe?“

Sie warf einen Blick auf den Hund, der näher gekommen war, um zu sehen, was Paul machte. „Er kennt das Wort *Steak*.“

Paul lachte. „Tut mir leid, Kumpel. Gute Nacht, Ann."
„Nacht, Paul."

■

Ann verbrachte drei Tage in Kansas, weil die örtliche Polizei sie in einem Fall um Hilfe gebeten hatte. Zurück in Medora schaute sie zuerst bei Neva vorbei und ließ sich von ihr auf ein Stück Kuchen einladen, bevor sie sich mit Black auf den Heimweg machte. An ihrer Haustür hingen zwei Zettel. Auf dem einen stand:

Ann, ruf mich an, wenn du nach Hause kommst. Paul

Auf einem zweiten Zettel, der von ihrer Nachbarin stammte, war nur ein großer Smiley zu sehen. Sie hatte einen Freund. Das war der erste Gedanke, der Ann durch den Kopf schoss. Sie war auf dem besten Weg, eine ernsthafte Beziehung zu führen. Neva war so taktvoll gewesen, keine einzige Frage zu stellen, während sie Kuchen gegessen hatten, aber ihre Augen hatten gefunkelt. Paul war unkonventionell. Er rief sie nicht an und hinterließ Nachrichten auf der Mailbox oder schickte ihr SMS. Er sorgte dafür, dass sie handgeschriebene Nachrichten vorfand, wenn sie nach Hause kam. Das gefiel ihr.

Black verschwand den Flur hinunter und kurz darauf quietschte seine Gummiente. Dann pfiff sein Kreisel. Als Nächstes hörte sie ihn in Richtung Küche rennen und der sprechende Vogel fing an zu sprechen. Ann lächelte. Sie war zwar an diese Routine gewöhnt, genoss sie aber trotzdem. Black musste seine Spielzeuge zählen, um sich zu vergewissern, dass sie alle dort waren, wo er sie zurückgelassen hatte. Sie ließ ihren Koffer auf ihr Bett fallen und packte aus. Dabei wartete sie auf das Brummen des Bären. Als sie es hörte, streckte sie den Kopf auf den Gang hinaus und sah Black mit dem Bären ins Wohnzimmer trotten. Das Plüschtier war sein Lieblingsspielzeug. Sie warf ihre Schmutzwäsche in die Waschmaschine und packte den Koffer dann neu, um für den nächsten Einsatz gerüstet zu sein.

„Hast du es dir bequem gemacht, Black?"

Sein Schwanz klopfte auf den Boden. Er hielt den Teddy zwischen den Pfoten fest und kaute an einem Arm. Ann holte sich ein kaltes Getränk und baute die Videoverbindung zu Paul auf. „Melde mich zur Stelle."

Sein Lächeln wärmte ihr Herz. „Schön, dich zu sehen, Ann. Wie war die Reise?"

„Ich werde dir nichts von dem Fall erzählen, weil ich den ganzen Weg hierher gebraucht habe, um ihn wenigstens ansatzweise zu vergessen. Der Flug selbst war interessant. Viele Querwinde und die Thermik war fies. Heiße Sommerluft kann für Piloten eine echte Herausforderung sein. Auf der anderen Seite war die Aussicht einfach fantastisch."

„Ich sage nur, ich bin froh, dass du heil wieder zu Hause bist. Wie geht es Midnight?"

Sie drehte die Kamera, damit er ihn sehen konnte. „Sag hallo, Black."

Der Hund hielt in seinem begeisterten Kauen inne und bellte einmal.

„Er sieht aus, als wäre er glücklich darüber, dass du wieder da bist."

„Neva verwöhnt ihn nach Strich und Faden. Und was ist mit dir? Wie war dein Tag?"

„Papierkram – er bestand hauptsächlich aus dem Lesen von Befragungsprotokollen." Er hielt einen Stoß Blätter hoch. „Die hier habe ich mit nach Hause genommen. Meine Leute haben bisher sechsundvierzig der hundertdreiundzwanzig Befragungen durchgeführt und bis jetzt hat sich noch nichts Brauchbares ergeben. Wir bekommen auf das Foto von dem Mittelsmann oder die Nennung der Beträge nicht die Reaktion, die ich mir erhofft hatte. Zehn der dreißig Morde sind jetzt wieder offiziell unaufgeklärt."

„Autsch. Dann überlasse ich dich lieber wieder deiner Lektüre."

„Lass doch das Video an, dann können wir den Abend gemeinsam verbringen. Hol dir ein Buch zum Lesen oder sieh dir etwas im Fernsehen an. Du kannst auch an deinem Buch arbeiten oder was immer du sonst mit deinem Abend anfangen willst. Sei einfach bei mir. Wir müssen nichts sagen, um die Zeit zusammen zu genießen."

„Das ist ein netter Gedanke, aber –"

„Hast du heute Abend etwas vor? Bekommst du Besuch? Willst du, dass ich verschwinde, bist aber zu höflich, um es zu sagen?"

„Ich rede mit mir selbst. Beziehungsweise eigentlich mit dem Hund."

Paul grinste. „Ist es dir peinlich, wenn ich sage, dass ich das reizend finde?"

Sie lächelte. „Ich möchte nicht in meinem eigenen Haus wie auf dem Serviertablett sitzen, also lass uns die Videoschaltung beenden."

„Irgendwann musst du mir vertrauen, Ann. Warum fängst du nicht mit dem an, was du deinem Hund erzählst, wenn du denkst, niemand hört zu? Wie wäre es, wenn ich verspreche, dass ich deine Bemerkungen ignorieren werde, es sei denn, du sagst meinen Namen?"

„Versuch nicht, so vernünftig zu sein. Ich werde wahrscheinlich ein Buch lesen. Das ist vielleicht aufregend."

Paul hielt die Unterlagen in seiner Hand hoch.

„Okay, ich verstehe deinen Standpunkt."

„Verbring den Abend mit mir. Ich werde deine Gesellschaft genießen."

„Wir können es versuchen. Aber ich behalte mir das Recht vor, meine Meinung zu ändern."

„Kein Problem. Und du musst es nicht einmal begründen. Danke."

■

Paul las das nächste Protokoll zu Ende und legte es dann zu den anderen auf den Stapel, den er bereits durchgearbeitet hatte. Er blickte zum Bildschirm hinüber. Ann saß mit ausgestreckten Beinen auf dem Sofa, Kissen und Buch auf dem Bauch, und las. Midnight hatte sich neben ihr niedergelassen und benutzte die Couch als Rückenstütze. Paul sah, wie Ann umblätterte und dann die Hand ausstreckte, um mit den Fingern durch Midnights dickes Fell zu fahren. Er konnte den Hund beinahe seufzen hören. Paul lächelte.

Ein Telefon klingelte. Paul warf einen Blick auf seines und merkte dann, dass es Anns Telefon war. Sie ging ran und einen Augenblick später leuchtete die Anzeige für das Tonsignal orange auf, weil sie das Video stumm geschaltet hatte. Dann verschwand sie und blieb etwa zwanzig Minuten fort. Als sie wiederkam, stöpselte sie das Handy ans Ladegerät und schaltete den Videoton wieder ein. „Wie läuft es?"

„Gar nicht." Er legte die Papiere beiseite. „Erzähl mir was, Ann. Ich brauche eine Pause."

„Klar." Sie machte es sich in einem Sessel bequem.

„Du hast heute gelesen. Ist das ein normaler Abend?"

„Ziemlich, wenn ich mich erholen und einfach entspannen will."

„Was liest du gerne?"

„Belletristik – Krimis, Abenteuerromane, Liebesgeschichten – die Hauptsache sind gut gezeichnete Charaktere mit einer interessanten Geschichte. Ich mag auch gute Biografien, aber Geschichte ist eher nicht mein Ding. Ich lese auch viele Sachbücher über Ernährung, Finanzthemen, Vögel, Baseball, Politik. Ich mag die Lebensbilder aus dem *New Yorker*. Was ist?" Sie hielt inne, weil er sie anlächelte.

„Alles. Du liest alles."

„Ich lese nicht oft die Zutatenliste auf Cornflakesschachteln, die Sportseite oder die Zeitschriften, die im Supermarktregal liegen. Aber okay, abgesehen davon lese ich so ziemlich alles. Was war das letzte Buch, das du gelesen hast?"

Er verschob einen Stapel auf seinem Schreibtisch und hielt ein Buch hoch. „Andy Stanleys Buch *Die beste Frage der Welt: Ein revolutionärer Weg der Entscheidungsfindung*."

„Das habe ich auch gelesen. Eine gute Wahl. *Was ist jetzt eine weise Vorgehensweise?* Und die Antwort auf diese Frage ist im Moment, einen Themenwechsel vorzuschlagen."

„Dann also ein neues Thema." Paul wartete. „Jetzt darfst du was fragen", bot er an.

Ann dachte darüber nach und musterte ihn nachdenklich. „Kann ich dir eine schwierige persönliche Frage stellen?"

„Klar."

„Du hast gesagt, du seist adoptiert."

„Ja. Meine Eltern sind bei einem Unfall ums Leben gekommen, als ich vier war. Ich erinnere mich noch an den Duft des Parfüms, das meine Mutter immer trug. Und an das Lachen meines Vaters habe ich eine vage Erinnerung. Aber ansonsten erinnere ich mich nicht an viel."

„Gab es keine Angehörigen, die dich aufnehmen konnten?"

„Nein. Ein entfernter Cousin, der in Japan lebte, war mein letzter lebender Angehöriger. Ich wohnte zwei Jahre bei einer Pflegefamilie und zog dann in eine betreute Wohngruppe in der Nähe meiner Schule. George und Karen Falcon adoptierten mich, als ich neun war."

„Macht es dir etwas aus, darüber zu sprechen?"

„Ich rede nicht oft darüber, aber es ist bedeutsam und wichtig. Was willst du wissen?"

„Wie war es, adoptiert zu werden? Schließlich hat sich die Welt, die du kanntest, dadurch drastisch verändert."

„Das ist eine gute Frage. Ich kannte George und Karen Falcon beiläufig, so wie Kinder Erwachsene eben kennen. Sie haben die Wohngruppe, in der ich war, mit ihrer Familie unterstützt. Manchmal kamen sie vorbei, um mit der Verwaltung zu sprechen, oder setzten sich mit an den Tisch, um mit uns zu essen. Hin und wieder sah ich auch, wie die Frau etwas mit den Mädchen unternahm und sie alle kicherten.

Eines Nachmittags war ich draußen auf dem Klettergerüst, davor hatte ich Basketball gespielt, und ich hing mit dem Kopf nach unten, während ich überlegte, wie ich mich am nächsten Tag vor der Schule drücken könnte. Die Musiklehrerin wollte Rollen für die Schulaufführung verteilen, und ich wollte nicht mitmachen. George kam auf den Spielplatz hinaus und unterhielt sich eine Weile mit mir.

Er fragte mich, ob ich gerne im Heim lebte und ob ich meine Schule mochte. Ich zuckte mit den Schultern und sagte, es sei in Ordnung. Ich hatte nicht viel, womit ich es vergleichen konnte. Ich hatte ein bequemes Bett, gutes Essen und andere Kinder, mit denen ich spielen konnte. Es war ein guter Ort und da ich ein neunjähriger Junge war, hing ich sogar ein bisschen daran. Es gab Erwachsene, denen man gehorchen, und Regeln, die man befolgen musste, und auch wenn es sich nicht anfühlte wie eine richtige Familie, war es doch ein Ort, an dem ich reinpasste und das Gefühl hatte, ich selbst sein zu können. Für mich war es wie ein Internat und ich versuchte so zu tun, als wäre meine Familie noch am Leben, nur weit weg. Ich musste mich erst noch daran gewöhnen, allein zu sein."

Paul griff nach seinem Getränk. „George kam in diesem Monat noch ein paarmal, sodass ich irgendwann seinen Namen kannte und merkte, dass er mich bewusst aus dem Kreis der Kinder aussonderte und ein paar Minuten mit mir sprach. Ungefähr zwei Wochen lang machte ich mir Sorgen, ich hätte etwas falsch gemacht und wäre dadurch aufgefallen, und dann merkte ich, dass ich mich immer mehr darauf verließ, dass er kommen und ein paar Worte mit mir wechseln würde. Noch niemals zuvor war jemand ganz gezielt auf mich zugegangen. Ich freute mich darauf, ihn zu sehen, aber es machte mir auch Angst, weil ich mich fragte, was los war.

An einem Samstag musste der Leiter des Wohnheims etwas erledigen, und an diesem Morgen wurde während des Frühstücks mein Name aus dem Hut gezogen. Ich konnte mitfahren und einen Tagesausflug machen, wenn ich wollte. Ich ging mit ihm einkaufen, zur Bank und zur Post. Dann sagte der Leiter, er müsse noch einen Besuch machen und könne mich entweder zu Hause absetzen oder ich könne mitkommen und an dem Essen teilnehmen, während er das Geschäftliche besprach. Ich ging mit ihm. Wir aßen bei George und Karen.

Ihr Haus war riesig und ich staunte ehrfürchtig. Beim Essen saß ich zwischen Boone und Jackie. Harper saß mir gegenüber. Es gab Cheeseburger und Pommes in dem Haus des Mannes, den ich mochte. Seine Kinder waren alle jünger als ich, aber ich mochte sie und lachte mit ihnen, und es fühlte sich wie ein normaler Tag an, an dem man an einem Tisch voller Kinder zu Abend isst. Nach dem Essen spielten wir in der Einfahrt Basketball und ich brachte Jackie das Dribbeln bei und Boone und Harper, wie man einen Freiwurf ausführt. Als der Abend vorbei war und ich den Ball verstaute, kam George zu mir, legte seine Hand auf meine Schulter und sagte, er fände es schön, dass ich mitgekommen sei, und ob ich Lust hätte, mal wieder herzukommen.

Das Essen bei George und Karen wurde zu einer regelmäßigen Sache. Nach der Schulaufführung gingen sie mit mir Eis essen. Sie kamen vorbei, wenn sie ins Schwimmbad fuhren, um zu fragen, ob ich mitkommen wollte. Ich kannte sie ungefähr sechs Monate, als

George mich fragte, ob ich wieder zu einer Familie gehören wolle oder ob ich mich so alt fühle, dass ich lieber nicht adoptiert werden wolle.

Diese Frage hatte ich nicht erwartet. Die jüngeren Kinder wurden adoptiert, vor allem die Mädchen, aber niemand hatte jemals angedeutet, dass ich adoptiert werden könnte. Mein Leben bestand aus dem Heim und den Erwachsenen, die es leiteten. Ich hatte nicht an Adoption gedachte, ich hatte schließlich Eltern, auch wenn sie tot waren. Aber wie ich George sagte, vermisste ich es, eine Familie zu haben, und der Gedanke, allein zu sein, gefiel mir nicht.

George ging in die Hocke, um mit mir auf Augenhöhe zu sein, streckte die Hand aus und sagte: ‚Wenn du zu meiner Familie gehören willst, will ich dein Vater sein. Du wärst mein Sohn, genau wie Harper und Boone. Du hättest Jackie als Schwester, und wenn Karen noch mehr Babys bekommt, hättest du sogar noch mehr Verwandte, die du lieb haben kannst. Du kannst einer von uns sein, wenn du das willst.‘

Ich weiß noch, dass ich versuchte nicht zu weinen, als ich sagte, das würde ich gerne. Wir gaben uns die Hand. In der Woche danach zog ich zu ihnen. Die Adoption wurde noch im selben Jahr offiziell.

Das Erste, was George mir kaufte, war ein Telefon, in das er alle Nummern einspeicherte – seine und die von Karen und allen Tanten und Onkel und Cousins und Cousinen. Dann gab er es mir und sagte: ‚Das ist deine Familie. Du solltest sie lieben und mit ihnen kämpfen und lachen und dein ganzes Leben lang mit ihnen reden.‘ Dieses Telefon klingelte ständig. Plötzlich hatte ich einen Überfluss an Verwandten, die mich ganz bewusst anriefen und mich kennenlernen wollten.

Er hat nie so richtig gesagt, warum er mich adoptiert hat, obwohl er doch eigene Kinder hatte und höchstwahrscheinlich noch weitere haben würde. Er hat nie gesagt, warum er mich ausgewählt hat, obwohl er wusste, dass ich das Älteste seiner Kinder sein würde. George hat mich als seinen Sohn betrachtet – als seinen ältesten Sohn – und nie Zweifel an dieser Entscheidung gehabt.

Ich weiß, dass George sich alles gut überlegt hat. Harper sagte einmal, er sei gefragt worden, ob er der Älteste sein wollte oder ob er mich als Bruder haben wollte. Und er hat gesagt, er wollte mich unbedingt als Bruder." Paul hielt inne, weil er Mühe hatte, über die Erinnerung zu sprechen.

„Sie haben dich geliebt", sagte Ann leise. „Freiwillig. Es war ihre Entscheidung. George hat dich genauso geliebt, wie er seine anderen beiden Söhne geliebt hat. Harper liebte dich wie seinen Bruder Boone. Niemand behauptet, dass die Menschen, die wir als unsere Familie lieben, das gleiche Blut in den Adern haben müssen."

„Ich weiß. Aber es fühlt sich trotzdem komisch an zu wissen, dass ich so ausgewählt wurde. Es gab nichts Besonderes an diesem neunjährigen Jungen. Ich war einigermaßen höflich, nicht dumm und ich mochte Menschen, aber ich war nur einer von Tausenden Jungen, die keine Eltern hatten. Und es gab wirklich keinen Grund, warum er mich hätte adoptieren sollen. Er hatte schon Kinder.

Einmal hat er versucht, es mir zu erklären. Er wollte, dass ich einen Vater hatte, und als er im Laufe der Wochen darüber nachdachte, wurde ihm bewusst, dass er dieser Vater sein wollte. Er hat mich gefragt, ob ich sein Sohn werden wollte, weil er mein Vater sein wollte, aus keinem anderen Grund."

„Manche Dinge im Leben sind ein Rätsel. Liebe ist eins davon", sagte Ann. „Du kannst dich in einer großen Familie mit vielen Verwandten voll entfalten."

„Das stimmt. Ich weiß nicht, wie ich es ausdrücken soll, aber die Familie macht mich ganz. All diese Menschen in meinem Leben zu haben, Angehörige zu haben, die ich liebe und mit denen ich mein Leben teile, macht einen Teil von dem aus, wer ich bin, und lässt sich durch nichts ersetzen."

Paul verstummte einen Moment, dann sah er zu ihr auf und lächelte entschuldigend. „Da rede ich über große Familien und darüber, dass ich erst niemanden und dann ganz viele Menschen hatte, während die Situation bei dir entgegengesetzt war – zuerst viele und dann niemand. Tut mir leid, dass ich so taktlos war. Macht es dir sehr viel aus, allein zu sein, Ann? Keine Angehörigen mehr zu haben? Kommst du damit klar?"

„Es ist nicht dasselbe, wenn es dich als Erwachsenen trifft, wie als Kind seine Familie zu verlieren. Ich habe Jahre mit meinen Eltern und Großeltern gehabt. Ich habe nicht unbedingt das Gefühl, dass sie in meinem Leben fehlen, sondern mehr, dass sie einfach nicht hier sind. Obwohl sie schon lange tot sind, habe ich immer noch das Gefühl, als könnten sie jeden Moment zur Tür hereinkommen. Aber ich trauere nicht mehr so sehr wie am Anfang. Ich hatte es gut als Kind, ich wusste, wer ich für sie war, nämlich ihre Tochter und Enkelin. Es ist nicht so, dass ich gerne ohne Familie lebe oder es mir so ausgesucht hätte; es ist einfach so."

„Warst du als Einzelkind einsam?"

„Ich war nie allein, nicht in dem Sinne, dass ich niemanden gehabt hätte, zu dem ich eine persönliche Beziehung hatte. Ich hatte meine Eltern, meine Großeltern, meine Nachbarn, Freundinnen in meinem Alter. Und dann hatte ich meine Bücher. Schon als Mädchen habe ich Bücher geliebt. In meiner Vorstellung war ich bei diesen Abenteuern dabei. Und schon damals fingen die ersten Geschichten an aufzutauchen, mit Charakteren, die für mich genauso wichtig waren wie echte Freunde. Mit ungefähr zehn Jahren habe ich dann Gott kennengelernt und ab da konnte ich immer mit jemandem reden, der mich liebt. Es ist nicht so einfach, einsam zu sein, wenn man nie allein ist."

„Das geht mir genauso, Ann. Ich habe Gott kennengelernt, als ich sechs war. Ich glaube, das ist einer der Gründe, warum ich damit klarkam, in dem Wohnheim zu leben. Ich hatte mich bereits für ein Leben mit Gott entschieden und er war mit mir dort. Ich fühlte mich nicht völlig allein. Selbst heute ist die Beziehung zu ihm das, was alle anderen Beziehungen trägt."

„Du und ich haben es deswegen leichter. Kann ich dir eine letzte Frage über die Falcons stellen?"

„Klar."

„Wie ist deine Mutter?"

„Sie lacht gerne. Sie ist gütig. Und sie ist chaotisch im Sinne von unordentlich. Die ganze Familie hilft ihr beim Organisieren und dabei, zu finden, was sie verlegt hat. Du musst ihre Waffeln probieren, wenn du zu Besuch kommst, und ihre großen Kekse mit Schokostückchen. Sie liebt Menschen und vor allem Kinder und sie ist in allen Dingen eine Optimistin. Sie hat jahrelang einen wöchentlichen Cartoon gezeichnet."

„Tatsächlich?"

„Er wurde landesweit in verschiedenen Zeitungen gebracht und war meiner bescheidenen Meinung nach besser als die Peanuts."

„Ich hoffe, du hast Kopien der Cartoons, damit ich sie lesen kann."

„Das habe ich und ich zeige sie dir gerne."

Black fing an zu bellen und rannte davon. Ann sah in Richtung Terrasse und dann wieder zu Paul. „Hast du was dagegen, wenn ich mich kurz darum kümmere? Wahrscheinlich ist es mein herumstreunender Waschbär."

„Mach nur."

Sie öffnete ihr Schließfach und holte ihre Waffe heraus. „Nur für den Fall, dass es kein Waschbär ist. Black, du sollst ihn nicht jagen." Sie warf Paul einen Blick zu. „Er wird es trotzdem tun, also kann es ein paar Minuten dauern."

Sie verschwand aus dem Zimmer.

Paul stand auf und streckte sich, und da sie gesagt hatte, dass es eine Weile dauern würde, brachte er den Laptop ins Fernsehzimmer und ging dann in die Küche, um sich noch etwas zu trinken zu holen. Er verfolgte die letzten Minuten eines Baseballspiels, behielt dabei aber immer den Computerbildschirm im Auge, um mitzubekommen, wenn Ann zurückkam. Nach vierzig Minuten machte Paul sich allmählich Sorgen. Dann hörte er, wie eine Tür aufgestoßen wurde, und kurz darauf sah er Ann, die Black auf dem Arm hatte. Sie legte ihn aufs Sofa und packte seine Beine, als er aufspringen wollte. „Bleib liegen, du Blödmann. Liegen bleiben, habe ich gesagt!"

„Was ist passiert?"

„Mein Waschbär waren drei Waschbären und Black ist wie verrückt durch die Gegend gerannt und gegen einen Baum geknallt. Jetzt ist er ein bisschen benommen." Sie sank atemlos auf den Boden neben der Couch und hielt den Hund fest, damit er sich nicht bewegte. Black leckte ihr das Gesicht. Sie schob seine Schnauze zur Seite, zu müde, um ernsthaft zu protestieren. „Ja, ich weiß. Nächstes Mal können sie den Müll ruhig auseinandernehmen, Kumpel. Das ist für uns beide einfacher."

„Drei Stück!"

Ann lachte. „Es war ein toller Anblick, bis zu der Kollision. Ich muss meine Hängepflanzen reinholen und mir etwas anderes für meinen Müll überlegen. Eine der Freuden, wenn man auf dem Land wohnt … Jetzt, wo sie den Abfall gefunden haben, werden sie wiederkommen."

„Ist Black in Ordnung?"

„In einer Stunde ist er wieder auf den Beinen. Ich glaube, er ist kurzsichtig. Es ist nicht sein erster Unfall." Sie kraulte dem Hund die Ohren, streckte den Arm über ihn und griff nach ihrem Buch. „Gib mir ein paar Minuten zum Runterkommen, ja?" Sie streckte die Beine aus, das Sofa als Rückenstütze, und schlug ihr Buch auf.

„Klar." Paul beobachtete sie und musste unwillkürlich lächeln.

Er beendete den Abend mit den Spätnachrichten. Black war auf der Couch eingeschlafen, eine seiner Pfoten über Anns Schulter gelegt. Sie las immer noch. Paul fragte sich, ob sie das Buch heute Abend noch durchlesen würde. „Ich gehe jetzt schlafen, Ann."

Sie blickte von ihrem Buch auf. „Ich bin eine Nachteule. Ich hätte dich warnen sollen."

„Das hat Dave schon getan. Danke für den Abend."

„Gerne geschehen."

„Du musst zugeben, dass man mit mir gut abhängen kann."

Sie sah ihn amüsiert an. „Ich gewöhne mich an dich. Gute Nacht, Paul."

„Gute Nacht, Ann."

Paul beendete die Verbindung. Er hatte sie gebeten, neugierig zu sein, doch was auch immer er erwartet hatte, es war nicht eine Frage zu seiner Adoption gewesen. Ann hatte diese Frage nicht zufällig gestellt. Sie hatte über ihn nachgedacht und darüber, wer er war. Sie hatte eine tief gehende Frage gestellt, die ihr eine Menge über ihn sagen würde. Nachdenklich ging er zu Bett, zufrieden mit dem Abend.

Teil 3

Linda Smythe

12

Paul gewöhnte sich allmählich an die müden Augen vom Lesen der vielen Protokolle. Während er sich ein kaltes Malzbier holte, überlegte er, ob er für zwei Stunden zum Schießstand fahren sollte. Er fragte sich, wie Ann ihren Tag verbrachte. Wahrscheinlich nicht an ihrem Schreibtisch, es sei denn, ihr war nach Schreiben zumute.

Rita klopfte an seine Tür und hielt einen blauweiß gestreiften Umschlag hoch. „Der hier ist gerade per Kurier für dich gekommen. Die Sicherheitsabteilung hat den Umschlag geöffnet, weil Post nicht durch den Scanner laufen kann."

Er war der Boss – es sähe nicht gut aus, wenn er stöhnen würde. „Danke." Er nahm das Päckchen und fragte sich, wer Post mit einem persönlichen Kurier schickte. Er zeigte auf die Stapel vor ihm. „Du kannst dir ein paar hiervon mitnehmen, wenn du willst."

Sie lachte. „Was glaubst du, wer die meisten davon auf deinen Schreibtisch gelegt hat? Sam ist gerade zurückgekommen. Willst du über den Yates-Mord sprechen?"

„Gib mir zehn Minuten, dann hole ich euch beide ab. Ich glaube immer noch, dass es der Bruder war. Ich habe mir die Aufnahme von dem Verhör auf der Fahrt hierher angehört, und irgendetwas stimmt definitiv nicht mit seinen Antworten."

Als Paul den Umschlag umdrehte, den Rita ihm gebracht hatte, fielen zwei kleine Tonkassetten und ein Briefumschlag heraus. Er öffnete den Brief und zog ein hellgrünes Blatt Papier heraus.

„Rita!"

Sie kam zurück.

„Hol Sam. Und wir brauchen Asservatentüten."

Er nahm den Hörer seines Telefons und wählte die Kurzwahl des Wachdienstes. „Paul Falcon hier. Der Umschlag, der gerade von einem Kurier für mich abgegeben wurde. Ich brauche eine Identifikation von der Person, die ihn gebracht hat, und Bilder von der Überwachungskamera – alles, was ihr über ihn habt."

Er legte das Blatt Papier vorsichtig ab und beschwerte es mit dem Rand seines Untersetzers und dem Tacker, damit es nicht zusammenklappte. Dann machte er mit der Kamera seines Handys Aufnahmen von dem Brief. Die Bilder verschlüsselte er mit einem zehnstelligen Code.

Rita kam mit Handschuhen und Klarsichtbeuteln zurück. „Was ist das?"

Paul trat von seinem Schreibtisch zurück und winkte sie herüber, sodass sie den Brief selbst lesen konnte. „Pack die Versandtasche, die beiden Bänder, den Umschlag und den Brief ein. Alles wird persönlich zur Beweisaufnahme gebracht, damit sie Fingerabdrücke abnehmen können, und wir lassen das alles nicht einen Moment aus den Augen. Nur der oberste Chef bekommt diesen Brief zu sehen; die Sache hat die höchste Geheimhaltungsstufe. Wir können es uns nicht erlauben, dass davon auch nur gerüchteweise etwas nach außen dringt."

Paul las den Brief ein zweites Mal auf dem Display seines Telefons.

Als Sam das Büro betrat, drehte Paul sein Handy um und ließ Sam den Brief lesen.

Sein Kollege ließ beinahe sein Sandwich fallen. „Das ist nicht gefälscht."

„Es waren zwei Kassetten in dem Umschlag."

Agent Falcon,
wie ich höre, suchen Sie mich. Ich schicke zwei Bänder mit, um meine Identität zu belegen.
Mein Angebot: Ich will, dass wir einen Handel schließen, für den Fall, dass Sie mich jemals fassen sollten. Ich schicke Ihnen vier weitere Bänder, wenn Sie im Gegenzug einwilligen, für die dreißig Morde, die Sie mir vorwerfen, die Todesstrafe nach nationalem Recht vom Tisch zu nehmen. Senden Sie zwei unterzeichnete Ausfertigungen des Vertrags an die unten angegebene Anschrift. Dann schicke ich die vier Bänder und einen Vertrag unterschrieben zurück.
L.S.

Sie wollte, dass die Antwort an eine Adresse in St. Charles, Missouri, gesandt wurde.

Rita nahm die Asservatentüten. „Ich gehe hinunter, um alles auf Fingerabdrücke überprüfen zu lassen."

„Ich komme mit", sagte Sam und legte sein Brot zu den Stapeln auf Pauls Schreibtisch. „Sobald sie fertig sind, lasse ich vom Tontechniker eine Kopie der Aufnahmen anfertigen."

Paul griff zum Telefon. „Wir treffen uns oben. Ich bereite den kleinen Besprechungsraum vor. Wir sind über sie gestolpert. Sie muss von einer der Befragungen gehört haben. Mit wem haben wir gesprochen und mit wem haben diese Personen anschließend gesprochen?"

„Vielleicht haben wir ihre Fingerabdrücke."

„Wäre das nicht was? Bestich die Kollegen mit, was immer nötig ist, damit sie die Sache als Nächstes bearbeiten."

Paul rief seinen Boss an und machte sich dann auf den Weg nach oben. Der Chef der Gebäudesicherheit kam aus dem Aufzug, als Paul gerade die Tür zum Treppenaufgang öffnen wollte. Paul blieb stehen, um zu sehen, was der Mann für ihn hatte.

„Der DMD Kurierdienst hat fünf Päckchen abgeliefert. Hier das Foto von dem Fahrer. Er ist regelmäßig hier im Gebäude. Sein Dienst endet in zwanzig Minuten, und die Zentrale wird ihn im Büro behalten, bis Sie mit ihm gesprochen haben. Gibt's Probleme?"

„Ja. Wenn noch mehr Lieferungen für mich kommen, halten Sie den Fahrer fest und rufen Sie mich."

„Mach ich."

Paul nahm die Treppe nach oben, betrat den kleinen Raum neben dem gesicherten Konferenzsaal, den sie normalerweise benutzten, und änderte persönlich den Zugangscode. In dem Moment erschien sein Vorgesetzter. Paul gab den Verschlüsselungscode ein und zeigte Arthur den Brief auf seinem Handy.

Arthur las ihn. „Der Direktor wird begeistert sein. Wie sieht der Plan aus?"

„Wir müssen innerhalb von zweiundsiebzig Stunden eine Antwort in die Post geben und einen durchdachten Plan haben, wie wir den Umschlag verfolgen und sie schnappen können, wenn sie ihn abholt. Wenn wir länger warten, riskieren wir, dass sie untertaucht. Während dieser zweiundsiebzig Stunden müssen wir herausfinden, wie wir sie aufgescheucht haben, die Spur der beiden Bänder verfolgen, das Päckchen, das sie uns geschickt hat, zurückverfolgen und hoffen, dass wir Fingerabdrücke bekommen, damit wir wissen, wen wir jagen.

Wenn wir sie erst einmal haben, ist es einfach. Wir öffnen ihr die Tür zu einem Deal, sie hat weitere achtundzwanzig Kassetten. Mit denen kann sie Stück für Stück die Bedingungen einer Vereinbarung verhandeln. Es ist schwer zu sagen, wie weit die Sache dann gehen würde. Das sind Gespräche, die der oberste Chef führen muss. Es ist ein taktisches Problem zu erraten, was sie tun könnte und wie wir am besten vorgehen, und herauszufinden, womit der Staatsanwalt leben kann. Das wäre dann ein Problem, das du lösen müsstest."

„Morgen früh, zehn Uhr in meinem Büro. Ich werde diejenigen zusammentrommeln, die diese Entscheidungen treffen müssen. Wir werden maximal zehn Leute einweihen, die den Brief sehen, sonst läuft uns das Ganze aus dem Ruder."

„Du, ich, Sam, Rita, der Direktor, der Staatsanwalt, das sind schon sechs. Der Chef des Labors wegen der Fingerabdrücke, ein guter Tontechniker, sind acht."

„Wir nehmen Thomas Gates von der Rechtsabteilung, um die Vereinbarung aufzusetzen. Das ist Nummer neun."

„Ich würde die Sache gerne mit Ann Silver besprechen. Wenn wir jemanden brauchen, der Türen öffnen kann, dann kann sie für uns ein Gespräch mit dem früheren Vizepräsidenten Gannett organisieren. Er hat ein Interesse an diesem Fall."

Arthur nickte. „In Ordnung. Das macht zehn. Was brauchst du sonst noch?"

„Die Fragen sind einfach; die Zeit ist das Problem."

„Ich bleibe in der Nähe des Telefons, falls du mich brauchst oder es Neuigkeiten gibt."

„Danke, Arthur."

Sein Boss ging hinaus.

Pauls Telefon klingelte. „Ja, Sam?"

„Sechs Sätze Fingerabdrücke auf der Versandtasche, drei davon dürften von unseren Leuten stammen, einer vom Kurier, dann noch einer von jemandem bei DMD, also besteht eine Chance. Die Abdrücke werden gerade überprüft. Rita bleibt bei dem Brief und dem Umschlag und ich bringe die Kassetten persönlich zum Tonlabor und bleibe daneben stehen, während dort Kopien angefertigt werden. Dann kommen die Originalbänder in deinen Bürosafe. Brauchst du das Päckchen oben?"

„Ich kann vorerst mit Fotos arbeiten. Schick sie an Franklin."

„Alles klar."

Paul betrat den großen Konferenzsaal. Sechs Teams waren damit beschäftigt, Befragungen durchzuführen, also war es eine reduzierte Mannschaft hier, und der Raum wirkte beinahe leer. Er würde sich entscheiden müssen, welche der Kollegen er in die Zentrale zurückbeorderte.

„Leute, hört mal her." Die Agenten wandten sich ihm zu. „In den nächsten Tagen wird es ein paar Aufgaben mit höchster Geheimhaltungsstufe geben. Das hier ist ein Fall, der noch in dreißig Jahren in eurem Lebenslauf stehen wird. Alles wird dringend sein und unregelmäßig reinkommen. Und ihr werdet mit weniger als den normalen Informationen auskommen müssen. Gebt euer Bestes, und zwar so schnell ihr könnt."

Er sah Franklin an. „Sam hat dir gerade das Foto von einer Verpackung des DMD-Kurierdienstes gemailt. Fahr mit Blaulicht und Sirene zu deren Büro. Wann ist das Päckchen dort angekommen, wer hat es gebracht, wer hat es entgegengenommen und an welche Dinge erinnert letztere Person sich bezüglich des Überbringers? Ich brauche alle Aufnahmen von den Überwachungskameras, so weit in die Vergangenheit wie möglich. Der Kurier, der das Päckchen hergebracht hat, wird in zwanzig Minuten in der DMD-Zentrale auftauchen. Ich brauche alles, was er über das Päckchen weiß, und frag alle, ob sie uns zu Eliminierungszwecken ihre Fingerabdrücke geben. Kelly, fahr mit ihm und finde heraus, wie für die Lieferung bezahlt wurde. Wurde irgendetwas unterschrieben? Gibt es eine Kontonummer, die zurückverfolgt werden kann? Ich brauche die Handschrift.

Peter, es gibt sechs unterschiedliche Fingerabdrücke auf der Versandtasche. Sie werden gerade durch den Computer gejagt. Überwache du den Fortschritt. Ich brauche Namen und Gesichter zu diesen Fingerabdrücken. Dann kümmere dich um den Absender auf dem Umschlag. Ist es eine echte Adresse? Oder landet man mit ihr inmitten eines Sees? Erzähl mir alles, was du über die Absenderadresse herausfinden kannst.

Christopher, ich habe hier noch eine Adresse in St. Charles, Missouri. Ich muss alles über diese Anschrift wissen, was man wissen kann, ohne vorbeizufahren und ein Foto zu machen. Dann brauche ich eine Auflistung der Befragungen in Sachen Ladykillerin an einer Wand, mit Datum und Uhrzeit versehen." Paul reichte einen Post-it-Zettel mit der Adresse, an die sie die Antwort geschickt haben wollte, an den Kollegen weiter.

„Wenn du auf Probleme stößt, ruf mich an. Gib mir die Ergebnisse weiter, sobald du was hast. Ich erzähle euch später, warum ihr jetzt so viel Spaß habt."

Inzwischen stand Sam in der Tür zum Lageraum. Paul gesellte sich zu ihm und schloss die Tür hinter ihnen.

„Das macht tatsächlich Spaß, Paul", sagte Sam. „Ich spüre das Adrenalin."

„Wem sagst du das." Paul schnappte sich einen Stift und begann, an der Tafel eine Liste für sich selbst zu erstellen. Verpackung, Tonbänder, Fingerabdrücke, Antwort auf Brief, die Anwälte der Frau, die Anschrift, an die sie die Vereinbarung schicken sollten, wie man die Antwort zu ihr verfolgen könnte. „Habt ihr ein Problem damit, wenn ich Ann in den Fall hole?"

„Nein, kein Problem. Sie mag Rätsel und wir haben eins zu lösen. Willst du jetzt die Aufnahmen hören?"

„Ja, aber es ist besser, wenn wir auf Rita warten. Das Päckchen ist unterwegs. Was denkst du sonst so?"

„Der Währungsdieb hat die Kassetten, die der Mittelsmann ihm gegeben hat, ebenfalls behalten. Also haben wir die Stimme des Mittelsmannes zum Vergleich. Wenn wir da eine Übereinstimmung haben, wissen wir, dass diese Bänder echt sind."

„Kannst du das Finanzministerium bitten, uns ein paar Sprachdateien zu geben, ohne ihnen zu sagen, warum wir sie haben wollen?"

„Ich kann sehr überzeugend sein."

„Dann bring mir die Aufnahmen", forderte Paul ihn heraus. „Ich versuche herauszufinden, wie wir ihre Aufmerksamkeit erregt haben. Eine Befragung? Die Ermittlungen zu dem Mittelsmann? Sie kannte ihn viele Jahre lang, also kannte sie ihn vielleicht gut genug, um zu wissen, wo er wohnte. Ein Stolperdraht mit Verbindung zu seinem Haus ergibt Sinn. Ein Nachbar. Das FBI taucht beim Haus des Mittelsmannes auf, die Killerin hört davon. ‚Sollten Sie die Polizei beim Haus meines Onkels sehen, rufen Sie mich an und ich gebe Ihnen fünftausend Dollar.' Vielleicht waren wir es, die sie aufgescheucht haben."

„Setzen wir die Befragungen aus, während wir uns auf das hier konzentrieren?"

„Zumindest befragen wir die Leute, mit denen wir gerade gesprochen haben, noch einmal." Paul war froh darüber, dass er Anns Geld für seine Arbeit hatte. Er würde keine Zeit damit verschwenden müssen, sich um die Finanzierung zu kümmern. Sie mussten schnell sein und die ganze Angelegenheit konnte teuer werden. „Sieh zu, ob du alle, die weniger als vier Stunden Flugzeit entfernt sind, heute Abend zurückbeordern kannst. Wir organisieren uns einen Tag lang neu und schicken sie dann wieder los. Ich will hier nicht unterbesetzt sein, bis wir die Sache im Griff haben."

Sam griff nach dem Telefon.

Paul dachte über die Liste an der Tafel nach und fügte noch einen Posten hinzu. Warum hatte sie jetzt Kontakt aufgenommen? Etwas hatte sich verändert. Etwas musste sich geändert haben, wenn die Killerin auf einen Deal aus war.

Paul ging zurück in den großen Saal, um zu hören, was seine Leute herausgefunden hatten.

„Boss, die Adresse ist Unsinn. Eine solche Straße gibt es nicht", sagte Peter. „Und die sechs Fingerabdrücke auf dem Päckchen – ich habe Namen und Fotos, und es sind alles Angestellte, entweder hier oder beim Kurierdienst."

„Ich habe etwas über die Anschrift in St. Charles, Missouri", schaltete Christopher sich ein. „Es ist ein Haus in einer hübschen Gegend im Westen der Stadt. Ich habe Fotos von einem Immobilienverkauf letztes Jahr – es ist eine Ranch mit drei Schlafzimmern und zwei Bädern. Der Besitzer ist ein gewisser Mr Lewis Graves.

Das Foto von der KFZ-Zulassungsbehörde passt zu einem Highschoollehrer mit demselben Namen, Fachrichtung Naturwissenschaften."

Paul war überrascht. Er glaubte nicht, dass der Besitzer der Killerin geholfen hatte. Warum dann diese Adresse? Ein Plus war, dass die Überwachungskameras in einem Vorort einfacher auszuwerten waren als in einer verkehrsreichen Straße in der Innenstadt. Sie würden sehen können, wer kam und ging. Er musste davon ausgehen, dass jemand geschickt werden würde, um das Päckchen zu holen, und diese Person es dann zu der Killerin brachte. „Tut, was ihr könnt, um mir mehr über Lewis Graves zu sagen, ohne ihn wissen zu lassen, dass er unter die Lupe genommen wird. Haltet euch an offizielle Informationen."

„Alles klar."

„Boss, ich habe Franklin am Apparat", sagte Jason. „DMD sagt, dass sie das Päckchen beim Hyatt Hotel auf der Thomas Avenue abgeholt haben, in der Businesslounge für Gäste. Dort ist alles völlig automatisiert. Man legt seine Post in den Eingangskorb, dort wird sie gewogen und die Zieladresse wird gescannt, dann wird der Preis angezeigt. Man bezahlt und der Automat spuckt den Adressaufkleber aus, der auf das Päckchen kommt. Dann wirft man es in den Postkasten. Die Maschine gibt ein Signal ans Büro weiter, dass etwas zur Abholung bereit liegt, und ein Kurier kommt vorbei und holt es. Franklin ist auf dem Weg zum Hyatt, um mithilfe der Überwachungskameras Bilder von der Person zu bekommen, die das Päckchen gebracht hat."

„Gut. Sag ihm, er soll den Bereich auch auf Fingerabdrücke untersuchen lassen."

„Boss." Rita stand im Rahmen zum Besprechungsraum.

Er trat zu ihr. „Was haben wir, Rita?"

Sie schloss die Tür hinter ihnen und bedeutete Sam, er solle auflegen. Ein Lächeln trat auf ihr Gesicht. „Wir haben ihre Fingerabdrücke." Sie öffnete eine Mappe und holte ein Blatt Papier heraus. „Linda Smythe. Miss L.S. ist Linda Smythe aus Boston, Massachusetts. Sie ist jetzt dreiundfünfzig. Ihre Fingerabdrücke waren die einzigen auf dem Brief und dem Umschlag. Wir haben ein altes Foto." Sie legte es auf den Tisch. „1981 wurde sie wegen Körperverletzung angeklagt, was auf geringfügige Körperverletzung reduziert wurde, und hat dreißig Tage im Bezirksgefängnis abgesessen. Nichts in den letzten fünfundzwanzig Jahren deutet auf eine aktuelle Anschrift hin. Die Adresse in dem alten Bericht ist jetzt ein Parkplatz."

„Ein Name, ein Foto, Fingerabdrücke – wir haben jemanden, den wir jagen können." Paul legte einen Arm um Ritas Schultern. „Sam, das ganze Team kommt zurück. Sag den Leuten, sie sollen erster Klasse fliegen und im Flugzeug schlafen, sodass sie einsatzfähig sind, wenn sie hier eintreffen."

„Mach ich."

„Wer weiß sonst noch hiervon?"

„Nur wir drei", antwortete Rita und blickte zwischen ihren beiden Kollegen hin und her. „Nachdem der Laborchef die Existenz der Abdrücke bestätigt hatte, hat er mir eine verschlüsselte Akte mit den Ergebnissen überreicht und mir Brief und Umschlag zurückgegeben. Sie sind jetzt in deinem Safe. Ich habe die Abdrücke selbst durch den geheimen Computer laufen lassen und die Übereinstimmung gefunden."

„Ich sage dem Boss Bescheid, aber abgesehen davon behalten wir den Namen noch ein paar Stunden für uns. Wir haben zwei Bänder von ihr und da draußen sind noch achtundzwanzig weitere. Wir müssen uns überlegen, wie wir die Ermittlungen weiterführen wollen, ohne dass sie wieder untertaucht –" Paul verstummte abrupt.

„Was ist?"

„Sie hat die Abdrücke nicht zufällig auf Brief und Umschlag hinterlassen. Sie hat sie uns *gegeben*! Sie glaubt, dass sie sicher ist. Sie ist davon überzeugt, dass Name und Foto uns nicht zu ihr führen werden. Oder sie hat uns Abdrücke gegeben, die nicht ihr gehören, um uns auf eine falsche Fährte zu locken, damit wir anderweitig beschäftigt sind."

„Also eine aussichtslose Suche?"

Paul nickte. „Sie will einen Handel, die Bänder sind echt, aber die Fingerabdrücke können genauso gut ein Versuch sein, uns auszubremsen, während die Briefe hin und her wandern. Sie will nicht gefasst werden, bevor sie die bestmöglichen Bedingungen für sich selbst herausgehandelt hat, und sie hat achtundzwanzig Kassetten, um diese Verhandlungen zu führen."

„Also eher ein Katz-und-Maus-Spiel. Sie will mit uns verhandeln, während wir versuchen, sie zu schnappen."

„Ja. Wir arbeiten an den Abdrücken und dem Foto, aber wir behalten die Möglichkeit im Hinterkopf, dass sie es vielleicht nicht ist. Hilfreich ist allerdings, dass die Abdrücke sowohl auf dem Umschlag als auch auf dem Brief sind. Wenn die Abdrücke eine falsche Fährte sind, wissen wir immerhin, dass die Killerin dieser Linda Smythe die beiden Gegenstände gegeben hat. Also ist sie entweder selbst die Killerin oder sie hat sie vor Kurzem getroffen.

Rita, bleib an den Abdrücken dran. Sieh nach, ob sie noch irgendwo anders hinführen, zu einem anderen Namen, einem ungeklärten Fall irgendwo, und dann lass den Computer eine Alterung des Bildes simulieren und vergleiche es mit den Ausweisen oder Zulassungspapieren in den Dateien. Sam, konzentriere du dich auf die Biografie. Finde etwas über Linda Smythe heraus, ob sie Verwandte hat und ob von denen noch jemand lebt."

„Was hat die Chefebene in Bezug auf ihr Angebot vor?"

„Der Boss versammelt die zuständigen Leute morgen um zehn in seinem Büro, um das zu besprechen. Sam, überleg dir, wie wir die Antwort benutzen können, um sie zu fassen. Wir haben die Adresse, an die wir unseren Brief schicken müssen, und die gehört zu einem Haus in einem Vorort, dessen Besitzer Lehrer an einer Highschool ist. Sie wird den Brief nicht selbst dort abholen. Wir legen uns vor Ort auf die Lauer und folgen demjenigen, der die Antwort abholt. Mit welchen Optionen haben wir die besten Chancen, sie zu schnappen, ohne dass wir sie verscheuchen und sie wieder untertaucht?"

„Es ist nicht so einfach, wie es klingt. Wenn sie uns sieht oder glaubt, dass wir ihr auf der Spur sind, wird sie den Brief einfach nicht abholen. Dann schreibt sie und sagt, wir sollen noch einmal an eine neue Adresse schreiben, und wir wiederholen das Ganze, bis sie den Brief kriegt, ohne dass wir sie kriegen."

„Was auch immer sie vorhat, ihr könnt sicher sein, dass es nicht leicht wird. Ich gehe nach oben und sage dem Boss den Namen. Wenn ich wiederkomme, hören wir uns die beiden Bänder an."

Paul war nach zwanzig Minuten zurück und zog am Tisch im Besprechungsraum einen Stuhl neben dem von Rita heraus. „Dann wollen wir uns mal die Bänder anhören."

Sam trommelte einen kleinen Tusch auf der Tischplatte und betätigte dann die Start-Taste. Die Aufnahme begann mit einem Knistern und zunächst schwachen Stimmen. Dann war eine Männerstimme lauter zu hören.

„Ich halte nichts von vagen Anspielungen. Wenn Sie meine Hilfe wollen, müssen Sie klar sagen, was Sie wollen, warum Sie es wollen und was Sie dafür bezahlen."
„Ich will, dass Sie meine Frau Yolanda Meeks töten. Ich bezahle Ihnen zweihunderttausend. Sie ist eine Belastung für mich und es muss noch diese Woche erledigt werden."
„Ihnen ist klar, dass Sie Ihre Meinung nicht mehr ändern können, wenn ich mich entschieden habe, den Auftrag anzunehmen? Falls Sie nicht wie vereinbart zahlen, werden Sie selbst von dem Killer getötet."
„Ich verstehe die Abmachung, nur tun Sie es bald."

Es folgte wieder Rauschen und Knistern. Sam legte die zweite Kassette ein.

„Wenn Sie meine Hilfe wollen, müssen Sie klar sagen, was Sie wollen, warum Sie es wollen und was Sie dafür bezahlen."
„Ich will, dass Sie meinen Bruder Victor Ryckoff töten. Ich zahle Ihnen dreihunderttausend, nachdem Sie den Auftrag erledigt haben. Er hat mir das letzte Mal ein Geschäft abgeluchst."
„Ihnen ist klar, dass Sie Ihre Meinung nicht mehr ändern können, wenn ich mich entschieden habe, den Auftrag anzunehmen? Wenn Sie nicht zahlen wie vereinbart, werden Sie selbst von dem Killer getötet."
„Ich verstehe die Bedingungen."

Wieder Knistern und Knacken. Sam nahm das Band aus dem Abspielgerät. „Es klingt, als würde er von einer Vorlage ablesen."

„Das tut er wahrscheinlich auch. Darauf steht, wann er das Band laufen lässt und anhält, und er achtet genau darauf, was er aufgenommen haben will“, bemerkte Paul. „Flint Meeks hat seine Frau Yolanda Meeks getötet, und Tony Rykoff ist für den Tod seines Bruders Victor verantwortlich. Die Initialen passen nicht zu den Kalendereinträgen.“

„Spitznamen“, vermutete Rita. „Der Geschäftsführer der Aluminiumwerke Flint Meeks ist der Dosenmann, D.M., und Tony Ryckoff hat einen Newsletter mit dem Titel Goldnugget geschrieben, das ist G.N.“

„Auf den Bändern werden keine Namen genannt. Wir brauchen eine Identifizierung der Stimmen, dass es wirklich die betreffenden Personen sind, die den Auftrag erteilt haben, und nicht nur jemand, der einfach ‚meine Frau‘ und ‚mein Bruder‘ gesagt hat.“

„Wir fragen Nathan Scholes“, schlug Rita vor. „Er ist gut und er kann den Mund halten. Wir sperren ihn in einen Raum, lassen ihn schwören, dass er kein Wort sagt, und erklären ihm, was wir brauchen. Die Leute posten Geburtstagspartys, Familienvideos, solche einflussreichen Männer halten Reden, vielleicht gibt es Audiodateien, mit denen er die Stimmen vergleichen kann.“

Paul nickte. „Bring ihm die Bänder.“

„Was sollen wir tun, um Flint Meeks und Tony Ryckoff unter die Lupe zu nehmen? Wenn sie einen Mord in Auftrag gegeben haben, gehe ich davon aus, dass sie im Laufe der Jahre auch noch andere Verbrechen begangen haben. Können wir anfangen, in ihrem jetzigen Leben zu wühlen, ohne zu sagen, wonach wir suchen?“

„Darüber denke ich bis morgen nach. Es könnte besser sein, wenn wir warten, bis wir alle Kassetten haben, die von der Killerin kommen, bevor wir anfangen, die Informationen zu verwenden. Ich will nicht verfrüht zeigen, was wir in der Hand haben, und die Typen damit warnen. Sie glauben, sie wären mit dem Verbrechen davongekommen. Ich möchte, dass sie sich bis zu dem Tag, an dem wir ihnen Handschellen anlegen, in Sicherheit wiegen.“ Endlich hatte Paul das beruhigende Gefühl, dass ihre Suche in die richtige Richtung ging. „Legen wir los und sehen wir, wie weit wir heute kommen. Der Boss hat angeboten, etwas zu essen zu besorgen.“

■

Paul blickte auf die Uhr, als er nach Hause kam, und sah, dass es nach Mitternacht war. Er wählte Anns Nummer über den gesicherten Videokanal. Er hätte von der Arbeit aus anrufen können, aber ein Anruf von zu Hause fühlte sich persönlicher an. Er verließ sich auf Vickys Wort, dass Ann an den meisten Tagen zwischen zehn Uhr abends und zwei Uhr morgens arbeitete, und auf Daves sowie ihre eigene Bemerkung, sie sei eine Nachteule.

„Sie sind aber spät dran, Agent Falcon."

Die Tatsache, dass sie lächelte, ließ ihn hoffen, dass sie ihm die Störung verzeihen würde. „Du siehst aus, als wärest du hellwach."

Sie hielt ein Buch hoch. „Noch eine Stunde etwa. Ich weiß immer gerne, wie es ausgeht. Stimmt irgendetwas nicht?" Sie legte den Kopf schief. „Nein, ich glaube, im Gegenteil. Du siehst zufrieden aus. Also ... wie war dein Tag?"

„Lang und erfolgreich. Wir haben einen Durchbruch in dem Ladykiller-Fall." Paul sah ihr spontanes Lächeln und erwiderte es.

„Ich wette, es fühlt sich gut an, das zu sagen."

„Das stimmt." Er nahm sein Telefon und entschlüsselte das Bild von dem Brief. Er hielt es ohne Kommentar hoch. Sie las, lächelte und las den Text noch einmal. „Welche Kassetten hat sie euch geschickt?"

Die Frage, mit der sie begann, sagte ihm, dass die Entscheidung, sie in den Fall mit einzubeziehen, richtig gewesen war. „Fünfundzwanzig und neunundzwanzig."

„Sie wusste, welche Kalender ihr hattet. Sie hat seit dem Tod des Mittelsmannes zugesehen."

„Das glaube ich auch. Ihr Name lautet vielleicht Linda Smythe, dann ist sie dreiundfünfzig und kommt aus Boston, Massachusetts. Oder die Fingerabdrücke könnten eine falsche Fährte sein."

Er sah zu, wie sie darüber nachdachte.

„Sie ist niemand, der solche Fehler begeht", sagte sie. „Wenn es ihre Fingerabdrücke sind, dann will sie, dass ihr etwas über sie erfahrt. Sie wird alles tun, um einen guten Handel im Tausch für diese Bänder zu bekommen."

„Das sehe ich auch so."

„Sie ist ein Mensch, der plant. Ihr werdet sie nicht dabei fassen, wie sie ein Päckchen abholt, denn sie kann die Sache jederzeit abblasen und ihrem Anwalt sagen, er soll es noch mal schicken. Aber ihr müsst es versuchen, und ihr werdet Spaß bei der Jagd haben. In vergangenen Fällen hat sie keine Anstalten gemacht, Unbeteiligten Schaden zuzufügen, und sie wird kaum jetzt damit anfangen. Jemand wird das Päckchen abholen und sie wird ganz einfach versuchen, euch bei der Übergabe zu entwischen."

„So sehe ich das auch. Es gibt jetzt eine reelle Chance, die Killerin zu fassen, und zwar mit den Beweisen, die wir brauchen, um diejenigen, die sie beauftragt haben, zu belangen."

„Bänder mit den Auftraggebern der Morde. Ich freue mich für dich, Paul. Und ich hoffe, ihr bekommt alle dreißig Kassetten."

„Ich habe das Gefühl, dass es ein ziemliches Hin und Her geben wird, das über mehrere Wochen andauert. Wohlgemerkt, ich rede von Wochen, und bei dem Gedanken werde ich ganz ungeduldig, obwohl der Fall seit Jahren an der Pinnwand hängt. Diesmal ist Geduld wohl nicht meine Stärke. Ich hoffe nur, ich kann einen Teil der Wartezeit mit dir totschlagen."

„Ich werde es genießen, dem FBI bei der Arbeit zuzusehen. Es ist nett, zur Abwechslung mal Zuschauerin bei einem Fall zu sein." Sie musterte ihn. „Darf ich mich trotzdem kurz einmischen?"

„Klar."

„Denk daran, genug Schlaf zu bekommen, wenn der Fall auf Hochtouren läuft. Dann gefällst du mir besser, wenn alles vorbei ist."

„Das werde ich. Du kannst mich auf dem Pfad der Tugend halten."

„Gut. Denn ich werde jetzt auflegen, damit du schlafen kannst."

Er lachte. „Gute Nacht, Ann."

Sie lächelte, als sie die Verbindung beendete. Er auch.

13

Paul betrat Suite 906 am nächsten Morgen um kurz vor zehn. Margaret bot ihm einen Becher Kaffee an und deutete mit einem Kopfnicken zu Arthurs Büro. „Gehen Sie gleich rein."

Paul ging durch in das Büro seines Chefs. „Guten Morgen, Arthur." Er zögerte. „Sir."

„Paul." Der Leiter des FBIs kam auf ihn zu und reichte ihm die Hand. Edward Baine war jemand, der sich im FBI hochgearbeitet hatte, der an politische Revierkämpfe gewohnt war und hinter dessen elegantem Äußeren sich immer noch ein kluger Polizist mit einem guten Instinkt für Menschen und Probleme verbarg. Paul mochte den Mann. „Sie kennen Tori Scott von der Staatsanwaltschaft?"

Paul gab auch ihr die Hand. „Ja, es ist mir ein Vergnügen, Tori." Sie war zusammen mit ihrem Mann oft zu Gast am Tisch seines Vaters gewesen.

„Setzen wir uns, dann können wir anfangen", sagte Arthur. Paul nahm neben seinem Vorgesetzten Platz. „Erzähl uns kurz, wo wir stehen, Paul."

„Die Tonbandaufnahmen enthalten das, was angekündigt war. Sie hat uns Bänder zu den Morden fünfundzwanzig und neunundzwanzig geschickt. Wir haben die Stimmenmerkmale des Mittelmannes und der beiden Sprecher auf den Bändern bestätigt. Flint Meeks hat bezahlt, um seine Frau Yolanda umzubringen, und Tony Rykoff hat bezahlt, damit sein Bruder Victor getötet wird.

Es gibt Fingerabdrücke auf dem Brief und dem dazugehörigen Umschlag, die von der Killerin stammen könnten, wenn sie nicht eine Ablenkung sind, um uns zu beschäftigen. Aus Gründen, die nur ihr selbst bekannt sind, könnte es ihre Absicht sein, uns wissen zu lassen, wer sie ist.

Die Abdrücke gehören einer Frau namens Linda Smythe, inzwischen dreiundfünfzig Jahre alt, aus Boston, Massachusetts. Das passt zu den ersten drei Morden, die sich in ihrer Gegend ereignet haben.

Wir haben Informationen über sie bis zurück zu ihrem zwanzigsten Lebensjahr. Sie wuchs in einer gewalttätigen und übergriffigen Familie auf. Vater Alkoholiker, Mutter psychisch krank. Zahlreiche Anrufe wegen häuslicher Gewalt, Körperverletzung, Ruhestörung unter Alkoholeinfluss. Sie wurde zweimal aus der Familie geholt. Die Mutter starb, als Linda zehn war, und als der Vater starb, war sie siebzehn. Es könnte ihre wahre Biografie sein, da dies die Art Hintergrund ist, die zu einem Auftragskiller passen könnte. Wir haben noch keine Übereinstimmung mit dem Foto von der Zulassungsbehörde oder dem Passamt erhalten, aber wir arbeiten dran. Die entscheidende Frage ist ihr Brief – und die Entscheidung, was wir damit machen sollen."

„Tori", sagte der Direktor, „Sie haben mir auf dem Flug hierher einen interessanten Blickwinkel zu diesem Fall vorgestellt. Da würde ich gerne mit der Diskussion anfangen."

„Danke, Sir. Es scheint mir das Beste, alle Möglichkeiten im Blick zu behalten, wenn wir eine Entscheidung treffen." Die Frau rutschte auf ihrem Stuhl ein wenig nach vorn. „Paul, Sie haben sie mit Ihren Ermittlungen nervös gemacht, sie hat ein neun Jahre andauerndes Schweigen gebrochen und Verbindung zu Ihnen aufgenommen. Höchstwahrscheinlich bereut sie schon, dass sie den Brief geschickt hat. Sie hat Sie wissen lassen, dass sie noch am Leben ist, und sie hat etwas, das Sie unbedingt haben wollen – Tonbandaufnahmen von den Mordaufträgen. Durch ihr Verhalten intensiviert sie die Suche nach ihr, sie ist kein Gespenst mehr, und deshalb muss sie nervös sein. Wenn wir mit irgendetwas anderem antworten als mit einer positiven Reaktion auf das Angebot, das sie in ihrem Brief gemacht hat, hat sie eine Ausrede, sich zurückzuziehen. Also sollten wir bei dieser ersten Entscheidung vorsichtig sein. Ihr Brief ist keine Verhandlungsbasis. Sie will, dass wir ihr Angebot annehmen oder ablehnen."

Tori lehnte sich zurück und faltete die Hände auf ihrem übergeschlagenen Knie. „Mit vier weiteren Bändern hat das FBI konkrete Beweise für sechs Morde. Und indem ihr mit ihr in Kontakt bleibt, steigt die Chance, dass ihr sie fassen könnt, enorm. Meiner Meinung nach ist das Grund genug, die Todesstrafe nach nationalem Recht vom Tisch zu nehmen. Es gibt bei einigen der Morde noch die Möglichkeit einer Todesstrafe nach bundesstaatlichem Recht. Wir benutzen die erste Antwort, um zu zeigen, dass wir mit ihr zusammenarbeiten werden, wir bringen sie dazu, dass sie weiterhin mit euch spricht, und gleichzeitig kann das Hin und Her der Post uns helfen, sie zu finden.

Je mehr Tonbänder ihr in eurem Besitz habt, desto besser wird eure Position im Verhältnis zu dem, was sie zu bieten hat. Sie hat den Großteil der Aufnahmen. Wenn ihr mehr als die Hälfte habt, verlagert sich das Gewicht und ihr könnt riskieren, eine andere Abmachung als die anzubieten, die sie haben will. Wenn sie zu viel verlangt, kontert ihr mit einem kleineren Zugeständnis für ein einzelnes Band, ihr versucht, die Verhandlungen hinauszuzögern, oder sagt Nein zu ihrem Angebot, sagt, sie soll etwas anderes vorschlagen, und dann seht ihr, ob sie einen Gegenvorschlag macht. Aber diesen Schritt könnt ihr nur wagen, wenn ihr euch darauf einstellt, dass sie den Kontakt abbricht und verschwindet." Tori sah den Direktor des FBIs an. „Ich glaube nicht, dass wir das wollen. Also folgen wir erst einmal ihrer Aufforderung. Ich persönlich will diese dreißig Bänder haben. Und ich würde eine Menge tun, um sie zu bekommen."

Edward Baine nickte. „Ich mag Pläne mit gesundem Menschenverstand, und gerade habe ich einen gehört. Wenn wir ihr Angebot ignorieren oder ablehnen, verlieren wir den Zugang zu den Tonbandaufnahmen, die wertvoll sind, und verspielen die Chance, sie zu fassen. Also nehmen wir das Angebot an und spielen damit." Er sah Paul an. „Sie haben über die ganze Sache nachgedacht. Was geben Sie noch zu bedenken?"

„Wir haben ein Zeitproblem. Wir müssen die Tatsache, dass die Killerin sich mit uns in Verbindung gesetzt hat und uns die Bänder gibt, geheim halten. Wenn wir etwas durchsickern lassen, werden die Leute, die die Morde in Auftrag gegeben haben, untertauchen. Oder sie finden die Killerin und bringen sie um, bevor sie uns alle Tonbänder geben kann. Also müssen wir warten und alle Verhaftungen gleichzeitig vornehmen."

Paul sah Tori an. „Wir haben die Bänder mit ihren Stimmen, wie sie einen Mord in Auftrag geben, die Angaben des Mittelsmannes, wie viel die Killerin bekommen hat, und – wenn wir sie fassen können und sie mitspielt – die Aussage der Killerin. Das reicht für eine

Festnahme. Ich weiß nicht, ob es für eine Verurteilung ausreicht. Die beiden Männer, von denen wir bisher wissen, haben einen guten Ruf, und die Morde sind lange her." Paul sah den Leiter des FBIs an. „Die aggressiven Ermittlungen in Bezug auf die Morde müssen erfolgen, nachdem wir die Leute verhaftet haben. Und wir werden bis zu dreißig Morde gleichzeitig zu untersuchen haben. Dazu sind viele Agenten notwendig, aber ich sehe keine andere Lösung. Wenn wir mit den Verhaftungen anfangen, bevor wir alle Tonbänder haben, können zu viele Dinge außer Kontrolle geraten."

„Die Priorität im Moment ist, die Bänder zu bekommen und die Killerin zu fassen", beschloss Baine. „Tun Sie, was Sie können, ohne dieses Ziel zu gefährden."

„Ich verstehe. Noch ein untergeordneter, aber wichtiger Punkt: Wir können uns keine Fehler leisten, zum Beispiel dass diese Bänder versehentlich durch den Scanner der Sicherheitsabteilung gehen und vernichtet werden, also brauchen wir einen anderen Ort, an dem sie die Kassetten und die Vereinbarung abliefern soll. Ich schlage vor, dass wir Zanes Adresse nehmen. Ich will ihn in die Geschehnisse einweihen. Er kann mir Bescheid sagen, wenn ein Päckchen eintrifft, und die Bänder persönlich herbringen."

Arthur schnitt eine Grimasse, als er den Namen von Pauls Vorgänger hörte, aber er nickte. „Einverstanden."

Der Leiter der Behörde lächelte, weil er sich der komplexen Geschichte durchaus bewusst war. „Er wird nützlich sein. Paul, spielen Sie das mal durch bis zur Endphase – wie würde die Sache idealerweise laufen?"

„Erst gibt es das Hin und Her der Briefe, durch die die dreißig Bänder eintrudeln. Wir identifizieren, wer die Person auf dem jeweiligen Band ist. Wenn wir alle Aufnahmen haben, stocken wir umgehend das Personal auf.

Achtundvierzig Stunden bevor wir die Festnahmen durchführen, sperren wir eine Horde Anwälte in einen Raum, erklären, was wir zu jedem Fall haben, und entscheiden im Voraus, was für einen Handel wir den unterschiedlichen Personen anbieten wollen.

Wir verhaften so schnell wie möglich alle dreißig Auftraggeber. Wir legen Durchsuchungsbeschlüsse für Kontobewegungen und Telefonverbindungen vor. Wir führen sofort dreißig Verhöre durch und legen unsere Angebote auf den Tisch. Nach vierundzwanzig Stunden werten wir aus, wo wir stehen – wer das Angebot annimmt, wer weiterhin schweigt, welche Informationen wir bekommen konnten und was als Nächstes zu tun ist. Dann veranstalten wir eine Pressekonferenz und verkünden die Verhaftungen.

Wir fangen mit Befragungen von Personen im Zusammenhang mit jedem einzelnen Mordfall an. Diese Leute sind damit durchgekommen, dass sie einen Mord in Auftrag gegeben haben und die Chancen stehen gut, dass wenigstens ein paar von ihnen Freunden oder Verwandten gegenüber eine Bemerkung haben fallen lassen, die sie im Nachhinein bereuen werden.

Jeder Mord bekommt ein juristisches Team zugewiesen und einen leitenden Staatsanwalt. Es gibt dreißig Anklagen. Wir geben die Mordfälle an den Generalstaatsanwalt weiter und konzentrieren uns weiter auf die Killerin, wenn wir sie bis dahin noch nicht gefasst haben.

Ein Punkt kommt uns zugute. Die Chancen stehen gut, dass diese Leute noch mindestens ein weiteres schweres Verbrechen verübt haben. Schließlich haben sie einen Killer angeheuert. Wir sollten die Durchsuchungsbeschlüsse und sonstigen Ermittlungen gleichzeitig dazu nutzen, um herauszufinden, ob es nicht etwas gibt, was einfacher zu verfolgen ist."

Der FBI-Direktor nickte. „Hoffen wir, dass alles glattgeht. Wir werden einen Raum brauchen, der groß genug ist, um mindestens einhundert Juristen zu fassen, und es müssen mindestens einhundertsechzig Agenten zur Verfügung stehen, wenn der Fall in die Phase der Verhaftungen, Durchsuchungsbeschlüsse und Verhöre eintritt. Ich werde das entsprechend vorbereiten. Halten Sie uns auf dem Laufenden, was den Verbleib der Tonbänder betrifft, und lassen Sie es mich wissen, wenn Sie noch etwas brauchen. Wir treffen uns in dieser Runde wieder, wenn es einen neuen Brief von ihr gibt, damit wir entscheiden können, wie wir darauf reagieren."

„In Ordnung, Sir."

Paul sah Arthur an, der nickte und sich erhob und damit andeutete, dass die Besprechung beendet war. „Fang sie, Paul."

■

Paul ging in den kleinen Besprechungsraum zurück, wo Sam und Rita arbeiteten, und schrieb Tori Scotts Durchwahl an die Wand mit den wichtigen Kontaktinformationen. „Es lief besser, als ich erwartet hatte. Wir werden noch heute eine Vereinbarung aufsetzen, so wie die Killerin es in ihrem Brief fordert."

Er drehte sich zu den anderen beiden um. „Ich habe gestern Nacht ein paar Entscheidungen getroffen. Diese Sache wird sich über Wochen oder auch Monate hinziehen. Es wird viele dringende Arbeiten geben und dann wieder Wartezeiten. Da wir die Einzigen sind, die an diesem Fall arbeiten, sollten wir die Zuständigkeiten aufteilen. Rita, dir überlasse ich die Bänder. Freunde dich mit Nathan Scholes an. Identifiziert die Stimmen. Wir brauchen den Namen der jeweiligen Person, die den Mord in Auftrag gegeben hat. Vergewissert euch, dass die Aufnahmen authentisch sind. Ich brauche ein übereinstimmendes Klangbild von jeder Stimme, und zwar eines, das vor Gericht Bestand hat.

Sam, deine Priorität ist es, die Killerin zu fassen. Wir schicken unterzeichnete Kopien der Vereinbarung raus. Sie muss die Unterlagen bekommen und unterschreiben. Wir wollen nicht, dass sie das Päckchen nicht abholt, wir wollen sie nicht nervös machen und verjagen. Aber innerhalb dieser Grenzen musst du einen Weg finden, wie wir die Antwortpost dazu benutzen können, sie zu fassen. Die offizielle Story ist, dass jemand geheime Informationen durchsickern lässt und die Post verfolgt wird, um festzustellen, an wen die Informationen gehen. Du kannst rekrutieren, wen du von hier oder von einer Außenstelle haben willst, und du brauchst bei den Ausgaben nicht zu knausern. Mach, was immer dir hilft, sie zu fassen.

Ich kümmere mich um ihre Briefe und die Vereinbarungen und arbeite an den Mordfällen, sobald wir die Namen haben." Er blickte auf seine Uhr. „Ich gehe jetzt nach oben, um mit Thomas Gates zu sprechen, während die Vereinbarung aufgesetzt wird, und dann informiere ich Zane, dass ich ihn für einen Job einspanne. Wir treffen uns heute am späten Nachmittag wieder hier."

■

Paul zog einen Stuhl vom Tisch ab. „In Ordnung, Sam, ich bin ganz Ohr. Erklär mir deinen Plan, wie du die Killerin fassen willst, wenn sie ihre Post abholt."

Sam spulte das Video auf seinem Bildschirm zurück. Er informierte Paul, dass er einen FBI-Agenten vor Ort losgeschickt hatte, um mit einem Lieferwagen in der Siedlung herumzufahren, und jetzt ein gutes Video von der Gegend hatte, das Straßenkarten und Satellitenbilder ergänzte. Sam hielt inne, um auf ein Haus zu zeigen. „Ich werde mich hier aufhalten. Von dort aus hat man einen guten Blick auf die Haustür und den Briefkasten. Ich werde jeden sehen, der den Umschlag holt, und gute Fotos machen können. Wenn diese Person aussieht wie eine ältere Dame, schnappen wir sie uns sofort. Wenn es jemand ist, den sie geschickt hat, folgen wir ihm zu ihr."

Sam drehte die Straßenkarte um. „Es gibt nur eine Straße, die aus der Siedlung führt, und die hat eine Ampel. Ich werde mich melden, sobald der Umschlag abgeholt wurde, dann schaltet die Stadt die Ampel dauerhaft auf rot. Diejenigen, die zur Verfolgung der Person abgestellt sind, hängen sich an ihre Fersen, während sie die Siedlung verlässt. Wenn sie zu Fuß ist, haben wir an allen Ecken der Siedlung jemanden, der die Beschattung übernehmen kann. Schließlich wollen wir sehen, wie das Päckchen übergeben wird. Wir werden sechs Teams in dem Gebiet haben, die sich bei der Überwachung ablösen.

Wir schicken die Unterlagen mit der Post als Vierundzwanzig-Stunden-Sendung. Der Umschlag wird groß und blau sein und in den Briefkasten geworfen werden. Wenn wir einen anderen Paketdienst benutzen, wird die Sendung zwischen Fliegengittertür und Haustür gesteckt, und dann können wir sie nicht sehen. Ich will, dass wir das Päckchen die ganze Zeit im Blick haben, und wenn es im Briefkasten ist, kann ich es sehen."

Sam hielt inne und sagte dann: „Es könnte sein, dass der Hausbesitzer eingeweiht ist. Also haben wir einen Plan B. Wir beobachten den Besitzer. Ein Team beobachtet sein Auto an der Schule, sodass wir wissen, wenn er sich auf den Weg nach Hause macht. Wenn die Post nicht abgeholt worden ist, bevor er zu Hause ist, gehen wir davon aus, dass er in der Sache mit drin hängt. Wir werden eine Ermächtigung einholen, sein Festnetztelefon und das Handy, von dem wir wissen, abzuhören, aber unsere Sorge ist, dass er noch ein Prepaid-Handy hat. Wenn er die Post holt, schalten wir die Mobilfunkmasten aus, sodass er sie vom Festnetz aus anrufen muss. Wenn er jemanden anruft, folgen wir ihm dorthin, wohin der Anruf führt. Wenn er nichts tut, warten wir und folgen ihm, wenn er das Haus verlässt.

Ich vermute, dass sie selbst kommen und die Post aus seinem Briefkasten holen wird. Aber da sie nicht weiß, wann die Antwort eintrifft, muss sie jemanden in der Nachbarschaft haben, der danach Ausschau hält, oder jemand sieht jeden Tag nach der Post. Es wird ein Problem für unsere Leute sein, in der Siedlung Stellung zu beziehen, ohne gesehen zu werden. Das größte Risiko ist, dass sie uns entdeckt und die Sache abbricht. Wenn nach achtundvierzig Stunden noch nichts passiert ist, hat sie wahrscheinlich beschlossen, einen Rückzieher zu machen. Dann schalten wir uns ein und befragen den Hausbesitzer."

„Das ist ein guter Plan. Du arbeitest mit Agenten vor Ort zusammen?"

„Ja. Sie sind im Glauben, wir würden einen Maulwurf beschatten, der geheime Informationen weitergibt. Bist du dir sicher, dass du nicht dabei sein willst? Es wird eine interessante Verfolgungsjagd."

„Wenn etwas schiefgeht, wird sie sich wieder melden. Es ist besser, wenn ich hier bin. Schnapp du sie dir, dann feiern wir, wenn du wieder da bist."

„Ich mache mich auf den Weg, sobald du die Unterlagen hast."

„Ich bin in etwa zwei Stunden mit der unterzeichneten Vereinbarung zurück."

■

Am nächsten Morgen baute Paul eine Reihe Monitore und Audioverbindungen im Besprechungsraum auf, die mit den Namen Sam, Rita und Ann versehen waren. Er würde einen Großteil der kommenden Wochen in diesem gesicherten Raum verbringen und lesen, sich die Neuigkeiten anhören und Probleme lösen, und das konnte er genauso gut systematisch tun. Rita würde sich auf die

Tonbänder konzentrieren, Sam darauf, die Killerin zu fassen, und er würde Antworten auf die Fragen finden, die an der Tafel standen.

„Sam, Audiotest."

„Du bist laut und deutlich zu hören, Boss. In fünf Minuten habe ich eine Einspielung von dem Briefkasten für dich."

„Der Bildschirm dafür ist bereit."

„Rita?"

Sie war unten im Audiolabor und blickte zur Kamera hinüber, um ihm zuzuwinken. „Boss, du solltest die Werkzeuge sehen, die Nathan hier drin hat. Er kann machen, dass ich beim Singen die Töne hundertprozentig treffe."

„Dann viel Spaß." Paul wusste, dass Rita und Nathan die Original-Aufnahmegeräte aufgebaut hatten, die der Mittelsmann an seinem Telefon benutzt hatte, um zu überprüfen, was der zusätzlichen Authentifizierung der Bänder dienen konnte.

Paul versuchte, eine sichere Verbindung zu Ann herzustellen. Ihr Bild baute sich auf und war dann klar und deutlich zu sehen. „Hallo, meine Schöne."

Sie sah zu ihm hinüber und grinste. „Du übertreibst."

Sie war zu Hause. Er konnte ihr Wohnzimmer hinter ihr sehen. „Was machst du gerade?"

„Ich arbeite an einer Geschichte."

„Hast du was dagegen, wenn ich dich auf dem Monitor behalte? Das hier ist der Besprechungsraum neben unserem Konferenzsaal. Ich sitze hier auf Empfang vor dem Bildschirm. Unser Antwortschreiben wird heute ausgeliefert und Sam leitet die Operation vor Ort und versucht, unsere Killerin zu fangen."

„Kein Problem. Wenn es bei dir rund geht, schalte mich einfach auf stumm, damit ich nicht versuchen muss, euren Gesprächen zu folgen. Ich winke dann, wenn ich will, dass du den Ton wieder einschaltest."

„Mach ich. Ist die Geschichte gut?"

„Frag mich in ein paar Stunden noch mal."

„In Ordnung."

Er schaltete den Ton bei ihrer Verbindung aus, als er sah, wie ein Briefkasten auf dem dritten Bildschirm erschien. „Die Übertragung funktioniert, Sam."

■

Der Umschlag lag seit zwei Stunden im Briefkasten und nichts näherte sich dem Kasten außer einem Spatz, der einen Landeplatz suchte. Paul sah die gleiche Videoaufnahme wie Sam. „Ich hasse diese Warterei."

Ann unterbrach ihr Tippen am Computer und sah zu ihm herüber. Sie zeigte auf den Teller auf seinem Tisch. „Iss. Aufgrund deiner Personalakte hätte ich gedacht, dass du ein Experte in Sachen Observierung bist."

„Ich weiß jetzt wieder, warum ich den Außeneinsatz gerne anderen überlasse. Du hast also angefangen, meine Akte zu lesen?"

„Das habe ich."

Paul griff nach dem belegten Brot. Sie sagte nichts weiter über ihre Lektüre oder ihre Gedanken dazu. Er hätte gerne ein Gespräch begonnen, aber solange ihre Hände über die Tastatur huschten, versuchte er sie so wenig wie möglich anzusprechen. Er wandte seine Aufmerksamkeit wieder Sam zu. „Sam, wie geht es dir?"

Sam schob eine Hand vor die Videokamera, die auf den Briefkasten gerichtet war, und winkte. „Ich muss aufstehen und rumlaufen, damit mir die Beine nicht einschlafen. Sie ist wirklich gut. Sie ist nicht gleich fünf Minuten nach dem Eintreffen der Sendung gekommen, als wir mental am besten auf sie vorbereitet waren."

„Ich verstehe." Der Nachmittag zog sich hin.

Paul aß sein Sandwich auf und nahm ein Befragungsprotokoll zur Hand, legte es aber gleich wieder weg. Dann beschloss er, einfach ein paar Minuten lang Ann zu beobachten. Seit er an diesem Vormittag den Monitor eingeschaltet hatte, schrieb sie meist in flottem Tempo. Gelegentlich hielt sie inne, um im Text zurückzuscrollen und ein paar Seiten zu lesen, und hin und wieder unterbrach sie ihre Arbeit ganz und starrte nur nachdenklich auf ihren Bildschirm. So war Ann also, wenn sie schrieb. Er hätte zu gerne gewusst, woran sie arbeitete.

Während er sie beobachtete, verspürte Paul etwas, das er nicht so einfach definieren konnte. Sicherlich Vergnügen. Faszination. Und etwas sehr viel Zärtlicheres.

■

„Paul?"

„Ja, Sam?" Paul legte einen Finger auf die Seite, um die Stelle zu markieren, bis zu der er gerade gelesen hatte, und blickte zum Bildschirm auf. Er erwartete, jemanden auf den Briefkasten zugehen zu sehen, aber das Video zeigte keine Bewegung.

„Der Besitzer ist auf dem Weg nach Hause. Bis jetzt hat niemand den Umschlag abgeholt. Wir müssen davon ausgehen, dass er irgendetwas mit der Sache zu tun hat. Also bereiten wir uns darauf vor, die Mobilfunkmasten lahmzulegen, sobald er seine Post aus dem Kasten geholt hat."

„Wenigstens wird es interessant, wenn er jemand ist, der weiß, wer sie ist, und nicht nur ein zufälliger Zuschauer, dessen Briefkasten sie benutzt. Sag mir Bescheid, wenn es losgeht."

„Mach ich."

Rita gesellte sich im Besprechungsraum zu ihm. Paul las den Audiobericht, den sie ihm reichte. Die Bänder würden vor Gericht Bestand haben.

„Er ist zu Hause, Boss", sagte Sam.

Paul sah zu, wie das Auto in die Garage fuhr, und wartete darauf, dass der Hausbesitzer, der sein Zuhause von der Garage aus betreten hatte, zur Haustür kam, sie aufschloss und seine Post aus dem Briefkasten an der Veranda holte. Zwanzig Minuten verstrichen. Die Haustür blieb geschlossen; der Umschlag blieb, wo er war.

„Damit habe ich nicht gerechnet", sagte Rita schließlich.

Paul schob ihr eine der Vierteldollarmünzen zu, mit denen er gespielt hatte, um die Zeit totzuschlagen. „Willkommen bei einem Nachmittag voller adrenalingeladener Ruhe."

Vierzig Minuten später öffnete sich die Haustür.

„Er hat gerade seine Post aus dem Kasten geholt", sagte Sam zu seinen Leuten. „Larry, blockier die Sendemasten. Zwingen wir ihn, das Festnetz zu benutzen, wenn er einen Anruf tätigen will."

Paul beobachtete, wie die Tür sich schloss, und wartete auf Nachricht von Sam, dass sie einen Anruf abgefangen hatten. Das Garagentor blieb geschlossen, die Haustür auch. Paul wartete eine Stunde. „Sam?"

„Das ist nicht gut. Er hat niemanden angerufen. Und offensichtlich hat er auch nicht vor wegzugehen. Meine Leute berichten, dass er in der Küche ist und sich etwas zu essen macht."

„Na, prima. Hat jemand gesehen, was er mit der Post gemacht hat?"

„Nein. Er hatte sie nicht in der Hand, als er in die Küche ging, und wir haben nicht gesehen, dass er nach oben gegangen wäre. Auf den Rest des Hauses haben wir keinen guten Blick. Wir müssen die Blockade der Mobilfunkmasten aufheben."

„Einverstanden. Und haltet nach jemandem Ausschau, der sich dem Haus nähert, sobald es dunkel wird. Er wartet auf jemanden oder auf eine bestimmte Uhrzeit."

„Wir stellen uns gerade darauf ein."

„Was meinst du, Rita?"

„Sie weiß, dass wir das Haus beobachten. Er macht keine Anstalten, ihr die Sendung zu bringen. Also hat sie ihn vielleicht gebeten, sie neu zu verpacken und an eine andere Adresse zu schicken?"

„Könnte sein. Oder sie hat sich überlegt, was wir tun würden, und verfolgt einen eigenen Plan. Wir waren diejenigen, die unbedingt sehen wollten, wie sie den Umschlag entgegennimmt, und sie kontert mit einer langen Verzögerung und Ausdauer, um uns von unserem Plan abzubringen. Sie macht ihre Sache gut." Paul lehnte sich auf seinem Stuhl zurück und nahm seine Vierteldollarmünze wieder in die Hand. „Uns bleibt nichts anderes übrig, als zuzusehen und zu warten."

■

„Paul?"

„Wir sind immer noch hier, Sam."

„Es sieht aus, als würde er schlafen gehen. Er hat nichts getan, ist nirgendwohin gegangen, hat niemanden angerufen. Er hat nur den Umschlag ins Haus geholt. Augenscheinlich wartet er."

„Das tun wir auch. Mach es dir bequem, Sam, aber sorg dafür, dass deine Leute sich abwechseln, damit immer ein frisches Paar Augen das Haus im Blick behält. Wenn sie um drei Uhr morgens auftaucht und er die Hintertür für sie offen gelassen hat, müsst ihr schnell handeln."

„In Ordnung. Geh nach Hause, Paul. Ich rufe dich an, wenn sich hier etwas tut. Du auch, Rita."

Rita unterdrückte ein Gähnen und lächelte entschuldigend. „Das klingt gut."

Paul blickte zu dem Bildschirm, auf dem Ann zu sehen war. Sie war immer noch an der Arbeit. Zwischendurch war sie für eine halbe Stunde verschwunden, um sich ein Brot zu machen, und dann war sie eine Stunde mit Black spazieren gegangen, aber ansonsten hatte sie den ganzen Tag geschrieben. Es sah aus, als wäre sie ganz konzentriert, und sie schien keinerlei Ermüdungserscheinungen an den Tag zu legen. „Ich bleibe noch ein bisschen."

Rita stand auf, warf einen Blick auf Ann und lächelte Paul zu. „Man muss einfach bewundern, wie sie arbeitet. Ich werde schon vom Zusehen ganz müde."

„Es ist das erste Mal, dass ich sehe, wie sie an einer Geschichte arbeitet, abgesehen von den Notizblöcken und handgeschriebenen Zetteln. Es ist sehr lehrreich."

Rita nahm einen Stift und fügte eine Notiz zu der Liste an der Wand hinzu. „Ich habe unsere Killerin unterschätzt. Sie weiß, wie man eine Verhandlung eröffnet. Ich kenne ihren Plan nicht, aber ich habe eine Ahnung, wie er aussehen könnte. Wir sind abgelenkt und müssen viele Dinge gleichzeitig tun, während sie einfach wartet. Wenn unser Hausbesitzer das Haus verlässt, nimmt er den Umschlag dann mit oder lässt er ihn daheim? In ein paar Tagen, wenn er in die Schule geht, hat er das Päckchen dann dabei oder nicht? Das geht ein paar Stunden oder Tage so, dann erwischt sie uns bei einem Schichtwechsel, sie inszeniert eine Ablenkung und kann vielleicht zum Haus gehen und mit dem Umschlag verschwinden."

Paul nickte. „Wir haben heute etwas über sie gelernt. Wir wissen jetzt, dass sie Geduld hat. Wir werden geduldiger sein müssen als sie, wenn wir sie fassen wollen. Geh nach Hause, Rita. Wir sehen uns morgen."

„Nacht, Boss."

Paul wartete, bis Rita gegangen war, dann winkte er Ann zu. Sie schaltete den Ton ein. „Hi." Er hatte sie aus ihren Gedanken gerissen und konnte förmlich dabei zusehen, wie sie auf die Unterhaltung mit ihm umschaltete.

„Unser Lehrer hat die Post ins Haus geholt und niemanden angerufen. Er ist auch nicht weggefahren. Er hat sich etwas zu essen gemacht, ein bisschen ferngesehen und ist dann schlafen gegangen. Niemand hat den Umschlag abgeholt, also liegt er offensichtlich einfach dort."

„Man muss ihren Plan bewundern. Sie sitzt alles, was ihr in Stellung gebracht habt, um sie zu fassen, einfach aus."

„Was meinst du, was passieren wird?"

„Eine Seite wird als Erste blinzeln. Und das solltet nicht ihr sein. Ihr müsst warten."

„Das denke ich auch. Sie ist gut."

„Ich höre Bewunderung in deiner Stimme."

„Wir hätten sie schon vor Jahren geschnappt, wenn sie nicht so gut darin wäre, im Dunkeln zu bleiben. Ich bewundere ihre Taktik, hoffe aber natürlich, dass es mir gelingen wird, ihr einen Schritt voraus zu sein."

„Sie hatte Zeit zum Planen und dadurch hat sie alle diese Vorteile. Ich vermute etwas Einfaches. Er schickt ihr den Brief. Wenn er am Montagmorgen auf dem Weg zur Schule mehrere Hundert Briefe in mehrere Briefkästen wirft, was wollt ihr dann machen?"

„Das Problem lösen wir, wenn es so weit ist."

Sie lächelte. „Sie will diese Unterlagen haben. Sie will nicht, dass ihr sie findet. Sie wird bekommen, was sie will. Du solltest nach Hause gehen, Paul. Schlafmangel ist wenig hilfreich."

„Bald. Gehst du auch schlafen?"

„Ich muss noch ein bisschen was machen."

„Dann lasse ich dich in Ruhe."

„Danke für das Update." Sie hatte sich schon wieder dem Text auf ihrem Bildschirm zugewandt.

Der Unterschied zwischen einer Nachteule und einem Morgenmenschen war Paul schon immer klar gewesen, aber jetzt fing er erstmals an, ihn körperlich zu spüren. Sie war hellwach und er konnte die Müdigkeit in sämtlichen Fasern seines Körpers spüren. Abrupt stand er auf, um sich etwas zu trinken zu holen.

Ihn interessierte, wie Ann in der Zeit war, die sie als ihre Hochphase bezeichnete, und wenn sich ihm schon so überraschend die Gelegenheit dazu bot, würde er sie beim Schopf ergreifen. Er machte es sich, so gut es ging, bequem und sah Ann zu, während er sich wünschte, er säße zu Hause in einem gemütlichen Sessel.

Irgendwann nach ein Uhr hörte sie auf zu schreiben. Sie speicherte ihre Arbeit und streckte sich. Dann gähnte sie und entspannte sich merklich, während die restliche Energie sie verließ. Sie griff nach ihrem Getränk und sah die Dose erstaunt an, als sie merkte, dass sie leer war.

„Während ich deine Bücher gelesen habe, habe ich mir Gedanken gemacht, wie der Schreibprozess wohl aussieht. Ich habe es mir nicht einfach vorgestellt, aber ich habe auch nicht damit gerechnet, dass jeder Schritt so anstrengend ist."

„Polizistin zu sein, ist Arbeit. Das hier ist etwas, das ich einfach liebe."

„Es hat Spaß gemacht, dir zuzusehen. Also ... du hast meine Personalakte gelesen."

Sie stützte das Kinn auf eine Hand und grinste. „Willst du hören, was ich denke?"

„Ich bin schon den ganzen Tag neugierig."

„Das dachte ich mir. Ich habe nur ein Wort dafür, Paul, und das ist *wow*! Du hast mir einiges verschwiegen, Kumpel. Als Agenteneuling warst du ein ganz schöner Draufgänger. Du warst bei deinen Einsätzen ziemlich mutig."

Er spürte, wie sein Gesicht warm wurde, und war froh, dass sie mit dieser Unterhaltung gewartet hatte, bis sie allein waren. „Ich war zu unerfahren, um zu begreifen, was für ein Idiot ich war. Für diesen Enthusiasmus wurde ich zweimal angeschossen."

„Obwohl du mich ja gewarnt hattest, dass es diese Episoden gibt, war ich beim ersten Durchlesen echt baff. Aber da du sie überlebt hast, konnte ich beim dritten Durchgang durchaus einen Funken Humor darin erkennen – wenn du dich schon anschießen lässt, hast du zumindest interessante Geschichten zu erzählen. Du als Erster hinter einem Mordverdächtigen her und er wartet an der Tür, um den ersten Polizisten, der über die Schwelle tritt, abzuknallen? Ich würde sagen, du hattest Glück, dass er nur die Schulter erwischt hat. Beim zweiten Treffer weiß ich auch nicht, wie du da heil rausgekommen bist. Ein Teenager in einem Treppenhaus, der den Abzug eines Revolvers betätigt, als du kommst, um seinen Vater in einer Mordsache zu befragen. Zu dieser Art unberechenbaren Begegnung kommt es halt, wenn man lange genug im Polizeidienst ist."

„Die Krankenhausaufenthalte waren etwas, das ich nicht wiederholen möchte."

„Ich habe mich gelegentlich gefragt, warum du nicht längst verheiratet bist, aber jetzt, wo ich deine Akte kenne, ist es ein bisschen offensichtlicher. In den ersten zehn Jahren warst du im ganzen Land unterwegs. Du warst nie lange genug an einem Ort, um eine wirklich ernsthafte Beziehung zu führen."

„Das, und ich wollte nicht, dass eine Frau meine Tu-was-getan-werden-muss-Einstellung dämpfte. Verheiratet zu sein bedeutet, dass man gelegentlich zu Hause sein muss und keine übergroßen Risiken eingeht."

„Ist deine Einstellung immer noch so?"

„Die Zeit zu Hause empfinde ich immer noch als Muss. Die übergroßen Risiken – das würde wohl mehr von der Perspektive meiner Frau abhängen. Man kann die Grenzen auf unterschiedliche Weise ziehen. Und was für mich als Neuling noch ein Risiko war, ist jetzt wahrscheinlich kein ganz so großes Risiko mehr. Jedenfalls möchte ich glauben, dass Erfahrung beim Beurteilen einer Situation hilft. Wieso lächelst du?"

„Ich habe Freunde, die glauben, eine Schießerei aus nächster Nähe, bei der sie zwei zu eins unterlegen sind, sei ein Routinetag. Das ist alles relativ."

„Ich würde wahrscheinlich zusammenzucken, wenn ich wüsste, an welchen Orten und unter welchen Bedingungen du manchmal im Flieger sitzt."

„Das würdest du und du hättest allen Grund dazu. Ich kann ein Flugzeug in grenzwertigen Situationen lenken, wenn es sein muss. Ich bin nicht darauf aus, es zu beweisen, aber gelegentlich sorgt ein Freund dafür, dass ich es muss." Sie lehnte sich auf ihrem Stuhl zurück. „Aber das ist ein anderes Thema … Du hattest in der Highschool oder im College keine Freundin, die du für die Liebe deines Lebens gehalten hast?"

„Ich hatte immer gute Freundinnen, aber es gab nicht die Eine, von der ich glaubte, dass sie meine Zukunft wäre." Er zögerte. „Du wirst mich nicht fragen."

„Ich bin mir nicht sicher, ob ich die Antwort wissen will."

Ann lächelte. „In meinen Zwanzigern war ich zweimal kurz davor. Ich hatte mich genug in die Männer verliebt, um ihre Eltern kennenzulernen und über einen Zeitraum von zwei Jahren eine Menge Zeit mit ihnen zu verbringen. In beiden Fällen habe ich einen Rückzieher gemacht, kurz bevor mir ein Ring angeboten wurde. Einer hatte eine angespannte Beziehung zu seiner Mutter, die bei mir die Alarmglocken schrillen ließ, und der andere hatte Launen, für die ich keinen Grund erkennen konnte. Das waren für mich subtile Hinweise, wie sie sich in den nächsten fünfzig Jahren entwickeln könnten. Wahrscheinlich war ich zu vorsichtig – sie waren und sind sehr nette Männer. In beiden Fällen traf ich jedenfalls am Ende die Entscheidung, dass ich nicht den Rest meines Lebens mit diesem Mann verbringen wollte. Dann beschloss ich, Polizistin zu werden, und das veränderte meine Prioritäten. Eine Beziehung zu führen, war schon schwierig genug, als ich mich noch ganz aufs Schreiben konzentrierte und darauf, herauszufinden, wie man eine gute Geschichte erzählt. Als dann noch der Polizeijob dazukam, standen auf meiner Prioritätenliste andere Dinge ganz oben, als eine gute Ehefrau zu sein, einen Haushalt zu führen und über Kinder nachzudenken."

Paul schossen mehrere Fragen durch den Kopf, die er ihr gerne gestellt hätte, aber es war schon sehr spät. Deshalb hob er sie sich für ein anderes Mal auf.

Sie schloss die Dateien. „Würdest du mich vielleicht anrufen, wenn heute Nacht etwas passiert? Ich bin neugierig."

„Das mache ich."

„Dann sage ich jetzt mal gute Nacht, Paul."

„Danke für heute, Ann."

„Ich habe es auch genossen. Du bist irgendwie süß, wenn du versuchst, die Zeit totzuschlagen."

„Süß?"

Sie kicherte und beendete die Verbindung.

■

Von zu Hause aus setzte Paul sich um fünf Uhr morgens mit den Agenten in Verbindung, die das Haus beschatteten, und dann noch einmal um sieben Uhr. Als er um neun vom Büro aus erneut anrief, ging ein müde klingender Sam ans Telefon.

„Wie sieht es aus?“

„Immer noch alles ruhig. Er hat seine Samstagszeitung reingeholt und ansonsten nichts gemacht. Keine Anrufe bei den Nummern, die wir haben. Demnächst müsste er sich wirklich mal rühren. Gerade war Schichtwechsel, sodass er von wachen Augen beobachtet wird. Wir haben alles im Griff.“

„Tut mir leid, dass ich nicht vor Ort bin, um selbst eine Schicht zu übernehmen.“

„So schlimm ist es gar nicht. Unsere Gastgeberin hat es sich zur Aufgabe gemacht, uns mit Essen zu versorgen, und der Kaffee ist gut. Ich hatte schon schlimmere Observierungen. Sie sagt, ihr gefalle die Aufregung. Ich rufe dich an, wenn etwas passiert – falls es das überhaupt jemals tut. Es kann auch sein, dass Miss L.S. uns entdeckt hat und das Päckchen gar nicht mehr holt.“

„Bleib optimistisch. Sie wusste nicht, wann es eintreffen würde. Vielleicht ist sie diejenige, die das Ganze falsch einschätzt, oder sie hat ganz bewusst eine Verzögerung geplant und versucht, uns mürbe zu machen.“

„Wenn sie das vorhat, funktioniert es. Wir werden hier bald verrückt, während wir darauf warten, dass irgendetwas passiert. Wenn es noch eine Nacht ohne irgendwelche Vorkommnisse gibt, muss ich frische Leute einsetzen.“

„Was immer nötig ist.“

„Vor ungefähr einer Stunde habe ich beschlossen, dass wir endlich einem würdigen Gegner gegenüberstehen. Ich frage mich immer noch, warum sie diesen Lehrer ausgewählt hat.“

„Irgendwann werden wir die Antwort wissen. Halt die Ohren steif, Sam.“

Paul legte auf und überlegte, ob er Ann anrufen sollte, aber er konnte ihr nichts anderes erzählen als gestern Abend. Und er hoffte, dass sie noch schlief. Also stand er stattdessen auf und holte sich noch einen Kaffee.

■

Pauls Telefon klingelte um kurz nach elf Uhr. Er sah die Nummer des Anrufers auf dem Display und griff zum Hörer. „Ja, Zane?"

„Gerade sind vier Bänder zusammen mit der unterschriebenen Vereinbarung per Kurier eingetroffen."

„Du machst Witze."

„Es ist ein Originaldokument, sogar mit Tintenfleck."

„Wir haben nicht gesehen, dass sie unsere Sendung abgeholt hat. Ist ein Brief von ihr dabei?"

„Nein. Nur die vier Kassetten und der Vertrag."

„Kannst du sie herbringen, Zane?"

„Ich bin schon unterwegs."

„Bring sie zu Rita, wenn du kommst."

„Mach ich, Paul."

■

Sam nahm sein Handy und antwortete nach dem ersten Klingeln. „Ja, Paul?"

„Zane hat gerade angerufen. Es sind vier Tonbänder und eine unterschriebene Vereinbarung eingetroffen."

„Wie denn das?" Sam war schockiert. „Der Lehrer ist nicht weggegangen, seit er die Post reingeholt hat, und es ist niemand gekommen, um ihn zu besuchen."

„Gute Frage, aber sie hat den Umschlag bekommen."

„Warte mal. Ich werde an seine Tür klopfen."

Sam ging zu dem Haus hinüber, das sie die ganze Zeit beobachtet hatten, und hämmerte gegen die Tür. Bei jedem Schritt über die Straße wuchs seine Überzeugung, dass es wenige Dinge gab, die so frustrierend waren wie die Erkenntnis, dass man reingelegt worden war. Der Lehrer machte mit einer Kaffeetasse in der Hand und einer fragenden Miene auf.

„Mr Lewis Graves?"

„Ja."

Sam hielt seinen Ausweis und die Marke hoch. „Ich bin FBI-

Agent Sam Truebone. Ich muss Ihnen eine Frage über eine Postsendung stellen, die Sie am Freitag erhalten haben."

Mr Graves trat zurück und winkte ihn herein, während er Sam verständnislos ansah. „Worum geht es denn?"

„Sie haben eine blauweiße Express-Sendung erhalten."

„Ja, die Schule, an der ich unterrichte, hat Rentenpläne geschickt." Er deutete mit dem Kopf auf den Schreibtisch im Nebenzimmer. Der Umschlag lag auf einem Stapel Papier.

„Und das war der einzige Expressbrief, den Sie bekommen haben?"

„Ja. Was –"

„Wir suchen eine Sendung, die falsch adressiert wurde. Es wäre hilfreich, wenn ich den Umschlag haben könnte."

„Natürlich." Er holte ihn und gab ihn Sam.

Sam sah auf einen Blick, dass der Adressaufkleber von einer Frau beschriftet worden war. Den Aufkleber für den ursprünglichen Umschlag hatte er selbst geschrieben. „Vielen Dank, Sir. Ich weiß Ihre Hilfe zu schätzen. Jetzt halte ich Sie nicht länger auf." Er trat auf die Straße und zog sein Handy heraus, während er zum Wagen ging. „Paul? Sie hat die Umschläge vertauscht. Wir haben einen Expressbrief beobachtet, der Unterlagen der Schulbehörde enthielt. Die Frage ist, wo sie den Tausch vorgenommen hat. Hat sie jemanden bei der Post, der ihr hilft?"

„Das ist das Wahrscheinlichste. Aber egal, wie sie es gemacht hat, sie wird sich nicht noch einmal der gleichen Methode bedienen. Komm zurück. Wir schicken hier jemanden zur Post, um zu sehen, ob er etwas herausfinden kann. Du und ich sollten uns auf das konzentrieren, was die Bänder uns bringen."

■

Paul rief Arthur an, um ihn auf den neuesten Stand zu bringen.

„Interessant", sagte sein Boss. „Sie hat den Umschlag unterwegs vertauscht. Das sagt uns wieder etwas über sie. Wenn sie vorhat, unsere Sendungen abzufangen, muss sie die Tonkassetten in Gruppen zusammengefasst haben. Sie kann nur eine begrenzte Zahl solcher Arrangements organisiert haben. Also kann sie die Sache nicht mit einem ständigen Hin und Her in die Länge ziehen. Drei, vier, vielleicht fünf Sendungen, würde ich sagen."

„Bei dieser Lieferung war kein neues Angebot dabei."

„Das ist noch interessanter. Sie gibt uns Zeit, damit wir sehen, wie wertvoll die vier Bänder sind, bevor sie ihr nächstes Angebot macht. Das ist klug."

„Sie hat alles bis ins kleinste Detail geplant, so wie sie es bei ihren Morden auch gemacht hat."

„Sie stellt eine Herausforderung dar, was bedeutet, dass es ein besonderer Triumph sein wird, wenn ihr sie fasst, Paul. Wir haben jetzt sechs Tonbandaufnahmen und das ist ein Fortschritt. Halt mich auf dem Laufenden."

„Mach ich, Arthur."

■

Paul sah zu, wie Rita einen fünften Namen an die Tafel schrieb. Sie hatten sechs Tonbänder. Und sie hatten fünf Übereinstimmungen von Stimmen und Namen. Bis zum Abend würden sie höchstwahrscheinlich auch den letzten Sprecher identifiziert haben. „Gute Arbeit, Rita."

Inzwischen kannten sie einige Namen derer, die einen Mord in Auftrag gegeben hatten. Sechs von dreißig Kassetten hatten sie. Er wollte die nächsten Aufnahmen und die ganze Wahrheit.

„Was glaubst du, wann wir wieder von ihr hören?", fragte Rita.

„In ein, zwei Tagen", vermutete Sam. „Sie wird so schnell wie möglich den bestmöglichen Deal aushandeln wollen, für den Fall, dass wir sie bei einer der Postsendungen schnappen. Was meinst du, Rita?"

„Sie ist geduldig und sie ist jemand, der alles genau plant. Wenn sie nicht sofort reagiert, macht uns das unsicher. Also würde ich sagen, dass wir innerhalb einer Woche von ihr hören."

„Boss?"

„Ein Monat", erwiderte Paul. „Sie wird sich erst vergewissern, dass es keine Spuren gibt, die uns zu ihr führen. Sie sitzt die Sache aus. Erst wenn wir völlig zermürbt sind, werden wir wieder von ihr hören. Das würde ich an ihrer Stelle tun, und ich fürchte, dass sie das auch tatsächlich tun wird."

Sam schnitt eine Grimasse. „Sie wird uns wahnsinnig machen."

„Vermutlich werden wir demnächst viel Zeit im Fitnessstudio und auf dem Schießstand verbringen. Die Warterei wird Nerven kosten. Rita, dich teile ich für den Postdienst ein. Päckchen, Umschläge, Lieferungen, kurz: alles, was von ihr kommen könnte, darfst du auf Fingerabdrücke untersuchen und aufmachen."

„In Ordnung." Sie musterte ihn. „Was glaubt Ann?"

„Dass wir sie fassen werden."

Sam grinste. „Ich wusste doch, dass ich sie mag."

14

Sluggers Corner gegenüber vom Fitnessstudio war ein beliebter Treffpunkt, sowohl für die Polizisten der Chicagoer Polizei als auch für die Bundesbeamten. Paul nahm auf einem Hocker Platz, um das Ende des Spiels zu gucken, und bestellte sich eine Limonade und eine Packung Erdnüsse. Die Sandwiches, die man hier bekam, waren gut, aber er hatte vor, sich einen doppelten Cheeseburger zu machen, wenn er später nach Hause kam. Ann war in Iowa und es gab keinen besonderen Grund, früh heimzugehen. Zwei Wochen ohne ein Wort von der Killerin und er hatte nicht einmal Arbeit in der Aktentasche, mit der er sich beschäftigen musste. Er würde sich das Spiel zu Ende anschauen.

„Bestell mir auch eine."

Als Paul zur Seite blickte, stellte er fest, dass Ann sich auf den Hocker neben ihm setzte. Er grinste und freute sich riesig, dass sie bei ihm war. Er fragte sich nur, warum sie durch den Regen gelaufen war. „Du bist ganz nass." Paul bestellte ihr Getränk und öffnete seine Sporttasche, um ein sauberes Handtuch herauszuholen.

„Es regnet." Sie nahm das Handtuch, ließ ihre Jacke von den Schultern gleiten und trocknete sich das Gesicht ab. Zu viele Polizisten im Raum bemerkten ihre Waffe, erkannten sie nicht und sahen keinen Ausweis. Paul hielt seine Marke hoch.

„Tut mir leid."

„Du könntest dich umdrehen und ‚Ermittlungsbeauftragte für den Mittleren Westen' sagen."

„Dann würde ich nur noch über Arbeit reden. Heute bin ich hier, um dich zu sehen." Sie nahm ihre Limonade dankend entgegen und griff nach ein paar Erdnüssen.

„Haben wir Zeit für einen Film?"

Sie trank einen Schluck, holte dann tief Luft und wandte sich ihm zu. „Das hatte ich gehofft, aber ich habe vorhin einen Anruf erhalten. Ich breche nach Ohio auf, sobald diese Wetterfront vorübergezogen ist. Und da muss ich höchstwahrscheinlich eine Weile bleiben."

Er sah es in ihrem Gesicht und hörte es in ihrer Stimme. Sein Lächeln erstarb. „Etwas Schlimmes."

„Dies ist eine der Gelegenheiten, bei denen ich es bereue, die Ermittlungsbeauftragte zu sein." Sie legte die Hände um ihr Glas und schüttelte den Kopf. „Entschuldige, es ist für den Beamten vor Ort heftiger als für mich. Ich werde mehr wissen, wenn ich dort bin. Zwei Stunden habe ich noch, bevor ich in der Luft sein will. Ich fliege hinter der Sturmfront her und der Wind kann unberechenbar sein."

„Ich kann dir etwas zu essen anbieten, wenn du noch kein Abendessen hattest."

„Das Angebot nehme ich gerne an."

„Bist du mit dem Auto hier?"

„Ich bin von Kate hierhergelaufen."

„Ich hole meinen Wagen und sammle dich am Eingang ein. Dann suchen wir uns ein ruhigeres Plätzchen."

„Der Regen macht mir nichts. Lass uns zusammen zum Auto gehen."

Paul griff nach seiner Sporttasche und führte Ann zu seinem Auto.

Ein paar anstrengende Tage warteten auf sie und sie sah schon jetzt erschöpft aus. Paul überlegte, welche Optionen sie an diesem Abend hatten, und lenkte den Wagen in Richtung Zuhause. „Ich habe geübt, einen richtig guten heißen Kakao zu machen."

Sie drehte sich zu ihm um, den Kopf an die Kopfstütze gelehnt, und lächelte. „Klingt wunderbar."

„Ich mache uns Cheeseburger und Pommes, und du kannst in meinen Fotos blättern und dir ein Bild von meiner Familie machen. Es gibt ein paar Geschichten, mit denen ich dich sicher zum Lachen bringen kann."

„Danke." Sie schloss die Augen. „Ich hatte mich auf den Film gefreut."

Er streckte die rechte Hand aus und ergriff die ihre. Sie drehte die Handfläche nach oben und verschränkte ihre Finger mit seinen.

„Mein Bruder Joseph will eine Süßigkeitenfirma kaufen. Er hat Muster geschickt."

Sie lächelte. „Das klingt nach versuchter Familienbestechung."

„Das Karamell ist echt super. Der jetzige Vorstand wollte zu schnell expandieren und hat zu viele Schulden, aber die Ware ist gut und die Angestellten lieben ihre Firma. Wir werden schnell neue Märkte finden müssen, um die Herstellung auf einem Niveau halten zu können, das nötig ist, um die Expansion zu finanzieren. Es sind mehrere Hunderttausend mehr, als die Falcons normalerweise in ein Unternehmen investieren, und die Größe der Anschaffung birgt mehr Risiken, als mir gefällt." Paul schüttelte den Kopf.

„Was wirst du tun?"

„Ich weiß es noch nicht. Momentan rede ich mit Gott. Suche nach Ideen. Es ist schwierig, das Risiko zu reduzieren. Das Unternehmen hat noch keinen hohen Markenwert und die Fabrik ist zwar neu, aber man würde bei einem Verkauf nicht das Geld bekommen, das hineingesteckt wurde. Das Geld, das wir investieren würden, stünde komplett auf dem Spiel. Die Gläubiger müssten bereit sein, ihr Kapital vorerst im Unternehmen zu belassen und sich damit einverstanden erklären, dass wir sie erst nach und nach auszahlen, wenn die Verkaufszahlen das Niveau der möglichen Produktionsmenge erreicht haben. Ich hoffe, ich langweile dich nicht." Er warf Ann einen fragenden Blick zu.

Sie schüttelte den Kopf. „Nein, das klingt gut – und ist etwas ganz anders als das, was ich heute noch zu tun habe. Das Schreiben ist auch ein Geschäft und Flugzeuge kosten ebenfalls Geld. Du befindest dich also bei mir auf vertrautem Terrain. Was meinst du, wie deine Entscheidung ausfallen wird?"

„Joseph ist gut in der Abwicklung, er ist von seinen Fähigkeiten überzeugt und er könnte wahrscheinlich die Verkäufe rechtzeitig steigern, um die Schulden zurückzuzahlen, aber Teil meines Jobs ist es, ihn vor sich selbst zu schützen. Dad muss mit den jetzigen Gläubigern sprechen. Wenn sie einen Weg sehen, mit uns zusammenzuarbeiten, könnte die Familie als Käufer auftreten. Sonst müssten wir uns noch mehr Gedanken um die Sache machen."

„Wird Joseph der gleichen Meinung sein?"

„Er würde nicht fragen, wenn er nicht bereit wäre, auf meinen Rat zu hören. Dad ist derjenige mit dem letzten Wort, wann immer wir uns nicht einigen können."

„Das wirst in Zukunft du sein."

„Irgendwann. Ich habe keine Eile damit. Dad hat vor, noch sehr lange zu leben, und das ist mir ganz recht."

Paul bog in seine Parkbucht ein. „Von hier aus gehen wir einen halben Block zu Fuß." Er ließ Anns Hand nur widerwillig los und ging um den Wagen herum, um ihr die Tür zu öffnen.

„Wohnst du gerne in diesem Stadtteil?"

„Ja. Es ist in der Innenstadt, aber man kennt trotzdem die Nachbarn."

Er führte sie zur Haustür eines wundervollen alten Steingebäudes, durch den Eingangsbereich und zu den Aufzügen. Man brauchte einen Code, um das Stockwerk zu wählen. „Ich glaube, ich habe erwähnt, dass der vierte Stock seit Jahrzehnten im Besitz unserer Familie ist, oder? Als mein Großvater noch lebte, habe ich ihn hier immer gerne besucht. Als ich mich dann entscheiden musste, ob ich an der Ostküste bleiben oder nach Chicago ziehen wollte, war es diese Wohnung, die den Ausschlag gegeben hat."

„Wirst du in Chicago bleiben, wenn du das Familienoberhaupt der Falcons bist?"

„Ich habe eine Stelle beim FBI angenommen, damit ich dort arbeiten kann, wo ich gebraucht werde, wenn es so weit ist. Jackie liebt Chicago und wird hierbleiben. Marie mag New York. Mein Vater teilt sich seine Zeit zwischen hier und New York auf. Harper geht es in Boston gut, Boone in Colorado und Texas, und Joseph hat sich noch nicht irgendwo niedergelassen. Unsere Cousins wohnen an der Ostküste."

Der Aufzug hielt und die Tür öffnete sich zu einem Flur mit Marmorfußboden. Gegenüber der Aufzugtür stand eine große Statue von einem Reiter zu Pferde. Ann grinste. „Das hatte ich nicht erwartet."

„Ich habe meinem Großvater versprochen, dass es einen Ehrenplatz behält. Der Rest der Wohnung wurde mehr nach meinem Geschmack renoviert, aber er liebte den Wilden Westen." Paul hängte erst ihre Jacke, dann seine an die Garderobe.

„Mit einem solchen Großvater ist es klar, dass du ihn als Junge gerne besucht hast."

„Das habe ich. Also, das Wohnzimmer ist links, Küche und Esszimmer sind rechts, Fernsehzimmer und Büro geradeaus, und am

Ende des Ganges gibt es vier Schlafzimmer. Du kannst dich gerne umsehen, während ich anfange, uns etwas zu kochen."

„Gerne."

Paul war gerne in der Küche und genoss den Gedanken, eine Mahlzeit für Ann zuzubereiten. Er schob Jackies Apfelauflauf in den Ofen, um ihn aufzuwärmen, und wandte sich dann den Cheeseburgern und Pommes zu. Nervennahrung war genau das Richtige für einen Abend wie diesen. Fünfundzwanzig Minuten später kam Ann in die Küche geschlendert und schob sich auf einen Barhocker. „Mir gefällt dein Zuhause. Du hast eine schöne Kunstsammlung."

Er schob ihr einen Becher mit heißem Kakao zu, dazu eine Tüte mit kleinen Marshmallows. „Es gibt keinen Garten, also bin ich drinnen, wenn ich zu Hause bin. Von diesem Stockwerk aus gibt die Aussicht außer anderen Häusern auch nicht viel her, deshalb umgebe ich mich mit Kunstwerken, die ich mag, um etwas Schönes zu betrachten. So entspanne ich mich. Wenn ich am Wochenende ein paar Stunden freihabe, gehe ich gerne in Galerien."

Er wendete die flachen Frikadellen in der Pfanne und legte den Käse auf.

„Du hast nicht viel Zeug. Da fühle ich mich ein bisschen unbehaglich."

Paul lachte. „Darüber brauchst du dir keine Gedanken zu machen. Die Vorstellung, in einem vollen Haus zu leben, jagt mir keine Angst ein. Ich habe einfach als sehr junger Mann gelernt, Ordnung zu halten. Damals hatte ich nicht viel Zeug und noch weniger Platz, und diese Gewohnheit habe ich nie aufgegeben. Du bist kreativ und ein visueller Mensch; woran du arbeitest, ist sichtbar. Ich bin nicht so visuell veranlagt. Ich vergesse eine Sache nicht, wenn ich sie in einer Schublade verstaut habe. Und diese Wohnung ist so groß, dass sogar noch Schubladen leer bleiben, obwohl alles seinen Platz hat."

Er faltete etwas Küchenpapier und holte die Pommes Frites aus dem heißen Öl, um sie darauf abtropfen zu lassen. „Ich fühle mich hier wohl, obwohl die Wohnung viel zu groß für mich ist. Sie ist für Kinder und Haustiere und Familie und Gäste konzipiert. Ich verliere mich hier drin, aber ich liebe dieses Haus. Alle ein, zwei Monate lade ich ein paar Freunde zum Essen hierher ein – Sam und

Rita von der Arbeit, Freunde der Familie. Meine Verwandtschaft kommt oft vorbei, manche bleiben auch über Nacht. Ich sehe mir oft Sportsendungen an, ich erledige Papierkram für Familienangelegenheiten und ich koche gerne hin und wieder. Für Chicago ist es ein gutes Leben."

„Es passt zu dir."

Er stellte einen beladenen Teller vor Ann auf die Arbeitsplatte. „Cheeseburger und Pommes schmecken heiß am besten. Fang schon mal an, während ich meinen fertig mache."

Sie streckte die Hand nach der Ketchupflasche aus. „Da sage ich nicht Nein. Ich hatte heute kein Mittagessen." Dann fing sie an zu essen.

Nachdem Paul seinen eigenen Teller gerichtet hatte, schob er sich auf den Hocker neben ihr. „Ich bin froh, dass du hier bist, Ann."

„Was hast du da reingetan?"

„Das ist Jackies Geheimnis. Ich darf es niemandem sagen."

„Das ist ein echter Gourmet-Cheeseburger."

Paul lachte. „Ich koche dir gerne etwas – komm vorbei, wann immer du in der Gegend bist."

„Das ist nicht persönlich gemeint, aber ich glaube, ich muss Jackie kennenlernen."

„Ihr Apfelauflauf steht im Ofen."

„Du bringst mich noch um." Sie lehnte sich einen Moment lang an seine Schulter und schloss die Augen. „Danke. Das brauchte ich jetzt."

Er drückte einen Kuss auf ihre Haare. „Gern geschehen."

Sie widmete sich wieder ihren Pommes Frites. „Warum ist Jackie Köchin geworden?"

„Sie ist ein Essensjunkie mit Sinn fürs Geschäftliche."

Ann lachte. „Ich mag sie schon jetzt."

„Sie führt eine Küche, als stünde sie auf der Brücke eines Kriegsschiffs. Ich weiß nicht, wie ihre Köche es überleben, unter ihr zu arbeiten, aber sie vergöttern Jackie. Zusammen haben sie schon sechs Restaurants eröffnet. Sie machen das Konzept erfolgreich, lernen ihre Nachfolger an, damit die ihre Maßstäbe erfüllen, und gehen dann zur nächsten Herausforderung über. Zwischen den Restaurants bekommen sie alle drei bis vier Jahre einige Monate frei."

Paul drehte seinen Laptop herum und klappte ihn auf. Dann klickte er auf die Datei, in der sich die Familienfotos befanden. „Wir haben eine gesicherte private Familienwebsite, wo jeder Bilder und Nachrichten posten kann, weil wir mitbekommen wollen, was die anderen machen. Aber meine Lieblingsbilder aus den vergangenen Jahren habe ich hier abgespeichert." Er klickte auf ein Bild, das Jackie in einer Restaurantküche zwischen unzähligen Mitarbeitern zeigte. „Jackie."

„Mitten in dem ganzen Tohuwabohu konzentriert sie sich völlig darauf, einen Muffin zu verzieren."

„Einen Geburtstagsmuffin." Er klickte auf das nächste Foto.

Ann lachte. „Wirft sie da mit Kuchen?"

„Ihre Version einer Ananastorte ist nichts geworden. Zu ihrer Ehrenrettung muss man aber sagen, dass sie nach einem solchen Wutanfall selbst sauber macht. Außerhalb ihrer Küche ist Jackie ganz zahm, nur dort gehen die Gefühle manchmal mit ihr durch."

„Du liebst sie."

„Ja. Jedes Jahr zu meinem Geburtstag und auch zu meinem zweiten Geburtstag – dem Tag, als die Adoption endgültig wurde – bekomme ich von ihr einen weißen Kuchen mit Schokoladencreme."

Er scrollte weiter und hielt bei einem Bild aus dem letzten Sommer inne. „Meine Brüder – Harper, Boone und Joseph." Das Foto war eine schöne Erinnerung. Sie saßen am Strand, während die Sonne unterging, mit Sonnenbrand und vom Wind gegerbter Haut, müde und zufrieden. Er klickte auf ein weiteres Foto. „Meine Schwester Marie."

„Du hast sie bislang kaum erwähnt."

„Weil sie nicht will, dass ich mit ihr angebe. Du bist ihr in mancher Hinsicht ähnlich. Sie hasst das Rampenlicht und jegliche Aufmerksamkeit. Marie versteht gerne, wie ein Unternehmen funktioniert. Wie etwas gemacht wird. Wie Dinge hergestellt werden. Sie läuft in einer Fabrik herum und stellt Fragen und ist neugierig, und dann erklärt sie, was los ist und wie man es ändern kann, um es schneller und effizienter zu machen, was wiederum zu besserem Service und besserer Qualität führt. Sie ist die Geheimwaffe der Familie, um eine Firma rentabel zu machen.

Mittlerweile ist sie verheiratet und lebt in New York. Ihr Mann hat für meinen Vater gearbeitet und dabei hat er sich in sie verliebt. Wenn du die beiden zusammen siehst, wirst du ‚perfektes Paar' denken. Sie ist wahnsinnig glücklich mit ihm und er liebt sie mehr, als man mit Worten beschreiben kann."

„Marcus und Shari sind so. Ein perfektes Paar."

Paul stand auf, um das Apfeldessert zu holen. „Meine Familie trifft sich am nächsten Wochenende. Falls du dann aus Ohio zurück bist, solltest du mitkommen und sie persönlich kennenlernen."

„Du weißt, dass sie ihre Schlüsse ziehen werden, wenn ich mit dir dort auftauche."

Er lächelte. „Die Falcons sind ziemlich pfiffig. Ich vermute, sie werden dich eher mehr für mich einnehmen."

„Das werden sie bestimmt."

Er stellte ein Schälchen mit Apfelauflauf und einem Klecks Vanilleeis vor ihr hin und reichte ihr einen Löffel. „Lass es dir schmecken."

Das tat sie.

Während Paul das Geschirr forträumte, merkte er, wie Ann nachdenklich wurde und ihren eigenen Gedanken nachhing. Zuvor hatte er bereits gesehen, dass sie auf die Uhr geblickt hatte. „Bist du fit für einen Nachtflug heute? Es ist eine lange Reise."

„Ich bin eine Nachteule. Der Flug wird kein Problem sein." Sie genoss den Rest ihres Nachtischs. „Jackie ist wirklich eine fantastische Köchin."

Sie brachte ihren Teller zu ihm hinüber und stellte ihn in die Spülmaschine. „Danke für heute Abend."

Paul legte die Arme um sie und drückte sie. Sie lehnte sich an ihn. „Ich bin froh, dass du zu mir gekommen bist", sagte er und merkte erleichtert, dass sie sich in seinen Armen entspannte. Er genoss den Moment und war zufrieden mit der Erinnerung, die dieser Abend für sie beide sein würde. „Komm. Ich bringe dich zum Flughafen."

„Ich kann doch ein Taxi nehmen."

„Das könntest du. Aber ich hätte gerne noch etwas Zeit mit dir."

Die Fahrt dauerte eine Dreiviertelstunde und er ließ sie in Ruhe ihren Gedanken nachhängen. Als er durch die Privateinfahrt des Flughafens und zu dem Hangar gefahren war, auf den sie gezeigt hatte, bat er sie: „Sagst du Bescheid, wenn du gelandet bist?"

„In Ordnung."

In letzter Sekunde nahm Paul noch einmal ihre Hand, um sie zurückzuhalten. „Wenn es dir zu viel wird, ruf mich an."

Ann betrachtete sein Gesicht und nickte. „Das mache ich."

Er ließ sie los und blickte ihr nach, als sie auf den Parkstreifen neben der Startbahn zuging. Er hätte sie fragen können, wo in Ohio sie sein würde und wer sie angerufen hatte. Aber Teile dessen, was sie tat, hatte sie selbst als persönlich bezeichnet. Sie würde demjenigen, der sie um Hilfe gebeten hatte, helfen, und er würde tun, was er konnte, um ihr zu helfen, wenn sie nach Hause kam.

■

Paul schaltete die Nachrichten ein, und auch ohne Anns Bestätigung war ihm klar, dass sie den Mord an einem Polizisten bearbeitete, der von einem anderen Polizisten begangen worden war. Er wusste, wie schwierig die nächsten Tage für sie sein würden, aber sooft er auch an sie dachte, beschloss er, sie nicht anzurufen. Sie würde damit beschäftigt sein, ihre Arbeit zu machen, und manchmal brauchte man diese Konzentration, um einen schwierigen Fall zu überstehen. Angespannt wartete er auf den Videoanruf, der ihm sagte, dass sie endlich wieder zu Hause war. Dieser Anruf kam fünf Tage später. „Ich bin froh, dass du zurück bist, Ann", sagte er lächelnd.

„Das bin ich auch."

Sie sah erschöpft aus, aber diese Ansicht behielt er für sich. „Wie geht es Black?"

Ann verdrehte die Augen. „Willst du ihn dir ein paar Tage ausleihen? Er schmollt, wie nur er es kann. Er spricht nicht mehr mit mir, und das, obwohl ich ihm Geschenke mitgebracht habe." Sie blickte den Gang hinunter. „Vier Geschenke!"

Black jaulte als Antwort.

„Ich werde für diese Reise noch lange bezahlen. Meine Freunde, die auf ihn aufgepasst haben, haben zwei Jungen, die Black vergöttern. Sie haben ihm ihren Footballhelm angezogen, mit seinen Pfoten zwei Kunstwerke geschaffen und seinen Schwanz mit geflochtenen Bändern verziert." Sie kramte die Fotos heraus und hielt sie hoch, sodass Paul sie sehen konnte.

Er musste lachen. Der arme Hund.

„Black könnte jeden der Jungen mit einer Pfote am Boden festnageln, wenn er wollte, also glaube ich, dass die Jungen ihm gar nicht so viel ausgemacht haben. Ich glaube, das eigentliche Problem waren die vier Kätzchen, die ihm überall hin gefolgt sind, weil sie dachten, er wäre ihre Mutter. Black kann Katzen nicht ausstehen, selbst kleine, und er konnte nichts dagegen machen. Er ist nicht glücklich. Sogar sein Abendessen ignoriert er. Als Nächstes werde ich es mit Eiscreme probieren, weil das ein gutes Bestechungsmittel ist."

„Da bin ich ja gespannt, wie das einschlägt."

„Ich werde berichten."

„Du musst schrecklich müde sein. Warum machst du dir nicht einen heißen Kakao und legst dich hin. Ich bin hier."

„Das tue ich wohl besser. Selbst für mich waren es ein paar lange Tage."

■

Paul ging mit einer Schüssel Popcorn und einem kalten Getränk ins Fernsehzimmer zurück. Er blickte zu seinem Bildschirm hinüber und stellte erleichtert fest, dass Ann ihren Notizblock auf dem Couchtisch abgelegt und sich auf dem Sofa ausgestreckt hatte. Entweder dachte sie mit geschlossenen Augen nach oder sie war endlich eingeschlafen.

Er fand im Fernsehen ein Spiel, das er sich anschauen wollte, obwohl er beinahe so müde war wie Ann. Das Hin und Her zwischen Action und Warterei bei seinem Fall zehrte an seinen Nerven.

Das Spiel endete mit einem in der Spielfeldmitte gefangenen Volley. Paul warf wieder einen Blick auf den Bildschirm.

Ann schlief immer noch, aber es war kein erholsamer Schlaf. Sie hatte ganz offensichtlich einen Albtraum. Paul sah die rastlosen Bewegungen ihres Körpers, der sich aus dem Traum zu befreien versuchte. Er konnte die Videoverbindung nicht dazu benutzen, sie zu wecken, weil sie den Ton ausgeschaltet und nach einem Telefonat nicht wieder eingeschaltet hatte. Er griff zu seinem Handy, um sie anzurufen und so zu wecken, doch kaum hatte er begonnen, ihre

Nummer einzutippen, fuhr sie aus dem Schlaf hoch. Ihr Atem ging keuchend. Langsam legte er das Telefon aus der Hand. Ann war leichenblass. Sie setzte sich auf und griff nach einem zerknüllten Handtuch, das sie sich vor den Mund presste, während sie versuchte, einen Würgereflex zu unterdrücken.

Black schmiegte sich an sie, offenbar beunruhigt. Sie holte mehrmals tief Luft und fuhr sich mit einer zitternden Hand durchs Haar. Black versuchte, auf ihren Schoß zu klettern, und sie beruhigte ihn mit einem Kuss auf den Kopf. Dann stand sie auf, aber ihre Schritte waren unsicher. Sie verschwand in Richtung Küche.

Was hatte sie geträumt, das eine solche Panik in ihr Gesicht hatte treten lassen?

Zehn Minuten später kehrte sie in einen weißen Pullover gehüllt zurück und sank in einen der großen Ohrensessel. Dann griff sie nach der Fernbedienung des Fernsehers und schaltete durch die Sender, bis sie bei einem alten Film angekommen war. Sie brauchte den Schlaf, aber nach dem, was Paul gesehen hatte, wusste er, dass sie in den nächsten Stunden nicht mehr schlafen würde.

Er könnte sie anrufen und dazu bringen, dass sie den Ton an ihrem Computer wieder einschaltete und sich mit ihm unterhielt, aber wenn er in diesem Augenblick in ihre Privatsphäre eindringen würde, würde sie sich vielleicht zurückziehen. Offensichtlich kämpfte sie immer noch damit, ihre Gedanken zu beruhigen. Ihm war selbst ein wenig übel, so schlimm war ihr Traum gewesen. Vickys Worte, die ihn vor den Albträumen gewarnt hatten, waren gerade ganz real geworden.

Einem Instinkt folgend speicherte Paul das Video und spielte es noch einmal ab, während er sich die ganze Zeit fragte, ob das zu persönlich, zu intim war. Aber sie war ihm so wichtig, dass er nicht ignorieren konnte, was er gesehen hatte. Er schaltete auf Zeitlupe um, kurz bevor Ann aus dem Schlaf hochfuhr. Und dann sah er es. Das Zusammenzucken und den stechenden Schmerz, der ihren Körper in dem Augenblick durchfuhr, als sie aufwachte. Der Schuss. Vicky hatte gesagt, dass Ann von einem Schuss wach wurde. Er ließ die Szene noch einmal ablaufen und wusste, dass es sogar noch schlimmer war. Sie wachte von dem Schmerz auf, den der Schuss verursachte. Im Geiste erlebte sie alles noch einmal.

■

Am nächsten Abend wartete Paul, bis ihre Unterhaltung ein wenig verebbt war, bevor er sie auf den Albtraum ansprach. „Du hattest gestern Nacht einen schlimmen Traum. Was hast du geträumt, Ann?"

Sie blickte auf und hielt seinem Blick einen Moment lang stand. Er konnte sehen, wie sie zusammenzuckte, als ihr klar wurde, was er gesehen hatte, aber dann seufzte sie und zuckte mit den Schultern, während sie den Blick abwandte. „Wenn man Polizistin ist, hat man manchmal böse Träume. Das ist für mich einfach eine Tatsache. Wenn ich meinen Job aufgebe, träume ich vielleicht weniger. Aber da ich noch nicht bereit bin, das zu tun, muss ich mit den Träumen leben."

„Wie oft hast du sie?"

„So oft, dass ich mich darauf einstelle, sie zu haben."

„Das tut mir leid."

„Mir auch. Ich habe gelernt, damit fertigzuwerden. Lass uns das Thema wechseln, Paul."

Er wusste, wann ein Thema ernsthaft wehtat, und dies war hier der Fall. Ann lebte mit einem Traum, von dem ihr schlecht wurde, wenn sie daraus erwachte. Dahinter verbarg sich etwas Großes und mehr als nur eine Verarbeitung der Ereignisse bei der Arbeit. Er beschloss, ein anderes Mal darauf zurückzukommen, und wechselte das Thema.

15

Die Sonne hatte den Tag so heiß werden lassen, dass die Luft flimmerte und Pauls Hemd ihm am Rücken festklebte. Er wünschte, er hätte daran gedacht, heute etwas Weißes zu tragen anstatt etwas Blaues. Vielleicht hätte er dann weniger geschwitzt. Sam betrachtete mit zusammengekniffenen Augen das Zielblatt, das er in der Hand hielt. „Die letzte Runde ist auf der Linie. Du hast ein bisschen weiß getroffen."

Paul sammelte die letzten Patronenhülsen ein und warf noch einen Blick auf das Zielblatt. „Das bildest du dir ein, Sam." Sie lieferten sich seit zwei Stunden einen Schießwettbewerb und waren immer noch gleichauf. Obwohl mal auf der einen, mal auf der anderen Seite zwei Punkte mehr zu vermelden waren, war es keinem der beiden Männer gelungen, dem anderen gegenüber fünf Punkte Vorsprung zu erreichen. „Willst du wetten?"

Sam hielt das Zielblatt in die Sonne. „Ja. Die Wette gilt." Er zog einen Zwanzigdollarschein aus der Tasche, und Paul hob die Hand, um dem Schiedsrichter zu bedeuten, dass er gebraucht wurde und die Entscheidung treffen musste. Er hatte heute schon achtzig Dollar von Sam gewonnen und hatte nichts dagegen, einen runden Hunderter daraus zu machen.

Sein Telefon klingelte. Paul kramte es aus seiner Tasche. Als er sah, dass es sich bei dem Anrufer um Rita handelte, berührte er Sams Schulter und hielt das Handy so, dass sie beide zuhören konnten, ohne den Lautsprecher einzuschalten. „Ja, Rita?"

„Boss, heute ist ein Brief von ihr in der Post. Ich erkenne das farbige Briefpapier, das sie benutzt. Ich kann es durch den Umschlag erkennen."

„Mach ihn auf, Rita, und sieh nach, was sie uns anbietet."

„Warte."

Sam überreichte dem Schiedsrichter das Zielblatt, über das sie diskutiert hatten. Der Mann zog sein Okular aus der Tasche und kontrollierte den Schuss. „Sauber drin."

Paul grinste und steckte Sams zwanzig Dollar ein.

„Es ist das gleiche hellgrüne Papier und als Absender ist eine Straße in Indiana angegeben. Sie bietet uns vier Bänder an – von Leuten mit hohem Bekanntheitsgrad – und will dafür ihre Gefängnisstrafe in einem Gefängnis im Bundesstaat Wisconsin absitzen."

„Wen kennt sie denn in Wisconsin?", fragte Sam erstaunt. „Erinnert ihr euch daran, dass irgendwo in der Akte etwas von Wisconsin stand? Ich nicht."

„Ich auch nicht", sagte Rita.

„Lass alles auf Fingerabdrücke untersuchen, Rita. Sam und ich machen uns auf den Weg." Paul steckte sein Handy ein.

„Ich dachte schon, sie wäre verschwunden", sagte Sam, während er auf dem Weg zum Parkplatz die Autoschlüssel aus seiner Tasche kramte. „Du hast gesagt, es würde einen Monat dauern, und das stimmt beinahe auf den Tag genau. Ich hoffe, sie hält dieses Muster nicht durch, sonst wird es ein sehr langes Jahr."

„Es ist ein asymmetrischer Deal – vier wichtige Bänder im Tausch gegen einen Ort. Das lässt vermuten, dass jemand in Wisconsin lebt, der ihr wichtig ist."

„Das sehe ich auch so", stimmte Sam zu. „Normalerweise macht es keinen großen Unterschied, in welchem Bundesstaat jemand einsitzt. Das Klima mag verschieden sein, aber die Bundesgefängnisse selbst werden ziemlich einheitlich geführt. Vielleicht würde sie in Wisconsin jemand, der ihr wichtig ist, besuchen. Oder ist es etwas ganz anderes – jemand innerhalb des Justizsystems, den sie bestochen hat, und der ihr das Leben im Knast möglichst angenehm gestalten würde?"

Paul öffnete die Beifahrertür. „Wenn wir herausfinden, was Wisconsin bedeutet, hat unsere Killerin sich gerade verraten."

„‚Leute mit hohem Bekanntheitsgrad'. Eine interessante Formulierung."

„Wenigstens werden die nächsten paar Tage nicht langweilig."

■

„Wisconsin ist eine merkwürdige Forderung", stimmte Ann zu, während sie sich wieder an den Hoteltisch setzte, um zu Ende zu essen. „Ich sage das unabhängig davon, dass ich mich gerade in Wisconsin befinde. Vier Namen mit hohem Bekanntheitsgrad im Tausch gegen ein Gefängnis in diesem Bundesstaat ist einfach merkwürdig."

Paul legte einen Notizblock auf den Stapel Papier, den er später in seine Aktentasche stecken wollte, dann blickte er wieder zu dem Videobildschirm. „Ich bin die Akte durchgegangen und habe nichts gefunden. Kein Mord, den sie ausgeführt hat, hatte etwas mit Wisconsin zu tun und auch keiner der Anrufe beim Mittelsmann. Es gibt nicht einmal einen sichtbaren Bezug irgendeines Opfers zu diesem Bundesstaat."

„Es könnte sein, dass sie euch auf eine falsche Fährte führt. So nach dem Motto: Hier, Agent Falcon, damit kannst du dich eine Weile abmühen."

„Das könnte ich mir durchaus vorstellen, wenn da nicht die vier Kassetten mit den Namen wichtiger Leute wären, die sie uns gegeben hat, damit wir ihre Forderung erfüllen." Er hatte das Problem den ganzen Tag mit Rita und Sam gewälzt und sie hatten keine Lösung gefunden. „Der Leiter des FBIs hat beschlossen, dass wir auf ihre Forderung eingehen, uns aber weiter Gedanken darüber machen sollten, weil sie keinen Sinn ergibt. Miss L.S. will, dass unsere Antwort an eine Adresse in Indiana geschickt wird. Es ist wieder eine Wohnsiedlung. Aber ich bin mir sicher, dass sie etwas Neues für uns geplant hat."

„Sie will nicht gefasst werden. Das ist das Einzige, worauf du dich bei ihr verlassen kannst."

„Das war also mein Tag. Und was machst du so, Ann?"

„Jemand hat einen Studenten ermordet und seine Leiche in einem gestohlenen Auto an einer Raststätte außerhalb von Madison zurückgelassen. Es ist ein völliges Rätsel. Der leitende Ermittler ist ratlos und ich bin es auch, also hoffe ich auf eine Inspiration, wenn ich heute Abend alles noch einmal durchlese." Sie hielt die Mordakte in Form eines Ringbuchordners hoch.

„Sieht nach entspannender Lektüre aus."

„Ich hatte schon früher mit diesem Fall zu tun, und damals hatten wir uns auf eine pädagogische Hilfskraft am College konzentriert, aber diese Fährte ist im Sand verlaufen. Als mein Kollege anrief, dachte ich, wir müssen uns diesmal die Familie ansehen. Ich glaube, dass es seine Mutter war, die ihn erschossen hat, und nicht jemand vom College und auch kein Fremder. Frag mich nicht, warum ich diesen Verdacht habe, aber so ist es nun mal."

„Du hast wahrscheinlich irgendetwas aufgeschnappt, das jetzt in deinem Hinterkopf weiterarbeitet."

„Wahrscheinlich. Jedenfalls sieht so mein Abend aus."

„Ich wünschte, ich wäre da, um dir zu helfen."

„Und ich wünschte, ich könnte dir Wisconsin erklären. Wenn du willst, kann ich mich hier bei der Polizei des Bundesstaats umhören. Vielleicht gibt es irgendeine Besonderheit bei Gefängnissen in Wisconsin."

„Es kann nicht schaden, da ich bis jetzt nichts habe. Bleib nicht zu lange auf, Ann."

„Nein, das werde ich nicht. Danke für deinen Anruf, Paul. Und für das Update."

Nachdem sie die Verbindung beendet hatte, fuhr Paul seinen Rechner herunter. Ann hatte etwas erholter ausgesehen und konzentriert gewirkt. Er dachte ein bisschen über den Mordfall nach, an dem sie arbeitete, aber es gab nicht viel, was er ihr bieten konnte, ohne vor Ort zu sein. Er nahm seine Aktentasche und machte sich auf den Weg nach Hause. Der Gedanke, in eine leere Wohnung zu kommen, erschien ihm mit jedem Tag weniger reizvoll.

■

Zwei Tage später blickte Paul in dem kleinen Besprechungsraum wieder auf den Monitor, der Anns Namen trug. Er wünschte, er könnte sie sehen, und sei es nur für ein paar Minuten, um zu erfahren, wie es ihr ging. Sein Blick wanderte zu der Videoübertragung, die Sam eingerichtet hatte, damit er zusehen konnte, wie der zweite Versuch, die Killerin zu fassen, verlaufen würde. Auf diesen Briefkasten war eine Blume gemalt.

„Ich bin wieder da, Boss."

„Irgendwelche Probleme?"

„Keine", erwiderte Sam. „Der Postbote hat die Adresse überprüft, die großen Körbe hinten in seinem Wagen durchgesehen, mir die andere Post gezeigt, die an diese Anschrift adressiert ist, und unseren Brief dem Stapel hinzugefügt. Er ist ein alter Hase, seit zwanzig Jahren bei der Post und ehemaliger Marinesoldat. Unsere Sendung ist bei ihm in guten Händen. Das Einzige, was mir auffiel, war die hohe Anzahl blauweißer Expressbriefe in den Körben. Als ich nachfragte, hat er mir erklärt, dass eine Firma ein Gewinnspiel per Express an alle Adressen im Viertel schickt. Da ich misstrauisch bin, frage ich mich, ob die von ihr stammen."

„Es würde mich nicht wundern. Sie hat einen Plan, Sam."

„Ich versuche bereit zu sein."

■

„Paul?"

„Ja, Sam?" Paul trat durch die Tür in den Besprechungsraum, blickte zum Monitor hinüber und sah, dass jetzt Post in dem Blumenbriefkasten lag.

„Der Postbote hat die Post gerade eingeworfen und unser Umschlag war nicht dabei."

„Vielleicht ist er zusammengefaltet."

„Er ist nicht da. Warte, ich spule das Video zurück und sehe mir noch einmal an, was er für diese Anschrift hatte. Eine Menge Briefe, eine Zeitschrift, eins von diesen Preisausschreiben, aber keinen blauweißen Umschlag von uns. Die vier Ecken waren mit dicken roten Filzstiftstrichen markiert, damit ich die Sendung identifizieren konnte, egal, wie sie getragen wurde. Ich melde mich wieder. Ich überprüfe die Sache und suche den Postboten."

Paul spulte die Aufnahme ebenfalls zurück. Sam hatte recht. Der Umschlag, den er dem Kurier gegeben hatte, war nicht in der Post.

Es dauerte keine dreißig Minuten, bis Sam zurück war. „Sie hat den Umschlag aus dem Postwagen geholt. Das Schloss war manipuliert. Der Briefträger parkt jeden Tag an derselben Stelle, im Schatten in der Kurve, sodass er in beide Richtungen einen gleich weiten Weg zu seinem Wagen hat. Von den Häusern aus ist er nicht direkt zu sehen und es herrscht wenig Verkehr. Sie konnte es tun, ohne gesehen zu werden. Wir nehmen Fingerabdrücke ab und reden mit jedem, der etwas gesehen haben könnte, aber ich bezweifle, dass das etwas bringen wird. Sie ist gewieft, Boss, und sie macht ihre Sache gut. Oder sie bezahlt jemanden, der gut darin ist."

„Wir sind nie davon ausgegangen, dass es einfach wird. Hör dich um und komm dann nach Hause, Sam. Sobald die vier Kassetten eintreffen, haben wir wieder eine Menge Arbeit."

„Alles klar, Boss."

■

Paul schaltete schnell das Baseballspiel auf lautlos und beugte sich vor, um den eingehenden Videoanruf von Ann entgegenzunehmen.

„Ich bin zu Hause, Paul." Black stand auf und legte seine Vorderpfoten auf den Schreibtisch, damit er sehen konnte, was Ann in der Hand hielt. „Runter, du haariges Biest, ich teile nicht." Als sie einen Schritt zurückwich, folgte der Hund ihr.

Paul lachte. „Diese Diskussion wirst du nicht gewinnen."

„Dabei ist es nur ein Käse-Schinken-Brot – man sollte meinen, es wäre ein Steak oder so was."

Der Hund spitzte die Ohren.

„Nein, ich habe nichts von dem Wort, das ich nicht noch einmal aussprechen werde, um es mit dir zu teilen." Lachend stieß Ann beim Zurückweichen gegen einen Stuhl. Sie überließ Black den letzten Bissen ihres Sandwiches und rieb seinen pelzigen Kopf.

„Hast du Wisconsin gelöst?"

„Höchstens ein bisschen vorangebracht. Der leitende Kollege wird sich den Bruder noch einmal ansehen. Irgendetwas an diesem Fall ist merkwürdig, aber was auch immer es ist, wir sehen es nicht. Ich vermute, dass ich in ein paar Tagen noch einmal hinmuss, wenn diese Fährte auch nichts bringt." Sie hob Blacks Ball auf und ließ ihn den Flur hinunterrollen. Der Hund jagte hinterher. „Wie sieht es bei dir aus?"

„Sie hat die Vereinbarung. Wir warten noch auf die vier nächsten Tonbandaufnahmen."

„Das heißt, du guckst Sport. Ich bin stolz auf dich. Du arbeitest nicht."

„Und ich bin auf der Suche nach Geburtstagsgeschenken. Dabei könnte ich Hilfe brauchen."

„Okay."

„Das erste ist für Kelly." Er klickte durch einige Bilder, fand eines vom letzten Familienpicknick und schob es in den Teil seines Bildschirms, auf dem die Videoübertragung zu sehen war, damit Ann einen Blick darauf werfen konnte. „Sie ist die mit der rosafarbenen Bluse und den gleichfarbigen Schuhen. Sie ist fünfzehn, nicht zu bändigen, fröhlich, liebt Hunde und redet davon, dass sie Tierärztin werden will." Er hielt einen Katalog hoch, in dem er zwei Gegenstände markiert hatte. „Also, was gefällt dir besser?"

„Die rote Tasche. Sehr nützlich."

„Gute Entscheidung. Geburtstag Nummer zwei ist der von Emily." Er betrachtete das Foto. „Sie sitzt auf dem Picknicktisch und hat ihren zweijährigen Bruder auf dem Schoß. Emily ist dreizehn, ein bisschen schüchtern, liebt Babys und Puppen und hat ein gutes Auge für Mode. Sie entwirft Kleider."

„Ein schönes Set Pastellstifte. Die wird sie lieben."

Er machte sich eine Notiz. „Danke. Hast du heute etwas vor?"

„Nein." Sie nahm ihr Glas und machte es sich in ihrem Lieblingssessel bequem. „Vielleicht hole ich später ein Puzzle raus, falls mir wirklich langweilig wird."

„Dann möchte ich dich etwas fragen. Etwas, worüber ich nachgedacht habe. Mit wem redest du, wenn du einen wirklich schlechten Tag hattest, Ann?"

„Wo kommt denn diese Frage jetzt her? Shari, Kate, Rachel, Vicky, je nachdem, wen ich zuerst erwische, und meistens rufe ich alle vier an. Ich habe nicht viele schlechte Tage. Schlimme Fälle, das schon. Aber persönliche schlechte Tage – das wäre zum Beispiel, wenn Black von einem Auto angefahren wird oder ich mir richtig übel den Magen verdorben habe. Einen gelegentlichen Platten am Auto, ein Problem mit dem Durchlauferhitzer oder Ameisen in der Küche stecke ich so weg."

„Du hast Ameisen in deiner Küche?"

„Vor zwei Monaten hatte ich welche. Das Schlimmste daran war, dass Black meinte, er könnte helfen, indem er sie aufleckt. Daraufhin sind sie überall auf ihm herumgekrabbelt, auch in Augen, Nase und Ohren, und er hat geheult und ist völlig ausgetickt. Ich musste ihn zu Boden ringen, ihm mit dem Gartenschlauch Schnauze und

Augen auswaschen und anschließend baden. Er hat mich tagelang nicht angesehen, und wenn ich das Zimmer betrat, ist er gegangen."

„Hast du ihn zu guter Letzt mit einem Steak bestochen?"

„Ich habe es versucht, aber es hat erst beim zweiten Steak geklappt. Beim ersten Steak, das ich für ihn klein geschnitten habe, konnte ich ihn beinahe sagen hören: *Ich bin immer noch sauer auf dich*, und dann hat er sich umgedreht und ist gegangen." Ann lachte. „Midnight und ich haben unsere Phasen."

Sie neigte ihr fast leeres Glas in seine Richtung. „Nächste Frage."

Er dachte einen Moment nach und musterte sie dabei, dann lächelte er. „Es ist gleichzeitig eine Beobachtung und eine Frage. Die meisten Menschen sind ständig in Interaktion mit anderen – per SMS, E-Mail, Telefon, Besuche. Du nicht. Wir haben schon einige Abende zusammen verbracht, und dabei ist mir das aufgefallen. Gibt es einen Grund dafür, dass du so eine Einzelgängerin bist? Deine Tage verstreichen, ohne dass du einen Menschen siehst, es sei denn, sie treten in deinen Aktionsradius."

„Ich habe ein paar Abende mit dir verbracht."

„Mal abgesehen von uns, Ann. Ich bin neugierig."

„Warte, ich fülle erst schnell mein Glas auf." Nach einer Minute war sie zurück und setzte sich wieder in ihren Lieblingssessel. „Ich gebe nicht so leicht einen Tag oder einen Abend auf, den ich für mich habe, um ihn stattdessen mit Leuten zu füllen. Die Aufträge kommen immer irgendwann, also betrachte ich wohl jeden Tag, den ich zu Hause bin, als Urlaub. Und ich neige dazu, meinen Urlaub frei von Leuten zu halten. Ich schlafe gerne lange, lese, schreibe, gehe mit Black spazieren und habe einfach Zeit zum Nachdenken. Wenn ich meine Zeit anderweitig fülle, bleibt mir dafür keine mehr. Aber an solchen ruhigen Tagen werden Buchideen geboren, weil ich dann lange genug still bin, sodass mein Unterbewusstsein anfangen kann, etwas Interessantes zu Tage zu fördern. Ich kann nicht intensiv denken, wenn ich alle paar Stunden unterbrochen werde. Ich bin gerne alleine."

„Hast du das Gefühl, dass du es öfter sein willst, als du es im Moment bist?"

„Wenn ich einen Monat für mich hätte, würde mir das gefallen – dann würde ich mit meinem Buch richtig weit kommen. Aber mein Leben ist im Moment ziemlich ausgeglichen, muss ich sagen.

Meistens bin ich als Ermittlungsbeauftragte unterwegs und ich sehe oft Freunde oder spreche mit ihnen. Ich plane nur nicht, wann das passiert. Ich mag Menschen, ich genieße eine gute Unterhaltung und gemeinsame Unternehmungen, aber ich brauche es nicht unter der Woche. Was ich brauche, sind mehrere Stunden Ruhe."

„Ich bin eher ein geselliger Mensch", sagte Paul, „auch wenn ich ohne große Menschenansammlungen leben kann. Ich brauche diese ständige Interaktion, um das Gefühl zu haben, dass ich weiß, was los ist. Wenn ich mit jemandem mehrere Wochen nicht gesprochen habe, fühlt es sich nicht richtig an."

„Du bist so gestrickt, dass du der Kopf der Familie sein willst, der Chef deines Teams. Und du machst das gut. Du brauchst den ständigen Kontakt und ich offensichtlich nicht."

Anns Telefon klingelte. Sie warf einen Blick darauf und lächelte dann belustigt. „Willst du raten? Arbeit oder Freunde?"

„Ich hoffe nicht, dass es die Arbeit ist."

Sie nahm das Gespräch entgegen. „Ann Silver."

Als sie anfing zu schreiben, wusste er, dass sie gleich gehen würde.

Sobald sie aufgelegt hatte, faltete sie den Zettel zusammen. „Tut mir leid, Paul. Ich muss Black absetzen und mich auf den Weg machen. Nevada. Ein bisschen außerhalb meines gewöhnlichen Territoriums, aber ein Kollege, den ich kenne, braucht eine zweite Meinung, bevor er weitermacht, und er würde mich nicht fragen, wenn es nicht wichtig wäre. Diesmal ist es ein persönlicher Gefallen. Falls du es wissen willst, wir waren mal zusammen."

„Ich weiß es zu schätzen, dass du mir das erzählst. Wie oft kommen mehrere Anfragen gleich hintereinander rein?"

„Meistens überlappen sie sich, während ich im Einsatz bin, und dann fliege ich von einem Fall direkt zum nächsten. Heute ist das erste Mal in diesem Jahr, dass ich am selben Tag nach Hause komme und wieder abreise." Ann öffnete ihr Schließfach und holte ihre Handfeuerwaffe heraus, schob den Ausweis in ihre Tasche und nahm dann ihre Reisetasche. „Kommst du mit eine Runde Auto fahren?"

Der Hund sah aus, als wollte er protestieren, aber dann schnappte er sich seinen Teddybären und trottete in den Flur.

Ann blickte ihm nach. „Das wird spaßig."

Paul lächelte, weil er wusste, dass Black sie in den Wahnsinn treiben würde, je nachdem, wo sie ihn absetzte. „Komm heil an, Ann."

Sie lachte. „Immer. Gute Nacht, Paul." Sie beendete die Verbindung und Paul fuhr seinen Rechner herunter. Sie flog wieder spät abends, aber er machte sich keine Sorgen wegen der Zeit oder der Entfernung, die sie zurücklegen würde. Sie tat dies oft und ihm war es lieber, dass sie sich in der Luft aufhielt, als diese Zeit auf der Autobahn zu verbringen.

Je öfter Paul sich mit Ann unterhielt, desto mehr faszinierte sie ihn. Sie war anders als alle Menschen, die er kannte. Meistens war sie einfach damit zufrieden, am Leben zu sein. Vielleicht war es das. Sie verlangte nicht mehr als das, was das Leben ihr bereits gab.

Er überlegte, sich das Spiel zu Ende anzuschauen, doch dann schaltete er den Fernseher aus. Er würde lieber schlafen gehen. Nicht zum ersten Mal stellte er fest, dass ein Abend mit Ann ihn mehr entspannte als alles andere.

■

Zwei Tage später rutschte Paul auf seinem Bürostuhl herum, las seine E-Mails, antwortete auf einige davon und versuchte seine wachsende Ungeduld zu ignorieren. Als sein Telefon klingelte, blickte er auf die Anruferkennung und nahm das Gespräch hastig entgegen. „Ja, Zane?"

„Gerade sind vier Bänder mit dem Vermerk ‚hoher Bekanntheitsgrad' per Kurier eingetroffen, dazu ein unterschriebenes Exemplar der neuen Vereinbarung."

„Wir schicken die Vereinbarung ab, sie kommt nie an und trotzdem hat sie sie. Man muss ihre Findigkeit wirklich bewundern."

„Ich habe schon mit Rita gesprochen. Innerhalb der nächsten Stunde hat sie die Kassetten in der Hand."

„Danke, Zane."

■

Am nächsten Morgen betrat Paul Suite 906 um kurz nach sechs. Seines Wissens war es das erste Mal, dass er vor Margaret hier war.

Er ging an ihrem verwaisten Schreibtisch vorbei direkt in das Büro seines Chefs. „Guten Morgen, Arthur."

„Morgen, Paul. Nimm dir einen Kaffee. Ich verbinde uns per Konferenzschaltung mit dem Direktor, auch wenn ich ihn dafür stören muss."

„Danke." Er schenkte sich einen Becher Kaffee ein und setzte sich gegenüber von Arthur an dessen Schreibtisch. Paul hatte keine Notizen dabei, denn die Information, die Rita ihm gegeben hatte, würde er nicht vergessen. Er brauchte den Kaffee, weil er bis zwei Uhr morgens im Büro gewesen war.

„Hallo, Paul." Edward Baines Stimme ertönte klar und deutlich aus dem Lautsprecher des Telefons.

„Sir." Vor einem Jahr wäre Paul zumindest etwas unbehaglich dabei zumute gewesen, eine Konferenzschaltung mit dem Direktor des FBIs zu führen, aber die Zeiten hatten sich geändert. Er war entspannt und müde genug, um ein Gähnen nur mit Mühe zu unterdrücken.

„Wie ich höre, sind vier weitere Bänder angekommen. Sie hat gesagt, dass es sich um Personen mit hohem Bekanntheitsgrad handelt. Hat sie übertrieben oder stimmt das?"

Paul lächelte ein wenig, weil er sowohl die Frage begrüßte als auch die Antwort, die er darauf geben konnte. „Rita leistet gute Arbeit. Es hat keinen Tag gedauert, bis sie eine Übereinstimmung der Stimmen hatte. Einer ist ehemaliger Gouverneur, ein zweiter ein Bandenchef und zwei sind hohe Beamte im Außenministerium."

Arthur, der gerade etwas hatte sagen wollen, schloss den Mund wieder und sah Paul an.

„Der Bandenchef ist Daylor Globe", fügte Paul hinzu.

„Die beiden vom Außenministerium?", fragte Baine.

„William Fisher und Jack Chase."

„Fisher kenne ich und von Chase habe ich gehört. Diese Namen allein würden einen Mediensturm auslösen. Sie hat – wie viel, zwanzig weitere Bänder?"

„Ja, Sir."

„Da fragt man sich, was sie sonst noch auf Lager hat. Danke für die aktuellen Informationen."

„Wir bleiben in Kontakt, Sir." Arthur beendete den Anruf. „Daylor Globe. Er ist immer so vorsichtig, dass ich dachte, ich würde seinen Namen nie auf einer Anklageschrift lesen. Als das hier anfing, hatte ich gehofft, dass die Bänder etwas wert sein würden, aber eine solche Ausbeute hätte ich mir nie träumen lassen. Es wird mehr als nur ein Vergnügen sein, diese Leute zu verhaften."

„Allerdings. Wenn sie solche Aufnahmen hat, wollen wir sie alle haben."

„Tu alles, was nötig ist, Paul, um die absolute Geheimhaltung in diesem Fall zu gewährleisten. Wir können es uns nicht leisten, dass unser Deal mit der Killerin oder die Existenz der Tonbänder durchsickert."

„Darüber habe ich auch schon nachgedacht, Arthur. Zwischen der Lieferung der Bänder und dem letzten Brief ist ein Monat vergangen. Wenn sie dieses Muster beibehält, könnte es sechs bis zwölf Monate dauern, bis wir die dreißig Bänder in den Händen halten und zugreifen können. So lange Stillschweigen zu wahren, wird schwierig sein.

Ich bin mir sicher, dass niemand, der mit diesem Fall zu tun hat, an falscher Stelle ein unbedachtes Wort fallen lassen wird, aber ich mache mir Sorgen, dass jemand beobachtet, wer kommt und geht. Sam, Rita und ich verbringen viel Zeit in dem gesicherten Besprechungsraum. Der Direktor des FBIs und Tori Scott waren hier. Wenn man die beteiligten Personen beobachtet, kann man sich ausrechnen, dass etwas los ist.

Ich überlege mir etwas, um die Aufmerksamkeit von den Geschehnissen abzulenken. Ein bisschen Urlaub, ein anderer Fall, an dem wir arbeiten können, oder etwas, das uns drei betrifft und als Tarnung dienen kann. Ich brauche eine Methode, um die Bänder in den Hintergrund zu drängen, für den Fall, dass sich jemand fragt, was wir hier machen."

„Stimmt", sagte Arthur. „Ich denke auch, deine Hauptaufgabe besteht darin, mit den Bändern und Briefen zu arbeiten, wenn sie eintreffen, und in der restlichen Zeit Ablenkungsmanöver zu inszenieren. Die Sache wird ein Erfolg, wenn wir es bis zu dem Tag der Verhaftungen schaffen, ohne dass etwas über den Fall nach außen dringt. Du machst das schon. Sag mir Bescheid, wenn ich dir irgendwie helfen kann."

„Danke."

■

Paul war froh, dass Ann aus Nevada zurück war. Er genoss seine Abende viel mehr, wenn sie ein Teil davon war. Jetzt lag sie ausgestreckt auf der Couch, einen Notizblock in der Hand, und arbeitete an einer Geschichte. Seine Beziehung zu ihr war anders als alles, was er sich vorgestellt hatte. Ihre innere Ruhe war ungeheuerlich. Und er stellte fest, dass er ein wenig eifersüchtig war auf den Kollegen in Nevada, mit dem sie früher zusammen gewesen war. Diese Tatsache beunruhigte ihn etwas. Sowohl die Tatsache als auch seine Einstellung.

Ann blickte von ihrem Block auf. Sie lächelte. „Was ist? Dein Blick sagt mir, dass ich dir mal wieder ein Rätsel bin."

„Stimmt, aber ich mag Rätsel. Ich denke nur nach."

„Worüber?"

„Du bist sehr ruhig, Ann. Bist du innerlich genauso ruhig? Wenn du mit Freunden zusammen bist, denen du vertraust, gibt es dann viel, was du sagen willst? Oder sind deine Gedanken genauso still und leise, wie du es oft bist?"

„Was für ein schöne Frage." Sie legte den Kopf schief, setzte sich auf und legte den Notizblock beiseite. „Ich bin ziemlich still. Auch wenn ich nicht müde bin, ist mein Inneres eher ruhig. In der Gegenwart anderer bin ich nicht schüchtern, nicht ängstlich, aber ich bin zurückhaltend. Ich höre zu. Ich höre, was die anderen sagen. Wenn es jemand ist, dem ich vertraue, erwidere ich das Vertrauen, das dieser jemand in mich setzt. Wenn jemand sich mir öffnet, öffne ich mich auch. Aber ich mache nur selten den Anfang, selbst in einer angenehmen Situation, einer sicheren Umgebung und einer Gruppe von Freunden. In der Tennissprache ausgedrückt, bevorzuge ich einen Return gegenüber einem Aufschlag."

„Woran liegt das?"

„Ich stehe nicht gerne im Rampenlicht, selbst bei meinen Freunden. Am wohlsten fühle ich mich im Zwiegespräch, wenn die Themen dorthin wandern, wo jemand anders sie haben will."

Sie zögerte. „Warte, lass mich das einschränken. Mit Gott beginne ich ständig Gespräche und fühle mich damit wohl, manchmal über einfache Themen oder über schwierige oder über das, was gerade passiert, und dabei zeige ich meine Gefühle in ihrem ganzen Farbenreichtum. Wenn du es wirklich wissen willst – die Ann in meinem Inneren spricht nur mit Gott völlig frei und oft."

„Bei Gott bist du in Sicherheit."

„Genau. Da blühe ich auf. Es ist nicht so, dass ich mich vor meinen Freunden verstecke. Es gibt nur sehr wenige Themen, wenn überhaupt welche, die ich nicht mindestens mit einer Freundin besprochen habe. Ich vertraue ihnen meine Geheimnisse an. Ich rede ständig davon, was mir wichtig ist. Aber es gibt große Teile dessen, wer ich bin und worüber ich nachdenke und rede, die ich nur mit mir selbst und mit Gott ausmache. Ich glaube auch nicht, dass sich das jemals ändern wird."

„Wie hast du gelernt, Gott so zu vertrauen, Ann?"

Sie zuckte mit den Schultern. „Ich bin Gottes Kind. Ich gehöre ihm. Diese Tatsache gefällt mir, diese Sicherheit, dass Gott mich erwählt hat und mich als die Seine betrachtet. Also öffne ich mich ihm gegenüber. Wenn ich etwas zu sagen habe, wenn ich reden will, dann hört er zu. Wenn ich einen Freund brauche, ist er da. Wenn ich etwas brauche, kümmert Gott sich darum. Gott und ich sind ein gutes Team. Wir haben eine Beziehung."

„Würdest du jemals zulassen, dass jemand anderes dich so kennenlernt? Oder wenigstens annähernd so gut?"

„Ich weiß nicht. Ich kann dir einen kleinen Einblick in meine Person geben, in die innere Ann, aber das ist nicht einfach. Lieblich kennt mich."

„Lieblich?"

Paul sah, wie Ann zusammenzuckte. Sie verstummte und stand auf, um ihren Teller und das Glas abzuräumen. Sie wirkte erschüttert.

„Ann?"

Sie schüttelte den Kopf und verschwand in der Küche.

Lieblich kennt mich.

Wer war Lieblich? Was war da gerade geschehen?

Paul hörte ein Telefon klingeln. Als Ann ins Zimmer zurückkam, hatte sie den Hörer am Ohr. „Es ist Kate", erklärte sie ihm. „Es wird ein paar Minuten dauern." Sie schaltete den Ton der Videokonferenz aus.

Paul beobachtete sie. Das Gespräch mit Kate dauerte ewig und bisher war kein Ende abzusehen. Er zögerte, dann griff er selbst zum Telefon und rief Vicky an.

„Kann ich dir eine Frage über Ann stellen? Eine wichtige Frage, aber eine, von der du vielleicht meinst, dass sie eine Grenze überschreitet?"

„Mal sehen."

„Hat sie jemals Lieblich erwähnt? Offensichtlich eine Person."

„Ist das der Nachname? Oder ein Spitzname?"

„Sie hat nur Lieblich gesagt."

„Nein, tut mir leid. Was ist los, Paul?"

„Sie hat etwas gesagt, was sie nicht sagen wollte, glaube ich, und damit bin ich mitten in einem der tiefen Tunnel gelandet, von denen Dave gesprochen hat. Ich komme schon noch dahinter. Danke, dass ich dir meine Frage stellen durfte, Vicky."

„Ich wünschte, ich könnte dir eine größere Hilfe sein."

Paul legte auf und musterte Ann, die immer noch in das Gespräch mit Kate vertieft war. Auf ihrem Gesicht spiegelte sich ein beinahe ungebändigter Schmerz. So hatte er sie noch nie gesehen.

Besorgt griff Paul erneut zum Hörer und rief Dave an. „Ist irgendetwas passiert? Ich sehe, dass Ann und Kate eine sehr lange und ernsthafte Unterredung führen."

„Ein alter Fall, an dem Kate und Ann gemeinsam gearbeitet haben, ist wieder aktuell geworden. Zwei ermordete Kinder. Der Vater hat einen neuen Prozess erwirkt. Die überlebende Schwester hat sich gerade erhängt und in einem Abschiedsbrief geschrieben, dass sie das Ungeheuer rauslassen würden und sie nicht da sein wolle, wenn es geschieht."

Paul schloss die Augen. „Danke für die Info, Dave."

Anns Gespräch mit Kate dauerte beinahe eine Stunde. Er sah, wie sie ihr Schließfach öffnete und ihre Waffe herausholte, eine Jacke über ihre Bluse zog und dann einen Notizblock in ihre Tasche schob. Anschließend stellte sie den Ton wieder an. „Tut mir leid, Paul. Ich muss Schluss machen. Ich gehe mit Black raus." Ihre Stimme war klar, aber ihr Gesicht von Kummer überschattet.

„Dave hat es mir erzählt. Es tut mir leid, Ann."

„So etwas kommt vor, öfter als mir lieb ist, fürchte ich. Wir reden morgen weiter."

„Bis morgen", bestätigte er.

■

Paul rief Ann an, sobald er zu Hause war. Sie schaltete ihre Verbindung mit den abwesend klingenden Worten „Warte mal kurz, ich tippe noch" ein. Dann betätigte sie ein paar Tasten, um ihre Arbeit zu speichern, und sah zu ihm herüber. Sie lächelte. „Hi."

„Hast du schon etwas gegessen?"

„Ein spätes Mittagessen. Dann war ich so ins Schreiben vertieft, dass ich gar nicht daran gedacht habe, noch etwas zu essen."

„Dann hol dir doch jetzt etwas und ich mache das auch. Wir essen zusammen."

„Okay."

Es dauerte keine halbe Stunde, bis er wiederkam und einen Teller mit Spaghetti und Hackfleischbällchen auf den Schreibtisch stellte, dazu einen kleinen Teller mit getoastetem Baguette. Ann las sich scheinbar gerade noch einmal durch, was sie im Laufe des Nachmittags geschrieben hatte.

„Was hast du gefunden?"

Sie hielt ihre Schale schräg. „Ein Mitbringsel von Neva. Sie hat mir etwas von ihrem Chili-Makkaroni-Auflauf abgegeben."

„Sieht gut aus. Bevor ich es vergesse – ich habe mich heute Mittag mit meiner Mutter getroffen. Sie sagte, ich solle dich grüßen. Sie erinnert sich an dich von Vickys und Boones Hochzeit. Wenn ich an den Tag zurückdenke, erstaunt es mich wirklich, dass wir uns dort nicht begegnet sind."

„Ich war nur kurz da. Ich musste noch ein paar Dinge für Vicky regeln, die in letzter Minute dazwischenkamen."

„Wie stehen die Chancen, dass du mir erzählst, was los war?"

„Manche Geheimnisse behält man besser für sich. Aber ich habe es gerne gemacht. Ich bin ohnehin kein großer Fan von Hochzeitsgesellschaften. Ich mag den Kuchen und die Bowle, aber dann gratuliere ich am liebsten und gehe wieder."

„Ich wette, du siehst in Abendgarderobe toll aus."

„Bei der nächsten Hochzeit in deiner Familie kannst du mir sagen, was du denkst."

Paul aß seine Spaghetti auf und griff nach dem letzten Stück Brot. „Wer ist Lieblich?"

Ann erstarrte.

„Ich weiß, dass es dir rausgerutscht ist, Ann. Du hattest nicht vor, es zu sagen. Aber es war offensichtlich eine Bemerkung, die für dich wichtig war. ‚Lieblich kennt mich.' Wer ist Lieblich?"

Sie schüttelte den Kopf, nahm ihren Teller und verschwand in der Küche. Als sie zurückkam, setzte sie sich mit einem Becher Pudding in der Hand in einen der Ohrensessel. Er wusste, dass sie das Thema wechseln wollte, aber wenn er jetzt einen Rückzieher machte, würde er wahrscheinlich nie eine Antwort erhalten. „Vertrau mir, Ann."

Sie schüttelte den Kopf.

„Jemand aus dem geheimen Teil deines Lebens?"

Sie lehnte den Kopf an die Rückenlehne des Sessels und betrachtete ihn mit Augen, die ruhig und ernst und ein bisschen traurig wirkten. „Wird es erlaubt sein, Geheimnisse voreinander zu haben? Falls diese Beziehung sich zu etwas Dauerhaftem entwickelt? Abgesehen von dienstlichen Geheimnissen, für die eigene Regeln gelten, darf es Geheimnisse geben, oder erwartest du, dass es keine gibt?"

Es fiel Paul schwer, die Antwort darauf in Worte zu fassen. Er wollte ihr Raum geben, musste es tun, und gleichzeitig wusste er auch, dass es etwas Wichtiges gab, das er ihr vermitteln musste. „Geheimnisse machen wir in der Regel aus den Dingen, die uns am meisten wehtun, den Ereignissen, die uns am meisten verändert haben. Wirst du dich dein Leben lang fragen: Wenn er das von mir wüsste, würde er mich dann nicht mehr lieben? Ich möchte lieber alles Wichtige über meine Frau wissen, bevor ich heirate, damit sie, wenn ich Ja sage, weiß, dass es kein Geheimnis gibt, das meine Liebe zu ihr ändern kann. Diese Sicherheit wünsche ich mir für eine Ehe." Er beobachtete sie einen Augenblick und versuchte, ihre Reaktion einzuschätzen.

„Du musst mir vertrauen können, Ann. Ich sage nicht, dass du mir jetzt, heute Abend vertrauen sollst – erst wenn du das Gefühl hast, mich gut genug zu kennen, und beschließt, dass du mir vertrauen *kannst.* Aber wenn du an diesem Punkt angekommen bist, wünsche ich mir, dass du diese Geheimnisse als etwas betrachtest, das du mit mir teilen kannst. Ich wünsche mir, dass du mir so sehr vertrauen kannst, dass es keine Geheimnisse geben muss. Ich werde dir nicht wehtun. Das verspreche ich dir: Ich werde dir nicht wehtun."

„Würdest du die Geheimnisse auch dann kennen wollen, wenn sie die Beziehung zerreißen und zerstören würden?"

„Könnten sie das?"

„Ja."

„Hast du sie schon einmal jemandem anvertraut und das ist passiert?"

„Würdest du sie kennen wollen?"

Vor was für eine schreckliche Wahl sie ihn stellte! „Ja, ich würde alles wissen wollen. Du gehst davon aus, dass die Wahrheit das Ende der Beziehung wäre. Ich würde davon ausgehen, dass es die Beziehung stärkt, wenn man die Wahrheit kennt und miteinander teilt."

Ann dachte über seine Worte nach und nickte schließlich. „Wir sind miteinander befreundet, Paul, und es ist eine gute Freundschaft, aber sie ist nicht bereit für das, was du verlangst. Und ich weiß nicht, ob ich deiner Meinung bin. Manchmal sollte die Vergangenheit Vergangenheit bleiben, um aller Beteiligten willen."

„Du hast ein paar große Geheimnisse." Ihr Lächeln war so traurig, dass er sich fragte, was ihr wohl in diesem Augenblick durch den Kopf ging, aber sie antwortete nicht. „Okay. Willst du heute Abend einen Film gucken? Wir könnten uns gemeinsam etwas im Fernsehen anschauen."

„Das könnten wir machen."

„Du suchst aus, während ich mein Geschirr in die Küche bringe und mir einen Nachtisch organisiere. Dein Pudding sieht gut aus."

„Grießbrei."

„Echt? Grießbrei habe ich schon eine Ewigkeit nicht mehr gegessen."

„Ich würde dir was abgeben, wenn ich könnte."

„Irgendwann werden wir an demselben Ort sein, und dann erinnere ich dich an dein Angebot." Als Paul mit einer Portion Eiscreme aus der Küche zurückkam, hatte Ann einen Actionfilm ausgewählt.

Zwischendurch hielten sie ihn beide an, damit sie sich Popcorn machen konnten. Paul sah sich den Film an und beobachtete gleichzeitig Ann, während er sich fragte, was so furchterregend für sie war, dass sie sich nicht vorstellen konnte, es ihm zu erzählen.

■

Ann konnte nicht einschlafen. Es kam nicht oft vor, dass sie mehr als einige Minuten wach lag, nachdem sie ihre Arme um ein Kissen geschlungen und die Augen geschlossen hatte. Sie kannte den Grund dafür. Paul. Immer häufiger war ihre Zeit allein mit dem Gedanken an ihn gefüllt.

Sie hatte erwartet, dass sie die Zeit mit ihm genießen würde, denn sie mochte Polizisten, mochte die pragmatischen Persönlichkeiten, die sich oft zu diesem Beruf hingezogen fühlten. Er war ein umgänglicher Mann. Sie hatte seine Freundschaft gewollt und Paul hatte sie ihr gewährt. Sogar mehr als das: Er hatte sie in sein Leben gezogen, wie es noch kein anderer Mann getan hatte. Sie mochte ihn. Sie vertraute ihm. Sie war sich nur nicht sicher, ob sie ihm ihre Geheimnisse anvertrauen wollte. Oder konnte.

Sie kamen jetzt an einen Punkt, an den jede Beziehung nach ein paar Monaten gelangte, wo sich herauskristallisierte, was mit der Zeit daraus werden würde. Eine gute Freundschaft oder mehr als das? Sie wusste nicht, was sie wollte.

In der Vergangenheit war sie dieser Frage ausgewichen und im Ernstfall, wenn der Weg in diese Richtung führte, hatte sie Nein gesagt. Sie war mit netten Männern ausgegangen, aber nur bei Reece hatte sie die nächste Frage in Erwägung gezogen und selbst bei ihm hatte die Antwort Nein gelautet. Sie war zufrieden mit ihrem Singledasein. Sie hatte nicht erwartet, in diesem Jahr vor die Wahl gestellt zu werden.

Wenn sie Paul ihre Geheimnisse nicht anvertraute, würde ihre Beziehung eine Freundschaft bleiben. Das wusste sie. Paul würde sie nicht drängen. Aber das Leben würde es irgendwann tun. Sie würde sich entscheiden müssen.

„Was soll ich machen, Lieblich?", flüsterte sie.

Sie wollte, brauchte mehr Zeit. Sie wusste nicht, wie die richtige

Entscheidung aussah. Sie wollte nicht verletzt werden und sie wollte Paul nicht verletzen.

Vielleicht musste sie ja gar keine Entscheidung fällen. Schließlich gehörten zu einer Beziehung zwei Menschen. Vielleicht beschloss er ja als Erster, es bei der Freundschaft zu belassen, und dann würde sie sich nicht entscheiden müssen. Er war ein vorsichtiger Mann. Er hatte ihre Freunde gefragt, bevor er sie besucht hatte. Er hatte ihr Fragen gestellt, hatte über sie nachgedacht, um sie zu verstehen, wie es noch kein anderer Mann getan hatte. Seine Fragen würden sich unweigerlich irgendwann den Herzensangelegenheiten nähern. Er war ein Familienmensch und irgendwann würde er über Kinder sprechen wollen, würde ihre Träume für die Zukunft wissen wollen. Sie würde ihm genug vertrauen, um ihm ehrlich zu antworten. Das konnte sie tun. Sie konnte ihm umfassende Antworten auf seine Fragen geben, damit er seine Entscheidung aufgrund aller Informationen treffen konnte, die sie ihm geben konnte.

Sie genoss – und schätzte – seine Freundschaft und wollte sie nicht verlieren. Vielleicht würde er beschließen, dass er es dabei belassen wollte. Damit konnte sie leben. Es war ihr lieber, dass er Teil ihres Lebens war, als dass sie Lebwohl sagen musste. Die Straße zu etwas, das mehr war als Freundschaft, war eine Straße, die sie noch nie eingeschlagen hatte, und sie hatte Angst, dass es ein böses Ende nehmen würde, wenn die Reise weiterging.

Ann faltete das Kissen noch einmal zusammen und schlang ihren Arm darum. Sie würde besser schlafen, wenn sie wüsste, wohin das alles führte. Aber ihr Herz sagte ihr, dass es diesmal anders war. Während der Schlaf weiter auf sich warten ließ, wurde ein Gedanke immer stärker. Paul war ihr wichtiger, als jeder andere Mann es in den letzten Jahren gewesen war. Vielleicht, als ihr überhaupt jemals ein Mann gewesen war.

Teil 4

Jim Gannett

16

Ann lehnte sich auf ihrem Stuhl zurück, die Hände um einen Becher mit heißem Kakao geschlungen, während sie sich über Video mit Paul unterhielt. „Mein Wochenende ist frei – vorausgesetzt, es kommt kein Anruf rein."

„Ich habe mit Neva gesprochen und sie hat nichts gegen einen Gast für zwei Tage. Ich könnte am Freitag gegen sechs Uhr da sein. Dann gehen wir gemeinsam etwas essen."

„Das klingt gut."

Ihr Telefon klingelte. „Warte mal, Paul." Sie stellte den Ton der Videoverbindung aus und griff nach dem Hörer. Es war ein Anruf auf einer sicheren Leitung. Sie gab ihren Code ein und antwortete. Sie hatte den Anruf erwartet.

„Guten Abend, Sir."

Sie kannte ihn seit zwölf Jahren, betrachtete ihn als Freund, und egal, wie oft er sie bat, ihn Jim zu nennen, fühlte sie sich am wohlsten, wenn sie ihn mit Sir ansprach.

„Ich habe den dritten Band diese Woche noch einmal von Anfang bis Ende gelesen und ich bin begeistert, Ann. Das letzte Jahr als Vizepräsident, die Kampagne für die Präsidentschaft, die Niederlage, die Jahre nach dem Rückzug aus der Öffentlichkeit – alles ist sehr ausgewogen und klar. Ich weiß, wie viele Stunden Sie damit verbracht haben, mir am Rand des Manuskripts Fragen zu stellen, Formulierungen vorzuschlagen, Passagen umzustrukturieren und mir zu helfen, diese Klarheit zu finden, damit das Buch für alle lesbar ist, die es aufschlagen. Bevor die Leute da draußen es zu lesen bekommen, wollte ich nur sagen, was für ein Vergnügen es ist, Ihre Hilfe bei diesem ganzen Projekt zu haben – bei dem aktuellen Band wie bei den beiden vorigen. Sie haben mehr als nur gute Arbeit geleistet. Sie haben meine Schreibversuche in Werke verwandelt, die vor dem kritischen Auge der Zeit Bestand haben werden."

„Danke, Sir. Es war großartig, mit Ihnen daran zu arbeiten. Es ist ein schönes Vermächtnis für Ihre Familie und für die Geschichte."

„Wie geht es Ihnen, Ann? Noch irgendwelche Zweifel in Bezug auf Kapitel achtundzwanzig?"

„Nein, Sir. Es wird Zeit, dass wir die Sache abschließen."

Sie hatte seit Jahren gewusst, dass dieser Tag kommen würde. Ihr Plan: Das achtundzwanzigste Kapitel von Experten lesen und absegnen lassen, den dritten und letzten Band seiner Autobiografie veröffentlichen und sich dann ducken, während die Presse ausschwärmte. Sie konnte sich bessere Methoden vorstellen, das Jahr zu beenden. Aber wenigstens wäre es dann vorbei.

„Ich überlege, ob ich Paul Falcon bitten soll, das Kapitel zu überprüfen. Ich glaube, es wäre gut, wenn es ein Beamter macht, den Sie schon kennen, schließlich werden Sie das Material mit ihm durchgehen. Und es muss jemand auf nationaler Ebene sein, wenn man bedenkt, wie weitreichend die Untersuchungen sein müssen."

Sie war sich nicht sicher, was sie sagen sollte. Paul konnte das Kapitel nicht unter die Lupe nehmen, wenn es auch nur den Anschein eines Interessenskonflikts gab. Er würde also nicht gleichzeitig mit ihr ausgehen können. Im besten Fall würde das, was sich zwischen ihnen entwickelte, dadurch auf Eis gelegt, bis das Buch veröffentlicht war und die Wogen sich wieder geglättet hatten. Aber wenn sie sich dem schon stellen musste, wollte sie, dass es Paul war – dann war es ihr sogar wichtig, dass er es war –, der das Kapitel las und beurteilte.

Sie holte tief Luft. „Er wäre auch meine Wahl, Sir", antwortete sie und sie wusste, dass es die richtige Antwort war.

„Gut, dann sprechen Sie mit ihm und zeigen Sie ihm den Fall. Wenn er sich damit vertraut gemacht hat und Sie immer noch denken, dass er der Richtige ist, bringen Sie ihn zu mir. Ich werde dann seinen Vorgesetzten anrufen und Paul anschließend den Inhalt des Kapitels erläutern. Von da an wird er die Ermittlungen leiten und Sie werden ihn durch die Unterlagen führen. Ich könnte mir vorstellen, dass die ersten zehn Tage, nachdem wir es ihm erzählen, nicht viel Schlaf beinhalten. Das sollten Sie in Ihre Planung mit einbeziehen."

„Das klingt realistisch, Sir. Er arbeitet mit zwei Leuten zusammen, die schon seit Jahren in seinem Team sind. Sam Truebone und Rita Heart. Bei drei Personen wird es schneller gehen und wenn Sie die Informationen erst einmal preisgeben, ist die Zeit ein wichtiger Faktor."

„Wenn er das Kapitel gelesen hat, werde ich alles veranlassen. Und sagen Sie mir, wenn es etwas gibt, das ich für Sie tun kann, während die Sache ihren Lauf nimmt."

„Das werde ich. Ich melde mich, sobald ich ihm den Fall gezeigt habe, möglicherweise schon dieses Wochenende."

„Ich freue mich auf Ihren Anruf."

Ann beendete das Gespräch auf der sicheren Leitung und hielt den Hörer noch einen Moment in der Hand, während sie über die Folgen dieser Unterredung nachdachte. Sie hatte überlegt, wen der Vizepräsident für die Überprüfung des Kapitels auswählen könnte, aber sie hatte nicht damit gerechnet, dass es Paul sein würde.

Sie klinkte sich wieder in die Videounterhaltung mit Paul ein.

„Alles in Ordnung, Ann?"

Sie zwang sich zu lächeln. „Zum Glück kein Fall für die Ermittlungsbeauftragte. Ja, ich würde mich freuen, wenn du am Wochenende herkommst."

„Dann sehen wir uns morgen."

„Paul, pack am besten Sachen für ein, zwei Tage mehr ein."

„Ann?"

„Das ist die Pfadfinderin in mir: Allzeit bereit! Man denkt, man ist nur einen Tag unterwegs, und plötzlich ist es eine Woche."

„Solche Reisen hatte ich auch schon. Bis morgen." Paul sah an ihr vorbei. „Willst du mir nicht auch Gute Nacht sagen, Black?"

Der Hund klopfte mit dem Schwanz auf den Boden, hob aber nicht den Kopf.

Paul grinste. „Ich gehe ihm auf den Geist."

Ann lachte. „Gute Nacht, Paul."

■

Ann schaltete die Videoverbindung aus. Sie dachte einen Augenblick nach, dann beschloss sie, dass die Uhrzeit keine Rolle spielte, und rief Vicky auf einer sicheren Leitung an.

„Das ist aber eine nette Überraschung." Ann hörte, wie die Hintergrundgeräusche verstummten. „Ich bin ganz Ohr, Ann."

„Störe ich dich sehr?"
„Eine Freundin ruft auf der sicheren Leitung an – wen interessiert es, wobei du störst? Ich kann dir versichern, dass keine Leben davon abhängen, dass ich die nächsten zehn Minuten verfügbar bin."
„Danke. Ich habe Neuigkeiten. Der Vizepräsident überlegt, Kapitel achtundzwanzig von Paul untersuchen zu lassen."
Vicky schwieg. Schließlich sagte sie: „Ich bin mit Pauls Bruder Boone verheiratet, und trotzdem ist mir nicht einmal der Gedanke gekommen, dass Paul es machen könnte. Paul hat einen guten Ruf und wir wissen beide, dass er die Ermittlungen gründlich durchführen wird. Was er schreibt, wird jeder Prüfung standhalten. Er ist fair. Er wird die Position des Vizepräsidenten schützen, auch wenn er dessen Handeln infrage stellen sollte. Wenn die Presse sich auf das Thema stürzt, wird es sein Instinkt sein, seine Familie zu beschützen. Das solltet ihr berücksichtigen. Aber ich würde sagen, alles in allem ist er eine gute Wahl. Was meinst du?"
„Ich gewöhne mich langsam an den Gedanken. Mich wird die Presse auch unter Beschuss nehmen, aber ich habe vor, mich bedeckt zu halten und unterzutauchen, bis der größte Wirbel vorüber ist, und ich hoffe, dass die Sache sich nach einem Jahr beruhigt hat. Sie werden zu Recht davon ausgehen, dass ich die Namen der in dem Kapitel genannten Personen kenne. Ich mache mir nur Sorgen darüber, was passieren könnte. Wirst du es Boone sagen, nur für den Fall?"
„Nein."
„Ich werde Paul auch nichts sagen."
Vicky schwieg wieder. „Es könnte aber gut sein, Ann. Wenn du siehst, wie er auf das Kapitel reagiert, solltest du dir überlegen, ob du es ihm nicht doch sagst."
„Es bringt zu viele Komplikationen mit sich. Ich habe vor, die Wahrheit mit ins Grab zu nehmen."
„Und wann bekommt er das Kapitel?"
„Vielleicht schon an diesem Wochenende. Ich werde ihm zuerst den Fall zeigen und sehen, wie er darauf reagiert. Dann soll der Vizepräsident ihn einweihen."
„Brauchst du Gesellschaft? Ich könnte mir ein paar Tage freischaufeln."
„Je nachdem, wie die Sache läuft, hätte ich nichts gegen eine

Begleitung, wenn ich unterwegs bin. Ich vermute, dass wir irgendwann zwischen diversen Bundesstaaten hin- und herfliegen werden. Es wäre schön, jemanden dabeizuhaben, der nichts mit den Ermittlungen zu tun hat."

„Ich spreche mit Gannett und arrangiere einen Besuch. Wenn ich erst einmal da bin, dürfte es ein Leichtes für mich sein, mich als zusätzlicher Schutz einzuschleichen. Paul wird nichts dagegen haben – er wird wollen, dass Agent Lion sich auf die Beantwortung von Fragen konzentriert, anstatt für eure Sicherheit zu sorgen, und mich kennt er immerhin."

„Danke, Vicky."

„Ich bin so neugierig, dass ich gern aus der ersten Reihe miterleben möchte, wie die Sache sich entwickelt. Außerdem hat Boone sowieso davon gesprochen, dass er seine Eltern besuchen will, um ein paar geschäftliche Dinge zu besprechen, da passt es gut, wenn wir gleichzeitig verreist sind."

■

Als Paul am Freitagnachmittag um kurz nach fünf in Mrs Rawlins' Einfahrt einbog, saß Ann mit Neva auf der Verandaschaukel. Black hatte sich zu ihren Füßen ausgestreckt.

Während Paul aus dem Wagen stieg, kam Ann ihm bereits entgegen. „Hi, Paul." Sie umarmte ihn.

„Hallo, Ann." Er erwiderte die Umarmung und hielt sie einen Moment lang im Arm. Es war ein gutes Gefühl, das er nicht mit Worten beschreiben konnte. Sie trat zurück. Und dann sah er ihr Gesicht. Sein Lächeln erstarb. „Was ist passiert?"

„Ich befürchte, wir müssen unsere Pläne ändern. Bring deine Sachen rein und dann laufen wir zu meinem Haus. Ich erkläre es dir auf dem Weg."

Paul nickte, holte seine Tasche und das Geschenk, das er mitgebracht hatte, aus dem Kofferraum und schloss seinen Wagen ab.

„Es ist wirklich nett, dass ich wieder bei Ihnen übernachten darf, Neva."

„Es ist mir ein Vergnügen, Paul."

„Ihr Sohn hat erwähnt, dass Sie diesen Monat Geburtstag hatten.

Bestimmt nehmen Sie es mir nicht übel, dass ich etwas gesehen habe, was Ihnen gefallen könnte, und daraufhin Ihren Sohn mit ins Boot geholt habe."

Sie nahm das Geschenk entgegen und packte eine Schachtel aus, aus der sie eine Porzellanvase holte. „Ach du liebe Güte, Paul." Die Röte in ihren Wangen passte zu dem erfreuten Lächeln. „Sie haben das letzte Stück gefunden, das mir noch fehlte."

„Es ist eine wundervolle Sammlung, das konnte sogar ich sehen."

Sie legte die Vase vorsichtig wieder in den Karton und stand auf, um ihn zu umarmen. „Danke."

„Es ist mir ein Vergnügen."

Neva hielt ihm einen Schlüsselbund hin. „Du bist jetzt kein Gast mehr. Ich habe dir dasselbe Zimmer gegeben wie beim letzten Mal und du kannst kommen und gehen, wann es dir passt. Mach dir keine Sorgen, wenn es spät wird. Ich besuche heute Abend meine Schwester, weil meine Nichte heiratet, und werde wahrscheinlich in der Stadt bleiben, je nachdem, wie viel zu tun ist."

„Danke." Paul trug seine Tasche ins Haus, hängte seine Anzugjacke in den Schrank in seinem Zimmer und fragte sich, was für Neuigkeiten Ann wohl hatte. Seine Pläne für dieses Wochenende änderten sich, bevor es überhaupt begonnen hatte.

■

Kaum hatten sie sich auf den Weg zu ihrem Haus gemacht, nahm Paul Anns Hand. „Was ist los?"

„Ich muss dir einen Fall zeigen, in dem du dich auf den aktuellen Stand bringen und alle Einzelheiten verstehen musst. Und leider kann ich dir nicht sagen, warum. Im Moment musst du blind arbeiten und mir vertrauen, dass es einen wichtigen Grund für meine Bitte gibt. Erklären muss es dir jemand anders."

„Du hast mich auf jeden Fall neugierig gemacht. Müssen wir reisen?"

„Der Fall hängt bei mir zu Hause an der Pinnwand." Sie zog ihre Hand aus seiner. „Aber bevor wir dort ankommen, muss ich dir noch etwas sagen. Ich denke, dass wir das, was sich zwischen uns anbahnt, erst einmal auf Eis legen sollten. Du wirst Abstand von mir brauchen." Sie sah ihn an. „Ich mag dich, sehr sogar, und gerade deshalb werde ich um deinetwillen auf Abstand zu dir gehen. Die Ermittlungen werden rechtliche Konsequenzen für mich haben. Wenn du die Wahrheit kennst und weiterhin an mir interessiert bist, kannst du mich ja fragen."

Er vermisste ihre Hand in seiner. „Ernsthafte juristische Probleme?"

„Anfangen wird es mit einem großen Medienrummel, und wer weiß, was danach kommt. Das Mindeste, womit ich rechne, bis die Sache vorbei ist, sind einige eidesstattliche Erklärungen. Ich habe ein Geheimnis für mich behalten. Das ist der Preis, den ich dafür zahlen muss." Ihr Telefon klingelte und sie sah auf die Anruferkennung. „Tut mir leid, da muss ich rangehen."

Sie gab einen Sicherheitscode ein und sagte: „Hallo, Sir."

Sie warf Paul einen Blick zu. „Ja, Sir, er ist hier. Warten Sie." Sie hielt ihm das Handy hin. „Paul, der ehemalige Vizepräsident Jim Gannett. Er wüsste gerne den aktuellen Stand in Sachen Ladykillerin. Er war Direktor des FBIs, als sie die ersten Morde verübt hat, und kennt den Fall sogar noch besser als du – wenn das überhaupt möglich ist."

Er nahm das Handy entgegen. „Guten Abend, Sir."

Während sie weitergingen, verfolgte Ann mit einem Ohr seinen Teil des Gesprächs. An diesem Abend interessierte sie sich nicht sehr für den aktuellen Stand in Sachen Killerin, so faszinierend sie den Fall sonst auch fand. Sie hatte sich so sorgfältig auf den heutigen Abend vorbereitet, wie sie konnte, und sie wusste immer noch nicht, ob ihr Entschluss, wie sie ihn an die kommenden Ereignisse heranführen wollte, der richtige war. Ihr war den ganzen Tag ein wenig mulmig gewesen, und Pauls Ankunft hatte ihr Magengrummeln nur noch verstärkt.

„Ann ..." Paul gab ihr das Telefon zurück.

Sie schob es in ihre Tasche, sah seine Miene und lächelte. „Er ist im Ruhestand und er ist ein netter Kerl."

„Du nennst ihn immer noch Sir."

„Ich habe ziemlichen Respekt vor ihm, obwohl ich ihn schon seit Jahren kenne. Er sagt immer, ich solle ihn Jim nennen, aber das kann ich einfach nicht. Er beherrscht jeden Raum, den er betritt. Du hast ihm nichts von den Briefen oder den Bändern erzählt."

„Elf Personen wissen davon und das sind schon zu viele. Gannett weiß von deinem Geldgeschenk an meine Abteilung, also habe ich ihm von den hundertdreiundzwanzig Befragungen erzählt, die wir durchführen. Es ist angenehm, dein Geld zur Verfügung zu haben. Ansonsten hätte ich ihm sagen müssen, dass mir wegen fehlender finanzieller Mittel die Hände gebunden sind."

„Ich bin froh, dass du ihm von den Befragungen erzählt hast, denn er hat einen wichtigen Part bei der Überweisung gespielt, und er ist gerne behilflich. Er interessiert sich für den Fall, seit ich ihn kenne."

Ann schob die Hände in die Taschen ihrer Jacke und ihr Lächeln verblasste. „Ich bin dafür bekannt, dass ich ein Geheimnis für mich behalten kann, Paul. Deshalb bringt man mir als Ermittlungsbeauftragter auch so viel Vertrauen entgegen. Und deshalb arbeite ich an der Autobiografie des Vizepräsidenten. Ich habe vor acht Jahren abgewägt, was die Kosten dafür sein werden, dass ich das Geheimnis bewahre, und habe beschlossen, dass ich mit den Kosten leben kann. Die juristischen Risiken gehören mit dazu. Aber es wird nicht mehr lange ein Geheimnis bleiben. So viel kann ich dir sagen: In ungefähr einer Woche wirst du ziemlich genau wissen, was los ist. Bitte vertrau mir, dass ich dich nicht in Schwierigkeiten bringen will. Und ich versuche auch nicht, etwas vor dir zu verbergen – ich habe nur nicht die Befugnis, dir alles zu erklären."

„Der Fall, den du mir zeigen musst, ist Teil davon."

„Ja."

„Ich finde es nicht gut, dass du auf Abstand gehen willst, Ann." Er blieb stehen und drehte sich zu ihr um. „Es wäre mir lieber, wenn du mir vertrauen und mich selbst entscheiden lassen würdest."

„In einer Woche, wenn du weißt, worum es geht, kannst du entscheiden, was du im Hinblick auf eine Beziehung zwischen uns für das Richtige hältst."

Paul glaubte ihre Traurigkeit förmlich zu spüren. Aber er wusste nicht, wie er ihr das Bestreben, sich zurückzuziehen, ausreden sollte, bevor er verstand, warum sie diese Distanz für notwendig hielt.

Er nahm ihre Hand, auch wenn sie seine Nähe nur widerwillig akzeptierte. „Es wird eine Beziehung geben, Ann."

„Bald wirst du verstehen, warum das unter Umständen nicht die richtige Entscheidung ist, Paul."

Sie waren bei ihrem Haus angekommen. Ann schloss die Tür auf und ließ Black zuerst hinein. Paul folgte den beiden ins Wohnzimmer. Dort blieb er abrupt stehen. Überrascht.

Er ging zu der Pinnwand, die sich über die ganze Wand erstreckte. Die O'Malley-Reihe war verschwunden und stattdessen war ein komplexer Fall dargestellt. Vergrabene Überreste eines Skeletts, Fotos vom Tatort, Polizeiberichte über vermisste Personen – und eine Menge Opfer. „Ann?"

„Vor sechzehn Jahren gab es einen Serienkiller, der im Mittleren Westen sein Unwesen trieb", sagte sie leise. „Wir wussten noch nicht einmal, dass er da draußen war, bis er anrief, um ein Geständnis abzulegen. Wir hatten nur Fälle von vermissten Personen, die wir nicht miteinander in Verbindung gebracht hatten." Sie holte tief Luft und atmete dann langsam wieder aus. „Er rief an, um die Taten zu gestehen, und am Ende des Anrufs schoss er sich selbst in den Kopf, während die Hütte, in der er sich befand, um ihn herum niederbrannte. Wir haben seine DNA, die Zahnarztunterlagen und die Orte, die er für die Leichen der achtzehn Opfer genannt hatte, aber keinen Namen."

„Das ist ein abgeschlossener Fall, kein offener, richtig?"

„Ja. Ich schreibe ein Buch über den Fall."

„Versuchst du, ihn zu identifizieren? Du weißt, wie er gestorben ist. Du kennst seine Opfer. Selbst die Tatsache, dass seine DNA nicht in der Datenbank war, sagt etwas über ihn aus. Du kannst alle Verdächtigen aus den ursprünglichen Vermisstenfällen ausschließen, die noch am Leben sind."

„Seine Identität ist für mich nicht so wichtig. In dem Buch geht es überwiegend um die Profile der Opfer – achtzehn Kapitel, eines fur jedes Opfer. Die Angehorigen helfen mir dabei, und sie teilen sich das Honorar, das mit dem Buch verdient wird."

Ihre Antwort überraschte Paul. Offenbar gab es einen Grund, warum der Mörder diese achtzehn Opfer ausgewählt hatte. Wenn sie den Killer identifizieren könnte, würde aus einem guten Buch ein Bestseller. Wollte die Mordermittlerin in ihr den Namen eines Serienmörders nicht wissen, um ihm keine Berühmtheit zu verschaffen? Ja, das könnte für Ann Grund genug sein, die Sache nicht weiter zu verfolgen.

„Ich verstehe nicht, was ich dabei tun soll, Ann. Soll ich die Beweise überprüfen? Ein Problem in dem Fall finden? Gibt es weitere Opfer, deren Mord er nicht gestanden hat? Ist eines der Opfer nicht seins?“ Er sah sie an.

„Du musst dich mit diesem Fall ganz und gar vertraut machen. Das ist im Moment die zutreffendste Beschreibung für das, worum ich dich bitte. Wenn du das Gefühl hast, den Fall in- und auswendig zu kennen, sag mir Bescheid. Dann bringe ich dich zu jemandem, der dir das Warum erklären wird. Mehr kann ich dir momentan leider nicht sagen. Ich weiß, dass es nicht viel ist. Aber ich bitte dich, blind darauf zu vertrauen, dass es gute Gründe hierfür gibt und es wirklich eine große Sache ist.“

Paul kannte einige der Dinge, die sie nicht als große Sache betrachtete. Wenn dies für sie eine war, dann musste es kritisch sein. „Wie lange arbeitest du schon an dem Buch?“

„Ich weiß von dem Fall und den Opfern seit den Anfängen, als die Polizei die Überreste ausgegraben hat. Vor drei Jahren habe ich mir das schriftliche Einverständnis der Familien eingeholt und seitdem arbeite ich an der Geschichte. Es ist mein erstes Buch, das kein Roman ist, sondern bei dem es um ein reales Verbrechen geht. Und ich konzentriere mich dabei mehr auf die Persönlichkeiten der Opfer als auf das Verbrechen selbst.“

„Kann ich lesen, was du bis jetzt geschrieben hast?“

„Das Manuskript liegt da drüben auf dem Tisch. Ich bin so gut wie fertig. Die Familien haben das Recht, das jeweilige Kapitel über ihren Angehörigen zu lesen, sie können mich bitten, es nicht zu veröffentlichen, oder eine fünfseitige Erklärung aus ihrer Sicht hinzufügen. Mündlich haben mir alle bestätigt, dass sie mit dem, was ich geschrieben habe, einverstanden sind, aber ich habe gesagt, sie sollen ein paar Wochen darüber nachdenken, bevor sie die offizielle Einverständniserklärung unterschreiben.

Das Buch beinhaltet viele persönliche Informationen, die ich über die Opfer herausfinden konnte, es beleuchtet ihre Persönlichkeiten über das hinaus, was in den Fallakten steht. Ich weiß nicht, wie wichtig es für das, was du brauchst, sein wird, aber es erweckt die Opfer zum Leben."

Die Fallakten füllten mehr als zwanzig Kisten. Und ihr Manuskript schien mehr als dreihundert Seiten zu haben. Er würde Stunden brauchen, um das ganze Material zu sichten. Irgendetwas an diesem Fall brachte Ann in rechtliche Schwierigkeiten – etwas, das sie über eines der Opfer erfahren hatte?

„Hast du an dem Fall gearbeitet?"

„Nein. Was du hier siehst, habe ich von den Ermittlern in den verschiedenen Vermisstenfällen bekommen, und von den Beamten, die an der Bergung der Leichen beteiligt waren. Dem habe ich das, was die Familien mir zur Verfügung stellen konnten, hinzugefügt – Briefe, Fotos, Kalender, Einzelheiten über die Opfer, bevor sie verschwanden."

„Ich vermute, die Sache ist eilig."

„Sehr eilig."

„Dann fange ich besser an." Paul begann chronologisch und zog die Akte über den ersten Vermisstenfall heraus. Dann suchte er sich einen bequemen Sessel und fing an zu lesen.

„Danke, dass du das tust, Paul."

„Falls du es noch nicht begriffen hast, sag ich es noch einmal, Ann: Ich vertraue dir. Du sagst, ich muss diesen Fall kennen. Das reicht mir als Grund, um mich an die Arbeit zu machen."

„Ich habe dieses blinde Vertrauen nicht verdient."

„Ich glaube schon."

Ann wusste nicht, was sie antworten sollte, und das fand er faszinierend. Hatte sie noch nie erlebt, dass jemand bereit war dranzubleiben? Ihr würde schon noch klar werden, dass er nicht gehen würde. Wenn ein Firmenimperium so groß war wie das seines Vaters, gab es ständig irgendwelche juristischen Probleme, und oft schon allein deshalb, weil jemand den Namen Falcon trug. Worum auch immer es hier ging – er kannte Ann gut genug, um zu wissen, dass sie das getan hatte, was sie für richtig hielt. Er würde herausfinden, was los war, entscheiden, was er von ihrem Verhalten hielt, und sie dann wahrscheinlich dazu überreden, mit ihm ins Kino zu gehen. Dazu waren sie noch immer nicht gekommen, obwohl ein

Film schon bei ihrer ersten Verabredung auf dem Programm gestanden hatte, und ein Kinobesuch war definitiv Teil seiner Pläne für dieses Wochenende gewesen.

Ann begann zu lächeln. „Wenn Pizza für dich in Ordnung ist, bestelle ich uns was zu essen."

„Pizza klingt gut."

■

Paul nahm sich ein Stück Pizza aus dem Karton und deutete mit dem Kinn auf die Pinnwand. „Erzähl mir die Geschichte, Ann. Von dem Tag an, an dem der Killer anrief und verkündete, dass er da draußen sei."

Sie balancierte ihren Teller auf den Knien und gab Black ein Stück Wurst. „Dies ist der erste Fall in meiner Laufbahn, der komplett entwickelt auftauchte und sich kaum über die Tatsachen des ersten Tages hinaus bewegt hat."

Sie griff nach einer Serviette. „Den Polizeiberichten zufolge fing es damit an, dass der Mörder einen Mann namens Ben Harmon anrief. Ben war dreißig Jahre beim Geheimdienst gewesen, inzwischen im Ruhestand, und in seiner Heimatstadt gut bekannt. Die Lokalzeitung hatte keine Woche vor dem Anruf einen Artikel über ihn veröffentlicht. Er war also keine schlechte Wahl, wenn der Anrufer in die Schlagzeilen kommen wollte. Ben war unterwegs zu einem Freund, mit dem er fischen gehen wollte, als der Anruf auf seinem Handy einging. Es war eine ältere männliche Stimme ohne Akzent. ‚Ich habe achtzehn Leute umgebracht und ich habe Sie als meinen Beichtvater ausgesucht.' Ben hielt am Straßenrand. Der Mann forderte ihn auf, Stift und Papier herauszuholen, und gab ihm dann die GPS-Daten für die achtzehn Opfer durch. Dann hörte Ben einen Schuss. In seinen Ohren klang es so, als wäre das Telefon auf den Boden gefallen. Die Verbindung blieb noch etwa vier Minuten bestehen, bevor ein Besetztzeichen ertönte.

Ben drehte um und fuhr zur Polizeiwache in Petersburg, Georgia. Die Nummer des Anrufers wurde zu einer Hütte knapp zwanzig Kilometer außerhalb der Stadt zurückverfolgt. Die Polizei stürmte los und fand die Hütte niedergebrannt und noch rauchend vor. Im

Inneren entdeckten sie eine Leiche. Der Mann hatte einen Schuss im Kopf, neben ihm lagen eine Waffe und der Telefonhörer. Von einem Auto war weit und breit nichts zu sehen, aber am Landesteg war ein Fischerboot festgemacht. Es gehörte einem Unternehmen auf der anderen Seite des Sees und das Schloss war aufgebrochen worden. Am Tatort wurden mehrere Dosen Gas gefunden, aber der Kauf der Dosen konnte nicht zurückverfolgt werden. Die Hütte gehörte einem Unternehmer in der Stadt, dessen Sohn sie gelegentlich benutzte, wenn er angeln ging, aber der Sohn war beim Militär. Seit Monaten war niemand mehr in der Hütte gewesen.

Die sterblichen Überreste des Mannes wurden nie identifiziert. Die Opfer wurden an allen achtzehn Orten gefunden – sie führten die Ermittler zu Vermisstenfällen aus sieben Bundesstaaten, die sich über einen Zeitraum von neun Jahren erstreckten. In den Fällen war alles unternommen worden, weil es sich um Vermisste handelte, die ganz abrupt mitten aus ihrem Alltag verschwunden waren. In allen Fällen bestand der Verdacht, dass ein Verbrechen begangen worden war. Die Bergung der Leichen sorgte dafür, dass diese Fälle abgeschlossen wurden, aber die Gründe, warum sie zu Opfern geworden waren, erschlossen sich nicht. Durch das Geständnis wusste die Polizei, dass die Fälle auf einen gemeinsamen Täter zurückzuführen waren, aber ansonsten schien es keine Verbindungen zwischen den Opfern zu geben."

„Und die Sache war nicht in den nationalen Nachrichten?"

„Die Lokalzeitungen berichteten darüber, als die einzelnen Vermisstenfälle für gelöst erklärt wurden, aber kein Journalist hat das große Ganze zusammengefügt. Zum Teil lag es an dem Alter der Fälle, zum Teil an der Zeit, die nötig war, um alle achtzehn Orte zu untersuchen. Die weite geografische Streuung und die Vielzahl an Dienststellen, die beteiligt waren, hatten sicherlich auch etwas damit zu tun. Mehrere Wochen Arbeit waren nötig, bevor klar war, dass der Killer nicht identifiziert werden konnte, und bis die Bandbreite dessen, was er getan und wen er ermordet hatte, deutlich wurde. Vom Tag des Anrufs an wurde viel Energie in den Fall gesteckt, bis die Opfer identifiziert waren, aber da keiner der Beamten ein Interesse daran hatte, einen Serienmörder berühmt zu machen, schlossen sie den Fall irgendwann ab und hefteten ihn unter ‚Killer X' ab."

„Ist dir an dem Fall irgendetwas Besonderes aufgefallen?"

„Die Opfer hatten gerade noch ein ganz normales Leben geführt und waren dann plötzlich spurlos verschwunden. Einige der besten Ermittler haben an den ursprünglichen Vermisstenfällen gearbeitet und auch in der Soko, die nach der Bergung der Leichen versucht hat herauszufinden, wer der Kerl war. Aber nach diesem ersten Tag tauchten kaum zusätzliche Informationen auf."

Paul betrachtete die Pinnwand. „Danke, das hilft."

Sie nickte und brachte ihre Teller in die Küche.

Paul widmete sich wieder seiner Lektüre.

■

Er hatte den Polizeibericht über die achtzehnte und letzte vermisste Person fast zu Ende gelesen, als Ann ihn unterbrach.

„Paul?"

Er legte den Daumen zwischen die Seiten, die er gerade las, und blickte zu ihr auf.

„Es ist beinahe Mitternacht. Ich meinte nicht, dass du stundenlang ohne Pause lesen sollst."

„Es macht mir nichts aus – so sieht meine Arbeit oft aus." Er zeigte auf die Pinnwand mit den Ermittlungsunterlagen. „Du weißt offensichtlich mehr über den eigentlichen Grund für deine Bitte als ich. Wie dringend ist es?"

„Es steht kein Leben auf dem Spiel. Schließlich handelt es sich um einen abgeschlossenen Fall. Oder besser abgeschlossene Fälle. Aber wenn du erst einmal den Grund kennst, warum du gebeten wurdest, dich ganz genau mit diesem Fall vertraut zu machen, wird es sehr dringend werden."

„Dann arbeite ich noch ein bisschen weiter."

Ann war in einen gelben Notizblock mit Aufzeichnungen vertieft gewesen, bevor sie ihn angesprochen hatte, und ein kaltes Getränk stand auf einem Untersetzer neben ihr. Sie sah nicht schläfrig aus – sondern so, als befände sie sich mitten in einem Arbeitstag. „Schmeiß mich raus, wenn du schlafen gehen willst", sagte er zu ihr.

„Normalerweise würde ich noch zwei Stunden weitermachen."

■

Er beendete die erste Sichtung der Akten um drei Uhr morgens. Ann lag mit geschlossenen Augen auf dem Sofa. Er legte den Notizblock auf den Tisch und rüttelte sanft an ihrer Schulter. „Ann."

Sie fuhr aus dem Schlaf hoch. „Tut mir leid, ich bin wohl eingenickt."

„Im einen Moment warst du noch wach und hast eifrig geschrieben und als ich das nächste Mal zu dir rübergeguckt habe, warst du mit dem Stift in der Hand eingeschlafen."

„Das kommt vor." Sie blickte auf die Uhr und riss die Augen auf. „Drei Uhr. Paul, du hättest längst aufhören sollen."

Er wartete, bis sie wieder ganz wach war, bevor er auf die Pinnwand zeigte. „Ich bin alle Kisten einmal durchgegangen. Du hast einen Mörder, sein Geständnis und seine Opfer. Die Fallakten scheinen in Ordnung und vollständig zu sein. Ich habe in den Berichten keine schlampige Polizeiarbeit entdeckt."

Sie entspannte sich. „Das war auch mein Eindruck beim Lesen der Akten. Die Kollegen haben aus dem, was sie hatten, alles herausgeholt."

„Ich komme morgen wieder, sobald ich wach bin. Ich will noch mehr Zeit mit den Akten verbringen, jetzt, wo ich die Bandbreite des Falles kenne. Und ich will lesen, was du über die Opfer geschrieben hast."

„In Ordnung." Sie zog einen Schlüsselbund aus ihrer Tasche. „Nimm mein Auto. Die Haustürschlüssel sind an diesem Ring. Dann kannst du rein, falls ich aus irgendeinem Grund nicht da sein sollte."

■

Als er am nächsten Morgen kam, wollte Ann gerade mit Black eine Runde drehen. „Du brauchst nicht hierzubleiben", sagte er zu ihr. „Genießt euren langen Spaziergang. Ich werde nur lesen."

„Ich habe Kaffee für dich aufgesetzt und in der Küche sind Bagels."

„Ich komme schon zurecht. Viel Spaß."

Sie trottete mit einem noch müden Black davon.

Paul fand die Bagels, schenkte sich Kaffee ein und ließ sich in demselben Sessel nieder wie am Vortag. Dann fing er an, das Buch zu lesen, das sie über die Opfer geschrieben hatte.

Eine Stunde später, als er die Haustür hörte, schob er ein Lesezeichen in das Manuskript und legte seine Notizen beiseite.

Black rannte ins Wohnzimmer und stürzte sich auf das Sofa, um eine alte Socke unter dem einen Ende hervorzuzerren. Dann legte er sich auf den Boden und begann, seine Beute zu zerkauen.

Als Ann ins Zimmer kam, lächelte Paul zu ihr hoch. „Ich habe gerade gesehen, dass der Hund ein paar energiegeladene Augenblicke hatte."

„Spaziergänge wecken ihn auf."

Sie sah, dass er sich Notizen gemacht hatte. „Du hast etwas gefunden?"

Paul reichte ihr die Blätter. „Es gibt eine Progression bei den Opfern. Zum einen wird die Entführungssituation immer anspruchsvoller – größere Städte, mehr Menschen in der Nähe, mitten am Tag –, aber vor allem werden die Entführungsopfer immer wichtiger. Mir fehlt gerade ein besseres Wort dafür. Es fängt mit der Frau an, die das örtliche Rote Kreuz leitet und mit dem Filialleiter der Bank verheiratet ist, dann kommen ein Bezirksrichter, eine Journalistin, der Geschäftsführer einer Finanzierungsgesellschaft, ein preisgekrönter Wirtschaftswissenschaftler mit einer Gastdozentur in Harvard. Die Opfer werden immer schwerer zugänglich, immer bekannter in ihren Städten, ihren Berufen. Das war kein Mörder aus der Arbeiterschicht. Es war jemand, der in das Umfeld der Opfers eindringen und sie entführen konnte, ohne dass jemand es merkte."

„Das ist mir auch aufgefallen. Immer mehr Einfluss, immer größeres Risiko."

„Er hat sie ausgewählt. Es fühlt sich nicht willkürlich an. Die Liste sieht aus, als wären die Personen ganz bewusst ausgesucht worden." Paul stand auf und dehnte seine verkrampften Muskeln.

„Jetzt bist du dran mit einer Pause und einem Spaziergang."

„Später. Es ist einfacher, wenn ich jetzt weiterlese. Das Eintauchen in den Fall hilft. Allmählich fügen sich kleine Puzzleteilchen zusammen."

Er setzte sich wieder und nahm sich den Polizeibericht zu Opfer Nummer neun vor. So langsam fing er an, diesen Fall zu verstehen.

Oder wenigstens die Fragen zu sehen, die er aufwarf. *Warum diese Opfer?* Irgendetwas war da, das spürte er, und er versuchte, die Idee, die in seinem Hinterkopf herumschwirrte, zu konkretisieren. Er las noch zwei Stunden und dachte dann über das nach, was er gefunden hatte.

Er legte den Finger auf eine Bemerkung in dem Polizeibericht zu Opfer Nummer sechzehn, schlug Anns Buch auf und überprüfte das vierte Opfer. Er schloss die Augen und ging im Geiste durch, was er über die verschiedenen Opfer gelesen hatte.

„Ann, es ist politisch."

Sie legte ihren Notizblock fort und widmete ihm ihre volle Aufmerksamkeit.

„Oder, um es genauer zu sagen – *er* ist politisch."

Sie stützte die Unterarme auf den Knien ab und betrachtete ihn. „Was hast du bemerkt?"

„Alle seine Opfer hatten irgendwann etwas mit Politik zu tun. Das ist kein Zufall, nicht bei achtzehn Personen. Eine Stichprobe aus der allgemeinen Bevölkerung hätte niemals achtzehn politisch aktive Menschen ergeben. Sie sind Republikaner, Demokraten, Politiker auf Bundesstaatsebene oder nationaler Ebene – die Opfer sind nicht miteinander verbunden, aber wir wissen, dass sie mit dem Killer verbunden sind. Alle die Personen, die ihn so lange geärgert haben, bis er sie umbringen wollte, hatten etwas mit Politik zu tun und das sagt mir, dass er in der Welt der Politik zu Hause ist. Er ist Meinungsforscher, Spendensammler, Wahlkämpfer oder macht irgendetwas anderes, was alle zwei oder vier Jahre zu tun ist. Und wenn man die Vielzahl der Bundesstaaten bedenkt, arbeitet er wahrscheinlich auf nationaler Ebene. Die Opfer wurden ausgewählt, weil er Berührungspunkte mit ihnen hatte, und seine Welt ist die Politik."

Er sah ihre Miene. „Habe ich recht?"

„Ich kann zu deiner Theorie keine Meinung äußern. Aber du hast getan, worum ich dich gebeten habe. Du hast dich mit dem Fall und den Opfern so gründlich vertraut gemacht, dass du eine mögliche Verbindung siehst. Das war mir so wichtig."

Sie griff zum Telefon und wählte eine sichere Leitung an. „Guten Abend, Sir. Ja, Sir. Er kennt den Fall. Ich bin dafür, dass Sie ihm das Kapitel geben."

Ann warf einen Blick auf die Uhr. „Ja, Sir."

Sie klappte ihr Handy zu. Dann holte sie tief Luft, bevor sie ihn ansah. „Der Vizepräsident möchte, dass wir zum Kaffee zu ihm kommen."

„Ein Kapitel aus der Autobiografie des Vizepräsidenten?"

„Ja."

„Weiß er, wer Killer X ist?"

„Ja."

„Und er wird den Namen nennen?"

„Ja."

Er blickte zu dem Buch hinüber, das sie über die Opfer geschrieben hatte. Sie hatte ihre Profile so sorgfältig herausgearbeitet. „Die Opfer werden bei der Medienaufmerksamkeit untergehen, wenn der Name bekannt wird."

„Nicht, wenn mein Buch gleichzeitig mit der Autobiografie des Vizepräsidenten veröffentlicht wird. Deshalb hat er mich gebeten, es zu schreiben."

„Du hast das Kapitel gelesen. Du weißt, wer der Killer ist?"

„Die Antwort auf diese Frage ist so jenseits meiner Gehaltsklasse, dass ich so tun werde, als hättest du sie nicht gestellt", erwiderte Ann. „Hast du etwas dagegen, wenn wir mit dem Abendessen warten, bis wir mit ihm gesprochen haben? Mir ist flau im Magen."

„Ich gebe zu, dass es mir ähnlich geht. Ich hatte nicht vor, heute den Vizepräsidenten zu treffen."

Sie lächelte und gab ihm ihren Schlüssel. „Wir nehmen meinen Wagen, weil Black mit uns kommt, aber ich wäre froh, wenn du fahren könntest. Wir können bei Neva vorbeifahren und deine Anzugjacke holen, wenn du dich dann wohler fühlst. Ich fahre so, wie ich bin. Aber du siehst im Anzug sehr würdevoll aus."

Er grinste. „Echt?"

„Ich habe viele Fehler, aber ich bin nicht blind. Black, willst du Jasmine besuchen fahren?"

Der Hund schoss davon und kam mit einer Gummiente zurück. Als sie ihm nicht schnell genug zur Haustür folgten, tänzelte er ungeduldig um sie herum.

Ann lachte und kraulte seine Ohren. „Sie freut sich bestimmt auch, Kumpel."

17

Das Anwesen des Vizepräsidenten stand auf sechzehn Hektar hügeligem Land in der Nähe des Flusses. „Fahr bis zum Tor. Der Wachdienst kommt und holt uns ab."

Paul hielt den Wagen an.

Als Ann sah, wie der Mann vom Sicherheitsdienst auf sie zukam, ließ sie das Fenster herunter. „Guten Abend, George. Ich habe heute Abend einen Gast."

„Guten Abend, Miss Silver." Der Hund versuchte, den Kopf an der Kopfstütze vorbei aus dem offenen Fenster zu strecken. „Dir auch einen guten Abend, Midnight." Der Mann ging um den Wagen herum, überprüfte den Unterboden des Fahrzeugs mit einem Spiegel und blieb an der Fahrertür stehen. „Darf ich bitte Ihre Papiere sehen, Sir?" Er nahm Pauls Ausweis und Marke entgegen, tätigte einen Anruf und gab ihm die Sachen zurück. „Danke. Bitte fahren Sie weiter geradeaus, dann auf der nördlichen Seite um das Haus herum und parken Sie neben dem silberfarbenen Van." Das Tor öffnete sich langsam.

Paul fuhr die gewundene Zufahrt hinauf bis zu einem Parkplatz, auf dem sechs Autos standen. Dort stellte er den Wagen wie geheißen ab. Ann stieg aus und ließ Black vom Rücksitz. Mit seinem Gummispielzeug im Maul lief der Hund zum Seiteneingang. Ann gab einen Sicherheitscode ein und hielt die Tür auf. Als Paul eintrat, stand er in einer geräumigen Küche. Black blieb kurz stehen, um an der Küchenzeile zu schnuppern, wo ein Blech Plätzchen abkühlte, dann verschwand er den Flur hinunter.

Aus dem vorderen Teil des Hauses kam ein Mann auf sie zu. „Willkommen, Ann."

„Hi, Reece." Sie stellte die Männer einander vor. „Paul, das ist Jim Gannetts Sicherheitsbeauftragter, Agent Reece Lion. Reece, FBI Special Agent Paul Falcon."

Die beiden Männer musterten einander, während sie sich die Hand gaben. „Schön, Sie kennenzulernen."

„Gleichfalls."

Dann wandte Reece seine Aufmerksamkeit wieder Ann zu. Er nahm ihre Hand und sah sie prüfend an. „Du siehst heute Abend sehr hübsch aus."

„Mir geht es gut. Black ist mitgekommen. Er hat sich auf die Suche nach Jasmine gemacht."

Reece grinste. „So kenne ich ihn. Ich hatte gehofft, dass du ihn mitbringst. Geht durch, Jim ist in der Bibliothek. Ich komme gleich dazu."

Ann führte Paul durch das Haus und klopfte leise an eine angelehnte Tür.

„Herein! ... Ann!" Der ehemalige Vizepräsident erhob sich von seinem Platz am Kamin und kam ihnen entgegen. „Sie waren schnell." Er begrüßte sie mit einer Umarmung, betrachtete einen Moment lang ihr Gesicht und lächelte. „Ich hatte eine Wette mit Reece laufen, dass Sie heute Abend anrufen würden."

„Sieht so aus, als hätten Sie gewonnen. Ich halte nichts von Verzögerungen." Sie drehte sich um. „Sir, ich möchte Ihnen Paul Falcon vorstellen. Paul, Vizepräsident Jim Gannett."

Der Politiker streckte die Hand aus. „Gut, ein Gesicht zu dem Namen zu bekommen. Ich weiß es zu schätzen, dass Sie so kurzfristig kommen konnten, Falcon, und dass Sie sich auf unsere Geheimnistuerei eingelassen haben."

„Ich vertraue Ann."

„Eine gute Antwort und eine, die ich nur unterschreiben kann. Bitte setzen Sie sich doch. Kann ich Ihnen etwas zu trinken anbieten, einen Kaffee vielleicht?"

„Nein danke, Sir."

Sie nahmen auf bequemen Sesseln Platz und Reece gesellte sich zu ihnen, blieb aber am Kamin stehen.

„Wenn Sie nichts dagegen haben", begann der Vizepräsident, „verschieben wir die zwanglose Unterhaltung, die ich gerne mit Ihnen über die Ladykillerin, die Arbeit in Chicago und viele andere Dinge, die mich interessieren, führen würde, und komme direkt zu dem Grund, warum ich Ann gebeten habe, Sie herzubringen."

„Gerne, Sir."

Gannett beugte sich vor. „Ich werde Sie jetzt um etwas bitten, das ein großer Gefallen ist und eine große Belastung für Ihr Leben. Ich möchte, dass Sie sich anhören, was ich zu sagen habe, es mit Ann besprechen, darüber schlafen und mir meine Bitte dann gewähren oder ausschlagen. Nur fünf Personen kennen diese Informationen und es gibt einen Grund dafür. Bevor ich anfange, müssen Sie mir Ihr Wort geben, dass Sie das, was ich Ihnen erzähle, vertraulich behandeln, bis der letzte Band meiner Autobiografie Ende des Jahres veröffentlicht worden ist, unabhängig von Ihrer Entscheidung."

„Sie haben mein Wort."

„Gut. Danke." Er lehnte sich in seinem Sessel zurück. „Vor sechzehn Jahren gab es einen Serienmörder im Mittleren Westen, der neun Jahre lang aktiv war. Ann hat Ihnen seine achtzehn Opfer gezeigt."

„Ja."

„Killer X hat Tagebuch geführt bzw. diktiert. Wen er getötet hat und warum, wie er seine Opfer entführt hat und wo er die Leichen vergraben hat. Sein Tagebuch fing mit den Worten an: ‚Ich habe zwanzig Personen getötet, jede berühmter als die vorige.' Als er diese Zeile diktierte, hatte er achtzehn Menschen getötet.

Vor neun Jahren hatte ich keinen Bootsunfall. Ich wurde entführt. Ich sollte Opfer Nummer neunzehn sein und er wollte sich anschließend selbst umbringen, um das zwanzigste Opfer zu sein. Er wollte sich zum berühmtesten Serienmörder aller Zeiten machen, zu dem Killer, der sogar einen Vizepräsidenten ermordet hatte."

Gannett griff nach seinem Becher. „Denken Sie einen Augenblick darüber nach, während ich mir noch einen Kaffee hole."

Er ging zu dem Teewagen.

Plötzlich nahm Paul jedes Geräusch und jede Bewegung im Raum mit besonderer Klarheit wahr, darunter auch das Gefühl in seiner Brust, als er den nächsten Atemzug tat. Überraschungen waren in seinem Job keine Seltenheit, aber dies war mehr als eine Überraschung. Allmählich wurde ihm klar, welche Sensation sich hier herauskristallisierte. Der Vizepräsident wäre beinahe das Opfer eines Serienmörders geworden, eines Mannes, der achtzehn Menschen umgebracht hatte.

Paul sah zu Ann hinüber. Sie saß entspannt in ihrem Sessel und sah dem Vizepräsidenten dabei zu, wie er Zucker in seinen Kaffee rührte. Wenn sie nervös war, merkte man es ihrer Miene nicht an. Sie wirkte nicht überrascht oder entsetzt oder auch nur besonders neugierig. Diese Neuigkeit war für sie also nicht neu. Sie hatte sie nur für sich behalten. Und nicht gesagt, wie groß das Geheimnis wirklich war. Ann Silver überraschte ihn immer wieder.

Paul wartete, bis der Vizepräsident wieder saß und mit seinem Kaffeebecher in seine Richtung zeigte, um ihm zu bedeuten, dass er die erste Frage stellen sollte. Paul begrüßte die Offenheit des Mannes, sich seinen Fragen zu stellen.

„Sie wurden von diesem Mann entführt."

„Ja. Ich war in meinem Ferienhaus in Florida. Er hat mich von meinem eigenen Boot weg gekidnappt. Und er hat eine Frau entführt, die sein Tagebuch schreiben sollte. Sie ist auf ihren eigenen Wunsch hin tabu. Alles andere können Sie fragen."

„Sie hatten keinen Personenschutz bei sich?"

„Nach meinem zweiten Jahr im Ruhestand hatte ich die meisten Leibwächter entlassen und ließ nur noch Haus und Grundstück bewachen. Ich hatte einen persönlichen Sicherheitsbeamten für meine Familie und den hatte ich an jenem Tag gebeten, meine Frau zu begleiten, weil sie einen öffentlichen Auftritt hatte."

Paul nickte und kam direkt auf den Kern des Problems zu sprechen. „Den Polizeiberichten zufolge hat Killer X angerufen, um ein Geständnis abzulegen, er hat die Orte genannt, an denen die Opfer vergraben waren, dann hat er sich selbst in den Kopf geschossen, während die Hütte um ihn herum abbrannte – das war alles Tarnung?"

„Das meiste davon ist wahr. Die Hütte, die Tatsache, dass er sich in den Kopf geschossen hat, die Fundorte seiner Opfer – das war die Wahrheit. Aber Killer X hat nirgendwo angerufen, um zu gestehen, und der Brand wurde gelegt, um Fingerabdrücke zu vernichten und die Tatsache zu vertuschen, dass ich dort war, und um die Identität des Killers zu verbergen. Das war die Tarnung.

Es gab nur zwei Überlebende dessen, was der Mann getan hatte. Die Frau, die er entführt hatte, um das Tagebuch zu schreiben, und ich. Keiner von uns wollte sich der Presse stellen, die über uns herfallen würde, wenn die Wahrheit ans Licht kam. Und wir mussten auch an die achtzehn Familien denken. Sie mussten ihre Angehörigen zurückbekommen, sie brauchten Zeit, um ihre Toten richtig zu beerdigen und zu trauern, ohne dass die Presse hinter ihnen her war. Für die Menschen, die er getötet hatte, konnten wir nichts tun, und wir konnten auch den Mann, der die Verbrechen begangen hatte, nicht weiter bestrafen, weil er tot war. Durch die Einzelheiten in dem Tagebuch waren wir davon überzeugt, dass er allein gehandelt hatte. Wir beschlossen, als die beiden einzigen Überlebenden dieses Täters, dafür zu sorgen, dass wir auch das, was danach kam, überleben würden. Die andere Überlebende war nach einer Woche in seiner Nähe mit den Nerven ziemlich am Ende.

Also traf ich die Entscheidung, die Wahrheit zu vertuschen. Drei Personen halfen mir. Mein Leibwächter" – er deutete mit dem Kopf auf Reece Lion – „ein pensionierter Geheimagent, Ben Harmon, der vor fünf Jahren gestorben ist, der aber ein detailliertes Video und ein schriftliches Interview über sein Handeln in dieser Sache hinterlassen hat, und eine Person, die namenlos bleiben soll und der ich vertrauen konnte, dass sie der Frau, die das Tagebuch geschrieben hatte, helfen würde, die Sache zu verarbeiten und wieder ein normales Leben zu führen.

Wir gaben den Familien die Möglichkeit, mit den Geschehnissen abzuschließen, indem sie die sterblichen Überreste ihrer Angehörigen beerdigen konnten, wir ließen die Polizei wissen, welche Fälle abgeschlossen waren und dass wir den Täter kannten, und dann habe ich dafür gesorgt, dass der Mann, der die Verbrechen begangen hat, nicht durch DNA-Untersuchungen identifiziert werden konnte, dass er eingeäschert wurde und in den Akten als Killer X bezeichnet wurde."

„Wer war er?"

„Killer X war mein ehemaliger Stabschef, Aaron Crown."

Paul hatte sich auf verschiedene Namen eingestellt, aber mit diesem hatte er nicht gerechnet. „Ihr Stabschef?"

„Das war auch meine Reaktion. Er hat sich in meiner Gegenwart selbst erschossen und starb an demselben Tag, an dem er mich entführt hatte.

Wir behaupteten, er sei tot in seinem Ferienhaus aufgefunden worden nach einem Herzinfarkt, vermutlich eine Folge der Belastung, weil ich vermisst wurde und scheinbar bei einem Bootsunfall ums Leben gekommen war. Wir begruben einen beinahe leeren

Sarg. Was wir in seinen Sarg legten, waren die Fotos von der abgebrannten Hütte und dazu eine handschriftliche Aussage von mir zu dem, was geschehen war, und zu unserer Vertuschungsaktion, mit der wir die Sache geheim halten wollten. Wenn Sie den Sarg exhumieren, werden Sie diese Beweise darin finden."

„Warum enthüllen Sie dieses Geheimnis jetzt?"

„Wir haben es nicht geheim gehalten, um den Mann vor einem Skandal zu schützen oder mich vor den negativen Folgen, die es haben würde, wenn bekannt würde, dass eine solche Person Mitglied meines Stabs gewesen war. Wir haben es getan, damit wir selbst uns von den Ereignissen erholen konnten, und um die Opfer und ihre Familien vor der Presse zu schützen. Und wir wollten dem Mann nicht die Berühmtheit verleihen, auf die er aus war. Also gaben wir seinen Namen nicht preis. Aber die Wahrheit würde irgendwann herauskommen, das war klar. Dies ist die kontrollierteste Methode, die mir eingefallen ist, um sie bekannt zu machen. Ich habe einen detaillierten Bericht darüber geschrieben als ein Kapitel meiner Autobiografie."

Der Vizepräsident holte tief Luft und sah Paul dann einen Moment lang unverwandt an, bevor er fortfuhr. „Eine Autobiografie erfordert naturgemäß, dass man Entscheidungen darüber trifft, was hineinsoll und was nicht. Aber die Schilderung jenes Tages, von dem Punkt an, als der Stabschef auf meinem Boot eine Waffe zog, bis zu dem Punkt, an dem ich drei Tage später aus dem Krankenhaus nach Hause entlassen wurde, ist nach meinem besten Wissen und der Erinnerung jener, die mir geholfen haben, vollständig.

Ich möchte, dass Sie einen oder zwei Agenten, denen Sie vertrauen, auswählen und dann unabhängig überprüfen, was ich geschrieben habe. Ich werde mit Ihren Vorgesetzten sprechen, damit Sie die Zeit bekommen, die Sie benötigen. Sie können das, was Sie jetzt und in Ihren weiteren Ermittlungen erfahren, benutzen, um einen offiziellen FBI-Bericht zu verfassen, nachdem das Buch erschienen ist. Ausgehend von Ihren Schlussfolgerungen können Sie, wenn Sie wollen, dem Buch ein Kapitel hinzufügen, das ausschließlich in Ihren eigenen Worten verfasst ist. Das Buch soll im Dezember dieses Jahres herauskommen, sodass Sie ungefähr dreißig Tage haben, um Ihre Ermittlungen anzustellen, wenn Sie sich selbst darin äußern wollen.

Ann soll Ihnen das umfangreiche Material zeigen, das in dieser Sache gesammelt wurde, Sie bekommen eine Kopie des Tagebuchtextes und das Kapitel, das ich geschrieben habe. Ich werde für so viele Interviews zur Verfügung stehen, wie Sie wollen, und das Gleiche gilt für Reece.

Die Frau, die das Tagebuch verfasst hat, will anonym bleiben. Aus diesem Grund wird das Tagebuch in ihrer Handschrift nicht herausgegeben, aber der Text steht Ihnen zur Verfügung. Ann hat sich davon überzeugt, dass der Text Wort für Wort mit dem Tagebuch identisch ist. Ich werde in meinem Buch Personen namentlich nennen, die das Tagebuch *nicht* geschrieben haben, damit die Presse sie in Ruhe lässt, wenn das Raten beginnt. Drei Dinge halte ich zurück: den Namen der Frau, die entführt wurde, um das Tagebuch zu schreiben, die Person, die ihr geholfen hat, wieder in ihr Leben zurückzufinden, und das handschriftliche Tagebuch selbst.

Lassen Sie mich wissen, wie Sie sich entscheiden, Paul, wenn Sie alles gesichtet und eine Nacht darüber geschlafen haben. Je nachdem, wie Ihre Antwort ausfällt, werde ich alles Weitere veranlassen. Wenn Sie die Ermittlungen nicht übernehmen wollen, wäre ich dankbar für eine Empfehlung, wer es stattdessen machen könnte."

Gannett sah zu seinem Beamten hinüber. „Gibt es noch etwas, das du hinzufügen möchtest, Reece?"

„Ich habe noch eine Anmerkung zu der Vertuschungsaktion nach der Tat. Die offiziellen Berichte des Geheimdienstes zu diesem Zwischenfall besagen nicht, dass der Stabschef an diesem Tag in Florida war, und es steht auch nichts anderes darin, als dass der Vizepräsident in einen Bootsunfall verwickelt war. Diese beiden Tatsachen waren kein aktiver Versuch meinerseits, etwas zu verbergen – ich habe nur nicht korrigiert, was andere Leute annahmen. Für seine eigenen Zwecke hatte der Stabschef sich bedeckt gehalten, was seine Reisepläne betraf, und der Bootsunfall war der vermutete Grund für das Verschwinden des Vizepräsidenten. Ich machte mir das, was die Leute angenommen hatten, zunutze, um den Vizepräsidenten wieder auftauchen zu lassen. Indem wir die Vermutung bestätigten, er habe einen Bootsunfall gehabt, vertuschten wir beide die Wahrheit. Aber ich musste keine Informationen dazu erfinden und versuchen, die Öffentlichkeit in die Irre zu führen. Ich hätte es getan, wenn es nötig gewesen wäre, aber wie sich herausstellte, musste es nicht sein.

Die Schreiberin des Tagebuches war verschwunden, die Polizei ermittelte, und sie hatten auch diesbezüglich eine Vermutung, was passiert sein könnte. Sie wurde in ähnlicher Weise wieder in ihr Leben eingeschleust. Indem sie dem, was die anderen dachten, nicht widersprach und ihre Vermutungen eher bestätigte, als sie zu korrigieren, vertuschte auch sie die Wahrheit. Aber sie musste nichts erfinden, es wurde ihr von der Öffentlichkeit vorgegeben.

Soweit ich weiß, hat beides keine Schwierigkeiten für irgendjemand Drittes verursacht. Niemand wurde eines Verbrechens beschuldigt. Ich will damit nicht rechtfertigen, was geschehen ist; es ist nur eine Schilderung der Folgen dieser Ereignisse, wie ich sie einschätzen konnte.

Es gibt zahlreiche Personen, die zu Recht wütend sein werden, dass sie bei der Trauerfeier für den Stabschef waren, ohne zu wissen, dass sie dem Begräbnis eines leeren Sarges beiwohnten und sozusagen eines Serienmörders gedachten. Es wird zahlreiche Familienmitglieder der Opfer geben, die wütend sein werden, weil wir die Wahrheit wussten und sie nicht öffentlich gemacht haben. Die Vertuschung wird alle möglichen juristischen Konsequenzen haben. Aber nach meinem besten Wissen beschränkt sich der Schaden, der angerichtet wurde, auf die Peinlichkeit, dass die Wahrheit nicht bekannt war, und auf die Zeit, die verstrichen ist, bevor das alles öffentlich gemacht wurde. Das Schweigen hat niemandem sonst geschadet."

Der Vizepräsident nickte. „Genau, Reece. Diese Vertuschung geschah mit der Absicht, weniger Schaden zu verursachen, als es gegeben hätte, wenn die Ereignisse öffentlich gemacht worden wären, und ich glaube, das haben wir erreicht. Aber ich habe aktiv betrogen und die Wahrheit vertuscht, und damit und mit den Folgen muss ich leben. Reece und die anderen haben mir geholfen, weil ich sie darum gebeten habe. Ich glaube immer noch, dass es die richtige Entscheidung war. Die Vertuschung hat das erreicht, was ich mir erhofft hatte: die Zeit, die Geschehnisse zu untersuchen und zu beurteilen, ohne dass die Presse mit von der Partie war." Gannett erhob sich. „Ich bin gespannt auf Ihre Entscheidung, Paul. Ich überlasse Sie jetzt Ann, sie kann Ihnen zeigen, was wir in dieser Sache an

Informationen haben. Wenn Sie morgen mit mir frühstücken und mir Ihre Antwort mitteilen wollen?"

„Das werde ich, Sir."

„Danke." Zwei Hunde erschienen in der Tür, ein weißer sibirischer Hirtenhund und Midnight. Sie liefen beide zu Gannett und lehnten sich an seine Knie. „Ich drehe mit den beiden hier eine Runde durch den Garten und gehe dann mit einem guten Buch früh schlafen."

Paul blickte dem ehemaligen Vizepräsidenten hinterher, als dieser den Raum verließ, und holte zum ersten Mal, seit sie eingetroffen waren, erleichtert Luft.

„Paul." Ann wartete, bis er ihr seine Aufmerksamkeit zugewandt hatte. Sie zeigte auf die Tür und führte ihn dann durchs Haus. „Tut mir leid, dass ich dich ohne Vorwarnung in diese Lage gebracht habe."

„Warst du es, die dem Vizepräsidenten vorgeschlagen hat, mich zu fragen?"

„Er hat selbst deinen Namen ins Spiel gebracht – ich vermute wegen des Ladykillerin-Falls. Aber ich bin froh, dass er dich vorgeschlagen hat."

„Du hast dieses Geheimnis jahrlang für dich behalten."

„Das habe ich. Es war nicht mein Geheimnis, also konnte ich es nicht preisgeben. Und das hat mir manch schlaflose Nacht bereitet. Aus Sicht der Behörden wurde der Täter gefasst und seine Opfer wurden identifiziert. Aus juristischer Sicht könnten die Opfer die Erben des Mörders verklagen. Aber die Realität ist, dass das Testament des Stabschefs immer noch den Vizepräsidenten als Testamentsvollstrecker nennt. Der Mann hatte keine Kinder und überließ dem Vizepräsidenten die Verteilung der Erbmasse. Es dauerte mehrere Jahre, bis der Nachlass liquidiert und geregelt war, da einiges davon sich in Treuhandfonds befand, die seit Generationen bestanden, aber vor drei Jahren wurde das Geld vollständig an die Familien der Opfer verteilt. Es wurde als Vorauszahlung der Buchhonorare deklariert. Aus ethischer Sicht haben die Angehörigen ein Recht darauf, die Wahrheit zu kennen. Und das Kapitel über den Stabschef gewährleistet das – es erzählt ihnen die Wahrheit. Die Gerechtigkeit hat lange auf sich warten lassen, aber sie ist geschehen. Ich kann mit dieser Tatsache leben, weil ich die Motivation der Beteiligten verstehe."

„Dein juristisches Risiko ist die Tatsache, dass du die Wahrheit kanntest."

„Ja. Ich bin vereidigte Beamtin und der Name des Mörders ist eine entscheidende Information. Ich bin verantwortlich für das, was ich nicht getan habe. Und ich habe die Information nicht öffentlich gemacht."

Sie führte ihn mit einem Code durch eine Tür in einen Gang.

„In diesem Teil des Hauses werden die Archivunterlagen aufbewahrt, die der Vizepräsident für sein Buch gebraucht hat. Es gibt mehrere gesicherte Räume für geheime Unterlagen." Sie blieb an der dritten Tür stehen. „Dieser Raum kann nur von drei Personen betreten werden: Gannett, Reece und mir." Sie öffnete die Tür.

„Aaron Crown hat ein paar sehr nette Menschen umgebracht, Paul. Das ist es, was so sinnlos ist. Du hast die Opfer kennengelernt" – sie schaltete das Licht ein – „und jetzt wirst du den Mann kennenlernen, der sie getötet hat. In diesem Raum befindet sich das Leben des Stabschefs." Der Raum war groß, in der Mitte standen zwei Tische und an drei Wänden standen Aktenschränke und Regale. Hinter ihnen schloss sich die Tür und Paul hörte, wie das Schloss einrastete.

„Nach der Entführung haben wir Jahre damit zugebracht, die Sache wie einen Kriminalfall zu bearbeiten, haben das Tagebuch, das er diktiert hat, als Landkarte benutzt und von unabhängigen Personen bestätigen lassen, was er gesagt hat. Wir haben alles gesammelt, was es über den Stabschef und sein Leben in den letzten Jahrzehnten gab. Persönliche Kalender, Quittungsbelege, Steuerunterlagen, Kontoauszüge, private Briefe – alles, was wir finden konnten. Es gab auch Fotos von Wahlkampagnen und Interviews mit Leuten, die bei verschiedenen Kampagnen mit ihm zusammengearbeitet haben, bis zurück zu der ersten Wahl des Vizepräsidenten zum Generalstaatsanwalt. Wir haben sozusagen die Biografie von Aaron Crown geschrieben.

Das Material ist in den Akten nach Datum abgeheftet und thematisch mit Querverweisen versehen. Die entscheidenden Dokumente wurden eingescannt und können durchsucht werden. Diese

Datenbank wird zusammen mit der Autobiografie des Vizepräsidenten veröffentlicht werden.“ Sie zeigte auf den ersten Tisch. „Ich habe eine Kopie des Tagebuchs und eine von Jims Kapitel für dich ausgedruckt.“

„Ann, glaubst du, dass das Kapitel und diese Akten eine sorgfältige und wahrheitsgetreue Wiedergabe der Ereignisse enthalten?“

„Ich bin von Natur aus skeptisch. Aber nachdem ich Jahre mit diesen Unterlagen und mit der Beschäftigung mit den Opfern zugebracht habe, kann ich sagen, dass sie einigermaßen vollständig zu sein scheinen. Die Berichte hier stimmen mit dem Tagebuch überein. Das Kapitel des Vizepräsidenten entspricht dem, was mir zur Verfügung steht, um das, was er sagt, zu beweisen oder zu widerlegen.

Jim Gannett weiß, wie man etwas vertuscht. Es hat jahrelang funktioniert. Er hat den Kreis der Leute, die die Wahrheit über das wussten, was in der Hütte geschehen war, auf fünf Personen beschränkt. Wer weiß, was er sonst noch vertuscht hat, ob er nur seine eigenen Erlebnisse geheim hält? Der Vizepräsident ist ein kluger Mann. Hatte er nie den Verdacht, dass sein Stabschef der Mörder war? Ich meine, er muss irgendwann gemerkt haben, dass etwas nicht stimmte.

Ich war früher mit Reece Lion zusammen, deshalb bin ich nicht gerade eine unparteiische Beobachterin, aber ich halte ihn für einen ehrlichen Mann. Sein Verhalten passt zu dem, was hier zu finden ist. Er hat einem Mann, den er beschützen musste und dem er vertraute, geholfen, die Ereignisse zu vertuschen. Der Vizepräsident hätte es mit und ohne seine Hilfe getan, und Reece verstand, warum er diese Entscheidung treffen musste. Er hat es aus Loyalität getan. Ich mag Gannett und glaube, dass er ein komplizierter, aber guter Mann ist. Aber dadurch, dass ich an seiner Autobiografie mitgeschrieben habe, weiß ich, dass er das tun wird, von dem er überzeugt ist, dass es das Beste für das Land ist, und er kann mit den grauen Bereichen leben, wenn er muss. Er hat die Geschehnisse vertuscht und mit dieser Entscheidung gut geschlafen. Ich zweifle also nicht an den Akten und Untersuchungsergebnissen, die hier zu finden sind. Ich weiß nur nicht, ob das alles ist. Wenn ich mich entscheiden müsste, würde ich sagen, es ist nicht alles, weil es immer irgendetwas gibt, was nicht gesagt wird.

Hat der Stabschef achtzehn Menschen ermordet? Ja. Ist das Tagebuch in seinen Worten verfasst und enthält es seine Rechtfertigung für die Morde? Ja. Hat er den Vizepräsidenten entführt und wollte er ihn umbringen? Ja. Hat Gannett das, was in der Hütte geschehen ist, vertuscht? Ja. Ist dies hier eine Wiedergabe all dessen, was geschehen ist? Wahrscheinlich nicht. Ich weiß, es kann korrekt sein und trotzdem nicht vollständig. Die Skeptikerin in mir hat immer Zweifel und ich gehe davon aus, dass ich nicht alles weiß."

Paul kam direkt zur entscheidenden Frage: „Hat der Vizepräsident den Stabschef getötet?"

„Er sagt Nein, sondern der Stabschef habe während eines Kampfes mit ihm und der Frau, die das Tagebuch geschrieben hat, den Abzug betätigt und sich selbst in den Kopf geschossen. Ich glaube, das ist die Wahrheit. Es passt zu den gerichtsmedizinischen Gutachten über die Leiche."

Ann lehnte sich gegen die geschlossene Tür. „Willst du das hier tun, Paul? Oder wäre es dir lieber, wenn sich jemand anders damit herumschlagen würde? Es wird deiner Karriere nicht schaden und auch nicht meine Meinung von dir schmälern, wenn du so klug bist zu entscheiden, dass die Sache nicht dein Problem ist."

Paul lächelte. „Rechnest du damit, dass ich Nein sage? Kennst du mich noch so wenig?"

„Ich rechne damit, dass du diesen Fall an dich reißt und jede Minute der Arbeit daran genießen wirst. Ich kenne dich nämlich sehr wohl." Sie fuhr sich mit den Fingern durchs Haar, eine Geste, die er an ihr noch nicht oft gesehen hatte. „Das hier ist eine Bombe, die in wenigen Monaten explodieren wird. Willst du Sam und Rita hinzuziehen? Die Sache muss schnell und stillschweigend erledigt werden und du vertraust den beiden."

„Es wird wie früher sein. Der Ladykillerin-Fall liegt auf Eis, bis ihr nächster Brief eintrifft, und den erwarte ich erst in ein, zwei Wochen. Rita hat die Aufgabe, den Brief abzufangen, aber damit kann ich auch Zane beauftragen, da er ohnehin in den Fall eingeweiht ist. Wir können noch am selben Tag wieder in Chicago sein, wenn der Brief eintrifft. Es wäre nicht das erste Mal, dass wir zwei wichtige Ermittlungen gleichzeitig durchführen. Wenn sich in dem Ladykillerin-Fall etwas tut, sind wir in Chicago, und wenn wir abwarten, widmen wir uns wieder dieser Sache. Oder ich sage dem Vizepräsidenten jetzt, dass er seinen Fall einem anderen übergeben muss."

„Behalte ihn, Paul. Du wirst gute Arbeit leisten, und das ist es, was zählt. Ich fliege dich und deine Leute nach Chicago und zurück, wie es nötig ist. Ich besorge dir die Codes für diesen Raum, eine Menge Kaffee und etwas zu essen. Das Kapitel des Vizepräsidenten wirst du in etwa drei Stunden durchgearbeitet haben. Das Tagebuch ist eine schwierigere Lektüre. Ich schlage vor, dass du es dir für morgen aufhebst. Hast du immer noch Interesse an einem guten Steak?"

„Nur, wenn du mit mir zusammen isst."

„Der Koch hier ist echt gut. In einer halben Stunde bin ich wieder da. Ich habe jetzt richtig Hunger."

Paul lachte. „Ich auch."

Er blickte auf die Uhr, als die Tür sich hinter Ann schloss. Und dann griff er nach dem Kapitel, das der Vizepräsident geschrieben hatte, und machte sich an die Lektüre.

Ann kam fünfundzwanzig Minuten später zurück und trat gegen die Tür. „Ich brauche Hilfe, Paul."

Er stieß die Tür auf und rettete zwei Teller mit vorsichtig darauf balanciertem Besteck. Die Teller waren so heiß, dass er sie eilig auf dem Tisch abstellte. Sie verschwand erneut und kam kurz darauf mit zwei weiteren Tellern und Getränken zurück. „Einmal muss ich noch." Diesmal kehrte sie mit einem Teller zurück, auf dem sich Brownies türmten. „Dieser Tag schreit nach Schokolade."

„Gut gemacht, Ann. Zwei perfekte Steaks, Pommes Frites und Nachtisch. Ich bin beeindruckt."

Sie betrachtete das Essen. „Ich habe den Ketchup vergessen." Und schon war sie wieder verschwunden. Sie kehrte mit Ketchup und Steaksoße zurück. „Jetzt sieht es gut aus."

Als Ann sich zu ihm an den Tisch setzte, streckte Paul die Hand aus, ergriff die ihre und fragte, ob er beten dürfe. Als sie nickte, bat er Gott um seinen Segen für das Essen und um Weisheit bei den wichtigen Entscheidungen, die sie zu treffen hatten.

Ann machte sich über ihr Steak her und seufzte nach dem ersten Bissen. „Bin ich froh, dass ich Leute kenne, die kochen können." Sie warf ihm einen Blick zu. „Ich habe einen Freund, der Sam und

Rita herbringen kann. Oder ich kann sie holen. Ich hätte nichts dagegen, für ein paar Stunden hier herauszukommen."

„Lass sie von deinem Freund bringen."

„Spielverderber." Sie notierte einen Namen und eine Nummer auf seinem Schreibblock. „Hangar sechs, am östlichen Ende von Victory Airport. Er hat drei Flugzeuge und repariert derzeit eines, das er gerade gekauft hat, er wohnt also praktisch im Hangar. Sprich, er kann losfliegen, sobald deine Leute bereit sind, heute Abend, morgen, was immer du veranlasst. Er ist flexibel."

„Ich rufe sie nach dem Essen an. Das ist ein gutes Steak."

„Es ist ein ausgezeichnetes Steak. Es gibt hier auf dem Gelände Unterkünfte für Gäste, ich kann also arrangieren, dass ihr drei hier wohnt, solange ihr hier arbeitet. Oder wenn dir das lieber ist, gibt es auch ein Hotel etwa eine halbe Stunde von hier entfernt, das für einen längeren Aufenthalt sehr nett ist."

„Aus Sicherheitsgründen solltest du uns lieber hier unterbringen. Ich will heute noch eine Stunde lesen, und dann möchte ich zusammen mit dir ein Stück von Nevas Kuchen auf der Veranda genießen. Morgen kommen wir zum Frühstück mit dem Vizepräsidenten wieder her und fangen dann offiziell an."

Sie aß noch einige Pommes. „Es muss alles supergründlich sein und außerdem schnell gehen. Und um Gannetts willen muss alles stimmen. Ich habe getan, was ich konnte, aber ich habe ein mulmiges Gefühl im Magen, das mich vermuten lässt, dass etwas übersehen wurde. Wenn es so ist, musst du es finden."

„Irgendwann kommt jedes Geheimnis ans Licht. Das weißt du."

„Ich werde meinen Namen nicht aus der Sache heraushalten können. Das Buch über die Opfer wäre schon genug, um mich ins Rampenlicht zu befördern, aber ich weiß, dass meine Beteiligung an der Autobiografie des Vizepräsidenten irgendwann ebenfalls bekannt werden wird. Die Leute werden davon ausgehen, dass ich die Wahrheit seit Jahren kannte, und damit werden sie recht haben. Ich stelle mich auf sechs bis zwölf ziemlich hässliche Monate ein, wenn das Buch erst einmal veröffentlicht ist. Deshalb will ich eine gewisse Distanz zwischen uns, Paul. Ich wusste, dass dieser Tag kommen würde, und jetzt, wo es so weit ist, möchte ich ungern das Leben von mehr Menschen durcheinanderbringen, als unbedingt nötig ist."

„Ein Tag nach dem anderen, Ann. Im Moment will ich nur das Material genauso gut kennen wie du. Der Gedanke an die Presse macht mir keine Angst. Aber ich stimme zu, dass der Bericht selbst glaubwürdig und über jeden Verdacht erhaben sein muss, sonst bewirkt er nicht das, was er bewirken soll. Wenn du einen Anwalt brauchst – und das wirst du irgendwann – darf ich dir dann jemanden empfehlen?"

„Wenn es so weit ist, werde ich dich fragen." Sie zeigte mit ihrer Gabel auf ihn. „Und bevor du dich oder mich fragst, das Geld für den Anwalt ist kein Problem. Ich wusste, dass es irgendwann dazu kommen würde, und habe deshalb einen Fonds dafür angelegt, der seit etlichen Jahren wächst. Ich habe eine ordentliche Menge Silber gekauft, als es noch vier Dollar pro Unze kostete, und damit kann ich meine Ausgaben locker bestreiten."

„Dave hat mir erzählt, dass du auch eine fantastische Sammlung seltener Münzen hast."

„Als ich acht Jahre alt war, habe ich einen Penny mit Indianerkopf in einer Rolle Pennys gefunden, die ich von der Bank bekam, und er war zwei Dollar wert. So hat meine lebenslange Liebe zu Münzen ihren Anfang genommen. Nach meinem Collegeabschluss verwandelte sich mein Kindheitshobby in ein nettes Geschäft. Ich hatte genügend Kapital, um Münzen anzukaufen, die zwischen fünfzig und fünfhundert Dollar wert waren. Ich habe das Unternehmen und das Inventar vor zehn Jahren verkauft, aber einen Großteil des Erlöses habe ich in Silberbarren investiert, da Fiatgeld im Lauf der Zeit ja doch nur an Wert verliert. Mein Silber liegt da und steigt mit jedem Jahr im Wert, ohne dass ich etwas tun muss, außer die Versicherung und die Lagergebühren in einem guten Safe zu bezahlen. Eine Handvoll schöner Münzen habe ich behalten – versilberte Halbdollarmünzen von 1834 bis 1838, die ich persönlich einfach liebe. Und manchmal kaufe ich eine, wenn ich etwas entdecke, dem ich nicht widerstehen kann."

„So ist mein Vater auch in Bezug auf das Unternehmen. Er sagt, er sei im Ruhestand, und überlässt meinen Brüdern das Alltagsgeschäft des Falcon-Imperiums, aber wenn er etwas sieht, was ihn persönlich reizt, dann mischt er immer noch mit. Er würde sich langweilen, wenn er nicht irgendwie aktiv am Unternehmen beteiligt wäre."

„Dein Vater gefällt mir." Sie räumte die Teller zusammen und ließ nur die Brownies stehen. „Dann hole ich dich in einer Stunde ab."

„Danke."

■

Während Paul am nächsten Morgen vor Nevas Haus stand und sein Gepäck in den Kofferraum seines Wagens legte, fragte er sich, ob er die Ermittlungen wohl würde abschließen können, bevor die Killerin ihren nächsten Brief schickte, und was er seiner Familie sagen sollte, um seine Abwesenheit zu erklären.

Ann stieg aus ihrem Auto und bot ihm den Kaffeebecher an, den sie in der Hand hielt. „Hast du viel geschlafen?"

„Nicht sehr viel. Und du?"

„Ich wusste ja schon lange, dass es dazu kommen würde. Jetzt richtest du dich auf dem Anwesen des Vizepräsidenten erst mal häuslich ein und dann hole ich Sam und Rita vom Flugplatz ab."

Paul nickte, stieg aber noch nicht in seinen Wagen. „Ich habe das Gefühl, dass es eine große Sache ist, Ann. Nicht nur, was passiert ist, sondern was geschehen wird, wenn die Nachricht bekannt wird. Das verändert die Geschichte. Nicht viele Fälle, in denen ich an den Ermittlungen beteiligt war, haben der Geschichte tatsächlich ein anderes Gesicht verliehen."

„Du musst es als Rätsel betrachten – vor allem die achtzehn Morde. Was dachte sich der Stabschef dabei, was kannst du beweisen? Du überzeugst dich davon, dass er ein Serienkiller war, dann beschäftigst du dich mit der Schilderung der Ereignisse aus Sicht des Vizepräsidenten. Es funktioniert nicht, wenn der erste Teil nicht stimmt. Die Leute werden Gannetts Geschichte hören und sich hauptsächlich darauf konzentrieren, aber das entsetzliche Verbrechen sind die achtzehn Morde."

„Dann fange ich damit an. Gibt es hier irgendwo in der Nähe eine Bäckerei? Mein Team arbeitet besser mit Donuts und Kaffee."

Ann lachte. „Die kann ich für euch auftreiben."

18

Nach dem Frühstück mit dem Vizepräsidenten und Pauls offizieller Einwilligung, die Aufgabe zu übernehmen, machte sich Ann auf den Weg zum Flughafen, um Sam und Rita abzuholen. Sie gab ihnen keine langen Erklärungen dafür, dass sie gebeten worden waren zu kommen, aber sie sah den Blick, den die beiden wechselten, als sie auf das Gelände fuhren. Sie parkte neben Pauls Wagen hinter dem Haus und führte sie durch den Seiteneingang und in die Küche. Reece kam ihnen entgegen. Ann stellte sie einander vor. „Sam Truebone, Rita Heart, darf ich euch den Sicherheitsbeauftragten des Vizepräsidenten vorstellen? Agent Reece Lion."

„Willkommen auf dem Gannett-Anwesen. Sie waren schnell hier."

Während die anderen Höflichkeiten austauschten, packte Ann die Tüte aus, die sie mitgebracht hatte, überließ Reece den kleineren Karton und nahm die größere Schachtel mit. „Wo ist Paul?"

„Im Archiv", erwiderte Reece.

„Ich bringe die beiden hin." Sie deutete mit dem Kopf auf die kleinere Schachtel. „Heb einen für mich auf."

Reece warf einen Blick auf das, was sie mitgebracht hatte, und lächelte. „Bleib besser nicht zu lange weg."

Ann führte die anderen zielstrebig durchs Haus. „Ich zeige euch später alles, damit ihr euch hier zurechtfindet, und dann stelle ich euch auch dem ehemaligen Vizepräsidenten vor. Er ist ein netter Kerl und wird euch bitten, ihn Jim zu nennen. Ihr werdet feststellen, dass er sich gerne über so ziemlich alles unterhält. Ich persönlich bleibe bei Sir, einfach aus Prinzip. Paul ist hier drin." Sie klopfte an die Tür und gab dann den Sicherheitscode ein. „Sam, Rita und eine Schachtel Donuts, wie bestellt."

Paul blickte von seiner Lektüre auf, lächelte und betrachtete den Karton, den sie ihm hinhielt. „Danke, Ann. Hallo, Leute."

„Ich drehe eine Runde mit Black. Ruf mich an, wenn ihr mich braucht."

„Das mache ich."
Sie schloss die Tür hinter sich.
Sam zog einen Stuhl vom Tisch ab. „Du hast uns aus Chicago herbeordert, zum Anwesen des ehemaligen Vizepräsidenten, in einen gesicherten Raum. Das fängt schon mal gut an."
„Ihr macht euch keine Vorstellung davon." Paul öffnete die Schachtel mit den Donuts und begutachtete wohlwollend die Auswahl, die Ann getroffen hatte. Er nahm sich einen einfachen Donut mit Zuckerguss. „Nehmt euch Kaffee und Donuts und macht euch bereit für eine Achterbahnfahrt." Er sah Rita an. „Zane ist im Bilde darüber, wonach er in der Post Ausschau halten muss?"
Sie nickte. „Wir haben dort alles geregelt. Ich habe ihm auch Zugang zu unseren E-Mails gegeben, nur für den Fall, dass sie ihre Vorgehensweise ändert. Zane wird ihr nächstes Angebot nicht verpassen. Ich mache mir nur Sorgen, ob ich mein Büro anschließend wiederbekomme – er hat es sich hinter meinem Schreibtisch so richtig gemütlich gemacht. Die offizielle Story ist, dass er ein paar statistische Untersuchungen zu aktuellen Fällen durchführt, weil der Direktor unsere Teamstruktur überprüfen will. Unsere Jungs werden ihn mit Samthandschuhen anfassen und sehr nett zu ihm sein."
Paul lachte. „Nette Tarnung. Wenn unsere Killerin einen Brief schickt, sitzen wir innerhalb einer Stunde im Flieger nach Chicago. Wir werden nichts Wichtiges verpassen und hier brauchen wir nicht Däumchen zu drehen, bis ihr Angebot eintrudelt."
Rita stellte ihren Kaffeebecher auf den Tisch und nahm sich einen mit Schokoglasur überzogenen Donut. Sam klatschte Ritas Donut mit seinem ab, wie sie das immer zu Beginn eines neuen Falls machten, und nickte Paul zu. „Also gut, Boss. Wir sind so weit. Warum sind wir hier?"
„Der Vizepräsident wurde von einem Serienkiller entführt, der achtzehn Menschen ermordet hat. Der Täter war sein Stabschef, Aaron Crown. Und der Vizepräsident hat das, was geschehen ist, vertuscht."
Sam schluckte einen Bissen von seinem Donut hinunter. „Also … nichts allzu Dringendes."
„Ein Tag wie jeder andere in diesem Job", fügte Rita hinzu und leckte etwas Schokoglasur von ihrem Daumen.

Paul hätte laut loslachen können angesichts ihres Versuchs, bei diesen Neuigkeiten keine Miene zu verziehen. „Ich habe euch beide vermisst. Ihr hättet sehen sollen, wie ich beinahe mit offenem Mund dagesessen hätte, als der Vizepräsident mir die Fakten geschildert hat."

„Haftet er strafrechtlich für die Vertuschung?"

„Das muss jemand weiter oben entscheiden und nicht ich. Gannett zeigt uns ein Kapitel seiner Autobiografie, in dem er schildert, was geschehen ist." Paul tippte auf den Ausdruck. „Unsere Aufgabe ist es, die Tatsachen zu überprüfen. Entspricht dieser schriftliche Bericht genau den Ereignissen? Oder handelt es sich dabei um eine neue Vertuschung? Oder ...?"

„Du glaubst nicht, dass die Geschichte wahr ist?", fragte Sam.

„Ich bleibe neutral. Wir finden heraus, was hier ist und was wir davon halten und wir behalten es für uns. Selbst unser oberster Chef erfährt zunächst nichts.

Ich möchte, dass ihr erst einmal lest, wie der Vizepräsident die Ereignisse schildert. Davon ausgehend fangen wir an zu planen, wie wir die Schichten dieser Zwiebel eine nach der anderen entfernen können. In diesem Raum befindet sich ein Archiv mit dem Leben des Stabschefs – seine Termine, Kontoauszüge, Briefe und so weiter. Es gibt ein detailliertes Tagebuch über die Morde, das Aaron Crown diktiert hat und das eine makabre Lektüre darstellt.

Dem Vizepräsidenten zufolge kennen nur fünf Personen diese Informationen. Reece Lion hat ihm bei der Vertuschung geholfen, ebenso wie ein Geheimagent im Ruhestand, Ben Harmon, der inzwischen verstorben ist. Aaron Crown hat das Tagebuch einer Frau diktiert, die er entführt hatte. Sie sollte Zeugin bei dem Mord an dem Vizepräsidenten sein. Ihr Name wird unter Verschluss gehalten, ebenso die Person, die ihr anschließend bei der Wiedereingliederung in ihr Leben geholfen hat. Es ist also eine sehr kleine Gruppe."

Sam bemerkte: „Sie haben die Sache geheim gehalten, indem sie die Zahl derer, die Bescheid wussten, auf ein Minimum beschränkt haben."

Paul nickte. „Abgesehen von der Tatsache, dass wir eine Weile beschäftigt sein werden, kann ich euch nicht sagen, was euch erwartet. Es kann genau das sein, was sie sagen, nämlich ein Versuch, der Welt einen vollständigen Bericht über die Ereignisse zugänglich zu machen. Wenn es nur ein Teil der Wahrheit ist, hatten sie jahrelang Zeit zu entscheiden, was sie nicht öffentlich machen wollen. Ich weiß es nicht. Zunächst einmal würde ich euch bitten, so wie ich skeptisch zu sein."

„Skeptisch sein kann ich gut", sagte Sam.

„Und ich kann misstrauisch sein, was sozusagen ein Cousin der Skepsis ist", ergänzte Rita.

Paul reichte ihnen Kopien des Kapitels, die Ann an diesem Morgen für ihn ausgedruckt hatte. „Es ist eine faszinierende Lektüre." Er nahm sich noch einen Donut und wandte seine Aufmerksamkeit dann dem Text des Tagebuchs zu, der tatsächlich, wie Ann ihn gewarnt hatte, schwer zu verdauen war.

Vier Stunden später klopfte es an der Tür. „Herein!", rief Paul.

Ein Klicken ertönte, als Ann die Tür aufschloss und dann im Türrahmen stehen blieb. „Nur vier Dinge, Paul. Im Wintergarten ist etwas zu essen für euch aufgebaut, das ist am Ende dieses Ganges auf der Rückseite des Hauses. Ihr könnt eine Pause machen und dort essen oder es mit hierhernehmen, wie ihr wollt. Ich habe meine Pinnwand über die achtzehn Mordopfer von zu Hause herbringen lassen. Sie ist jetzt im Konferenzsaal zwei Türen weiter aufgebaut. Es wurde ein Update der Sicherheitsdatenbank erstellt und jetzt habt ihr alle drei Zugang zu diesem Raum." Sie gab ihm die Karten. „Und der Vizepräsident spielt heute Nachmittag mit Freunden Bridge. Reece begleitet ihn."

„Danke, Ann."

Sie nickte und verschwand.

Paul deutete mit dem Kinn auf die geschlossene Tür. „Ann hat ein Buch über die achtzehn Opfer des Stabschefs geschrieben, Porträts der Personen, und es ist gut zu lesen. Ihr Buch wird gleichzeitig mit Gannetts Autobiografie erscheinen. Ich habe die Akten zu den Opfern gelesen und es ist eine Menge Material. Ann hat auch an dem Kapitel des Vizepräsidenten mitgearbeitet und war an der Erfassung des Tagebuchtextes beteiligt. Außerdem hat sie die meisten Unterlagen in diesem Raum geordnet. Gannett vertraut ihr und hat sie zu unserer wichtigsten Informationsquelle gemacht."

„Aber –", fing Sam an.
„Das ist nur eine Tatsache, über die ich nachdenke. Wir sprechen später darüber. Wollt ihr zum Essen eine Pause machen?"
„Holen wir die Sachen her."

■

Während sie aßen, legte Sam das Video des pensionierten Geheimagenten ein, der inzwischen verstorben war. Das Band zeigte ihn in einem bequemen Sessel in einem Raum, der wie das Wohnzimmer eines typischen Mittelschichthauses aussah. Sein eigenes, wenn die Familienbilder an der Wand hinter ihm ein Indikator waren.

> „Hallo, wer auch immer sich dieses Video anschaut. Mein Name ist Ben Harmon. Ich habe dreißig Jahre lang beim Geheimdienst gearbeitet und die letzten sieben davon im Weißen Haus. Ich gehörte zum Personenschutz von Vizepräsident Jim Gannett während seiner Präsidentschaftskampagne. Ich habe dem Vizepräsidenten geholfen, die Tatsache zu vertuschen, dass er am 12. August 2003 entführt wurde.
> An diesem 12. August rief mich Reece Lion zu Hause an. Mir war bekannt, dass der ehemalige Vizepräsident vermisst wurde und dass die Medien von einem Bootsunfall berichteten. Reece sagte, etwas anderes sei passiert und der Vizepräsident bitte persönlich um meine Hilfe. Ich wurde gebeten, sofort zu einem Ort in der Nähe von Petersburg, Georgia, zu fahren und niemandem davon zu erzählen oder von dem Grund, warum ich wegfuhr.
> Als ich dort ankam, fand ich vier Personen vor. Vizepräsident Jim Gannett, den Sicherheitschef Reece Lion und zwei Frauen, denen ich noch nie begegnet war. Ich hörte ihre Vornamen, wurde ihnen aber nicht vorgestellt und werde die Namen hier nicht nennen. Das Gebäude war eine alte Hütte mit einem Steg zum See, geeignet für Jäger oder Angler zum Schutz vor Unwetter. Sie lag einigermaßen abgelegen, wurde nicht oft benutzt und war von Unkraut umgeben, das mir bis zur Hüfte reichte.

Ich betrat die Hütte und fand darin vier Räume vor – zwei kleine Nebenräume, ein Bad und einen größeren Wohnbereich. Es gab elektrischen Strom in der Hütte und einen Telefonanschluss.
Aaron Crown lag im großen Zimmer, durch einen Kopfschuss getötet, die Waffe neben ihm auf dem Boden. Ich erkannte ihn vom Sehen.
Der Vizepräsident schilderte mir kurz seine Entführung, erklärte einen Plan, das, was geschehen war, zu vertuschen, und seine Gründe dafür und überließ mir dann die Entscheidung, ob ich etwas damit zu tun haben wollte oder nicht. Ich beschloss zu helfen, obwohl ich wusste, dass ich durch mein Verhalten einen Tatort zerstören würde.
Wie vom Vizepräsidenten aufgefordert, machte ich detaillierte Fotos von der Szene, darunter auch Aufnahmen vom Vizepräsidenten und seinem Zustand, und dann gab ich Kamera und Film Reece Lion. Von den beiden Damen dort habe ich keine Fotos gemacht und auch nicht von irgendwelchen Fahrzeugen am Tatort.
Der Vizepräsident hatte aus einem Tagebuch eine Liste mit Ortsangaben kopiert, an dem sich die Leichen der Opfer befinden sollten. Ich schrieb die Liste eigenhändig ab und verbrannte die Liste des Vizepräsidenten anschließend.
Ich nahm die Brieftasche, die Schlüssel und alle Papiere des Stabschefs, die ich in der Hütte und im Auto des Stabschefs finden konnte, und gab sie Reece. Sie wurden in eine Einkaufstüte aus Papier gepackt, die mit Klebeband verschlossen wurde.
Ich verließ den Tatort im Wagen des Stabschefs, gefolgt von Reece in seinem Auto. Das Fahrzeug des Stabschefs habe ich auf einem Schrottplatz vernichtet und anschließend ein Boot beschafft, indem ich das Schloss knackte. Ich legte das Boot am Steg der Hütte an und ging mit Benzinkanistern zur Hütte zurück.
Die beiden Frauen waren nicht mehr am Tatort.
Der Vizepräsident und Reece Lion verließen den Ort jetzt.
Ich benutzte das Telefon in der Hütte, um mich selbst anzu-

rufen, und legte den Hörer neben die Leiche, während die Verbindung hergestellt war.
Dann brannte ich die Hütte nieder, um alle Fingerabdrücke und Spuren der anwesenden Personen zu vernichten.
Ich fuhr zur Polizeiwache in Petersburg, zeigte meinen Geheimdienstausweis vor und erklärte, dass ich eine Aussage zu machen hätte. Anschließend erzählte ich, ein Mann habe mich angerufen, um ein Geständnis abzulegen, mir die Orte genannt, an denen er seine Opfer vergraben hatte, und dann hätte ich einen Schuss gehört. Sie verfolgten den letzten Anruf bei meinem Telefon zu der Hütte. Die Beamten fuhren hin, seine Leiche wurde in der ausgebrannten Hütte entdeckt und neben der Leiche ein verkohltes Telefon und eine Pistole. Danach hielt ich mich heraus, während die Ermittlungen ihren Lauf nahmen. Ich wiederholte meine ursprüngliche Aussage, als andere Beamte sich einschalteten. Sonst habe ich nichts unternommen, um die Dinge zu beeinflussen, die sich entwickelten.
Die DNA-Tests lieferten keinen Namen. Er wurde eingeäschert und als Killer X begraben.
Meine handschriftliche Aussage zu dieser Sache ist diesem Video beigefügt und deckt sich mit dem, was ich hier gesagt habe. Ich nehme dieses Video auf Wunsch des Vizepräsidenten auf und werde es ihm übergeben.
Ich habe niemandem erzählt, was an jenem Tag geschehen ist. Ich werde dieses Wissen mit in mein Grab nehmen. Damit endet meine Aussage."

„Wir brauchen diese Fotos vom Tatort, Boss", sagte Sam, als das Video zu Ende war.

„Stimmt. Aber so wie es aussieht, wurden diese Fotos, seine Brieftasche und die anderen Beweise aus der Hütte in dem ansonsten leeren Sarg des Stabschefs beerdigt. Wir können sein Grab nicht exhumieren, ohne Aufsehen zu erregen. Also müssen wir uns eine Tarnung überlegen und die Exhumierung so spät wie möglich in unseren Ermittlungen vornehmen. Wenn die Geschichte durchsickert und die Presse irgendetwas von diesen Dingen erfährt, haben wir vielleicht nur wenige Stunden, um einen vorläufigen Bericht zu veröffentlichen."

„Es ist schon beeindruckend, wie ihnen mit so kurzer Planungszeit eine solche Vertuschungsaktion gelungen ist", sagte Rita. Sie schob ihren Stuhl zurück und griff nach ihren Tellern. „Möchte jemand Nachtisch?"

„Bring den Teller mit den Plätzchen einfach her. Es wird eine lange Nacht werden", antwortete Sam.

■

Rita nahm den vorletzten Keks vom Teller. „Worüber denkst du nach, Paul? Du starrst jetzt schon so lange vor dich hin, dass es etwas Ernstes sein muss."

Paul blätterte mit dem Daumen durch den Tagebuchtext. „Jemand hat lange dafür gebraucht, dieses Tagebuch mit der Hand zu schreiben. Es sind mehr als zwanzigtausend Wörter, also mindestens hundert handschriftliche Seiten."

„Auf jeden Fall mehrere Tage."

„Die Frau, die er entführt hat, damit sie das Tagebuch schreibt, will ihren Namen nicht nennen, und der Vizepräsident hält sich daran. Er sagte, sie sei ziemlich angeschlagen gewesen, als die Sache vorbei war."

„Ausgehend von dem, was wir wissen, überrascht das nicht."

„Gannett hat außerdem gesagt, dass nur fünf Personen über diese Informationen verfügen. Der Vizepräsident selbst, die zwei Geheimagenten, die Tagebuchverfasserin und jemand, der ihr geholfen hat, wieder ein normales Leben zu führen." Paul zögerte. „Ann weiß davon. Entweder hat der Vizepräsident sich selbst nicht mitgezählt oder Ann ist eine von den ursprünglichen fünf Personen."

Sam blickte von seiner Lektüre auf.

Rita zögerte. „Ann hat also das Tagebuch geschrieben oder der Schreiberin anschließend geholfen."

„Sie schreibt gut. Der Stabschef kannte sie von ihrer früheren Zusammenarbeit mit Gannett am ersten Teil seiner Autobiografie. Als Polizistin würde ihr Zeugnis besondere Glaubwürdigkeit genießen. Sie wäre für den Stabschef die offensichtliche Wahl gewesen, um sein Tagebuch zu schreiben. Aber da der Vizepräsident und der Geheimagent Ann kannten und ihr vertrauten, könnte es auch sein, dass sie diejenige war, die der anderen Frau nach der Sache geholfen hat.

Gannett hat nicht einmal seiner Familie die Wahrheit gesagt. Wenn Ann nichts damit zu tun hatte, warum hätte er dann das Risiko eingehen sollen, sie um ihre Hilfe zu bitten und ihr dieses Geheimnis anzuvertrauen? Ich glaube nicht, dass er das getan hätte. Wenn Ann hingegen eine der ursprünglichen fünf Personen war, erklärt das, warum der Vizepräsident sie um ihre Hilfe bei den späteren Ermittlungen gebeten hat. Wir müssen wissen, wo Ann während Gannetts Entführung war. Können wir das herausfinden, ohne durchblicken zu lassen, dass wir uns diese Frage stellen?"

„Wenn sie das Tagebuch geschrieben hat, anstatt nur anschließend bei seiner Abschrift zu helfen, muss sie mehrere Tage fort gewesen sein", sagte Sam. „Wenn sie so lange verschwunden war, hat sie bestimmt jemand vermisst. Du musst dich mit jemandem unterhalten, der sie vor neun Jahren gut kannte. Du musst das Archiv der Lokalzeitung durchgehen. Vielleicht brauchst du ihre Personalakte oder ihre Krankenkassenunterlagen. Einiges davon bekommst du nur mit einer gerichtlichen Verfügung. Sie hat eine recht hohe Sicherheitsfreigabe und demzufolge ist nur schwer an ihre Akte heranzukommen. Andererseits würde ihre Akte mit Sicherheit einen Vermerk über etwas so Wichtiges wie ein unerklärtes Verschwinden enthalten. Vielleicht könnte uns jemand, der Zugang zu dieser Akte hat, für die fraglichen Daten ein Ja oder Nein geben."

„Du könntest sie fragen", sagte Rita leise.

Paul schüttelte den Kopf. „Eine solche Frage stellt man nicht, ohne die Antwort zu kennen. Ich frage sie, sie sagt Nein, dann gibt es nur zwei Möglichkeiten: Entweder sie hat mich gerade angelogen oder sie hatte wirklich nichts mit der Sache zu tun. Was ist die Wahrheit? Der Vizepräsident schützt die Verfasserin des Tagebuchs. Er wird bestätigen, was immer Ann sagt."

„Sie veröffentlichen das Tagebuch nicht, damit die Handschrift der Verfasserin geheim bleibt", warf Sam ein. „Wenn du es siehst, würdest du wissen, ob es Anns Handschrift ist. Wenn sie das Original nicht vernichtet haben, muss es irgendwo sein. Wenn sie es nicht geschrieben hat, wissen wir zwar immer noch nicht, ob Ann im Nachhinein an der Vertuschung beteiligt war, aber es grenzt die Frage ein."

Paul nickte. „Irgendwann während dieser Ermittlungen werde ich einen von euch bitten, dieser Frage nachzugehen."

„Wollen wir wirklich wissen, wer das Tagebuch geschrieben hat und wer ihr anschließend geholfen hat?", fragte Rita. „Nützt uns dieses Wissen denn etwas? Natürlich, die Tagebuchschreiberin war die einzige andere Person, die einen Großteil der Ereignisse miterlebt hat, und es wäre sehr hilfreich, eine andere Schilderung außer der des Vizepräsidenten zu haben, aber ein Opfer hat das Recht auf Privatsphäre. Ich kann verstehen, warum sie unerkannt bleiben will. Wir haben die Aussage des Killers zu dem, was er getan hat und warum. Müssen wir wissen, wer diese Aussage zu Papier gebracht hat? Wir können dieses Interview ohnehin nicht in einen Bericht integrieren, weil jeder Bericht irgendwann an die Öffentlichkeit dringt. Und du kannst nicht verraten, wer der Frau geholfen hat, ohne die Wahrscheinlichkeit zu erhöhen, dass auch ihre Identität bekannt wird. Wir dürfen bei unseren Ermittlungen keine Spur hinterlassen, die zu ihr führt, weil jemand anders sich an uns ranhängen und es herausfinden wird. Wenn wir der Sache auf den Grund gehen, wird das höchstwahrscheinlich dazu führen, dass ihr Name irgendwann publik wird. Wollen wir dieses Risiko eingehen?"

„Wenn es Ann ist, müssen wir das wissen", sagte Paul. „Sie hatte Zugang zu dem Material, das wir in der Hand halten, die Möglichkeit zu beeinflussen, was wir sehen. Wenn die fragliche Person keinen Zugang zu den Informationen hatte, ist es nicht wichtig."

„Ann könnte beeinflussen, was wir finden, aber glaubst du, dass sie es tun würde?"

„Nein."

„Dann würde ich mir an deiner Stelle überlegen, ob ich die Frage wirklich stelle. Wir können die Unterlagen mit Skepsis betrachten, ohne mit Sicherheit zu wissen, ob sie etwas damit zu tun hatte. Wir wissen bereits, dass der Vizepräsident und der Geheimagent beteiligt waren, und sie hatten genauso viel Zugang zu dem Material wie Ann. Wenn jemand uns beeinflussen und etwas vertuschen wollte, hätten sie alle die Gelegenheit dazu gehabt. Gannett ist derjenige, dem gegenüber wir misstrauisch sein sollten. Die anderen folgen seinen Vorgaben."

„Selbst wenn sie eine der ursprünglichen fünf Personen war, würde ich sagen, du solltest ihr das Geheimnis lassen, wenn es das ist, was sie will", pflichtete Sam Rita bei.

„Ann hat Albträume. Schlimme. Und das seit Jahren. Sie wacht von einem Schuss auf."

„Musstest du uns das wirklich erzählen?"

„Wenn ich euch in diese Sache mit hineinziehe, müsst ihr wissen, was ich weiß. Wenn sie das Tagebuch geschrieben hat, würde es die Albträume erklären."

„Ich kann es herausfinden", bot Rita an. „Und ich kann es heimlich tun."

„Wir müssen Bescheid wissen. Ich will sie auf keinen Fall als Ressource benutzen, mit ihr die Informationen durchgehen und über den Fall sprechen, nur um anschließend herauszufinden, dass ich ein Opfer gezwungen habe, diese schlimme Zeit noch einmal zu durchleben. Sie hat über diesen Fall geschrieben, sie hat jahrelang mit diesem Material gearbeitet, aber das ist etwas anderes, als zu den verkohlten Resten der Hütte zurückzugehen oder Fotos vom Tatort zu sehen. Bevor wir an diesen Punkt kommen, will ich wissen, ob ich sie davor beschützen muss."

19

Ann war beteiligt. Alles, was Paul über sie und über den Vizepräsidenten wusste, sagte ihm, dass der Grund für ihre Beteiligung an der Recherche zu diesem Kapitel in einem schwerwiegenden Ereignis verankert war. Ann war ungefähr dreißig gewesen, als sich die Entführung ereignete. Ihm war nicht wohl bei dem Gedanken, dass Ann diejenige sein könnte, die das Tagebuch geschrieben hatte.

Er ging vom Haupthaus zum Gästehaus hinüber, wo Ann Zimmer für sie organisiert hatte. Sie hatten die letzten drei Tage damit verbracht, die Unterlagen zu dem Fall zu studieren, und er fühlte sich allmählich ausgebrannt. Paul betrat seine Suite. Er hatte ein Schlafzimmer, ein Bad und ein angrenzendes Wohnzimmer für sich. Sam und Rita hatten vergleichbare Unterkünfte im Obergeschoss.

Ann war am Tag zuvor zu einem Fall aufgebrochen, bei dem sie als Ermittlungsbeauftragte gebraucht wurde. Er wollte den Tag damit beenden, mit ihr zu sprechen, und ein Blick auf die Uhr sagte ihm, dass es kurz nach neun war. Er schaltete seinen Computer ein und baute die Videoverbindung auf, um zu sehen, ob Ann antworten würde. Sie tat es und ihr Bild erschien auf dem Monitor.

„Hallo, Paul."

Sie war irgendwo in einem Hotelzimmer. Als sie ihn sah, lächelte sie kurz, aber das Lächeln erlosch gleich darauf wieder. Sie schrieb etwas auf einen Block, dann legte sie ihn zur Seite und schloss die Akte, die vor ihr lag.

„Wie läuft der Fall?"

Sie schüttelte den Kopf. „Drei Tote. Jemand hat eine Mutter und ihre sechsjährigen Zwillinge erschossen."

Mehr sagte sie nicht, aber das war auch nicht nötig. Er konnte die Last der Traurigkeit selbst spüren, als er ihre Worte hörte. „Das tut mir leid, Ann."

„Mir auch."

„Ich werde versuchen, dich ein paar Minuten abzulenken, wenn du nichts dagegen hast."

„Ich würde dich drücken, wenn ich das von hier aus könnte. Ablenkung finde ich gut."

„Diese Umarmung holen wir irgendwann nach. Aber erst mal was Geschäftliches. Hier läuft alles gut. Du hast eine gut dokumentierte Datenspur für uns zusammengestellt, mit der wir arbeiten können. Aber wir müssen uns ein paar Dinge vor Ort ansehen. Wäre es möglich, an einem Tag die verschiedenen Fundorte aller achtzehn Leichen abzufliegen?"

„Das wäre ein langer Tag, aber bei gutem Wetter machbar."

„Ich würde mir auch gerne die Überreste von der Hütte ansehen, wo sich alles ereignet hat, und das Ferienhaus des Vizepräsidenten."

„Sag mir Bescheid, wann du so weit bist, dann arrangiere ich das."

„In zwei Tagen, würde ich sagen. Aber wir machen das, wenn du etwas Zeit hast. Zweite Frage: Wie will der Vizepräsident den Verleger daran hindern, vorzeitig den Inhalt des Kapitels durchsickern zu lassen? Ein Vorabexemplar wäre ein Vermögen wert."

„Die Vorkehrungen für das Embargo müssten eigentlich sicher genug sein. Das Buch wird in Pittsburg gedruckt und in der Druckerei ist das meiste automatisiert – insgesamt arbeiten dort nur hundert Leute. Sie drucken fünfzigtausend Exemplare und die Bücher bleiben dort. In der Nacht vor dem Erscheinungstermin werden die Paletten auf Flugzeuge verladen und landesweit verschickt.

Die Arbeiter der Druckerei bekommen jeder einen Bonus von fünfzigtausend Dollar, wenn nichts nach außen dringt, und es ist ein Alles-oder-nichts-Bonus. Entweder alle bekommen ihn oder keiner. Also sorgen sie selbst dafür, dass es funktioniert. Nur eine Person wird das Kapitel tatsächlich sehen, um den Satz zu kontrollieren. Alle Handys werden eingezogen, alle Festnetzverbindungen im Gebäude lahmgelegt und sie schließen sich ein. Es gibt zahlreiche Wachen im Lager, die dafür sorgen, dass kein Buch geöffnet und gelesen wird. Mit Essen und Nachrichten werden sie von außen versorgt. Sie werden die Informationen fünf Tage lang geheim halten, während die fünfzigtausend Bücher gedruckt werden. Diese Exemplare werden zuerst an Journalisten, Kritiker und große Buchhandlungen ausgeliefert. Am Tag nach der Veröffentlichung werden die Druckdaten an namhafte Druckereien weltweit versandt und mehrere Millionen Exemplare gedruckt. Innerhalb von zwei Wochen wird das Buch überall erhältlich sein."

„Ich verstehe, warum du das Embargo für sicher hältst."

„Ich glaube, das ist es."

„Das war das Geschäftliche. Kann ich irgendetwas für dich tun, Ann?"

„Es ist schön, eine Pause zu machen. Ich denke nicht so gut, wenn ein Fall so emotionsgeladen ist, und bei diesem hier dreht sich alles um Gefühle. Wenn Kinder ermordet werden, macht mir das zu schaffen."

„Dann reden wir über etwas anderes." Paul zögerte einen Augenblick, während er sie musterte. Er beschloss, die Fragen zur Sprache zu bringen, die ihn beschäftigten. „Kann ich dir eine halbernste persönliche Frage stellen?"

„Klar."

„Ich weiß, du hast gesagt, dass du dir im Moment nicht vorstellen kannst, eine Familie zu gründen. Hast du zu viel zu tun, um es in Erwägung zu ziehen? Als Ermittlungsbeauftragte, mit deiner Schreiberei? Ist es Bequemlichkeit? Hast du das Thema so lange vermieden, dass du dich jetzt in deinem Singledasein einfach wohlfühlst?"

Sie blinzelte. „Das war ein Überraschungsangriff von links außen. Lass mich überlegen."

„So ganz aus heiterem Himmel kommt die Frage eigentlich nicht – ich denke schon seit ein paar Tagen darüber nach."

Ann holte sich einen Schokoladenriegel und riss das Papier darum auf. „Also gut, ich gebe zu, dass es eine interessante Frage ist. Willst du die lange Antwort oder die kurze, unabhängig davon, dass ich noch nicht weiß, wie meine Antwort ausfallen wird?"

„Nimm ruhig die lange. Wir brauchen beide eine Pause von der Arbeit."

Sie dachte eine Weile nach. „Es gibt wahrscheinlich viele Gründe dafür. Ich habe nichts gegen die Vorstellung zu heiraten – ich schreibe in meinen Büchern ständig darüber und ich habe jede Menge glücklich verheirateter Freunde. Ich würde eine gute Ehe wollen, nicht eine, die nach dem großen Tag okay ist oder erträglich oder kurz angebunden. Dafür muss ich den richtigen Mann wählen, viel Energie aufwenden und Entscheidungen in Bezug auf die Arbeit und meine Zeit treffen, die für eine Ehe förderlich und nicht schädlich sind. Wie viele Männer wollen wirklich mit einer Polizistin verheiratet sein? Wenn man diese Frage stellt, ist die Welt erstaunlich klein." Sie lehnte sich in ihrem Sessel zurück.

„Ich kann diese Arbeit jetzt machen, weil ich es mir leisten kann, ziemlich am Ende zu sein, wenn ich nach Hause komme", fügte sie hinzu. „Ich kann Winterschlaf halten und mich erholen und mir die nötige Zeit nehmen, um alles, was mit dem Fall zusammenhängt, zu verarbeiten. Wenn ich zu einem Mann nach Hause käme und noch Kraft haben müsste, um für ihn da zu sein, dann würde ich auch da mein Bestes geben wollen. Ich würde versuchen, meine unterschiedlichen Rollen miteinander zu vereinbaren, aber ich weiß nicht, woher ich auf Dauer die Energie dafür nehmen sollte. Im Moment habe ich in meinem Leben einen Spielraum, aber wenn ich verheiratet wäre, wäre dieser Spielraum weg. Als ich in den Zwanzigern war, konnte ich so eine Phase noch leichter wegstecken, aber ich bin keine zwanzig mehr.

Außerdem habe ich persönlich nicht den Wunsch nach Kindern, was eine weitere Warnung ist, was das Heiraten betrifft. In den meisten Ehen will wenigstens einer der Partner Kinder haben. Ich möchte nicht in diesem gordischen Knoten enden – zu heiraten und zu wissen, dass mein Mann sich Kinder wünscht, und dann Ja zu sagen, weil ich ihn liebe, und mein Kind findet irgendwann heraus, dass es eine Mutter hat, die ihren Job so gut wie möglich erledigt, aber ihn sich eigentlich nicht zutraut. Wenn man von etwas träumt, seit man ein Kind ist, dann ist die ganze Arbeit, die nötig ist, um es Wirklichkeit werden zu lassen, Teil des Traums. Wenn es eine Entscheidung einem anderen Menschen zuliebe ist, kann man es tun, aber es ist immer mühselig. Man gibt sein Bestes, aber es ist einfach schwieriger, eine gute Mutter zu sein oder zumindest das Gefühl zu haben, es gut zu machen, wenn man sich die Fertigkeiten für diese Aufgabe nicht im Laufe seines Lebens angeeignet hat.

Ich will nicht heiraten, nur um nicht allein zu sein, und es dann vermasseln. Die Ehe ist eine einmalige Entscheidung für immer. Ich will nicht geschieden werden. Ich würde vielleicht mit einer Mordanklage enden, weil ich dem Kerl aus Frust den Schädel eingeschlagen habe, aber ich würde einer Ehe nicht den Rücken kehren. Also muss ich mich entscheiden, ob ich Single bleibe oder heirate, und bis jetzt war das Singledasein die klügere Entscheidung, wann immer ich in Versuchung gekommen bin, das Heiraten in Erwägung zu ziehen."

Paul hatte aufmerksam zugehört. „Danke. Das ist eine hilfreiche Antwort. Wenn es eine erfolgreiche Ehe wäre, meinst du, du würdest sie dann mehr genießen als das Alleinsein?"

Ann lächelte. „Das würde ich mit Sicherheit. Ich sehe für mein Leben gerne Ehen, die funktionieren. Man muss nur ein paar Tage mit Lisa und Quinn zusammen sein, oder mit Vicky und Boone oder Dave und Kate, um zu wissen, wie eine gute Ehe aussehen kann. Diese Paare bilden eine Einheit. Sie ergänzen sich einfach wahnsinnig gut. Ich wüsste gerne, dass ich jemanden glücklich mache. Ich wäre gerne verheiratet. Ich bin nur vorsichtig genug, um zu wissen, dass sich etwas zu wünschen und es zu haben zwei Paar Schuhe sind. Vom Singledasein zu einer guten Ehe – da muss man eine Menge richtiger Entscheidungen fällen und Fehler wären riskant. Ich bin nicht mehr jung und gehe nicht einfach davon aus, dass es schon funktionieren wird."

„Als wie riskant empfindest du die Tatsache, dass wir jetzt darüber sprechen?"

„Ich nenne dir die Gründe, warum du es bei einer Freundschaft belassen solltest, Paul. Es ist kein großes Risiko, wenn ich dir mehr oder weniger eine kalte Dusche verpasse. Du willst heiraten. Das hast du quasi als dein Ziel genannt. Also weiß ich schon, dass es meine Aufgabe ist, in das, was du über mich weißt und ich über dich, so viel Realität zu packen, wie ich kann.

Ich mag dich. Genug, um mit dir meine Abende zu verbringen, und auch wenn es dir vielleicht nicht bewusst ist, bedeutet das eine Menge. Du bekommst einen großen Teil von meiner Zeit und Aufmerksamkeit. Ich weiß nur nicht, wohin das Ganze führt, und ich hoffe, du findest es heraus, bevor ich es tun muss. Wenn du es bei einer Freundschaft belassen willst, brauche ich keine Entscheidung zu treffen. Das ist mir recht. Ich kann dir Zeit und ehrliche Antworten geben und hoffe, du hältst die Augen offen. Mir gefällt die Tatsache, dass du Interesse hast. Ich mag dich und das, was ich von dir weiß. Aber ich bin wahrscheinlich die unaufdringlichste Frau, die dir je begegnet ist. Ich bin einfach nicht so gestrickt. Ich versuche nicht, die Gegenwart in etwas anderes zu verwandeln."

„Dir gefällt die jetzige Bequemlichkeit, dass du weißt, was du hast."

Sie nickte. „Es gibt keine Krise. Wenn der morgige Tag so aussieht wie der heute, dann kann ich damit leben." Sie musterte ihn. „Wäre es für dich einfacher, wenn ich auf der Suche nach einem Mann wäre? Wenn ich dir nachlaufen würde?"

„Meinem Ego würde es gefallen." Er lächelte. „Ich habe noch nie jemanden wie dich kennengelernt, Ann. Du bist in so vielerlei Hinsicht ganz anders als alle anderen Menschen, die ich kenne, nicht nur in dieser Sache. Deine ruhige Bereitschaft, mit dem weiterzumachen, was du jetzt hast, macht unsere Beziehung interessant."

„Man muss in einer Beziehung nicht vorwärts- oder rückwärtsgehen, sondern man kann mit dem zufrieden sein, was ist. Aber ich weiß, dass du eine Veränderung willst. Du hast die Entscheidung getroffen, dass du kein Single sein willst. Du musst nur noch herausfinden, wer die Richtige ist."

„Ich habe zu Dave gesagt, dass ich nicht der alleinstehende Freund sein will, der zum Essen kommt, wenn ich fünfzig bin."

„Wir wissen beide, dass es mehr ist als das. Du willst ein gutes Vorbild sein, wenn du den Falcon-Clan übernimmst." Sie lächelte. „Du hast es vielleicht nicht so formuliert, aber das ist einer der Gründe, warum du heiraten willst. Du willst wie dein Dad sein, gut in der Rolle als Oberhaupt der Falcons. Mir gefällt es, dass dir diese Rolle wichtig ist. Du bereitest dich seit Jahren darauf vor. Du wirst die Familie gut leiten. Und du solltest heiraten, wenn du die Richtige findest. Eine Menge Angehörige blicken zu dir auf und wollen deine Zeit und Aufmerksamkeit und Zustimmung. Mit einer Frau, die diese Rolle mit dir zusammen ausfüllt, kannst du die Familie besser führen."

■

Es war nach elf, als sie das Videotelefonat beendeten, und Paul tat es nur, weil er wusste, dass sie noch mehrere Stunden Arbeit an dem

Fall vor sich hatte. Er ging zu Bett und dachte über ihre Unterhaltung nach. Sie wollte keine Kinder und keine eigene Familie.

Es würde ihm Freude machen, Vater zu sein, dessen war er sich sicher. Er liebte seine große Familie und er sah gerne die Kinder aufwachsen. Wollte er eine eigene Familie? Er war immer davon ausgegangen, dass Kinder zu einer Ehe dazugehörten und dass er irgendwann welche haben würde. Könnte er eine Ehe eingehen in dem Wissen, dass er keine eigene Familie haben würde? Könnte er damit leben? Er beschloss, dass er mit allem würde leben können, solange er mit offenen Augen eine Entscheidung traf. Aber würde er mit dieser Realität auch im Laufe der Jahre noch glücklich sein?

Sie sagte nicht, dass sie lieber Kinder adoptieren würde, als in ihrem Alter eigene zu bekommen, weil eine Schwangerschaft riskant sein würde. Sie sagte, dass sie nicht den Wunsch verspürte, Mutter zu sein. Wenn sie sich verliebte, ließe sie sich vielleicht überreden, ihre Ansicht zu ändern, und in diese Lage wollte sie nicht geraten.

Paul hatte sich gefragt, ob er bei Ann irgendwann auf eine Mauer stoßen würde und wo sie war, und jetzt wurde ihm bewusst, dass er diesen Punkt erreicht hatte. Sollte er Ann einfach aufgeben? Sie faszinierte ihn in jeder Hinsicht. Wenn es dazu kommen sollte, dass er sich zwischen Ann als Partnerin und einer eigenen Familie entscheiden musste, spürte er schon, dass seine Entscheidung wahrscheinlich in Richtung Ann gehen würde. Aber war die Ehe einmal abgesehen von Kindern überhaupt eine gute Wahl für sie? Vielleicht hatte sie recht und sie war deshalb alleinstehend, weil das in ihrem Leben am besten funktionierte. Würden die Dinge, die ihn an ihr faszinierten, die ihr ihre jetzige Ausgeglichenheit verliehen, in einer Ehe überleben? Oder würde die Ehe genau die Dinge, die er an ihr so anziehend fand, vernichten?

Es fiel nicht schwer, sie zu lieben. Es wäre ein Vergnügen, mit ihr verheiratet zu sein.

Ann sprach nie von Anziehung oder Leidenschaft, aber er wusste, dass sie da sein und mühelos auflodern würde. Er konnte schon jetzt kaum den Blick von ihr losreißen, und er hatte sie noch nicht einmal geküsst.

Ann würde in einer guten Ehe aufblühen. Die Ehe war ideal für jemanden, der so tiefe Beziehungen aufbaute. Sie wollte nur keinen

Fehler machen und deshalb rührte sie sich nicht vom Fleck, sondern wartete. Sie würde die Beziehung zu ihm nicht vorantreiben. Sie würde sich nicht sagen: *Gute Partie*, und versuchen, ihn für sich zu gewinnen. So war Ann nicht gestrickt. Sie würde niemals wegen Geld oder Ansehen heiraten.

Weswegen *würde* sie heiraten?

Er wusste, was *er* sich von einer Ehe erhoffte. Eine Partnerin. Eine Liebhaberin. Eine Freundin. Er wünschte sich jemanden, der seine Welt und sein Leben mit ihm teilte. Er wünschte sich die Freude, die nächsten fünfzig Jahre mit demselben Menschen zusammen zu sein. Er wollte die Rolle des Ehemannes ausfüllen, er wollte nicht mehr allein sein. Er wusste nicht, was Ann von einer Ehe erwartete. Er wusste eine Menge über sie, aber das wusste er nicht. Er brauchte eine Antwort.

■

Drei Tage später betrat Paul den gesicherten Raum und setzte sich neben Sam. „Hat Rita angerufen?"

„Sie ist gerade in Chicago aufgebrochen. Sie hat mich gebeten, dir zu sagen, dass in der Zentrale alles ruhig ist und dass Zane ein Aquarium in ihrem Büro aufgestellt hat. Sie ist bei dir vorbeigefahren und hat ein paar zusätzliche Klamotten für dich gepackt. Und sie sagte, sie habe herausgefunden, was sie für dich recherchieren sollte."

„Eine Andeutung, was sie herausgefunden hat?"

„Sie sagte nur, du sollst sie gegen sechs am Flughafen abholen."

„Sie weiß also etwas."

„Tut mir leid, Boss."

„Deshalb habe ich sie ja losgeschickt. Wie sieht es bei dir aus?"

„Opfer Nummer neun. Sie haben wirklich gründlich gearbeitet, das muss man neidlos anerkennen." Sam hielt eine Quittung hoch. „Dem offiziellen Terminplan zufolge war der Stabschef in Chicago. Sie haben einen Beleg von einem Restaurant in Ashville, Ohio, gefunden, der am Tag des Verschwindens vom Stabschef unterschrieben wurde."

„Er wollte, dass es Beweise für seine Anwesenheit gab, sonst hätte er die Quittungen nicht aufgehoben."

„Oh, der Stabschef wollte sie in die Lage versetzen zu beweisen, dass er der Mörder war, das steht fest. Er hat alles schriftlich festgehalten. In seinem Keller waren sechshundertzweiundvierzig chaotische Kisten mit Material. Das alles haben sie auf die Beweismittel reduziert, die wir jetzt vorliegen haben. Sie haben die Unterlagen so zusammengestellt, als müssten sie den Fall vor Gericht bringen. Und sie haben es ohne ein Dutzend Leute getan, die ihnen hätten helfen können. Ich bewundere die Tatsache, dass sie wussten, diese Sache würde irgendwann ans Licht kommen, und dass sie die Präsentation so übersichtlich wie möglich gestaltet haben. Diese sechshundertzweiundvierzig Kisten Papier – was weniger ist als das, was hier in diesem Raum versammelt ist – sind drüben in dem, was Reece als langfristig gesichertes Lager bezeichnet. Soll ich rübergehen und anfangen, das Material durchzusehen?"

„Sobald du mit Opfer Nummer achtzehn durch bist."

„Das wird morgen der Fall sein." Sam rutschte auf seinem Stuhl herum. „Ich weiß ja nicht, wie es dir geht, aber ich könnte nachher eine Joggingpause gebrauchen. Ich sitze viel zu viel."

„Gute Idee, ich komme mit."

„Befragst du den Vizepräsidenten heute?"

„Ich setze mich in einer Stunde mit ihm zusammen. Sind dir noch irgendwelche Fragen eingefallen?"

„Deine Liste ist vollständig, würde ich sagen."

„Willst du mit dabei sein?"

Sam beugte sich vor, um eine Schublade des Aktenschranks herauszuziehen und zeigte auf einen Stapel Aktenmappen. „Meine Ausrede, warum ich ablehnen muss, also nein danke."

Paul lachte. „Du kannst dir die Aufnahme von dem Interview später anhören."

„Danke. Es ist bestimmt nicht einfach, die Fragen richtig zu stellen, wenn das Gegenüber ein ehemaliger Vizepräsident ist."

„Er wird mir nur erzählen, was er beschlossen hat preiszugeben, und er hatte jahrelang Zeit, sich die Antworten zu überlegen. Ich erwarte also nicht allzu viel davon; ich will nur herausfinden, was er sagen will."

„Manchmal frage ich mich, ob er das Rampenlicht vermisst. Er hätte es so regeln können, dass die Informationen nach seinem Tod öffentlich werden, anstatt jetzt, wo er doch weiß, dass er monatelang ein ungeheures Medieninteresse auf sich ziehen wird. Er sorgt dafür, dass er wieder im Mittelpunkt der Aufmerksamkeit steht."

Paul nickte. „Ich glaube, zum Teil will er sein Gewissen erleichtern – er will die Verantwortung für das übernehmen, was er getan hat, anstatt das anderen zu überlassen. Und zum Teil sind es sicherlich die Medien. Er wird im Rampenlicht stehen und er glaubt, damit umgehen zu können. Er versucht, die Dinge nach seinem eigenen Skript zu steuern, damit er die Kontrolle behält. Das wird nur bis zur ersten Nachrichtensendung gelingen, aber das scheint sein Ziel zu sein."

Sam griff in den Schrank neben sich und holte ein zweites Aufnahmegerät heraus. „Es wird eine berühmte Aufnahme werden. Du solltest so professionell klingen, wie du kannst. Und du solltest ein zweites Tonbandgerät haben."

Paul lächelte. „Danke für die Erinnerung."

■

Paul hatte mehrere Seiten voller Fragen für das Interview und er ging die Liste systematisch durch. Gelegentlich notierte er sich die Uhrzeit neben der Frage, die er gerade gestellt hatte, damit er die Antwort später auf den Tonbändern schneller wiederfand. Sie saßen in der Bibliothek, in der sie sich zum ersten Mal begegnet waren. Der Vizepräsident schien erleichtert über dieses Gespräch und er versuchte nützlich zu sein, indem er die Fragen ausführlich beantwortete. Paul ließ Gannett reden, unterbrach ihn ganz bewusst nicht und lenkte das Interview durch seine Fragen. Nach zwei Stunden hatte er ein neues Band eingelegt.

„Hatten Sie jemals den Verdacht, dass Ihr Stabschef Sie anlog?"

„Es ist schwierig zu unterscheiden, was ich jetzt über den Mann weiß und was ich damals wusste. Er war mein Stabschef, er war ein Mann, der seine Arbeit machte, das bedeutete oft, dass er mit harten Bandagen spielte und manchmal auch mit faulen Tricks. Er benutzte alle Informationen, die er hatte, um das Hindernis vor ihm aus dem Weg zu räumen. Ich wusste also während der ersten Jahre, dass er mir um meinetwillen nicht immer alles erzählte – besser, ich wusste es nicht. Er tat, was getan werden musste. Damals vertraute ich darauf, dass er die Grenze nicht überschritt, auch wenn ich wusste, dass er sie bis zum Anschlag ausreizen würde. Ich wusste, dass er loyal war und sich der Aufgabe, die wir im Blick hatten, ganz und gar verschrieben hatte. Er war ein zielstrebiger Mann und wir hatten gemeinsame Ziele. Ich bin in der Regierung aufgestiegen, weil er mein Stabschef war, und ich vertraute ihm.

Es gab keinen einzigen Moment, wo ich dachte: Jetzt hat er mich belogen. Dieses Gefühl der Empörung hatte ich nie. Ich würde gerne glauben, dass mir so etwas Gravierendes nicht entgangen wäre, aber er hat achtzehn Menschen ermordet, während er für mich gearbeitet hat. Wenn ich zurückblicke, kann ich nicht verstehen, warum mir an ihm gar nichts aufgefallen ist. Dafür schäme ich mich. Es muss Anzeichen gegeben haben, die ich nicht bemerkt habe, und ich verstehe nicht, wie ich sie so viele Jahre lang übersehen konnte."

„Wissen Sie von irgendwelchen Gelegenheiten, bei denen er mit dem Gesetz in Konflikt geraten ist oder persönlich juristische Probleme hatte? Oder bei denen er seine Position benutzt hat, um sich aus Schwierigkeiten zu befreien, oder bei denen jemand beschlossen hat, ein Auge zuzudrücken, weil er Ihr Stabschef war?"

„Das ist eine sehr gute Frage … Nein, ich wüsste nicht, dass es eine solche Situation jemals gegeben hätte. Aber ich weiß auch nicht, ob ich es mitbekommen hätte, wenn er etwas vertuscht hätte. Ich habe nicht hingesehen und mir ist bewusst, dass ich es hätte tun sollen."

Sie sprachen jetzt schon seit mehr als drei Stunden miteinander und die Fragen zeichneten ein farbigeres Bild von dem Stabschef, offenbarten aber keine neuen Fakten. Paul konnte davon ausgehen, dass der Vizepräsident in dem Kapitel alles geschrieben hatte, was er zu sagen gedachte.

Paul blätterte eine weitere abgearbeitete Seite seines Notizblocks um und machte sich an seinen nächsten Fragenkomplex. „Erzählen Sie mir von den anderen Personen in Ihrem Team, die mehrere Jahre Ihre Mitarbeiter waren. Von wem glauben Sie, dass er den Stabschef gut gekannt hat?"

■

Als Paul zum Flughafen fuhr, um Rita abzuholen, war er erschöpft von dem vierstündigen Gespräch mit dem Vizepräsidenten. Oberflächlich betrachtet war dies kein schwieriger Fall, aber es war knifflig, ihn nach so langer Zeit zu betrachten und die Nuancen und das, was unausgesprochen blieb, mitzubekommen. Gannett war klug. War es die Loyalität gegenüber einem Freund, die ihn so lange geblendet hatte? Hatte der Vizepräsident jemals den Verdacht gehegt, dass da etwas lief? Paul wusste, was Gannett gesagt hatte, aber diese entscheidende Frage konnte er für sich immer noch nicht eindeutig beantworten.

Am Flughafen parkte er den Wagen und ging Rita entgegen. Sie stieg als Fünfte aus dem Flugzeug und kam direkt auf ihn zu. „Hallo, Boss. Wie ist die Befragung gelaufen?“

„Sam hat es dir erzählt.“

„Er sagte, du hättest nervös ausgesehen.“ Sie lachte, als sie seine Miene sah.

„Wir haben vier Stunden miteinander gesprochen und du kannst dir die Aufnahmen gerne anhören. Es ist erledigt, und das ist so ziemlich das Beste, was ich darüber sagen kann, obwohl wir wahrscheinlich noch ein Interview führen müssen, wenn wir ein Stück weiter sind. Ich habe nichts Neues von ihm gehört, aber ich habe von einigen Leuten einen besseren Eindruck bekommen. Vielleicht kannst du diese Beschreibungen auch gebrauchen.“

Paul trug die Tasche mit seinen Sachen, die Rita ihm mitgebracht hatte, zu seinem Auto und verstaute sie im Kofferraum. Dann hielt er den Schlüssel hoch. „Fahr du, während ich lese, Rita.“ Er öffnete die Tür und nahm auf dem Beifahrersitz Platz. Sie reichte ihm eine dicke Mappe aus ihrem Aktenkoffer.

„Die Artikel stammen aus dem Archiv von Anns Lokalzeitung. Ich habe mit meinem Handy die Seiten fotografiert, die sich auf Ann beziehen, und die Artikel, die mit dem zu tun haben, was ich angeblich dort recherchiert habe, habe ich ausgedruckt. Übrigens habe ich mich unter falschem Namen registriert. Niemand wird darauf kommen, dass ich dort nachgeforscht habe.“

„Und unterm Strich?“

„Ann hat das Tagebuch verfasst, Boss.“

Paul spürte, wie ihm ein Schauer über den Rücken lief. Er hatte gehofft, dass er sich irrte. „Du bist dir sicher.“

„Ja."
„Erkläre es mir."
„Ann verschwand am 5. August 2003. Die Polizei tat alles, um sie zu finden. Ein vertraulicher Informant, der am Tag ihres Verschwindens mit Ann zusammen gesehen wurde, war ihr Hauptverdächtiger. Es war bekannt, dass er unter Schizophrenie litt und gewalttätig werden konnte. Er wurde sechs Bundesstaaten entfernt auf einer Landstraße in seinem Auto gefunden, getötet durch eine Schusswunde, die er sich selbst zugefügt hatte. Der Gerichtsmediziner sagte, er sei am 12. August gestorben. Es gab Beweise, dass Ann auf dem Beifahrersitz des Wagens gesessen hatte, aber sie war nirgends zu finden. Am 14. August tauchte sie wieder auf und rief ihren Boss an. Dann war sie sechzehn Wochen lang krankgeschrieben, bevor sie wieder arbeiten ging. Diese Zeit hat sie irgendwo anders verbracht. Nach Hause kehrte sie erst zurück, als sie auch ihre Arbeit wieder aufnahm.

Die offizielle Geschichte lautet: Der Informant war suizidgefährdet, hatte eine Geisel bei sich und eine Waffe, und sie ist in den Wagen gestiegen, um ihn zu überreden, die Geisel laufen zu lassen. Das gelang ihr schließlich. Der Informant wollte nach Hause fahren, d.h. zum Bauernhof seiner Eltern. Er fuhr aufs Land hinaus, war aber verwirrt und dachte, sie wären im Ausland. Sie überredete ihn anzuhalten und sie stiegen aus. Er geriet in Panik, die Sache eskalierte, es kam zu einem Kampf und während der Auseinandersetzung wurde Ann ins Gesicht geschlagen. Sie wachte gefesselt und in den Keller eines verlassenen Farmgebäudes gesperrt auf. Sie musste dort raus, doch als sie sich endlich befreien konnte, stellte sie fest, dass sie in der tiefsten Pampa war. Sie hatte mit einer Gehirnerschütterung zu kämpfen und blieb die ersten zwei Tage dort, bis sie wieder richtig sehen konnte. Dann lief sie zum nächsten Bahnhof und fuhr in die Stadt, um einen Anruf zu tätigen. Keine schlechte Geschichte. Sie benutzte das, was die Polizei sowieso schon glaubte. Sie gab ihnen keine Chance, das Farmhaus zu finden und ihre Geschichte zu überprüfen. Sechzehn Wochen Krankschreibung bedeuten, dass sie in einer ziemlich üblen Verfassung gewesen sein muss. Jemand hat die Rechnungen für die Behandlung bezahlt. Wenn du weiterforschen willst, gibt es bestimmt Überweisungsdokumente."

„Dass Ann diejenige war, die das Tagebuch geschrieben hat, und nicht diejenige, die der Verfasserin geholfen hat, das Geschehene zu verarbeiten, reicht mir im Moment als Information. Wir müssen uns etwas wegen der Hütte und den Fotos im Sarg überlegen. Ich will ihr das nicht noch einmal zumuten."

„Wenn du sie aus den Ermittlungen ausschließt, wird sie wissen, dass etwas nicht stimmt. Dann weiß sie, dass du Bescheid weißt."

„Ich meinte nicht, dass wir sie nicht auf dem Laufenden halten sollten. Den Vizepräsident und Reece informieren wir ja auch über unsere Fortschritte. Ich will ihr nur nicht noch mehr Leid zufügen, indem ich ihr die Einzelheiten wieder ins Gedächtnis rufe – dadurch, dass sie den Ort oder die Fotos noch einmal sieht. Du hast das Tagebuch gelesen und kannst dir genauso gut vorstellen wie ich, wie diese Tage zwischen dem 5. und 12. August für sie waren."

„Die Erinnerungen allein würden schon die Albträume erklären", bestätigte Rita. „Mir wäre es lieber, wenn sie es uns erzählt, falls sie das will, als ihr zu sagen, dass wir Bescheid wissen. Es ist zwar nicht entscheidend, aber ich mag sie. Wir würden den Schorf von einer üblen Wunde reißen, wenn sie es für sich behalten will."

„Auch wenn wir kein Wort darüber verlieren, wird sie wissen, dass wir es herausgefunden haben. Ann übersieht nichts, was offensichtlich ist. Sie wird sich fragen, warum wir nicht nachforschen, wer das Tagebuch geschrieben hat."

„Dann solltest du es ihr vielleicht besser jetzt erzählen, und sei es nur, damit sie weiß, dass wir diesen Aspekt nicht weiterverfolgen."

„Ich überlege es mir. Danke, dass du die Fakten für mich ausgegraben hast."

„Wenn ich so leicht an die Fakten gekommen bin, werden die Journalisten es auch herausfinden, wenn das Buch erst einmal erschienen ist. Jede Zeitung im Land wird ihre Archive durchgehen und nachsehen, was in dieser Woche im August 2003 los war. Wie viele Leute wurden in dieser Woche vermisst gemeldet? Ann wird sofort auffallen, schließlich hat sie das Buch uber die Opfer geschrieben."

„Ich weiß. Und Ann weiß das mit Sicherheit auch. Trotzdem spricht sie nicht darüber. Das ist es, was mir Sorgen bereitet. Ich verstehe, warum ein Opfer nicht öffentlich über die Ereignisse sprechen will. Aber ich habe allmählich das Gefühl, es geht um mehr als das. Es gibt einen Grund, warum sie schweigt, und ich glaube, wir kennen noch nicht den ganzen Grund.“

20

„Hier entlang, Black.“ Der Hund kam von einem Umweg zurück, auf dem er einen Rosenbusch untersucht hatte, und folgte Paul dann durch die Lücke in der Hecke. Sie brauchten heute Abend beide einen langen Spaziergang und Paul hatte vor, mit Midnight bis an den Rand der Ländereien zu laufen. Er brauchte die Zeit, um seine Gedanken zu ordnen.

Ann hatte akzeptiert, dass sie mit dem leben musste, was die Folge ihrer Entscheidung, zu schweigen und das Geheimnis des Vizepräsidenten für sich zu behalten, war. Sie war bereit, sich dem prüfenden Blick der Medien zu stellen, und war auf die Anwaltskosten und juristischen Konsequenzen vorbereitet. Trotzdem hatte Paul Angst vor dem, was geschehen würde. Er fragte sich, ob Ann sich auch darauf eingestellt hatte, ihren Job zu verlieren, denn er befürchtete, dass es im schlimmsten Falle dazu kommen könnte.

Sie müsste in dem Bericht aussagen, dass sie die Verfasserin des Tagebuchs war. Mit dieser Aussage und der Tatsache, dass sie ein Opfer dieses Verbrechens war, würde sich ihre rechtliche Situation schlagartig ändern. Aber wenn sie damit nicht an die Öffentlichkeit gehen konnte, wenn sie weiter schwieg, weil sie über das, was geschehen war, nicht sprechen konnte, gab es keine mildernden Umstände. Er würde alles tun, um sie zu beschützen. Aber er wusste nicht, ob er ihren Job würde retten können.

Als Polizeibeamtin war sie gesetzlich dazu verpflichtet, eine Straftat zu melden. Wenn Ann öffentlich nur zugab, dass sie dem Vizepräsidenten geholfen hatte, seine Autobiografie zu schreiben, steckte sie juristisch gesehen in Schwierigkeiten. Sie hatte von der Entführung des Politikers, dem Tod seines Stabschefs und der Vertuschungsaktion in der Hütte gewusst und sie nicht zur Anzeige gebracht. Im besten Falle konnte sie bei einem Disziplinarverfahren darauf hoffen, dass sie für längere Zeit suspendiert wurde. Es war ihre berufliche Pflicht, eine Straftat zu melden, nicht ihre Pflicht als Privatperson, also würde sie außer dem Disziplinarverfahren keine rechtlichen Konsequenzen zu befürchten haben. Aber ihre Arbeit zu verlieren, wäre für Ann ein verheerender Preis.

Als Opfer hatte sie das Recht auf Privatsphäre. Ein Verbrechen gegen ihre eigene Person konnte sie melden oder auch nicht, und das Gesetz musste ihre Entscheidung respektieren. Um zur Anzeige zu bringen, dass ein Verbrechen vertuscht worden war, hätte sie sagen müssen, dass sie das Verbrechen mit angesehen hatte und Opfer dieses Verbrechens gewesen war. Ihr Schweigen über die Vertuschungsaktion in der Hütte wurde durch ihr Recht auf Privatsphäre als Opfer legitimiert. Ihr Recht auf Privatsphäre übertrumpfte jede gesetzliche Verpflichtung, das Verbrechen zu melden. Sie war zuerst Opfer und dann erst Beamtin.

Aber Ann konnte dieses Recht auf Privatsphäre nur dann geltend machen, wenn sie öffentlich machte, dass sie ein Opfer war. Es würde unmöglich sein, dem Disziplinarausschuss der Polizei unter der Hand mitzuteilen, dass sie das Opfer des Stabschefs gewesen war und deshalb nicht beschuldigt werden durfte, ein Verbrechen nicht angezeigt zu haben, ohne dass die Presse davon Wind bekam. Dafür war der Fall zu medienwirksam.

Letztlich hatte Ann nur zwei Optionen: Sie konnte weiter schweigen und hoffen, dass die Disziplinarkammer sie nur suspendierte, anstatt sie zu feuern. Oder sie konnte die Ereignisse publik machen und damit alle ihre rechtlichen Probleme lösen, aber dafür müsste sie ihre Privatsphäre preisgeben.

Paul war sich nicht sicher, ob sie diesen Schritt gehen konnte. Es gab einen Grund, warum sie schwieg. Sie kannte das Gesetz genauso gut wie er. Sie kannte die möglichen Folgen. Und sie hatte sich entschieden, sie in Kauf zu nehmen. Bestimmt hätte sie diese Entscheidung nicht getroffen, wenn sie einen anderen Weg gesehen hätte zu überleben.

Er könnte sie zwingen, ihren Opferstatus offenzulegen, indem er Rita mit weiteren Ermittlungen beauftragte und Anns Namen in dem FBI-Bericht nannte. Er könnte dadurch ihre Stelle retten, würde aber mit ihrer Beziehung dafür bezahlen. Schon allein der Gedanke an diese Möglichkeit löste in Paul die Gewissheit aus, dass er diesen Weg niemals einschlagen würde. Dies war Anns Entscheidung. Er würde sie unterstützen und ihr helfen, so gut er konnte, aber er würde sie nicht unter Druck setzen.

Paul fragte sich, ob Ann den Mut haben würde, ihm zu erzählen, dass sie das Tagebuch geschrieben hatte. Er würde dafür beten, dass sie den Mut dazu fand. Wenn sie ihm genug vertrauen würde, um ihm das zu erzählen, könnte er ihr bei den rechtlichen Möglichkeiten helfen. Aber wenn sie es ihm nicht sagen könnte, wenn sie nur überleben konnte, indem sie schwieg, dann musste er einen Weg finden, um sie darauf vorzubereiten, was sie erwartete, wenn ein Disziplinarverfahren gegen sie eröffnet wurde.

Er hatte Zeit. Das war das einzig Gute an der Sache, soweit er sehen konnte. Bis die FBI-Ermittlungen abgeschlossen waren, bis die Autobiografie des Vizepräsidenten veröffentlicht war, hatte er Zeit zur Vorbereitung. Aber er musste Ann irgendwie dazu bringen, dass sie ihm genug vertraute, um ihm die Wahrheit zu sagen.

Sie trug diese Geschichte seit Jahren mit sich herum. Er nur seit ein paar Tagen. Paul zwang sich, innerlich einen Schritt von den Sorgen zurückzutreten. Wenn es etwas gab, was er über Fälle mit hoher Medienwirksamkeit wusste, dann, dass es am Ende immer unerwartete Wendungen gab. Es konnte sein, dass der Vizepräsident insgeheim eine Amnestie für alle erwirkt hatte, die ihm geholfen hatten, das Geschehene zu vertuschen. Die Folgen für alle Beteiligten waren zum jetzigen Zeitpunkt unmöglich abzusehen.

Ann würde einen guten Anwalt haben und wenn es wirklich dazu kam, dass sie ihren Job verlor, würde Paul sie irgendwie dazu überreden, dass sie ihre Identität als Verfasserin des Tagebuchs doch noch öffentlich machte.

Er hoffte, dass er die Situation für sie durch sein Verhalten nicht verschlimmerte. Sie hatte der Entscheidung des Vizepräsidenten, ihm die Ermittlungen zu übergeben, zugestimmt. Sie wollte, dass er der Agent war, der diese Aufgabe übernahm. Aber das machte es für ihn schwierig zu entscheiden, wie er die Sache mit ihr angehen sollte, sowohl rechtlich gesehen als auch auf persönlicher Ebene.

Pauls Telefon klingelte. Als er es aus der Tasche zog, stellte er erleichtert fest, dass es sich bei dem Anrufer um Ann handelte. „Ich hatte gehofft, dass du heute Abend anrufen würdest. Wie geht es dir?“

„Ich bin k.o. Die Beerdigung der Mutter und ihrer sechsjährigen Zwillinge war heute. Heute Nachmittag kam es zu einer Verhaftung. Offenbar waren die Scheidungsmodalitäten der Auslöser. Die Mutter hatte das Sorgerecht für die Kinder bekommen und der Vater beschloss, dass keiner von ihnen am Leben bleiben sollte. Der Mann war Richter beim Landgericht. Ich bin mir nicht sicher, inwiefern ich meinem Kollegen geholfen habe, außer dadurch, dass ich etwas zu essen besorgt und zugehört habe, aber wenigstens kann er jetzt wieder schlafen. Eine Frage: Willst du morgen die Fundorte der Leichen und die Hütte sehen? Das Wetter ist gut. Später in der Woche ist es das vielleicht nicht mehr. Eine Wetterfront zieht durch."

„Von mir aus gerne. Aber du könntest einen Tag Ruhe gebrauchen."

„Ich entspanne mich beim Fliegen. Wenn ich es nicht tun wollte, hätte ich das Angebot nicht gemacht."

„Dann lautet die Antwort Ja. Der Zeitpunkt ist günstig, was unsere Untersuchungen betrifft."

„Wir müssen dann um sieben Uhr morgens weg sein, du solltest also Sam und Rita informieren. Wie geht es Black?"

Er hielt das Telefon auf den Boden. „Black, sag deiner Mama hallo." Der Hund bellte einmal und klopfte mit dem Schwanz gegen Pauls Bein.

„Er vermisst dich. Das tun wir beide." In seinen Worten lagen mehr Emotionen, als er beabsichtigt hatte.

Ann zögerte, bevor sie antwortete, und als sie es tat, waren ihre Worte wie ein Echo. „Ich weiß das zu schätzen."

„Flieg vorsichtig, Ann."

„Das tue ich immer. Wir sehen uns morgen früh."

■

Paul ging um kurz vor sechs durch das Haus des Vizepräsidenten um nachzusehen, ob Ann schon da war. Vor dem Wintergarten blieb er wie angewurzelt stehen. Seine Schwägerin frühstückte mit dem Vizepräsidenten.

„Nehmen Sie sich einen Teller und setzen Sie sich zu uns, Paul."

„Danke, Sir. Das ist aber eine schöne Überraschung, Vicky."

„Der Vizepräsident hat mich gefragt, ob ich als zusätzliche Sicherheitskraft bei eurem Ausflug einspringen könne. Er sagte, Reece helfe dir bei einem Fall, sei aber anderweitig beschäftigt, und jemand müsse darauf achten, dass ihr keine Aufmerksamkeit auf euch zieht. Und das ist meine Spezialität. Ich leiste Ann Gesellschaft und halte euch den Rücken frei."

„Schön, dich dabeizuhaben." Paul warf dem Vizepräsidenten einen Blick zu und fragte sich, ob irgendetwas davon der wahre Grund für Vickys Anwesenheit war oder ob Gannett einfach wollte, dass Ann eine Freundin bei sich hatte. So oder so war Paul froh über diese Fügung.

Er setzte sich mit einem Frühstücksteller an ihren Tisch.

„Ann war schon hier", sagte Vicky. „Sie kam hereingeschneit, hat sich drei Schinkenbrote gemacht, Black begrüßt und ist dann zum Flughafen aufgebrochen. Sie sagte, wir sollten sie bei Hangar Nummer vier treffen."

Paul nickte und bedauerte, dass er sie verpasst hatte.

■

Paul wusste allmählich zu schätzen, was an den Startbahnen von Flughäfen und privaten Hangars an fein aufeinander abgestimmten Aktivitäten vor sich ging. Er lief mit Sam und Rita, gefolgt von Reece und Vicky zu dem Hangar, den Ann ihnen genannt hatte. Ann umkreiste gerade ein beeindruckendes Flugzeug, das tiefblau gestrichen war. Der Name Grant Summer stand in leuchtenden weißen Buchstaben neben der geöffneten Tür, durch die man in den Passagierraum gelangte. Sie klemmte sich ihre Checkliste unter den Arm, als sie sie näher kommen sah. „Guten Morgen. Wir haben wunderbares Wetter zum Fliegen. Macht es euch bequem. In etwa zehn Minuten können wir starten."

Die Kabine war mit acht Sitzen bestückt, allesamt weiche Ledersessel. Paul wählte einen Platz in der Mitte und die anderen ließen sich um ihn herum nieder. Ann kam fünfzehn Minuten später an Bord und zog die Tür zu. „Seid ihr alle bereit?"

„Schöner Flieger, Ann", erwiderte Reece und sprach damit für sie alle.

„Das ist er.“ Sie blickte in die Runde. „Ich mache euch kurz mit den Sicherheitsvorkehrungen vertraut, also hört gut zu. Die Notausgänge sind die Fenster mit den orangefarbenen Quadraten. Die oberen beiden Hebel, zusammengezogen und um neunzig Grad gedreht, lassen das Fenster rausspringen. Ein kräftiger Tritt hat die gleiche Wirkung. Rauch kann bei diesem Modell ein Problem sein. Wenn die Sauerstoffmasken herunterfallen, benutzt sie auch. Wenn dieses Flugzeug sinkt, ist die beste Verteidigung, den Sicherheitsgurt festzuziehen, die Füße gegen den Sitz vor euch zu stemmen und die Arme um den Nacken zu legen. Besser ein gebrochener Arm als ein gebrochener Hals. Turbulenzen können dieses Flugzeug durch die Gegend schleudern, das heißt, wenn ich das gelbe Warnlicht in der Kabine einschalte, sucht euch einen Platz und schnallt euch an. Das größte Risiko an einem klaren Tag wie diesem ist, dass ein Vogel uns beim Abheben in die Quere kommt. Wenn ihr einen Aufprall hört, brüllt ihr ‚Vogel!‘ und schnallt euch, so schnell ihr könnt, an. Die Flughäfen, die wir heutzutage benutzen, sehen Vollbremsungen nicht gerne. Wenn wir einen Schwarm Amseln erwischen, ziehe ich mir dreißig Sekunden nach dem Start Gras aus den Zähnen.“

„Du verstehst es wirklich, einem Mut zu machen, Ann“, sagte Paul.

„Ihr werdet froh sein, wenn ich euch sicher in die Luft bringe. Aber nun etwas Erfreulicheres: Die Snacks und Getränke auf diesem Flug sind vom feinsten und umsonst, also bedient euch. Der Zweck dieses Ausflugs ist es, ein Gespür für die Leichenfundorte zu bekommen, also werde ich einen Großteil der Zeit tief fliegen. An jeder Stelle gebe ich euch zwei Minuten vorher Bescheid. Es sind heute zwei Zwischenlandungen geplant, die erste in ungefähr sechs Stunden. Ich hoffe, ihr genießt den Flug. Ich weiß, dass ich einen schönen Tag mit diesem tollen Flugzeug verbringen werde.“

Ann ging nach vorne und nahm im Cockpit Platz.

Wenige Minuten später starteten die Motoren. Das Flugzeug fuhr langsam aus dem Hangar und in Richtung Startbahn. Nachdem sie die Starterlaubnis erhalten hatten, bog Ann auf die Startbahn und fing an zu beschleunigen. Paul sah, dass Sam und Rita zum Fenster hinausschauten und den Himmel nach irgendwelchen Vögeln absuchten, während Vicky und Reece sich in ihren Sesseln entspannten und sich leise über einen gemeinsamen Bekannten unterhielten. Sie hoben so sanft ab, dass Paul gar nicht spürte, wie der Boden unter ihnen verschwand.

Paul faltete die Karte des Mittleren Westens auseinander, auf denen die Fundorte der Leichen eingezeichnet waren. Ann hatte kleine nummerierte Post-it-Zettel hinzugefügt, um zu zeigen, in welcher Reihenfolge sie die Orte überfliegen würden.

Vierzig Minuten nach dem Start begann Vickys Telefon zu vibrieren, weil eine Nachricht einging, und sie ging nach vorne zu Ann ins Cockpit. Als sie wiederkam, verkündete sie: „In zwei Minuten könnt ihr aus dem Fenster in östlicher Richtung den Fundort von Opfer Nummer sechs sehen."

Sie überflogen den Landstrich und Paul erhielt einen ersten Eindruck von dem, was dieser Killer für einen passenden Abladeplatz hielt. Dicke, alte Bäume, eine Landstraße, abgelegen, kein Haus in Sicht, selbst von oben nicht. Einen solchen Platz hatte er nicht zufällig entdeckt, indem er von der Autobahn abgefahren und irgendwo aufs Land hinausgefahren war. Er hatte den Ort sorgfältig ausgewählt. Paul machte sich Notizen.

Zehn Minuten später flogen sie über den nächsten Fundort. Wieder Bäume und ein abgelegenes, schwer zu erreichendes Gelände. Ein Jäger würde durch diese Wälder streifen und Tiere, aber ansonsten gab es hier nicht viel. Die Opfer waren so tief vergraben worden, dass kein Tier die sterblichen Überreste ausgraben oder heftiger Regen die Leiche bewegen konnte.

Der Tag verging mit einem Flug von Grabstätte zu Grabstätte, jede bemerkenswerter als die vorige, weil sie sich aus der Luft so ähnlich sahen. Der Stabschef war ein Planer gewesen. Er hatte gewollt, dass seine Opfer unauffindbar blieben, bis er ihren Aufenthaltsort preisgab. Keine der achtzehn Personen war gefunden worden, bevor er es gewollt hatte. Die Stellen waren ein Ausdruck der Kontrolle, die er über seine Opfer hatte ausüben wollen.

Vicky kam aus dem Cockpit zurück. „Ann sagt, wir landen in zehn Minuten in Columbus. Wir machen etwa eine halbe Stunde Pause, je nachdem, wie lange das Auftanken dauert, aber auf jeden Fall ist genug Zeit, um sich die Beine zu vertreten. Falls ihr an der Flugroute irgendetwas ändern wollt, wäre dies der Zeitpunkt, um es zu sagen."

„Ihr Plan ist gut. Wir bekommen, was wir brauchen", versicherte Paul Vicky nach einem schnellen Blick in die Runde.

■

Die zweite Etappe des Fluges führte sie zu weiteren Grabstellen. Den Abschluss würde die Besichtigung der Hütte machen. Es war bereits später Nachmittag, als Vicky mit einer von Hand skizzierten Karte aus dem Cockpit kam. „Die Hütte stand ungefähr zehn Minuten entfernt. Ann wird die Stelle überfliegen, dann zum Flughafen abdrehen, und von dort fahren wir zu den Ruinen der Hütte." Sie hielt die Wegbeschreibung hoch. „Hier ist der See. Die Hütte befand sich nördlich dieses Zuflusses, ungefähr fünfzehn Meter vom Ufer entfernt. Haltet Ausschau nach der Stelle, an der Wasser und Strand aussehen wie ein Ypsilon, dann seid ihr da."

Ann flog so tief, dass Paul die Blätter der Baumwipfel und das glänzende Wasser unter ihnen deutlich erkennen konnte. Sie flogen auf den Zufluss zu. Schon allein die Gegend, in der man die Hütte errichtet hatte, war bemerkenswert. Abgelegen, stark bewaldet, mit nur einer Straßenzufahrt, die in einer Sackgasse endete. Ann drehte und flog in Richtung Flughafen. Paul konnte nur zwei Fischerboote auf dem See erkennen.

Ann brachte das Flugzeug mit einem solchen Geschick zur Landung, dass Paul nicht spürte, wie die Räder aufsetzten. Sie rollten zu einem privaten Bereich des Flughafens, fuhren in einem engen Kreis und blieben am Anfang der Startbahn stehen.

Paul überlegte, wie er vorschlagen sollte, dass Ann beim Flugzeug blieb, anstatt mit ihnen zu der abgebrannten Hütte zu fahren. Aber dann kam Reece mit Schlüsseln für zwei Mietwagen von der Verleihstation zurück und Ann ging mit Vicky zu dem zweiten Wagen. Paul zögerte, beschloss aber dann, dass es am besten war, wenn sie ihre eigene Entscheidung traf.

Reece fuhr den ersten Wagen und brauchte dabei nicht auf den Lageplan zu sehen. Paul beobachtete ihn und spürte die Anspannung des Mannes. Sie hatten noch kein Interview geführt – Paul sparte sich das bewusst für später auf. Der Vizepräsident war ein Opfer gewesen und Paul verstand, dass der Mann instinktiv hatte verbergen wollen, was geschehen war. Reece war der Mann, der beschlossen hatte, sich nicht gegen die Idee einer Vertuschungsaktion zu wehren. Paul war sich noch nicht sicher, ob er Reeces Motivation und seine Überlegungen ganz verstand.

Der Feldweg, der zur abgebrannten Hütte führte, schlängelte sich durch dichten Wald und war an manchen Stellen durch Regenfälle in den vergangenen Jahren beinahe unpassierbar. Reece wurde langsamer und zeigte nach vorne. „Da stand die Hütte, neben der Gruppe Kiefern dort drüben." Er sah sich um und wählte einen Platz zum Parken, auf dem er später wenden konnte. Vicky hielt neben ihm. Paul konnte jetzt den See sehen, auf dem die Sonne das Wasser glitzern ließ. Der Bootssteg stand noch. Sie stiegen alle aus.

Paul warf Ann einen Blick zu. Sie sprach mit Vicky und ignorierte ihre Umgebung fast vollständig, wie es schien. Er war erleichtert, als die beiden an das Auto gelehnt stehen blieben, während er mit dem Rest zu den überwucherten Überresten der Hütte ging.

Dort, wo einmal der Eingang zur Hütte gewesen sein musste, blieb Paul stehen und lauschte. Es war nur das schwache Geräusch eines Motors auf dem Wasser zu hören. Straßenverkehr hörte er nicht. Es gab kaum Hinweise auf Zivilisation. Der Stabschef war jemand gewesen, der kein Risiko einging. Er war sich sicher gewesen, dass er die Schreiberin des Tagebuchs zwei Tage lang hierlassen konnte, während er den Vizepräsidenten holte.

Dieser Ort war sorgfältig gesucht und ausgewählt worden. Obwohl einsam, lag die Hütte doch an einem See, an dem Leute kamen und gingen. Der Stabschef hatte diesmal kein gänzlich abgelegenes Farmhaus gewählt. Wenn hier ein Auto gesichtet wurde, erregte das keine Aufmerksamkeit. Vielleicht war das Grund genug dafür. Eine zu einsame Gegend barg die Gefahr, dass jemand misstrauisch werden konnte, wenn ein Wagen dort eine Woche lang parkte. Aber hier fiel ein Auto, das kam und wieder abfuhr, nicht weiter auf.

„Gehen wir zum Bootssteg runter", sagte Paul.

■

Ann lehnte mit Vicki am Wagen, während sie beobachtete, wie die anderen zum See hinuntergingen. Nachdem sie sich sicher war, dass sie außer Hörweite waren, warf sie ihrer Freundin einen Blick zu. „Paul weiß es oder zumindest hat er einen Verdacht. Warum bin ich die Einzige, der Gannett in den vergangenen neun Jahren von der Sache erzählt hat? Ich bin mir sicher, dass Paul sich diese Frage gestellt hat. Er ist ein zu guter Ermittler, um sie sich nicht zu stellen. Die Frage ist, warum er mich nicht gefragt hat."

„Er will dich nicht in die Situation bringen, antworten zu müssen", vermutete Vicky mit leiser Stimme.

„Vielleicht. Wahrscheinlich."

„Was wirst du sagen, wenn er dich fragt?"

Ann zuckte mit den Schultern. „Es gibt eine Menge Wege, eine direkte Antwort zu vermeiden. Ich kann einfach nicht antworten und trotzdem bestätigen, was immer er wissen will."

„Wie auch immer du antwortest, du wirst bestätigen, was er schon weiß."

„Ja. Aber die ganze Wahrheit werde ich mit ins Grab nehmen."

„Er ist stark genug, um die Wahrheit zu verkraften, Ann."

„Ich bin nicht stark genug, um sie ihm zu sagen." Das Schweigen zwischen ihnen dehnte sich aus. „Ich bin froh, dass du mitgekommen bist."

„Ich auch. Willst du darüber reden?"

„Es gibt nichts Neues zu sagen."

„Es wäre für dich besser gewesen, wenn du das Angebot des Vizepräsidenten angenommen hättest, dein eigenes Kapitel zu schreiben. Wenn alle Bescheid wüssten, müsstest du die Leute nicht ansehen und dich fragen, ob sie etwas wissen."

„Das Einzige, was die Wahrheit bewirkt, ist, dass die Leute mehr zum Tratschen haben. Ich wünschte immer noch, der Vizepräsident hätte die Sache mit ins Grab genommen. Es ist nur noch ein Verbrechen. Die Welt weiß schon von zu vielen Verbrechen."

„Du weißt, dass es so einfach nicht ist."

„Es könnte so einfach sein. Aber Gannett will Gott nicht mit einer Lüge auf dem Gewissen gegenübertreten."

„Würdest du das wollen?"

„Hängt davon ab, wie vielen Menschen ich es erzählen müsste, um mein Gewissen zu erleichtern. Ob es ein Mensch ist oder Millionen. Die Öffentlichkeit wird von der Geschichte fasziniert sein.

Aber die Familien der Opfer müssen mit der Presse fertig werden und das Geld, das mein Buch ihnen einbringt, wird nur ein schwacher Trost sein für das, was sie erfahren und womit sie fertig werden müssen. Die Opfer waren dem Stabschef bei seinem Plan im Weg, den Vizepräsidenten irgendwann zum Präsidenten zu machen. Sie wurden getötet, weil der Stabschef ihnen vorwarf, was sie während einer Wahlkampagne getan oder nicht getan hatten. Das waren sinnlose Morde, die aus idiotischen Gründen begangen wurden, und das Tagebuch zeigt nur, wie pervertiert der Stabschef innerlich wirklich war. Die Einzelheiten der Wahrheit nutzen niemandem, Vicky. Das ist das Traurige daran. Eine Vertuschung wird aufgeklärt, aber von der Wahrheit hat niemand etwas. Sie ist nur ein weiteres Verbrechen."

„Ich weiß. Das Tragische ist, dass Gannett ein guter Präsident gewesen wäre. Hätte er seinen Stabschef nie kennengelernt, wäre er das vielleicht irgendwann geworden."

„Am Ende hängt das, was im Leben von Menschen geschieht, meist an einigen wenigen Entscheidungen. Man wird sich an den Vizepräsidenten überwiegend deswegen erinnern, weil er einem falschen Freund und Angestellten vertraut hat."

Ann sah, dass die anderen zurückkamen, und öffnete die Beifahrertür. „Wenn wir zurückfliegen, kannst du dann vorne neben mir sitzen? Ich möchte mit Paul lieber keine Unterhaltung übers Fliegen führen oder über was auch immer er reden will. Ich bin heute launisch und das merkt man."

„Klar. Und mir macht launisch nichts aus."

Ann versuchte zu lächeln. „Du bist eine so gute Freundin, dass du es zumindest nicht sagen würdest."

■

Paul streckte die Beine aus und war froh, dass es in diesem Flugzeug mehr Platz gab als auf den kommerziellen Flügen. Es war ein langer Tag gewesen und es würde noch mindestens eine Stunde dauern, bis sie wieder am Boden waren. Sie hatten erreicht, was er sich erhofft hatte – sie hatten die achtzehn Fundorte der Leichen und die Hütte gesehen. Er sah zu Sam und Rita hinüber. „Was ist euch an den Fundstellen aufgefallen?"

„Ländliche Gegend, alte, dicke Bäume, eine kurvenreiche Landstraße in der Nähe", sagte Sam, ohne zu zögern. „Er hatte bereits einen Ort im Sinn, als er sich sein Opfer geschnappt hat. Diese Plätze hat er nicht zufällig gefunden. Er hat sie genau geplant."

„Wenn wir uns seinen Terminkalender vornehmen, können wir dann sehen, wann er Zeit dazu hatte, das zu tun? Hat er die Orte in den Tagen unmittelbar vor den Entführungen ausgesucht oder lief die Planung Wochen oder gar Monate vor der jeweiligen Entführung?"

„Das können wir überprüfen. Das Tagebuch legt nahe, dass er mit dem Leben seiner Opfer vertraut war. Aber der Stabschef ist eine bekannte Persönlichkeit. Er konnte sich nicht oft in einer Gegend blicken lassen, ohne dass jemand ihn bemerkt und sich an ihn erinnert hätte. Dasselbe gilt für die Fundorte der Leichen."

„Seid ihr zwei fit für einen Besuch beim Ferienhaus des Vizepräsidenten? Ann sagt, wir könnten morgen früh losfliegen und am Nachmittag da sein. Ich würde das gerne erledigen."

Rita lächelte. „Eine Reise nach Florida ist nicht gerade eine Qual, Boss."

21

Das Ferienhaus des Vizepräsidenten lag direkt am Wasser. Es handelte sich um eine Residenz, die durch eine hohe, weiße Steinmauer und einen Wellenbrecher, der eine private Bucht vor dem offenen Meer beschützte, abgeschirmt war. Weiter draußen war der Atlantik recht aufgepeitscht, aber die Bucht war ein perfekter Ort zum Schwimmen und groß genug, um sogar darin zu segeln. Ann flog über das Anwesen hinweg, sodass sie es aus der Luft sehen konnten, dann drehte sie und steuerte den nahe gelegenen Flughafen an. Es war kurz nach drei, als sie mit dem Auto bei Gannetts Grundstück ankamen. Reece stellte sie dem privaten Sicherheitsdienst vor, der das Anwesen bewachte.

Paul beauftragte Sam und Rita damit, das Haus zu erkunden und Fotos von der Raumaufteilung zu machen, während er mit Reece zum Anleger und zum Ufer hinunterging. Es war eine traumhafte Bucht mit Sandstrand und ruhigem Wasser, das sich unter einer sanften Brise kräuselte, die der Sonnenhitze eine gewisse Kühle verlieh.

„Der Vizepräsident sagte, er sei auf dem Weg aufs offene Meer gewesen, habe aber den Wellenbrecher noch nicht passiert gehabt, als der Stabschef eine Waffe zog, sie zum Ufer zurückmanövrierte und ihn entführte."

„Richtig. Der Stabschef hat das Boot auf der anderen Seite der Bucht angelegt" – Reece zeigte auf die Stelle – „da drüben, bei dem einzelnen Baum. Er hatte seinen Wagen im Wendehammer geparkt."

„Was ist mit dem Boot passiert?"

„Der Stabschef hat es auf Autopilot gestellt und zwischen den Wellenbrechern hindurch wieder aufs offene Meer hinausfahren lassen. Nachdem es an dem Wellenbrecher vorbei war, wurde das Boot fast drei Kilometer weiter draußen von der Strömung erfasst. Es trieb auf dem offenen Meer, als man es fand."

Ein Boot lag am Anleger. „Ist es das Boot dort?"

„Ein neueres Modell, aber die Größe und die Aufteilung der Kabine sind ziemlich gleich."

Paul ging hinunter, um es sich anzusehen. „Erzählen Sie mir von dem Tag und von Ihren Gedanken, als Ihnen klar wurde, dass der Vizepräsident vermisst wurde, Reece."

„Ich war mit seiner Frau bei einer Blumenausstellung, wo sie eine kleine Ansprache gehalten hat. Wir sind zum Haus zurückgefahren und der Vizepräsident war nicht da. Er war sonst immer darauf bedacht, zur Verfügung zu stehen, wenn sie von einem öffentlichen Auftritt heimkam, um sie zu fragen, wie es war, und ihr für ihr Engagement zu danken. Ich kannte sie beide seit Jahren. Es war ein wichtiges Element ihrer Ehe, dass er sich bemühte, auf diese Art für seine Frau da zu sein. Er wusste, dass sie nicht gerne öffentlich auftrat, und das war auch der Grund, warum er mich gebeten hatte, sie an diesem Tag zu begleiten. Ich wusste sofort, dass etwas nicht stimmte, als wir zur Tür hereinkamen und der Vizepräsident nicht da war.

Das Boot hatte GPS und das Programm zeigte an, dass sich das Boot in der Gegend befand, in der er normalerweise angelte. Über Funk konnten wir ihn nicht erreichen, deshalb sind wir mit einem anderen Boot rausgefahren, um zu sehen, ob er Probleme hatte. Es dauerte nicht lange, bis wir sein Boot fanden. Es trieb leer vor sich hin. Die Angelausrüstung lag bereit. Der Öffentlichkeit wurde gesagt, es habe einen Bootsunfall gegeben, aber unserer Meinung nach konnten mehrere Dinge passiert sein: Entweder hatte der Geheimdienst eines anderen Landes ihn sich geschnappt oder jemand hatte ihn entführt, um ein Lösegeld zu erpressen, oder er hatte einen Herzinfarkt erlitten und war ins Wasser gefallen und ertrunken.

Als der Vizepräsident mich von der Hütte aus anrief, war die Küstenwache schon seit einigen Stunden auf der Suche. Um drei Uhr morgens war er dann wieder in Florida. Wir benutzten die Gezeiten, um eine Geschichte zu erfinden, nach der er ins Wasser gefallen und ungefähr sechs Kilometer von zu Hause entfernt an Land getrieben worden war. Wir stellten es so dar, als hätte er etwas im Wasser treiben sehen und gedacht, es stamme von einem gekenterten Boot. Er wollte eine Holzplanke mit einem Schriftzug darauf aus dem Wasser fischen, verlor dabei jedoch das Gleichgewicht und ging über Bord. Wir erzählten, die Strömung habe ihn in Richtung Land gedrückt, aber die Wellen hätten ihn gegen die Felsen geschleudert, als er das Ufer erreichte.

Ich wusste, dass die Gegend menschenleer war, und dachte mir, dass wir damit durchkommen könnten. Unsere Version besagte weiter, dass der Vizepräsident an Land ging, im nächstgelegenen Haus niemand war, er aber lange genug dort wohnte, um das Anwesen zu erkennen. Er war dort eingebrochen und hatte mich angerufen, um mir zu sagen, wo er war. Ich fuhr daraufhin zu ihm, überzeugte mich davon, dass er in Sicherheit war, und rief uns einen Helikopter, um uns nach Hause zu bringen. Die Geschichte funktionierte, weil der Vizepräsident sie als wahr verkaufte. Er sprang ins Meer und hielt sich dreißig Minuten lang im Wasser auf, sodass er ausgekühlt und seine Kleidung voller Salzwasser war, während ich das Glas der Terrassentür einschlug und mich selbst auf dem Handy anrief. Wenn mir die Wahrheit nicht bekannt gewesen wäre, hätte ich die Geschichte geglaubt."

Reece stand am Ufer und blickte über die Bucht hinaus, dann schüttelte er den Kopf. „Das Einzige, was ich damals dachte, war: *Gott sei Dank ist er am Leben.* Alles andere waren nur Details. Ich war mein halbes Leben lang bereit gewesen, eine Kugel für ihn abzubekommen. Jim ist ein Freund und seine Frau war ebenfalls eine Freundin. Ich konnte mit so ziemlich allem fertig werden, solange ich nicht zu seiner Beerdigung gehen musste. Und sosehr ich auch den Tod seiner Frau bedauere, bin ich doch froh, dass sie das jetzt nicht mehr erleben muss. Es hätte ihr das Herz gebrochen, zu erfahren, was für ein Mensch der Stabschef wirklich war. Der Vizepräsident hat ihr nie die Wahrheit erzählt."

„Diese Sache wird Sie Ihren Job beim Geheimdienst kosten."

„Ich weiß. Für den Fall, dass sie mir auch die Pension und die Sozialleistungen nehmen, hat Jim bereits darauf bestanden, dass er mich dafür entschädigen möchte. Wahrscheinlich werde ich sein Angebot annehmen. Ich habe jede Pflicht gegenüber meinem Land missachtet, indem ich die Sache verschwiegen habe, aber ich kann trotzdem mit der Entscheidung leben. Es war nicht nur der Vizepräsident; es war auch die Frau, die entführt worden war, um das Tagebuch zu schreiben. Ich hätte auch ihr Leben zerstört, wenn ich die Ereignisse damals publik gemacht hätte. Ich konnte sie nicht beschützen, ohne den Tatort zu manipulieren."

Paul überlegte, Reece zu fragen, ob er ihm damit sagen wolle, dass Ann diese Frau gewesen sei, aber er tat es nicht. Dies war der Mann, der die Wahrheit gekannt und Ann in den Jahren danach geholfen hatte. Ann vertraute ihm. Ann war mit ihm zusammen gewesen. Und Paul glaubte zu verstehen, warum. Der Mann war ein zuverlässiger Typ und Paul mochte ihn jetzt sogar noch mehr.

„Ann hat erwähnt, dass Sie sich neulich verlobt haben. Weiß Ihre Verlobte von dieser Sache?"

„Noch nicht."

„Sie sollten es ihr erzählen."

„Das werde ich, kurz bevor das Buch erscheint. Ich glaube, Ann hat sie bereits gewarnt, dass da noch etwas ist. Sie waren schon miteinander befreundet, als ich noch keine von beiden kannte."

„Sie waren mit Ann zusammen."

„Vier Jahre lang", erwiderte Reece und musterte ihn. „Ich habe gehört, Sie beide sind jetzt ein Paar."

„Ich arbeite jedenfalls dran."

Reeces Lächeln war zugleich mitleidig und belustigt. „Ich erinnere mich gut an dieses Gefühl. Ann und ich haben eine gemeinsame Vergangenheit und sind gute Freunde, aber irgendwann wurde uns klar, dass es eine lebenslange Freundschaft sein würde anstatt einer Ehe. Ein paar Jahre später machte Ann mich mit Cindy bekannt, und ehe ich mich versah, hatte ich einen Ring gekauft. Ich bin glücklich, wie es jetzt ist, aber ich bereue auch die Jahre mit Ann nicht. Von allen Menschen, die ich kenne, steht Ann immer noch ganz oben auf der Liste derer, mit denen ich gerne zusammen bin." Er musterte Paul nachdenklich. „Darf ich Ihnen einen Rat geben?"

„Klar."

„Lassen Sie sich nicht von ihr hinhalten. Es gibt irgendetwas, das sie daran hindert, zu heiraten, und ich habe nie herausgefunden, was es ist. Mir wurde erst im Nachhinein klar, dass ich an diesen Punkt gekommen war. Es beunruhigt mich. Sie ist sehr gut mit Beziehungen und trotzdem lebt sie allein und scheint es auch nicht anders zu wollen. Es ist eine Sache, wenn das eine bewusste Entscheidung ist; eine andere, wenn es einen Grund dafür gibt."

„Haben Sie sie gefragt?"

„Ann kann einer Frage besser ausweichen als jede andere Person, die ich kenne."

„Das habe ich auch schon bemerkt. Danke für den Rat." Paul dachte darüber nach und was das über Ann aussagte, dann schob er den Gedanken erst einmal beiseite. Stattdessen lenkte er das Gespräch wieder zu dem Grund zurück, warum sie hier waren. „Können Sie mir noch einmal auf der Karte zeigen, wie man von hier zur Hütte kommt und wie Sie und der Vizepräsident an jenem Abend zurückgekommen sind?"

„Natürlich." Sie gingen zum Haus zurück und Reece breitete die Landkarte auf dem Esstisch aus. Er fuhr mit dem Finger den Weg entlang, den der Stabschef zurückgelegt hatte, und den Weg, auf dem er selbst zurückgekommen war. Anschließend drehte Paul mit Sam und Rita eine Runde übers Gelände und spielte die Ereignisse des damaligen Tages noch einmal durch, um zu sehen, ob es irgendwelche Lücken in der Geschichte gab, wie das Kapitel sie beschrieb.

„Die Sicherheit ist ein Problem, Boss", sagte Rita. „Der Vizepräsident und der Stabschef sind zusammen angeln gegangen, der Stabschef entführt den Vizepräsidenten, und der Sicherheitsdienst weiß nicht, was geschieht, oder auch nur, dass der Stabschef überhaupt hier ist. Darauf wird die Presse sich stürzen."

„Gehen wir noch einmal alles durch."

„Die Frau ist mit dem Agenten des Sicherheitsdienstes – Reece – zu einer öffentlichen Veranstaltung aufgebrochen, der Vizepräsident ist zum Anleger gegangen, um zu angeln, die drei Sicherheitsbeamten auf dem Grundstück haben die beiden Tore mit Vorhängeschlössern gesichert und fangen mit einem von langer Hand geplanten Update des Sicherheitssystems und der Kameras auf dem Anwesen an. Der Stabschef wählt als Zeitpunkt für seine Entführung genau den Tag und die Stunde, an dem sie mit ihrem Update beginnen. Er hat selbst bestimmt, was während des Updates passieren wird und in welcher Reihenfolge, also weiß er genau, wo die Wachen sein werden. Er hat selbst dafür gesorgt, dass sie nichts mitbekommen, weil sie beschäftigt sind. Ihre Priorität ist es, innerhalb von fünfundvierzig Minuten die Software zu aktualisieren und die Kameras wieder in Betrieb zu nehmen. In diesen fünfundvierzig Minuten wird also niemand die Rückseite des Hauses beobachten.

Der Stabschef kommt zum Tor auf der Südseite, knackt das Vorhängeschloss, fährt zum Wendehammer und parkt. Der Vizepräsident legt mit dem Boot an der schwimmenden Plattform an und nimmt den Stabschef an Bord. Nach der Entführung fährt der Stabschef auf demselben Weg wieder hinaus, bringt ein neues Vorhängeschloss an und fährt mit dem Vizepräsidenten zur Hütte. Der Stabschef sorgt sogar dafür, dass der Schlüssel zu dem neuen Schloss an dem Haken hängt, wo auch die anderen Schlüssel hängen. Erst bei der Lektüre des Tagebuchs kommt heraus, dass das Schloss nicht dasjenige war, das die Sicherheitsbeamten am Tor angebracht hatten. Es war perfekt gemacht, Paul. Wie viele Entführungen verlaufen so reibungslos?" Rita schüttelte den Kopf.

Sam wies auf einen anderen Punkt hin. „Der Stabschef hatte geplant, das Anwesen zu betreten und wieder zu verlassen, ohne gesehen zu werden. Meine Frage ist, warum der Vizepräsident niemandem erzählt hat, dass der Stabschef kommen würde. Warum hat er es dem Sicherheitsdienst gegenüber nicht erwähnt oder seinen Hausangestellten mitgeteilt, dass der Stabschef mit ihm angeln gehen würde?"

Rita nickte. „Das ist eine zentrale Frage. Vielleicht wollte der Vizepräsident seine Frau nicht damit belästigen, dass an diesem Tag Besuch kommen würde. Vielleicht hatte der Stabschef gesagt, er würde es möglicherweise gar nicht schaffen – nach dem Motto: Wahrscheinlich habe ich zu viel zu tun und kann gar nicht weg –, sodass der Vizepräsident ihn gar nicht wirklich erwartet hatte. Vielleicht hat er erst kurz vorher angerufen."

Paul dachte darüber nach und schüttelte dann den Kopf. „Das Sicherheitsupdate, das der Stabschef selbst veranlasst hatte, gab ihm ein Zeitfenster, in dem er unbeobachtet kommen und gehen konnte. Wir haben schon größere Ausfälle von Sicherheitsmaßnahmen gesehen und dies war schon eine große Sicherheitslücke, aber das Update war tatsächlich nötig. Es war ein genau ausgetüftelter Plan. Dazu muss gehört haben, dass er den Vizepräsidenten irgendwie dazu brachte, seinen eventuellen Besuch nicht zu erwähnen. Die Journalisten werden es kaum glauben, aber so lautet die Geschichte, die Gannett erzählt. Würde es zeitlich hinkommen?"

„Wir haben die Zeiten gestoppt und es ist möglich."
„Gut. Was ist euch sonst noch aufgefallen?"
„Die Geschichte ist nicht angezweifelt worden, als er wieder zu Hause war. Dass der Vizepräsident stundenlang im Wasser gewesen war, dass seine Verletzungen von den Felsen am Ufer stammten, gegen die er von den Wellen geschleudert worden war", sagte Rita.
Sam nickte. „Das ist kein großes Problem. Er ist nass, ihm ist kalt, er steht noch halb unter Schock und sagt lachend, dass er aus dem Boot gefallen ist. Das glauben ihm alle. Selbst wenn ein Arzt den Verdacht hat, dass die Abschürfungen nicht ganz der Geschichte entsprechen, ist er an seine Schweigepflicht gebunden. Der Vizepräsident sagt, die Rötungen von den Seilen an seinen Handgelenken stammten von dem Versuch, sich wieder an Bord zu ziehen, wobei das nasse Seil seine Haut abgeschürft hat. Es ist eine plausible Erklärung. Er sagt, seine Rippe sei geprellt, weil eine Welle ihn gegen einen Fels geschleudert hat, und das wird man glauben. Die Geschichte hielt der Prüfung stand, weil sie plausibel war."
„Was noch?", fragte Paul.
„Viel mehr haben wir nicht gefunden. Es könnte so geschehen sein, wie der Vizepräsident es in dem Kapitel beschreibt. Es ist einfach eine nahezu perfekte Entführung und Vertuschungsaktion und das gibt es selten. Das Kapitel ist gut geschrieben und passt zu den Beweisen, die wir haben, aber wir wissen nicht, ob es der Wahrheit entspricht."
„Okay, dann bringt eure Erkenntnisse zu Papier und genießt dann den Strand und das Essen, das für uns zubereitet wurde. Ich gehe weiter spazieren und lasse mir die Sache noch mal durch den Kopf gehen."
„In Ordnung, Boss."
Die beiden kehrten zum Haus zurück und Paul ging zum Strand hinunter. Zum ersten Mal erschien ihm alles ein bisschen zu perfekt. Der Stabschef hätte es tun können, aber das alles funktionierte auch nur deshalb, weil der Vizepräsident nichts gesagt hatte und niemandem davon erzählt hatte, dass der Stabschef kommen würde, um mit ihm angeln zu gehen. Es war ja nicht so, dass der Stabschef sich gleich um die Ecke befunden hatte. Er war in Illinois gewesen und hatte einen langen Weg zurückgelegt. Der Vizepräsident hätte

irgendjemandem davon erzählen müssen – der Haushälterin, dem Koch –, dass sein Stabschef zu Besuch kam. Es fühlte sich wie eine Lücke an und Paul konnte sie sich nicht erklären. Vielleicht hatte Rita recht und Gannett hatte seine Frau vor ihrem Termin nicht damit belästigen wollen. Vielleicht hatte der Stabschef sich nicht festgelegt oder einfach gesagt, dass er nicht kommen konnte.

„Paul."

Er drehte sich um und sah Ann auf sich zukommen. Er streckte die Hand aus und sie ergriff sie.

„Wenn du gesehen hast, was du sehen musst, können wir uns auf den Heimweg machen. Wenn wir jetzt zum Flugplatz aufbrechen, können wir noch heute Nacht zu Hause sein."

Paul hörte etwas in ihrer Stimme, das er dort noch nie bemerkt hatte, und betrachtete sie nachdenklich. „Das könnten wir. Oder wir übernachten hier und nehmen uns ein paar Stunden, um am Strand spazieren zu gehen, wo wir schon mal hier sind. Es wäre doch eine Schande, den ganzen Sand zu verschwenden."

„Wie wäre es jetzt mit einem Spaziergang am Strand und dann fliegen wir zurück?"

„Hast du es eilig?"

„Anschließend werdet ihr einen Sarg ausgraben, die Fotos holen und eure Ermittlungen abschließen. Ich will diesen Fall endlich zu den Akten legen."

Paul hatte sich an die kühle Distanz in Anns Stimme gewöhnt, wann immer sie über den Fall sprach. Dies war das erste Anzeichen für Ungeduld – vielleicht schwang auch etwas Angst in ihrer Stimme mit. Sie wollte die Sache unbedingt hinter sich bringen. Weil er das verstand, nickte er. „Zuerst der Strand. Dann kannst du uns nach Hause fliegen."

Ann setzte sich auf der Stelle hin, zog ihre Turnschuhe aus, stopfte ihre Socken in die Schuhe und krempelte dann ihre Hosenbeine hoch. Paul musste unwillkürlich lächeln, als er ihr zusah. So viel Entschlossenheit und Energie, um ihn in die Richtung zu manövrieren, in der sie ihn haben wollte. Er nahm ihre Hand und zog sie hoch. „Du bist wirklich erpicht darauf, so bald wie möglich abzuheben."

„Ich verschwende einfach nicht gerne Zeit, wenn es einen Fall abzuschließen gilt."

„Das werde ich mir merken." Er deutete mit dem Kopf auf den Wellenbrecher. „Bis zum Wellenbrecher und zurück. Unterwegs kannst du mir von allen schönen Erinnerungen erzählen, die du an Strandspaziergänge hast."

„Dazu reicht die Strecke nicht aus", protestierte sie, doch dann begann sie mit einem Ausflug, den sie mit Kate und Shari unternommen hatte.

Während Paul ihr zuhörte und sie beobachtete, beschloss er, dass sie den Sarg ausgraben würden, sobald sie wieder in Illinois waren. In achtundvierzig Stunden könnte alles vorbei sein. Sie hatten jetzt genügend Informationen, um reagieren zu können, wenn die Presse irgendwie von der Wahrheit Wind bekam. Er würde sich nur vergewissern müssen, dass bei der Exhumierung niemand einen Blick in den Sarg warf und feststellte, dass der Stabschef nicht in dem Grab begraben worden war, auf dem sein Name stand. Ann hatte recht. Es wurde Zeit, dass sie diesen Fall zum Abschluss brachten.

■

Eine militärische Ehrengarde stand bereit, als sie den Sarg des Stabschefs exhumierten. Paul stand in Habachtstellung, Ann neben ihm. Sam, Rita, Reece und Vicky sahen von der gegenüberliegenden Seite der Grabstelle zu. Die Tarnung – der Transfer des Verstorbenen auf Wunsch des Vizepräsidenten, damit er neben Freunden und Militärkameraden ruhen konnte – schien zu funktionieren. Sie hoben das gesamte Grab aus, also den schützenden Container mit dem Sarg darin, und schoben beides nach einer angemessenen Zeremonie und dem Drapieren der Flagge darüber zum Transport in einen Lieferwagen. Sie folgten dem Sarg zum nächstgelegenen Armeestützpunkt, wo ein vorübergehender Lagerort im Arsenal vorbereitet worden war, bevor am nächsten Morgen der Transport zu der angeblichen letzten Ruhestätte erfolgen sollte. Tatsache war, dass sie den leeren Sarg in einem anonymen Grab bestatten würden.

Als sie allein waren, nickte Paul Sam zu. Der Container um den eigentlichen Sarg herum war mit Erde bedeckt und von der Exhumierung verkratzt, schien aber ansonsten unbeschädigt zu sein. Rita machte Fotos, während Sam den Deckel öffnete. Paul nahm einen schwachen Geruch von schaler Luft und Politur wahr. Der Sarg befand sich sicher darin und das polierte Holz glänzte noch immer.

„Mach ihn auf, wo er ist", sagte Paul. „Wir brauchen den Sarg nicht herauszuheben."

Sam beugte sich vor und betätigte die Spangen, um den Deckel des Sarges anzuheben.

Zu wissen, dass keine Leiche darin lag, und es mit eigenen Augen zu sehen, waren zwei verschiedene Dinge. Eine lange Kiste aus Hartplastik lag im Innern, gegen jegliche Luftzufuhr dicht versiegelt. Sam hob die Kiste heraus und trug sie zum Tisch. Mit einem Messer durchtrennte er das Klebeband und die Abdichtung. Und dann nahm er den Deckel ab.

Sie blickten hinunter auf die gesammelten Beweise des Verbrechens. Die Papiertüte mit den Habseligkeiten des Stabschefs sah so aus, als wäre sie gestern erst zusammengerollt worden. Das Klebeband hatte sich mit den Jahren gelöst. Eine Kamera lag auf einem Stück Schaumstoff. Negative in Hüllen und Fotos, die sich an den Ecken bogen, aber nicht verblichen waren, lagen neben der Kamera. Der handschriftliche Bericht des Vizepräsidenten lag in einer Schachtel, jede Seite durch eine Folie geschützt und sorgfältig nummeriert von Reece Lion.

„Reece, gibt es noch irgendetwas, das Sie hinzufügen wollen oder woran Sie sich erinnern, jetzt, wo Sie die Beweise sehen?"

„Nein."

Paul nahm die Fotos und verteilte sie auf dem Tisch.

Zum ersten Mal sahen sie die Hütte, wie sie damals gewesen war.

Der Kampf spiegelte sich wider in den zerbrochenen und umgestoßenen Möbeln, dem zertrümmerten Fernseher, den verschmutzten Teppichen.

Sie sahen den Stabschef mit einer tödlichen Schusswunde am Kopf.

Der Vizepräsident hatte Schürfwunden im Gesicht, eine aufgeplatzte und blutende Lippe, geschwollene Handgelenke von den Fesseln, eine böse Prellung der Rippen und einen Ausdruck von Schock in den Augen.

Es war das Blut auf dem Boden der Hütte, ohne Bezug zu dem Ort, an dem der Stabschef lag, das Pauls Aufmerksamkeit erregte.

Er blickte von den Fotos auf, um nach Ann zu sehen. Sie hatte das Arsenal nur bis zu der Stelle betreten, an der die Autos geparkt waren. Von dort aus betrachtete sie, was auf dem Tisch lag. Sie war leichenblass und kämpfte so sehr gegen Übelkeit an, dass er es in ihrer Miene sehen konnte, aber sie war nicht weggegangen. Sie hatte Vicky nicht gebeten, mit ihr hinauszugehen. „Irgendetwas, das du dir ansehen möchtest?", fragte er leise, ohne ihre Entscheidung in irgendeiner Weise beeinflussen zu wollen.

„Nein."

Er schob die Fotos zusammen und gab sie Rita.

„Sam, versiegle den Sarg und den Container. Lasst uns die Sache abschließen."

■

Auf dem Flug zurück zum Anwesen des Vizepräsidenten las Paul den handschriftlichen Bericht über die Ereignisse, den Gannett am Tag der Entführung verfasst hatte, und fand ihn erstaunlich strukturiert, wenn man bedachte, unter welcher Belastung der Mann gestanden hatte. Der Bericht entsprach dem, was in dem Kapitel stand, die Vertuschungsaktion war weniger detailliert beschrieben und etwas anders als das, was schließlich getan wurde – eine Tatsache, die für die Authentizität des Berichts sprach. Diese Seiten waren geschrieben worden, bevor die Hütte in Flammen aufgegangen war, denn es gab Fotos, auf denen der Vizepräsident dieses handschriftliche Dokument in der Hand hielt und die Hütte im Hintergrund sichtbar war.

Sam und Rita schrieben ihren Tagesbericht zu Ende. „Sagt mal, was ihr davon haltet." Paul reichte ihnen den Bericht des Vizepräsidenten über die Entführung. „Kann ich die Fotos noch mal sehen, Rita?" Er streckte die Hand aus und sie gab ihm die Bilder. Vicky war schon vor einer Stunde ins Cockpit gegangen, um sich zu Ann zu setzen. Paul suchte Blickkontakt mit Reece und hielt fragend die Bilder hoch. Reece schüttelte den Kopf.

Paul blätterte langsam durch die Fotografien. Bei dem Bild, von dem er vermutete, dass es mit Anns persönlichem Albtraum zu tun hatte, weil der Boden der Hütte mit Blutspritzern bedeckt war, hielt er inne.

Irgendwann würde er mit ihr sprechen müssen. Das wusste er und er vermutete, dass es ihr ebenfalls bewusst war. Sie konnte das Erlebte noch immer nicht in Worte fassen. Er verstand, dass ein Opfer durch Schweigen überlebte und mit den Geschehnissen dadurch fertig wurde, dass es ihnen keinen Raum zum Atmen und Leben gab. Die Ereignisse waren sorgfältig verpackt und verschlossen worden, damit sie in der Vergangenheit blieben. Sie hatte nicht den Mut gefunden, das Risiko einzugehen, ihm davon zu erzählen.

Anns Reaktion auf das, was hier geschah, bereitete Paul Sorgen. Als sie den Sarg geöffnet hatten und Ann die Beweise gesehen hatte, war es für sie gewesen, als würden diese Dinge lebendig. Ihre Albträume beunruhigten ihn und er dachte daran, wie es heute Nacht für sie sein würde und in vielen kommenden Nächten. Aber er konnte ihr nicht helfen, wenn sie ihn nicht ließ.

Er schob die Fotos in eine Versandtasche und diese in eine Asservatentüte.

Eine Stunde später sah Paul, dass sie sich dem kleinen Flugplatz näherten. Die Lichter der Landebahn wurden heller. Ann setzte das Flugzeug sanft auf, fuhr nach Anweisung weiter und brachte das Flugzeug in den Hangar, bevor sie die Motoren ausschaltete.

Reece öffnete die Kabinentür und ließ die Treppe ausfahren. Sam nahm den ersten Koffer mit Beweismaterial, während Rita den zweiten trug. Vicky folgte ihnen. Paul wartete an der Kabinentür darauf, dass Ann aus dem Cockpit kam. „Fahr mit uns zum Anwesen des Vizepräsidenten."

Sie schüttelte den Kopf. „Vicky bringt mich nach Hause."

„Ann –"

„Dräng mich nicht. Bitte."

Er beschloss, sie stattdessen zu umarmen. „Schlaf aus und komm dann zu mir, okay?"

Sie erwiderte nur seine Umarmung und trat dann zurück. „Bringt die Sache zum Abschluss."

■

Am nächsten Morgen gesellte Paul sich zu Sam und Rita im gesicherten Konferenzraum. Er hatte nicht viel geschlafen und der Kaffee konnte kaum etwas gegen seine Erschöpfung ausrichten. Die Fotos waren auf dem Tisch verteilt. „Wo sind wir?“

„Sein handschriftlicher Bericht stimmt mit dem überein, was er in dem Kapitel seines Buches geschrieben hat. Die Fotos bestätigen das Ganze“, erwiderte Rita. „Die Unterlagen in diesem Raum, diese Fotos, die schriftlichen Berichte, das alles ist offensichtlich das, was es sein soll – der Beweis dafür, dass das Kapitel des Vizepräsidenten korrekt ist. All diese Unterlagen zusammen beweisen, dass der Stabschef achtzehn Menschen getötet und den Vizepräsidenten entführt hat. Es ist vielleicht kein vollständiger Bericht, aber was hier ist, passt zu den Beweisen.“

„Haben wir irgendetwas gefunden, was darauf schließen lässt, dass es noch mehr gibt?“

„Es waren nur fünf Personen dabei. Was wir haben, ist das, was sie bereit sind zu sagen und was wir auf den Fotos sehen. Es gibt eine solide Beweisführung, dass das, was sie gesagt haben, tatsächlich wahr ist. Aber eine Frage bleibt offen: Wurden an jenem Tag Dinge gesagt, die der Vizepräsident nicht in seinem Bericht erwähnt hat? Diese Frage können wir nicht beantworten“, schloss Rita.

Sam fügte hinzu: „Der Stabschef wollte durch das, was er getan hat, berühmt werden, und er hat mit dem Tagebuch eine detaillierte Schilderung abgeliefert. Es könnte noch mehr Morde geben, die nicht Teil seines Geständnisses waren. Aber ich weiß auch nicht, wie wir diese Frage nach so langer Zeit noch klären sollen.“

„In Ordnung.“ Paul war zu dem gleichen Schluss gekommen. „Ich möchte, dass ihr beiden den FBI-Bericht fertigstellt, der veröffentlicht wird, sobald das Buch des Vizepräsidenten erschienen ist. Während ihr das macht, werde ich zusammenstellen, was ich brauche, und mit dem Boss sprechen. Binden wir den Sack zu, dann können wir nach Hause.“

Sam nickte. „Vielleicht werden wir heute noch fertig, spatestens morgen.“

■

Paul hatte gehofft, Ann würde zu ihnen stoßen, aber sie tauchte den ganzen Vormittag über nicht auf. Er versuchte mehrfach, sie anzurufen, aber immer sprang ihre Mailbox an. Als sie eine Mittagspause machten, kam Reece auf ihn zu. „Paul, für Sie." Er hielt ihm einen gefalteten Zettel hin.

„Danke, Reece." Er faltete das Stück Papier auseinander.

Paul, ich bringe Vicky nach Hause und bleibe ein paar Tage bei ihr. Ich melde mich, wenn ich wieder da bin. Ann

Das erklärte die nicht angenommenen Anrufe – sie war in der Luft. Nachdenklich steckte Paul den Zettel in seine Tasche. Sie war so klug gewesen, bei einer Freundin zu bleiben. An diesen Trost würde er sich klammern müssen, bis er selbst herausfinden konnte, wie es ihr ging. Ann war diejenige, die den höchsten Preis für diese Sache zahlen musste. Wenn das Buch erschien, war es für sie noch lange nicht vorbei. Das war erst der Anfang. Am liebsten hätte Paul sich diesem Sturm in den Weg gestellt, um sie davor zu beschützen, aber er wusste, dass er ihn nicht verhindern konnte. Er konnte nur versuchen, den Schaden zu minimieren. Er hatte Zeit, eine begrenzte Zeit, um herauszufinden wie, bevor das Buch erschien.

Der nächste Schritt war, dem Direktor des FBIs zu sagen, was auf ihn zukam.

■

Paul stellte seinen Koffer und seine Aktentasche auf dem zweiten Hotelbett ab, stellte aus lauter Gewohnheit den Fernseher an, um die Nachrichten zu hören, und suchte den Regler der Klimaanlage, um sie einzuschalten. Er hatte kurzfristig ein Zimmer in Washington D.C. bekommen, aber es lag neben den Getränkeautomaten und gegenüber der Treppe. Heute war er allerdings so müde, dass es wahrscheinlich keine Rolle spielte. Er war das Reisen leid, erschöpft von den wochenlangen Ermittlungen und ihm machte zu schaffen, wie die Sache mit Ann stand.

Er hatte am nächsten Tag ganz früh einen Termin beim Direktor des FBIs. Arthur würde von Chicago herfliegen, um sich mit ihnen zu treffen. Paul öffnete seine Aktentasche und holte den Bericht von Rita und Sam heraus. Er hatte auf dem Flug angefangen, darin zu lesen, und jetzt setzte er sich aufs Sofa und las ihn zu Ende. Es war eine gute, solide Arbeit. Blieb nur noch sein Gespräch mit dem Direktor und dann war seine Arbeit an dem Fall getan, bis das Buch erschien.

Er rechnete die Zeitverschiebung aus und versuchte noch einmal, Ann zu erreichen. Diesmal ging nicht die Mailbox an. Nach dem vierten Klingeln nahm sie ab. „Ann, Paul hier. Wie geht es dir?"

„Mir geht es gut. Tut mir leid, dass ich mich so plötzlich aus dem Staub gemacht habe."

„Du klingst nicht so, als ginge es dir gut."

„Das ist alles relativ. Ich habe Kopfschmerzen und ich brauche noch mehr Schlaf, aber es ist nichts, was die Zeit nicht heilen kann. Wie sieht es bei dir aus? Wo bist du?"

„Ich bin in D.C. Morgen früh habe ich ein Treffen mit dem Direktor des FBIs. Wir bestätigen den Inhalt von Gannetts Kapitel. Sam und Rita haben den offiziellen Bericht geschrieben. Nach der Besprechung morgen werden wir uns erst einmal zurückziehen und darauf warten, dass das Buch des Vizepräsidenten erscheint."

„Freut mich. Danke, Paul. Für alles."

Ihm war nicht wohl bei dem, was er in ihrer Stimme mitschwingen hörte, eine Art Stress, der durch die Oberfläche ihrer Worte durchschimmerte. „Lass es in den nächsten Tagen langsam angehen, in Ordnung? Und ruf mich an, wenn du wieder zu Hause bist. Ich werde dich besuchen kommen, sobald ich kann. Du bist mir noch einen Film schuldig."

„Ein Film würde mir gefallen." Paul war erleichtert, als er den Anflug eines Lächelns in ihrer Stimme hörte.

„Dann haben wir eine Verabredung. Ich hoffe, du kannst heute gut schlafen."

„Ich auch. Gute Nacht, Paul."

„Gute Nacht, Ann." Er beendete das Gespräch und legte das Handy auf seinen Nachttisch.

Er hoffte, sie würde den Mut finden, es ihm zu erzählen, bevor er sie fragen musste. Wenn das Buch des Vizepräsidenten erschien, würden sie sich noch einmal mit alldem befassen müssen. Er musste ihr helfen, sich darauf vorzubereiten, denn die Journalisten würden sie zu jeder Tages- und Nachtzeit anrufen, um den Rest der Geschichte zu erfahren. Aber das konnte er nicht, ohne dass sie sich über das unterhielten, was sich tatsächlich in der Hütte abgespielt hatte.

■

Paul war oft genug durch die oberen Stockwerke des Washingtoner FBI-Büros gegangen, um nicht mehr als ein paar Minuten Puffer für seinen Termin zu brauchen. Sein Ausweis wurde von der Assistentin der Geschäftsleitung überprüft, die den Terminkalender des Direktors verwaltete, und dann führte man ihn gleich hinein.

Edward Baine erhob sich, um ihn zu begrüßen. „Gut, Sie hier in D.C. zu haben, Paul." Sie gaben sich die Hand und der Direktor deutete auf einen Sessel neben dem, in dem Arthur bereits saß. „Jim Gannett hat gestern Abend angerufen und sich für die Tatsache entschuldigt, dass er mir einen stressigen Tag bereiten würde. Ich nehme an, deshalb sind Sie hier."

„Das stimmt, Sir."

„Sie wissen es vielleicht nicht, aber der Vizepräsident und ich kennen uns seit mehreren Jahren persönlich. Er hat eine wichtige Rolle bei meinem Aufstieg zum FBI-Direktor gespielt."

„Er lobt Sie in den höchsten Tönen, Sir."

„Du siehst müde aus, Paul."

„Das ist noch untertrieben, Arthur."

Paul öffnete seine Aktentasche und holte den Brief heraus, den Gannett geschrieben hatte. Er reichte beiden eine Kopie. „Ich habe Anweisung vom Vizepräsidenten, diese Unterlagen nach unserer Unterredung zu verbrennen." Der Vizepräsident hatte ihm den Gefallen getan, in einem zweiseitigen Brief die wesentlichen Ereignisse zusammenzufassen.

Der Direktor las den Brief zweimal, bevor er Paul ansah, dann stand er auf, ging zum Fenster und las ihn noch einmal.

Arthur las ebenfalls und lächelte gequält. „Wenigstens wird es kein langweiliger Tag." Er stand auf und ging zu dem Tisch mit den Getränken. „Was möchtest du trinken, Paul?"

„Kaffee bitte."

Arthur schenkte ihnen allen Kaffee ein.

„Sie glauben, dass es die Wahrheit ist?"

Paul wandte sich dem Leiter des FBIs zu. „Ja, Sir. Der Stabschef hat achtzehn Menschen ermordet und hatte vor, den ehemaligen Vizepräsidenten ebenfalls zu töten. Es ist wahrscheinlich nicht die ganze Geschichte, aber was wir wissen, deckt sich mit den Beweisen. Das Buch wird im Dezember erscheinen und gleichzeitig wird der Text des Tagebuchs für die Öffentlichkeit zugänglich gemacht."

„Wie viele Personen wissen davon?"

„Fünf, die damals dabei waren, aber jetzt sind es mit meinen Ermittlern und dem Sicherheitsdienst neun Personen. Mit dieser Sitzung erhöht sich die Zahl auf elf. Wenn wir es dabei belassen, besteht die Chance, dass nichts durchsickert, bevor das Buch erscheint."

„Es hätte keinen Vorteil, die Nachricht vorher publik zu machen. Die Tatsache, dass der Stabschef mit achtzehn Morden davongekommen ist, stellt unsere Überprüfung des Mannes ziemlich infrage", sagte der Direktor trocken. „Der Geheimdienst wird ein blaues Auge davontragen. Das Mindeste wird eine Untersuchung durch den Kongress sein. Wo sonst wird uns das schaden, abgesehen von der offensichtlichen Tatsache, dass es direkt vor unserer Nase passiert ist und wir nichts davon wussten?"

„Es ist eine Bombe, aber erst einmal ist es auf das beschränkt, was wir hier haben", sagte Paul. „Die Akten sind vollständig, die Beweisführung solide und es gibt nur wenige offene Fragen. Der Vizepräsident hat die Namen der Person, der das Tagebuch diktiert wurde, und einer zweiten Person, die der ersten anschließend geholfen hat, zurückgehalten. Wir haben eine Ahnung, wer das Tagebuch geschrieben haben könnte, wissen aber nicht, wer ihr geholfen hat. Ich habe diese Fragen nicht weiter verfolgt und sehe auch keine Notwendigkeit, das zu tun. Ich würde die Antworten sowieso nicht in irgendein öffentliches Dokument schreiben, auch wenn ich sicher wäre, um wen es sich handelt.

Es wird jede Menge Fragen darüber geben, wer was wann wusste und warum das alles nicht schon vor der Entführung und dem Geständnis ans Tageslicht kam. Wir müssen herausfinden, ob der

Stabschef jemals eines ernsthaften Verbrechens verdächtigt wurde und ob er aufgrund seiner Position unterm Radar fliegen konnte. Ich kann diese Frage nicht untersuchen, ohne jemanden misstrauisch zu machen, warum ich das wissen will. Das ist das größte Risiko, das ich erkennen kann, aber es ist schwierig zu begrenzen, bis das Buch erschienen ist. Es lohnt sich nicht, schlafende Hunde zu wecken, indem wir jetzt Fragen stellen."

Keiner der beiden Männer schien Pauls Ausführungen infrage zu stellen.

„Die Geheimhaltung des Buches ist gut organisiert", fuhr Paul fort. „Wir haben Zeit, uns vorzubereiten. Meine Empfehlung ist, den Bericht, den Sam Truebone und Rita Heart verfasst haben, zu veröffentlichen, sobald das Buch erschienen ist. Sorgen bereitet mir allerdings das, was wir nicht wissen. Wenn man ein Geheimnis dieser Größe so lange bewahren kann, ist man in der Lage, so ziemlich alles unter Verschluss zu halten. Ich habe kein Exemplar der vollständigen Autobiografie des Vizepräsidenten gesehen, sondern nur das eine Kapitel."

Der Direktor nickte. „Sie haben Ihre Ermittlungen in dieser Sache abgeschlossen?"

„Ich bin fertig, Sir, es sei denn, es werden weitere Fragen aufgeworfen, die ich für Sie untersuchen soll. Ich muss verschiedene Dinge mit meiner Familie besprechen und will anschließend nach Chicago fahren und meinen Schreibtisch ausgraben. Je weniger der Eindruck entsteht, dass es da etwas gibt, worüber man sich Sorgen machen muss, desto geringer ist die Gefahr, dass etwas durchsickert. Meine Mitarbeiter sind der Meinung, ich wäre im Urlaub, um eine Freundin zu besuchen. Sam und Rita sind offiziell unterwegs, um an meiner Stelle einige Befragungen durchzuführen. Wir gehen wieder an unsere Arbeit und lassen diese Sache ans Licht kommen, wenn es so weit ist."

„Er geht mit Ann Silver aus, Edward", warf Arthur ein.

„Annie? Da bin ich geneigt, eine noch höhere Meinung von Ihnen zu bekommen, als ich sie ohnehin schon habe, Paul. Gute Wahl."

„Danke, Sir."

„Schön zu wissen, dass ich meine Frau heute Abend mit ein bisschen Tratsch erfreuen kann." Der Direktor setzte sich hinter seinen Schreibtisch und tippte auf den Brief. „Was passiert im besten Falle, Paul?"

„Der Vizepräsident gibt an dem Tag, an dem das Buch erscheint, mehreren Journalisten Interviews, er wirkt sympathisch, und nichts kommt zusätzlich heraus, was das Kapitel oder unseren Bericht ändern könnte. Der Geheimdienst beschließt, nett zu seinem Mitarbeiter zu sein, der Kongress will ungestört in die Weihnachtsfeiertage gehen und ein heftiger Schneesturm wird zur Topmeldung in den Nachrichten. Die Journalisten werden nachforschen, Fernsehsendungen über das Verbrechen werden zur besten Sendezeit ausgestrahlt werden. Im besten Falle sind das sechs Wochen Schlagzeilen und sechs Monate mit eidesstattlichen Erklärungen, Anhörungen und Berichten, und dann interessiert es keinen mehr. Wenn die ganze Geschichte am ersten Tag ans Licht kommt und sich danach nicht mehr wesentlich verändert, können wir damit leben."

„Ich will, dass Sie vor die Presse treten, wenn es zu diesen Interviews kommt", sagte der Direktor. „Truebone und Heart auch. Die Öffentlichkeit wird wissen wollen, was die Ermittlungsbeamten von der Geschichte halten. Wir sollten es so planen, dass diese Interviews gleich in der ersten Woche stattfinden."

„Ja, Sir. Wir werden uns bereithalten."

„Im Moment ist mein Hauptanliegen, ein Durchsickern zu verhindern. Diese Geschichte muss der Vizepräsident als Erster bringen. Wir sollten also niemanden informieren und uns so unauffällig wie möglich unsere Gedanken machen und entscheiden, welche anderen Schritte unternommen werden müssen, damit wir optimal vorbereitet sind." Der Direktor erhob sich, zündete ein Streichholz an und verbrannte die beiden Kopien des Briefes. „Bevor ich es später vergesse, Paul: Vielen Dank, dass Sie der Bitte des Vizepräsidenten entsprochen haben, als er Ihnen das Kapitel gegeben hat. Es wird gut sein, dass Ihr Name im Zusammenhang mit den Ermittlungen steht."

„Hoffen wir, dass Sie das immer noch so sehen, wenn die Sache publik wird."

„Ich vermute, es gibt noch nichts Neues von der Killerin?"

„Zane beobachtet die Post, aber wir haben nichts von ihr gehört.

Sie sitzt immer noch auf zwanzig Kassetten. Ich vermute, dass sie die in zwei oder drei weiteren Lieferungen herausgeben wird, denn sie geht ein großes Risiko ein, um unserer Vereinbarungen habhaft zu werden. So wie es aussieht, werden die dreißig Festnahmen einige Wochen vor der Veröffentlichung von Gannetts Autobiografie erfolgen."

„Sobald wir alle Bänder haben, gebe ich Ihnen grünes Licht, die Verhaftungen vorzunehmen. Ich hoffe nur, dass tatsächlich ein paar Wochen zwischen diesem Ereignis und dem Erscheinen des Buches liegen werden, sonst sieht es so aus, als wollten wir mit dem einen Fall von dem anderen ablenken. Sie können gerne noch bleiben oder nach Chicago zurückfliegen, Paul. Ich werde Jim Gannett anrufen und Arthur und ich werden die Einzelheiten der Buchveröffentlichung mit ihm besprechen."

„Wenn Sie nichts dagegen haben, mache ich mich auf den Heimweg, Sir."

Paul stand auf und streckte die Hand aus, dankte den beiden Männern und ging hinaus.

22

Ann nahm den heißen Kakao, den Vicky ihr reichte, dankend an. Sie hatte sich an ihrem Lieblingsplatz zusammengerollt, auf der Küchenbank, wo die Sonne sie beschien und ihren Rücken wärmte. Sie hatte nicht viel geschlafen und Vicky war so nett nicht zu erwähnen, dass ihr Gast mitten in der Nacht im Wohnzimmer auf und ab gegangen war.

„Was soll ich machen, Vicky?“

„Sag es ihm. Dir wird nicht wohl dabei sein, eure Beziehung enger werden zu lassen, wenn du ein so großes Geheimnis vor ihm verbirgst. Es wird dir immer zu schaffen machen. Paul kommt am Samstag her, um mit Boone ein paar Familienangelegenheiten zu besprechen. Bleib noch ein paar Tage und sprich mit ihm. Er hat sowieso schon einen Verdacht, das weißt du.“

„Was er vermutet, ist noch lange nicht die Wahrheit.“ Sie nippte an ihrem Kakao. „So oder so, ist es für dich und Boone okay?“

„Mach dir keine Sorgen um Boone. Er hat akzeptiert, dass es eine Menge Dinge gibt, die ich ihm nie erzählt habe.“

„Ich glaube, ich möchte es Paul nicht sagen. Er ist ein Freund, Vicky. Ein guter Freund, aber trotzdem nur ein Freund.“

Vicky zog einen Stuhl heraus und drehte ihn, sodass sie die Füße neben Ann auf die Bank legen konnte. „Und er wird auch nie mehr werden, wenn du nicht von der Klippe springst und ein Risiko mit ihm eingehst. Du kannst ihm vertrauen, Ann. Wenn du deiner eigenen Einschätzung seiner Person nicht glaubst, dann kannst du mir glauben. Paul ist ein Beschützer und er wird instinktiv alles tun, was in seiner Macht steht, um dir zu helfen.“

„So schätze ich ihn auch ein.“ Ann rieb sich die Augen.

„Du wirst seine Hilfe brauchen. Wenn das Buch erscheint, gebe ich dir drei Tage, bevor die Reporter deinen Namen und dein Foto veröffentlichen und die Daten, wann du verschwunden warst. Und sie werden deinen ehemaligen Chef um Bestätigung bitten, dass der Polizeibericht von damals korrekt war.“

„Ich hätte auf maximal zwei Tage getippt." Ann wärmte ihre Hände an dem Becher. „Ich habe die Pressemitteilung schon geschrieben. Es macht mir nichts aus, wenn sie glauben, dass ich das Tagebuch geschrieben habe, Vicky. Solange das alles ist, was sie glauben."

„Warum bestätigst du es nicht? Alle, die dir begegnen, werden dich fragen, ob du es warst."

„Ich habe dem Vizepräsidenten geholfen, seine Autobiografie zu schreiben und ich habe das Buch über die Opfer von Killer X geschrieben. Ich kannte die Wahrheit über die Entführung viele Jahre vor der Öffentlichkeit. Das wird immer unterm Strich stehen. Zu allem anderen kann ich einfach die Aussage verweigern." Ann saß reglos da und dachte über diese Realität nach. Sie hatte ein Gefühl, als rase ein Zug auf sie zu. Kopfschüttelnd stand sie auf. „Ich muss mich bewegen. Danke für den Kakao."

„Du kannst wandern, so viel du willst. Warte, ich fülle den restlichen Kakao in einen Thermobecher, dann kannst du ihn mitnehmen. Zum Abendessen gibt es Spaghetti, die kannst du haben, wann immer du zurückkommst."

■

Ann lief, weil sie nicht wusste, was sie sonst tun sollte. Sie brauchte Zeit zum Nachdenken und erhoffte sich eine Entscheidung, die ihr inneren Frieden bringen würde.

Vicky meinte, sie solle Paul vertrauen und es ihm sagen.

Bei dem Gedanken wurde ihr leicht übel.

Sie würde eine Tür aufstoßen, die sie bisher für niemanden geöffnet hatte.

Sie vertraute Paul. Er würde sich anhören, was sie zu sagen hatte, und die Information nicht dazu benutzen, um ihr wehzutun. Aber die Nachricht würde verändern, wie er sie sah.

Wenn sie jemals mehr als Freunde füreinander sein wollten, musste sie es ihm sagen. Sie wollte diese Entscheidung nicht treffen, aber ihr blieb nichts anderes übrig. Die Ereignisse in ihrem Leben zwangen sie dazu. Ihre Geheimnisse würden entweder nur ihr gehören oder ihnen beiden, aber in jedem Fall würde ihre Beziehung sich durch ihre Entscheidung verändern, zum Besseren oder zum Schlechten. Sie würde nie wieder so sein wie vorher.

Ann könnte die Entscheidung für sie beide fällen, indem sie abreiste und Rachel besuchte – dann würde die Sache zwischen ihr und Paul eine Freundschaft bleiben. Oder sie könnte ihm die Information geben, ihm Zeit geben und ihn seine eigene Entscheidung treffen lassen, was sie beide betraf.

Ann wollte den Schmerz vermeiden. Aber sie würde nicht den einfachen Ausweg wählen und fliehen. Sie würde es ihm sagen. Und dann würde diese Beziehung sich in eine Richtung entwickeln, die sie nicht vorhersagen konnte.

■

Paul war froh, am Ziel seiner Reise angelangt zu sein. Er parkte vor der neuen Garage und lächelte bei der Erinnerung an den Roman und Anns Beschreibung der Szene, wie es zu dieser neuen Garage gekommen war. Er freute sich darauf, Boone und Vicky zu sehen. Es war lange her, dass er das letzte Mal hier gewesen war. Er war von D.C. nach New York geflogen, um seinen Vater zu besuchen, dann zurück nach Chicago, und hatte danach beschlossen, mit dem Auto nach Colorado zu fahren, anstatt zu fliegen, damit er Zeit zum Nachdenken und Entspannen hatte.

Als er seine Tasche vom Rücksitz zog, kam sein Bruder aus dem Haus, um ihn zu begrüßen. „Du bist schon da."

„Hallo, Boone. Ja, es lief gut, wenig Verkehr." Er nahm eine Schachtel, die ein Geschenk für Vicky enthielt – ein halbes Dutzend Gläser mit Nicks Spaghettisauce.

Boone grinste, als er den Karton sah. „Da wird sie sich freuen." Er nahm ihn Paul ab und klemmte ihn sich unter den Arm.

„Ann ist noch hier."

Paul erstarrte. Sie hatte vor zwei Tagen abreisen wollen, um ihre Freundin Rachel zu besuchen. Er hatte erleichtert festgestellt, dass ihre Stimme wieder einigermaßen normal klang, als sie ihm von ihren Plänen erzählt hatte, und so hatte er sie nicht gebeten zu bleiben, bis er eintraf. „Wie geht es ihr?"

„Sie war noch so mitgenommen, dass Vicky nicht lange auf sie einreden musste, damit sie noch ein paar Tage blieb. Tut mir leid, Mann. Ich weiß nicht, was los ist, aber es tut mir wirklich leid, was sie deswegen durchmachen muss."

„Mir auch."

Paul ging mit Boone ins Haus und stellte seine Tasche im Flur ab. Boone deutete mit dem Kopf in Richtung Küche. Paul betrat den Raum.

Ann saß mit Vicky am Küchentisch und aß ein Stück Kuchen. Er konnte Anns Erschöpfung beinahe spüren, konnte sie in ihren tief liegenden Augen und dem gräulichen Gesicht sehen. So viel zu der Hoffnung, dass sie in der Lage gewesen war zu schlafen. Sie lächelte zögernd. „Hi, Paul."

„Hi." Er bemühte sich, Herzlichkeit in sein Lächeln zu legen, denn er war wirklich froh, dass sie hiergeblieben war.

Sie entspannte sich ein wenig. „Ich muss mit dir reden."

Er zog einen Stuhl unter dem Tisch hervor. Dann warf er Vicky einen Blick zu, die Ann mit besorgter Miene beobachtete. Vicky fing seinen Blick auf und schüttelte fast unmerklich den Kopf, um seine Frage zu unterbinden.

Ann schob den Kuchen von sich. „Hattest du eine gute Fahrt?"

„Ja, es lief gut."

Ann nahm ihr Bordcase vom Boden neben ihrem Stuhl. Sie zögerte, dann öffnete sie den Koffer und zog einen Pappkarton heraus, den sie ihm über den Tisch hinweg zuschob.

„Ich habe das Tagebuch geschrieben und Vicky hat mir anschließend geholfen."

Er blickte zu seiner Schwägerin hinüber, überrascht von dem zweiten Teil dessen, was Ann gesagt hatte. Dann wanderte sein Blick wieder zu Ann. „Du hast Vicky beschützt."

„Unter anderem." Ann wirkte eher krank als erleichtert, nachdem sie es ihm gebeichtet hatte. „Vicky, geh ruhig mit Boone einen Spaziergang machen. Du hast schon genug von diesem Albtraum erlebt und musst es dir nicht noch einmal anhören."

„Ich kann das verkraften."

„Ich aber nicht. Geh und erzähl es Boone. Sag ihm, es tut mir leid."

Vicky umarmte sie und stand auf.

Ann wartete, bis Vicky gegangen war. „Mein Blut ist auf den Seiten des Tagebuchs, deshalb blieb dem Vizepräsidenten nichts anderes übrig, als es zu verstecken, um meinen Namen zu schützen."

Paul schloss die Augen. „In Ordnung." Er ergriff ihre Hände. „Erzähl es mir." Er wollte die Bilder, die ihre Aussage in seinem Kopf entstehen ließ, nicht sehen, aber es gab nur eines, was er ihr jetzt geben konnte, und das war die Bereitschaft, so wie sie mit diesen Bildern zu leben. Er konnte ihr nicht helfen, wenn er nicht Bescheid wusste.

Es fiel ihr schwer zu beginnen, aber dann erzählte sie in ruhigen Worten, die sie sich offensichtlich sorgfältig überlegt hatte. „Der Stabschef wählte mich, weil ich eine junge, gute Polizistin war und weil ich Schriftstellerin war. Er wollten einen Polizisten, damit die Einzelheiten akkurat festgehalten wurden; er wollte einen jungen Polizisten, der noch viele Jahrzehnte leben würde und denen, die sie hören wollten, seine Geschichte erzählen konnte; und er wollte einen Schriftsteller, der irgendwann einen persönlichen Bericht über die Ereignisse schreiben würde.

Ich kannte ihn als Stabschef, als jemanden, der sehr auf Details bedacht war und der den Vizepräsidenten schützen wollte. Es war nicht leicht, ihn kennenzulernen, aber ich respektierte die Stellung, die er innehatte, auch wenn ich mir nicht sicher war, ob ich ihn mochte. Er war kalt und verbittert, weil Gannett die Präsidentschaftswahlen verloren hatte.

An jenem letzten Tag kam er zu mir nach Hause. Ich hatte ihn nicht erwartet. Er sagte, der Vizepräsident habe einige Dokumente gefunden, die er mir zeigen müsse, bevor er nach Florida abreiste. Ich ging mit ihm zu seinem Auto. Als ich einstieg, stieß er mir von hinten eine Spritze in die Schulter.

Als ich aufwachte, war ich in einem kleinen, spartanisch eingerichteten Raum an einen Stuhl gefesselt – raue Wände, ein unebener Boden und es roch nach feuchter Erde. Ich konnte Vögel singen hören und die Äste, die sich im Wind aneinander rieben, und durch ein zerbrochenes Fenster auf der anderen Seite des Raumes sah ich dichte Blätter. Von den Spinnweben und toten Insekten zu schließen war seit Monaten niemand mehr an diesem Ort gewesen.

Er legte eine Kladde vor mir auf den Tisch und sagte, ich solle schreiben, was er diktieren würde. Er gestand, ein Serienmörder zu sein. Es dauerte fünf Tage, bis er beschrieben hatte, wen er getötet hatte und warum.

Wenn ich mich weigerte zu schreiben, schlug er mich mit dem Handrücken ins Gesicht. Wenn ich etwas anderes schrieb als das, was er gesagt hatte, trat er gegen den Stuhl, sodass dieser umkippte und ich auf den Boden fiel. Hin und wieder ging er weg und ließ mich gefesselt im Bad zurück. Wenn er wiederkam, öffnete er die Tür und setzte mich wieder unter Drogen. Dann wachte ich wieder auf dem Stuhl auf. Dieser Prozess wiederholte sich. Irgendwann verschwand er. Er kam nicht wieder. Ich dachte, er würde mich dort sterben lassen.

Zwei Tage später kam er doch wieder und hatte den gefesselten Vizepräsidenten bei sich. Er zwang mich, dem Vizepräsidenten das Tagebuch vorzulesen, und dann fing er wieder an zu diktieren und beschrieb, was er als Nächstes tun würde. Er würde erst den Vizepräsidenten töten und dann sich selbst, und dann würde er der berühmteste Serienkiller werden, den es jemals gegeben hatte. Ich sollte die Geschehnisse bezeugen.

Der Vizepräsident versuchte verzweifelt, den Stabschef aufzuhalten. Der Kampf endete damit, dass der Stabschef tot war, Gannett aussah, als hätte er einen Herzinfarkt, und mein linker Arm gebrochen war. Ich glaube nicht, dass der Stabschef vorhatte, sich zu diesem Zeitpunkt umzubringen, er wollte nur die Waffe nicht loslassen. Ich hing auf seinem Rücken und benutzte mein Gewicht und den Stuhl, um ihn aus dem Gleichgewicht zu bringen. Der Vizepräsident lag unter uns beiden und der Stabschef versuchte auf mich zu schießen. Er hatte die Waffe herumgedreht, sodass sie auf mein Gesicht zeigte, um mich von seinem Rücken zu schießen. Ich konnte rechtzeitig seinen Ellbogen fassen, und in der nächsten Sekunde ertönte ein Schuss und der Stabschef war tot.

Der Vizepräsident half mir aus dem Raum und vor die Hütte, wo ich auf den Stufen der Veranda sitzen und zu Atem kommen konnte. Dann ging er zu dem Auto, mit dem der Stabschef gefahren war, holte eine Straßenkarte heraus und rief Reece an. Er gab ihm eine Wegbeschreibung zur Hütte, nannte ihm die beiden Personen, die er mitbringen sollte, und dann setzte er sich neben mich. In den nächsten zwanzig Minuten sagten wir nicht viel.

Dann fing der Vizepräsident an zu reden. Wir seien die einzigen beiden Überlebenden, sagte er. Es gab achtzehn Opfer und ihre Familien, an die wir denken mussten. Und mir ging es gar nicht gut. Wir konnten die Sache laufen lassen, oder wir konnten beeinflussen, was als Nächstes geschah. Er fragte, ob ich damit leben könnte, wenn nur wir beide die ganze Wahrheit kannten.

Er glaubte, mit nur drei Personen, die uns halfen, würde er die Sache vertuschen können. Eine Person, die sich um den Stabschef und die Hütte kümmerte, eine, die den Vizepräsidenten wieder auftauchen ließ, und eine, die mir das Erlebte zu bewältigen half. Er sagte, Reece habe ihm erzählt, die Öffentlichkeit gehe von einem Bootsunfall aus und man suche in der Bucht nach ihm.

Ich wollte nicht, dass die Wahrheit herauskam. Ich hatte eine gebrochene Nase, einen gebrochenen Arm, eine verletzte Schulter, entzündete Stellen an Fuß- und Handgelenken, etwas Fieber, eine leichte Gehirnerschütterung und Atemnot von den Drogen, die er mir verabreicht hatte. Ich wusste, dass meine Abteilung nach mir suchte und meine Verletzungen würden so ziemlich jede Geschichte untermauern, die ich über mein Verschwinden erfinden wollte, also auch eine, bei der ich mich nicht mehr an das erinnerte, was geschehen war.

Wir saßen auf der Veranda und planten die Vertuschungsaktion. Der Vizepräsident wusste, dass der Stabschef dafür gesorgt hatte, dass Fingerabdrücke und DNA von beiden aus der Datenbank entfernt worden waren, als Gannett in den Ruhestand ging, und diese Tatsache konnten wir uns zunutze mache. Wir konnten die Hütte und die Leiche verbrennen, um alle Hinweise darauf zu vernichten, wer da gewesen war. Wir entschieden uns für ein telefonisches Geständnis als Methode, um der Polizei die Fundorte der Leichen in die Hände zu spielen und um die Kollegen zur Hütte zu dirigieren. Die beste Vertuschung wäre eine, die den meisten Dingen einfach ihren Lauf ließ.

Reece, Ben und Vicky kamen. Der Vizepräsident erklärte ihnen, was geschehen würde und warum. Er stellte mir Vicky vor, half mir in ihren Wagen und gab ihr die Anweisung zu fahren. Einige Stunden später rief er an, um mir zu sagen, was sie in der Zwischenzeit getan hatten und dass alles nach Plan gelaufen sei. An dem Tag bin ich Vicky zum ersten Mal begegnet. Ich weiß nicht, wie sie mit der Sache so gut umgehen konnte. Es war meine Entscheidung, den ganzen Weg hierher zu fahren, ohne anzuhalten. Ich wollte nicht, dass sie ärztliche Hilfe holte, da es so aussehen musste, als hätte ich meine Wunden selbst notdürftig versorgt. Ich gab mir selbst achtundvierzig Stunden, um mir eine Geschichte zu überlegen, die prüfenden Blicken standhalten würde, und ich war der Meinung, dass der Schmerz mich nicht umbringen würde, wenn er es bis dahin noch nicht getan hatte.

Die Beamten, die nach mir suchten, gingen davon aus, dass mein vertraulicher Informant mich irgendwo auf der Fahrt aus dem Wagen gestoßen hatte und sie vermuteten, dass ich wahrscheinlich nicht mehr lebte. Vicky brachte mich an einen Ort innerhalb des Hundert-Kilometer-Radius, in dem sie suchten. Ich rief von einem Verteilzentrum der Bahn aus in meiner Abteilung an und bat sie, jemanden zu schicken, der mich holte. Ich sagte, ich sei auf einen Zug gesprungen, um eine Stadt und ein Telefon zu erreichen. Die Polizei vor Ort kam und brachte mich in ein Krankenhaus. Mein Boss und mehrere Kollegen von meiner Abteilung tauchten keine Stunde später an meinem Bett auf und ich machte eine Aussage, die ihre Annahme in Bezug auf den Informanten bestätigte. Ich bin auf all das nicht stolz, aber es war die sauberste Lösung in dieser Situation. Ich habe die Sache im Geiste unzählige Male Revue passieren lassen und ich weiß nicht, was ich anders machen würde, wenn ich unbegrenzt viel Zeit hätte, mir etwas zu überlegen.

Drei Tage später verließ ich mit Vickys Hilfe das Krankenhaus und sagte meinem Boss, ich wolle nicht mit der Presse sprechen. Dann blieb ich ein paar Monate bei ihr, bevor ich wieder arbeiten ging. Sie ist eine tolle Freundin. Durch sie konnte ich diese Phase einigermaßen heil überstehen. Meine Wunden heilten, ich kehrte in mein Leben zurück und machte mit der Arbeit weiter."

„Ist das dein Geheimnis, Ann? Ist es das, was dich so zerreißt?"

Sie schüttelte den Kopf.

„Was ist es dann? Willst du mir nicht auch den Rest erzählen?"

Paul wäre beinahe zusammengezuckt, als er den Schmerz in ihren

Augen sah. Ann nahm allen Mut zusammen und brachte mühsam die Worte heraus: „Ich hätte die Morde Nummer sechzehn, siebzehn und achtzehn verhindern können. Der Stabschef tötete Menschen, als ich ihn kannte. Ich habe ihn eine Woche vor und nach seinem fünfzehnten Mord gesehen. Ich habe Unstimmigkeiten bemerkt und ich wusste, dass er den Vizepräsidenten belogen hatte. Ich wusste, dass er am 8. April 1999 in Cedar Rapids in Iowa war. Ich habe nicht gehandelt und deshalb sind drei weitere Menschen gestorben."

Paul schloss die Augen und atmete tief ein. „Einfache Geheimnisse sind nicht deine Sache, oder?"

„Nein. Bei mir ist nie etwas einfach."

„Erzähl mir bitte mehr, wenn du kannst."

„Ich arbeitete an dem ersten Band von Gannetts Autobiografie und half bei einigen Recherchen. Es war Januar 2002. Ich war ungefähr seit drei Jahren Polizistin und hatte sehr viel zu tun, aber es war mir eine Ehre, als der Vizepräsident mich bat, ihm zu helfen. Ich sah den Stabschef oft in der Nähe des Vizepräsidenten, denn sie verbrachten jeden Tag zwei Stunden zusammen und sortierten Material für die Autobiografie.

Der Stabschef bat mich, eine Kopie von einer Trauerrede zu finden, die er 1999 für einen Mann gehalten hatte, der entscheidenden Anteil an Gannetts Wahlsieg bei der Wahl zum Generalstaatsanwalt gehabt hatte. Ich fand das Dokument in einer Schachtel mit verschiedenen Notizen, Zetteln und Briefen. Darunter war auch eine Quittung, die am 8. April 1999 vom Stabschef abgezeichnet worden war und aus einem Restaurant in Cedar Rapids in Iowa stammte. Es war ungewöhnlich, dass jemand solche einzelnen Belege aufbewahrte, und ich dachte: *Das ist interessant.* Das Datum blieb hängen, weil ich mir Zahlen merken kann, ohne dass ich es mir bewusst vornehme.

Zwei Tage später gab ich das Datum ein, als ich die offiziellen Berichte nach einer anderen Information durchsuchte, und stieß auf den offiziellen Regierungsterminplan – der Stabschef war am 8. April 1999 in Chicago gewesen. Die beiden Orte sind mehrere Hundert Kilometer auseinander. Ein Ort stimmte und der andere nicht. Die Unterschrift auf der Quittung war die des Stabschefs, also musste der offizielle Bericht falsch sein.

Ich überlegte mir alle möglichen Gründe für diese Abweichung, zum Beispiel dass der Stabschef ein Verhältnis gehabt hatte oder dass er gelogen hatte, um den Vizepräsidenten aus irgendwelchen politischen Absprachen herauszuhalten, die er traf. Aber da ich das Thema nicht ansprechen wollte, ließ ich die Sache auf sich beruhen und erwähnte die Unstimmigkeit weder dem Stabschef noch dem Vizepräsidenten gegenüber. In der Hütte erfuhr ich dann, dass es sich um den Ort und das Datum handelte, an dem das siebte Opfer verschwunden war.

Einen Monat später war ich im Zimmer, als der Stabschef dem Vizepräsidenten sagte, er würde den Valentinstag am kommenden Wochenende in St. Louis, Missouri, verbringen. Gannett bemerkte in der Woche darauf scherzhaft, der Stabschef sei nach seinem romantischen Wochenende so guter Laune. Zwei Monate später, als ich auf Bitte des Stabschefs irgendwelche Steuerunterlagen aus seinem Büro holen sollte, öffnete ich versehentlich die falsche Kiste und fand Belege, die zeigten, dass der Stabschef am Valentinswochenende in Brownsville, Indiana, gewesen war.

Der Stabschef hatte in der Vergangenheit gelogen, er log jetzt, und ich stellte immer noch keine Fragen. An dem Wochenende hatte er Heather Thomas umgebracht. Hätte ich Zweifel angemeldet und gefragt, was der Stabschef in Brownsville gemacht hatte, hätte das die Geschichte verändern können, Paul.

Ich sage nicht, dass ich damals hätte herausfinden können, dass der Stabschef ein Mörder war. Aber ich hätte Fragen stellen können, die dazu geführt hätten, dass er sein Verhalten ändert. Er hätte Opfer sechzehn, siebzehn und achtzehn vielleicht nicht getötet, wenn ich Fragen gestellt hätte. Stattdessen sagte ich nichts. Und er tötete wieder am 16. Juli 2002, am 7. Oktober 2002 und am 18. Februar 2003.

Und dann, am 5. August 2003, tauchte der Mann bei mir zu Hause auf, sagte, der Vizepräsident müsse mich kurz sprechen, und entführte mich, damit ich sein Tagebuch schrieb. Ich habe drei Menschenleben auf dem Gewissen und das werde ich niemals loswerden. Wenn ich in meinen Träumen diese Seiten schreibe, tropft ihr Blut aufs Papier. Ich hätte ihren Tod verhindern können."

Paul konnte in Anns Worten den Schmerz hören, der sie innerlich zerriss. Er wusste nicht, was er sagen konnte, damit sie die Sache so sah, wie er sie sah. „Der Vizepräsident kannte den Stabschef, während er achtzehn Menschen ermordet hat. Du kanntest ihn, während er vier Menschen getötet hat. Es ist ein übles und schreckliches Problem, Ann. Das rede ich nicht schön. Du bist Polizistin und hattest eine Spur, die irgendwohin hätte führen können. Ich kann die Einschränkungen auflisten, die du bereits kennst. Du wusstest nicht, dass ein Verbrechen verübt wurde. Es waren bruchstückhafte Informationen in einer Zeit, in der du mit einer Flut von Informationen zu tun hattest. Aber ich weiß, dass diese Umstände dir nicht bei deinen Emotionen helfen oder deiner Reue. Ich weiß nicht, wie du mit den Geschehnissen leben kannst, außer dass du es tust.

Auch wenn diese beiden Lügen wichtig sind, wenn man mit dem heutigen Wissen zurückblickt, waren sie damals nur Lügen, Ann. Die unvermeidlichen Lügen, die Menschen aus allen möglichen Gründen erzählten. Du warst höflich und hast die Sache auf sich beruhen lassen, weil es soziale Folgen gehabt hätte, die Lüge offenzulegen. Was immer die Gründe des Stabschefs waren, es gab aus damaliger Sicht keinen dringlichen Grund, ihn mit diesen Lügen zu konfrontieren.

Im ersten Fall war es eine alte Angelegenheit, sozusagen ein historischer Gegenstand. Im zweiten Fall war es eine persönliche Sache, und wenn der Stabschef an seinem Valentinswochenende woanders gewesen war, als er dem Vizepräsidenten gesagt hatte, war wahrscheinlich eine Frau im Spiel und er wollte nicht, dass sein Chef etwas davon wusste. Wahrscheinlich eine Lüge, um eine Affäre zu vertuschen. Du wusstest erst zwei Monate danach, dass es eine Lüge gewesen war, und es wäre für den Stabschef peinlich gewesen, wenn du etwas gesagt hättest. Also hast du dich herausgehalten. Die Entscheidung, nichts zu sagen, war in beiden Fällen höflich und nach dem, was du damals wusstest, wahrscheinlich richtig. Es ist nicht deine Aufgabe, jede Lüge aufzudecken, über die du stolperst. Du sagst etwas, wenn eine Lüge jemandem schadet. Aber keiner von uns kann bei jeder Lüge aufschreien, die wir sehen. Und wenn du beschlossen hättest, der Sache nachzugehen, wärst du wahrscheinlich auch eins seiner Opfer geworden, lange bevor du genug entdeckt hättest, um ihn aufzuhalten."

„Alle diese Gedanken hatte ich auch schon, Paul. Aber ich muss damit leben, dass drei Menschen tot sind, weil ich eine Lüge nicht zu ihrer Ursache zurückverfolgt habe. Er hat Menschen getötet. Es war eine kleine Spur, aber sie war da."

„Du musst aufhören, dich selbst deswegen zu zerfleischen, Ann. Du würdest es anders machen, wenn du die Uhr zurückdrehen und den Lauf der Dinge ändern könntest, aber das kannst du nicht. Du musst es loslassen."

Sie nickte, aber die Traurigkeit in ihrer Miene war unendlich. „Das ist nichts, was man mal eben verdrängt." Sie deutete mit dem Kinn auf das Tagebuch. „Bitte stell deine Fragen jetzt, während ich den Mut habe zu antworten. Ich weiß nicht, ob ich jemals wieder darüber sprechen kann."

„Ich habe eigentlich nur eine zentrale Frage. Ist das dein Albtraum?"

„Ja."

„Ich weiß, dass der Albtraum dich jetzt öfter heimsucht. Ich merke, welchen Schaden er anrichtet, einfach, indem ich dich anschaue. Ist der Traum jetzt anders als vor einem Monat?"

„Es ist der gleiche Traum."

„Okay." Er rieb ihre kalten Hände. „Okay. Danke, dass du mir vertraut hast."

„Ich weiß nicht, was sich dadurch ändern wird, falls sich überhaupt etwas ändert."

„Was sich ändert, ist die Tatsache, dass du bereit warst, mir zu vertrauen." Er strich ihr das Haar aus dem Gesicht. „Ich bin dabei, mich in dich zu verlieben, Ann. Ich verliebe mich in eine Frau, die mir in Gesprächen wie diesem begegnet."

Sie wurde noch blasser. Paul lächelte. „Du brauchst nichts zu sagen. Ich lege nur die Karten auf den Tisch, für den unwahrscheinlichen Fall, dass du es noch nicht gemerkt hast."

„Es wird mir langsam klar", flüsterte sie.

„Wenn du wieder zu Hause bist, habe ich vor, dich zu besuchen und mit dir ins Kino zu gehen. Das ist alles, worüber du dir im Moment Gedanken machen musst, was uns betrifft. Du brauchst Ruhe, Ann. Lass diese Sache und das, was geschehen ist, los. Wir schlagen eine neue Seite auf und fangen hier neu an."

Sie nickte unsicher und atmete langsam aus. „In Ordnung."

„Danke, dass du Vicky beschützt hast. Dass du bei deiner Entscheidung, anonym zu bleiben, auch an sie gedacht hast."

„Sie ist meine Freundin, und zwar eine, für die ich alles tun würde, was in meiner Macht steht."

„Gut, ich habe noch eine letzte Frage. Was soll ich mit dem handschriftlichen Tagebuch machen?"

„Verbrenn es. Wenn du das nicht kannst, dann bewahre es in einem privaten Safe auf und verfüge in deinem Testament, dass es nicht angerührt werden darf. Du kannst dieses Tagebuch besser schützen, als ich es kann. Wenn das Buch des Vizepräsidenten erst einmal erschienen ist, traue ich den Journalisten zu, dass sie in mein Haus einbrechen und sich ein bisschen umsehen, während ich weg bin."

„Niemand wird es zu Gesicht bekommen."

Sie schob ihm ihren Kuchenteller zu und hielt ihm die Gabel hin. „Vicky hat einen fantastischen Kuchen gebacken."

Er kostete davon. „Ich würde schon wegen des Kuchens noch ein paar Tage länger bleiben. Dass du hier bist, ist auch schön." Er stand auf und holte eine zweite Gabel. „Die letzten Bissen teilen wir uns. Es ist vorbei, Ann, abgesehen von der Presse und den Journalisten. Und mit denen wirst du fertig. Ich werde dir helfen, mit ihnen fertigzuwerden."

„Ich werde deine Hilfe annehmen." Sie stützte den Kopf in ihre Hände. „Ich bin so müde, Paul. Ich bin das alles so leid. Ein ganzes Jahrzehnt lang war diese Sache im Verborgenen immer präsent und jetzt wird sie öffentlich. Das Ganze wird nie ein Ende haben. Er ist tot und ich bezahle dafür."

„Es wird ein Ende haben. In einem Jahr wird das Schlimmste vorüber sein. Egal, was die Leute denken oder spekulieren, das Schlimmste wird dann vorbei sein. Schließ die Augen und nimm dir vor, es bis zu diesem Zeitpunkt zu schaffen. Deine Freunde werden hier sein. Ich werde hier sein. Einen Tag nach dem anderen. Du weißt, wie man so etwas macht."

„Es ist nicht gerade das, womit du gerechnet hast, als du beschlossen hast, mich näher kennenzulernen."

Paul umfasste erneut ihre Hände und wartete, bis sie seinen Blick erwiderte. „Das sehe ich anders. Ich wollte dich kennenlernen. Du erlaubst mir das und dafür bewundere ich dich. Du kennst den Vizepräsidenten, Ann. Du hast eine halbe Million Dollar verschenkt. Du schreibst fantastische Bücher. Das alles bist du und zu dir gehören unter anderem auch die Tage vom 5. bis 12. August und ein Albtraum, den die meisten Menschen sich gar nicht vorstellen können. Ich habe darum gebeten, dich kennenlernen zu dürfen. Wenn du nicht in der Lage gewesen wärst, diese Sache mit mir zu teilen, dann hätte ich den Schmerz verstanden, der die Dinge ungesagt ließ, aber ich hätte einen Teil von dir nicht gesehen. Ich habe dich gebeten, mir zu vertrauen, und das hast du getan. Dafür bin ich sehr dankbar. Das ist es, was ich will – dich kennenlernen."

„Es gibt noch andere Geheimnisse, die ich dir nicht erzählt habe. Bei einigen bin ich mir nicht sicher, ob ich sie dir jemals werde verraten können."

Er wägte die Art, wie sie das gesagt hatte, ab und nickte. „In Ordnung."

„Einfach so in Ordnung?"

„Deine Geheimnisse sind bei mir gut aufgehoben, Ann. In einem Jahr, wenn du weißt, wie ich mit diesem hier umgegangen bin, kannst du mir vielleicht ein anderes anvertrauen. Ich bilde mir nicht ein, dass es einfach für dich ist. Ich verlange nicht von dir, dass du deine Vorsicht aufgibst, wenn du mir etwas anvertraust. Wie viele Menschen kennen dieses Geheimnis? Drei? Der Vizepräsident, Reece und Vicky? Und sie wissen es nur, weil sie dabei waren?" Sie nickte.

„Mir ist klar, welches Risiko du eingegangen bist, indem du es mir erzählt hast. Wenn es Geheimnisse gibt, die so persönlich sind, dass du nicht darüber sprechen kannst, dann werde ich mich darauf einstellen. Es gehört zu dir. Aber ich glaube wirklich, dass in den meisten Fällen Zeit die Antwort ist. Es wird einfacher werden, wenn du *weißt*, dass du mir vertrauen kannst. Du hast schon eine Menge Vertrauen in mich investiert. Mit der Zeit wird es mehr werden."

„Du hast wahrscheinlich kein Geheimnis dieser Art, sodass wir die Situation ein bisschen ausgleichen können."

Paul musste grinsen. „Nicht einmal annähernd, fürchte ich. Mein Leben ist ziemlich langweilig."

„Das hatte ich befürchtet. Ich habe kein langweiliges Leben. Aber das meiste sind Dinge wie dieses, Ereignisse, die einfach geschehen sind."

„Einen Teil dieser Geheimnisse hast du mir schon verraten. Du hast mir gesagt, dass es sie gibt."

Ann blinzelte, als ihr bewusst wurde, dass er recht hatte.

Er stellte die Frage, die er stellen musste. „Kann ich mit Vicky sprechen? Darüber, wie diese ersten Wochen waren, als du aus der Hütte gekommen warst? Oder willst du mir selbst von diesen Wochen erzählen?"

„Vicky kann es dir wahrscheinlich besser schildern. Ich habe die stärksten Schmerzmittel genommen, die ich verkraften konnte, und alles getan, um über die ersten zehn Wochen zu kommen, indem ich an nichts dachte und nichts fühlte. Ich weiß noch, dass ich las, wenn ich wach war, und dass ich zu ganz merkwürdigen Zeiten wach war und Schüttelfrost hatte, ohne dass es einen konkreten Anlass dafür gab. Die Albträume fingen erst später an.

Ich war froh, als der Gips ab war, und ich war vor allem froh, als ich wieder arbeiten konnte. Ich glaube, es hat ein ganzes Jahr gedauert, bis das Gefühl der Betäubung nachließ. Der Rest entwickelte sich langsam. Zwei Jahre später fing ich an, Reece bei der Untersuchung des Tagebuchs zu helfen, weil ich wissen wollte, was an meinem Albtraum auf Tatsachen beruhte. Die Entführung hatte sich für mich immer wie ein Ereignis angefühlt, das nichts mit mir zu tun hatte. Das ist immer noch so. Ich habe das Tagebuch geschrieben, ich kann die Seiten ansehen und mich daran erinnern, dass ich sie geschrieben habe, aber es ist so, als wäre das alles ganz weit weg. Meine Seele hat einen Großteil der Ereignisse in die Vergangenheit geschoben.

Der Albtraum ist anders. Er wird von Reue bestimmt und die empfinde ich nach wie vor. Ich kann mich sehen, wie ich das Tagebuch schreibe, ich kann die letzten drei Opfer sehen, eines nach dem anderen, wie sie neben mir stehen und mir beim Schreiben zusehen. Ich sehe, wie ihr Blut auf die Seiten tropft. Ich kann nicht ändern, was ich schreibe, aber ich wünsche mir verzweifelt, ich könnte es."

„Es sieht aus, als würdest du den Schuss selbst fühlen."

„Am Ende weiß ich, dass ich um mein Leben kämpfe. Ich kann

mein Herzrasen fühlen und den körperlichen Kampf, den ich verliere, und die verzweifelte Angst. Und dann löst sich der Schuss und die Schockwelle fährt durch meinen Kopf, als würde er zerrissen, und ich höre auf zu denken, weil der Schmerz so heftig ist. Dann bin ich wach und ringe nach Luft. Es dauert einen Augenblick, bis ich begreife, dass ich am Leben bin und geträumt habe. Diese Orientierungslosigkeit, dieser Augenblick reiner Panik, ist schlimmer als alles, was ich jemals beschreiben konnte."

„Hast du versucht, dir von irgendjemandem helfen zu lassen?"

„Es gibt eine ganze Mannschaft von Ärzten, die zusammengearbeitet haben, um mir zu helfen. Zu meinen Freunden zählen ein paar gute Psychiater. Sie kennen den Ursprung des Albtraums nicht, aber sie wissen genug, um einiges von dem zu erkennen, was meine Seele verarbeitet. Dieser Albtraum lässt sich nicht bändigen. Im besten Falle lässt er manchmal in der Häufigkeit nach, aber nie in der Intensität. Der Traum selbst, vor allem der Schuss, ist eine lebhafte Erinnerung. Er wird von einem Geruch, einem Geräusch, einem Gedanken ausgelöst und läuft in Farbe ab.

Letztlich ist es aber nur ein Traum. Und ich habe gelernt, damit zu leben – vielleicht, weil er sich nie verändert. Ich rechne damit, dass er kommt, und habe gelernt, wie ich die Nachwirkungen abschütteln kann. Es ist eine Verletzung, so als wäre ich angeschossen worden und hätte eine Niere verloren oder einen Arm. Es ist eine Narbe dessen, was geschehen ist."

„Vicky weiß von dem Albtraum."

„Alle meine Freunde wissen von dem Albtraum, aber nur Vicky kennt die Bilder. Jack ist wahrscheinlich am besten im Umgang damit und ihn rufe ich am häufigsten an, wenn der Albtraum mich aus dem Schlaf reißt und ich mich beschäftigen muss. Er bringt mir dämliche Kartentricks bei."

Der weiche Tonfall und ihr Lächeln gaben ihm den entscheidenden Hinweis. „Jack – der Feuerwehrmann. Der mit Cassie verheiratet ist?", riet er, weil er sich an das Buch erinnerte.

„Genau dieser Jack. Er ist mitten in der Nacht auf der Wache und hat Bereitschaftsdienst. Cassie hat er die Kartentricks gezeigt, um ihr bei der Handkoordination zu helfen. Und jetzt versucht er, sie mir beizubringen. Mit ihm kann man gut lachen."

„Du lächelst schon bei der Erinnerung.“

„Ich habe gute Freunde.“

„Sehr gute Freunde.“

„Ich lebe damit, Paul. Und ich hoffe, der Traum wird nachlassen und nur noch gelegentlich auftauchen. Es kommt selten vor, dass ich ihn zweimal oder öfter in einer Nacht habe, und das ist letzte Woche passiert.“ Sie zog ihre Hände aus seinen und lächelte verkrampft. „Du bist hergekommen, um mit Boone über Familiendinge zu sprechen und Vicky und ich wollten heute einkaufen gehen. Ich würde diese Pläne gerne beibehalten.“

„Das Leben geht weiter.“

„Ja. Nur so kann ich damit umgehen.“

„Dann hoffe ich, dass du einen schönen Tag beim Einkaufen hast. Gehst du gerne einkaufen?“

„Ich kaufe am liebsten, was ich brauche, und gehe dann wieder. Vicky ist da ausdauernder. Sie kauft ein und ich amüsiere mich darüber, was sie nimmt und was nicht, und dann lade ich sie zum Essen ein und höre mir an, was sie sonst noch sucht.“

„Du kaufst bestimmt ein Buch.“

„Und wahrscheinlich ein Geschenk für Midnight.“

„Ich will noch ein, zwei Tage hierbleiben und fahre dann nach Chicago zurück. Ich könnte dich nach Hause bringen, wenn du willst.“

„Danke, aber ich werde bei meinem Plan bleiben, Rachel für ein paar Tage zu besuchen. Sie ist wie Vicky gut für mich, wenn ich eine schlechte Woche habe.“ Ann stand auf. „Es kann sein, dass Vicky mich direkt zum Flughafen bringt. Falls ich dich heute nicht mehr sehe, wünsche ich dir eine schöne Zeit mit Boone.“

„Die werde ich haben. Flieg vorsichtig, Ann.“

„Keine Sorge, eine Freundin bringt mich, sodass ich nicht selbst fliegen muss. Und sie hat mehr Flugstunden auf dem Buckel als ich.“

Paul wollte sie umarmen und ihr noch einmal sagen, dass alles gut werden würde, aber sie machte einen Schritt zurück und bat damit absichtlich um Distanz. Sie hatte ihre Emotionen kaum unter Kontrolle, sosehr sie sich auch bemühte, ihm zu zeigen, dass sie alles im Griff hatte. Paul respektierte ihre unausgesprochene Bitte, weil er sonst nichts tun konnte. „Ich rufe dich an, Ann. Und komme dich besuchen."

Sie nickte und verschwand durch die Terrassentür. Paul holte tief Luft. Er hatte das Gefühl, als läge ein Felsbrocken auf seiner Brust. Jetzt kannte er die Einzelheiten. Ann hatte ihm vertraut. Ihm war ein wenig schlecht.

Paul fuhr sich mit der Hand übers Gesicht und stand auf, um sich etwas zu trinken zu holen. Das erklärte, warum sie die Bücher schreiben konnte, die sie schrieb. Sie musste die Emotionen irgendwo lassen und sie hatte gelernt, mit ihnen fertig zu werden, indem sie sie auf das Papier fließen ließ. Sie lebte damit, weil ihr nichts anderes übrig blieb. Er musste lernen, das auch zu tun.

Als die Tür aufging, warf Paul Boone einen Blick zu. Dann holte er eine zweite Getränkedose aus dem Kühlschrank. „Tut mir leid wegen der Sache, Boone."

Sein Bruder zuckte mit den Schultern. „Vicky hat ein ganzes Leben voller Geheimnisse und die meisten davon werde ich nie erfahren. Es wundert mich nicht, dass sie eins mit Ann geteilt hat. Es tut mir leid, dass es Ann so viel Kummer bereitet, aber überrascht bin ich nicht. Diese beiden Frauen sind nicht so eng befreundet, weil sie zusammen Tee getrunken haben und einkaufen gegangen sind. Wahrscheinlich ist der Vizepräsident ein Idiot, weil er so lange gewartet hat, den Fall ans Licht zu bringen, oder aber er ist ein Idiot, weil er meint, es überhaupt tun zu müssen."

Paul setzte sich wieder an den Tisch. „Bald wird die Sache öffentlich, dann wissen wir, welches von beidem. Die Journalisten werden schnell vermuten, dass Ann etwas mit dem Tagebuch zu tun hatte, aber Vicky zu finden, wird schwieriger sein. Sie ist niemand, der eine Spur mit ihrem echten Namen hinterlässt, nicht einmal innerhalb der Vereinigten Staaten."

„Aus den Krankenhausberichten wurde ihr Name schon vor langer Zeit gestrichen, sodass niemand mehr weiß, wer mit Ann damals dort war", bestätigte Boone. „Sie werden Vicky nicht direkt finden, aber es gibt Leute, die wissen, dass die beiden Freundinnen sind. Vicky war in jenem Herbst auf einem ihrer seltenen Heimaturlaube in den USA. Ein paar Leute werden Spekulationen anstellen, aber ich glaube nicht, dass es darüber hinausgehen wird. Die wenigen, die jenseits von Spekulationen eins und eins zusammenzählen könnten, werden nichts sagen."

„Und wenn sie es doch tun sollten, werdet ihr damit klarkommen."

Boone sah ihn an, als wunderte er sich, dass sein Bruder meinte, dies überhaupt aussprechen zu müssen.

Paul wollte nicht über die letzten vierzig Minuten mit Ann sprechen und er hatte auch keine große Lust, über die Arbeit oder Familiendinge zu reden. Stattdessen nahm er sich noch ein Stück Kuchen. Boone holte sich einen Teller und eine Gabel und setzte sich zu ihm.

„Ich mag Ann."

Paul lächelte. „Was willst du wissen, Boone?"

„Wie lange wird es noch dauern, bis du etwas unternimmst?"

„Sie vollzieht nicht so leicht den Schritt von Freundschaft zu etwas Engerem."

Boone betrachtete ihn und nickte dann nur. „Du wirst es schon hinkriegen."

„Wie, kein Rat?"

„Frauen sind ein Rätsel, das man am besten vorsichtig löst."

„Da hast du allerdings recht. Ist dir an Ann irgendetwas aufgefallen, das mir helfen könnte?"

„Sie spielt online Schach mit Dad und schlägt ihn."

„Wirklich?"

„Sie weiß nicht, dass er es ist. Er spielt unter dem alten KM9-Login. Es würde für sie wahrscheinlich keine Rolle spielen, wenn sie wüsste, wer er ist, aber er genießt die Partien so sehr, dass ich es ihr nicht sagen darf. Und wusstest du, dass sie Luke und Caroline kennt?"

„Nein."

Boone ging ins Nebenzimmer und kam mit einem Buch zurück. Er legte es auf den Tisch.

Paul wurde bewusst, dass er gerade noch eine Luftblase voller Informationen über Ann angestochen hatte, von der er nichts geahnt hatte. „Zwei von Anns Büchern habe ich noch nicht gelesen. Sie hat die Geschichte der beiden erzählt?"

„Das hat sie. Es ist spannend zu lesen."

„Überrascht dich manchmal die Anzahl der Dinge, über die man bei Ann stolpert, Boone?"

„Ich glaube, sie ist einfach so beschaffen. Was andere dir in den ersten fünf Minuten eines Gesprächs erzählen würden, um ein bisschen anzugeben oder um darzustellen, wer sie sind, findest du bei Ann zufällig ein paar Jahre später heraus, wenn du über die Information stolperst. Das sagt mehr über ihre Person aus als all die Fakten, die es zu wissen gibt. Ich mag das an ihr."

„Ich auch, aber man weiß nicht, wann man alle Puzzlestücke zusammenhat."

„Bei Vicky gehe ich einfach davon aus, dass die meisten Teile nie gefunden werden. Während doch welche auftauchen, macht sie das umso interessanter, je länger wir verheiratet sind."

„Ich verstehe nicht, warum Ann nicht gesagt hat: ‚Ich habe Lukes und Carolines Geschichte erzählt.'"

„Sie redet nicht über Freunde. Das ist für Ann die wichtigste Regel auf ihrer persönlichen Regelliste. Freunde sind privat."

„Es wäre nett zu wissen, ob sich das ändern würde, wenn wir uns näherkämen."

Boone grinste provokant. „Es gibt nur einen Weg, das herauszufinden."

„Ich arbeite dran. Sie mag, was sie jetzt hat, und hat keine Eile, etwas daran zu ändern. Ich kann es mir nicht leisten, einen Fehler zu machen. Vielleicht bekomme ich bei ihr nur eine Chance."

„Du musst herausfinden, was Sache ist, bevor das Buch des Vizepräsidenten erscheint. Anns Welt wird danach sehr viel komplexer werden. Wenn du glaubst, sie hat es jetzt schon nicht eilig, eine Entscheidung zu treffen, dann willst du gar nicht wissen, was sie nach Erscheinen des Buches macht. Bestimmt wird sie in dieser Situation ein gutes Jahr oder länger gar nichts entscheiden wollen."

Paul nickte. „Ich spüre, wie die Uhr tickt."

Teil 5

LINDA SMYTHE

23

Paul stand in der Tür zu seinem Büro. Zweiundzwanzig Tage war es her, dass er das letzte Mal hier gewesen war, und auf seinem Stuhl türmte sich ein Stapel Mappen mit Post-it-Zetteln darauf. Wenigstens lag ein Großteil der Post noch auf Ritas Schreibtisch. Er hob den Stapel von seinem Stuhl auf den Tisch und setzte sich mit einem Seufzer. Es würde ein langer Tag werden.

„Ich habe dir guten Kaffee mitgebracht.“ Rita stand mit einem Becher in der Hand in der Tür. „Margaret hatte Mitleid und schickt dir den hier.“

„Danke, Rita.“ Paul nahm den Becher entgegen. „Hat Zane seine Fische mit nach Hause genommen?“

„Er hat mir angeboten, dass ich sie adoptieren kann. Ich glaube, er will sich nur keine Gedanken darüber machen müssen, wie er das Aquarium transportieren soll. Die Tierchen sind ganz süß, vielleicht dürfen sie bleiben. Es ist gut, wieder zu Hause zu sein, Boss.“

„Ich hatte mich daran gewöhnt, unauffindbar zu sein.“

Sie lachte und ging zur Tür.

„Rita?“

Sie drehte sich um.

„Geh heute früh nach Hause und nimm dir den Vormittag morgen frei. Deine Priorität ist es, die Post nach dem nächsten Brief der Killerin zu durchsuchen. Der Rest der liegen gebliebenen Arbeiten kann warten. Du und Sam habt euch so viel Urlaub verdient, wie ihr wollt. Geh einkaufen, ins Kino, was immer du willst. In ein paar Monaten wird es hier hektisch zugehen, wenn das Buch erscheint und die Verhaftungen durchgeführt werden. Nimm dir ein paar halbe Tage frei und genieß die Zeit, so gut du kannst.“

„Das lasse ich mir nicht zweimal sagen.“

„Und gib die Info auch an Sam weiter. Ich gehe in einer halben Stunde nach oben und spreche mit den anderen, damit ich auf dem Laufenden bin, was die Mordwände betrifft. In den nächsten beiden Wochen machen wir die Besprechungen um zwölf Uhr mittags und ich ziehe für eine Weile hoch in den Konferenzraum, damit ich wieder alles mitbekomme."

Rita grinste. „Das gefällt mir, Boss. Dann reißen die Kollegen sich zusammen." Sie zog los, um Sam zu suchen.

Paul blickte auf seinen Monitor und fragte sich, ob er Ann kurz anrufen sollte. Er machte sich keine Illusionen, was ihre nächsten Wochen betraf. Sie brauchte Erholung, und davon jede Menge. Aber er hätte zu gerne gesehen, wie es ihr ging.

Ein Klopfen an der Tür ließ ihn aufblicken. Er grinste. „Dave."

„Ich dachte, ich heiße den verlorenen Sohn mal zu Hause willkommen. Ich habe gehört, dass du im Süden warst und Ann besucht hast."

Paul lehnte sich auf seinem Schreibtischstuhl zurück und faltete die Hände auf seiner Brust, aber es fiel ihm schwer, ein Lächeln zurückzuhalten. „Von wem hast du das denn gehört?"

Dave ließ sich lachend auf einen Stuhl fallen. „Du tust ja gerade so, als ob unsere Mädels nicht miteinander reden würden. Kate ist so zufrieden, als wäre das alles ihre Idee gewesen. Wollt ihr zwei zum Essen kommen, wenn Ann das nächste Mal für ein paar Tage in der Stadt ist?"

„Natürlich muss ich das erst mit Ann besprechen, aber ich denke, wir würden gerne kommen."

Daves Lächeln erlosch. „Kate ist mit Ann und Rachel frühstücken gegangen, deshalb weiß ich ein bisschen von dem, was los ist. Ann spricht vielleicht nicht über die Vergangenheit, aber man braucht kein Psychologiestudium, um zu sehen, dass sie unter Albträumen leidet. So schlecht hat sie seit Jahren nicht mehr ausgesehen. Ich vermute, du tust etwas dagegen."

„Das ist nicht so einfach, fürchte ich." Paul versuchte nicht, der Frage auszuweichen oder seine Antwort weiter auszuführen. Dave wusste vielleicht nichts Konkretes, aber er wusste grundsätzlich Bescheid. „Ein paar Dinge sind aufgewühlt worden und sie braucht jetzt einfach Zeit."

„Bist du für das Aufwühlen verantwortlich?"

„Der Vizepräsident."

Daves Miene verfinsterte sich. „Ich konnte den Kerl noch nie leiden."

Paul lachte. „Ich wünschte, ich hätte deine Gabe, Menschen schnell einzuschätzen, Dave. Ich weiß noch nicht, was ich von ihm halten soll. Es ist ganz schön einschüchternd, wenn Ann beim Anwesen des Vizepräsidenten vorfährt und dem Sicherheitsdienst sagt: ‚Ich habe heute einen Gast bei mir.' Sie fühlt sich dort so zu Hause, dass ich mich kaum daran gewöhnen kann."

„Sie ist einfach Ann. Sie fühlt sich beinahe überall zu Hause. Heute Nachmittag leiht sie sich ein Flugzeug und bringt ein paar Kollegen nach South Carolina. Ein Teil des Suchrettungsdienstes hat die Chance, mit der Nationalgarde zu trainieren. Solltest du heute Abend noch nichts vorhaben – ein paar von uns wollen zusammen Basketball spielen. Du kannst gerne mitmachen."

Paul war sich nicht sicher, ob es ein freundschaftliches Angebot war oder ein Versuch, ihm ein paar blaue Flecke zu verabreichen. „Welche Halle?"

„Ellis Street. Wir fangen um sieben an. Bring Sam mit."

„Ich komme und Sam frage ich. Danke." Paul holte zwei Getränke aus dem Kühlschrank und reichte Dave eins, damit sein Freund noch ein paar Minuten sitzen blieb. „Willst du den Grund wissen, warum Ann nie geheiratet hat?", fragte er abrupt und kam damit auf das Gespräch zurück, das sie vor langer Zeit geführt hatten. Er hatte auf der Fahrt zurück nach Chicago über dieses Problem nachgedacht.

„Du glaubst, du weißt es?"

„Sie hat Angst zu versagen, Dave. Deshalb ist sie nicht verheiratet. Lies ihre Bücher noch einmal. Sie ist die Autorin hinter den Kulissen, aber es steckt auch eine Menge von ihr in den Büchern drin. Es steht zwischen den Zeilen – was sie einbaut, was sie rauslässt, wo sie innehält und wo sie umschwenkt. Ann ist in den Büchern, die sie schreibt. Für Ann ist eine gescheiterte Ehe gleichbedeutend mit einem gescheiterten Leben. Es spielt keine Rolle, ob der Rest des Lebens gut ist. Sie hat Angst zu versagen, also versucht sie es gar nicht erst."

„Wenn man Angst vor dem Versagen hat, ist das wie Schattenboxen. Wenn du recht hast, was kannst du dann dagegen tun?"

„Dafür sorgen, dass sie nicht versagen kann. Das wird nötig sein, um weiterzukommen."

„Wie willst du denn –?“ Daves Telefon unterbrach ihn. Er warf einen Blick darauf und schnitt eine Grimasse. „Tut mir leid, Kumpel. Das ist L.A. und die Kollegen dort sind nicht glücklich, weil ich gestern Abend einen ihrer Zeugen verhaftet habe. Wenn ich dieses Gespräch nicht annehme, kommen sie hergeflogen und beschweren sich höchstpersönlich.“

Paul lachte. „In der Situation war ich mit denen auch schon mal. Also geh und schließ Frieden mit dem Feind in unserem Westküstenbüro.“

Dave ging, ohne seine Frage zu Ende formuliert zu haben.

Paul war sich nicht sicher, wie er geantwortet hätte. Er würde sich etwas einfallen lassen müssen. Er wusste, wie es mit Anns Widerstand aussah, er hatte herausgefunden, warum sie so vorsichtig war, aber er hatte noch keine Ahnung, wie er das Problem lösen sollte. Und er war sich sehr wohl darüber im Klaren, dass er nicht viel Zeit hatte. Die Veröffentlichung von Gannetts Autobiografie war für sie beide wie eine tickende Zeitbombe.

Sie dachte vielleicht, dass sie für den Ansturm der Presse gerüstet war, aber man konnte im Vorhinein unmöglich ganz begreifen, wie das sein würde. Er hatte genügend Fälle mit hohem Medieninteresse bearbeitet, um ungefähr zu wissen, was auf Ann zukam. Er wollte, dass sie, bevor es so weit war, in Ruhe eine Entscheidung treffen konnte. Aber er wusste auch, dass es vielleicht besser für ihn wäre, wenn er wartete, wenn er in der schlimmsten Zeit einfach ihr Freund sein und ihr mehr Zeit lassen würde. Er wusste allerdings nicht, ob ein weiteres Jahr für ihre Beziehung förderlich wäre. Reeces Warnung, er solle sich von ihr nicht hinhalten lassen, stand immer noch im Raum als Rat von jemandem, der Ann gut kannte, und Paul musste diesen Punkt in seine Überlegungen mit einbeziehen.

Im Augenblick wusste er mit Sicherheit nur, dass Ann ein paar ruhige Wochen brauchte. Er wusste, wie sehr der Albtraum ihre Lebensqualität beeinträchtigte, und sie brauchte Zeit, um das wieder in den Griff zu bekommen. Es wäre für sie beide gut, wenn in ihren Alltag erst mal ein paar Wochen lang Normalität einkehren würde. Es würde Ann guttun, etwas Zeit zu Hause zu verbringen und vielleicht den einen oder anderen Auftrag als Ermittlerin anzunehmen.

Sie könnten einige Abende per Video miteinander verbringen. Vor allem aber musste Ann dringend ein paar Bücher lesen, regelmäßig ausschlafen, Spaziergänge mit Black unternehmen und ein Gefühl der Ordnung bekommen. Das Klügste, was er im Moment machen konnte, war, dazu beizutragen, dass sie diese Auszeit bekam.

Paul betrachtete die Stapel auf seinem Schreibtisch und seufzte. Seinen Arbeitsalltag wieder aufzunehmen bedeutete, die liegen gebliebenen Arbeiten in Angriff zu nehmen. Er griff nach der ersten Akte und fing an.

■

Er war zu alt, um Basketball so zu spielen, als wären sie noch auf dem College. Zwei Tage später hatte Paul immer noch einen geschwollenen Fußknöchel und vor seinem geistigen Auge sah er immer wieder Daves Korbleger, der das Spiel in der letzten Minute entschieden hatte. Vor zwei Jahren oder sogar noch letztes Jahr hätte er den Wurf abgeblockt, anstatt ihn an seinen Fingerspitzen vorbeigehen zu sehen. Sam hingegen hatte das Spiel mühelos dominiert. Paul bewegte seinen Knöchel. Es war nicht einfach, die Verantwortung zu tragen und gleichzeitig alt zu werden. Es untergrub seine Autorität.

Sam streckte den Kopf zur Bürotür herein. „Boss? In der Post von heute ist ein Brief. Ritas Büro."

Paul folgte Sam sofort und betrat Ritas Büro gleich nach ihm. Es war das gleiche hellgrüne Briefpapier. Rita faltete es vorsichtig auseinander. Dann legte sie den Bogen flach auf den Schreibtisch und beschwerte ihn an der einen Seite mit ihrem Stiftehalter, an der anderen mit ihrem Kaffeebecher. Paul reichte Rita sein Handy, die den Brief daraufhin fotografierte und ihm das Telefon zurückgab.

> Agent Falcon –
> Mein Angebot: Ich werde Ihnen zwölf Bänder schicken, wenn Sie die Einwilligung der einzelnen Staaten erreichen, den Fall als Bundesfall zu behandeln.
> Ich will, dass ein anderer Anwalt diese Vereinbarung aufsetzt. Wählen Sie aus der unten stehenden Liste von Namen den

Anwalt, der meine Interessen vertreten soll. Schicken Sie ihm zwei unterschriebene Klientenvollmachten und zwei unterschriebene Exemplare der Vereinbarung an die unten stehende Anschrift. Ich schicke dann die zwölf Kassetten und die von mir unterzeichneten Exemplare der Dokumente zurück an den Anwalt.
L.S.

Die Liste bestand aus den Namen von fünfzehn Anwälten, von denen viele zu den besten Verteidigern des Landes gehörten. Einige waren bei der Presse sehr beliebt. Weiter unten folgten drei ehemalige Generalstaatsanwälte, die jetzt allesamt für politische Ämter kandidierten. Am Ende der Liste war der Name Jim Gannett handschriftlich ergänzt worden – neben seinem Gesicht war ein kleiner Smiley und daneben standen die Worte: *Es könnte wie in alten Zeiten sein*. Paul musste ihr einen Punkt für Dreistigkeit geben. Der Mann, der die Jagd nach ihr begonnen hatte, könnte jetzt ihr Anwalt werden.

Sam las den Brief über Ritas Schulter hinweg. „Können wir die Bundesstaaten überhaupt dazu bringen, das Recht auf Strafverfolgung in den Mordfällen aufzugeben, ohne dass wir ihnen sagen, warum sie das tun sollen?"

„Das werden wir herausfinden. Zwölf Bänder sind ein Riesenschritt nach vorn." Paul las den Brief noch einmal und dachte über das Anwaltsproblem nach. „Bring alles zur Spurensicherung, Rita. Ich gehe nach oben und zeige das hier Arthur. Sam, überprüf du die Adresse, die sie angegeben hat, und sieh zu, was du herausfinden kannst. Die Entscheidungsträger müssen sich eine Antwort auf diesen Brief überlegen."

■

Früh am nächsten Morgen ging Paul erneut die Treppe zu Suite 906 hinauf. Margaret lächelte, als sie ihn sah, und deutete mit dem Kopf auf Arthurs Büro. „Gehen Sie gleich durch. Die Herrschaften erwarten Sie, Paul."

„Danke, Margaret."

Paul betrat Arthurs Büro. „Guten Morgen, Arthur. Direktor."

Er war überrascht, den Vizepräsidenten auf dem Sofa sitzen zu sehen, wo er einen Kaffee trank. „Sir." Reece Lion stand in der Nähe der Tür und Paul und er nickten einander zu.

„Tori stößt in ein paar Minuten zu uns. Ich hatte das Gefühl, dass wir ein bisschen Zeit brauchen, um die Luft zu reinigen", sagte der Direktor und überließ dem Vizepräsidenten mit einem Blick die Erklärung.

„Sehr höflich formuliert, Edward", sagte der Vizepräsident. „Ich war in der Stadt, um mit Ihnen über das Buch zu sprechen, und da bekam ich das hier." Gannett hob ein Blatt Papier hoch. „Per E-Mail erhielt ich einen Brief, eine Kopie von Ihrem, wie ich jetzt erfahren habe. Reece versucht gerade herauszufinden, woher die E-Mail kam. Bis jetzt hat noch kein anderer Anwalt von ihrer Liste angerufen, um zu sagen, dass er auch einen Brief bekommen hat." Er lächelte sarkastisch. „Ich fühle mich also geehrt."

Der Vizepräsident stellte seinen Kaffee beiseite. „Agent Falcon – Paul – ich verstehe, warum Sie mir nicht gesagt haben, was hier vor sich geht, als ich Sie nach dem Ladykiller-Fall gefragt habe. Sie haben über die Bänder und die Briefe geschwiegen und das bewundere ich. Jetzt bin ich noch froher, dass ich Sie gebeten habe, derjenige zu sein, der meine Autobiografie unter die Lupe nimmt. Dies ist Ihr Fall. Wenn Sie wollen, dass ich mich heraushalte, Ihnen diese E-Mail überlasse und gehe, tue ich das."

„Ich überlege nur, warum sie Ihnen eine Kopie geschickt hat, Sir."

„Dieser Fall existiert, seitdem ich Direktor des FBIs war. Sie will, dass ich weiß, was für einen Handel sie bekommt – vermutlich weil ich sie nicht gefasst habe, als ich die Gelegenheit dazu hatte. Wahrscheinlich hat sie meinen Namen als Scherz auf die Liste gesetzt. Es hat sie amüsiert und sie hat mir eine Kopie gemailt. Die Tatsache, dass Reece die Mail nicht zurückverfolgen kann, bedeutet, dass sie damit kaum ein Risiko eingegangen ist."

„Wahrscheinlich ist das in etwa korrekt", stimmte Paul zu. „Sie will einen anderen Anwalt, also müssen wir ihr jemanden von der Liste geben, wenn wir ihre Forderung erfüllen wollen. Und zwölf Kassetten sind ein gutes Argument dafür, ihre Forderung zu erfüllen."

„Wie gut waren die Aufnahmen, die sie Ihnen bisher geschickt hat?"

„Sie waren die Vereinbarungen wert, die sie dafür haben wollte."

Der Vizepräsident nickte. „Dann bitten Sie mich, die Killerin zu vertreten. Sie kann sich kaum weigern, nachdem sie meinen Namen auf die Liste gesetzt hat, auch wenn es halb im Spaß war. Ich kann ihre Interessen vertreten, wenn es um das Aufsetzen einer rechtlichen Vereinbarung geht, die dem Angebot in ihrem Brief entspricht. Es handelt sich nicht um eine Anwalt-Klienten-Beziehung mit offenem Ende, sondern es geht nur um dieses eine Dokument. Ich kann das bei der Klientenvollmacht eindeutig regeln. Ich vertrete sie nur zu dem Zweck, ein schriftliches Angebot in eine rechtlich bindende Vereinbarung mit dem Justizministerium zu verwandeln. Das Einzige, was ich als ihr Anwalt tun werde, ist, Sie davon zu überzeugen, dass es in Ihrem Interesse ist, das Angebot anzunehmen. Aber ich werde nicht als ihr Anwalt verhandeln, um mehr für sie herauszuschlagen."

Paul merkte, dass er gründlich darüber nachgedacht hatte und jetzt versuchte, sie zu überzeugen. Er wusste nur nicht, warum Gannett es tun wollte.

„Sie bekommt einen wasserdichten Vertrag", fuhr der Vizepräsident fort. „Sie bekommt meine beste Leistung und ich bin wahrscheinlich ein besserer Anwalt als manch anderer auf ihrer Liste. Also berücksichtigen Sie das, wenn Sie sich für mich entscheiden, aber ich werde Ihnen nicht im Weg sein. Ich werde kein Medienproblem sein, indem ich Informationen an die Presse weitergebe. Ich werde den Fall nicht als Sprungbrett für meine Karriere benutzen. Sie werden das Dokument, das ich ihr schicke, zu sehen bekommen und entscheiden, wann und wie ich es schicke.

Jeder Anwalt, den Sie wählen, hat seine eigenen Interessen oder Motive. Ich sage Ihnen, was meine sind. Ich will, dass sie gefasst oder davon überzeugt wird, sich zu stellen. Ich will, dass alle diese Morde aufgeklärt und strafrechtlich verfolgt werden und ich will an diesem Fall beteiligt sein. Diese Motive werden mein Handeln bestimmen.

Ich würde eine Vereinbarung zwischen mir und dem Justizministerium benötigen, in der diese Motive akzeptiert werden, und damit später vor Gericht nichts für unzulässig erklärt wird, werde ich ihr meine Motive schriftlich in der Klientenvollmacht mitteilen. Ich bin nur auf dem Papier ihr Anwalt."

Paul schaltete sich ein, bevor der Direktor antworten konnte. „Sie werden nicht aus der Reihe tanzen und auf eigene Initiative Kontakt mit ihr aufnehmen, wenn Sie glauben, dass wir etwas nicht richtig machen?"

„Ich gebe Ihnen mein Wort. Sie steuern jeden Kontakt, den ich mit ihr habe."

Paul sah Arthur an, dann den Direktor. „Es ist besser für uns, wenn die Sache nicht nach außen dringt. Sicherheit ist immer ein Problem. Wenn der Vizepräsident ihr Anwalt sein will, dann schlage ich vor, dass wir ihn lassen."

Der Direktor nickte. „Einverstanden. Ich weiß das zu schätzen, Jim. Vielleicht brauche ich deine Hilfe, wenn der Zeitpunkt kommt, an dem ich die Sache dem Generalstaatsanwalt verkaufen muss."

„Die bekommst du. Ich bleibe hier in meiner Wohnung in Chicago, solange der Fall weitergeht. Paul, Sie können sich gerne in meinem Büro dort einrichten. Oder ich arbeite hier, während die Vereinbarungen aufgesetzt werden."

„Lieber bei Ihnen zu Hause, wenn es Ihnen nichts ausmacht, Sir. Das fällt weniger auf, als wenn der Secret Service hier herumschleicht."

Der Direktor schenkte sich noch einen Kaffee ein. „Arthur, rufen Sie Tori an und bitte Sie sie, zu uns zu kommen. Dann überlegen wir, wie wir mit der Tatsache umgehen, dass unsere Killerin von den Bundesstaaten verlangt, den Fall auf nationaler Ebene zu verhandeln."

■

Paul gesellte sich zu Sam und Rita in ihren kleinen Besprechungsraum. „Es gibt zwei neue Entwicklungen. Linda Smythe hat eine Kopie ihres Briefes an den Vizepräsidenten gemailt. Er war in der Stadt, um sein Buch mit Arthur und dem Direktor zu besprechen. Da er jetzt weiß, was los ist, wurde vereinbart, dass er als Anwalt der Killerin fungieren wird. Sie diskutieren noch, wie sie es machen wollen, aber sie werden versuchen, die verschiedenen Staaten dazu zu bewegen, den Fall den Bundesbehörden zu überlassen. Sie wollen die zwölf Tonbänder." Paul nahm einen Stift und schrieb auf die weiße Tafel: *Woher kennt sie die E-Mail-Adresse des Vizepräsidenten?*

„Irgendwelche Ideen?"

„Sie will, dass ihr Angebot angenommen wird. Wer wäre für sie besser als Anwalt geeignet als ein ehemaliger FBI-Direktor? Sie versucht zu steuern, wohin der Fall läuft", vermutete Rita.

„Ich weiß, dass es einen Nachteil geben muss, aber ich sehe ihn nicht", sagte Sam. „Sie will, dass ihr Angebot angenommen wird, also bindet sie jemanden ein, der politisches Gewicht hat. Keiner der anderen Anwälte auf der Liste könnte eine Entscheidung beeinflussen, aber der Vizepräsident und ehemalige Leiter des FBIs könnte ihr dabei helfen, die gewünschte Vereinbarung durchzukriegen. Es ergibt durchaus einen Sinn. Was die E-Mail-Adresse betrifft, vermute ich, dass sie eine Person kennt, die wiederum mit dem Vizepräsidenten in Verbindung steht, und durch sie an die Adresse gekommen ist."

Paul hatte es noch nicht so betrachtet, aber Sams und Ritas Vermutungen über den Grund, warum die Ladykillerin versuchte, Gannett ins Spiel zu bringen, klangen logisch. „Ich könnte mir vorstellen, dass das ihr Motiv ist", stimmte er zu. Linda Smythe war niemand, der etwas dem Zufall überließ. „Sie hat die Einzelheiten geplant und alles so eingefädelt, dass sie den Anwalt bekommt, den sie will. Einen mit Einfluss in der Behörde, um diese Art Vereinbarung zu ermöglichen. Da fragt man sich unwillkürlich, welche Art Absprache sie mit den übrigen Bändern erreichen will. Angenommen, die Staaten spielen mit, sollten wir morgen eine unterzeichnete Vereinbarung haben, die wir abschicken können. Sprechen wir über die Adresse, an die die Lieferung gehen soll, und wie wir uns darauf vorbereiten wollen."

■

Paul schloss die Tür zu seinem Büro. Ann antwortete nicht auf seinen Videoanruf. Er versuchte, sie über eine sichere Leitung telefonisch zu erreichen. „Hi, hier ist Paul.“ Die Verbindung knisterte und im Hintergrund waren Verkehrsgeräusche zu hören.

„Wo bist du, Ann?“

„Ohio.“ Sie bedeckte das Telefon und Paul hörte sie gedämpft sagen: „Ich melde mich bei dir.“ Dann war ihre Stimme wieder klar. „Was gibt es Neues, Paul?“

„Sie bietet uns zwölf Aufnahmen an, wenn die einzelnen Staaten einwilligen, den Fall vor einem Bundesgericht verhandeln zu lassen.“

„Zwölf Bänder.“ Er hörte das Lächeln in ihrer Stimme. „Das ist eine Menge.“

„Das ist der Wahnsinn. Die Verhandlungen mit den Bundesstaaten laufen gerade, damit diese zustimmen, ohne zu wissen, dass es sich um den Ladykillerin-Fall handelt, in dem sie auf ihr Strafverfolgungsrecht verzichten. Das ist politisch knifflig.“

„Sie werden es schon schaffen.“

„Das hoffe ich. Die Vereinbarung soll mithilfe einer Firma verschickt werden, die Post weiterleitet, das heißt, sie ändert ihre Vorgehensweise wieder. Sam ist draußen, um sich die aktuelle Sendeanschrift anzusehen, aber ich vermute, sie wird diese Adresse noch ein- oder zweimal ändern, bevor der Umschlag tatsächlich ausgeliefert wird.“

„Eine weise Vermutung.“

„Was ist in Ohio los, Ann?“

„Jemand hat den Sheriff von Grange County von hinten erschossen.“

„Bitte sag mir, dass du eine schusssichere Weste trägst.“

„Es gibt keinen Beamten im Bezirk, der keine trägt. Es gibt Gerüchte, dass dies die Rache für eine Verhaftung war, die der Sheriff letzte Woche vorgenommen hat. Bei einer Autobahnkontrolle ist ein Fall von Menschenhandel aufgeflogen. Es wurde eine Soko dafür eingerichtet. Ich kümmere mich mit um den Personenschutz für die Familie und habe geholfen, einen Enkel zu finden, der mit Freunden wandern ist. Sie sind in einem Gasthaus und ich bin jetzt ungefähr vier Stunden hinter ihnen. Gleich mache ich mich zu Fuß auf den Weg, um sie abzufangen.“

„Sei bitte vorsichtig.“

„Der Deputy, der bei mir ist, hat eine Waffe und zwei Hunde, die Black vor Vergnügen jaulen lassen würden. Mir passiert schon nichts. Sie brauchten nur einen zusätzlichen Beamten, der aushilft, weil alle mit dringenderen Aufgaben beschäftigt sind. Die Familie wird erst dann wieder ruhig schlafen, wenn der Enkel zurück ist. Also holen wir ihn. Sobald wir loswandern, werden wir keinen Handyempfang mehr haben."

„Ruf mich an, wenn du kannst."

„Mach ich."

■

„Diesmal ist der Übergabeort interessant, Boss." Sam rief aus dem Auto an und die Verbindung war immer mal wieder kurz unterbrochen. „Es ist eine Farm und der Briefkasten steht draußen an der Straße. Der Postbote hält einfach davor und wirft die Post vom Auto aus ein. Ich müsste hier ein Zelt aufschlagen, um den Kasten persönlich im Blick zu behalten. Mein Vorschlag ist, dass ich an einem der Bäume eine Kamera anbringe, die auf den Briefkasten gerichtet ist, und selbst in der Stadt Position beziehe. Die Straße bietet nicht viele Möglichkeiten, was das Kommen und Gehen betrifft. Wenn wir sehen, dass sie den Umschlag holt, können wir ihren Wagen aus der Luft orten."

„Bau alles auf, Sam. Obwohl ich mich frage, ob der Umschlag überhaupt jemals in die Nähe dieses Briefkastens kommen wird. Sie benutzt diesmal eine Firma, die die Sendung weiterleitet, und hackt sich vielleicht in ihr System, um die Lieferadresse zu ändern."

„Das würde ich ihr auch zutrauen", stimmte Sam zu. „Alles andere wäre zu einfach."

■

Paul betrat den Lageraum mit einem Schinken-Ei-Sandwich als spätes Frühstück in der Hand. „Guten Morgen, Sam", sagte er, weil er wusste, dass das Mikrofon alles, was irgendwo im Raum gesagt wurde, aufgreifen würde. Er blickte auf die Videoübertragung von dem Briefkasten. Gestern hatte er einen Habicht gesehen, der sich kurz darauf niedergelassen und das Feld um sich herum nach Beute abgesucht hatte.

„Morgen, Boss."

Paul zog einen Stuhl vom Tisch ab und las die Reihe von Post-it-Zetteln, die Rita für ihn hinterlassen hatte. Nichts Dringendes, was unmittelbar seine Aufmerksamkeit erforderte. „Irgendwelche Neuigkeiten?"

„Ich habe heute Morgen ein Streifenhörnchen auf dem Briefkasten gesehen. Aber im Ernst: Es sind jetzt drei Tage. Unsere Vereinbarung müsste hier sein. Die Tatsache, dass sie es nicht ist, sagt mir, dass sie sie schon hat."

„Ich sehe das auch so."

„Soll ich zurückkommen?"

„Bis ihre zwölf Bänder ankommen, besteht noch eine kleine Chance, dass etwas passiert ist und sie die Vereinbarung nicht hat. Bleib besser vor Ort, bis wir es mit Sicherheit wissen."

„Es lässt sich hier aushalten. Ich habe die Speisekarte des Restaurants erst zur Hälfte durch und sie machen richtig gute Koteletts."

„Wenn du irgendetwas bemerkst, komme ich zu dir." Paul machte es sich bequem, um in den Akten dort weiterzulesen, wo er am letzten Tag aufgehört hatte.

Später am Nachmittag beorderte Paul Sam zurück. „Sam, Zane hat gerade angerufen. Die zwölf Kassetten sind eingetroffen. Du kannst deine Sachen packen."

■

Paul sah zu, wie Rita noch einen Namen auf die Liste an der Tafel schrieb. „Schön."

„Gib mir noch zwei Tage, dann hast du alle zwölf Namen. Die Aufnahmen waren den Handel wert, Boss."

„Das glaube ich auch." Wenn Rita fertig war, würden sie zweiundzwanzig der dreißig Morde aufgeklärt haben. Die Tatsache, dass sie schon vor Jahren begangen worden waren, schmälerte die Befriedigung kaum. „Kann ich dir irgendetwas bringen?"

„Nein danke, Boss. Ich bin auf der Suche nach Stimmmaterial, das Nathan vergleichen kann, und er geht die Bänder eins nach dem anderen durch. Es kommt nicht alle Tage vor, dass ich einen ganzen Haufen Morde auf einmal aufklären kann. Das macht Spaß."

„Sam?"

„In unseren Akten gibt es solide Hintergrundinformationen zu den Namen, die Rita aufgelistet hat. Aber bis wir Durchsuchungsbeschlüsse ausstellen und diese Informationen nutzen können, gibt es nicht viel zu tun. Ich bezweifle, dass wir wieder etwas von der Killerin hören, bis sie der Meinung ist, dass wir genug Zeit hatten, uns alle zwölf Aufnahmen genau anzusehen."

„Es wird ein paar Tage dauern", sagte Paul. „Ich möchte euch beide um einen Gefallen bitten. Ich möchte kurz in den Süden fahren und Ann besuchen. Am Sonntagabend bin ich wieder da. Könnt ihr zwei übers Wochenende die Stellung halten?"

Rita lächelte. „Wir haben alles im Griff, Boss."

Ann hatte den Enkel gefunden und war dann noch in Ohio geblieben, um der Sonderkommission zu helfen. Es gab inzwischen drei tote Polizisten und auch wenn Ann versprochen hatte, nur an der Analyse zu arbeiten und nicht draußen Dienst zu tun, konnte er die Belastung in ihrer Stimme hören, wenn sie miteinander sprachen. Allerdings hatte Paul das Gefühl, dass der Fall bald abgeschlossen sein würde, da mittlerweile die meisten Justizbehörden auf Staats- und Bundesebene involviert waren. Wenn es tatsächlich bald vorbei war und Ann dieses Wochenende nach Hause reisen konnte, wollte er dort sein, um sie zu begrüßen.

„Danke, ich weiß das zu schätzen, Leute. Ihr könnt mich auf dem Handy erreichen, wenn etwas Wichtiges passiert."

24

„Das ist ihr Funkzeichen. Sie wird in etwa einer Minute durch die Wolkendecke kommen“, bemerkte Jason und steckte sein Funkgerät ein. Dann nahm er die Klötze in die Hand, mit denen er das Flugzeug sichern würde. „Sie ist gut durchgekommen.“

Paul nickte ihm dankend zu und stieß sich von seinem Wagen ab, an den er sich gelehnt hatte. Sekunden später beobachtete er, wie Ann das kleine Flugzeug auf der privaten Landebahn am Rande ihrer Heimatstadt aufsetzte. Sie landete genau auf der Mittellinie und rollte dann zum Hangar.

Jason ging ihr entgegen. Als das Flugzeug zum Stehen kam, legte er die Klötze unter die Räder. Kurz darauf stieg sie aus. „Ich übernehme das, Ann“, bot Jason ihr an.

„Sicher?“

„Ich habe Zeit.“

„Danke. Der Log ist am Klemmbrett und das Benzin geht auf meine Rechnung.“ Ann zog eine Tasche und einen Beutel aus dem Flieger.

Noch hatte sie ihn nicht gesehen. „Ann.“

Sie blickte auf und hielt in der Bewegung inne. Auf ihr Gesicht trat erst ein überraschter Ausdruck, dann ein Lächeln. „Du bist aber weit weg von zu Hause, Falcon.“

„Ich habe dich vermisst. Es schien mir eine gute Idee zu sein, eine kleine Reise zu machen, und Neva hatte nichts gegen einen Wochenendgast einzuwenden.“ Er nahm ihre Taschen. „Wie wäre es mit Pizza und Cola bei dir zu Hause? Wir können das Abendessen ja mit Black teilen.“

„Gut.“

„Fahr mit mir. Wir holen deinen Wagen morgen.“

„Noch besser.“

Paul schob ihre Taschen auf den Rücksitz und hielt ihr die Beifahrertür auf. Er konnte sehen, dass sie die letzten Tage nicht gut geschlafen hatte. Dunkle Ringe umgaben ihre Augen. Er war froh, dass sie den Fall abgeschlossen hatte.

Er verließ das Flughafengelände und fuhr auf die Autobahn. „Wo holen wir Black ab?"

Ann öffnete die Augen. „Er ist bei mir zu Hause. Freunde sind vorbeigekommen, um meine Post einzusammeln und ihn rauszulassen. Wahrscheinlich hat er die ganze Zeit geschlafen, während ich weg war, also kannst du davon ausgehen, dass er spielen will."

„Das wird Spaß machen."

Sie entspannte sich sichtlich, als er in die Straße zu ihrem Haus einbog.

■

Sie aßen die Pizza auf der Terrasse hinter ihrem Haus und genossen die Abendluft, während sie der Sonne zusahen, die tief über den Himmel zog. Der Fall hatte Ann ausgelaugt und völlig erschöpft zurückgelassen, das merkte Paul schon daran, dass sie Black nicht ihre ganze Aufmerksamkeit widmete. Offensichtlich war sie mit den Gedanken noch bei ihrer Arbeit. Die Ermittlungsbeauftragte für Mordfälle zu sein, hatte seinen Preis, und sie hatte ihn in dieser Woche voll bezahlen müssen.

Paul warf den Ball für Black noch einmal fort, dann brachte er beide Teller ins Haus, verstaute die übrig gebliebene Pizza im Kühlschrank und kehrte mit den Pfefferminzbonbons zurück, die bei der Lieferung dabei gewesen waren. Sie wickelte ihres mit einem dankbaren Nicken aus. „Ich bin froh, dass du hier bist."

„Das ist für mich kein großes Opfer. Sam und Rita haben den Fall unter Kontrolle und ich hatte das Bedürfnis, dich zu sehen."

Sie lächelte schief. „Ich kann mir gar nicht vorstellen, warum, wo du mich doch sowieso schon so oft siehst."

„Manche Dinge kann man einfach nicht per Video machen", sagte Paul, während er eine Hand in ihren Nacken schob und sie näher zog. Als er sie küsste, schmeckte er Pizza und Pfefferminz. Er zögerte den Kuss hinaus und spürte ihr Lächeln, das er erwiderte. Irgendwann löste er sich von ihr und fuhr mit dem Daumen über ihre Unterlippe. „Das wollte ich schon lange tun."

„Das dachte ich mir. Ging mir genauso", murmelte sie. Ihre Hände lagen auf seiner Brust und ihre Finger gruben sich leicht in den Stoff seines Hemdes, als sie sich vorbeugte und seinen Kuss erwiderte. „Das ist eine sehr schöne Art, nach Hause zu kommen."

■

Am nächsten Nachmittag gingen sie gemeinsam mit Black spazieren und genossen den sonnigen Tag. Paul blickte hinunter, als Anns Hand sich in seine schob, und lächelte. Ihre Finger verschränkten sich. Er hatte versucht, sie an diesem Tag nicht zu bedrängen, ihr Raum zu geben, und ihm gefiel ihre Entscheidung, die Distanz zu überbrücken.

„Lieblich ist ein sehr persönlicher Name für Gott", sagte sie leise und brach damit das kameradschaftliche Schweigen. „Aber selbst wenn wir uns schon ein ganzes Leben lang kennen würden, hätte ich den Namen dir gegenüber normalerweise niemals erwähnt. Es macht mir zu schaffen, dass ich es getan habe."

Paul blieb stehen, weil ihm sofort die Bedeutung dessen klar war, was sie gesagt hatte, und das Vertrauen, das sie ihm damit entgegenbrachte. Er dachte darüber nach und lächelte dann, während er sich wieder in Bewegung setzte. „Was für ein perfekter Name für Gott."

„Namen sind mir wichtig. Wenn ich ein neues Buch schreibe, verbringe ich ganze Wochen mit der Geschichte und versuche, die richtigen Namen für meine Charaktere zu finden, ihre Stimmen zu hören und herauszufinden, wer sie sind. Wenn ich dann endlich die richtigen Namen gefunden habe, klingt das Buch in meiner Vorstellung anders. Es klingt reichhaltiger. Die Charaktere fangen an, mit einer eigenen Stimme zu sprechen und klingen lebendig.

Ich war noch ein Kind, als ich Gott kennenlernte. Gott, der Vater, war ein Konzept, das ich gut verstehen konnte, und Jesus, der Sohn, also der Gott, der gestorben ist, um mein Leben zu retten, war für mich oft wie ein wunderbarer großer Bruder, den ich immer haben wollte. Als ich zu Gott, dem Heiligen Geist, kam und mir bewusst wurde, dass er, wie die Bibel sagt, bei mir und in mir lebt, stellte ich ihn mir instinktiv als meinen besten Freund vor.

Ich wollte ihn kennenlernen und die einzige Möglichkeit, die mir einfiel, war ein Gespräch mit ihm. Es war schwierig, ‚Heiliger Geist' zu sagen und nicht das Gefühl zu haben, eine sehr förmliche Unterredung zu führen. Also nannte ich ihn manchmal Uralt, Weise, Wunderbar, Ewig. Ich versuchte ihn kennenzulernen, indem ich mich daran erinnerte, wer er war.

Zum Beispiel sagte ich dann: ‚Du gibst heute Abend aber wieder an', wenn der Sonnenuntergang ein atemberaubendes Farbenspiel bot, oder ich sagte: ‚Es ist heiß und ich vermisse die Brise, die du gestern geschickt hast', oder ich erzählte ihm von meinem Tag und meiner Arbeit. Ich redete einfach drauflos, um diese Person, mit der ich zusammenlebte, kennenzulernen. Und wie bei einem Buch war der Name richtig, aber es war kein Name für vertrauliche Unterhaltungen. Jesus hatte Namen wie Alpha, Omega, Guter Hirte. Also fragte ich den Heiligen Geist, ob er noch einen anderen Namen hätte, den ich benutzen könnte. Und er sagte: ‚Nenn mich Lieblich.'

Ich fand, das war kein Name, und dachte, dass es albern von mir gewesen war, zu fragen. Aber ich glaube, er wusste, was er tat. Nach einer Woche konnte er mich nicht mehr zum Schweigen bringen. Ich hatte einen Namen für die Person, mit der ich mein Leben teilte. ‚Du hast einen tollen Sonnenuntergang gemalt, Lieblich.' ‚Black ist gerade losgelaufen, um ein Kaninchen zu jagen, Lieblich.' ‚Lieblich, ich habe meinen Schlüssel verloren.' Es waren immer noch ganz banale Bemerkungen, aber plötzlich unterhielten Gott und ich uns. Und ein paar Wochen später sagte ich: ‚Lieblich, ich weiß nicht, wie ich in dieser Situation helfen soll' und ‚Lieblich, warum habe ich das gesagt?' Ich fing an, ihm die Gefühle hinter meinem Handeln anzuvertrauen. Und jetzt sage ich: ‚Wie soll diese Geschichte sich weiterentwickeln, Lieblich?' Und: ‚Lieblich, was soll ich mit diesem Kerl anfangen, der gerade in meinem Leben aufgetaucht ist?'" Sie lächelte.

„Er hört sich das alles an. Und er lächelt mir oft zu. Ich hatte dieses riesige offene Loch in meinem Inneren, das sich so sehr nach Liebe sehnte, und Gott füllte es mit sich selbst. Sein Name erinnerte mich daran, dass er mich liebte. Jedes Gespräch verstärkt diese Gewissheit noch.

Lieblich ist sein Charakter. Und seine Gesellschaft ist Lieblich. Er behandelt mich Lieblich. Gott ist Lieblich."

Paul verstand das auf eine Weise, die er nicht in Worte fassen konnte. „Ich nenne ihn oft Dad – wenn Gott und ich uns unterhalten. So stelle ich ihn mir vor und es kommt mir ganz natürlich vor, ihn so anzureden."

Er schloss seine Hand fester um ihre. „Dachtest du, ich würde nicht verstehen, warum du eine persönliche Anrede für Gott hast? Du hast ihm einen besonderen Namen gegeben. Damit hast du mit ihm den Schritt von einem förmlichen zu einem vertrauten Umgang getan. Du nennst ihn Lieblich und ich wette, Gottes Herz wird ganz weich vor Freude, wenn du ihn so nennst. Gott will geliebt werden und von dir hat Gott bekommen, was er sich am meisten wünscht."

„Ich hoffe es." Sie blieb stehen. „Manchmal stößt Lieblich mich an, wenn ich fliege, damit ich etwas bemerke oder höre, und damit macht er den Flug sicherer. Oder ich bin bei der Arbeit und Lieblich zeigt mir etwas in dem Raum, das mir hilft, die Person, mit der ich rede, besser zu verstehen. Oder Lieblich flüstert: ‚Dreh dich um', und dann sehe ich jemanden, der meine Hilfe braucht. Oder Lieblich sagt mir, dass ich früh schlafen gehen soll, und dann schlafe ich, bis ich um vier Uhr morgens von einem Auftrag aus dem Bett geklingelt werde. Er lebt mein Leben nicht für mich. Er lebt es mit mir." Black stieß sie an, um ihre Aufmerksamkeit zu erlangen, und Ann warf einen Ast fort, damit er ihn apportieren konnte.

„Gott kann ich sagen, was ich fühle und denke und tue. Er nimmt mir die Last und die Komplikationen ab und gibt mir etwas zurück, mit dem ich umgehen kann. Er entwirrt die Knoten. Manchmal schickt er jemanden, der mir hilft. Manchmal hilft er mir dabei, in welcher Reihenfolge ich Dinge tun soll. Manchmal gibt er mir die Weisheit zu erkennen, was wichtig ist, und den Mut, den Rest bleiben zu lassen. Lieblich verbringt sein Leben mit mir. Und ich lerne immer mehr, meines mit ihm zu verbringen. Ich vertraue ihm. Und wir sind ziemlich gute Freunde geworden. Eine Ewigkeit ist eine lange Zeit, um mit jemandem zu leben, und es ist mir wichtig, dass ich diese Beziehung hinbekomme."

Paul kannte diese Art Umarmung Gottes. Seine Freundschaft mit Gott war gut und solide und die oberste Priorität in seinem Leben. Und ihm wurde bewusst, dass Ann Gott besser kannte, als er es jemals für möglich gehalten hätte. „Ich froh, dass ihr diese enge Beziehung habt."

Er hätte beinahe laut gelacht, als ihm klar wurde, was er in diesem Moment fühlte. „In gewisser Weise bin ich eifersüchtig auf Gott. Das hätte ich auch gerne, Ann. Diese innere Ann, die so ganz und gar liebt und völlig vertraut. Kein Wunder, dass du zögerst, dein Leben mit einem anderen Menschen zu teilen. Du würdest das, was du jetzt allein Gott gibst, künftig mit Gott und jemand anderem teilen. Aber du willst alles Gott geben."

„Ganz so ist es nicht, Paul. Aber ich weiß einfach nicht, wie ich Gott und einen Mann gleichzeitig richtig lieben kann. Einer von beiden bekommt, was übrig bleibt. Das ist wahrscheinlich der Hauptgrund dafür, dass ich Single bin. Ich weiß einfach nicht, wie ich eine Beziehung richtig hinbekommen soll. Es ist nicht so, dass ich nicht heiraten möchte. Aber was für andere Menschen so leicht zu sein scheint, ist für mich schwierig. Ich bin zu introvertiert und verkopft. Lieblich bekommt mich so, wie ich bin. Bei ihm bin ich nicht besonders schweigsam. Ich bin mir sicher, dass es Zeiten gibt, in denen es ihm lieber wäre, wenn ich eine Weile nichts sagen würde. Er bekommt alles zu hören."

„Ich glaube, dir ist gar nicht bewusst, wie sehr sich das, was dich mit Lieblich verbindet, auf die Menschen um dich herum auswirkt", erwiderte Paul. „Deshalb bist du eine so gute Freundin. Deshalb vertrauen die Menschen dir, wie sie es tun. Ein Teil dessen, was du ihnen gibst, ist Gott, der sie durch dich liebt. Alle um dich herum würden etwas verlieren, wenn du nicht eine so starke Beziehung zu Gott hättest."

„Es macht mir immer noch zu schaffen, dass ich dir den Namen gesagt habe. Von allem, was ich an Persönlichem habe, war er das Zentrum."

Paul legte einen Arm um ihre Schultern und zog sie an sich. „Durch dieses Versehen weiß ich mehr über dich, als alles andere mir sagen könnte. Ich kann einfach nicht bedauern, dass er dir herausgerutscht ist. Aber ich verstehe, wie persönlich und intim dieser Name zwischen dir und Gott ist."

■

Als Paul nach Chicago zurückfuhr, war er nachdenklich.

Ann hatte ihm genug vertraut, um ihm von Lieblich zu erzählen. Sie versuchte zu sehen, ob die Sache zwischen ihnen funktionieren könnte. Und er wusste, dass sie noch lange nicht so weit war wie er.

Es bestand immer noch die sehr realistische Gefahr, dass Ann beschloss, tatsächlich nicht heiraten zu wollen. Er wollte, dass sie beide die richtige Entscheidung trafen, und er befürchtete, dass diese Entscheidung für ihn ein Ja, für sie aber ein Nein war. Ann verdiente es, geschätzt zu werden. Diesen Gedanken wurde Paul nicht los und er fühlte sich richtig an. Geschätzt, geliebt.

Diese Beziehung bedeutete ihm allmählich mehr als alles, was es ihn kosten könnte zu sehen, wohin sie führte. Er hatte sich in Ann verliebt. Und er glaubte, dass er seine zukünftige Frau gefunden hatte – wenn sie ihn wollte.

■

Ann schlang einen Arm um ihr Kopfkissen, aber sie versuchte nicht einmal, die Augen zu schließen und einzuschlafen. Ihre Gefühle und ihr Herz waren zu voll. Paul hatte ihr noch einen Abschiedskuss gegeben, bevor er nach Chicago aufgebrochen war. Die Erinnerung daran fühlte sich an wie eine sanfte Berührung ihres Herzens.

Er verliebt sich in mich. Als er die Worte an Vickys Küchentisch zum ersten Mal ausgesprochen hatte, hatte sie geglaubt, sie seien teilweise in der vorangegangenen, sehr gefühlsgeladenen Unterhaltung begründet gewesen. Sie war nach Hause zurückgekehrt und Paul hatte ihr die beruhigende Freundschaft wiedergegeben, die sie vorher gehabt hatten, die Gespräche, die angenehme Gesellschaft, die Gründe zu lächeln. Er hatte ihr den nötigen Raum gegeben, damit sie sich erholen konnte. Es war gut gewesen, wieder zu arbeiten.

Und dann hatte er sie vom Flughafen abgeholt, mit ihr auf der Veranda gesessen und sie zum ersten Mal geküsst. Es war schön gewesen, seinen Kuss zu erwidern. Im Laufe des Wochenendes hatte er sie viermal geküsst und jeder Kuss war eine leuchtende Erinnerung. Ihre Beziehung hatte sich durch diese sanften Berührungen auf tief gehende Weise verändert. Ihr Herz war voller Emotionen. Paul war dabei, sich in sie zu verlieben. Wenn er erst einmal die

Grenze zum „Ich liebe dich" überschritt, würde er viel mehr wollen als nur Freundschaft.

Er würde sie fragen, was sie wollte. Und Ann wusste nicht, wie sie die Frage beantworten sollte. Im Moment war sie von ihren Gefühlen überwältigt. Zum ersten Mal seit Jahren hätte sie sich am liebsten die Decke über den Kopf gezogen und sich versteckt. Ihre Freude wurde begleitet von reiner Angst. Seinetwegen waren ihre Gefühle so durcheinander, dass sie überhaupt nicht mehr wusste, ob sie lieber in seine Arme oder wegrennen wollte.

Sie war mit ihrem Leben als Single immer zufrieden gewesen. Und sie hätte niemals damit gerechnet, dass sie in diesem Jahr eine Veränderung in Erwägung ziehen müsste. Sie bewunderte gute Ehen. Sie hatte sich nur nie erlaubt, davon zu träumen, dass sie selbst eine führen könnte. Bei Paul war sie schon eine Menge Risiken eingegangen. Sie hatte ihm Geheimnisse anvertraut und ihm die kostbarsten persönlichen Informationen offenbart, die sie hatte. Dabei hatte sie festgestellt, dass er ein Mann war, dem man in jeder Hinsicht vertrauen konnte. Es war ja nicht so, dass sie nicht damit gerechnet hätte, eines Tages vor dieser Frage zu stehen; sie hatte nur nicht damit gerechnet, dass es dieses Wochenende so weit sein würde. Sie wollte eine langsame Verschiebung von dem, womit sie sich wohlfühlte, zu dem, wohin Paul sie führte. Aber von nun an würde es nicht mehr langsam vorangehen. Jetzt hatte Paul die Führung übernommen und steuerte sie auf etwas Beständigeres, Dauerhafteres zu als eine Freundschaft.

Könnte sie eine gute Ehefrau sein? Zum ersten Mal seit Jahren stellte sie sich die Frage nicht nur rein hypothetisch und vielleicht würde sie sogar schon bald eine Antwort darauf finden müssen.

Die körperliche Intimität würde etwas Neues für sie sein. Sie errötete bei dem Gedanken daran, wie es wohl sein würde. Die Vorstellung, jede Nacht ihres restlichen Lebens mit Paul zusammen zu sein, war berauschend. Sie würde es genießen, seine Frau zu sein, und die Vertrautheit lieben.

Sie würde seine Familie mögen, würde es schön finden, wieder Verwandte zu haben. Die Gespräche, die Familienscherze, die Treffen an Feiertagen – sie würde in seine große Familie aufgenommen werden und wieder ein Zuhause haben.

Paul würde sich niemals mit einer lauen Ehe zufriedengeben. Für ihn war die Entscheidung zu heiraten eine Entscheidung fürs Leben, eine Alles-oder-nichts-Entscheidung. Sie wünschte sich eine solche Verbindung zu jemandem, der ihre Geheimnisse kannte und sie liebte.

Aber sie wollte nicht versagen.

Sie war es ihm schuldig, lieber Nein zu sagen, als ihn eine Ehe eingehen zu lassen, die scheitern würde. Sie war die Schwachstelle, wenn es um die Ehe ging. Paul würde ein guter Ehemann sein und die Rolle genießen. Er würde sie mit der gleichen Selbstsicherheit ausfüllen, mit der er eines Tages die Rolle als Oberhaupt der Falcon-Familie übernehmen würde.

Aber ihr war zutiefst unwohl bei dem Gedanken, eine verheiratete Frau zu sein. Schon allein der Gedanke ermüdete sie. Es würde ihr Leben und seins ruinieren, wenn sie annahm, sie könnte eine Ehefrau sein, dann aber feststellte, dass sie es doch nicht schaffte. Eine Heirat würde ein neues Zuhause bedeuten, neue Leute, neue Erwartungen, eine neue Arbeit, neue Bedingungen zum Schreiben – ihr ganzes Leben würde sich verändern. Und Veränderungen laugten sie aus. Mit der Zeit würde es einfacher werden, aber es würde ein stetiger Kampf sein, sich in die Rolle einzufügen. Ihm war nicht bewusst, was es sie kosten würde, Ja zu sagen.

Wollte sie Ja sagen? Keiner ihrer Zweifel betraf Paul. Nur was sie selbst anging, war sie sich unsicher. Sie wollte nicht zwei Monate nach der Hochzeit herausfinden, dass sie beide enttäuscht waren. Sie musste realistisch sein und durfte sich nichts vormachen. Sie konnte sich eine gescheiterte Ehe nicht leisten.

Was brauchte sie, damit sie nicht scheiterte? Wie könnte sie Ja sagen, ohne befürchten zu müssen, zu versagen? Über diese Fragen dachte Ann lange nach, während an Schlaf nicht zu denken war.

Paul musste ihr mehr Zeit geben. Sie mussten das Tempo verringern, mit dem sie sich im Moment bewegten. Ann hatte das Gefühl, in eine Entscheidung gezogen zu werden, bevor sie dazu in der Lage war, sich zu entscheiden. Er würde ein „Ich liebe dich" hören wollen und sie konnte ihre Gefühle im Augenblick noch nicht einmal identifizieren. Paul löste in ihr ein Gefühlschaos aus, zu dem Freude, Staunen, aber zugleich auch Angst gehörte. Sie lächelte erst und seufzte dann schwer. Das hatte Paul sicher nicht beabsichtigt, als er über das Wochenende hergekommen war. Doch für sie selbst gab es keine einfachen Entscheidungen.

25

Am Montagmorgen betrat Paul den Besprechungsraum, öffnete seine Aktentasche und holte die lange Liste heraus, die er am Abend zuvor angefertigt hatte. „Wie weit sind wir, Sam?"

Der Mann deutete mit einem Kopfnicken auf die Tafel. „Rita hat die Namen zu den aktuellen zwölf Bändern identifiziert. Damit haben wir zweiundzwanzig von dreißig Morden aufgeklärt. Es ist wirklich ein gutes Gefühl, sich diese Fälle anzusehen und zu wissen, was tatsächlich passiert ist."

Paul gab ihm den Notizblock. „Sieh dir mal diese Liste an und sag mir, wie dein Eindruck ist. Ich habe mir überlegt, wie wir diese Verhaftungen am besten vornehmen können."

Sam lehnte sich auf seinem Stuhl zurück und fing an zu lesen. „Ich kann dir sagen, ich freue mich darauf."

„Ich auch. Gibt es Fragen von unseren Leuten?"

„Sie sind neugierig und wüssten gerne, womit wir uns hier drin beschäftigen. Sie haben erraten, dass es eine Spur in Sachen Ladykillerin gibt, aber meines Wissens sind keine Gerüchte im Umlauf, dass wir dabei sind, die Morde aufzuklären. Das Wort ‚Tonkassetten' ist nirgends gefallen. Aber wenn wir so weit sind, werden sie bestimmt liebend gerne helfen." Sam las die Liste. „Du willst, dass unsere Behörde die Befragungen durchführt."

„Ja. Wir haben nur eine Chance, diese Aufnahmen zu unserem Vorteil zu nutzen, und das ist bei der Befragung, wenn wir ihnen den Handel anbieten, den wir als Gegenleistung für ein Schuldgeständnis vorbereitet haben. Wir teilen die dreißig Morde auf, zwei oder drei Mordverdächtige pro Team, und lassen die Kollegen ihre Kenntnisse über den Fall zu ihrem Vorteil nutzen."

„Spielen wir ihnen die Bänder vor, so kurz, wie sie sind?"

„Ich glaube, das müssen wir. Die Kassette ist das, was sie in Gefahr bringt. Entweder glauben sie, dass wir diese Aufnahme in einen Schuldspruch umwandeln können, oder sie glauben es nicht. Ich gehe davon aus, dass sich nicht wenige von der Tatsache überrumpelt fühlen werden, dass wir sie auf Band haben, und den Handel eingehen, anstatt einen Prozess zu riskieren."

Paul zog die Akten näher, die Sam zu den zweiundzwanzig Namen angelegt hatte. Dann machte er sich daran, sich selbst auf den neuesten Stand zu bringen.

■

Pauls Telefon klingelte kurz nach dem Mittagessen. Er zog es aus seiner Tasche, nickte Sam zu, schaltete den Lautsprecher ein, damit sein Kollege mithören konnte und nahm das Gespräch dann entgegen „Hallo, Sir."

„Ihr Brief war heute in der Post. Soll ich ihn aufmachen?"

„Ja, Sir." Sie hörten Papierrascheln.

„Sie bietet uns acht Bänder an – alles Namen mit hohem Bekanntheitsgrad – um die mittlere Sicherheitsstufe in Wisconsin zu bekommen", sagte der Vizepräsident. „Dies sind die letzten der dreißig Kassetten. Sie wussten ja, dass es ein Angebot geben würde, das nur schwer zu schlucken ist, und das hat sie gerade gemacht. Sie will ihre Strafe in einem Bundesgefängnis in Wisconsin absitzen, aber nicht im Hochsicherheitstrakt. Die Frage ist, wie wertvoll sind die acht Bänder mit den bekannten Namen?"

„Die letzten waren ihren Preis wert."

„Mittlere Sicherheitsstufe für dreißig Morde – da verlangt sie eine Menge. Sagen Sie mir Bescheid, ob Arthur mich dabeihaben will, wenn Sie über das Angebot sprechen, oder ob Sie mich über die Entscheidung informieren, wie die Antwort ausfallen soll."

„Das mache ich, Sir. Falls ich später keine Gelegenheit dazu habe, es zu sagen, möchte ich Ihnen schon jetzt für Ihre Hilfe danken. Mir fehlen nur noch acht Tonbänder, dann sind endlich alle dreißig Morde aufgeklärt. Das wäre nicht so glatt gelaufen, wenn Sie nicht geholfen und ihre Vertretung übernommen hätten, Sir."

„Diesen Fall wollte ich schon zum Abschluss bringen, als ich noch Direktor des FBIs war, also kann ich Ihnen nur zustimmen. Es ist gut, wenn die Wahrheit endlich ans Tageslicht kommt."

■

Paul ging zu Arthur, um ihn auf den neuesten Stand zu bringen. Als er eine Stunde später in den Besprechungsraum zurückkehrte, zog Sam gerade ein Kabel für einen zusätzlichen Monitor durch den Raum. „Was gibt es, Sam?"

„Diese letzte Antwort wird an ein Postfach geschickt. Ich habe die Überwachungskameras bei der Post angezapft." Sam klebte das Kabel fest und sprach dann in das Telefon, das er in der Hand hielt. „Wink mal, Tim." Der Mann auf dem Bildschirm winkte. „Die Rückseite des Postfachs ist nur ein offenes Fach, in das sie die Post legen können. Man öffnet das Fach vom Eingangsbereich aus mit einem Schlüssel und holt die Post ab." Sam sprach wieder ins Telefon. „Leg den Umschlag in ihr Fach, Tim." Der Mann auf dem Video fuhr mit dem Finger eine Reihe Ziffern entlang, blieb stehen, und legte einen blauweißen Umschlag in ein Postfach. „Danke."

Sam klebte einen gelben Zettel auf den Monitor. „Wir können unsere Antwort persönlich beim Postamt abgeben und selbst ins Fach legen. Da der blauweiße Umschlag auffällt, sieht man die Sendung. Wir können den Umschlag die ganze Zeit über auf dem Monitor beobachten.

Noch besser könnten wir nur darauf aufpassen, wenn wir einen Kollegen danebenstellen würden. Sobald irgendetwas Verdächtiges passiert, riegeln wir das Gebäude ab. Es ist eine kleine Filiale mit zehn Angestellten plus dreißig weiteren, die kommen, die Post sortieren und sie dann ausliefern."

„Klingt so, als sollte ich Popcorn bereitstellen. Das gefällt mir, Sam. Such dir Leute von unserem Büro vor Ort, um das Gebäude zu beobachten, und haltet euch bereit, alles dichtzumachen, wenn nötig."

„Du glaubst, sie holt die Sendung ab."

„Ich glaube, sie weiß genau, was du tust, und sie hat sich etwas überlegt. Wenn sie gefasst werden will, wird sie das Postfach öffnen, die Vereinbarung herausnehmen, sie unterschreiben und aufgeben. Sie wird nicht fliehen. Entweder klaut sie uns den Umschlag wieder vor der Nase weg oder sie holt ihn ab und ergibt sich."

Sam blinzelte. „Diese Möglichkeit hatte ich, ehrlich gesagt, gar nicht in Erwägung gezogen."

Paul lächelte. „Wir sind so daran gewöhnt, Leute zu verfolgen, die fliehen, dass es ein merkwürdiger Gedanke ist, jemand könnte sich vielleicht ergeben. Wenn sie uns ihren echten Namen genannt hat, besteht aber durchaus eine Chance, dass sie auch beschlossen hat, die Sache nach den dreißig Kassetten und einem ordentlichen Handel zu beenden und sich zu stellen. Wir wissen immer noch nicht, was der Grund für ihr Verhalten ist, warum sie uns überhaupt die ersten Bänder geschickt hat. Sie war irgendwo da draußen und keiner kannte sie. Irgendetwas hat sich geändert, sodass sie eine Abmachung in der Hand haben wollte, falls wir sie fassen. Wir waren vielleicht dichter dran, als uns bewusst war. Sie muss wissen, dass es, wenn wir erst einmal anfangen, die Auftraggeber zu verhaften, da draußen dreißig Personen mit beträchtlichen finanziellen Mitteln gibt, die einen Grund haben, sie zu töten, bevor sie aussagen kann. Ich denke, die Chancen stehen fünfzig-fünfzig, dass sie selbst kommt und den Umschlag abholt, das Dokument unterschreibt, die Bänder bei sich hat und sich ergibt."

„Willst du mit mir kommen? Und was ist mit Rita? Wir sollten alle drei dabei sein, wenn sie aufgibt."

„Nimm Rita mit. Wenn unsere Killerin sich stellt, macht nicht viel Aufhebens und bringt sie hierher. Plaudert mit ihr, wenn sie in der Stimmung ist. Nehmt alles, was sie sagt, auf. Sowohl du als auch Rita solltet Mikrofone tragen und ein paar im Auto installieren. Es kann euch nur nützen, wenn ihr mehrfache Beweise habt. Falls sie sich tatsächlich stellt, gebe ich ein Abendessen aus, wenn ihr wieder hier seid. Falls sie es irgendwie schafft, uns auch diesen Umschlag heimlich zu entwenden, zahlt ihr für das Essen."

Sam lächelte. „Abgemacht. Was entscheiden die oben in Bezug auf ihre Forderung?"

„Ich habe keine Ahnung. Sie treffen sich heute Nachmittag."

„Rita und ich machen uns auf den Weg, sobald sie ihre Antwort zu Papier gebracht haben."

■

„Das ist ein ganz schönes Zugeständnis, wenn wir ihr nach dreißig Morden die mittlere Sicherheitsstufe geben, aber ich kann damit leben." Nach zwei Stunden Diskussion, wie sie reagieren sollten, beendete der Direktor schließlich die Debatte. „Es lohnt sich nicht, die Aufnahmen zu verlieren. Nicht, wenn sie so wertvoll sind." Er wandte sich an den Vizepräsidenten. „Setz das Angebot auf, Jim, und dann holen wir uns die letzten Tonbänder. Wenn man bedenkt, wer sich hinter den letzten vier Aufnahmen verbarg, muss ich die Namen auf den nächsten acht Kassetten kennen, egal, was es kostet.

Wenn sie uns wieder durch die Lappen geht, ist dieser Handel nur ein Blatt Papier. Wenn wir sie in mehreren Jahren fassen, ist sie über sechzig und die dreißig Festnahmen sind Geschichte. Interessant wird die Sache, wenn wir sie erwischen, während sie den Umschlag abholt. Aber wenn es dazu kommt, wird die Presse dreißig Morde haben, um die sie sich kümmern muss. Dann können wir die Nachrichtenwelle aussitzen."

„Die Vereinbarung ist bis heute Abend fertig", versprach der Vizepräsident.

■

„Ann?"

„Hi, Paul." Sie lächelte, als sie ihn auf dem Bildschirm sah. „Sag hallo, Black."

Der Hund bellte einmal und legte die Vorderpfoten auf den Tisch, um das Video besser sehen zu können. Paul grinste den Hund an, der hellwach wirkte und so aussah, als wollte er spielen. „Hallo, Black."

Ann umarmte das Tier und schob es dann vom Tisch. „Du bist ganz schön lange auf."

Paul blickte auf die Uhr und stellte fest, dass es beinahe Mitternacht war. „Die letzte Vereinbarung für die restlichen Kassetten ist fertig. Sam wird sie morgen abgeben. Wir nähern uns dem Showdown."

„Schön." Sie machte es sich in ihrem Lieblingssessel bequem und nahm ein Buch in die Hand, um ihm den Umschlag zu zeigen. „Danke für das Buch. Ich habe gerade angefangen, es zu lesen und es ist spannend."

„Ich dachte mir, dass es dir gefallen würde."

„Neva hat mir eine Zitronenbaisertorte mitgegeben. Ich wünschte, du wärst hier, um sie mit mir zu teilen."

Paul lächelte. „Das wäre ich gerne. Ich hatte eigentlich nichts Besonderes auf dem Herzen, sondern wollte nur sagen, dass ich jetzt nach Hause fahre, und dir eine gute Nacht wünschen."

„Ich freue mich, dass du dich gemeldet hast. Gute Nacht, Paul."

„Gute Nacht, meine Schöne."

■

Die Überwachung des Postamts erstreckte sich über Tage voller Langeweile. Niemand näherte sich dem Postfach, niemand bewegte den Umschlag. Sam und Rita verlegten sich darauf, „Ich sehe was, was du nicht siehst" zu spielen, um die Zeit totzuschlagen. Sie zählten Leute mit roten Hemden und dann gelbe Mützen. Am Morgen des vierten Tages fingen sie an, die Anzahl der Zuckerstreusel auf den Donuts zu ermitteln, um herauszufinden, welches der beste war. Paul, der die Audioeinspeisung verfolgte, lächelte und las Akten, während er froh war, dass er die beiden nicht begleitet hatte.

Um kurz nach eins am vierten Tag unterbrach Paul ihr Tieralphabetquiz. „Leute, Zane hat gerade angerufen. Die Bänder sind eingetroffen, mit einem Zettel, auf dem ‚Danke' steht."

„Der Umschlag hat sich in den letzten drei Tagen nicht gerührt. Ich kann ihn sehen und es ist unser Umschlag mit unserem Aufkleber", protestierte Sam. „Du siehst doch das gleiche Bild wie ich, Paul. Da ist er."

„Geht und holt den Umschlag. Und findet heraus, ob sie die Überwachungskameras manipuliert hat."

Paul hörte eine Tür zuknallen, als Sam loslief, um nachzusehen, was passiert war. „Ich würde sagen, du gibst ihm ein bisschen Freiraum, damit er Dampf ablassen kann, wenn er zurückkommt."

„Nachdem wir jetzt seit vier Tagen hier sitzen, könnte ich auch irgendwo gegentreten. Wir haben das Ding nie aus den Augen gelassen, Boss. Wir haben an diesem Bildschirm geklebt wie Bienen am Honig."

„Ich hatte den Monitor auch immer im Blick und habe nichts gesehen. Vielleicht irgendwann mitten in der Nacht, als wir nur die Notbeleuchtung hatten, um das Postfach zu beobachten?"

„Vielleicht. Moment, Sam kommt wieder."

Sam knallte die Tür. „Der Umschlag wurde mit Dampf geöffnet und der Inhalt durch leere Blätter ersetzt. Sie muss unsere blauweiße Versandtasche durch eine andere ersetzt, die Unterlagen herausgenommen und alles wieder zurückgetauscht haben, sodass Tim dieselbe Handschrift gesehen hat, wenn er für uns den Aufkleber überprüft hat. Der Blick auf den Umschlag war nur selten blockiert und wenn, dann höchstens eine halbe Minute lang, wenn jemand Großes am Ende des Ganges stehen geblieben ist, um sich mit jemandem zu unterhalten. Jemand von der Post muss ihr geholfen haben. Sie war mindestens zweimal an dem Postfach und wurde vom Personal nicht angesprochen, obwohl sie dort nichts zu suchen hatte. Wir können die Sache zurückverfolgen. Wir haben die Aufnahmen der Überwachungskameras. Sie hatte Hilfe im Haus."

„Das sehe ich auch so. Aber heute haben wir keine Zeit, der Sache nachzugehen. Wir haben jetzt alle dreißig Bänder. Die Killerin haben wir nicht. Kommt nach Hause, Sam. Ich brauche Rita, um die Stimmen auf diesen Bändern zu identifizieren, und du und ich müssen dreißig Verhaftungen planen. Wir kümmern uns später darum, wer ihr geholfen hat."

„Ich komme mir vor wie ein Idiot."

Paul lächelte. „Sie ist richtig gut. Wahrscheinlich hat sich jemand für sie dasselbe Video angeschaut, das ihr auch gesehen habt, also mach dir keine Gedanken darüber. Aber denk dran, das Essen geht auf euch."

Sam lachte. „Ja, reib noch Salz in die Wunde, Boss. Wir kommen nach Hause."

■

Paul brachte die acht Tonkassetten höchstpersönlich zu Nathan ins Audiolabor. „Das Gleiche wie bei den anderen Bändern: Ich brauche exakte Kopien, wir hören uns die Bänder an und bringen dir eine Liste mit Namen, und dann musst du eine Übereinstimmung finden und uns sagen, wer das auf den Aufnahmen ist."

„Alles klar."

„Eine Neuerung gibt es. Wenn du eine Übereinstimmung findest und einen Namen dazu, dann sagst du diesen Namen niemandem außer mir. Nicht Sam, nicht Rita, nicht Arthur, nicht einmal dem Direktor."

„Nachdem ich weiß, wessen Stimmen auf früheren Kassetten zu hören waren, kann ich mir vorstellen, wie brisant diese Namen hier sein werden. Ich werde es nur dir sagen und nichts zu Papier bringen, bevor ich von dir grünes Licht habe, die Namen publik zu machen." Nathan fertigte Kopien von den Aufnahmen an und gab sie Paul.

„Ich komme bald mit den Namen zurück. Es ist nicht viel, aber bestell dir was zu essen auf meine Rechnung. Etwas Gutes."

Nathan lächelte. „Danke."

■

Am nächsten Abend um kurz nach elf betrat Paul Arthurs Büro und schloss die Tür. „Wir haben die Namen zu den Stimmen auf den letzten acht Aufnahmen. Es würde sich lohnen, den Direktor zu Hause zu stören, um eine Telefonkonferenz auf einer sicheren Leitung zu führen."

„So schlimm?"

„Schlimmer."

■

Paul fuhr nach Hause und versuchte, Ann auf ihrem Handy zu erreichen, aber es sprang nur ihre Mailbox an. Sie musste mit dem Flugzeug unterwegs sein. Es war fast ein Uhr nachts und er hoffte, sie würde bald wieder landen. Enttäuscht hinterließ er ihr eine Nachricht, dass sie alle dreißig Namen hatten, und bat sie darum, ihn so bald wie möglich zurückzurufen.

Sie hatten dreißig Aufnahmen, sie hatten dreißig Namen. Jetzt war es Zeit für die Verhaftungen, Befragungen, eine Pressekonferenz und Anklageschriften, und dann würden sie die dreißig Mordfälle dem Büro des Generalstaatsanwalts übergeben. Die Namensliste machte Paul extrem wütend. Leute mit Geld und Macht bezahlten für Mord. Er brauchte die Festnahmen, um nachts wieder schlafen zu können. Er brauchte die Gerechtigkeit.

Paul traf Sam und Rita früh am nächsten Morgen im Besprechungsraum an, wo sie über einer Schachtel Donuts ihre Notizen verglichen. „Wie weit sind wir, Boss?"

Paul nahm sich einen Donut mit Zuckerguss aus dem Karton, während er darauf wartete, dass die Tür hinter ihm zufiel. Nach dem Klick nickte er in Richtung Tafel. Rita hatte die dreißig Namen fein säuberlich von Hand daraufgeschrieben. „Ich habe grünes Licht für die Verhaftungen", sagte er ihnen. „Der Generalstaatsanwalt schickt einen Tross Anwälte. Wir sperren sie in einen Raum, damit nichts von dem hier nach außen dringt, und erklären ihnen, was geschehen wird. Wir planen den Handel, den wir jedem der Auftraggeber anbieten werden. Wir haben die Killerin nicht als Zeugin, also hoffen wir, dass wir einige der Betroffenen dazu bewegen können, dem Handel zuzustimmen und ein Schuldgestandnis abzulegen. Und wir hoffen, dass unsere Anwälte gut sind.

Sam, versammel unser gesamtes Team im Konferenzsaal. Wir weihen sie ein. Dann entscheiden wir, wer welche Befragung durchführen soll. Innerhalb der nächsten vierundzwanzig Stunden verteilen wir unsere Leute auf die FBI-Büros in der Nähe der Orte, wo die jeweiligen Festnahmen stattfinden werden. Ich will, dass die Verhöre in der ersten Stunde nach der Verhaftung durchgeführt werden. Habt ihr euch überlegt, wen ihr nehmen wollt?"

„Henry Green und Lilly Delta."

„Rita?"

„Nichole Sims und Frank Teller. Wen nimmst du?"

„Ich werde zwischen den Fällen hin und her wandern, je nachdem, wer Hilfe braucht. Und ich übernehme die Verantwortung dafür, diese Anwälte im Blick zu behalten, damit sie uns auch wirklich helfen, anstatt uns zu behindern."

Sam schob ihm die Schachtel mit den Donuts zu. „Das ist ein Problem, für das man zwei Donuts braucht."

Paul lachte und nahm sich noch einen Teigkringel.

Paul ging im Konferenzsaal nach vorne auf das Podium und schaltete sein Mikrofon ein. „Meine Damen und Herren, suchen Sie sich bitte einen Platz an einem der Tische und schenken Sie mir Ihre Aufmerksamkeit. Ich werde Ihnen jetzt erzählen, warum Ihr Chef von Ihnen verlangt hat, dass Sie Ihre Handys und Laptops am Eingang abgeben, und warum Sie jetzt in diesem Raum eingeschlossen sind."

Die Anwälte und ihre Assistenten setzten sich und es wurde still im Raum.

„Mein Name ist Paul Falcon und ich bin FBI-Beamter hier in Chicago." Er schaltete den Projektor ein und fing an, durch dreißig Tatortfotos zu klicken. „Alle diese Menschen wurden von ein und derselben Killerin ermordet. Sie wurde bezahlt, und zwar gut bezahlt, um sie zu töten. 1989 hat sie damit angefangen und ihr dreißigster Mord war 2003. In den letzten neun Jahren hatten wir nichts von ihr gehört. Das hat sich vor einigen Monaten geändert."

Mit einem Klick zeigte Paul ein Foto von den Kassetten, die auf seinem Schreibtisch ausgebreitet waren. „Dies sind dreißig Tonbandaufnahmen von den Mordaufträgen. Wer getötet werden soll, wie viel die jeweilige Person dafür zahlen wird und was der Grund für den Mord ist. Sie hat uns die Bänder überlassen, im Austausch gegen einen Handel für den Fall, dass wir sie fassen. Wir haben die Stimmen auf den Kassetten identifiziert … Morgen werden wir folgende Personen verhaften." Er blickte auf die Liste in seiner Hand. „Vier Kongressabgeordnete, drei Geschäftsführer, zwei Finanzchefs, einen Profi-Football-Trainer, zwei Beamte des Außenministeriums, zwei Polizeibeamte, drei Agenten von der Drogenfahndung, einen ehemaligen Gouverneur, einen Mafiaboss, drei Mafiagangster, einen Banker, zwei Waffenhändler und fünf reiche Ex-Ehefrauen." Paul fing an, Bilder von den zu verhaftenden Personen auf der Leinwand zu zeigen, während er darauf wartete, dass die aufgeregten Kommentare verstummten.

Schließlich stieß er einen Pfiff aus und das Mikrofon verstärkte ihn genug, um die Anwesenden zum Schweigen zu bringen. „Ja, wir sind uns im Hinblick auf die Stimmidentifizierung und die Authentizität der Tonbänder ganz sicher. Ihre heutige Aufgabe ist es, einen Stapel Durchsuchungsbeschlüsse für Kontounterlagen und

Telefonverbindungsnachweise auszustellen und die Angebote zu formulieren, die wir jeder einzelnen Person machen wollen, wenn sie gesteht, den Mord in Auftrag gegeben zu haben. Wir haben vor, uns jede dieser Personen ganz genau anzusehen und zu prüfen, wo sie seither vielleicht noch gegen das Gesetz verstoßen hat. Jedem Mord werden ein Juristenteam und ein leitender Staatsanwalt zugewiesen. Ihr Chef wird diese Aufgaben verteilen. Ich brauche die beste Arbeit, die Sie in Ihrer Karriere jemals abgeliefert haben, denn Sie können darauf wetten, dass jede dieser Personen den besten Verteidiger haben wird, den Geld kaufen kann. Die Zeit läuft. Die Verhaftungen beginnen in vierundzwanzig Stunden."

„Bist du bereit, ein paar Leute festzunehmen?"

Paul, der gerade seine Schlüssel aus der Tasche kramen wollte, hielt in der Bewegung inne. Ann wartete mit zwei Bechern Kaffee an seinem Wagen. Er grinste, weil er einfach nicht anders konnte. „Es ist fünf Uhr morgens."

„Ich hasse es, den Arbeitstag so früh zu beginnen, aber ich habe gehört, du magst es aus irgendeinem Grund."

Paul nahm einen der Kaffeebecher. „Bei dreißig Verhaftungen muss man früh anfangen."

„Ich dachte, ich biete dir heute meine Dienste als Chauffeurin an und ich bin gut darin, andere mit Kaffee zu versorgen. Ich kenne Margarets Geheimvorrat."

Paul beugte sich vor und küsste sie. „Danke. Du magst keinen Kaffee."

„Die sind beide für dich. Ich dachte, an einem Tag wie diesem kannst du gar nicht genug Koffein kriegen. Müssen wir Donuts für Sam und Rita besorgen?"

„Sie sind schon unterwegs, aber ich könnte welche brauchen. Ich kenne einen guten Bäcker auf dem Weg."

„Dann machen wir uns an die Arbeit, Agent Falcon."

Die Festnahmen begannen um sechs Uhr morgens und erstreckten sich über den ganzen Vormittag, wobei die letzte Person mittags um kurz nach zwei verhaftet wurde. Paul ging im Konferenzsaal auf und ab. Er war froh, dass jetzt alle seine Leute an dem Fall arbeiteten, während er zwischen mehreren Telefonen hin und her schaltete und sich immer wieder auf den aktuellen Stand bringen ließ. In zwölf verschiedenen Städten waren Agenten am Werk, überbrachten Haftbefehle und Durchsuchungsbeschlüsse.

„Hier." Ann drückte ihm eine Getränkedose in die Hand.

Er drehte sich überrascht um und sie lächelte. „Du wirst langsam heiser."

„Danke."

Ann gesellte sich wieder zu dem Assistenten, der die Tabellen an der Wand aktualisierte und eintrug, welche Verhaftung erfolgt war, wann die Befragung begonnen hatte, wann der jeweiligen Person das Angebot unterbreitet worden war, wann die Haftbefehle zugestellt worden waren, wann mit dem Sammeln von Beweisen in Bezug auf Telefongespräche und Kontobewegungen begonnen worden war. Was Paul noch nicht hatte, was er aber zu finden hoffte, war jemand mit mehr Informationen über die Killerin, der bereit war, diese für einen besseren Deal preiszugeben.

Paul sah, dass in der Spalte „Handel angenommen" ein Haken eingetragen wurde. Er blickte zu dem Namen des Agenten, der die Befragung durchführte, und lächelte. „Gut gemacht, Franklin", sagte er leise und wünschte, er könnte persönlich dort sein, um den Mann zu beglückwünschen.

Wenige Augenblicke später erschien ein weiteres Häkchen an der Wand. Rita hatte ebenfalls erreicht, dass ihr Angebot angenommen wurde. Im Geiste steigerte Paul seine anfängliche Erwartung, dass drei Auftraggeber sich auf einen Handel einlassen würden, auf acht. Eine Aufnahme von der eigenen Stimme konnte die selbstsichersten Menschen erschüttern.

Der Leiter des Juristenteams tigerte ebenfalls im Raum auf und ab. Paul mochte den Mann. Der Direktor war vorhin da gewesen und auch Arthur schaute regelmäßig vorbei. Es überraschte Paul ein wenig, dass der Vizepräsident nicht hier war, um dabei zuzusehen, wie die Verhaftungen ihren Lauf nahmen.

Paul überflog die stumm geschalteten Fernseher, die sie im Blick behielten, um zu sehen, wie die Medien über diesen Fall berichteten. Die Journalisten hatten die meisten der dreißig Mordfälle zuordnen können und soeben war die Verbindung zu einer gemeinsamen, einzelnen Killerin hergestellt worden. Paul war sich sicher, dass in einer Stunde auch über die Tonbänder berichtet werden würde.

Er durchquerte den Raum und gesellte sich zu Ann. Es war ihm gleichgültig, wer im Raum war oder zusah. Lächelnd schlang er die Arme um sie. „Siehst du, was aus deinem Autounfall am Ende geworden ist? Du warst entschlossen, den Kalendercode zu knacken, wir haben das Haus des Mittelmannes gefunden und die Befragungen durchgeführt, sie hat reagiert, und jetzt haben wir dreißig aufgeklärte Morde. Das alles hat mit dir angefangen."

Sie lächelte. „Eiscreme wäre ein nettes Dankeschön."

„Sobald dieser Fall endlich abgeschlossen ist", versprach Paul ihr. „Glaubst du, sie ist irgendwo da draußen und verfolgt die Nachrichten, während die Festnahmen laufen?"

„Ich glaube, dass sie zusieht und sich fragt, wie weit ihr davon entfernt seid, an ihre Haustür zu klopfen."

„Hoffen wir, dass dieser Tag irgendwann kommen wird. Für den Fall, dass du einen Anruf bekommst und schnell wegmusst, möchte ich dir jetzt sagen, wie sehr ich mich darüber freue, dass du gekommen bist."

„Das hab ich gern gemacht."

„Boss, ich habe Sam für dich in der Leitung."

Paul ging zum Apparat, um das Gespräch entgegenzunehmen.

■

In den drei Wochen nach den Verhaftungen wechselte Paul irgendwann zu koffeinfreiem Kaffee, um den Arbeitsstress zu überleben. Margaret hatte ihm bereits einen Becher eingeschenkt, als er Suite 906 betrat, und drückte ihm das Getränk lächelnd in die Hand. „Er erwartet Sie."

Paul holte tief Luft und trank die Hälfte des Kaffees. „Darf ich Sie um eine Ihrer Zehn-Minuten-Unterbrechungen bitten?"

„Ich komme in zehn Minuten rein."

Paul ging ins Büro durch. „Boss?"

Arthur legte den Hörer auf und winkte ihn näher. „Hattest du schon Gelegenheit durchzuatmen?"

Die Frage überraschte Paul so, dass er auflachte. „Nein, hatte ich nicht. Es waren arbeitsreiche Wochen. Ich glaube, ich bin mir selbst ein paarmal beim Kommen und Gehen begegnet."

Arthur deutete auf einen Stuhl. Dann kam er hinter seinem Schreibtisch hervor und lehnte sich dagegen. „Der Generalstaatsanwalt ist ziemlich zufrieden. Seine Juristen sind an der Arbeit, was die dreißig Morde betrifft. Wir haben neun Schuldgeständnisse und sechs Personen, die sich schuldig bekennen würden, wenn sie einen besseren Deal bekämen. Selbst die Presse berichtet positiv. Was gibt es Neues über die Killerin?"

„Sam, Rita und ich haben gerade einen detaillierten Bericht mit neuen Informationen zusammengestellt, die wir aus den Befragungen über sie gewonnen haben. Unterm Strich gibt es wenig Neues. Eine Suche in der Gegend von Boston nach jemandem, der sie auf dem alten Bild erkennen könnte, hat nichts gebracht. Wir suchen weiter, aber ich bin nicht sehr optimistisch. Vielleicht kriegen wir sie nie, es sei denn, sie macht einen Fehler."

„Sie hatte Zeit, alles genau zu planen. Wie verabredet hat sie uns die Bänder gegeben und ich kann mit dem Handel leben, den wir mit ihr geschlossen haben. Irgendwann kriegen wir sie. Überleg mal, wo wir vor einem Jahr mit diesem Fall standen … ich finde, wir können mit unseren Fortschritten sehr zufrieden sein."

„Ich kann auch mit dem Handel leben. Wer hätte gedacht, dass wir alle dreißig Morde würden aufklären können? Und zumindest wissen wir jetzt, was passiert ist."

„Darf ich dir einen Rat geben?"

„Natürlich."

„Mach einen langen Urlaub. Sobald die Autobiografie des Vizepräsidenten erscheint, wird es für dich wieder hektisch. Nimm dir eine Auszeit, solange du kannst. Du hast sie dir verdient. Sam und Rita haben mir bewiesen, dass sie reif sind für eine ordentliche Beförderung. Sie sollen die Leitung übernehmen, dann kriegen sie einen Vorgeschmack, wie es sein wird, wenn sie das Jobangebot annehmen."

„Ich weiß das zu schätzen, Arthur. Die beiden werden mit der Arbeit fertig. Aber ich will sie nicht verlieren; wir arbeiten gut zusammen."

„Ich gebe dir mein Wort, dass ihr das auch weiterhin könnt. Aber ich packe dir auch mehr auf deinen Teller und du wirst darauf angewiesen sein, dass Sam und Rita deine jetzige Arbeit machen. Dein Bekanntheitsgrad ist mit diesen dreißig Verhaftungen sprunghaft angestiegen und das Medieninteresse jetzt ist noch nichts im Vergleich zu dem, was kommt, wenn die Autobiografie erscheint. Du wirst der persönliche Liebling der Medien sein und ich kann dir garantieren, dass der Direktor sich das zunutze machen wird. Außerdem hast du noch so viel Urlaubsanspruch, dass die Personalabteilung sich regelmäßig darüber beklagt. Also nimm dir eine Auszeit und genieß sie."

„Danke, Arthur. Ich werde ernsthaft darüber nachdenken."

Paul nahm die Treppe hinunter zum Konferenzsaal. Er hatte in den letzten Wochen einige Male mit Ann gesprochen, aber es waren kurze Gespräche gewesen, bei denen er sie lediglich auf den aktuellen Stand gebracht hatte, was diesen gigantischen Fall betraf, und sich nach ihren Fällen erkundigt hatte. Er war nicht viel zu Hause gewesen. Ann hatte ihm bereits geraten, mehr Zeit mit seiner Familie zu verbringen und etwas zu schlafen, wenn er endlich daheim war. Auch sie beide hatten nicht viel Freizeit zusammen gehabt. Ein Urlaub wäre eine kluge Entscheidung. Er musste sich um sein Privatleben kümmern.

„Sam."

„Hier." Sam trat aus dem Besprechungsraum. Über seinem Arm hing ein aufgerolltes Audiokabel, das nicht mehr gebraucht wurde. Rita folgte ihm mit den zusätzlichen Stühlen, die sich in den vergangenen Wochen in dem kleinen Raum angesammelt hatten.

„Der Boss hat mir mehr oder weniger befohlen, Urlaub zu machen."

Sam grinste. „Was machst du dann noch hier?"

„Dir und Rita die ganze Arbeit zu überlassen, während ich auf der faulen Haut liege, scheint mir eine lausige Idee zu sein."

Rita lachte. „Mensch, wir sind berühmt. Seit die Verhaftungen begonnen haben, brauchte ich mir kein einziges Frühstück, Mittagessen oder Abendessen mehr selbst zu kaufen. Ich habe viel zu viel Spaß, als dass ich Urlaub nehmen wollte."

„Wie war die Besprechung mit dem Leiter der Rechtskommission?"

„Ihm wäre es am liebsten, wenn wir die Killerin fassen würden, damit sie vor Gericht aussagen kann. Ansonsten war sein interessantester Kommentar ein Dankeschön dafür, dass wir die Akten sortiert und mit einem Index versehen haben. Ich mag den Mann, Paul. Er ist nicht nur juristisch fit, sondern auch praktisch veranlagt."

„Sam?"

„Ich bin genauso beliebt wie Rita. Meinen Freizeitausgleich nehme ich lieber, wenn es anfängt zu schneien und ich Skifahren gehen kann."

Rita brachte die Stühle dorthin zurück, wo sie eigentlich hingehörten. „Es gibt keinen Grund, warum du hierbleiben müsstest. Die anderen Fälle an der Wand werden bearbeitet und ich kann sie im Auge behalten. Außerdem entspannen die Leute sich, wenn der Chef weg ist, weil sie dann nicht versuchen müssen, dich zu beeindrucken. Wenn du Urlaub nimmst, ist es für alle ein bisschen wie Urlaub. Und du könntest Ann besuchen fahren."

„Das dachte ich mir auch. Wenn ihr beide meine Arbeit machen wollt, während ich weg bin, nehme ich mir mehr als nur zwei Wochen frei."

„Es wird uns Spaß machen, den Laden hier zu schmeißen. Wir haben ja deine Nummer, falls es einen Notfall geben sollte."

Sam nickte. „Ich sehe das genauso wie Rita. Geh und besuch Ann. Nimm dir einen langen Urlaub. Wenn du ausgeruht zurückkommst, kannst du dich mit dem Pressewirbel um das Buch des Vizepräsidenten herumschlagen, und wir gehen in Urlaub – ganz ohne jedes schlechte Gewissen."

Paul grinste. „Na, schönen Dank euch beiden."

Teil 6

ENTSCHEIDUNGEN

26

Während er sein Abendessen zubereitete, dachte Paul an Ann und daran, wie sie zueinander standen. Er kannte die Probleme. Sie war sehr schweigsam. Er musste sich ständig anstrengen, um zu erfahren, was ihr durch den Kopf ging. Den geselligen Aspekt der Falcons würde sie mit Sicherheit als echte Belastung empfinden, die sie auslaugte. Sie war sehr introvertiert – mehr, als er angenommen hatte. Mit einer Familie würde sie sich unwohlfühlen. Das musste er akzeptieren. Sie war nachts wach und er musste sich überlegen, wie er mit ihrem Kampf gegen den Albtraum umgehen sollte, den sie zwischen zehn Uhr abends und zwei Uhr morgens führte.

Aber er fühlte sich bei ihr wohl. Er mochte ihre Persönlichkeit. Ihm gefiel, wer sie war. Sie liebte Gott. Die Menschen vertrauten ihr. Und sie hatte sich dieses Vertrauen verdient.

Paul trug seinen Teller ins Fernsehzimmer. Dort rief er die Videos und die Bilder auf, die er von Ann gesammelt hatte, und scrollte durch seine Lieblingsbilder. Er hatte nicht vorgehabt, die Entscheidung heute zu treffen, aber ihm wurde bewusst, dass er es getan hatte. Er kannte sie. Er kannte ihre Geheimnisse, er wusste, wer sie war. Und er liebte sie. Wenn Ann seine Ehefrau werden sollte, dann war es Zeit, auf eine Antwort zu drängen. Wenn er wartete, würde es das Ergebnis in der Sache nicht ändern.

Er konnte sich nicht vorstellen, wie Anns Entscheidung ausfallen würde. Tatsache war, dass sie sich noch nicht entschieden hatte. Er würde sie an einen Punkt bringen müssen, wo sie eine Entscheidung traf, und hoffen, dass diese zu seinen Gunsten ausfiel. Das große Risiko war ein Nein und so schmerzlich es für ihn auch wäre, dieses Nein zu hören, für sie wäre es noch schlimmer. Sie hatte für ihn so viel aufs Spiel gesetzt. Weil er sie darum gebeten hatte, hatte sie den Schutzraum ihres Singledaseins verlassen, in dem sie sich wohlfühlte, um die Möglichkeit einer Ehe zu prüfen. Ein Nein würde ihr das Herz brechen – und ihm seins. „Gott, lass mich keinen Fehler dabei machen, wie ich diese Sache angehe. Lass nicht zu, dass ich sie verletze. Wie auch immer es ausgeht, bitte mach, dass ich ihr nicht wehtue." Er betrachtete die Bilder und überlegte sich, wie er im Laufe der nächsten Tage vorgehen wollte.

■

„Hi, Ann." Er war froh, sie am nächsten Morgen zu Hause zu erwischen, wo sie an ihrem Schreibtisch arbeitete.

Sie wandte sich dem Bildschirm zu und lächelte. „Hi." Dann machte sich Verwunderung auf ihrem Gesicht breit. „Du bist nicht im Büro? Es ist zehn Uhr."

„Ich habe Urlaub."

Sie unterbrach ihre Arbeit und stützte das Kinn in die Hand. „Ich liebe das Wort. Du kannst ihn gebrauchen. Das klingt nach einer sehr weisen Entscheidung."

„Ich gehe ins Fitnessstudio und fahre dann im *Falcons* vorbei, um mich von Jackie bekochen zu lassen. Dann dachte ich, könnte ich nach Hause fahren und einen Teil meines Tages damit verbringen, dich bei deinem zu stören."

Sie grinste. „Der Plan gefällt mir."

„Dann sehen wir uns in etwa vier Stunden?"

„Ich bin hier."

■

Paul holte sich ein Getränk und machte es sich im Fernsehzimmer bequem. Dann rief er Ann an. Als die Videoverbindung aufgebaut war, musste er unwillkürlich grinsen. Sie hatte auf dem Sofa geschlafen – ihre Wange war von dem Kissen noch ganz faltig. „Hallo, Schlafmütze."

Sie unterdrückte ein Gähnen und lachte verlegen. „Ich bin vor einer Stunde eingeschlafen. Es war spät gestern Abend." Sie fuhr sich mit den Fingern durch die Haare und brachte sie damit eher noch mehr durcheinander, als sie zu richten. Black schlief tief und fest vor der Couch. „Wie es aussieht, hat der Sport dir gutgetan."

„Das hat er in der Tat. Ich mag meine Arbeit, aber eine Wiederholung der letzten paar Wochen brauche ich nicht unbedingt. Das Mittagessen war übrigens fantastisch. Es war schön, die Familie mal wieder zu sehen, und ich habe gemerkt, dass ich überhaupt nicht mehr auf dem Laufenden bin, was sie alle betrifft. Jackie lässt dich grüßen."

Ann lächelte. „Ich mag deine Schwester."

„Hol dir etwas zu trinken, stell dich unter die Dusche oder tu, was du sonst so machst, um wach zu werden, Ann. Ich würde mich gerne mit dir unterhalten, wenn du magst."

„Das wäre nett. Ich bin in zwanzig Minuten wieder da."

Sie verschwand aus seinem Blickfeld. Einige Minuten später rappelte Black sich auf, schüttelte den Kopf, um wach zu werden, und trottete hinter ihr her. Paul lächelte.

Eine halbe Stunde später kehrte Ann zurück. Mit einer Hand trocknete sie sich die Haare ab, in der anderen hielt sie eine kalte Limonade. „Jetzt geht's mir besser. Ich bin wach."

„Wärst du bereit, eine hypothetische Unterhaltung über die Zukunft zu führen?"

Ann ließ das Handtuch sinken und zögerte. „Können wir das um ein paar Wochen verschieben?"

„Nein."

Sie setzte sich vorsichtig in ihren Lieblingssessel und nickte. „In Ordnung."

„Angenommen, wir wären verheiratet."

Sie holte tief Luft. „Okay."

„Wo könntest du gut leben?"

„Wo immer du bist."

„Du könntest in Chicago oder New York leben?"

„Ich habe nicht gesagt, dass das meine erste Wahl wäre, aber ich könnte dort leben. Das ist ein Unterschied."

„Würdest du weiterhin als Ermittlungsbeauftragte für den Mittleren Westen arbeiten wollen?"

„Nein."

Er blinzelte. „Nein?"

„Ich bringe keine Morde mit in eine Ehe."

„Wann hast du das beschlossen?"

„Als du die Frage gestellt hast."

„Würdest du deine Arbeit anders gestalten oder gar keine Polizistin mehr sein wollen?"

„Ich wäre dann keine Polizistin mehr."

„Ann, warte bitte mal. Wieso das denn? Du liebst deinen Beruf."

„Wenn ich verheiratet bin, muss ich etwas aufgeben. Ich kann aufhören, Polizistin zu sein, aber ich weiß nicht, ob ich aufhören könnte, Bücher zu schreiben. Vermutlich wäre ich nicht in der Lage, die Ideen für Geschichten zu verdrängen. Also gebe ich lieber den Job als Polizistin auf. Der Versuch, eine Ehe zu führen, Polizistin zu sein und zu schreiben, würde mich innerhalb weniger Jahre umbringen. Deshalb ist es klug, mich gar nicht erst in eine Situation zu begeben, von der ich weiß, dass ich sie auf Dauer nicht aushalten würde. Meine Antwort scheint dich zu überraschen. Warum? Du siehst die gleichen Probleme wie ich. Hast du geglaubt, eine Ehe würde mich nichts kosten?"

„Ich hatte keine so drastischen Maßnahmen erwartet."

„Du hast gedacht: *Es könnte funktionieren, wenn sie nicht so viel reist. Wenn sie wieder für die Mordkommission in Chicago arbeiten würde, zusammen mit Kate, könnte das passen.* Aber dadurch verschieben wir nur die Figuren auf dem Spielbrett. Das eigentliche Problem bleibt bestehen. Ich habe einfach nur eine bestimmte Menge von mir, die ich verteilen kann. Und ich will nicht die Entscheidung treffen zu heiraten, nur um dann eine unkluge Entscheidung zu treffen, die meine Ehe von Anfang an belastet. Du brauchst mein Einkommen nicht. Ich bin nicht unersetzbar als Ermittlungsbeauftragte. Solltest du mich jemals dazu überreden zu heiraten, gehe ich als Polizistin in den Ruhestand." Sie zögerte. „Sollen wir unsere hypothetische Unterhaltung beenden?"

„Nein, nicht, wo mir klar wird, dass du so tief greifende Entscheidungen in dieser Sache fällst. Ich würde dir diesbezüglich gerne anbieten, als Beraterin fürs FBI zu arbeiten und in alle Mordfälle auf meinem Schreibtisch reinzuschnuppern, wenn du willst."

„Das hatte ich mir auch schon überlegt."

„Du würdest weiterschreiben?"

„Ich würde wahrscheinlich mehr eigene Romane schreiben anstatt Bücher über Freunde. Deine Familie zieht viel Medienaufmerksamkeit auf sich und es würde bekannt werden, dass ich Bücher über Freunde geschrieben habe. Das würde den Grund zunichtemachen, warum ich es getan habe."

„Wie denkst du über eine Familie?"

„Ich glaube, bevor wir heiraten würden, müssten wir eine Vereinbarung treffen, dass wir keine Kinder haben werden. Das ist mehr, als ich leisten kann. Ich finde, du hast eine große Familie, die mit jedem Jahr größer wird, und es gibt genug Kinder, die du lieb haben und mit denen du etwas unternehmen kannst, sodass die Lücke, keine eigenen zu habe, zumindest teilweise gefüllt wäre. Mutter zu sein ist etwas, wozu ich mich nicht durchringen kann ... Du wirkst nicht überrascht."

„Ich hatte dich richtig eingeschätzt."

„Es tut mir leid, Paul, dass ich dich mit der Tatsache konfrontieren muss, dass ich nur ohne eigene Familie zu haben bin. Ich weiß, das ist viel verlangt. Es fällt mir nicht leicht zu sagen, dass ich das nicht schaffen würde, aber es geht einfach nicht."

„Das tut mir leid, aber ich verstehe deinen Standpunkt." Es folgte ein Augenblick des Schweigens. „Etwas Einfacheres: Wie gehen wir mit der Tatsache um, dass du eine leidenschaftliche Nachteule bist und ich ein extremer Morgenmensch?"

„Du machst dir selbst Frühstück und versuchst, mich morgens nicht zu wecken. Wenn du eine gut gelaunte Ehefrau haben willst, lässt du mich ausschlafen. Wieso lächelst du?"

„Nur wegen der Art, wie du das gesagt hast. Führen wir einen Kalender und planen wir, wann wir Gäste haben oder Besuche machen?"

„Du gibst mir vier Monate im Jahr, in denen du gar nichts in den Kalender einträgst. Die anderen acht Monate kriege ich schon irgendwie hin."

„Was noch?"

„Ich bekomme vier Stunden am Tag und eine Woche im Monat für mich. Du rufst mich in dieser Zeit nicht an. Ich ignoriere die Klingel. Ich sehe niemanden."

Er blinzelte. „Das ist heftig."

Sie wartete.

„Willst du diese Zeiten in unserem gemeinsamen Zuhause verbringen oder brauchst du einen anderen Ort dafür? Wer von uns beiden geht während dieser Zeit?"

„Da bin ich flexibel."

„Gut."

„Kein Widerstand?"

„Du weißt, was du brauchst. Damit kann ich umgehen. Wenn ich muss, kaufe ich dir noch ein Stockwerk im Haus und gebe dir eine Wohnung, in der du dich verstecken kannst."

Jetzt war sie es, die ihn ungläubig anstarrte. Dann wurde sie blass. „Du willst wirklich, dass ich Ja sage. Du wirst deine Meinung nicht ändern, was uns betrifft."

„Tief durchatmen, Ann." Es dämmerte ihr, dass er sie tatsächlich an einem nicht allzu fernen Tag bitten würde, seine Frau zu werden.

„Okay. Mir geht es gut."

„Das stimmt nicht, aber es ist reizend und noch ein Grund, warum ich dich liebe, Ann."

Sie wurde noch blasser. Sie war noch nicht so weit, dass sie ihm mit den gleichen Worten antworten konnte, aber vielleicht würde sie das eines Tages.

„Ich rufe dich heute Abend wieder an. Ich glaube, du solltest mit Lieblich reden."

„Ist gut", flüsterte sie. „Ich glaube, du hast recht."

■

Er rief sie um kurz nach sieben an und sah zu, wie das Videobild erst flackerte und dann stabil wurde. Als das grüne Lämpchen für den Ton aufleuchtete, sagte er: „Hi, Ann."

„Hi." Paul hörte eine Schüchternheit in ihrer Stimme, die er seit ihren ersten Gesprächen nicht mehr gehört hatte, und ihr Lächeln war zögerlich. Er wünschte, er wäre jetzt bei ihr und könnte sie in den Arm nehmen. Als Black sich neben sie schob, um ihn zu sehen, schlang Ann einen Arm um das Tier und lachte, denn der Hund versuchte, den Bildschirm abzuschlecken.

„Hi, Black. Ich brauche wohl nicht zu fragen, ob er seinen Spaziergang genossen hat. Es sieht so aus, als hätte er einen halben Baum mit nach Hause gebracht."

„Ich werde noch die ganze nächste Woche Kiefernnadeln aus seinem Fell pflücken. Er hat ein Kaninchen gejagt und das kam unter dem Baum durch, Black aber nicht." Sie hielt eine Handvoll Kiefernnadeln hoch. „Er bellt, wenn ich sie ihm aus dem Fell ziehe. Wenn das so weitergeht, muss ich ihm heute Abend Eiscreme geben."

Sie ließ den Hund los und Black zog sich zurück, um sich mit einem energischen Kopfschütteln auf seinen Knauknochen zu stürzen.

„Vielleicht musst du ihm die Haare schneiden."

„Könnte sein, mal sehen. Ich brauchte etwas, um mich zu beschäftigen, deshalb bin ich mir nicht sicher, ob das Kaninchen nicht Lieblichs Vorstellung von einer Ablenkung war."

Paul lächelte und vermutete, dass sie recht hatte. „Ich würde gerne noch eine hypothetische Unterhaltung führen, damit wir die Sache abschließen können."

Sie holte tief Luft und nickte. „Das dachte ich mir."

„Falls wir jemals heiraten sollten, was für eine Hochzeit würdest du dir wünschen?"

„Meine Antwort wird dir nicht gefallen. Ich würde durchbrennen wollen oder wie man das heute nennt."

„Wirklich? Du würdest nicht wollen, dass deine Freundinnen Kate und Lisa und Vicky zu deiner Hochzeit kommen?"

„Wenn ich die Wahl hätte, würde ich keine Hochzeit feiern, sondern nur zur Kirche beziehungsweise zum Pastor gehen, ohne das Ereignis anzukündigen."

Er blinzelte. „Das ist mehr als nur Scheu, im Mittelpunkt zu stehen."

„Ich mag keine Zeremonien. Ich weiß, das sagt etwas Schreckliches über mich aus. Hochzeiten. Beerdigungen. Abschlussfeiern. Ich gehe nicht gerne zu denen anderer Leute und noch weniger mag ich es, wenn es etwas mit mir zu tun hat. Geburtstage sind einigermaßen in Ordnung. Ich weiß, dass das komisch ist, aber eine Hochzeit ist nichts, worauf ich mich freue. Damit die Feier stattfindet, gibt es jede Menge Stress, und Vorteile gibt es meiner Meinung nach keine. Mir wird die Zeremonie nicht gefallen. Also kann ich nur hoffen, dass ich das, was geplant ist, überlebe."

„Warum?"

„Wenn ich diese Frage beantworten könnte, würde ich es tun. Ich weiß es nicht. Mir wird nur ganz mulmig und ich nehme jede Gelegenheit wahr, die sich mir bietet, um nicht dabei sein zu müssen. Vicky hat mich damals gebeten, eine Freundin von ihr in einer Familienstreitigkeit zu unterstützen, und ich hätte sie küssen können, weil ich nicht bei ihrer Hochzeit bleiben musste. Es ist nicht rational oder sonst irgendwie zu erklären, es ist einfach so. Das Gute ist, dass du dir ganz sicher sein kannst, dass ich dich wirklich heiraten will, wenn ich bereit bin, eine Hochzeit über mich ergehen zu lassen." Sie fuhr sich mit den Fingern durchs Haar. „Ich weiß, dass meine Vorstellung nicht realistisch ist. Es ist schließlich auch deine Hochzeit. Du brauchst eine Feier, zu der deine Familie kommt und Hochzeitsfotos auf deinem Schreibtisch und all das."

„Ann, es ist unsere Hochzeit. Sie kann so aussehen, wie wir es wollen. Mir ist die Ehe wichtig. Wenn ich einen Kompromiss eingehen muss, um sie zu bekommen, dann ist das Teil der Abmachung. Marie hatte eine sehr kleine Hochzeit. Nur die engste Familie. Dad hat Maries Bräutigam ihre Hand gegeben. Und dann haben sie einen Monat, nachdem sie aus ihren Flitterwochen zurück waren, ihre Freunde zu einer Party eingeladen. Meine Familie wird es überleben, was auch immer wir entscheiden. Willst du das Brautkleid und den Kuchen?"

„Ich mag Kuchen."

„Du willst verheiratet sein – du willst nur nicht heiraten."

„Ich könnte das offizielle Papier unterschreiben. Alles anderes ist mir ein bisschen zu viel."

„Würdest du meinen Ring tragen?"

„Wenn du meinen trägst. Und ich will keinen Stein – ein einfacher Goldring wäre gut."

„Was ist mit einem Verlobungsring?"

„Bitte nicht."

„Würdest du meinen Namen annehmen?"

„Ja."

„Wo willst du die Flitterwochen verbringen?"

„Irgendwo, wo nicht viele Leute sind. Ich will lange Flitterwochen, keine gehetzten, und nicht an einem der üblichen Orte mit Sand, Meer oder Schnee. Zu Hause wäre nett."

Er lächelte. „Nach deiner Vorstellung sollte eine Ehe den Stress reduzieren und nicht zusätzlichen Stress verursachen."

„Du fängst langsam an, so zu denken wie ich."

„Wir sind keine zwanzig mehr, Ann. Wenn du eine sehr einfache Hochzeit im kleinen Kreis willst und Flitterwochen, in denen uns niemand findet, dann kriege ich das hin. Was ich möchte, ist eine gute Ehe. Ich möchte, dass meine Frau die Hochzeitsfeier überlebt. Und um das zu erreichen, kann ich mich in vielem anpassen."

„Aber du bist der Einzige, der etwas aufgibt. Das wirst du eines Tages bereuen."

„Werde ich das? Ich habe mich kein Stück bewegt, Ann. Du bist diejenige, die sich vom Unvorstellbaren dem Gedanken nähert, Ja zu sagen."

Sie wurde blass und errötete dann.

Er lächelte. „Du bist süß, wenn du rot wirst."

„Wir sollten dieses Gespräch ein andermal beenden, wenn mir wieder eingefallen ist, was ich dich fragen sollte."

„Gut. Such dir ein Buch und lies ein bisschen."

„Paul, ich muss das sagen: Du begehst einen Fehler, wenn du erwägst, mich zu heiraten."

„Was davon ist einfach Angst und was ist etwas anderes, von dem ich wissen sollte?"

„Du bist optimistisch, dass es funktioniert. Ich habe schreckliche Angst davor, dass es nicht funktioniert."

„Einer von uns wird recht haben. Gibt es noch etwas, das du mir sagen musst, Ann? Irgendetwas, das dir zu schaffen macht und von dem du wünschtest, es wäre geregelt?"

„Du kennst mich besser als jeder andere lebende Mensch. Aber du meinst, es wäre einfacher, mit mir zu leben, als es tatsächlich ist."

„Ich finde, du hast eine gute Art, andere Menschen zu lieben. Wenn du Ja sagst, brauche ich mich nicht zu fragen, ob du dein Bestes geben wirst, damit es eine gute, starke Ehe wird. Ann, wir haben Lieblich auf unserer Seite. Was brauchen wir mehr?"

„Frag mich das bitte später noch mal. Ich werde jetzt etwas lesen."

„Eine sehr gute Idee. Schlaf gut, Ann. Ich rufe dich morgen wieder an."

„Gute Nacht, Paul."

„Ann?"

Sie hielt inne, bevor sie die Verbindung beendete. „Ja, Falcon?"

„Ich liebe dich."

Das Lächeln, das sich auf ihrem Gesicht zeigte, bevor sie die Verbindung beendete, war wundervoll anzusehen. Paul speicherte das Video ab und druckte das letzte Bild aus.

■

Paul wählte sein Lieblingshemd und ein Sakko, in dem er sich wohlfühlte. Er würde als der FBI-Agent gehen, der er war. Gegen Mittag würde er bei ihr sein. Er hatte ihr fünf Tage Zeit gegeben, um über das, was sie besprochen hatten, nachzudenken. Es war Zeit. Es hatte keinen Sinn, noch länger zu warten, auch nicht ein paar Tage.

Er griff nach dem Geschenk, das er für Black gekauft hatte, und dem Buch über Sterne für Ann, nach dem er eine Weile gesucht hatte. Wie auch immer dieser Tag enden würde, er würde für die besten Monate seines Lebens stehen. Er hatte Ann Silver kennengelernt. Und sein Leben war reicher geworden, als es jemals gewesen war.

Er hoffte nur, dass er diesen Tag so gut handhaben würde, wie er konnte. Sie wusste, dass er sie besuchen kam. Er hatte es nicht gesagt, sie hatte nicht gefragt, aber sie wusste es. Er würde zu ihr fahren und sie fragen und das würde ihrer beider Leben für immer verändern.

■

Paul beschloss, sie auf der Veranda hinter ihrem Haus zu fragen, wo er sie das erste Mal geküsst hatte, wo die Sonne den Tag erwärmte und der Wind durch ihre Haare fuhr, wo die Blumen farbenfroh leuchteten und die Vögel sangen und wo Black durch den Garten streifte und kleine Tiere suchte, die er jagen konnte. Dies war ihr Zuhause und dies war der Ort, an dem er sie im Laufe der Zeit kennengelernt hatte.

Sie war wunderschön und hatte solche Angst. Er schlang die Arme um sie und schloss sie in eine tröstliche Umarmung. „Ich liebe dich, Ann Silver."

„Ich wünschte, du würdest nicht fragen."

„Ich weiß. Dir wäre es lieber, wenn die Dinge so blieben, wie sie sind. Es ist sicherer. Brauchst du mehr Zeit? Gibt es Dinge, die du nicht über mich weißt und die du wissen möchtest?"

„Ich kenne dich. Ich will nur nicht, dass du mich bittest, die Entscheidung zu treffen. Weil ich sie noch nicht getroffen habe. Und ich weiß nicht, wie die Antwort ausfallen wird, wenn du sie heute von mir verlangst. Ich weiß nicht, warum."

„Ich glaube, ich weiß es. Du vertraust darauf, dass Gott dich immer lieben wird. Du vertraust nicht darauf, dass ich dich immer lieben werde." Er lehnte seine Stirn an ihre. „Du willst mir vertrauen. Du willst dir sicher sein, dass ich dich immer lieben werde. Aber du hast Angst, dass es irgendwann nicht mehr so sein würde. Du hast Angst, dass die Liebe nicht andauert."

Sie sagte nichts.

„Habe ich recht?"

„Wahrscheinlich hast du mich richtig eingeschätzt."

„Ich kann dir diese Angst nicht nehmen. Ich kann dir zwei Dinge sagen, auf die du dich verlassen kannst. Mir ist wichtig, was Gott von mir hält und wie meine Beziehung zu ihm aussieht. Ihm ist es wichtig, dass ich dich liebe und das auch noch tue, wenn die Jahre ins Land gehen. Damit gehe ich nicht leichtfertig um. Ich werde dich lieben, so gut ich kann, solange ich lebe. Ich werde mich niemals von dir scheiden lassen. Ich werde deine Bedürfnisse über die Bedürfnisse meiner Familie stellen. Ich werde deine Bedürfnisse über meine Arbeit stellen. Ich werde nicht zulassen, dass etwas wichtiger ist als du."

„Ich verstehe nur nicht … warum ich?", flüsterte sie. „Du bekommst keine eigene Familie. Du bekommst niemanden, der sich bei den ganzen gesellschaftlichen Verpflichtungen der Falcons wohlfühlt. Du bekommst nicht einmal eine große Hilfe, was deine Familie betrifft."

„Ich bekomme jemanden, der Gott liebt. Ich bekomme jemanden, der wunderbar tiefsinnig denkt und liest und schreibt. Ich bekomme jemanden, der ein ruhiges Leben führt, der Freunde schätzt, der mühelos ein Flugzeug fliegen und mit mir über die Arbeit reden kann. Jemanden, der einen Mord aufzuklären in der Lage ist. Wie viele Ehemänner können das von sich behaupten?" Er lächelte.

Dann fuhr er fort: „Ich bekomme jemanden, der seine Beziehungen ernst nimmt, aber das Leben nicht zu sehr. Wenn du ‚Ich liebe dich' sagst, habe ich keine Angst, dass es jemals enden wird. Wenn du ‚Ich liebe dich' sagst, gibst du dein ganzes Herz. Ich bekomme eine wunderbare Ehefrau und das ist selten und schwer zu finden. Ich bekomme dich, Ann."

„Was passiert, wenn ich Nein sage?"

„Dann werde ich es überleben. Und du auch." Er rieb ihre Arme. „Wenn das deine Entscheidung ist, werden wir es beide überleben. Wenn wir beide unser Bestes gegeben haben und die Entscheidung trotzdem Nein lautet, werde ich das akzeptieren. Du wirst deshalb keinen Freund verlieren. Dafür bist du mir zu wichtig. Wenn ich dich nicht als Ehefrau haben kann, behalte ich dich als beste Freundin."

„Frag mich. Und dann gib mir einen Tag Zeit. Nein, zwei Tage."

Er legte den Arm lockerer um sie. „Ich kenne deine Geheimnisse und weiß, wer du bist und was dir wichtig ist, Ann. Ich habe den Segen deiner Freunde. Ich treffe diese Entscheidung nicht leichtfertig oder ohne nachzudenken und zu beten. Ich liebe dich. Ich kenne dich und ich liebe dich. Ann Silver, würdest du mir die Ehre erweisen, meine Frau zu werden?" Er hob ihr Kinn an, um ihr Gesicht zu sehen und ihre Tränen zu trocknen, und dann küsste er sie zärtlich. „Du hast zwei Tage Zeit, dich zu entscheiden."

27

Ann ging fliegen. In der Dämmerung brach sie auf und sie schwang sich gerade in die kühle Morgenluft hinauf, als der Sonnenaufgang den Himmel zu erleuchten begann. Die bauschigen Wolken schwebten an ihr vorüber, als sie in Richtung Norden flog. „Es ist ein schöner Morgen, Lieblich."

Sie brauchte ihn nicht um Rat zu fragen, den hatte sie schon. Sie kannte Paul, hatte ihn kennengelernt, sein Herz und wie er mit Belastung und Freude umging. Lieblich hatte ihr geholfen zu sehen, wer er war und welche Entscheidung vor ihr lag.

Und Lieblich überließ diese Entscheidung ihr.

Anns Gefühle bebten vor Angst. Sie war die Schwachstelle in dieser Entscheidung. Sie wusste nicht, ob sie die Gefährtin sein konnte, die Paul brauchte. Es würde ihr das Herz brechen, wenn sie dabei versagte. Ihr Leben würde sich davon nie wieder erholen und sie würde einen guten Mann mit in den Abgrund reißen – jemanden, auf den sich eine große Familie verließ. Sie würde das Beste, was jemals in ihr Leben getreten war, ruinieren, wenn sie scheiterte.

Paul liebte sie. Er wollte sie heiraten. Und er bot ihr ein unbezahlbares Geschenk an. Sie wollte diese lebenslange Verbindung mit jemandem, der ihre Geheimnisse kannte und sie liebte. Aber sie hatte Angst, diese Gelegenheit zu ergreifen.

In Gedanken kehrte sie zum ersten Mal zurück, als sie ihm begegnet war, und erinnerte sich an die Unterhaltungen, die sie geführt hatten, die Risiken, die sie mit ihm eingegangen war, und an den Mann, als der er sich erwiesen hatte. *Paul ist ein guter Mann. Mit ihm könnte meine Zukunft noch besser werden als meine Gegenwart.*

Er würde sie lieben und es auch dann tun, wenn das Leben schwer wurde. Sie konnte darauf vertrauen, dass er das war, was sie brauchte. Aber sie war sich nicht sicher, ob sie sein konnte, was er brauchte.

Sie war auf dem Weg zu Kate. Um kurz nach zwölf kam sie im Hauptquartier der Chicagoer Polizei an. Kates Büro war leer, also machte Ann sich auf die Suche nach ihrer Sekretärin. „Ist Kate hier oder draußen im Einsatz?"

„Sie ist irgendwo in diesem Gebäude. Soll ich sie für Sie finden?"

„Ich kann warten. Irgendwann wird sie schon kommen."

Ann streckte sich auf Kates Couch aus und schloss aus lauter Gewohnheit die Augen, um ein kurzes Nickerchen zu machen. Schon nach wenigen Minuten spürte sie, wie sie einschlummerte.

„Hallo, Schlafmütze."

Ann öffnete die Augen ein wenig und sah Kate an. „Ich kann noch ein bisschen weiterschlafen, wenn du zu tun hast."

„Du bist meine Ausrede, in der nächsten halben Stunde nichts zu tun." Kate hielt ihr einen Becher hin. „Heißer Kakao. Dafür kannst du dich bei Tabitha bedanken. Sie hatte ihn fertig, als ich an ihrem Schreibtisch vorbeikam."

Ann setzte sich auf und nahm den Becher. Schokolade half. „Paul hat mich gebeten, ihn zu heiraten."

Kate grinste. „Und du bist in ein Flugzeug gestiegen, um auf meinem Sofa ein Nickerchen zu machen."

„Das schien mir das Beste zu sein."

„Was hast du gesagt?"

„Dass ich ihm morgen meine Antwort gebe."

„Willst du einen Abend mit den Mädels? Wir könnten Rachel abholen und heute Abend bei Lisa und Vicky sein."

Ann dachte darüber nach und sagte dann: „Nicht, wenn ich die Pilotin bin. Ich habe nicht genug geschlafen, um die Verantwortung für Passagiere zu übernehmen."

„Dave kann uns fliegen. Er ist mir noch was schuldig."

„Dann wäre ein Abend mit den Mädels toll. Ich brauche Mut. Den kann ich mir von euch borgen."

Kate lachte leise. „Da Lisa mich überreden musste, Daves Heiratsantrag anzunehmen, weiß ich genau, wie du dich fühlst."

■

Nachdem seine drei Brüder sich hineingedrängt hatten, war Pauls Küche voll. Eigentlich wäre er am liebsten weiter auf und ab gegangen, aber dazu war kein Platz. Das Schöne an seiner Familie war, dass man nicht allein warten musste. Harper nahm die Cola, die Paul ihm reichte. „Du hast sie gefragt, ob sie dich heiratet."

„Ja."

„Und was hat sie gesagt?"

„Sie hat mir noch keine Antwort gegeben."

Boone lehnte sich an die Küchenzeile. Er hielt bereits seine eigene Getränkedose in der Hand. „Du hast den Antrag nicht vermasselt? Den Ring vergessen oder den ‚Ich liebe dich'-Teil?"

„Sie wollte keinen Verlobungsring und das mit dem ‚Ich liebe dich' habe ich gut hingekriegt."

Joseph zog eine Augenbraue hoch. „Gibt es sonst ein Problem?"

„Sie hat eine solche Todesangst davor, dass die Ehe scheitern könnte, dass sie die Entscheidung nicht treffen will."

„Was machst du, wenn sie Nein sagt?"

Darüber dachte Paul schon die ganze Zeit nach. „Ihr Zeit geben und sie noch mal fragen."

Joseph lachte. „Sie hat also keine Chance – sie weiß es nur noch nicht."

Harper deutete mit seiner Coladose auf Joseph. „Ich nehme Wetten entgegen, wie oft er sie fragen muss, bevor er ein Ja bekommt. Fünf Dollar pro Versuch? Der Gewinner kauft das Hochzeitsgeschenk?"

„Ich bin dabei."

Paul lächelte.

Boone legte einen Arm um seine Schulter und schob ihn in Richtung Aufzug. „Komm schon, großer Bruder. Wir spielen eine Partie Basketball und lenken dich ein bisschen ab."

„Es könnte sein, dass sie anruft."

„Sie ist bei Vicky und es gibt keinen besseren Ort, an dem sie sein könnte. Wenn vier verheiratete Freundinnen sie nicht von ihrer Unentschlossenheit abbringen können, dann ist sie wirklich eine harte Nuss. Dave hat sie rübergeflogen und ist dort geblieben. Er wird anrufen, wenn Ann dich finden will."

■

Vicky war die Gastgeberin des Frauenabends, den sie mit chinesischem Essen im Wohnzimmer verbrachten.

Ann aß gerade den letzten Bissen einer Frühlingsrolle. „Warum lohnt es sich verheiratet zu sein?", fragte sie und spürte sofort, wie sie errötete.

Lisa lachte, schüttelte den Kopf und wurde dann wieder ernst. „Geborgenheit. Ich gehöre zu Quinn und er gehört zu mir. Ich verbringe gerne meine Tage und Nächte mit ihm und er verbringt sie gerne mit mir."

„Bei Cole ist es die Umarmung nach einem sehr langen Tag. Er macht das Leben besser", erklärte Rachel.

„Boone ist ein Profi darin, den Knoten zu lösen, der sich bei mir zwischen den Schultern bildet", fügte Vicky hinzu.

„Lachen. Liebe. Holly", erwiderte Kate lächelnd.

Ann stellte ihren Teller ab und lehnte sich auf dem Sofa zurück. Dann zog sie ein Kissen zu sich.

„Wir kennen Paul. Er ist ein guter Mann, Ann", sagte Vicky.

„Das weiß ich. Ich weiß auch nicht, warum ich mich nicht entscheiden kann. Ich weiß nicht, warum ich warte. Ich kenne ihn. Ich kenne mich selbst. Wir haben über jedes erdenkliche Thema gesprochen, das für eine gute Ehe wichtig ist. Und trotzdem weiß ich nicht, was die richtige Entscheidung ist."

„Kannst du ihm deine Geheimnisse anvertrauen?"

„Ja."

„Ihr seid Freunde. Stimmt die Chemie?"

„Die Chemie stimmt. Mein Herz macht einen kleinen Satz und ich muss lächeln, wann immer er da ist."

„Liebst du ihn?"

„Ja. Ich war mir nicht sicher, aber jetzt bin ich es. Ich liebe ihn." Ihre Freundinnen warteten, bis Ann die richtigen Worte fand. „Wir passen im Kern zusammen. Wir glauben mit der gleichen Intensität. Wir haben die gleichen Werte. Die gleiche Arbeitseinstellung. Die gleiche Überzeugung, dass die Ehe für immer ist. Aber als er mich gefragt hat, war ich wie erstarrt. Einfach wie erstarrt."

„Kannst du dir vorstellen, verheiratet zu sein?"

„Nein."

„Vielleicht stellst du dir die falsche Frage. Die Ehe ist nicht besser als das Singledasein. Sie ist nur anders. Die richtige Frage ist, ob du dein Leben mit Paul verbringen willst."

„Bei dem Gedanken, darauf mit Ja zu antworten, kriege ich Panik. Vielleicht hat er mir die Frage zu früh gestellt, bevor ich so weit war. Aber ich habe Angst, dass ich zögere, weil ich weiß, dass die Antwort Nein lauten sollte, und ich ihn nicht enttäuschen will."

„Ann, du bist sehr bedacht und Paul ist das auch. Er denkt schon lange darüber nach zu heiraten und du fängst gerade erst an, es dir ernsthaft zu überlegen. Vielleicht brauchst du einfach mehr Zeit. Es gibt keinen Grund, warum du dir diese Zeit nicht nehmen solltest. Wenn ihr gut zusammenpasst, wird sich das nicht ändern, egal, ob ihr dieses Jahr heiratet oder nächstes Jahr. Ihr habt noch fünfzig Jahre vor euch. Nimm dir mehr Zeit."

„Und wenn er beschließt, dass er nicht warten will?"

„Wenn er nicht die Geduld hat, auf dich zu warten, ist er ein Idiot. Nimm dir die Zeit, wenn du sie brauchst."

„Ich weiß nicht, was mehr Zeit ändern sollte."

„Du wartest auf jemanden, der dir garantiert, dass es klappen wird. Aber das kann niemand."

„Ich habe kalte Füße."

„Ich würde eher sagen, das sind schon Eisklötze."

Vicky ließ den Teller mit den Brownies herumgehen.

„Es ist traurig, dass ich so unentschlossen bin."

„Vielleicht wirst du dich nie wohl dabei fühlen, Ja zu sagen. Vielleicht musst du nur tief Luft holen und tun, was du willst, unabhängig davon, wie du dich bei der Entscheidung fühlst."

„Ein Sprung ins Ungewisse."

„Paul wird dich auffangen. Er ist ein guter Mann. Was das betrifft, kannst du unserer Einschätzung ebenso vertrauen wie deiner eigenen."

■

Paul hörte das Klingeln des Aufzugs, warf einen Blick auf die Alarmanlage und sah, dass Boone die Haustür aufgeschlossen hatte, um heraufzukommen. Er schenkte ihm eine Tasse Kaffee ein und ging in den Flur, um ihn zu begrüßen. In einer Stunde würde er sich auf den Weg zu Ann machen und dass Boone ihn auf der Fahrt begleitete, würde helfen.

Die Aufzugtür ging auf.

Vor ihm stand Ann. Sie hielt Boones Schlüssel hoch. „Hi."

„Hi."

Er stellte den Kaffee auf den kleinen Tisch im Flur und wischte sich die Hände an der Hose ab. „Entschuldige, du hast mich überrascht. Komm rein, Ann."

Sie packte ihn am Ärmel, als sie an ihm vorbeiging, und zog daran, damit er ihr folgte. Dann ging sie in Richtung Fernsehzimmer. Sie zeigte auf seinen Lieblingssessel und hockte sich auf die Armlehne des Sofas. „Weißt du, warum ich Freunde habe?"

Er lächelte. Sie sah völlig erschöpft aus. „Damit sie dich die ganze Nacht wach halten?"

„Vier Freundinnen, die mir Geschichten über das Eheleben erzählen … es war wie eine Pyjamaparty für Erwachsene ohne Schlaf. Freunde halten einem gerne den Spiegel vor und sagen einem, was man sowieso schon weiß."

„Und was weißt du?"

„Ich habe Angst. Und irgendwann in den letzten Monaten habe ich mich sehr in dich verliebt. Sie waren sich ziemlich einig, dass ich tief Luft holen und tun sollte, was ich will."

„Und?"

Ann sah auf die Uhr. „Ich habe noch acht Stunden. Du schuldest mir einen Film. Und ich muss ein bisschen schlafen. Außerdem habe ich noch ein paar Fragen an dich. Also lege ich mich ein bisschen auf dein Sofa, dann kannst du mich zu einem späten Mittagessen ins *Falcons* einladen und uns einen Film aussuchen. Und irgendwann bei alldem werde ich eine Entscheidung fällen."

Paul lächelte. „Damit kann ich umgehen. Ich lasse dich in Ruhe schlafen und rufe Jackie an, damit sie uns einen ruhigen Tisch reserviert."

„Ich möchte ihre neueste Kreation probieren, was auch immer das ist. Und noch ein Stück von ihrem Apfelauflauf."

„Hast du irgendwelche Wünsche, was den Film betrifft?"

„Lustig wäre gut."

■

Sie war so müde, dass sie nur wenige Minuten, nachdem sie die Augen zugemacht hatte, fest schlief. Paul warf hin und wieder einen Blick zu ihr ins Zimmer, bis er sich sicher war, dass sie schlief, dann setzte er sich in den Sessel neben ihr. Er wollte ein Leben lang sein Zuhause mit ihr teilen.

Als der Albtraum begann, berührte er ihre Hand und sie fuhr mit einem Ruck aus dem Schlaf hoch. „Nur ein Traum", sagte er ruhig. Sie fuhr sich mit der Hand übers Gesicht. Die Blässe ließ nach, obwohl ihre Augen immer noch von dunklen Ringen umgeben waren. Sie brauchte mehr Schlaf, aber sie würde ihn nicht so leicht finden. Sie atmete aus und entspannte sich dann sichtlich. „Noch etwas, worum wir uns kümmern müssen."

„Du kannst nichts dagegen machen und ich kann auch nicht viel tun. Aber du musst nicht allein aufwachen."

Sie schob ihre Hand in seine. „Das ist mehr wert, als du glaubst." Sie schwang die Beine auf den Boden und setzte sich auf. „Gib mir eine Minute, dann gehen wir essen."

Er drückte einen flüchtigen Kuss auf ihr Haar. „Ich hole das Kinoprogramm, damit du sehen kannst, welche lustigen Filme zur Auswahl stehen."

■

Sie gingen zu Fuß vom *Falcons* zum Kino. Unterwegs überredete Paul Ann, ein Eis zu essen, und sie wählte Vanille, ihre langjährige Lieblingssorte.

„Wenn ich dir eine Vollmacht gebe, würdest du dann das Haus meiner Großeltern für mich verkaufen, damit ich es nicht tun muss?"

„Willst du es nicht behalten? Es wäre ein schöner Ort für Auszeiten."

„Wenn ich es behalte, werde ich immer das Gefühl haben, dass die Wohnung hier in Chicago dein Zuhause ist und das Haus meins. Mein Zeug wird zu dir verfrachtet und dann müssen wir irgendwie damit klarkommen – es sei denn, du möchtest einen neutralen neuen Ort."

„Das kriegen wir schon hin. Was noch?"
„Midnight."
Er streckte den Arm aus und ergriff ihre Hand.
„Er hat die Großstadt nicht verdient."
„Du gibst Black nicht auf. Er ist zu wichtig für dich."
„Ich werde ihn ab und zu in den Urlaub schicken. Quinn hat angeboten, ihn für ein paar Wochen zu nehmen. Black liebt die Ranch. Von dort kommt er immer verdreckt und müde und glücklich zurück. Dave hat auch ein Haus mit viel Rasen und er will ohnehin einen Hund, der auf die Katze und das Kind aufpasst. Er würde sich über Blacks Besuch bestimmt freuen. Der Hund bekommt einfach jeden zweiten Monat ein paar Wochen Auszeit. Wenn er dann wieder bei uns ist, kann er schlafen und sich erholen."
„In Ordnung."
„Du musst morgens mit ihm rausgehen, bevor du zur Arbeit gehst. Und er beschwert sich, wenn er früh geweckt wird, also musst du ihn mit Futter bestechen, damit er sich bewegt."
„Wirst du Ärger machen, wenn ich mein Frühstück mit ihm teile?"
„Da er von mir auch alles Mögliche bekommt, werde ich es dir ebenfalls durchgehen lassen. Ich gehe abends mit ihm und du musst mich mitten in der Nacht weglassen, ohne das Gefühl zu haben, aufbleiben zu müssen, um mit mir zu gehen."
„Aber du nimmst deine Waffe mit."
„Immer. Das ist bei meiner Sicherheitsfreigabe ohnehin Pflicht. Ich muss sie sogar noch tragen, wenn ich meinen Job aufgebe."
Paul wartete, weil er sich fragte, ob sie noch etwas besprechen wollte.
„Sind wir bei der letzten Frage angekommen?"
„Vielleicht. Frag mich nach dem Film noch mal."

■

Ann genoss den Film und mochte die Geschichte. Paul kannte ihre Mimik gut genug, um das zu erkennen. Er deutete es als gutes Zeichen, als sie ihre Hand in seine schob, während sie die Menschenmenge im Kino hinter sich ließen. „Jackie sagte, sie würde uns einen Tisch für nach dem Kino frei halten", erklärte er.

„Wollen wir nicht lieber in deine Wohnung gehen? Du kannst mir einen heißen Kakao machen."

Er brachte sie nach Hause und bereitete für sie beide Anns Lieblingskakao zu. Dann zwang er sich, zu entspannen. Ann hatte sich an die Küchenzeile gesetzt und er gesellte sich zu ihr. Sie zog die Glasdose mit den Ingwerkeksen näher zu sich heran. „Wir werden schlimme Tage haben, wenn die Worte hitzig oder eisig werden und die Nerven blank liegen."

„Das lässt sich nicht vermeiden."

„Ich muss wissen, wie du damit umgehen willst."

„Ich weiß es nicht. Du wirst schweigsam, wenn du verletzt bist. Ich neige dazu, distanziert und vorsichtig zu werden. Das wird ein Problem sein."

„Wir brauchen einen festen Termin, zu dem wir Unstimmigkeiten beilegen. Aber nicht am Samstagmorgen, wenn wir beide lange schlafen können, und Sonntag will ich auch nicht. Wenn es abends ist, bist du müde. Wenn es morgens ist, bin ich müde."

„Freitag um fünf. Du kommst zu mir ins Büro, wir können gemeinsam essen gehen, auch wenn es nur ein Hotdog am Imbisswagen ist, und dann gehen wir so lange spazieren, bis alle Probleme auf dem Tisch liegen, auch wenn wir mehrere Gespräche brauchen, um eine Antwort zu finden."

„Gut."

„Ich befürchte, dass du Verletzungen runterschlucken wirst. Jackie wirft mit Dingen, du schluckst sie runter. Du musst das Risiko eingehen, mit mir darüber zu reden, was dich verletzt. Wenn dir die Worte nicht über die Lippen wollen, wenn es richtig schlimm wird, dann schreib sie auf. Wahrscheinlich wäre es das Beste, wenn du mir jeden Monat einen Brief geben würdest, egal ob es gut läuft oder nicht – schreib einfach so viel wie möglich von dem auf, was richtig und was falsch ist und worüber wir reden müssen. Es sind die kleinen Dinge, die immer größer werden und die wir in Angriff nehmen müssen."

„Wirst du mir sagen, was ich in dieser Ehe falsch mache? Ich will nicht, dass du dich mit dem zufriedengibst, was ich bin, weil du mich nicht bitten willst, mich zu ändern. Ich muss die Gelegenheit haben, sein zu können, was du brauchst."

„Ich werde dich nicht damit überfallen, aber ich werde ehrlich sein. Und es wird Dinge geben, mit denen jeder von uns einfach leben muss."

Sie zog zwei Ingwerkekse aus der Dose und reichte ihm einen. „Wann könnten wir heiraten?"

„Nächsten Freitag."

„Muss ich irgendetwas tun?"

„Ich kümmere mich um die Heiratserlaubnis, Harper organisiert die Location, Dad hat einen Pastor an der Hand, Marie bringt dir ein paar Kleider, die dir gefallen könnten, und Jackie hat darauf bestanden, den Kuchen zu machen. Ich habe Mom gesagt, dass du durch einen Blumenladen gehen und ihr bei der Auswahl der Blumen helfen wirst, aber dein eigentlicher Job ist es, sie daran zu hindern, alles zu kaufen, was sie sieht. Ringe kaufen wir zusammen. Ich borge mir von einem Freund eine Unterkunft, wo wir Black mit hinnehmen und sehr lange Flitterwochen genießen können. Meinem Boss habe ich schon gesagt, dass ich mir die nächsten sechs Wochen freinehme. Ich dachte mir, wenn du Nein sagst, wird sowieso niemand mit mir zusammen arbeiten wollen, also brauche ich die Zeit so oder so. Was meinst du?"

Ann rutschte von ihrem Hocker und schlang die Arme um ihn. „Kannst du mit einem ziemlich weinerlichen Ja leben?"

Paul stellte seine Füße auf den Boden und hob sie hoch. „Ja?"

Sie legte die Hände um sein Gesicht. „Ja. Es wäre mir eine Ehre, dich zu heiraten, Paul Tudor Falcon." Sie beugte sich vor, um ihm einen langen Kuss zu geben. Er fühlte, wie sich die Anspannung in seinem Magen löste und sein Herz einen Satz machte.

Sein Lächeln spiegelte ihres wider. „Du hast mit meiner Mutter gesprochen."

„Sie wollte auch ihre Gründe loswerden, warum ich dich heiraten sollte. Sie sagte, du seist ein guter Mann. Sie sagte, du würdest mich beschützen und für mich sorgen, mich verteidigen und mich lieben, und wenn ich dich nicht heiratete, würden mir fünfzig Jahre entgehen, in denen ich auf Händen getragen würde." Sie hielt seinen Blick fest. „Ich liebe dich. Ich brauche keine Angst zu haben. Ich entscheide mich nur langsam, aber ich ändere meine Meinung nicht, wenn ich mich einmal entschieden habe, und ich blicke auch nicht zurück. Heiraten wir nächsten Freitag."

■

Die Trauung würde im Haus von Pauls Eltern stattfinden und obwohl Ann eigentlich nervös werden wollte, gab es zu viel Gelächter, um Zeit dafür zu finden. Die Nacht vor der Hochzeit verbrachte sie bei Kate, und Rachel, Vicky und Lisa gesellten sich zum Frühstück zu ihnen. Paul hatte offenbar beschlossen, dass die Anwesenheit ihrer Freundinnen der beste Weg war, sie durch die Zeremonie zu bringen. Marie brachte ein halbes Dutzend Kleider vorbei, die sie von einem Designer geliehen hatte, und sie verbrachten den Morgen mit Spitze und Schleppen und wunderschönen Brautkleidern. Ann wählte ein schlichtes Modell, in dem sie das Gefühl hatte, sich umdrehen zu können, ohne zu stolpern. Mittags betrat sie das Haus von Pauls Eltern, wo überall auf den Tischen Blumen in Vasen prangten und seine Mutter auf sie wartete.

„Du siehst umwerfend aus", sagte Karen und umarmte sie. „Ich soll dich ins Wohnzimmer bringen und fragen, ob du etwas zu trinken und ein paar Kräcker möchtest."

Ann lachte, nickte aber. „Ich brauche beides." Seit sie in den Wagen gestiegen war, hatten ihre Nerven sich zunehmend angespannt.

Sie ging ins Wohnzimmer und setzte sich vorsichtig, bevor sie zu sich nahm, was Karen ihr brachte. Und dann ging die Tür hinter ihr auf und Paul kam herein. Er sah in seinem Smoking ungemein gut aus.

„Meine Damen." Er strahlte, als er Ann entdeckte. „Sehr, sehr hübsch. Dürfen wir diesen Raum einen Augenblick für uns haben?" Er wartete, bis die anderen gegangen waren, und schloss die Tür.

Dann setzte er sich neben sie und ergriff ihre Hand. „Du hast noch ein paar Minuten. Lehn den Kopf zurück, schließ die Augen und hol tief Luft. Ich begleite dich die paar Schritte, die dem Weg zum Altar entsprechen, damit du mir nicht abhaust."

Sie befolgte seinen Rat dankbar. „Ich kann nicht fassen, wie nervös ich bin."

„Das merkt man. Du bist sehr blass. Die Zeremonie dauert zehn Minuten, also lange genug, damit du umwerfend schön aussehen kannst und Mom vor Freude weinen kann. Du musst nur Ja sagen.

Beide Ringe sind in meiner Tasche und ich werde dafür sorgen, dass du meinen nicht fallen lassen kannst."

„Bist du nervös?"

„In zwanzig Minuten nicht mehr."

Sie lachte. „Ich hoffe, du wirst das hier nie bereuen, Paul."

„Ich liebe dich. Mit der Zeit wirst du erkennen, wie ernst ich das meine. Die Zeremonie wird kurz und schmerzlos sein, dann werden wir den Kuchen anschneiden, anschließend hilft Vicky dir beim Umziehen und zwanzig Minuten später sitzen wir auch schon im Auto und sind auf dem Weg zum Flughafen. Von der Hochzeitstorte nehmen wir uns einfach etwas mit. Harper kümmert sich um Black und das Gepäck und Dave fliegt uns. Wenn du erst einmal Ja gesagt hast, wird alles ganz schnell gehen."

„Lass meine Hand nicht los."

„Ich lass dich nicht los." Er drückte ihre Hand. „Bist du bereit?"

„Ich liebe dich."

Er lächelte. „Dann komm mit und heirate mich."

28

Das gemietete Ferienhaus in Montana verfügte über einen weiten, unverbauten Blick. Fantastische Sonnenauf und -untergänge verfärbten den Horizont, ohne dass Gebäude die Aussicht trübten. Paul gewöhnte sich allmählich an die Stille. Sie waren jetzt seit drei Wochen hier. Ann kam mit einer Dose Limonade, die sie sich teilen konnten, zurück auf die Veranda und die Schaukel bewegte sich unter ihrem Gewicht, als sie sich setzte. Er legte die Arme um sie und genoss es, sie zu halten. Sie roch nach Pferd und Heu und Staub, denn sie hatten den Vormittag zusammen auf einem Ausritt verbracht. Der Wind kam immer noch stetig aus Westen. Nach einer Weile fasste er Anns Haare mit einer Hand zusammen und rieb mit der anderen die Anspannung aus ihrem Nacken. „Und, bereust du es?"

„Die zusätzliche halbe Stunde auf dem Pferd wird mir noch zu schaffen machen. Mein Steißbein tut weh."

„Das meinte ich nicht."

Ann lächelte. „Ich weiß." Sie leerte die Dose zur Hälfte und bot ihm den Rest an. Dann lehnte sie den Kopf an seine Schulter. „Ich habe mich immer gefragt, was in aller Welt wir tun werden, wenn wir die ganze Zeit zusammen sind. Aber jetzt vermisse ich dich, wenn du nicht da bist. Ich bereue nichts. Es gibt morgens ein paar Minuten, in denen es sich immer noch merkwürdig anfühlt, nicht allein zu sein. Aber ich gewöhne mich daran."

Sie trug den Ring, den er ihr gegeben hatte. Paul drehte ihn mit seinem Finger und es beruhigte ihn, den goldenen Reif an ihrer Hand zu wissen. „Du weißt doch, wie Black dir immer nachläuft ... Du stehst auf und gehst aus dem Zimmer, und kurze Zeit später rappelt er sich auf und sieht nach, wo du abgeblieben bist. Er will da sein, wo du bist."

Sie hob den Kopf und sah ihn an.

„So machst du das auch bei mir. Du siehst dich um und guckst, wohin ich gegangen bin. Das gefällt mir." Er fuhr mit dem Daumen über ihre errötenden Wangen. „Solltest du jemals damit aufhören, werde ich es mehr vermissen, als ich in Worte fassen kann."

„Ich wollte nicht so anhänglich sein."

„Das bist du nicht. Ich sehe mich auch gerne um und schaue, wo du bist. Vielleicht muss ich dich aus einem Buch oder einer Geschichte zerren, um deine Aufmerksamkeit zu erlangen, aber du bist da. Ich war es leid, allein zu sein. Ich war mein ganzes Leben lang allein."

„Ich brauche diese Verbindung. Um mich zu vergewissern, dass ich Teil eines Paares bin. Ich fühle mich manchmal immer noch wie ein Single."

„Bleib so dicht bei mir, wie du willst oder musst. Es ist mein Ernst, wenn ich sage, dass es mir gefällt." Er setzte die Schaukel wieder in Bewegung. „Ich habe dir einen Vorschlag zu machen."

„In Ordnung."

„Ich dachte, wir könnten nächste Woche vielleicht nach New York fahren. Wir könnten Familie und Freunde besuchen und dann wieder fahren, ohne jemandem zu verraten, wohin wir als Nächstes gehen. Ich würde dir gerne Washington, D.C., zeigen. Du warst noch nie dort, ich mag das Smithsonian und es gibt dort ein mexikanisches Restaurant, das Jackie vor Jahren eröffnet hat und das immer noch von einem Freund geführt wird."

„Was immer du tun willst, ist okay für mich."

„Bist du dir sicher?"

Sie nickte. „Ich bin ausgeglichen. Drei Wochen haben diese Wirkung. Du könntest mich mitten in eine Familienfeier werfen und ich würde eine Weile schwimmen. Ich möchte deine Verwandten gerne kennenlernen."

Er drückte einen Kuss auf ihre Haare. „Dann machen wir es so. Ich habe übrigens eine Nachricht vom Direktor bekommen, dass er mich sehen will, wenn ich aus dem Urlaub zurück bin. Ich dachte, ich könnte dieses Treffen erledigen, während wir dort sind."

„Er wird deinen Chef befördern und wollen, dass du das Büro in Chicago übernimmst."

„Ich weiß." Er hatte sich noch nicht entschieden, was er sagen würde, wenn ihm der Posten tatsächlich angeboten würde. „Ich hoffe, du hast eine Meinung dazu."

„Viele Leute würden es gut finden, wenn du Ja sagst. Wenn du der Boss bist, bekommen sie Kontinuität und jemanden, der sie ihre Arbeit machen lässt, ohne ihnen zusätzlichen Stress zu bereiten. Dir würde es aber nicht gefallen, so viel Papierkram zu erledigen und so viel im Büro zu sein. Willst du irgendwann FBI-Direktor werden? Wenn ja, dann nimm den Job an. Wenn du es nicht willst, dann schlag jemand anderen vor, von dem du weißt, dass er geeignet wäre. Was auch immer du entscheidest, du wirst die Herausforderung genießen."

„Du kannst mit mir über diese Entscheidung beten."

„Das kann ich machen."

Er trank die Dose leer, während die Verandaschaukel sich hin und her bewegte, und fragte sich, ob er jemals in seinem Leben schönere Wochen verbracht hatte. Ann war eindeutig die Richtige für ihn und es fühlte sich gut an, mit ihr verheiratet zu sein. Das Schweigen zwischen ihnen dauerte zehn Minuten und er versuchte nicht, die Stille zu durchbrechen. Zum ersten Mal seit Jahren hatte er das Gefühl, dass sein Leben sich so gestaltete, wie es das sollte und wie es in Zukunft bleiben könnte. Er war mit einer Frau verheiratet, die er liebte und die genau die Richtige für ihn war. Und das war mehr, als er sich jemals erhofft hatte.

Sie schob ihre Finger zwischen seine. „Kann ich dich etwas fragen?"

Er neigte den Kopf, um sie anzusehen. „Klar."

„Wir brauchen ein Freitagnachmittagsgespräch, aber ich würde es lieber führen, solange ich den Mut dazu habe. Können wir es jetzt führen?"

Paul spürte Panik in sich aufsteigen und wartete angespannt darauf, was sie zu sagen hatte. Indem er tief Luft holte, versuchte er sich ganz bewusst zu entspannen. Es würden sich ihm nicht viele Gelegenheiten bieten, in dieser Ehe einen guten ersten Eindruck zu hinterlassen, und dies war ein Augenblick, den er unbedingt richtig handhaben musste. Er zog Ann mit einer Beiläufigkeit an sich, die er nicht empfand. „Stell die Uhr auf Freitagnachmittag vor und tu so, als würden wir einen langen Spaziergang machen. Worüber willst du mit mir reden?"

„Du musst aufhören, mich vor den Albträumen zu beschützen."

Bei diesem Thema zuckte Paul zusammen und seine Arme hielten sie automatisch ein bisschen fester.

„Meinetwegen kannst du nachts nicht schlafen. Schon aus Angst, ich könnte einen Albtraum haben, beobachtest du mich und hoffst, dass du eingreifen kannst. Damit musst du aufhören. Du musst dir erlauben, tief und fest zu schlafen."

„Ich bin da. Ich kann dich aufwecken und dir den letzten schrecklichen Teil ersparen."

„Wenn ich dich trete und aufwecke, kannst du den Albtraum gerne aufhalten. Dann bin ich froh. Aber du bleibst halb wach und versuchst vorherzusehen, wann mein Albtraum kommt. Du bist müde und wirst mit jedem Tag müder." Sie legte ihre Hand auf seine.

„Wenn ich einen Albtraum habe und davon wach werde, stehe ich auf, lese eine Weile und schüttelte ihn dadurch ab, so wie ich es in den vergangenen Jahren immer getan habe. Du kannst meine Träume nicht reparieren. Ich muss damit fertigwerden. Bald sind wir wieder zu Hause und du kehrst in deinen anstrengenden Arbeitsalltag zurück. Da wäre es nicht sehr praktisch, wenn du mit mir aufbleibst."

Paul setzte sich ein wenig anders hin, damit er ihr ins Gesicht sehen konnte. „Meine Anwesenheit macht die Albträume schlimmer."

Sie biss sich auf die Lippe.

„Du brauchst gar nicht zu versuchen, es zu leugnen. Ich bin nicht blind, Ann." Sie war so lange allein gewesen, hatte so viele Jahre allein geschlafen, dass ihr Unterbewusstsein seine Gegenwart als Gefahr wahrnahm. Und angesichts der Erinnerungen aus der Vergangenheit warf ihr Gehirn sie zurück in einen Kampf um ihr Leben. Dann fuhr sie aus dem Schlaf und rang nach Luft, hatte Mühe, sich nicht zu übergeben, und ihre Augen waren glasig und einen Augenblick lang voller Schrecken.

„Ich werde nicht unser gemeinsames Bett aufgeben, nur weil ein Teil meines Gehirns noch nervös auf einen Mann neben mir reagiert."

„Aber von mir zu verlangen, dass ich nicht versuche dir zu helfen, ist auch keine Lösung."

Sie seufzte und versuchte, die richtigen Worte zu finden, doch dann schwieg sie.

„Was?"

„Die Tatsache, dass du mich beobachtest, ist ein Teil des Problems. Ich weiß, dass du mich beobachtest."

Paul schloss die Augen, als er den Schmerz spürte, der ihn wie ein Messer durchfuhr. Seine Arme spannten sich an, sie zuckte zusammen und er musste sich zwingen, seinen Griff zu lockern. „Bleib sitzen, damit ich mich eine Weile in den Hintern treten kann", flüsterte er, während er sie losließ. Er beobachtete sie, weil ihre Albträume gegen vier Uhr morgens böse sein konnten, und weil er sie beobachtete, spürte sie das und stürzte in einen von Angst getriebenen Albtraum. Paul seufzte und legte die Wange auf ihre Haare. „Das ist ja ein schönes Dilemma."

Ihre Hand umfasste den Stoff seines Hemdes. „Ich werde mich daran gewöhnen, dass du da bist, das weiß ich. Aber das meinem Verstand zu sagen und es tatsächlich zu verinnerlichen, sind zwei Paar Schuhe."

Er küsste ihr Haar. „Das ist nicht deine Schuld. Wenn du jemandem die Schuld daran geben willst, dann dem Kerl, der sie verdient hat." Er drehte sie ein wenig zu sich, bis sie ihn ansah. „Auf keinen Fall lasse ich dich allein schlafen, diese Möglichkeit kannst du also schon mal vergessen. Nenn mir eine andere."

„Du musst zulassen, dass die Träume kommen und dass ich davon aufwache, damit mein Verstand lernt, dass er keine Angst zu haben braucht. Und beim nächsten Mal muss ich genau das Gleiche machen und in der darauffolgenden Nacht auch, solange es eben dauert. Wenn mein Verstand endlich begriffen hat, dass keine Gefahr besteht, wird er sich irgendwann beruhigen. Ich weiß, dass die Albträume nachlassen werden. Sie wurden sonst meistens von Fällen ausgelöst, an denen ich gearbeitet habe, weil ein Anblick oder ein Geruch die Erinnerungen an die Geschehnisse in der Hütte wieder aufleben ließen. Das war nicht gerade selten der Fall, aber auch nicht so oft wie im Moment."

„Jetzt ist es nicht dein Job, der die Albträume auslöst, sondern es liegt daran, dass jemand bei dir ist, wenn du schläfst. Es ist meine Anwesenheit, die du spürst und die neu und gefährlich erscheint."

Ann nickte widerwillig.

Paul erkannte das nächste Problem. „Unser Zuhause wird das Gleiche auslösen. Ein neuer Ort, neue Geräusche … dein Verstand wird nicht gleich erkennen, dass es ein sicherer Ort ist. Du wirst dort wieder neu lernen müssen zu schlafen, ohne Albträume zu haben."

„Ja."

Wie hatte er das übersehen können? Er hatte so eifrig versucht, sie kennenzulernen und zu verstehen, und hatte diesen Aspekt doch völlig außer Acht gelassen. Er hatte gedacht, jemanden bei sich zu haben, würde ihre Albträume abschwächen, nicht sie schlimmer machen. „Hattest du den Verdacht, dass das geschehen würde?"

„Ich hatte gehofft, meine Arbeit aufzugeben, würde die neuen Dinge ausgleichen, an die ich mich gewöhnen muss. Ich hatte gehofft, mein Gehirn würde nicht alles Neue als Bedrohung wahrnehmen. Das war ziemlich dumm von mir."

„Sag das nicht." Er trug zu ihren Albträumen bei und er sah keinen Ausweg aus ihrem Problem. „Wenn die Zeit hilft, hat sie es bis jetzt noch nicht getan."

„Du musst mir vertrauen, Paul. Du musst dir selbst befehlen, zu schlafen und dir keine Sorgen um mich zu machen. Ich verspreche dir, dass ich dich wecken werde, wenn ich deine Hilfe brauche. Und ich verspreche dir, dass ich mich an dich schmiegen und dich umarmen werde, wenn ich ins Bett zurückkomme, damit du weißt, dass alles in Ordnung ist. Und wenn es zu lange dauert, bis ich wieder ins Bett komme, kannst du gerne kommen und mich suchen. Aber du darfst nicht aufbleiben und versuchen, mich zu beschützen. Wenn du müde bist, ist das ein Problem für mich, vor allem wenn ich weiß, dass ich der Grund dafür bin. Du musst schlafen. Ich will nicht, dass du müde und übellaunig wirst."

Paul versuchte über ihre Wortwahl zu lächeln. Er wurde mit Müdigkeit fertig, indem er jede Menge Kaffee trank und mit seiner Kraft haushielt, so gut es ging. Er hatte nicht einmal Energie, um wütend zu werden, wenn er müde war. „Das ist ziemlich schrecklich, Ann."

Sie nickte ernst.

Er legte seine Arme um sie und deutete mit dem Kinn auf die

Haustür. „Wir legen uns auf die Couch und machen ein Nickerchen. Weil wir es beide nötig haben und weil ich wissen will, ob wir irgendwo gut zusammen schlafen."

Sie lächelte schief. „In Ordnung."

„Nur in Ordnung? Keine weisen Gedanken?"

„Ich schlafe gerne in deinen Armen."

Er hob sie hoch, weil er Lust hatte, sie zu tragen. „Lösen Düfte schöne Träume aus? Der Geruch von Vanille im Zimmer oder Blumenduft? Es muss etwas geben, womit du eine bessere Chance hast, von etwas anderem zu träumen als von den schrecklichen Ereignissen."

„Darüber habe ich noch nie nachgedacht. Vielleicht."

„Halt die Tür auf."

Sie hielt sie auf und er bugsierte sie beide hinein. Black drängte sich mit ihnen ins Haus.

Paul legte Ann auf die Couch und beugte sich über sie, um sie zu küssen. „Wir werden es ausprobieren. Und ich finde, dass war ein sehr nützliches Freitags-fünf-Uhr-Gespräch."

Er zog ihr die Stiefel aus, entledigte sich dann seiner eigenen und legte sich neben sie auf die Couch. „Hast du eine Vermutung, wie lange es dauern wird, bis du mit mir zusammen durchschlafen kannst, ohne einen Albtraum zu haben?"

„Acht Wochen."

„Ja?"

„Was dachtest du denn?"

„Ich hatte gehofft, das bis Weihnachten erreicht zu haben."

„Wenn ich von jetzt bis Weihnachten jede Nacht einen Albtraum haben sollte, hast du ein Problem. Ich kann nicht damit umgehen, wenn ich müde bin. Ein paar Wochen kann ich so tun als ob, aber dann werde ich schnippisch und gereizt und unvernünftig, und du wirst das alles abbekommen."

„Schnippisch?"

„Du hast dich noch nicht erbärmlich gefühlt, bis du in meiner Nähe warst, wenn ich schnippisch werde. Wenn ich jemals an diesen Punkt gelangen sollte, sperr mich einen Monat lang allein irgendwo ein und lass mich ausschlafen. Das ist deine einzige Hoffnung."

„Hoffen wir, dass es nicht so weit kommt." Er zog ihren Kopf an seine Schulter. „Und jetzt mach einfach ein Nickerchen mit mir. Wir werden ja sehen, ob du zwei Stunden ohne Albtraum schaffst."

■

Ann interessierte sich für Geschichte und war eine vorbildliche Touristin, die sich geduldig den Vortrag des Museumsführers anhörte, alle Schilder der Ausstellung las und sowohl außergewöhnliche als auch banale Dinge bestaunte. Sie genoss Washington, D.C., und Paul machte es ungeheuren Spaß, ihr die Stadt zu zeigen. Aber er hatte einen Fehler begangen, indem er vorgeschlagen hatte, sie könnten hierherkommen, bevor sie nach Hause fuhren. Sie hatten Black bei Dave und Kate gelassen, waren erst ein paar Tage nach New York gefahren und dann für eine Woche hierhergekommen. Sie hätten von New York aus nach Hause fahren sollen.

Ann schlief auf dem Bauch im Hotelbett, einen Arm um ein Kissen geschlungen, während der Zeiger der Uhr auf acht Uhr zuging. Sie waren in ihr Zimmer gegangen, um sich vor dem Abendessen umzuziehen, und er hatte sie ermutigt, sich eine halbe Stunde hinzulegen. Das war vor zwei Stunden gewesen.

Paul betrachtete Ann, während sie schlief, und wusste, dass sie aus reiner Erschöpfung so schnell eingeschlafen war. Er betete, dass sie weiterschlafen würde. Das alles wurde zu viel für sie. Die Veränderung in ihrem Tagesablauf, die Ehe, die Albträume. Er wusste nicht, wie er sie da durchbringen sollte. Die Realität des Ehelebens raubte ihr Energie, die sie nicht wieder aufladen konnte.

Sie ging hin und wieder allein spazieren, las eine Weile und stand oft mitten in der Nacht auf, um noch eine Stunde oder zwei mit Lesen oder Schreiben zu verbringen. Vor ihrer Heirat hatte sie um vier Stunden Alleinsein pro Tag gebeten, und die nahm sie sich, wann immer es ging. Es half ihr wahrscheinlich mehr, als ihm bewusst war, aber es reichte nicht. Die Vorstellung, dass sie bald eine ganze Woche fort sein würde, war etwas, woran Paul gar nicht denken wollte, aber wenn sie zu Hause waren, würde er diesen Wunsch respektieren müssen.

Er hatte es vorher nicht richtig verstanden. Er hatte gedacht, ihr Wunsch entspringe der Tatsache, dass sie gerne allein war und es so kannte, und sie brauche nur die Vergewisserung, dass sie auch als verheiratete Frau genug Raum für sich haben würde. Jetzt erkannte er, warum sie sich so klar ausgedrückt hatte. Ann brauchte das Alleinsein, um zu überleben. Sie musste ohne Unterbrechung schlafen, und das konnte sie nur, wenn sie allein war und nichts ihren Albtraum auslöste.

Er nahm ihre Hand, als der Albtraum sie durchfuhr. „Ganz ruhig." Sie fuhr aus dem Schlaf hoch. Und fing an zu weinen.

■

Paul drückte die Aufzugtaste zum vierten Stock. Ann war immer schweigsamer geworden, je näher sie dem Gebäude gekommen waren, und mittlerweile konnte er ihre Nervosität förmlich spüren. Die letzten Wochen waren Flitterwochen und Urlaub gewesen, und jetzt stand sie der dauerhaften Realität eines neuen Zuhauses und eines neuen Lebens als seine Frau gegenüber. Er legte einen Arm um ihre Schultern und drückte sie wortlos, als die Tür des Aufzugs sich öffnete. „Willkommen zu Hause."

Sie lächelte, aber das Lächeln erlosch sofort wieder. Black, der nicht an Aufzüge gewöhnt war, lief hin und her, froh, wieder frei zu sein, und verschwand erst in einem Zimmer, dann im nächsten. Offenbar fand er dort eins seiner Spielzeuge, denn der Bär knurrte. Ann lächelte, als sie das Geräusch hörte. Paul trug ihr Gepäck in die Wohnung und schaltete auf dem Weg das Licht an.

Lisa und Kate waren fleißig gewesen. Er konnte überall kleine Hinweise auf Anns Dinge sehen – die Fotos an der Wand, die Dose mit Hundeleckerlis auf der Küchenzeile, ihre Jacke neben seiner an der Garderobe, die Bücher auf dem Tisch neben der Couch und der Stapel gelber Notizblöcke und Stifte in Reichweite. Sie hatten eine SMS geschickt, dass sie Anns Kleider ausgepackt und sich bemüht hatten, ihren Arbeitsplatz wiederherzustellen.

„Ich habe sie gebeten, dein Büro in meinem aufzubauen. Dein Tisch passt, wenn man ein paar Dinge umstellt. Ich möchte dieses Zimmer gerne mit dir teilen. Ich kann lernen, wann ich dich nicht bei einem Gedankengang unterbrechen darf."

Ann nickte nur. Er trug ihr Gepäck in sein Schlafzimmer hinüber, in ihrer beider Schlafzimmer. Er hätte Lisa bitten sollen, etwas für ihn einzukaufen, um den Raum mit neutraleren Farben auszustatten, sodass er weniger seinen Stempel trug. Er drehte sich um und sah Ann in der Tür stehen, von wo aus sie ihm zusah. Von allen Emotionen und Mienen, die er in den vergangenen Wochen in ihrem Gesicht gesehen hatte, war diese neu und am beunruhigendsten. „Was ist?"

Sie rieb sich die Arme. „Ich sollte mich verheiratet fühlen. Aber das tue ich nicht. Ich habe immer noch das gleiche unbehagliche Gefühl, als würde ich gleich aufwachen und feststellen, dass das alles ein unwirklicher Traum ist. Warum fühle ich mich nicht wie eine Ehefrau? Was stimmt nicht mit mir?"

Er lächelte. „Mit dir stimmt alles."

„Fühlst du dich verheiratet?"

Paul ging zu ihr und legte die Arme um ihre Taille. „Sehr verheiratet." Er legte seine Stirn an ihre. „Mach dir nicht so viele Gedanken. Irgendwann wirst du dich verheiratet fühlen, das verspreche ich dir. Ich werde dich so lange daran erinnern, bis du es verinnerlicht hast. Du kannst morgen deine anderen Sachen auspacken und das, was Lisa und Kate eingeräumt haben, so verteilen, wie du es willst. Es wird sich mehr wie dein Zuhause anfühlen, wenn du deine Dinge hier siehst."

„Was machen wir heute Abend? Und morgen Abend? Und am Abend danach?"

Er lächelte, beschloss aber, ihre Frage so zu verstehen, wie sie gemeint war. „Heute Abend suchst du dir ein gutes Buch, das du lesen willst, oder du nimmst einen Block und schreibst ein bisschen, und ich mache uns etwas zu essen und gucke dann irgendeine Sportsendung im Fernsehen. Wenn du willst, dass ich dir auf dem Sofa Platz mache, könnte ich mich dazu überreden lassen, es mit dir zu teilen. In ungefähr vier Stunden werden wir überlegen, auf welcher Seite des Bettes du lieber schlafen möchtest, und entscheiden, wer von uns morgens den Wecker ausmacht. Für den Rest haben wir noch eine ganze Woche, bevor ich wieder arbeiten muss. Ich weiß, dass es sich für dich anfühlt, als wäre die Welt völlig auf den Kopf gestellt worden, aber sie wird sich schon bald einpendeln. In einem Monat wird sich das alles nicht mehr so fremd anfühlen."

„Ich habe wirklich Angst, dass ich es nicht hinkriege."

Paul streichelte ihre Schultern, ihre Arme. „Das ist keine Prüfung, du kannst nicht bestehen oder durchfallen. Die Tage werden anders sein, aber du wirst bald einen neuen Rhythmus finden." Black stieß gegen sie und hätte sie beinahe beide zu Fall gebracht. „Er wird dir dabei helfen."

Ann hielt den Hund fest und lachte. Und sie entspannte sich. „Ich liebe dich, Paul." Sie hob ihr Gesicht zu ihm auf und küsste ihn. „Geh du bitte mit Black spazieren. Du kennst die Gegend. Er wird an allem riechen wollen. Währenddessen kann ich in Ruhe auspacken."

Er lächelte. „Das kann ich machen. Aber zuerst noch etwas anderes: Ich habe ein Hochzeitsgeschenk für dich." Er deutete mit dem Kinn den Flur hinunter. „Hinter der Tür dort."

„Was ist da?"

Er umarmte sie. „Ich weiß, dass du müde bist, Ann, und zwar so erschöpft, dass selbst dieses Lächeln dich Mühe kostet und du das Gefühl hast, du würdest nie wieder genug Kraft haben. Du brauchst einen Ort für dich, an den du dich zurückziehen und an dem du allein sein kannst, um aufzutanken. Einen Ort, an dem du jeden Monat für eine Woche untertauchen und echte Erholung finden kannst. Also habe ich einige Optionen vorbereitet."

Er öffnete die Tür.

Die Baustelle hatte sich besser entwickelt, als er gehofft hatte. „Auf dieser Ebene gibt es ein Schlafzimmer und ein Wohnzimmer und die Treppe hinauf befindet sich ein Atelier." Es würde ein paar Tage dauern, bis der neue Teppich und die frische Wandfarbe nicht mehr rochen, aber ansonsten sah es so aus, als könnte man sofort einziehen.

„Die Dame über uns ist seit Jahren mit unserer Familie befreundet. Ihr Mann war von Beruf Maler und hatte ein separates Atelier, damit die Ölfarbe und die Gerüche nicht in ihrer Wohnung waren. Seit seinem Tod vor zehn Jahren steht es leer. Sie wollte die Räume nicht verkaufen, weil sie nicht wollte, dass jemand Fremdes in diesem Gebäude ein- und ausgeht, aber ihr gefiel die Idee, unseren Bereich damit zu erweitern. Komm mit und sieh es dir an. Es sieht noch genauso aus wie an dem Tag, bevor er starb, ein halb fertiges Gemälde auf der Staffelei und seine Farben noch auf der Werkbank." Er nahm sie bei der Hand und führte sie die Treppe hinauf.

Paul beobachtete Ann, als sie den Raum sah, und bemerkte ihr sofortiges Lächeln.

„Was für ein wundervolles Leben er in diesem Raum verbracht haben muss. Man sieht es in den Dingen, mit denen er sich umgeben hat. Es ist ein tolles Atelier."

„Ich weiß, dass du gemalt hast, und so könntest du einfach weitermachen."

Sie ging durch den Raum und blickte zum Fenster hinaus. Dann drehte sie sich um und lächelte ihn an. „Das ist wirklich schön, Paul."

„Ich habe dich überrascht."

„So sehr, dass mir die Worte fehlen."

„Ich glaube, es könnte funktionieren, Ann."

„Das glaube ich auch."

Er trat zu ihr ans Fenster. „Außerdem gibt es noch eine zweite Option." Er zeigte auf das Gebäude auf der anderen Straßenseite. „Da drüben im fünften Stock gibt es eine Wohnung, das vierte Fenster von der Ecke aus. Es ist eine Dreizimmerwohnung mit einem schönen Wohnzimmer und einer kleinen Küche. Ich möchte lieber keine Übernachtungsgäste hier bei uns haben, wenn es eine andere Möglichkeit gibt, also gefällt mir der Gedanke, dort noch eine Wohnung zu haben. Sie kann für Verwandte und Freunde sein, die uns besuchen kommen, oder für dich, wenn dir das lieber ist. Ich dachte mir, wir könnten sie erst einmal ein Jahr lang behalten, als Ausweichmöglichkeit."

Ann lehnte den Kopf an seine Brust. „Ich bin wirklich sprachlos, Paul. Und ich habe dir nichts geschenkt."

Er lachte. „Du gibst mir die Hälfte von deinem Hund ab. Das reicht im Moment."

Sie schob ihre Hände in seine und verschränkte ihre Finger mit seinen. „Es gibt etwas, das ich dir erzählen muss. Ich denke, es zählt als Geheimnis, weil es wichtig ist. Weshalb ich male."

„Das würde ich gerne hören. Willst du es mir jetzt erzählen oder lieber an einem anderen Abend?"

„Das kannst du entscheiden. Als ich dich geheiratet habe, war ich gerade dabei, ein Buch für Freunde zu schreiben, aber ich habe das Projekt aufgegeben. Das war ein Preis, den ich für die Hochzeit mit dir zahlen musste. Es war meine Entscheidung und eine, die meine Freunde verstanden und mittrugen. Aber es war ein hoher Preis. Dieses Buch war der Grund, warum ich gemalt habe. Du solltest das wissen und auch, warum."

Er hatte sich schon gedacht, dass sie an einem Buch arbeitete, nach dem, was Dave ihm erzählt hatte, aber ihm war nicht bewusst gewesen, dass es noch ein Geheimnis gab, das mit ihrem Schreiben zu tun hatte. „Gehen wir nach unten, dann kannst du es mir erzählen." Er führte sie in die Küche und holte für sie beide Getränke aus dem Kühlschrank.

Er deutete auf den Hocker und lehnte sich ihr gegenüber an die Küchenzeile, während sie sich setzte und ihre Dose öffnete. Er fragte sich, wie viele Gespräche wohl nötig waren, um die Schichten der Frau, die er geheiratet hatte, wirklich zu verstehen. Sie zögerte selbst jetzt noch, dieses Risiko einzugehen. „Vertrau mir, Ann. Fang einfach irgendwo an."

„Die Sache fällt in eine Grauzone, weil sie etwas mit Staatsgeheimnissen zu tun hat und nicht so sehr mit einem persönlichen Geheimnis. Deshalb wollte ich auch nicht darüber reden, bevor wir verheiratet waren. Es ist ein ziemlich großes Geheimnis. Niemand weiß davon, Kate nicht, Vicky nicht – niemand weiß von diesem Paar, abgesehen von Marcus, und er weiß davon nur, weil er der Leiter der U.S. Marshals ist."

Sie hatte Freunde im Zeugenschutzprogramm. Diese Tatsache ließ Paul sofort aufmerken. „Wann hast du die beiden kennengelernt?"

„Ich hatte gehofft, du würdest mich das nicht fragen." Sie spielte mit ihrer Getränkedose und sah zu, wie das Kondenswasser sich auf der Arbeitsplatte sammelte. Dann rieb sie es mit ihrer Hand fort. „Ich verspreche, dass ich das nicht wieder tun werde, also brauchst du nicht zusammenzuzucken, wenn du es hörst. Marcus brauchte einen Gefallen, und zwar schnell, und ich war die erste Pilotin, die er in die Finger bekam und die bereit war, während eines heftigen Gewitters auf einem privaten Flugplatz zu landen. Es gab glaubwürdige Gerüchte, dass ein Heckenschütze es auf das Paar abgesehen hatte, und es musste etwas geschehen. Aufgrund seiner Geschichte mit Shari tut Marcus solche Drohungen nicht leichtfertig ab. Ich war manchmal in größerer Gefahr als damals, aber ich bin bei keiner anderen Gelegenheit ganz bewusst ein solches Risiko eingegangen."

„Was ist bei dem Flug geschehen?"

„Wir wurden vom Blitz getroffen und Teile am Flugzeug sind verschmort. Irgendwie habe ich uns durch den Sturm gebracht, aber es fühlte sich an, als würde ich einen Stein durch eine Schlammpfütze fliegen. Es war eine unvergessliche Nacht. In den darauffolgenden Monaten bin ich nicht einmal in die Nähe einer dunklen Wolke geflogen. Die Marshals haben den Heckenschützen in jener Nacht erschossen, die Gefahr war also echt."

„Dass du Ja gesagt hast, als Marcus angerufen hat, sagt mir etwas sehr Wichtiges über dich. Versprich mir, dass du mir im Laufe des nächsten Jahres von den Geschichten aus dieser Grauzone erzählst, soweit das möglich ist."

„Ich werde es versuchen. Und es sagt mehr darüber aus, wer ich war, als über meinen gesunden Menschenverstand. Ich war alleinstehend, ich war Polizistin und ich kannte das Risiko, aber ich verstand es nicht wirklich. Ich war eine mutige Närrin."

Paul lächelte. „Erzähl mir von deinen Freunden. Erzähl mir von dem Buchprojekt, das du aufgegeben hast."

„Sie ist Künstlerin. Auf dem Weg zu internationalem Ruhm. Ehrgeizig, ein Genie, zielstrebig, brillant. Sie war sechsundzwanzig, als sie Zeugin eines Mordes wurde."

Ann zögerte und versank eine Zeit lang in ihren eigenen Gedanken. „Es ist eine traurige Geschichte, Paul. So eine, wie man sie als Polizist nur mit großem Unbehagen hört. Sie hatte den Mord gesehen, sie sagte der Polizei, was sie gesehen hatte, und sie fertigte aus der Erinnerung ein Porträt des Mannes an. Sie sagte dem Staatsanwalt, dass sie aussagen werde. Die Polizei fasste den Täter. Er gehörte zur irischen Mafia, hatte politische Beziehungen – und eine gemeine Ader gepaart mit einem gewalttätigen Temperament. Binnen weniger Tage war ein Auftragskiller hinter ihr her, sodass sie ins Zeugenschutzprogramm aufgenommen wurde.

Der Mann hatte es darauf abgesehen, ihre Kunst zu zerstören. Er wollte sie aus dem Schatten ziehen, um sie zu töten, und er hatte den Daumen auf der einen Sache, die ihr wichtig war. Jedes Stück ihres Lebenswerks, das öffentlich ausgestellt war oder von dem man wusste, dass bestimmte Sammler es besaßen, war plötzlich in Gefahr. Gemälde wurden zerschnitten, mit Säure beworfen oder gestohlen und verbrannt. Sie hat ungeheuer viel verloren. Die Werke, die sie von Sammlern zurückbekommen konnte, wurden in Kunsttresore eingeschlossen, damit sie in Sicherheit waren – drei Tresore im Land verteilt – und einen dieser Orte hat er gefunden. An einem Tag verlor sie noch einmal dreißig Werke.

Es dauerte sechs Monate, bis es zum Prozess kam. Sie sagte gegen ihn aus. Die Geschworenen diskutierten stundenlang und sprachen ihn schuldig. Er wurde zu lebenslanger Haft ohne Bewährung verurteilt. Das hat ihn aber nicht aufgehalten. Er hatte Beziehungen und Verwandte und jetzt ging es um die Ehre. In Museen und Galerien, wo immer eine ihrer Arbeiten gezeigt wurde, gab es Übergriffe auf die Kunstwerke und Menschen wurden verletzt. Ihre Arbeit war so unverwechselbar, dass sie kein Gemälde ausstellen konnte, auch wenn ihr Name nicht genannt wurde.

Es hat sie beinahe zerstört. Sie zog sich zurück und hörte eine Zeit lang ganz auf zu malen. Sie versuchte es mit Fotografie, weil sie ein gutes Auge hat und schließlich irgendwie ihren Lebensunterhalt verdienen musste. Mit der Zeit machte sie sich einen Namen und baute ein gutes Unternehmen rund um ihre Kamera und ihre Marketingfähigkeiten auf, während sie innerlich noch ein bisschen mehr starb.

Sie war seit gut fünf Jahren im Zeugenschutzprogramm, als sie einmal Pizza essen ging und einen Mann kennenlernte. Sie kannte ihn nicht, er kannte sie nicht, aber er war auf seinem Gebiet ebenso berühmt, wie sie es auf ihrem gewesen war. Er hatte eine ähnliche Geschichte mit Ruhm und Geld und einem erzwungenen Rückzug hinter sich, und so wie sie war er ein ehrgeiziger Geschäftsmensch. Er hatte eine Pizzeria mit drei Filialen gekauft und in eine nationale Kette verwandelt.

Er mochte sie, er mochte ihre Fotos und er überredete sie, das Marketing für seine Pizzarestaurants zu übernehmen. Außerdem machte er ihr den Hof. Oder wie er es ausdrücken würde: Er lief ihr nach wie ein Highschooljunge, der bis über beide Ohren verliebt war. Und sie verblüffte ihn, weil sie seine Einladungen ausschlug und nicht daran interessiert war, mit ihm gesehen zu werden.

Er ist ein kluger Mann und kann unnachgiebig sein, wenn er beschlossen hat, dass etwas wichtig ist. Schließlich fand er heraus, wer sie war. Er gab ihr ihre Kunst zurück, in einem sehr privaten Atelier und einem sehr privaten Tresor. Er überzeugte sie davon, dass es nicht mehr gefährlich war zu malen. Es dauerte zwei weitere Jahre, aber schließlich überzeugte er sie auch davon, dass es ungefährlich war, ihn zu lieben, und er brachte sie dazu, ihn zu heiraten. Sie sind jetzt seit zehn Jahren verheiratet." Ann lächelte bei der Erinnerung. „Sie blüht mit ihm richtig auf. Sie sind ein starkes Paar, im besten Sinne des Wortes.

Sie hat in ihrer Ehe jeden Tag gemalt. Sie hat keinen Kritiker, der sie beurteilt, keinen Betrachter, der die Bilder genießen würde, keinen Sammler, der sie kaufen könnte, sie hat nur sich selbst. Und sie hat das Malen in etwas Außergewöhnliches verwandelt. Ich muss Jahrhunderte zurückgehen, um ein solches Genie auf ihrem Gebiet zu finden.

Ihr Mann liebt sie und er würde ihr gerne wenigstens ein Stück von der Person wiedergeben, die sie vor all diesen Ereignissen war. Er möchte ein Buch herausbringen, das ihre Geschichte erzählt, und dazu will er einen Bildband veröffentlichen, der ihre Kunst zeigt. Er hat mich gebeten, ihre Geschichte zu schreiben. Er hat mich deshalb gebeten, weil ich Saras und Adams Geschichte erzählt habe, weil ich Ermittlungsbeauftragte war, eine gute Polizistin mit hoher Sicherheitsstufe und Quellen und Freunde hatte, die mir helfen würden, nach Anzeichen für Schwierigkeiten Ausschau zu halten.

Als ich mich bereit erklärte, Saras und Adams Geschichte zu erzählen, war der Mann, der Sara verfolgt hatte, bereits tot. Der Grund, warum sie im Zeugenschutzprogramm war, existierte nicht mehr, die Gefahr war vorüber. Aber bei diesem Buch ist das anders. Der Mann, der sie vernichten will, hat eine mächtige Familie, die immer noch aktiv nach ihr sucht.

Mein Erzählstil klingt nach mir. Genauso wenig, wie sie den Stil ihrer Gemälde ändern konnte, damit sie nicht als ihre Werke erkannt werden, könnte ich meinen Stil ändern. Das Buch würde immer nach mir klingen. Selbst wenn es unter einem anderen Namen veröffentlicht würde, könnte man es herausbekommen. Man würde zu Recht annehmen, dass ich sie kenne, dass mir ihr jetziger Name bekannt ist und ich weiß, wo sie lebt. Diejenigen, die hinter ihr her sind, würden sie durch mich finden wollen.

Als ich Single war, konnte ich das Risiko eingehen. Jetzt ist das anders. Ich habe ihnen gesagt, wenn ich dich heirate, würde ich die Arbeit an dem Buch einstellen. Und sie waren mit dieser Entscheidung völlig einverstanden. Ihr Mann wird das Kunstbuch fertigstellen, aber ihre Geschichte wird niemals erzählt werden."

Paul sagte: „Du kannst das Buch nicht schreiben, weil es nach dir klingen würde und jemand erkennen könnte, dass du es verfasst hast. Wenn es dazu käme, wären die Falcons und ihre Geschäfte in Gefahr."

„Ja."

„Du hast die richtige Entscheidung getroffen, Ann, aber es tut mir wirklich leid. Es wäre für dich eine unglaubliche Erfahrung gewesen, diese Geschichte zu schreiben."

„Ich bin nur froh, dass wir uns nicht erst nach Erscheinen des Buches kennengelernt haben. Mich für unsere Ehe zu entscheiden wäre mir noch viel schwerer gefallen, wenn ich gewusst hätte, dass dieses Buch existiert."

„Wer sind die beiden?"

„Der ehemalige Shortstop der Baseballmannschaft von Atlanta, Kevin Copper, jetzt Pizza King, und seine Frau Kimberly. Ihr richtiger Name ist Paulette Sunfrey. Sie tritt nie mit ihrem Mann in der Öffentlichkeit auf. Sie hatte einige Schönheitsoperationen, aber wenn man einen Verdacht hat, könnte man sie ansehen und sagen, sie könnte es sein."

Paul setzte sich auf den Hocker neben ihr und musterte seine Frau. „Sunfrey. Deren Arbeiten legendär waren, als sie kaum älter als zwanzig war. Die dann spurlos verschwand. Deren Gemälde *Die kommende Dämmerung* für knapp zwei Millionen verkauft wurde, als sie gerade mal zweiundzwanzig war. Ich habe Postkarten von ihren Werken in meiner Schreibtischschublade, damit ich sie mir hin und wieder ansehen kann."

„Wenn sie die Gemälde, die sie jetzt in ihrem privaten Tresorraum hat, verkaufen könnte, wäre sie in der Lage, das eine oder andere Land zu ernähren. Es sind außergewöhnliche Arbeiten."

„Deine Freundschaft mit den beiden … besuchst du sie manchmal?"

„Wenn ich in der Nähe bin, steht immer ein Gästezimmer für mich bereit. Er ist viel unterwegs und da ich zu den wenigen Menschen gehöre, bei denen seine Frau sie selbst sein kann, hat er die Freundschaft von unserer ersten Begegnung an unterstützt. Jetzt sind die beiden einfach gute Freunde von mir. Sie gehörten zu den Ersten, die ich angerufen habe, um ihnen zu sagen, dass ich heirate."

„Du musst sie weiterhin besuchen, genauso wie die anderen Freunde, die du überall im Land hast. Ich weiß, dass die Liste lang ist und viele darunter sind, von denen ich noch gar nicht weiß. Es ist wichtig, dass du diese Freundschaften weiterpflegst, Ann."

„Jetzt, wo wir verheiratet sind, wirst du von ihnen erfahren und sie auch kennenlernen. Ich werde keine meiner Freunde vor dir geheim halten, auch wenn ich vielleicht ein bisschen überlege, wann ich sie dir vorstelle."

„Ich bin froh, dass du mir von den beiden erzählt hast."

Ann betrachtete sein Gesicht und lächelte. „Ich hätte gerne das Atelier oben, auch wenn ich nur gelegentlich malen werde. Talent habe ich nicht wirklich, aber ich genieße es und ich brauche die Zeit für mich. Ich wünschte, ich hätte gewusst, wie müde ich sein würde, dann hätte ich dich vor der Hochzeit warnen können. Ich habe einen Großteil meines Arbeitslebens auf Reisen verbracht, in der Luft, in unterschiedlichen Motels, woanders als zu Hause, aber diese Erschöpfung, die mich fest im Griff zu haben scheint, habe ich trotzdem nicht erwartet."

„Gib dir Zeit, Ann. Du wirst dich daran gewöhnen und dich wieder erholen." Paul strich mit der Hand über ihren Rücken. „Ich gehe jetzt mit Black raus, damit du in Ruhe auspacken kannst. Morgen zeige ich dir die nächst gelegene Buchhandlung und wo sich Black am besten die Beine vertreten kann. Und ich mache dich mit ein paar Nachbarn bekannt. Wir können im *Falcons* zu Mittag essen und probieren, was Jackie als ihr neuestes Lieblingsgericht bezeichnet."

„Das klingt perfekt."

■

Nach drei Tagen begannen die nächtlichen Geräusche im Haus vertraut zu klingen, und es überraschte Ann nicht mehr, zu jeder Tages- und Nachtszeit das schwache Geräusch von Straßenverkehr zu hören. Im Schlafzimmer war es ruhig. Sie lag wach, wie so oft um Mitternacht herum. Aber sie war es gewohnt, stillzuliegen und nachzudenken. Paul lag neben ihr und würde gleich einschlafen. Sein Arm hielt sie fest an seiner Seite. „Ich liebe dich", flüsterte sie.

„Das höre ich gerne", murmelte er und lächelte, während der Schlaf ihn immer weiter in seinen Bann zog.

Ann fing an, Ideen für ein neues Buch zu formulieren. Sie überlegte wieder, ob Paul darin vorkommen sollte und sie ihre eigene Liebesgeschichte schreiben könnte. Sie lächelte bei dem Gedanken und sah ihm beim Schlafen zu. Bald würde sie aufstehen und ein bisschen arbeiten. Aber im Moment war dies der Ort, an dem sie am liebsten sein wollte. Sie wollte einfach nur ihren Mann betrachten und genießen, wie sehr sie ihn liebte. Wie gerne würde sie ihre gemeinsame Geschichte erzählen, auch für seine Verwandten, damit sie diesen Mann, der den Falcons irgendwann vorstehen würde, so sahen, wie sie ihn sah. Ann drehte den Ring an ihrem Finger und obwohl sie sich immer noch nicht verheiratet fühlte, gewöhnte sie sich allmählich an den Gedanken und die Tatsache, dass sie es war. Sie hatte eine gute Entscheidung getroffen.

„Ich spüre, wie du denkst, sogar mit geschlossenen Augen." Paul öffnete seine Augenlider so weit, dass er sie ansehen konnte, und lächelte schläfrig.

„Ich werde ein bisschen arbeiten."

„In Ordnung." Widerwillig zog er den Arm weg, damit sie aufstehen konnte. „Ich werde dich vermissen."

Sie beugte sich über ihn und küsste ihn. „Das ist schön. Ich verspreche, ich komme wieder."

Teil 7

GEHEIMNISSE

29

Paul betrat sein Büro, stellte seine Aktentasche ab und ließ den Mantel von seinen Schultern gleiten. Rita war sehr nett zu ihm gewesen. Sein Schreibtisch war leer. „Wo brauchst du mich als Erstes?“ Rita stellte einen Kaffee auf seinen Tisch und fügte, weil heute sein Geburtstag war, einen Muffin mit Kerze hinzu. Paul grinste – dieses Jahr hatte sie lilafarbenen Zuckerguss gewählt.

„Das Juristenteam, das die Mordfälle bearbeitet, braucht dich morgen den ganzen Tag. Ich habe fünf Packen Papier verbraucht, nur um die aktuelle Fassung ihrer Verhandlungskonzepte auszudrucken. Sam und ich können dir alles schneller persönlich vorstellen, als du es selbst lesen könntest, aber du musst dir diese Woche alle Mappen angucken, schon allein, damit du sagen kannst, dass du es getan hast.“

„Irgendetwas Besonderes?“

„Nichts, was Sam und ich nicht im Griff hätten. Sie wollen bessere Beweise, als wir haben. Aber nach so langer Zeit, das weißt du ja selbst, haben wir halt nicht mehr. Deine Post liegt auf meinem Schreibtisch, nach Prioritäten sortiert, wie ich sie einschätze. Ich bringe dir für den Anfang die ersten zwei Zentimeter von dem Stapel.“

„Danke, Rita.“ Er hob eine Hand und hielt seine Kollegin lange genug auf, um sich zu vergewissern, dass er ihre Halskette ausgiebig betrachtet hatte. „Hat Sam endlich aufgehört, sich wie ein Idiot zu benehmen?“

Sie berührte die Kette und die Steine darin, während sie lächelte. „Sein Geburtstagsgeschenk.“

„Wurde auch Zeit.“

„Deins war auch nicht schlecht. Woher wusstest du, dass ich Gitarre spielen lerne?“

„Ich habe eine Frau, die solche Dinge bemerkt. Sie hat das Plektrum und die Hornhaut an den Fingern gesehen.“

„Ich hoffe, Hochzeiten sind ansteckend.“

„Sam könnte keine Bessere finden. Wenn du willst, dass ich ihm einen Schubs gebe, sag mir Bescheid."

„Danke, Boss."

„Ich gehe in den Konferenzsaal hoch und sage der Truppe Guten Tag, dann schaue ich kurz bei Arthur vorbei und anschließend widme ich mich der Post. Bist du bereit für den Urlaub, der dich für die letzten Wochen Vertretungsdienst entschädigen soll?"

„Ich würde nicht Nein sagen, aber es waren erstaunlich stressfreie Wochen. Entweder das, oder ich gewöhne mich daran, andere herumzukommandieren, und die anderen hatten zu viel Angst, um sich zu beschweren."

Paul lachte. „Was auch immer der Grund war, ich bin froh, dass ich euch die Leitung überlassen habe."

■

Die Arbeit zog Paul in ihren Bann und schon nach einer Stunde am Schreibtisch spürte er, wie er wieder in den Rhythmus des Alltags verfiel. Er hatte sie vermisst, die Arbeit an den Fällen.

Rita klopfte an seine Tür. „Paul, der Vizepräsident ist auf dem Weg hierher. Er sagt, es sei dringend. Einen Grund hat er nicht genannt."

„Nimm ihn unten in der Lobby in Empfang und bring ihn gleich rauf. Ich sage Arthur Bescheid, dass er kommt. Ist Sam oben?"

„Ja."

Paul tätigte die Anrufe und legte gerade auf, als der Vizepräsident erschien. Paul erhob sich, um ihn zu begrüßen.

„Herzlichen Glückwunsch, Paul. Ich freue mich sehr für Ann und Sie."

„Danke, Sir."

Pauls Vorgesetzter betrat ebenfalls das Büro, gefolgt von Sam. Der Vizepräsident zog einen Umschlag aus seiner Tasche. „Dies war heute Morgen in der Post. Ich hatte keine weitere Korrespondenz von ihr erwartet und habe den Brief geöffnet, bevor mir klar wurde, von wem er war." Er legte den Umschlag auf Pauls Schreibtisch.

Paul machte ein Foto davon, verschlüsselte das Bild und reichte Arthur sein Handy. Dann las er den Brief. „Rita." Paul trat einen

Schritt zurück, damit sie seinen Platz einnehmen konnte, und sie las den Brief ebenfalls und steckte ihn dann in eine Asservatentüte.

Sam las das Schreiben auch auf Pauls Handy und gab es ihm dann zurück.

Agent Falcon,
ich habe noch ein Band, das wertvoller ist als alle anderen Aufnahmen zusammen. Ich stelle mich und erhalte für den Rest meines Lebens Zeugenschutz, dazu die ersten dreißig Jahre Hausarrest auf meine eigenen Kosten. Wenn mir das Geld ausgeht, sitze ich den Rest der dreißig Jahre in einem Gefängnis mit mittlerer Sicherheitsstufe in einem Bundesgefängnis meiner Wahl ab. Wenn Sie wollen, dass mein Anwalt den Namen auf dem Band erfährt, soll er mir eine vorbereitete Klientenvollmacht schicken, die sowohl die Nennung des Namens regelt als auch die Vertretung bei den Verhandlungen um mein Angebot.
L.S.

Es war die Stille im Raum, die Paul mehr sagte als alles, was an Bemerkungen hätte kommen können. Keiner von ihnen wusste so recht, was er davon halten sollte. „Was meinen Sie, Sir?“

Der Vizepräsident schüttelte den Kopf. „Sie hat finanzielle Mittel, sie ist frei und sie beschließt, dass sie sich stellen will? Ich bin mir nicht sicher, was ich davon halten soll. Soll ich sie nach dem Namen fragen?“

Paul sah seinen Vorgesetzten an, dann den Vizepräsidenten. „Fragen Sie nach dem Namen. Sam wird mit Ihnen zusammenarbeiten. Seht zu, dass ihr den Brief heute noch in die Post bekommt, Sam.“

„Haben wir einen Mord übersehen? Einen noch öffentlichkeitswirksameren Fall?“, fragte Rita.

Paul las den Brief noch einmal. „Das deutet sie jedenfalls an. Wir müssen nach jemandem suchen, dem in den Kopf geschossen wurde und der so bekannt war, dass der Fall landesweit durch die Medien ging, von jetzt bis zurück ins Jahr 1989, als sie angefangen hat zu töten. Vielleicht ist jemand anders für das Verbrechen verurteilt worden, also suchen wir vorrangig nach dem entscheidenden

Fakt, dem Schuss in den Kopf aus einiger Entfernung. Entweder sie hat keine Signatur hinterlassen, den Mord aber begangen und wir haben den Hinweis übersehen, oder sie wurde dafür bezahlt, hat das Band und hat nicht geschossen – sondern ist stattdessen untergetaucht."

„Ich sorge dafür, dass die Leute im Konferenzsaal sofort loslegen", sagte Rita. „Wenn jeder sich ein Jahr vornimmt, können wir heute Abend eine Liste mit Fällen zusammengestellt haben."

Paul nickte. „Gut, macht euch an die Arbeit."

Er sah Arthur an. „Wir brauchen eine Besprechung sämtlicher Entscheidungsträger, um diesen gordischen Knoten zu lösen."

„Einverstanden. Morgen um zwölf. Ich hole den Direktor her. Finde den Fall, Paul."

Paul wandte sich an den Vizepräsidenten. „Danke, Sir, dass Sie den Brief so schnell hergebracht haben."

„Ich wünschte, ich könnte Ihnen mehr geben. Wir sorgen dafür, dass das Schreiben, in dem wir nach dem Namen fragen, heute in die Post geht."

■

Paul verbrachte den Tag im Konferenzsaal und sah bis sechs Uhr abends zu, wie mögliche Fälle auf die Tafel geschrieben und anschließend wieder ausgestrichen wurden, wenn weitere Ermittlungen zeigten, dass sie nicht zum Profil der Killerin passten. In der Vergangenheit wäre er bis Mitternacht hiergeblieben und hätte nach dem Fall gesucht, auf den sich der Brief bezog. Er warf einen Blick auf die Uhr. Er war verheiratet, er hatte Geburtstag, seine Frau hatte höchstwahrscheinlich Pläne und selbst wenn nicht, hatte seine Familie mit Sicherheit welche. Er musste gehen. „Sam, ich überlasse es dir, alles im Blick zu behalten. Ruf an, wenn etwas wirklich Interessantes passiert."

Sam lächelte. „Geh, du Ehemann. Rita und ich haben alles im Griff.

■

Als die Aufzugtür sich öffnete, sah Paul, dass der Hund nicht mit Fluchtgedanken auf ihn wartete. Es roch auch nicht angebrannt, also hatte Ann nicht vergeblich versucht, ein leckeres Geburtstagsessen für ihn zu kochen. Paul entspannte sich und trat aus dem Aufzug. Jetzt, wo sie zu Hause waren, versuchte Ann fast ein bisschen zu sehr, eine gute Ehefrau zu sein, aber er wartete erst einmal ab, weil er vermutete, dass sie sich mit der Zeit entspannen würde. Anns Handtasche lag auf dem Boden neben der Statue und Blacks Leine war über den Sattelknauf gehängt. Das war ein gutes Zeichen. Sie war heute draußen gewesen und hatte ihr Buch mitgenommen. Er hörte Musik.

Auf der Suche nach Ann ging Paul durch die Küche und holte für sie beide etwas zu trinken aus dem Kühlschrank. Black lief schwanzwedelnd herbei und sah ihn auffordernd an. Grinsend rieb Paul den Kopf des Hundes und kraulte ihn zwischen den Ohren. Der Hund war in der Stadt zufriedener, als sie beide gedacht hatten. Er schien zu glauben, die tausend Gerüche in jedem Häuserblock seien nur für ihn da.

Paul fand Ann über eine Kiste mit Büchern gebeugt, die sie auspackte und zwischen seine stellte. Er betrachtete die Regale und lächelte. „Du hast eine Menge geschafft."

Ann umarmte ihn. „Hallo, Geburtstagskind."

Er rieb ihren Rücken. „Ich fühle mich alt."

Sie grinste. „Jackie hat deinen Geburtstagskuchen vorbeigebracht. Weiß mit Schokoladenüberzug und vielen Zuckerstreuseln. Die Schachtel steht im Kühlschrank. Sie sagte, dieser sei nur für uns. Wir sollen nachher im Restaurant vorbeischauen, da gibt es einen für die ganze Familie. Deine Eltern unterhalten die Enkel und die Party für die Erwachsenen fängt erst an, wenn das Restaurant zumacht. Ich habe gesagt, dass wir vermutlich erst recht spät auftauchen werden."

„Danke."

„Ich habe dir gestern ein Geschenk gekauft."

„Wirklich?" Er lächelte, während er ihr das Haar aus dem Gesicht strich, nur um einen Grund zu haben, sie zu berühren.

„Ich habe sogar eine Schleife drum gemacht. Möchtest du dein Geschenk jetzt oder wenn wir wieder nach Hause kommen?"

„Ich mag die Vorfreude. Ich warte, bis wir wieder hier sind."

„Wie war dein erster Tag bei der Arbeit?"

„Ich muss dir etwas zeigen."

„Das hier kann warten." Sie schob die Kiste mit Büchern zur Seite. „Was ist es?"

Er entschlüsselte das Foto auf seinem Telefon und zeigte ihr den jüngsten Brief von der Killerin. „Sie will sich wirklich stellen?" Ann sank aufs Sofa und klopfte auf den Platz neben sich.

Black tat so, als hätte die Einladung ihm gegolten, und sprang auf die Couch. Paul lachte und schubste den Hund ans äußere Ende, weil er nichts dagegen hatte, dass Black mit auf dem Sofa saß, aber nicht gewillt war, dem Hund den Platz neben Ann zu überlassen. Er überflog den Brief noch einmal. „Ich sehe keine Möglichkeit, auf diesen Handel einzugehen. Wir brauchen ihre Zeugenaussage zwar, um bei den dreißig Mordfällen zu helfen, aber wenn wir ihr Zeugenschutz und Hausarrest zusagen, werden die Verteidiger die außergewöhnlichen Zugeständnisse angreifen, die ihr gemacht wurden, und dann gibt es politischen Ärger. Die Entscheidungsträger treffen sich morgen um zwölf. Ich hätte dich gerne dabei."

„Klar, ich kann kommen, wenn du willst. Irgendeine Ahnung, auf welchen Fall sie sich bezieht?"

„Wir suchen nach einem Fall mit hohem Interesse für die Öffentlichkeit, den wir übersehen haben, oder einem Fall, der nach ihr klingt, in dem aber jemand anders fälschlicherweise für das Verbrechen verurteilt wurde. Bisher scheint nichts zu passen. Der Vizepräsident fragt sie nach dem Namen. Ich hoffe, er kann uns einen Hinweis geben, ohne zu verraten, was sie gesagt hat."

„Sie hat ein interessantes Timing."

„Das ist mir auch aufgefallen. Die Juristen haben sich genug in die Mordfälle vertieft, um zu wissen, dass die Aussage der Killerin hilfreich wäre. Ich vermute, dass sie sich trotz der politischen Implikationen für eine Art Handel aussprechen werden. Sie brauchen diese Zeugenaussagen." Black legte den Kopf auf Pauls Knie und er strich geistesabwesend über den Rücken des Hundes.

„Ich hatte mich damit abgefunden, dass sie irgendwo da draußen ist und wir wahrscheinlich die letzte Chance verspielt haben, sie jemals zu fassen. Ich glaube, ich könnte sogar mit Zeugenschutz und Hausarrest leben, solange sie an einem Ort ist, an dem wir mit ihr reden können. Wenn sie wirklich etwas so Wichtiges für uns hat, wie sie sagt, dann brauchen wir die Aufnahme. Ich mache mir Sorgen, dass sie nicht mehr lange lebt, wenn sie da draußen bleibt. Es gibt dreißig Personen mit vielen Möglichkeiten, die sie tot sehen wollen. Aber ich wundere mich trotzdem über ihr Angebot, sich zu stellen. Sie hat Geld, sie ist frei. Sie könnte sich weiter verstecken. Irgendetwas an der Sache ergibt keinen Sinn."

„Vielleicht glaubt sie nicht, dass sie so sicher und gut versteckt ist, wie wir es glauben. Hausarrest ist keine so schlechte Alternative, wenn sie das Gefühl hat, dass jemand, der sie umbringen will, ihr dicht auf den Fersen ist."

„Vielleicht." Paul beugte sich zu Ann hinüber und küsste sie. „Was sagst du zu einem Spaziergang, bevor wir ins *Falcons* rübergehen?"

„Black, willst du spazieren gehen?" Der Hund sprang vom Sofa und lief zum Aufzug. Ann lachte. „Ich glaube, das war ein eindeutiges Ja. Geh und zieh dir etwas Bequemes an, dann drehen wir eine Runde, bevor wir feiern, wie viel älter du geworden bist."

■

Die Morgendämmerung drang jetzt genug ins Schlafzimmer ein, dass Paul den Hund sehen konnte, der mit vier Pfoten in der Luft auf dem Rücken ausgestreckt dalag. Paul war oft schon vor fünf Uhr morgens wach und versuchte, Ann beim Aufstehen nicht zu wecken, weshalb er kein Licht einschaltete. Da der Hund die Tür zum Badezimmer liebte, waren sie in dem dunklen Zimmer schon öfter mit Jaulen und angestoßenen Zehen aufeinandergetroffen.

Ann hatte ihre Arme um ein Kissen geschlungen und lag tief und fest schlafend auf dem Bauch. Wenn sie erst einmal schlief, bewegte sie sich nur selten. Ihre Träume hatten sich in den letzten paar Tagen beruhigt. Paul fuhr mit einer Hand leicht über ihren Rücken und drückte einen Kuss auf ihre Haare, bevor er sich aus dem Bett schob. Jeden Morgen empfand er das Glück, verheiratet zu sein, noch stärker als am Tag zuvor. Der Hund öffnete ein Auge, als Paul über ihn hinwegstieg, und Paul kraulte ihm pflichtschuldigst den Bauch.

Er nahm seine Zahnbürste und kramte in Anns Korb auf der Ablage, um nachzusehen, wo sie die Zahnpasta gelassen hatte. Das Duschbad am Ende des Flures war in Ordnung, wenn er sich duschen, rasieren und für die Arbeit anziehen wollte, aber für die nächsten Stunden mit Frühstück, Gassigehen und Familiendingen konnte er sich leise im großen Bad fertig machen und in seine Freizeitkleidung schlüpfen, ohne Ann zu wecken.

Ann war gut, was Geburtstage betraf. Sie hatte ihm eine selbstaufrollende Hundeleine gekauft und ihm gezeigt, wie man damit den Hund richtig ausführte, und sie hatte ihm eine Spielkonsole geschenkt und ihm gesagt, anschließen müsse er sie aber ohne ihre Hilfe, da sie sich mit Elektronik überhaupt nicht auskenne – die Kinder hatten ihr gesagt, was sie kaufen müsse. Dann hatte sie ihm vorsichtig eröffnet, dass sie am nächsten Wochenende das Haus voller Kinder haben würden, allesamt unter zwölf Jahren. Sie hatte es mit ernster Miene gesagt, so als wäre sie sich nicht sicher, wie er diese Nachricht aufnehmen würde. Er hatte sofort gegrinst. Sie hatte die Familie alarmiert und die Kinder hatten sich förmlich überschlagen in dem Eifer vorbeizukommen, den Cowboy am Eingang zu sehen und mit Black zu spielen.

Paul konnte sich keine besseren Geburtstagsgeschenke vorstellen, die ihm so viel über Ann sagten. Er hatte ihr einen eigenen Bereich auf der Familieninternetseite eingerichtet und sie hatte sich so eifrig darauf gestürzt, dass es sich anfühlte, als hätte sie schon immer zur Familie gehört. Sie würden also das Haus voller Kinder haben. Wenn ihre Ehe dieses Ereignis überlebte, wäre das ein Meilenstein. Er sah zu Black hinüber und überlegte, dass er fürs Wochenende besser noch einen zweiten Hund organisieren sollte, damit sich nicht die geballte Aufmerksamkeit auf Black richtete.

Er legte seine Zahnbürste fort. „Willst du was von meinem Schinkenspeck zum Frühstück?"

Der Hund rollte sich auf den Bauch, schüttelte den Kopf, um wach zu werden, und rappelte sich auf. Black war mehr ein Morgengeschöpf, als Ann bewusst gewesen war. Paul stellte fest, dass er die Gesellschaft beim Frühstück mochte. Sie hatten sich schnell an eine Routine aus Zeitunglesen, Frühstücken und Gassigehen gewöhnt.

Nach dem Frühstück, dem Regeln einiger Familienangelegenheiten und dem Spaziergang mit dem Hund ging Paul leise ins Schlafzimmer zurück und sah noch einmal nach Ann. Sie hatte sich nicht bewegt. Erleichtert stellte er fest, dass sie erholter aussah als noch vor zwei Wochen. Er schob eine Nachricht unter ihr Handy und küsste sie sacht. Dann machte er sich auf den Weg zur Arbeit.

■

Paul beendete die morgendliche Lagebesprechung, bei der sie die Fälle, die sie gefunden hatten, durchgegangen waren, sie näher untersucht und zu guter Letzt allesamt verworfen hatten. Anschließend ging er in sein Büro zurück, um sich auf das Gespräch mit Arthur und dem Direktor vorzubereiten. Ann saß im Besuchersessel in seinem Büro und las ein Taschenbuch, in der Hand ein Malzbier. Paul fuhr mit einer Hand über ihre Schulter, als er an ihr vorbeiging, lud das, was er auf dem Arm trug, auf seinem Schreibtisch ab und holte sich selbst auch ein Getränk. Dann lehnte er sich an seinen Schreibtisch und genoss einfach den Anblick seiner Frau.

Sie legte das Buch fort. „Du hast wieder diesen belustigten Gesichtsausdruck. Bin ich falsch gekleidet?"

„Wenn der Direktor Probleme mit Jeans hat, ist er ein Idiot. Ich liebe diese Hose."

„Ich war im *Falcons* und habe mit Jackie gesprochen und anschließend blieb mir keine Zeit mehr, mich umzuziehen." Sie schob das Buch in ihre Handtasche.

„Lass uns heute Abend irgendwohin fliegen. Du warst in den letzten zwei Monaten kaum in der Luft. Das sollten wir ändern."

Sie sah ihn interessiert an. „Hast du ein bestimmtes Ziel vor Augen?"

„Wo auch immer ein Flugzeug hinmuss und eins zur Abholung bereitsteht, das uns zurückbringen kann."

„Ich bin gebeten worden, einen Flieger nach St. Louis zu bringen, wenn dir ein paar Stunden Rundreise nichts ausmachen."

„Kein Thema. Ich würde mir gerne den Sonnenuntergang mit dir anschauen."

„Dann arrangiere ich das. Wie sieht der Plan für oben aus?"

„Ich habe keinen. Ich will das Band und ich will, dass die Killerin sich stellt. Aber der Handel, den sie machen will, ist mehr, als wir akzeptieren können. Also werden wir uns wahrscheinlich drei Stunden lang im Kreis drehen und versuchen, eine Antwort zu finden, die Nein lautet, aber kein absolutes Nein ist."

„Hat der Vizepräsident schon etwas wegen des Namens gehört?"

„Noch nicht. Wir wissen, dass sie seinen Brief bekommen hat. Wir wissen nicht, wie oder auch nur wann sie den Brief diesmal abgefangen hat, aber er ist wieder unterwegs abhandengekommen."

„Sind Rita und Sam bei der Besprechung dabei?"

„Sie wollen lieber weiter die Suche nach dem Fall steuern, auf den der Brief der Killerin Bezug nimmt. Bis jetzt haben sie noch nichts gefunden, was passen würde." Paul warf einen Blick auf seine Uhr. „Wir gehen besser rauf."

Paul nahm Anns Hand und gemeinsam gingen sie zu Suite 906 hinauf, wo Arthur, Tori und der Direktor schon warteten. Der Vizepräsident war noch nicht da. Paul nahm sich einen Kaffee, während er zuhörte, wie Ann und der Leiter des FBIs sich unterhielten. Anns Umgang mit Edward Baine war sehr vertraut und Paul war sich sicher, dass die beiden eine alte Freundschaft verband. Wenige Minuten später wurde offensichtlich, dass Tori und Ann ebenfalls gemeinsame Freunde hatten. Paul setzte sich auf einen Stuhl neben Ann.

Der Vizepräsident kam herein, gefolgt von Reece Lion. „Tut mir leid, dass ich spät dran bin, Herrschaften. Hallo, Ann. Und herzlichen Glückwunsch euch beiden." Er nickte Paul zu und zog einen Umschlag aus der Tasche. „Die Antwort kam heute Morgen mit der Post. Soll ich sie aufmachen? Oder wollen Sie den Umschlag erst überprüfen?"

„Öffnen Sie ihn ruhig."

Der Vizepräsident trat an den Schreibtisch. Er schlitzte den Briefumschlag auf und zog ein einzelnes Blatt hellgrünes Papier heraus. Er las es, wurde blass und zog ein Feuerzeug aus der Tasche. Dann hielt er den Zettel über eine leere Glasschale und verbrannte ihn. „Geben Sie mir zwanzig Minuten. Ich drehe eine Runde auf der Dachterrasse und denke darüber nach." Er ging mit Reece hinaus.

„Der Name hat ihn schockiert."

„Das würde ich auch sagen." Der Direktor betrachtete das Häuflein Asche. „Es gibt keinen Fall, der zu ihrer Anspielung passen würde, Paul?"

„Ein paar Kopfschüsse aus der Distanz, aber keiner davon passt, wenn man die Fälle genauer untersucht. Wir haben noch nicht herausgefunden, welchen Fall sie meint. Und nichts passt zu einem Namen mit einem so hohen Bekanntheitsgrad."

Irgendwann kehrte der Vizepräsident zurück, dicht gefolgt von Reece. „Noch eine Minute. Arthur, darf ich Ihren Schreibtisch benutzen?"

„Natürlich."

Gannett zog den Stuhl vom Tisch ab, griff nach einem Papierblock und schrieb etwas darauf. „Ich kann Ihnen nicht erzählen, was auf dem Zettel stand, aber ich kann Ihnen sagen, dass der Name, den sie mir genannt hat, eine Person im Ruhestand aus dieser Liste ist." Er reichte das Blatt dem Direktor.

Edward Baine überflog es, runzelte die Stirn, wurde ärgerlich und las die Liste laut vor. „Richter am Bundesgerichtshof, Sprecher des Kongresses, Mehrheitsführer im Senat, CIA-Direktor, FBI-Direktor, U.S. Staatsanwalt, Vizepräsident, Präsident." Er blickte von der Liste auf. „Ist das dein Ernst, Jim? Sie hat eine Aufnahme von jemandem auf dieser Liste, der im Ruhestand ist und sie angeheuert hat, um einen Mord zu begehen?"

„Das ist ihre Aussage. Ihr müsst herausfinden, von welchem Fall sie spricht, oder ihr müsst ihr Angebot annehmen."

„Es ist ein altes Band, das sie übergeben wird. Sie kann eine Fälschung durch schlechte Aufnahmequalität verbergen. Diese Leute halten ständig Reden. Mit genügend Zeit kann man mir auch alles in den Mund legen, was man will. Wenn wir die Zugeständnisse machen, die sie verlangt, könnte es sich um einen Trick oder eine geschickte Fälschung handeln."

„Wir können jeden Handel unter der Bedingung abschließen, dass es sich bei dem Band nicht um eine Fälschung handelt. Nein, ich glaube, dass sie die Aufnahme für echt hält. Sie verlangt Zeugenschutz für dreißig Morde. Das ist ein erstaunliches Ansinnen. Sie glaubt, dass sie Informationen hat, die einen solchen Deal rechtfertigen."

„Paul, was denkst du?", fragte Arthur.

„Wie viele Namen umfasst diese Liste insgesamt? Fünfzig? Ein paar mehr? Das sind alles sehr bekannte Persönlichkeiten, die im Fokus der Medien standen, als sie im Amt waren, und auch heute noch eine Nachricht wert sind. Wir decken den Zeitraum von ihrem ersten Mord bis heute ab und suchen nach Personen, die etwas mit ihnen zu tun hatten und jetzt tot sind. Die betreffende Person hat keinen Killer angeheuert, um einen Fremden umzubringen. Also suchen wir nach bekannten Streitigkeiten, Gerichtsunterlagen, zivilen Klagen. Welcher der Konfliktpartner ist inzwischen tot? Und wer ist durch eine Schusswunde umgekommen? Wenn es etwas gibt, wird es wenigstens Gerüchte darüber geben."

Arthur nickte. „Fangt an zu suchen. Wir müssen wenigstens eine Ahnung haben, womit wir es zu tun haben könnten."

„Wir sollten uns morgen wieder treffen", schlug Tori vor. „Wir können jetzt keine Entscheidung fällen."

Der Direktor nickte. „Das sehe ich auch so. Können Sie sich vorstellen, was passieren wird, wenn diese Sache wahr ist? Wir verfolgen dreißig Morde. Bald erscheint deine Autobiografie, Jim, und die Öffentlichkeit erfährt, dass dein Bootsunfall eine Entführung war. Und jetzt kommt auch noch ein Auftragsmord auf höchster politischer Ebene dazu? So wird die Behörde nie mehr aus den Schlagzeilen kommen."

■

„Paul?" Ann reichte ihm ein belegtes Brot.

„Danke."

Sie hatte für alle Mitglieder seines Teams etwas zu essen besorgt. Die Zeiger der Uhr standen auf kurz nach zehn Uhr abends, und sie versuchten immer noch einen Fall zu finden, der passte. „Du kannst wirklich nach Hause gehen, Ann. Es wird noch ein paar Stunden dauern, bis wir alle möglichen Namen überprüft haben." Ausgehend von der Auswahl des Vizepräsidenten, wer auf dem Band zu hören war, hatten sie eine Liste von achtundvierzig Personen zu untersuchen.

„Ein Stündchen geht noch", sagte sie. „Diese Leute wurden verklagt, bedroht und haben persönliche Tragödien erlebt, aber keiner, der ihnen nahestand oder mit ihnen im Konflikt lag, ist an einer Schusswunde gestorben."

„Siehst du eine andere Möglichkeit, diese Suche durchzuführen?"

„Vielleicht solltest du die Frage weiter fassen. Jemand auf dieser Liste hat eine Auftragskillerin angeheuert und zwar für viel Geld. Es könnte auch sein, dass es geschehen ist, um jemanden zu beschützen. Vielleicht nicht sich selbst, sondern jemanden in der Familie. Ich vermute, die Kinder oder Enkel sind wahrscheinlicher als weiter entfernte Verwandte wie Cousins. Vielleicht solltet ihr die Polizeiberichte über Kinder durchgehen. Wenn Angehörige Opfer eines Verbrechens wurden, wenn das Gesetz den Täter nicht bestraft hat, dann war der Mord vielleicht ein Weg, doch noch Gerechtigkeit zu erlangen."

Paul nickte. Der Gedanke gefiel ihm. „Glaubst du, dass die Aufnahme echt ist?"

„Ich glaube, die Killerin war schon auf das Zeugenschutzprogramm aus, bevor sie euch das erste Band geschickt hat. Sie hat etwas Ungeheuerliches in der Hand. Die anderen dreißig Bänder waren nebensächlich. Durch sie solltet ihr lediglich erkennen, warum ihr zu so etwas Abwegigem wie Zeugenschutz und Hausarrest für dreißig Morde Ja sagen solltet."

„Das wird ein interessantes Gespräch morgen."

30

„Ich kann nicht einem Auftragskiller Zeugenschutz und Hausarrest für dreißig Morde geben, auch nicht im Tausch gegen eine Tonbandaufnahme, auf der eine Person dieser Liste zu hören ist. Der Prozess würde niemals in einer Verurteilung enden", sagte der Direktor und rieb sich das Gesicht mit beiden Händen. Die Besprechung dauerte jetzt schon zwei Stunden und noch immer war das das zentrale Problem. Sie verlangte zu viel.

„Wenn Sie mir ein Band geben, auf dem ein ehemaliger Richter des Obersten Gerichtshofes die Killerin auffordert, seinen Bruder umzubringen, dann weiß ich nicht, ob das vor Gericht eine Chance hat. Wir wissen nicht, wie lange der Fall her ist, wenn es untermauernde Beweise gibt. Die Leiche könnte eingeäschert worden sein und dann können wir nicht einmal nachweisen, dass es überhaupt einen Mord gegeben hat. Die Killerin müsste vor Gericht erscheinen und die Aufnahme bestätigen und den Mord und das dafür in Empfang genommene Geld zugeben – alles. Und dann würde ich wahrscheinlich immer noch keine Verurteilung erreichen. Der Glaubwürdigkeitsfaktor wäre unüberwindlich, von dem Argument, dass die Aufnahme gefälscht sein könnte, ganz zu schweigen. Wir brauchen noch viel mehr Informationen, bevor wir dieses Angebot annehmen können." Er sah Arthur an und dann Paul. „Können wir den Auftragsmord auch ohne das Band aufklären?"

„Die Liste der möglichen Personen ist schwierig zu überprüfen, auch wenn sie nicht viele Namen enthält", erwiderte Paul. „Bis jetzt haben wir nichts gefunden, obwohl ein Dutzend Agenten zwölf Stunden an der Arbeit war. Irgendwo muss dieser Fall sein, aber ich weiß nicht, ob wir ihn finden werden, und ich weiß auch nicht, wie wir die Sache beweisen sollen, wenn wir das Band nicht haben." Sam und Rita waren bei dieser Besprechung ebenfalls anwesend und Paul sah sie fragend an, um zu sehen, ob sie irgendetwas hinzufügen wollten. Wie Ann hatten auch sie während der ganzen Sitzung noch nichts gesagt.

„Wir könnten ihr einen Handel unter bestimmten Bedingungen anbieten. Es muss ein Geständnis oder einen Schuldspruch geben, damit sie Zeugenschutz erhält", empfahl der Vizepräsident.

Der Direktor wandte sich zu ihm um. „Sag das noch mal, Jim."

„Sie verlangt zu viel. Aber es gibt eine Kombination von Bedingungen, durch die ihr in der Lage sein könntet, ihr Angebot anzunehmen. Macht ihr Auflagen." Gannett beugte sich auf seinem Stuhl vor. „Nehmt ihr Angebot an, aber nur unter bestimmten Voraussetzungen. Ein Geständnis der Person auf dem Band ist nötig oder ein erfolgreiches Strafverfahren, damit sie den langfristigen Handel mit Zeugenschutzprogramm und Hausarrest erhält. Wenn ihr beschließt, keinen Prozess anzustrengen oder es tut und verliert, verbringt sie den Rest ihres Lebens in der mittleren Sicherheitsstufe im Gefängnis ihrer Wahl. Aber das ist nicht viel besser als der Deal, den sie jetzt hat, und im Moment ist sie frei und verfügt offensichtlich über beträchtliche finanzielle Mittel. Ihr müsst ihr einen Anreiz bieten, damit sie kommt und ein Risiko eingeht, was das Endergebnis betrifft."

Der Vizepräsident sah sich im Zimmer um, bevor er fortfuhr. „Also gebt ihr einen Anreiz. Sie erklärt sich bereit, bei jedem Mordprozess auszusagen, den ihr für die dreißig Morde anstrengt. Dafür bekommt sie für die Zeit zwischen dem Zeitpunkt, zu dem sie sich stellt, und dem Abschluss des letzten Prozesses Zeugenschutz und Hausarrest. Das erhöht die Chancen, dass es bei den Mordprozessen zu Verurteilungen kommt, es bringt sie dazu, sich zu ergeben, sie wird vor den dreißig Personen beschützt, die allen Grund haben, sie umlegen zu lassen, und ihr bekommt das letzte Band, von dem sie redet. Wenn ihr einfach Nein sagt, bleibt sie da draußen und wird nicht gefasst. Ein Angebot mit Bedingungen ist einen Versuch wert. Wenigstens bleibt ihr so im Gespräch mit ihr."

„Ja, das ist die beste Vorgehensweise", stimmte Tori ihm zu. „Wir wissen nicht, was auf diesem Band ist, aber wenn es sich als so wertvoll erweist, dass wir eine Verurteilung erreichen, dann ist selbst Zeugenschutz kein unvernünftiges Zugeständnis."

Der Direktor nickte widerstrebend. „Gut, dann setzen wir ein entsprechendes Schreiben auf. Aber wir lassen den Umschlag nicht aus den Augen. Wenn sie unsere Antwort noch nicht aufgemacht hat, wenn wir sie schnappen, können wir argumentieren, dass der einzige Deal, den sie hat, der vorhergehende ist."

Der Vizepräsident nickte. „Ich werde mir ein neues Telefon zulegen, nur für diese Angelegenheit. Ich werde verlangen, dass sie mich auf der neuen Nummer anruft, um die Einzelheiten zu besprechen, wann sie sich stellt. Ihr könnt die Leitung nicht anzapfen oder abhören, weil das Risiko zu groß ist, dass alles, was sie sagt, vor Gericht nicht zulässig ist, aber ihr wisst, wann sie den Brief erhält, und kennt die Nummer, die sie anrufen soll. Hört ruhig meine anderen Telefone ab. Wenn sie auf einer dieser Nummern anruft, akzeptiere ich sie nicht als Klientin und ihr könnt die Informationen verwenden. Paul, was soll ich vorschlagen, wie und wann sie sich stellen soll?"

„Ich bin mir sicher, dass sie selbst einen Vorschlag zum Wo und Wann machen wird. Ein paar Voraussetzungen müssen erfüllt sein: Sie kommt allein. Es ist ein Ort, an dem es keine Zivilisten gibt, die verletzt werden könnten, falls es Ärger gibt. Es muss bei Tag stattfinden. Ich gehe davon aus, dass die Killerin Sie dabeihaben will, und Sie gehen nirgendwohin ohne Personenschutz und Polizei. Sie können in einem schusssicheren Fahrzeug sitzen und telefonisch mit ihr sprechen, bis sie Handschellen trägt. Mir wäre ein verlassenes Gebäude mit einem großen Parkplatz am liebsten. Sie kommt mit einem Auto und parkt, wir fahren auf den Parkplatz, sie ruft Sie an und Sie sagen ihr, dass sie aus dem Wagen steigen, sich davon entfernen und die Hände hinter den Kopf legen soll. Wenn sie das gemacht hat, steigen wir aus und legen ihr Handschellen an."

„Das klingt gut, aber wir brauchen etwas, das nicht so offen ist", ergriff Sam zum ersten Mal das Wort. „Wir haben dreißig Personen verhaftet, die allen Grund haben, ihr den Tod zu wünschen, damit sie nicht aussagen kann. Es besteht ein ernsthaftes Risiko, dass jemand versucht, sie zu erschießen."

„Was schlägst du vor?", fragte Paul.

„Ich weiß nicht. Ein Parkhaus würde das Problem teilweise lösen, aber dafür gäbe es damit andere Probleme."

„Rita, hast du eine Idee?"

„Ich möchte hören, was Ann vorschlägt."

Ann wirkte verlegen, als sich aller Augen auf sie richteten, aber dann sah sie allein Paul an. „Sie muss unbewaffnet, allein und an einem bestimmten Ort sein, mehr ist nicht nötig. Ihr wollt, dass sie am Leben bleibt. Also benutzt am besten ein großes Bürogebäude, eines, in dem sich unten Geschäfte befinden und oben mehrere Stockwerke mit Büros von verschiedenen Unternehmen. Das Hanson-Gebäude würde funktionieren. Gregg Tripp hat dort ein Büro. Sagt der Killerin, sie soll sich an einem Sonntagnachmittag dort einfinden. Dann sind die Büroetagen leer. Sie nimmt den Aufzug oder die Treppe in den fünfzehnten Stock. Sie geht zu Tripps Büro. Sie betritt den Raum und hebt die Hände über den Kopf. Ihr öffnet die Tür, geht in den Raum und legt ihr Handschellen an. Im Aufzug, auf der Treppe, im Flur und im Büro habt ihr Überwachungskameras. Ihr sorgt dafür, dass sie nicht zu nah ans Fenster geht. Ihr gebt ihr jede Menge potenzielle Verstecke und viel Zeit, auf dem von ihr bevorzugten Weg in das Gebäude zu gelangen. Sie kommt zu euch. Ihr könnt ihr sogar die genaue Uhrzeit überlassen, sie muss nur den Vizepräsidenten anrufen und ihm sagen, dass sie zu dem vereinbarten Büro kommt, bevor sie die Treppe oder den Aufzug betritt. Ich vermute, dass sie sich am Tag vorher in einem der oberen Stockwerke verstecken wird und dann zum vereinbarten Treffpunkt herunterkommt. Wenn alles schiefgeht, könnt ihr die Stockwerke, die oberhalb der öffentlich zugänglichen Etage sind, absperren und sie vielleicht fassen, indem ihr die Treppen verbarrikadiert und die Aufzüge lahmlegt."

Der Vizepräsident nickte. „Wenn ihr ein solches Gebäude in ein paar wichtigen Städten ausfindig machen könnt, kann ich damit leben. Sie soll den Ort aussuchen, aber machen wir es so einfach. Sie kommt zu euch. Wenn sie einen eigenen Plan hat, muss sie ihn mir in allen Einzelheiten erläutern und dann wieder anrufen, damit ich ihr eure Antwort weitergeben kann."

Arthur nickte. „Machen wir einige Gebäude ausfindig, die für unsere Zwecke geeignet wären, am besten in fünf verschiedenen Städten – Los Angeles, Chicago, Atlanta, New York und Denver. Etwas mit einem Parkhaus, öffentlichem Zugang und mindestens fünfzehn Stockwerken."

Paul war ebenfalls einverstanden. „Sam, sobald der Brief in der Post ist, will ich, dass du und Rita bei dem Vizepräsidenten und diesem Telefon bleibt. Wir müssen davon ausgehen, dass sie diese Antwort ebenso abfängt wie die anderen. Ihr müsst vor Ort sein, um das Telefon zu überwachen. Ich behalte die Sendung im Blick und versuche ihre Auslieferung zu überwachen. Aber das Wichtigste ist der Anruf."

■

Drei Tage später nahm Paul Sams Anruf entgegen. „Ja, Sam?"

„Das Telefon klingelt."

Paul sah auf seinen Monitor. „Der Umschlag ist noch nicht abgeholt worden."

„Wenn es nicht jemand ist, der sich verwählt hat, dann hat sie den Brief."

„Sag Gannett, er soll das Gespräch annehmen, dann haltet euch an den Plan."

Sam stellte das Telefon stumm. Ein paar Augenblicke später war er wieder dran.

„Sie ist es. Der Vizepräsident hat den Anruf angenommen, mir zugenickt und ist in sein Büro gegangen, um das Gespräch zu führen."

„Ich gehe sofort rauf zu Suite 906 und bereite eine Konferenzschaltung vor. Schalte den Vizepräsidenten dazu, sobald er sein Telefonat mit der Killerin beendet hat."

„Mach ich, Boss."

Der Vizepräsident schaltete sich zwanzig Minuten später in die Unterredung ein. „Es war ein interessantes Gespräch. Sie schlägt ihr eigenes Wann und Wo vor. An diesem Freitag um drei Uhr morgens in der Cafeteria des Chicago Mercy Hospitals. Die Cafeteria schließt um ein Uhr und macht um sechs Uhr wieder auf. Die Türen werden vom Büro des Sicherheitsdienstes aus elektronisch verschlossen und geöffnet. Sie will, dass Sie den Personaleingang zur Küche bei den Aufzügen der Krebsstation um zehn vor drei öffnen und um zehn nach drei wieder abschließen. Sie wird allein hineingehen und sich setzen. Sie kommen und legen ihr dort Handschellen an. Das Band versteckt sie vorher irgendwo im Krankenhaus. Sie will sich kurz mit mir besprechen und mir anschließend sagen, wo das Band ist, Außerdem möchte sie, dass ich dabei bin, wenn sie Ihnen den Namen der Person auf dem Band nennt und ich Ihnen das Band gebe. Ich schlage vor, ich hole das Tonband, während Sie die Frau auf sicherem Weg hierher ins FBI-Gebäude bringen, und wir reden in einem gesicherten Besprechungsraum über die Aufnahme und den Namen."

Paul sah Arthur an, der nickte. Also willigte Paul ein. „Wir können sie festnehmen, das Krankenhaus mit einem Rettungswagen verlassen und sie in sehr kurzer Zeit mit minimalem Risiko hierherbringen."

„Wann ruft sie wieder an?"

„In sechs Stunden."

„Sehen wir uns die Baupläne des Krankenhauses an. Wir melden uns wieder bei Ihnen, Sir."

■

Das Krankenhaus sah vielversprechender aus, als Paul zunächst angenommen hatte. In der Nähe der Cafeteria befanden sich keine Patientenzimmer und die umliegenden Büros würden mitten in der Nacht unbesetzt und abgeschlossen sein. Die Cafeteria selbst war groß mit mehr als fünfzig Tischen darin.

„Am besten gestalten wir das Ganze so einfach wie möglich. Wir gehen in das Büro des Sicherheitsdienstes und sehen von dort aus zu, wie sie die Cafeteria betritt. Wenn sie erst einmal drin ist, postieren wir zwei Beamte vor jeder Tür. Ich gehe hinein, gefolgt von Sam, lege ihr Handschellen an, und je nachdem, wie die Situation ist, reden wir kurz mit ihr, bevor wir sie mit dem Vizepräsidenten reden lassen und dann wegbringen."

■

Es war ein einfacher Plan, aber sie gingen ihn trotzdem so oft durch, dass am Freitag, als sie sich dem vereinbarten Zeitpunkt näherten, alle nervös waren. Paul hatte Rita im Büro des Sicherheitsdienstes positioniert und wartete mit Sam in dem Büro, das der Cafeteriatür am nächsten lag. „Wir sind bereit, Rita."

„Ich schließe die Türen auf, Boss."

Paul lehnte mit einer Schulter an der Wand und wartete in dem Wissen, dass es zwanzig Minuten dauern würde, bis die Tür wieder verschlossen wurde. Die Zeit verstrich.

„Gerade hat eine Frau die Cafeteria betreten. Sie hat den Blick gesenkt und trägt einen breitkrempigen Hut. Ihre Hände sind offen und leer."

Paul spürte, wie sein Herzschlag sich beschleunigte, und lächelte Sam kurz zu. Vielleicht. Vielleicht würde die Sache laufen wie geplant. Paul zwang sich, nicht auf die Uhr zu sehen, sondern einfach auf Ritas Nachricht zu warten.

„Die Türen sind wieder verschlossen."

Paul stand auf. Sie war jetzt seit mehreren Minuten in der Cafeteria.

„Sam, komm mit."

Paul ging zu der Tür, durch die sie eingetreten war. „Rita."

Das Schloss klickte und Paul betrat die Cafeteria, ohne seine Waffe zu ziehen. Sam würde ihm den Rücken freihalten.

Die Ladykillerin hatte einen Tisch in der Nähe des Mittelgangs gewählt. Sie saß mit dem Gesicht zu ihm und ihre Hände ruhten auf dem Tisch.

„Hallo, Linda."

„Hallo, Agent Falcon."

Sie war nervös, rührte sich aber nicht.

Die Jahre waren nicht gnädig gewesen. Irgendwann in der Vergangenheit war ihr in den Kopf geschossen worden. Die Narben waren unverkennbar – der Kiefer war ihr weggeblasen worden und das Gesicht rekonstruiert. Alte Narben, im Laufe der Jahre weiß geworden. Eines ihrer Augen fokussierte nicht, sondern war offensichtlich nur eine geschickt angefertigte Hülle hinter der Brille. Ihre Haare waren lang und wellig und bedeckten einen Großteil der Narben.

„Wir werden uns einige Stunden lang unterhalten, also sagen Sie doch Paul", schlug er ruhig vor. „Würden Sie bitte aufstehen?"

Er ließ die Fessel erst um ihr rechtes Handgelenk zuschnappen, dann trat er hinter sie und fesselte auch ihre Linke. „Haben Sie eine Handtasche dabei?"

„Nein. In meiner Gesäßtasche steckt ein Foto. Mein Bargeld und die Autoschlüssel sind in dem Hut dort drüben auf dem Tisch bei der Tür.“ Ihre Stimme war tief und klang ein wenig heiser.

„Bitte setzen Sie sich wieder.“

Er half ihr auf den Stuhl zurück und suchte den Boden und die Stühle um sie herum ab. „Sie wollten mit dem Vizepräsidenten über das Band sprechen. Ist es hier?“

„Im Krankenhaus, ja.“

„Sam.“

Sam funkte den Vizepräsidenten an. Er betrat die Cafeteria zusammen mit Reece.

„Bitte eine Minute unter vier Augen, Paul.“ Gannett zog einen Stuhl näher, setzte sich aber ein Stück vom Tisch entfernt. „Hallo, Linda.“

Paul holte die Autoschlüssel und das Bargeld und wartete mit Sam an der Tür zur Cafeteria.

Eine Minute später gesellte sich der Vizepräsident zu ihnen. „Das Band ist im Wartezimmer der Chirurgie. Rita und ich werden es holen und dann treffen wir uns im Büro des FBIs. Linda sagt, sie braucht keinen juristischen Beistand, wenn Sie mit ihr über die Aufnahmen sprechen wollen, die sie bereits ausgehändigt hat. Warten Sie mit der Befragung bezüglich des letzten Bandes, bis ich da bin.“

„Gut, dann treffen wir uns dort. Wir nutzen den sicheren Besprechungsraum für die Befragung.“

Paul betrachtete die Frau am Tisch und überlegte, wie die Gespräche in den nächsten Tagen wohl verlaufen würden. „Sam“, sagte er leise, „ich will erst zehn bis zwanzig Minuten hier mit ihr reden. Sag den anderen, sie sollen bleiben, wo sie sind.“

Er ging zu dem Tisch und stützte die Hände auf die Lehne des Stuhls, auf dem der Vizepräsident gesessen hatte. „Darf ich Ihnen eine Frage stellen, Linda?“

Sie nickte.

„Wie nah war ich dran?“

Sie lächelte. „Wir haben uns einmal die Hand gegeben, als Sie den Mord an Brett Larson untersucht haben. Ich hatte Gerüchte gehört, dass Sie eine Frau suchen, und wollte wissen, wie viel Sie über mich wussten. Ich hatte Angst, ich könnte gesehen worden sein und

Sie könnten im Besitz einer guten Zeichnung sein, aber Sie hatten nur eine allgemeine Beschreibung. Ich bin als Zeugin aufgetreten, die gesehen hatte, wie jemand die Außentreppe heruntergekommen und in eine dunkelblaue oder schwarze Limousine gestiegen war, die an der Ecke parkte. Ich habe Ihnen gute Informationen gegeben, habe Ihnen den Standort, von dem aus ich geschossen habe, gezeigt und den Ort, an dem mein Wagen stand, außerdem habe ich eine allgemeine Beschreibung geliefert, die im Großen und Ganzen zutraf. Sie haben sich bedankt und ich habe erleichtert aufgeatmet, weil ich nicht gleich verhaftet wurde. Das war der Tag, an dem ich zum ersten Mal daran dachte aufzuhören."

Paul zog den Stuhl näher an den Tisch und setzte sich. Er versuchte sich an den Anblick ihres Gesichts zu gewöhnen, das so beschädigt und doch wiederhergestellt war. Am Ende erwiderte er einfach ihren Blick. „Warum haben Sie sich gestellt?"

„Es war Zeit, dass die Wahrheit ans Licht kommt. Die Morde sind geschehen, daran kann ich nichts ändern. Aber einige der Geheimnisse, die ich mit mir herumtrage, müssen aufgedeckt werden."

„Werden Sie bei den Prozessen helfen und aussagen, was Sie getan haben?"

„Ja. In meinem Auto sind Akten für Sie. Ich bin der Person, die ich töten sollte, gefolgt, habe Fotos gemacht und Skizzen von meinen Plänen. Und ich habe Fotos von meinen Auftraggebern gemacht. Ich wollte das wahre Motiv hinter dem Mord wissen und nicht nur, was sie auf Band gesprochen hatten. Also beobachtete ich die Personen, folgte ihnen und erfuhr in den meisten Fällen auch, was sie wirklich zu verbergen hatten. Menschen, die Macht haben, töten aus verschiedenen Gründen, aber Geld und Sex und das Ausschalten von Konkurrenten waren die häufigsten Motive."

„Danke, dass Sie diese Beweise aufbewahrt haben."

„Sie waren mein Schutz und meine Versicherung, genau wie die Tonbandaufnahmen."

„Und Ihre Waffe?"

„Vernichtet, in Einzelteilen in verschiedenen Flüssen."

„Warum haben Sie aufgehört?"

„Dieses letzte Band, dieser letzte Auftrag hat mich davon überzeugt, dass es genug ist."

„Gibt es irgendwelche Medikamente, die Sie regelmäßig nehmen und die ich für Sie besorgen kann?"

„Danke, dass Sie fragen. Tylenol. Ich könnte in etwa einer Stunde zwei davon gebrauchen. Ich habe mich sehr bemüht, mich umzubringen. Aber ich habe gezuckt."

„Ich bin froh, dass Sie am Leben geblieben sind."

„Ich hatte es nicht vor." Sie setzte sich auf ihrem Stuhl ein weniger aufrechter hin. „Ich habe jetzt eine Tochter und einen Mann … ich bin mit dem Chirurg verheiratet, der mein Gesicht wieder zusammengeflickt hat. Ich würde gerne alle paar Monate mit ihnen sprechen und sie ein- oder zweimal im Jahr sehen."

„Wenn das Band so ist, wie Sie es beschreiben, werden Sie feststellen, dass Zeugenschutz und Hausarrest zwar kein reines Vergnügen sind, aber auch kein Gefängnis. Die beiden werden Sie besuchen können."

„Das war der schwierigste Teil der Entscheidung. Zu wissen, dass ich sie vielleicht nie wiedersehe."

„Wissen die beiden, dass Sie hier sind?"

„Nein. Ich habe ihm vor der Hochzeit erzählt, wer ich bin. Ich habe ihm gesagt, dass ich mich stellen würde, wenn ich den Mut dazu aufbringen könnte. Und letztes Jahr Weihnachten habe ich ihm gesagt, dass ich diesen Mut in diesem Jahr haben würde. Wir haben das Jahr damit verbracht, uns voneinander zu verabschieden. Der Tod von Gordon Whitcliff und Ihre Befragungen haben mir nur geholfen zu sehen, was vielleicht an Verhandlungen möglich ist, und die Verhaftungen, die Sie durchgeführt haben, waren ein weiterer Grund, die Sache endgültig durchzuziehen. Ich weiß, dass die Menschen mich tot sehen wollen, bevor ich aussagen kann. Diesem Risiko wollte ich meine Tochter und meinen Mann nicht aussetzen. Ich habe sie verlassen, bevor ich Ihnen die ersten Bänder geschickt habe."

„Wenn wir beim FBI ankommen", erklärte Paul ihr, „werden wir über dieses letzte Band sprechen. Dann werden Sie an einen sicheren Ort in der Stadt gebracht. Sie erhalten eine Fußfessel und können sich innerhalb des Hauses bewegen, wie Sie wollen. Wir werden uns jeden Tag ein paar Stunden unterhalten und das Material, das Sie haben und das ich habe, durchgehen, bis wir alle Unterlagen über diese Morde zusammen haben."

„Meine Erinnerung ist von dem Trauma nicht beeinträchtigt worden", sagte sie und zeigte auf ihr Gesicht. „Sosehr ich auch wünschte, die Erinnerungen nicht mehr in meinem Kopf zu haben – sie sind scharf und deutlich. Ich werde Ihnen erzählen, was ich weiß. Mir ist klar, dass ich im Gegenzug etwas bekomme, das ich nicht verdient habe. Ich weiß, dass Gerechtigkeit ein Leben im Gefängnis oder die Todesstrafe wäre."

„Wir hatten uns darauf eingestellt, dass Sie ein Schatten irgendwo da draußen bleiben würden. Wir akzeptieren, dass der Handel, den Sie geschlossen haben, notwendig war, und wir werden uns an die Abmachung halten. Die Prozesse gegen die dreißig festgenommenen Auftraggeber werden in etwa sechs Monaten beginnen und sich wahrscheinlich über fünf bis sieben Jahre hinziehen, je nachdem, ob es zu Berufungen kommt. Sie werden jedes halbe Jahr an einen neuen sicheren Ort gebracht, je nach Risikoeinschätzung. Heute verlassen wir erst einmal diese Cafeteria, nehmen den Aufzug bis ins Untergeschoss und verlassen das Krankenhaus in einem Rettungswagen."

„Mein Mietwagen steht auf Deck B, Nummer 39. Die Kisten für Sie sind im Kofferraum."

„Ich lasse sie holen." Paul erhob sich. „Sam."

Er gab durch, dass sie sich auf den Weg machen würden.

■

Sie versammelten sich in dem sicheren Besprechungsraum.

Paul entfernte die Handschellen, sobald Linda an dem Tisch in der Mitte saß, und brachte ihr eine Flasche Wasser und zwei Tylenol. Dann zog er für sich ihr gegenüber einen Stuhl heraus.

Der Vizepräsident setzte sich auf einen anderen Stuhl an den Tisch.

Arthur, der Direktor, Tori, Sam, Rita und Ann setzten sich hinter sie und Reece blieb an der Seite stehen. Paul wollte, dass die Personen, die den Fall kannten, anwesend waren. Er wollte, dass die Entscheidungsträger sich persönlich einen Eindruck verschafften.

Paul schaltete das Tonbandgerät ein, nannte Ort und Zeit und die Namen der Anwesenden. „Diese Befragung von Linda Smythe betrifft die einunddreißigste Aufnahme. Sir, Sie haben das Wort."

„Die juristischen Details sind geklärt“, begann der Vizepräsident. „Wenn es ein Geständnis von der Person auf dem Band oder eine erfolgreiche Strafverfolgung gibt, erhält Linda Zeugenschutz für den Rest ihres Lebens und Hausarrest für die nächsten dreißig Jahre. Ich habe eine unterzeichnete Ausfertigung der Vereinbarung und die besagte Kassette. Für die Unterlagen sei noch festgehalten, dass es sich um Aufnahme einunddreißig handelt und ich sie Agent Falcon nun übergebe.“

Paul nahm sie entgegen und sah, dass der Tonträger anders aussah als die dreißig Bänder, die er bis jetzt von ihr bekommen hatte. Diese Aufnahme war nicht von dem Mittelsmann angefertigt worden. Er legte sie neben das Kassettengerät, das er mitgebracht hatte, und sah Linda an. Sie versuchte mit aller Kraft, ihren Mut zusammenzunehmen. „Erzählen Sie mir, was ich auf diesem Band hören werde, Linda.“

Sie begegnete seinem Blick und hielt ihm stand. „Der Vizepräsident hat mich angeheuert, um seinen Stabschef zu töten.“

Paul hörte hinter sich einen Stuhl umfallen, aber er ignorierte das Durcheinander, das im Raum ausbrach. Er hielt den Blick fest auf Linda gerichtet. Sie hatte ein Geheimnis mit sich herumgetragen, das so schwerwiegend war, dass sie die Gefangenschaft riskierte, nur um es loszuwerden. Der Vizepräsident hatte sie angeheuert, um seinen Stabschef zu töten. Paul spürte, wie ein Muskel in seinem Kiefer nervös zu zucken begann. Ann musste gerade das Herz brechen.

Paul blickte zum Vizepräsidenten hinüber. Gannett legte ein weiteres Blatt Papier auf den Tisch, holte seinen Stift heraus und unterschrieb es. „Damit die Vereinbarung wirksam wird, ist ein Geständnis der Person auf dem Band nötig. Ich biete Ihnen dieses unterschriebene Geständnis. Ich habe Linda Smythe angeheuert, um meinen Stabschef zu töten.“

„Sam, wirf alle raus, die nicht den Mund halten können, und dann hol mir zwei von diesen Tylenol.“ Paul fühlte ein Zucken um sein linkes Auge herum. „Sie brauchen einen Rechtsbeistand, Sir, bevor ich Ihre Aussage aufnehme und diese Befragung fortgeführt wird.“

„Ich verzichte auf Rechtsbeistand. Ich will meine Aussage jetzt zu Protokoll geben.“

Paul lehnte sich auf seinem Stuhl zurück und dachte über den Mann nach und über das Amt, das er bekleidet hatte. Er musste eine Entscheidung treffen. „Ann?"

„Die einzigen beiden Menschen, die wissen, was geschehen ist, sitzen an diesem Tisch. Wenn er glaubt, dass es dem Wohl der Gemeinschaft dient und nötig ist, könnte er wahrscheinlich töten. So wie ich die Dinge sehe, lügt er nicht." Ann hatte ihre Fassung wiedererlangt, aber er hatte noch nie eine so eisige Kälte in ihrer Stimme gehört.

„Dann nehme ich Ihre Aussage zu Protokoll, Sir."

„Während ich meine Autobiografie schrieb, entdeckte ich, dass Leute, die mit meiner Wahlkampagne zu tun hatten, tot waren, und ich führte ihren Tod auf meinen Stabschef zurück. Er war mein Freund und arbeitete für mich und mit mir, während er achtzehn Menschen ermordete. Ich hatte ihn an Tagen vor und nach den Morden gesehen, aber ich begriff nicht rechtzeitig, was los war, um das Leben dieser Menschen zu retten. Erst am 22. Juli 2003 erkannte ich die Wahrheit. Ich konnte vor Gericht zwar nicht beweisen, dass er der Mörder war, aber ich wusste es.

Ich beschloss, ihn mit dem, was ich wusste und vermutete, zu konfrontieren, während wir gemeinsam auf meinem Boot auf See waren. Wenn er ein Serienmörder war, würde ich nicht mit ihm zusammen an Land zurückkehren. Ich würde ihn töten und ihn im Meer verschwinden lassen. Aber ich wusste, dass mein Plan leicht schiefgehen könnte. Also beauftragte ich jemanden mit dem Ruf, dass er seine Opfer auf jeden Fall traf. Ich heuerte Linda an. Später werde ich berichten, wie ich sie fand.

Ich plante, mit dem Stabschef aufs Wasser hinauszufahren. Dort würde ich ihn zur Rede stellen. Wenn er der Killer war, würde ich in Richtung offene See fahren. Sobald wir den Wellenbrecher passierten, würde sie ihn töten und es würde aussehen wie ein versuchtes Attentat auf mich, das die falsche Person getroffen hatte. Wenn ich ihn zur Rede stellte und er mich davon überzeugte, dass er nicht der Täter war, dann würde ich in der Bucht bleiben und an Land zurückkehren, und sie würde fortgehen und sich zur Ruhe setzen.

Ich hatte den Ladykillerin-Fall verfolgt und ich wusste, dass jemand die Morde in Auftrag gab. Der Mittelsmann war eine der möglichen Verbindungen zu ihr. Ich schickte eine Nachricht, die er überbringen sollte, und die Killerin rief mich zurück. Ich traf mich mit Linda und erklärte ihr, was sie tun sollte und warum. Ich bezahlte die gesamte Summe im Voraus. Was auch immer an dem Tag geschehen würde, wie auch immer das Endergebnis aussehen würde, sie würde sich danach zur Ruhe setzen. Ich regelte meinen Personenschutz so, dass ich mit dem Stabschef allein auf dem Boot sein würde. Und ich sorgte dafür, dass der Sicherheitsdienst auf meinem Anwesen beschäftigt war, damit Linda kommen und, nachdem sie den Schuss abgefeuert hatte, gehen konnte, ohne gesehen zu werden.

Mein Stabschef hatte allerdings eigene Pläne und er nutzte die Änderung bei den Sicherheitsvorkehrungen dazu, mich zu entführen. Bevor ich an dem Wellenbrecher vorbeisegeln und Linda damit signalisieren konnte, dass sie ihn erschießen sollte, zog er eine Waffe, lenkte uns ans Ufer zurück und entführte mich. Er fuhr mich zu der Hütte. Er wollte erst mich töten und dann sich selbst und damit der berühmteste Serienkiller der Welt werden.

Das Kapitel in meiner Autobiografie über die Entführung ist von dem Zeitpunkt an, als er im Boot seine Waffe auf mich richtete, in jeder Hinsicht zutreffend. Was Sie nicht haben, ist das Kapitel, das ich Ihnen jetzt geben werde. Darin berichte ich von meiner Entscheidung, den Stabschef zu töten, und ich schildere die Vorbereitungen, die ich diesbezüglich getroffen hatte.

Das Kapitel über die Beauftragung von Linda ist mein volles Geständnis und ein detaillierter Bericht dessen, was ich getan habe. Ich habe die Beweise aufbewahrt – die Kontoauszüge mit den Abbuchungen des Geldes, das ich ihr bezahlt habe, meine Aufzeichnung unseres Treffens, denn wir hatten vereinbart, beide eine Aufnahme von unserem Gespräch zu machen – drei weitere Tonbänder, die ich damals anfertigte und auf denen ich aufnahm, was ich tun würde und warum. All das liegt sicher in meinem zweiten Bürosafe im Fußboden unter meinem Schreibtisch."

„Warum haben Sie ihn nicht angezeigt?"

„Ich war so wütend auf ihn, dass ich selbst für seinen Tod sorgen wollte. Ich fühlte mich betrogen, aber zugleich auch mitschuldig an den Toden, weil ich die Puzzleteile nicht zusammengefügt und erkannt hatte, wer er war. Er hatte Menschen ermordet und ich hatte ihn als meinen Freund bezeichnet. Ich hatte mich einer großen Dummheit schuldig gemacht. Stolz und Zorn und Wut reichten aus, um zu entscheiden, dass ich seinen Tod selbst herbeiführen würde. Ich habe diese Entscheidung nie infrage gestellt."

„Haben Sie ihn in der Hütte getötet?"

„Nein. Ich wollte es. Aber seine Hand war an der Waffe und er versuchte die Verfasserin des Tagebuches damit von seinem Rücken zu schießen. Sie bekam seinen Ellbogen zu fassen und er schoss sich selbst in den Kopf. Ich lag ganz unten und hatte eine Hand um seine Kehle und eine andere in seinen Haaren, und der Schuss trieb ein Stück von seinem Schädelknochen in meine Hand." Er hob die Hand, um die Narbe an seiner Handfläche zu zeigen. „So weit meine Aussage zu diesem Zeitpunkt."

„Wer weiß sonst noch, was Sie getan haben?"

„Niemand. Ich habe niemandem erzählt, was ich erfahren hatte, was ich vermutete oder was ich tun wollte. Dies war ganz allein meine Tat, meine Entscheidung."

„Was haben Sie hinzuzufügen, Linda?"

„Ich habe alles auf Videoband. Zumindest die Entführung."

Der Vizepräsident wandte sich überrascht zu ihr um.

„Ich habe gesehen, wie der Stabschef eine Waffe zog und das Boot zurück ans Ufer lenkte. Ich sah, dass der Vizepräsident einen Schlag erhielt, durch den er zu Boden ging. Ich sah das Auto, mit dem sie wegfuhren. Es gab eine Suche nach dem Vizepräsidenten und in den Nachrichten war die Rede von einem Bootsunfall. Ich rief auf der Leitung an, die für Hinweise eingerichtet worden war, um zu sagen, dass ich gesehen hatte, wie der Vizepräsident gezwungen worden war, in ein Auto zu steigen. Ich konnte ihnen einen Teil des Kennzeichens geben, aber ich weiß nicht, ob es jemals überprüft wurde. Als der Vizepräsident nach dem ‚Bootsunfall' zurückkehrte und der Stabschef, der angeblich einen Herzinfarkt gehabt hatte, begraben worden war, dachte ich, der Vizepräsident hätte ihn überwältigen und selbst töten können. Wir sprachen nie darüber, sahen uns nie wieder. Mein einziger Kontakt zum Vizepräsidenten war das eine Treffen, bei dem er mir den Auftrag gab, und das werden Sie auf dem Band hören."

„Warum das Video?"

„Ich benutzte ein Weitwinkelobjektiv, um die ganze Bucht und den Wellenbrecher zu erfassen. Ich würde nicht erkennen können, ob ich mein Ziel getroffen hatte, wenn das Boot auf dem Wasser schaukelte. Ich hatte geübt und es war schlicht unmöglich, hundertprozentig sicher zu sein, ob ein Schuss treffen würde, da ich die Wellen nicht vorhersehen konnte. Das Weitwinkelvideo löste dieses Problem. Ich würde so gut zielen, wie ich konnte, und dann das Band zurückspulen, um zu sehen, ob ich getroffen hatte oder ob ich noch einmal schießen musste. Im Notfall wäre ich auch bereit gewesen, auf das Boot zu zielen, damit es sank, und dann den Stabschef im Wasser zu erschießen. Ich hatte noch nie einen Auftrag angenommen, den ich nicht ausgeführt hatte, und mein Stolz verbot es mir, bei meinem letzten Job zu versagen."

„Wo ist das Videoband?"

„Ich habe es heute an Sie geschickt. Es kommt morgen per Kurier."

„Haben Sie Ihre Kapitulation mit dem Vizepräsidenten zusammen geplant?"

„Der Vizepräsident hat sich sechs Wochen nach dem Tod des Mittelsmannes mit mir in Verbindung gesetzt. Er sagte, dies sei eine gute Gelegenheit mich zu stellen, wenn ich nicht mehr auf der Flucht sein wollte, und er würde tun, was er könne, um mir dabei zu helfen, einen guten Handel herauszuschlagen. Wir hatten Jahre zuvor eine Methode vereinbart, wie er mit mir Kontakt aufnehmen konnte. Er schaltete unterschiedliche Anzeigen in drei Zeitungen, ich fügte die Zahlen zusammen und hatte eine Telefonnummer, die ich anrufen konnte. Wir sprachen nur einmal miteinander. Er erklärte, wie wir es machen könnten, erläuterte mir die Schritte, in denen die Bänder ausgehändigt werden sollten, und welche Forderungen ich in meinen Briefen stellen sollte. Er nannte mir den Erscheinungstermin seines Buches und sagte mir, dass ich nicht darin vorkäme, er aber ein Kapitel geschrieben habe, in dem er von dem Auftrag an mich berichtete, und dass man es finden würde, wenn er sterben sollte. Er überließ es mir, ob ich mich stellen wollte. Wenn, dann sollte ich ihm eine Kopie eines der Briefe schicken, die ich an Sie geschickt hatte, und dann würde er mir nach seinen Möglichkeiten helfen. Das war mein einziger Kontakt mit dem Vizepräsidenten – das Telefonat und danach die E-Mail mit der Kopie des Briefes. Die Entscheidung, ob und wann ich mich stellen würde, lag bei mir."

„Direktor?"

„Es ist Ihr Fall."

„Sir", sagte Paul an den Vizepräsidenten gewandt, „ich werde mir das Band jetzt anhören und dann werde ich Sie wegen Anstiftung zum Mord verhaften. Ich werde das Kapitel und die Beweise, die Sie in Ihrem Safe aufbewahren, holen. Wir unterhalten uns wieder, wenn ich das Material gesichtet habe. Aus zahlreichen Sicherheitsgründen werden Sie heute Nacht in Ihrem Haus festgehalten. Am Morgen werden Sie Ihr Personal darüber informieren, dass Sie eine Woche Urlaub machen wollen, damit Ihr Kalender freigeräumt wird. Dann rufen Sie einen Anwalt an und erzählen ihm alles."

„Ich verzichte auf Rechtsbeistand."

„Rufen Sie einen Anwalt an. Wenn es eine Möglichkeit gibt, bei dem, was Sie getan haben, eine Abmachung zu treffen, werden Sie nicht derjenige sein, der darüber verhandelt."

„Ich will keine Abmachung. Ich will, dass die Sache vor ein Gericht kommt und ein Urteil gesprochen wird."

„Um des Amtes willen, das Sie einmal innehatten, wird das Endergebnis nicht Ihre Entscheidung sein. Der Fall wird irgendwann vor Gericht kommen, aber der Weg dorthin wird von anderen bestimmt."

„Dann ein Kompromiss. Ich werde Michael Yates bitten, als mein Anwalt zu agieren. Ich werde bei allem kooperieren, was Sie wollen, im Gegenzug zu einer Vereinbarung. Sie erlauben, dass dieses letzte Kapitel veröffentlicht wird. Lassen Sie mich öffentlich die Verantwortung für das übernehmen, was ich getan habe. Egal, wie die Sache ausgeht, die Wahrheit muss ans Licht."

„Wenn Sie bei allem, was ich brauche, kooperieren, bei jedem Schritt auf dem Weg, dann kann es veröffentlicht werden, nachdem ich es freigegeben habe."

„Einverstanden." Der Vizepräsident blickte an ihm vorbei. „Ann, es tut mir leid, dass ich Sie enttäuscht habe. Ich habe Ihnen eine verschlüsselte Kopie dieses Kapitels gemailt, bevor ich heute Nacht das Krankenhaus verlassen habe. Der Schlüssel ist der erste zehnstellige Code, den wir benutzt haben. Schreiben Sie außerdem noch ein eigenes Kapitel, schreiben Sie das Ende meiner Autobiografie mit Ihren eigenen Worten. Wenn Paul Ihnen die Freigabe erteilt, geben Sie die Kapitel dem Verleger. Tun Sie es, weil es getan werden muss. Ich vertraue darauf, dass Sie das Richtige tun werden."

„Das werde ich, Sir."

Paul hörte sich die Aufnahme an und es herrschte Totenstille im Raum, während das Band lief. Dann stand er auf und verhaftete den Vizepräsidenten offiziell.

■

„Was der Vizepräsident gestanden hat, bleibt unter uns", sagte der Direktor und ging in dem kleinen Besprechungsraum auf und ab. „Wir setzen eine Vereinbarung auf. Tori, darüber können Sie sich den Kopf zerbrechen. Wir führen ihn einem Richter vor, damit er das Schuldgeständnis annimmt und die Urteilsverkündung terminiert. Am besten legen wir die so, dass sie mit dem Erscheinen der Autobiografie zusammenfällt. Wir stellen ihn unter Hausarrest, während wir mit seinem Anwalt die Einzelheiten ausarbeiten, und wir lassen nichts nach außen dringen, bevor wir bereit sind für die Schlagzeilen."

Arthur nickte. „Wir können die Verhaftung der Ladykillerin verkünden und ihre kommende Zeugenaussage bei mehreren Mordprozessen, ohne das Geständnis des Vizepräsidenten zu erwähnen. Dadurch gewinnen wir Zeit. Wir können die Sache zurückhalten."

Der Direktor sah erst Paul an und dann Ann. „Ich kann mir nicht vorstellen, was für ein Schlag in die Magengrube das ist. Aber ich muss Sie bitten, Ann: Können Sie dieses letzte Kapitel schreiben? Wir veröffentlichen das Kapitel über die Entführung, das Kapitel über den Mordauftrag an die Killerin, und Sie schreiben das letzte Kapitel. Außerdem muss sein Geständnis öffentlich gemacht werden, also veröffentlichen wir das, was er gerade unterschrieben hat, und eine Transkription dieser Befragung."

„Geben Sie mir zehn Tage. Dann sind sein Kapitel und meins bereit für den Drucker."

„Wird das Embargo beim Verlag halten?"

„Wenn wir den Bonus für alle Beschäftigten erhöhen, glaube ich schon."

„Veranlassen Sie das." Der Direktor streckte den Kopf in den anderen Raum, wo der Vizepräsident und die Killerin sich am Tisch leise unterhielten. „Das wird ein Albtraum. Wir müssen uns darauf vorbereiten. Am besten legen wir am Abend vorher Exemplare des Buches aus, um uns auf den Ansturm vorzubereiten. Gannett wird angeklagt, dann gibt es eine Pressekonferenz und anschließend lassen wir ihn Interviews geben, wenn er immer noch bereit ist, die Verantwortung für das, was er getan hat, zu übernehmen. Sobald die Sache publik wird, überschreibt der Vizepräsident das Honorar für den dritten Band seiner Autobiografie den Familien der Opfer, weil er nicht davon profitieren darf.

Ich will tägliche Konferenzschaltungen, während wir die Einzelheiten klären. Paul, lassen Sie Sam und Rita den Hausarrest organisieren und geben Sie ihnen so viele Leute, wie sie haben wollen, die sich im Schichtdienst abwechseln. Überlegen Sie sich eine Tarnung, zum Beispiel, dass es glaubwürdige Drohungen gibt und wir dem Secret Service helfen. Die Sicherheit der Killerin überlasse ich Marcus und den Marshals, die er damit beauftragt. Bringen Sie sie heute Nacht irgendwo unter, dann können wir morgen mit den detaillierten Befragungen anfangen."

„Das kriegen wir hin, Sir."

Der Direktor nickte. „Uns bleibt auch nichts anderes übrig."

■

Die nächste Stunde war Paul damit beschäftigt, Sicherheitsvorkehrungen für den Vizepräsidenten zu treffen und sich davon zu überzeugen, dass auf Linda ein wasserdichter Personenschutz wartete. Nachdem er beides endlich auf den Weg gebracht hatte, machte er sich auf die Suche nach Ann. Sie war kurz nach der Diskussion mit dem Direktor verschwunden. Er vermutete, dass sie irgendwo saß und das Kapitel las, das der Vizepräsident ihr geschickt hatte, oder sich auf einem Block Notizen über die Ereignisse dieser Nacht machte. Im Konferenzsaal war sie nicht. Er ging in sein Büro hinunter. Dort war sie auch nicht. Er zog gerade sein Handy heraus, um sie anzurufen, als er sah, dass das Licht im Büro nebenan brannte. Er lehnte sich an den Türrahmen zu Ritas Büro. „Hi."

„Rita sagte, ich könne ihren Computer benutzen, weil sie zwei Monitore hat."

„Kein Problem." Ann spielte die Bänder der Überwachungskameras aus dem Krankenhaus ab. Jede Kameraaufnahme der Stunden vor und nach der Verhaftung der Killerin war für sie auf CD gebrannt worden. „Wonach suchst du?"

„Ich würde gerne ihrem Mann sagen, dass es ihr gut geht."

Er zog einen Stuhl neben sie.

„Sie fühlte sich in diesem Krankenhaus wohl. Jemanden mit solchen Verletzungen im Gesicht übersieht man nicht. Das Personal kannte sie und fand nichts dabei, dass sie mitten in der Nacht dort war. Sie war in der Chirurgie, um das Band zu verstecken. Ihr Mann ist der Chirurg, der ihr das Leben gerettet hat."

„Du glaubst, ihr Mann arbeitet in dem Krankenhaus."

Ann fand den Abschnitt, den sie gesucht hatte und auf dem zu sehen war, wie die Killerin das Krankenhaus betrat. Linda blieb auf dem Weg vom Parkhaus zum Hauptgebäude einen Augenblick lang stehen und blickte schräg nach oben, dann wandte sie sich ab und ging hinein. Ann spulte dieselbe Kamera einige Stunden vor. Sie zeigte auf ein erleuchtetes Fenster in einem ansonsten dunklen Stockwerk. „Da ist er und sieht zu, in der Hoffnung zu sehen, wie du mit ihr das Gebäude verlässt. Sollen wir ihm sagen, dass es ihr gut geht? Ich würde heute gerne noch etwas Schönes tun."

Die Chancen standen gut, dass Ann recht hatte. „Sie steht unter Zeugenschutz und Hausarrest. Wenn sie sich eingerichtet hat, kann er sie sehen. Komm, wir finden heraus, wie er heißt, suchen ihn und sagen ihm, dass es Linda gut geht."

Teil 8

Zu Hause

31

Ann fühlte sich allmählich wohl in diesem Zuhause, das nicht mehr nur Pauls Heim war, sondern auch ihres. Sie nahm den gelben Notizblock und den Brief, den sie für ihren Mann geschrieben hatte, und machte sich auf die Suche nach ihm. Sie fand ihn schließlich in der Küche, wo er für sie beide das Abendessen zubereitete.

„Hallo." Sie schob die Arme um seine Taille und lehnte den Kopf an seinen Rücken. Sie liebte es, ihn umarmen zu können.

Er drehte sich ein wenig, damit er sie küssen konnte. „Willkommen zu Hause."

Ann hatte die vergangene Woche in der Einsamkeit ihrer Privaträume verbracht. Sie hatte geschlafen, stapelweise Bücher gelesen und in ihrem Studio gemalt. Und sie fühlte sich so entspannt wie seit über einem Jahr nicht mehr.

Paul strich ihr die Haare aus dem Gesicht. „Du siehst erholt aus."

„Ich brauchte die Woche."

„Ich weiß." Er küsste sie wieder. „Ich habe dich vermisst."

Sie schmiegte sich liebevoll an ihn. „Kannst du meine Handschrift lesen?"

Er warf einen Blick auf den Notizblock und lächelte. „Wahrscheinlich kann ich es irgendwie entziffern."

„Wie hat Black überlebt?"

„Die ersten drei Tage hat er vor deiner Tür geschlafen, dann hat er eingewilligt, in unserem Schlafzimmer zu nächtigen. Ich glaube, jetzt liegt er im Fernsehzimmer und sieht sich das Tiervideo an, das du ihm gekauft hast." Sie hörten ein Klappern und dann einen dumpfen Aufprall. „Ich korrigiere mich. Er hat dich gehört und kommt."

Der Hund kam um die Ecke in die Küche geschliddert und sein Schwanz schlug gegen alles, woran er vorbeikam.

„Hallo, mein Liebling." Ann kniete sich hin und umarmte ihn. Sie lachte und blickte zu Paul auf. „Diesmal ist er nicht sauer auf mich."

„Er ist einfach froh, dich wiederzuhaben." Paul schaltete den Herd aus und griff hinter sich nach einem Löffel. „Probier mal und sag mir, was du davon haltst."

Sie nahm den Löffel und kostete die Sauce. „Schmeckt gut."

„Es ist Jackies neue Ananassauce für das Eis. Sie hat auch etwas von ihrem Rinderbraten hergeschickt und eine Art Maisgericht, mit dem sie gerade experimentiert. Ich habe ihr versprochen, mein Urteil abzugeben."

„Das übernehme ich gerne."

Ann schob sich auf einen Hocker und sah ihrem Mann dabei zu, wie er das Essen fertigstellte. „Ich würde dir ja gerne helfen, aber du weißt ja ..."

Paul lächelte. „Der erste Abend zu Hause geht auf mich", versicherte er ihr. „Morgen Abend kannst du auswählen, aus welchem Restaurant wir uns etwas liefern lassen sollen."

Morgen Abend. Bis dahin würde noch so viel geschehen. Morgen würde es losgehen.

Die Autobiografie des Vizepräsidenten wurde heute Nacht ausgeliefert. Irgendwann in den nächsten zwei Stunden würden sie die ersten Exemplare in den Händen halten. Morgen früh würden die Medien über die größte Story des Jahres berichten, aber heute Abend wusste noch niemand da draußen davon.

Jede Stunde des morgigen Tages war bis ins kleinste Detail durchgeplant. Der Vizepräsident würde um zwölf Uhr mittags angeklagt werden und sich schuldig bekennen. Im Gegenzug würde er zu fünf Jahren Gefängnis verurteilt. Es war davon auszugehen, dass eine Begnadigung dieses Urteil in Hausarrest verwandeln würde, aber die würde es erst nach dem Urteilsspruch geben, der frühestens in einem Monat erfolgen würde. Die Killerin hatte sich bereit erklärt, an einem Ort, der streng geheim gehalten wurde, um ihre Sicherheit zu gewährleisten, ein Interview zu geben. Ann würde zusammen mit Paul an zwei Interviews und einer Pressekonferenz teilnehmen. Sam und Rita sollten in den kommenden Wochen mit Paul eine Reihe von Interviews geben, während die Journalisten alle Aspekte dessen erkundeten, was geschehen war.

„Guck nicht so traurig."

Ann blickte auf und lächelte schwach. „Ich verspüre eher Erleichterung … und den Wunsch, die Sache hinter mich zu bringen. Sorgen mache ich mir eigentlich keine. Es werden so viele Geheimnisse ans Tageslicht kommen, dass die Spekulationen darüber, wer das Tagebuch geschrieben hat, wahrscheinlich ins Hintertreffen rücken werden. Es gibt so viele interessantere Tatsachen, denen die Journalisten nachgehen können."

„Du kannst dich hier verstecken oder wenn nötig auch irgendwohin fliegen. Ich werde nicht zulassen, dass die Presse ein Problem für dich wird."

„Ich weiß. Vicky kommt her, oder?"

„Vicky und Boone werden hier sein, wenn wir morgen Abend nach Hause kommen."

Ann war dankbar dafür. „Ich muss es Kate sagen, bevor sie es in den Nachrichten hört."

„Ruf sie an, wenn das Buch da ist, und lies ihr die Kapitel vor."

„Wann willst du es deiner Familie sagen?"

„Ich habe für morgen ganz früh eine Konferenzschaltung anberaumt. Wer auch immer Zeit hat, wird sich dazuschalten, und dann poste ich eine Aufnahme von dem Gespräch online, damit die anderen die Nachrichten auch hören können." Paul stellte einen Teller vor sie. „Iss, während es heiß ist."

Paul füllte seinen eigenen Teller und setzte sich auf den Hocker neben Ann. Manchmal aßen sie am Tisch im Esszimmer, aber sie bevorzugten beide die Einfachheit der Küche.

„Du kannst Jackie sagen, dass es wunderbar schmeckt."

Paul lächelte. „Sie macht sich viel mehr Sorgen ums Essen, als ich erwartet hätte. Mein Hemd steht dir übrigens gut."

„Mir gefällt das hier."

„Hattest du Gelegenheit, dich mit Lieblich zu unterhalten?"

„Ja, wir haben viel geredet. Das brauchte ich sogar noch mehr als den Schlaf. Wir hatten eine Menge nachzuholen und auch viel vorzubereiten. Er hat mir gesagt, dass ich mich vor dem, was kommt, nicht zu fürchten brauche und dass er bei mir ist."

Paul drückte ihre Hand. „Das bin ich auch."

„Ich weiß."

„Ich bin froh, dass du diese Zeit hattest." Paul zog den Block näher. „Was hast du in deinem Brief geschrieben?"

Sie lächelte und ließ ihn lesen. Inzwischen genoss sie die monatlichen Briefe an ihren Mann. Sie sah, dass er eine Grimasse schnitt, und vermutete, dass er ihre Liste mit kleineren Dingen erreicht hatte, die erwähnt werden mussten. Er hatte gesagt, er wollte es wissen, und sie gab sich Mühe, so ehrlich wie möglich zu sein und ihm zu sagen, was sie störte. Dann lachte er. Ann entspannte sich. Sie hatte sich gut überlegt, was sie in den Brief einbauen wollte, und es klang so, als würde ihr Wunsch in Erfüllung gehen.

Sie stand auf, füllte etwas Eis und Ananassauce in ein Schüsselchen und nahm zwei Löffel aus der Schublade. „Ich teile mit dir."

Paul betrachtete sie über einen Löffel Eiscreme hinweg.

„Du willst wirklich noch einmal Flitterwochen machen?"

Sie lächelte. „Beim zweiten Mal bin ich bestimmt viel besser. Außerdem wirst du einen Grund brauchen, um deine Arbeit für zwei Wochen hinter dir zu lassen, wenn diese Sache sich erst einmal beruhigt hat. So hast du etwas, worauf du dich freuen kannst."

„Wohin willst du verreisen?"

„Ich hätte nichts gegen eine Wiederholung vom letzten Mal."

„Wenn wir diesen Fall hinter uns haben, kann ich das sicherlich arrangieren." Er betrachtete ihr Gesicht. „Meinst du, du kannst heute Abend schlafen?"

„Ich vermute, dass es eine unruhige Nacht wird. Ich habe etwas Angst vor den Interviews. Aber ich bin froh, dass du sie mit mir zusammen durchstehst."

„Du wirst kein Interview alleine machen müssen. Ich dachte, heute Abend könnten wir uns einen alten Film ansehen und es uns ein paar Stunden auf der Couch gemütlich machen."

„So verbringe ich meine Abende am liebsten."

Er nahm ihre Hand, als sie von ihrem Hocker rutschte. „Ich bin froh, dass du mich geheiratet hast, bevor dieser Tag kam. Du hättest mich bitten können zu warten, aber das hast du nicht getan."

Ann fädelte ihre Finger zwischen seine. „Ich habe die richtige Entscheidung gefällt. Ich liebe dich."

„Das habe ich kapiert, als du eingewilligt hast, mich zu heiraten." Paul beugte sich vor und küsste sie. „Willst du Popcorn zu dem Film?"

„Ja, und sei es nur deshalb, weil Black es so gerne isst."

„Ich mache welches, während du den Film aussuchst. Morgen, wenn der Tag hektisch wird, denk an den Frieden von heute Abend. Irgendwann werden wir noch viele solcher friedlichen Abende erleben."

„Darauf verlasse ich mich."

„Ann?"

Sie hörte auf, von ihm wegzustreben, und lächelte ihn an. „Ja, Paul?"

„Wenn du heute Nacht auf bist und liest, leiste ich dir vielleicht Gesellschaft. Du schuldest mir noch Toms und Jennifers Geschichte. Kannst du sie mir ausdrucken?"

„Es ist nur eine Hintergrundrecherche, keine Geschichte, aber ich mache dir einen Ausdruck."

„Ich mag deine Liebesgeschichten. Wenn du unsere fertig geschrieben hast, würde ich sie gerne als Erster lesen."

Sie errötete. „Woher wusstest du, dass ich an unserer Geschichte arbeite?"

„Du lächelst, wenn du etwas auf diesen Block schreibst, und dann siehst du mich oft gedankenverloren an. Ich kenne deine Gesichtsausdrücke. Du erinnerst dich an unser gemeinsames vergangenes Jahr."

„Du bist der beste Teil dieses Jahres."

„Dem kann ich nur zustimmen. Du bist der beste Teil meines Jahres."

„Du musst meine Hand loslassen."

„Gleich. Ich liebe dich, Ann. Ich kenne deine Geheimnisse und weiß, was die nächsten paar Tage bringen werden. Ich werde dich beschützen. Wenn die Fragen gestellt werden, denen ich dich nicht aussetzen will, werde ich eine ausweichende Antwort parat haben. Kannst du zulassen, dass ich dich beschütze und morgen für dich spreche, wenn es nötig ist?"

Sie nickte nachdenklich. „Ich werde dir so viel wie möglich überlassen. Ich will nicht berühmt sein oder auch nur bekannt oder im Zentrum der Aufmerksamkeit stehen. Du kannst gerne für mich sprechen."

Er küsste ihre Handfläche, bevor er sie losließ.

Dann sah er zu, wie seine Frau und sein Hund im Fernsehzimmer verschwanden. Während er das Popcorn machte, dachte Paul daran, wie sein Leben vor einem Jahr gewesen war. Gott hatte die meisten seiner Hoffnungen und einen Großteil seiner Träume erfüllt. Er hatte eine gute Frau gefunden. Zwar mussten sie beide noch in diese Ehe hineinfinden, aber es war eine Veränderung, die er sich gewünscht, die er gebraucht hatte. Er war gerne verheiratet. Irgendwann, wenn all das hier vorbei war, würde er Ann erzählen müssen, dass der Direktor ihn offiziell gebeten hatte, das Büro in Chicago zu leiten. Er würde sie entscheiden lassen, ob er das Angebot annehmen sollte. Aber im Prinzip hatte er genug von den politischen Überlegungen, die damit verbunden waren, wenn man die Verantwortung trug, und brauchte das nicht. Er glaubte, er würde es genießen, einfach wieder ein Mordermittler zu sein.

„Runter, Black! Heute Abend bekomme ich das Sofa, Kumpel."

Der Hund sprang von der Couch wieder auf den Boden und entdeckte die Schüssel mit Popcorn. Er kam mit wedelndem Schwanz zu Paul herübergelaufen, der ihm extra einen Pappteller mitgebracht hatte und ihm jetzt eine Handvoll Popcorn darauffüllte. Der Hund musste auf den Teller treten, damit dieser nicht quer durchs Zimmer rutschte. Paul machte es sich mit Ann auf dem Sofa bequem.

„Wir verwöhnen ihn beide zu sehr."

Paul lächelte. „Stimmt. Ich verwöhne meine Familie gerne." Er beugte sich zu ihr und küsste sie. „Ich glaube, wir sollten einen Teil unserer Flitterwochen wieder Touristen spielen. Du kannst uns an all die interessanten Orte fliegen, wo man Fotos machen kann, den Grand Canyon, das Teton Range Gebirge, die Ebene der Great Plains. Ich würde gerne ein paar Stunden mit dir in der Luft verbringen, wo wir ganz in Ruhe lange Gespräche führen können."

„Worüber willst du reden?"

„Ich werde mir etwas einfallen lassen. Ich habe dich vermisst, Ann. In den letzten Wochen gab es zu viel Arbeit und nicht genug Zeit, um mit dir das Leben zu genießen."

Sie legte ihre Hand auf seine Wange. „Wir kriegen das wieder ins Gleichgewicht. Ich finde, ein bisschen Tourist spielen klingt wunderbar. Es gibt nichts, was ich lieber täte, als einfach so zum Vergnügen zu fliegen. Und ich möchte auch mehr Zeit mit dir verbringen."

„Dann haben wir eine Verabredung. Davon hatten wir in den letzten Wochen nicht sehr viele."

Sie lächelte. „Ich trage sie in meinen Kalender ein."

„Ich habe neulich deinen Kalender in meiner Aktentasche gefunden. Daran erkenne ich, wie sehr du ihn vermisst hast. Wahrscheinlich war er schon einen ganzen Monat dort."

„Ich bin wie Black. Mein Plan ist zu gucken, wo du bist, und dir zu folgen."

Paul lachte. „Das mag ich an dir, Ann. Du setzt klare Prioritäten."

Der Hund stieß ihn an, weil er mehr Popcorn wollte. Er füllte Blacks Teller noch einmal auf.

Ann drückte auf die Fernbedienung, um den Film zu starten. „Wenn ich definieren sollte, was ich mir im Leben am meisten wünsche, dann wäre es das hier, einen Abend mit dir."

Er küsste ihr Haar. „Davon wird es noch mehr geben, das verspreche ich dir. Wir gehören zusammen, für immer."

Der Auftakt zur O'Malley-Reihe

Dee Henderson
Die Vermittlerin
Die O'Malleys 1
ISBN 978-3-86827-013-6
368 Seiten, Paperback

Da ist Dave Richman.
Er kann es sich nicht leisten, Fehler zu machen. Als FBI-Agent ist es seine Aufgabe, Menschenleben zu retten. Wie aber beschützt man eine Frau, die es zu ihrem Beruf gemacht hat, ihren Schutzengel herauszufordern?

Da ist Kate O'Malley.
Sie hat den Ruf, mit ihrem legendären Verhandlungsgeschick noch jedes Geiseldrama entschärft zu haben. Im Auge des Sturms ist ihr Platz – dort, wo sie sich nur noch auf sich selbst verlassen kann.

Und da ist der Unbekannte.
Er legt es darauf an, dass Kate einen Fehler macht. Er hat sie in seinem Fadenkreuz und sendet ihr schwarze Rosen. Hat er auch das Flugzeug in die Luft gejagt, um ihr die Schuld in die Schuhe zu schieben? Könnte es gar ein Mensch aus ihrem engsten Umfeld sein?

Als Kates Welt gefährlich ins Schlingern gerät, ist Dave an ihrer Seite. Er sieht in ihr mehr als ein Schutzobjekt, er findet sie im wahrsten Sinn des Wortes „liebenswert" ...
Was aber soll sie anfangen mit dem Gott, auf den er so unbeirrbar baut?